Luzidin oder Die Stille

Umschlaggestaltung unter Verwendung einer
Illustration aus A. Zee, Fearful Symmetry
Druck: Druckerei Theiss GmbH
St. Stefan/Lavanttal
ISBN 978-3-902497-99-4

LUKAS MESCHIK

Luzidin oder Die Stille

Roman

JUNG
UND
JUNG

Den ungelebten Leben

Das Universum ist groß. Ein Ungetüm purer Energie, ein Zuviel an Materie, Kubikmeter Zeit und zig Jahre Raum. Es dehnt sich aus, unaufhaltsam, die gedachten Entfernungen vergrößern sich während des Denkprozesses, der Kopf dem Unvorstellbaren zungehechelnd hinterher, das verzwickte Konstrukt All dem menschlichen Geist um Längen voraus. In einem variierend großen Teil der Weltbevölkerung weckt dieses Dilemma religiöse Gefühle.

Das Universum dehnt sich aus, jetzt, in diesem Moment. Mit einer Geschwindigkeit von hier bis zur Trafik in weniger als einer Minute. Und wer den ungefähren Standort der Trafik kennt, der weiß, das ist zum Augenmachen schnell, der wird wissen, dieser Vergleich ist noch stark untertrieben. Vom Zeitungsmann zur Pizzeria in weniger als einer Sekunde, das schon eher, wobei keinesfalls vergessen werden sollte, dass dieses Ausdehnen in alle Richtungen geschieht, in alle bekannten, und bei den unbekannten sei dem Universum zugetraut, dass seine Bewegung auch vor diesen nicht Halt macht.

Alles, was es über das Universum zu glauben gibt, lässt darauf schließen, dass man noch lange an der Nase herumgeführt, noch ewig gezwungen sein wird, für immer neue Eigenschaften neue Wörter zu erfinden, die neue Zungen verlangen, um neue Laute zu bilden. Dass es einem auch weiterhin anrät, die Möglichkeiten des Beschreibens auszuloten, um in langwierigen Annäherungsverfahren über das Unbeschreibliche Buch führen zu können. Es ist ihm angedichtet, dass es, indem es sich ausdehnt, dem eigenen Zentrum näherkommt.

Das Universum ist ein Meister der kugelförmigen Dramaturgie, dem kann man nicht kommen mit Anfang und Ende, dem ist alles eins, es lacht einen höchstens geräuschlos aus, wenn man es festzunageln versucht, mit einem Fingerzeig auf seine Mitte, oder das Heck oder den Bug. Aussagen über das Unbeweisbare zu treffen, ist leicht verdientes Brot, ein ganzer Wissenschaftszweig hat sich wie ein Blutegelpfropfen daran festgesaugt, es gibt weder falsche Zahlen noch voreilige Schlüsse, und nur selten sind Wissenschaftler selbstironisch genug, das sie Fesselnde zwar mit gebotener Ernsthaftigkeit zu betreiben, sich dabei jedoch nicht allzu ernst zu nehmen. Den dreisten Experten macht das Universum, Objekt ihrer Begierde, doch der Beobachtung ein Aal, früher oder später einen Strich durch die Rechnung. Kaum bist du dir mit der Variablen einer Gleichung allzu sicher und veröffentlichst dein mühsam erkämpftes Ergebnis, hat sie dich auch schon, die liegende Acht, drückt dich zu Boden, lässt dich nicht mehr los, bis du deinen Irrtum und Rücktritt verkündest, und solltest du dich weigern, dann radiert sie an deinem Körper herum, bis du aufhörst, verstehen zu wollen, verunendlicht dich schließlich zu hustendem Staub.

Die Gesamtheit der vorhandenen Materie wird in Segmente unterteilt. Diese sogenannten Sternsysteme sind Konglomerate aus Sternen und Nebeln und diversem Himmelsschrott, unaufgeräumte Orte, einer Logik folgend, die sich nur den Chaoten erschließt, den schöngeistigen Träumern. Die Augen darf man nicht geöffnet haben, oder gar durch ein Weltraumteleskop stieren, während man die Mechanik der Sonnen versteht. Was für eine Farbenpracht, wenn durch Lichtreflexion die kartographierten Objekte bunt bepinselt sichtbar werden. Unwissenschaftlich, aber wahr: Galaxien sind wunderschön. Innerhalb der Galaxien gibt es Sonnensysteme, jedem davon dient eine Sonne als Schwerpunkt. In einem dichten Netz aus Anziehung und Abstoßung entwickeln sich Kräfteverhältnisse, die den vielen Materieklumpen eine gewisse Kompaktheit verleihen und sie aneinander binden. Sonnensysteme sind von Astronomen festgelegte Einheiten, deren Wechselwirkung dauerhaft besteht.

Das Befolgen der insgesamt stattfindenden Ausdehnung ist keineswegs die einzige Bewegungsart der Objekte, sie wirbeln und tanzen, miteinander, zueinander, voneinander weg, und jedes für sich um die eigene Achse. Milliarden bekehrter Gehirne und Herzen gehen von einer fingerzeigenden Gotteshand aus, die diesem Räderwerk den Initialstupser gab, angeblich eine vorsichtige Anhauchung, die dem Leblosen die Fäden spannen half. Die Gläubigen sind der Meinung, kein dahergelaufenes Universum wäre von sich aus dazu in der Lage gewesen. Auf der anderen Seite die nicht minder rechthaberischen Faktenschamanen und Wissensfetischisten. Es bedarf wohl noch einiger kriegerischer Auseinandersetzungen, bis endgültig festgestellt werden kann, wer oder was den Schöpfungsanspruch stellen darf.

Der Raum, in dem das Gewirbel der Sonnensysteme stattfindet, ist keineswegs schwarz, sondern farblos. Man spricht vom absoluten Nichts. Jener Bereich jedenfalls, den man sich durch Beobachtung und Messung bereits untertan gemacht hat, ist Nichts, die übrigen achtundneunzig Prozent bleiben weiterhin Nährstoff für Spekulation. Der einzige Sinn, mit dem ein Mensch das Nichts wahrnehmen kann, ist die Blindheit.

Für das Universum, so vermuten wir bereits, wäre es nicht angemessen, sich lediglich in einem Farbton auszudrücken, man sollte vielmehr davon ausgehen, dass jenes heimelige Plasma, in dem sich das Kräftemessen der stellaren Objekte abspielt, einem Geräusch oder einer emotionalen Erschütterung entspricht. Es könnte aber auch, dies sei verraten, alles ganz anders sein und in nichts von dem bereits Gesagten auch nur ein Funken Relevanz, ein Körnchen Wahrheit stecken. Lassen wir jedoch die hier erzählte Geschichte ausnahmsweise davon ausgehen.

Uns interessiert ein ganz bestimmtes Sonnensystem.

In diesem ganz bestimmten Sonnensystem interessiert uns wiederum nur ein ganz bestimmter Planet, der dritte von links, kommt aber darauf an, von welcher Seite man es betrachtet. Der Planet Erde liegt blau und vibrierend in seinem luftleeren Raum. Er ist magnetisch geladen, ist an jedem Punkt durch Möglichkeitswellen mit den sich ausdehnenden Rändern des Universums verbunden. Dass die Erde nicht implodiert, so heftig wie von allen Seiten an ihr gerüttelt und gezerrt wird, ist reiner Zufall. Dass es die Erde überhaupt gibt, war eine Laune der Teilchen. Und dass es Wesen gibt, die in der Lage sind, den mehrfachen, gleichzeitigen Zufall entstandenen Lebens schwer vorstellbar zu finden, grenzt an Wahnsinn. Die Frage lautet also: Wenn es einen Gott gibt, den Schöpfer und Lenker, wer sorgt dann dafür, dass er jeden Tag seine kleinen bunten Pillen bekommt?

Die Erde wird in Kontinente eingeteilt. Es gab einmal ein Urmeer, von Landmassen durchwandert, die an die Oberfläche strebten. Diese heute sichtbaren, zäh dahinschwimmenden Gebilde verfügen über einen Unterbau, die sie tragenden tektonischen Platten. Seit der Erdentstehung werkt ein flüssiger Kern, verursacht Strömungen geschmolzenen Metalls, bewegt die Landmassen. Anfangs noch vereint, wandern die Festlandstücke mittlerweile in verschieden großen Splittern über die Oberfläche des Planeten. Einer dieser Kontinente heißt Europa. In diesem Europa gibt es ein Land, Österreich. In wie viele Sprachen sich diese Bezeichnung auch übertragen lassen möge, nie spricht sie das Musische im Gemüt an. Die Einwohner dieses Landes sind geschlagen mit ihrem Schimpfwort dafür, wie mit einer Krankheit, die man sich zum Freund macht, da sie einem in verzwickten Situationen als Ausrede dient, weil man sich mit ihr, dem Krebsgeschwür im Hinterkopf, vieles durchgehen lässt, was unter anderen Umständen undenkbar erschienen wäre. Auch Österreich ist ein Zufall und als solcher zu behandeln. Die Hauptstadt des Landes heißt Wien. Wenn Österreich ein Schimpfwort ist, dann kann Wien doch nur der beigespuckte Speicheltropfen sein. Die Stadt hat dreiundzwanzig Bezirke. Durch einen dieser Bezirke verläuft eine protzige Kastanienallee. Am einen Ende dieser Allee befindet sich ein Grundstück mit Garten. In diesem Garten steht ein Haus. Dieses Haus hat viele Zimmer. Der Schornstein raucht Zeichen senkrecht nach oben. Ein erdrückend grauer Himmel verleibt sie sich ein.

Das Backsteinhaus ist bequem mit der Schnellbahn zu erreichen. Es lässt sich von dort aus in den Prater spazieren. Hingetupfte Büsche erschweren die Sicht ins Innere des Gebäudes. Auf einem großzügig bemessenen Parkplatz stehen ein paar Autos, eines davon noch ganz warm, mit wundgewetztem Beifahrersitz und glühendem Auspuff. Maulwürfe haben Teile der Wiese in Beschlag genommen, ihre Gänge und Ausstiegshügel dem hingestreuten Gift ausweichend. Das Häuschen strahlt eine Geschäftigkeit aus, der man sich nicht entziehen kann. Man möchte näher, hinein. Die schwere Eingangstür poltert ins Schloss, klumpig-braune Möbel verstellen die Wände, es ist warm hier, und gemütlich, heimelig.

Meterweise Kabel wurden verlegt. Es ist ein Rückzugsort für intensive Arbeitswochen. Der Eingangsbereich mit seinen lianenhaft verzweigten Mänteln, Schals und Hauben, die an den Garderobenhaken ziehen, die drei Bäder, zwei im Erdgeschoss, eines im ersten Stock, in denen es zwischendurch ans Duschen und Frischmachen geht. Im Hauptraum, der als Arbeitszimmer dient, stehen robuste Tapeziertische, auf den Holzspanplatten summen sieben Computer, die miteinander vernetzt sind. Eine Selbstversorgerhütte mitten in der Stadt, im zweiten Bezirk, in Gehweite zu Riesenrad und Ringelspiel, die trompetenden Kinder sind aus der Ferne zu hören, das Schnellbahnbeben setzt nie aus, man hat sich daran gewöhnt. Ein unscheinbares Hexenhäuschen, dem doch so viel Geheimnis und Macht innewohnen, es bedeutet die Möglichkeit, sich innerhalb der Stadt aufs Land zurückzuziehen. An den sieben großen Tischen sitzen sieben Personen, eine davon durchpflügt mit lockeren Händen die vom Hut niedergedrückte Frisur, nach dem Anfahrtsweg halb anwesend und durstig, Angekommener, der erst noch ankommen muss. Eine Kanne dampfenden Tees wird gereicht, jetzt kann es losgehen. Siebzig zappelnde Finger hämmern auf sieben Tastaturen ein, die fleißigen Arbeitsbienen gehen hochkonzentriert ans Werk, dort kühlt die Teetasse aus, die sieben Personen schreiben gegen das Vergessenwerden an, dort knistert der Kamin, sie sind bemüht, eine Chronik zu verfassen, die den Nachgeborenen die derzeitige Gegenwart begreiflich zu machen hilft, den Beginn des Jahrtausends, sie ringen um die Darstellbarkeit von Gefühlen, Gerüchen, Momenten.

Die sieben Personen rackern sich ab, bis spät in die Nacht, sie schreiben und schreiben, sich Krämpfe in die Hände, sich die Fingerkuppen rot, eine Arbeit, die getan werden muss, in einer Hochsprache geht es ans Festhalten der Dinge, die wichtig erscheinen, es wird nach oben geschrieben, hinauf, dem Weltall zu, der Leere entgegen, von der Hütte geht eine Schreibsäule aus, heftige Buchstabenschlieren, die den zweiten Bezirk mit den anderen Planeten verbindet, die sieben Personen haben es sich zur Aufgabe gemacht, die Gefahren hochzuhalten und als wandelnde Gefahrenherde zu existieren, dort dämmert der Wienhorizont, dort wirft das Frühstücksei Blasen, bei dieser Arbeitsgemeinschaft handelt es sich um die *Gruppe der Sieben Gefahren.*

Das Universum ist groß. Justus dagegen ist klein.

Sein Name ist Justus Geheimnis. Es muss etwas auf sich haben mit jemandem, dessen Nachname Geheimnis ist, denkt man, es muss etwas zu erzählen sein über ihn. Woher kommt nur der Name Geheimnis, hört man es murmeln. Skepsis macht sich breit. Sicher eine Erfindung! Da rufen die Zweifler und wissen besser, wovon sie unter gar keinen Umständen auch nur die geringste Ahnung haben können. Justus Geheimnis, werden sie witzeln, so heißt man doch nicht, so heißt kein real existierender Mensch. Da machen sie dicht und verschließen die Ohren, wenden sich lieber ihrem Treppenwitz zu, und ihren intakten Leben zwischen Schreibtisch und Kühlschrank, anstatt ihn vor sich zu sehen, in seinem bekleideten Körper durchschnittlicher Statur, in

Hose und Hemd, mit unrasiertem Kinn, das dadurch wie ungewaschen wirkt. Justus Geheimnis ist ein Erfinder, er ist keine Erfindung.

Kommst du?, es gibt Essen!, ruft die Mutter, Mehlabdrücke in der beblumten Schürze verreibend, und Händewaschen!, ruft sie, du weißt schon. Justus hängt mit dem Blick in den Sternen, als ob dort oben etwas wäre, über das es sich nachzudenken lohnt. Die Weinbergschnecke hat keine Angst. Sie hat sich in ihr Haus geflüchtet. Justus kehrt mit seinem Blick zu ihr zurück. Unter den Fingernägeln angesammelte Striche aus Erde und Grün. Die Schnecke ist interessant. Die Unterseite ihres Körpers produziert eine Schleimspur, die es ihr ermöglicht, das Gras entlang zu schweben. Reibung ist ihr fremd. Er setzt sie ab und sieht ihr dabei zu, wie sie die Fühler tastend ausfährt und ihren Weg fortsetzt. Justus dreht sich um und läuft zurück ins Haus. Beim Waschen der Hände erinnert er sich, dass, als er da friedlich am Beet stand, platzsparend und zahm und keiner Fliege etwas zu Leide tuend, etwas anders war als sonst, er war nicht allein, von irgendwoher hat es gesummt. Die Umgebung jaulte auf, erinnert er sich, sofort hob er den Blick, das war ein unangenehmes Gefühl, durch die Ohreneingänge ist es direkt in die Schläfen gewandert, als hätte der Himmel gezahnt und es alle wissen lassen, dass ihm ein Stachel im Fleisch steckt. An diesem Tag erlebt Justus Geheimnis zum ersten Mal das Dröhnen.

Wir befinden uns an einem ortlosen Ort in einer zeitlosen Zeit. Die ursprungslose Weite Universum bildet den Rahmen dieser Geschichte. Nur kurz ins Konkrete eintauchen, um alsbald wieder zurückzukehren ins rastlose Suchen, ein paar Jahre verweilen. Es ist wichtig, sich und seine Epoche als Punkt auf der unendlichen Zeitgeraden verorten zu können. Wir sind aufblitzende Momente, nicht weniger, nicht mehr. Die Größe der mit vorübergehender Aufmerksamkeit bedachten Konstellation und die Ausmaße ihrer Entfaltungsmöglichkeit hängen von der Betrachtungsnähe ab. Wir wollen mit der Lupe herangehen, ganz nah: Ameisenmenschen werden echte Personen. Zwischen Rückblick und Vorschau uns ins Gegenwartsnetz gegangen.

Ortloser Ort: Die Stadt begründet das Geschehen nicht, sie ist ihm nicht Voraussetzung, lediglich die Art des Stattfindens wird von der Stadt beeinflusst. Tages- und Nachtzeit legen keine Handlungsverläufe nahe, sondern dienen als Mosaikstein des Ganzen, die Uhrzeit ist verzichtbares Detail, ein Frühstück um elf Uhr nachts nicht weniger vorstellbar als eines um acht Uhr früh. Geschlafen wird nach Belieben. Noch hält man hier den Sonntag als Ruhezeit hoch, setzt den Geschäftszeiten Grenzen, letzte Ausläufer althergebrachter Ordnung.

Wir befinden uns im Zeitalter des Homo communicans. Kommunikation ist Mittel und Zweck. Sie thront einsam an oberster Stelle. In der globalisierten Welt ist sie Schmiermittel für reibungslosen Austausch von Waren, Personen und Ideen. Sie ist Hauptbeschäftigung in der Freizeit. Kommuniziert werden muss alles, was stattgefunden haben will. Die

Begebenheit wird mitgeteilt, erst dadurch ist sie wahr, wird sie nicht mitgeteilt, ist sie nicht. Der Informationsfluss bedeutet Überflutungen, die fruchtbar und furchtbar ausfallen. Homo sapiens, der denkende Mensch, ist ein Auslaufmodell. Homo communicans, der kommunizierende, der sich mitteilende Mensch, tritt die Nachfolge an. Das Denken wird vom Mitteilen ersetzt. Es gibt das Gedachte bloß noch als das Mitgeteilte. Jede Kopfsache findet ihren Weg in die Umwelt, über zahllose Kanäle. Ein Anfang des Jahrtausends, eines unter vielen, vors Lupenglas des kosmischen Mikroskops geklemmt, eine Zeiteinheit herausgepickt, in der gestellte Weichen passieren. Ideen und Visionen, die hier ihren Ausgangspunkt finden, Beschreibung einer Konstellation, die beschreibenswert erscheint.

Justus Geheimnis als Kind, das seine Portion Kartoffelpüree verweigert, da sind Stückchen drinnen!, raunzt es. Die Mutter redet ihm gut zu. Justus zappelt mit den Beinen. Das faschierte Laibchen verputzt er gabelweise, nicht ohne jeden Bissen vorher durch einen bunten Malkasten an Saucen gezogen zu haben. Es schmeckt ihm. Das Püree verweigert er standhaft, bis seine Mutter seufzend mit kräftigen Schüben alles zu geschmeidigerer Konsistenz zerdrückt. Dankbar lutscht Justus den Brei vom Messer, was ihm keine Rüge einbringt. Das erste Dröhnen hallt im Kopf leicht nach, es sitzt ihm noch in den Synapsen. Er denkt sich nichts dabei.

Justus Geheimnis, wie er das letzte Mal im Leben nackt durchs Gras läuft, denn bald kommt die Scham über ihn, und Nacktheit vor Fremden wird ihn tödlich verwunden. Er hetzt über fußgetretene Pfade, durchs Sommernieseln dieses schönen Urlaubstages, von Brennnesseln gestreift, er läuft vor dem Stechen am Hintern davon, zu dem er nicht und nicht Distanz aufbringen kann, oder ist es das Dröhnen, vor dem er davonläuft, das sich angeschlichen, ihn überrascht hat, aus dem Wald auf ihn zu polterte, während er am Bach beim Spielen war, Staudämme bauen und den Stromschnellen ein bockiger Schneidersitz sein.

Justus Geheimnis in der Schule, am zu kleinen Sessel lümmelnd, bei dem er sich die ihm zugedachten Haltungsschäden holt, die Mathematikschularbeit steht bevor, er hat ausreichend gelernt, er hat Angst, seine Handflächen schweißnass, er lässt sich nichts anmerken, in ihm dröhnt es, die Lehrerin kommt, er bemerkt es und nimmt es nicht wahr, mit der Schularbeit geht alles glatt, sie ist ihm nicht gewachsen, am begabten Schüler beißt sie sich die Zähne aus, er nimmt das Dröhnen hin, erträgt es, er hat gelernt, mit dem Dröhnen zu leben.

Justus Geheimnis als Jugendlicher, der zum ersten Mal ein Mädchen küsst, unsicher arbeiten sich die Zungenspitzen wie in Zeitlupe voran, treffen aufeinander, zucken erschrocken zurück, er mag ihre Haare, und dass sie damit Sonnen reflektieren kann, sie wechselt den spröde gewordenen Kaugummi von ihrem Mund in seinen, er muss lächeln, dieses Lächeln kann sie fühlen, erwidert es, der Moment dauert ewig, das Dröhnen schleicht sich ein, es ist stärker geworden, ein ungebetener Gast, der ohne Klopfzeichen eintritt, seine Schläfen explodieren, er weicht zurück und sie denkt, er meint sie.

Justus Geheimnis als mittelständischer Bettelstudent. Es steht sieben zu vier, das Spiel ist verloren, es geht um nichts mehr, dennoch ist von allen voller Einsatz gefragt, er steht mit Fußballschuhen im Tor, die feuchten Haarsträhnen weht es ihm immer wieder vor die Augen, der Angreifer rast, seine Beine kurz davor, sich zu verstolpern. Er passt. Der Verteidiger wirft sich in die Schusslinie. Daneben. Der den Ball annehmende stämmige Carl dribbelt gelassen aufs Tor zu, die wenigen Meter. Justus macht sich bereit, er ballt die Hände zu Fäusten, das in Anspruch genommene Leder der Handschuhe knarzt. Carl holt aus. Die Augen des Tormanns Justus zu vorsichtigen Schlitzen verengt. Der Schuss. Der rotierende Ball auf ihn zu. Kompakte Wucht Richtung acht zu vier donnernd. Augenblick. Das Dröhnen. Rauschen. Dann nichts mehr.

Justus Geheimnis, der Berufseinsteiger, während einer Besprechung. Anzugträger haben sich für Stunden zu einer Tafelrunde zusammengeschlossen. In den Pausen wird geflirtet und geschäkert. Hier fühlt er sich wohl, hier gehört er dazu. Man legt Wert auf seine Meinung. Mitten in den Ausführungen eines Kollegen legt Justus sein Mobiltelefon auf den mit Blöcken und Stiften gedeckten Tisch und lässt sich entschuldigen. Ist Ihnen nicht gut? Ja, ich weiß nicht, verzeihen Sie, ich bin gleich wieder da! Er rückt den Sessel gegen die Wand, bricht ihr einen Splitter weißer

Farbe heraus, eilt zur Tür, stolpert benommen durch den Gang, erreicht den unbenutzten Waschraum. Er trinkt kaltes Wasser, starrt in den Spiegel. Das Dröhnen hebt und senkt seine Brust. Er wartet, dass es ihn lässt. Er macht sich frisch. Gleich geht es wieder. Er zupft sich einen Blutpunkt aus dem Ohr, rückt sich die Krawatte zurecht, kehrt zurück.

Justus Geheimnis, der stöhnt. Sie ist fleischig und fest, wie zum Angreifen gemacht. Seine behaarten Männerbeine fahren ihre glatten Frauenbeine entlang. Hinunter sanfte Haut, hinauf spießt es sich leicht wie feines Schleifpapier, ein Streicheln der Katze gegen den Strich. Sie seufzt genießerisch. Er führt den Finger ein, verstreicht die Feuchte in ihrer gut durchbluteten Mitte. Wortfetzen einander zugehaucht. Sie zieht ihn zu sich hoch, ein gieriges, auskostendes Küssen, wie zum allerletzten Mal. Er dringt in sie ein. Sie fallen in ein Zeitloch. Der Kasten gibt Wippgeräusche von sich. Sie umfasst seine angespannten Oberarme, fährt ihm mit flachen Händen über die Brust. Er bäumt sich auf, ejakuliert. Ein heißer Schwall in sie hinein, erfüllt sie mit Wärme, sie stöhnt auf, ihr Körper gibt ein Dröhnen von sich, das ihn durchdringt, die Schweißschicht über seiner Haut ist elektrisch geladen, impft rote Pusteln ein, die schwach leuchten. Die beiden sind in Umarmung verkäfert, panzern sich von aller Umwelt ab, er schluckt mehrmals, hält die Luft an, bis ihm die Augen tränen, stellt endgültig fest, dass ihn das Dröhnen in den unpassendsten Momenten heimsucht, er verflucht es und sich selbst, der er dem Dröhnen nichts entgegenzusetzen hat als einen achtundsiebzig Kilo schweren, einen Meter zweiundachtzig großen Willen, am Leben zu bleiben.

Justus Geheimnis, der am kugelrunden, mit grünlich schimmernden Adern durchsetzten Bauch seiner Gefährtin den Bewegungen des Ungeborenen lauscht. Traute Zweisamkeit im zerwühlten Bettzeug des frisch ausgemalten Schlafzimmers, dem zweitgrößten Raum der abzuzahlenden Immobilie. Er horcht in das Wunder hinein, der doppelte Herzschlag, die Verdauungsgeräusche, er hat das Ohr lauschend gegen die Oberfläche gedrückt, hört an Schienen den Zug herannahen, und er freut sich. Sie freut sich mit ihm. Tobias, sagt sie. Wendelin, antwortet er. Sie lächelt wissend. Sie streichelt seinen Hinterkopf. Er ihren Bauch. Es dröhnt.

Justus Geheimnis, im Jetzt angekommen, der auf der Autobahn fährt. Im Radio verausgabt sich ein Jazzpianist. Es gibt keinen Rhythmus, den man mitklopfen könnte. Im Hintergrund ein Hupkonzert. Er ist Teil der festgeklumpten Autokarawane, wie Sirupfäden ziehen Wagengrüppchen in ihre Richtungen davon, es ist ein heißer Stautag, der den Fahrern den letzten Nerv raubt. Manche schalten den Motor ab, steigen aus, um sich die Beine zu vertreten. Im Rücken hat Justus einen Kindersitz, auf dem Tobias thront. Papa, ich habe Durst. Tut mir leid, da wirst du noch ein bisschen warten müssen, mein Schatz. Aber ich habe schon so Durst! Der Kleine wird unruhig. Mama, winselt er. Nein, bitte, Tobias. Die Fahrerin ein Auto weiter wirft ihm über den Rückspiegel einen finsteren Blick zu, der sagt: Die Fürsorge sollte man verständigen, hier wird ein Kind gequält! Justus gibt sich die größte Mühe, muss jedoch bald einsehen, dass es das Beste ist, das Kind seine Müdigkeit und die Wut über diese Müdigkeit in die Welt hinausbrüllen zu lassen und auf ein baldiges Einschlafen zu hoffen. Schon hört man ein kindliches Schnarchen. Erleichtert seufzt Justus auf. Der zähe Autobrei wird aufgelockert. Es geht meterweise voran, in immer kürzeren Abständen entstehen größer werdende Lücken zwischen eigenem Fahrzeug und dem des Vordermanns, die es zu füllen gilt. Die Autobahn von der Verstopfung befreit, die verschleimten Atemwege mit Nasengel behandelt, die Schnellstraße erlangt endlich jene Rasanz zurück, auf die sie ausgelegt, für die sie konstruiert ist. Das Fahren macht wieder Spaß. Hinten schläft friedlich das Kind, mit schiefem Kopf und erschlaffter linker Hand, der eine Actionfigur entweicht. Justus schließt die Augen. Ein alter Bekannter hat sich wieder gemeldet. Häufiges, die Fehlsicht vertreibendes Zwinkern. Der Elternbesuch war ein voller Erfolg, sie freuten sich wie Könige über die harmlosen Streiche und den üppigen Wortschatz des Enkels. Man trug ihn auf Schultern, servierte ihm Obst und Kakao. Justus konzentriert sich. Aufgescheuchter Wüstensand umsprudelt die Fahrbahn. Das Stechen im Kopf, ihm kommt vor, es ist stärker geworden, in den letzten Jahren, in letzter Zeit, eine unhörbare innere Lautstärke, die besorgniserregend zu nennen ist. Beobachtet man die Entwicklung seiner Intensität, so lässt sich eine Hochrechnung anstellen, deren Ergebnis erschreckt. Wo mag das enden? Wie bald? Ihm steht etwas bevor. Es bahnt sich etwas an.

Wien kommt Grau in Grau zum Vorschein. Justus stellt den Lokalsender ein, ganz leise, um Tobias nicht zu wecken. Justus durchtaucht die Minuten des Dröhnens. Ein Außenstehender hätte höchstens eine leichte Irritation bemerken können, vielleicht eine schiefe Optik, ein Gehabe, das auf Störimpuls hindeutet, die Schwere des ihn niederdrückenden Gewichts wäre unerkannt geblieben. Justus Geheimnis ist im Umgang mit dem Dröhnen geübt, schon ein Meister. Nichts anmerken lassen, dieser Leitspruch leuchtet vor dem geistigen Auge auf, wenn es beginnt. Bloß nichts anmerken lassen! Er liebt diese Stadt und ihren qualmverhangenen Horizont, er liebt die Fabrikschlote Wiens. Es gibt auch Gegenteiliges, daran ist nicht zu rütteln, es gibt Grünanlagen und Miniaturen des Garten Eden, es gibt an Buntheit nicht zu übertreffende Architektur. Er fährt auf Wien zu, das sich ihm jetzt in seiner ganzen Pracht offenbart. Tobias wacht auf. Er gähnt ein Gähnen, das nach ausgerenktem Kiefer aussieht. Gut geschlafen? Als Antwort bloß schlaftrunkenes Recken und Strecken der verrosteten Glieder. Tobias sinkt in den Kindersitz zurück. Das Auto prescht gleichmäßig vor. Es wird von der Hauptstadt umfangen. Justus Geheimnis kommt nach Hause. Mit all seinem Makel, mit all seiner Falschheit im Wohlwollen, Wien als Hauptstadt Europas, denkt er, Wien als Hauptstadt der Welt!

Ein hallender Prunksaal. Langsam verebbt das ergiebige Stöckelschuhkonzert. Man hat sich feingemacht heute. Kristallluster herausgeputzt. Streichquartett in Position gegangen, spielbereit. Gesellschaftsreporter mit Kameramann im Rücken, dem ein wandelnder Mikrophonstangenhalter auf Schritt und Tritt folgt. Mit Handtascheninhalten knisternde Damen, nicht alt werden könnende Alte. Bearbeitetes Haar, das künstlich wie eine Perücke wirkt. Unter daumendicker Puderschicht bricht ein Lächeln hervor, das dritte Zähne zeigt. Auch jüngere Leute, Kollegen. Ehrung liegt bedrohlich in der Luft. Politikerfloskeln machen die Runde. Es geht los. Man begibt sich jetzt auf seinen Platz. Das Kartonpapier der Einladungsbroschüren bekommt in der Sakkoinnentasche Falten verpasst. Alles hebt hörend den Kopf. Als Appetitmacher auf die Hauptattraktion wird zunächst der Nachwuchs gefördert. Die pointierte Laudatio einer Stadträtin. Sie spricht über *Gebäudelosigkeit* und die bedingungslose Konsequenz einer Arbeit, die vielversprechend ist, Lust auf Nächstes macht. Freundlicher Applaus. Elisa Slavik geht ans Podium, um die Dankesrede zu halten. Ihre schweißnassen Hände zu Fäusten verigelt, die in den Hosentaschen pochen. Nur zum Umblättern der Stichwortsammlung schnellen sie hervor.

Ich bin gekommen, einen Preis abzulehnen, fängt Elisa an. Hüsteln. Bei diesem von mir abgelehnten Preis handelt es sich um den Wienwort Förderpreis. Den Rest wollen wir ersparen. Sie zählt ihre guten Gründe auf. Es dauert. Es endet abrupt.

Eine unerträgliche Pause entsteht. Elisa Slavik blickt kurz in die Runde, klopft sachte ihre Papiere in Form. Über die angedockten Rollstufen verlässt sie die Bühne. Die Herrschaften erheben sich, klimpern mit den Augenlidern, stapeln Kleidungsstücke und Lesestoff über die angewinkelten Arme. Niemand richtet das Wort an Elisa. Sie schultert ihre Tasche und entschlüpft den Verunsicherten. Sie hat einen wichtigen Termin.

Der erwachte Tobias winkt seiner Mutter, läuft auf sie zu, ihr in die empfangend offenen Arme. Hallo, sagt Justus und gibt seiner Frau einen Kuss. Ja, wie war es denn, war es schön bei Oma und Opa?, fragt sie. Ja, schau, den habe ich gekriegt! Er präsentiert den abnehmbaren Flammenwerfer der martialischen Figur, die Blinklichter und robusten Kugelgelenke. Sie lässt sich alles zeigen, geduldig hört sie zu. Lang habt ihr gebraucht, meint sie fragend. Ja, leider, ein Stau. Michaela, bist du so nett, kannst du die Sachen aus dem Kofferraum versorgen, mir ist nicht gut, mir ist ein bisschen schwindlig. Natürlich, was ist denn los? Nichts, ich muss nur, ein Bein knickt weg, doch er fasst sich, mich nur setzen. Brauchst du etwas, soll ich dir ein Glas Wasser bringen? Papa, du schaust grün im Gesicht aus! Nein, danke, ich lege mich nur gleich hin, alles in Ordnung. Er hievt sich das Geländer hoch in den ersten Stock. Anton nicht vergessen, hört er von unten, er wartet schon, dass du ihn fütterst. Toni!, ruft sein Sohn freudig aus, begibt sich hopsend zum Käfig. Justus muss lächeln, sein Blick fällt auf das halbleere Brett eines Bücherregals. Er schließt die Tür, schiebt die Vorhänge zwischen sich und Restlicht des Tages, er lässt sich aufs Bett fallen.

Traum: Wir besichtigen die Wohnanlage eine Gruppe die mich beinhaltet wie viele werden wir wohl sein vielleicht zehn oder zwölf und an der Pritsche vorbei auf der sich ein männliches Kind ausruhen darf es ist schulpflichtig es gräbt sein Gesicht in die blaue Matratze die Anlage nicht überdacht als ich mich später erkundige wird mir gesagt dem Wetter könne man trauen das mache einem keinen Strich durch die Rechnung wir betreten ein Gebäude eine Halle ein sakrales Gebilde ebenso nicht überdacht pocht als Gedanke in den Schläfen wir beeilen uns denn wir müssen uns beeilen im hinteren Teil des Kirchenschiffes eine Reihe nummerierter Stockbetten die Zahlen eins bis acht deutlich zu sehen weiter geht es hinter der Wand bis mindestens siebzehn alle nächsten Betten stehen im Freien die aufgereihten Schlafstätten stehen im rechten Winkel zu den beiden längeren Seiten des rechteckigen Gebäudes in einem der Betten fällt mir ein Kind auf ein Mädchen dabei ist es kein Bett sondern nur zugeschnittenes Holz in etwa einem Meter sechzig Höhe angebracht beim Kopfteil wird es deutlich schmaler allerdings nicht Stück für Stück stetig nein eine richtige Kante die ein Tischler ins Holz gesägt hat das Mädchen schläft wir wissen nicht was mit ihm ist das Mädchen schläft wie tot die Gruppe geht weiter mir fällt als Einzigem ein dass es sinnvoll sein könnte den sich ausruhenden Jungen von vorhin zu befragen der im Einzelbett liegt abseits der anderen ihn fragen was hier passiert ist fällt mir ein das Mädchen schläft in Nummer acht gleich neben der Wand vorsichtig gehe ich zurück schleiche mich aus der Gruppe auf die Schlafstelle zu in der er lebt oder nur atmet er schläft nicht also muss ich ihn nicht wecken ich suche nach Worten und frage in vertrauensvollem Ton ob er sich zu sagen traut womit wir es hier zu tun haben hat sich jemand an den Kindern vergangen frage ich er macht Andeutungen die mir Anweisungen sind spricht von zwei entführten Gastarbeiterinnen oder lege ich es ihm in den Mund sicher Kinder sage ich sicher hat sich jemand an den Kindern vergangen mir kannst du alles erzählen doch die Vorgänge scheinen meinen Horizont bei Weitem zu übersteigen aus dem Gespräch mit dem Jungen werde ich nicht schlau und mich tröstet dass daraus wohl niemand schlau geworden wäre es steht lediglich fest etwas Schlimmes ist passiert hier entwickelt man Bomben hier geht etwas vor dessen Offenlegung dem Ausbruch einer Seuche der Entdeckung eines Massengrabes gleichkommt.

Justus schreckt hoch. Da bist du ja wieder, sagt Michaela, von ihrer Bettlektüre aufschauend. Es ist Abend geworden. Die Nachtcreme lässt ihr Gesicht feucht glänzen. Michaela sitzt aufrecht, die haltenden Hände in den gedämpften Lichtkegel der Leselampe getaucht. Ist mit dir alles in Ordnung? Wir haben gegessen, ich habe nach dir gesehen, du hast geschlafen, ich habe mir gedacht, ich wecke dich jetzt nicht auf, oder hättest du es gewollt? Nein, nein, danke, das passt schon, ich habe es einfach gebraucht, glaube ich. Oh, du Armer! Sie entschlüpft halb der Decke, legt das Buch zur Seite, die wuchtigen Romanhälften gehen dumpf ineinander, dazwischen nur der quadratische Lesezeichenzettel. Er legt seinen Arm um sie. Dein Herz rast ja, du schwitzt, Michaela befühlt seine Herdplattenstirn. Ich hatte einen unnötigen Traum, der regt mich auf. Was war?

Fast alles vergessen, ich weiß nicht. Hast du Hunger? Ich kann dir noch etwas warmmachen, ich habe gekocht. Nein, danke, jetzt nicht, er befreit seine Füße, hält sie in die frische Luft, lässt sie kreisen, es knackt. Ist Tobias schon im Bett? Ja, ganz brav, ich habe die Tür offen gelassen, satt und Durst gelöscht und müde vom anstrengenden Tag. Wie spät ist es denn?, fragt Justus, gähnt, reibt sich die Augen. Moment, sagt Michaela. Sie kramt in ihrer Handtasche nach dem Mobiltelefon. Justus Geheimnis rückt ihr nach, zieht ihren Nacken entlang eine Spur aus leisen Küssen.

Damals, als es mit ihnen ernst zu werden begann und er einigen ihrer engsten Vertrauten vorgestellt wurde. Justus mag ihre Freunde, beglückwünscht Michaela für ihr Gespür in allem Zwischenmenschlichen, eine herzensgute Truppe, findet er, die Musik übertönt vieles Gesagte, zerhäckselt die Gespräche, Sinn bleibt zwar erhalten, das Ausformulierte aber geht teilweise verloren. Einer, mit dem es sich ausgezeichnet über Bücher und das geschriebene Wort im Allgemeinen unterhalten lässt, hebt beim Vorbeihuschen der Kellnerin die Hand zu einer großzügigen Vier, Justus nickt ihm mehrmals dankend zu, denn er ist bei der Runde dabei, die kleinen Biere landen am Tisch. Er mustert Michaela. Er lässt sich gerne von einem ihrer guten Freunde auf ein kleines Bier einladen. Eingeladen zu werden war möglich. Dic Gewissheit, dass ein Kennenlernen der Freunde, die sich ein Mensch machte, zur Genüge Auskunft gibt über diesen Menschen und sein Wesen. Justus sog den Duft des Lokals gierig ein, um ihn dem zu Erinnernden als Detail hinzufügen zu können, sich später einmal dieses gelungenen Abends zu besinnen, sofort die unaufgesetzte Herzlichkeit der frischen Bekanntschaften, das Tanzfieber der Nachteulen parat zu haben, den müden Blick der Angestellten dort, vor ihrer Zeit ergraut, das unbemerkte Vergehen der Stunden, die Taxifahrt nach Hause, diesen seltenen Luxus, das Ankommen, den wohlverdienten Schlaf.

Justus erinnert sich, beim nächsten Zusammenkommen mit einigen der neuen Bekannten, bereits viele der Namen vergessen gehabt zu haben, was ihm peinlich war, wofür er sich schämte, denn an den seinen erinnerten sich scheinbar noch alle. Heiße Schameswellen kommen über ihn beim Gedanken, bei einer späteren Begegnung abermals nicht alle Namen behalten zu haben, teilweise von Menschen, mit denen ihn konkrete Geschichten verbinden, Leute, die in einem stillen Moment in überschwänglicher Mitfreude zu diesem bestehenden Zusammensein von Michaela und ihm gratulierten.

Als Justus die Eltern kennenlernte, ihrerseits nicht mit größerer Skepsis als nötig, abwartend freundlich empfangen, als er damit anfing, bei seiner Freundin die Nacht zu verbringen, bis sich dieses Nächtigen durch Häufigkeit in Alltag verwandelt hatte. Verbrachte Zeit im neu erlernten Haus, da man doch jeden Ort erlernen, sich von seinen Gepflogenheiten und Ordnungen führen und verändern lassen muss. Erkenntnisreich und heilsam, diesen Familienalltag mitzuerleben, einen Parallelalltag vorgeführt zu bekommen, dem man sich stückweise anschließen darf, von dem man sich vereinnahmt wissen will. Dem beizuwohnen, dass es zwei Menschen, Mann und Frau, knapp dreißig Jahre miteinander aushalten, vier Kinder in die Welt setzen, drei Töchter, einen Sohn, sich an ihnen versuchen, mit allem, was ihnen zur Verfügung steht, Gelinger sind, kein reines Aushalten, mehr noch: Dass zwei Menschen, Mann und Frau, nach knapp dreißig Jahren die gemeinsamen Zeiten noch immer genießen, aneinander nach wie vor wachsen. Sich nicht mit dem Bekenntnis zum Versuch zufriedengeben, um dann nach einer vom statistischen Zentralamt errechneten Anzahl an Jahren wie vorherbestimmt das Handtuch zu werfen, jeder vereinsamt für sich, in gegnerischen Ecken der Arena. Ihre gelingende Treue, das gehaltene Versprechen, das lebendige Liebesgedicht. Die Verbindung zu kennen, der dieses Kind, dieses Mädchen, diese Frau entsprungen, der diese Michaela zu verdanken ist. Als hätten die beiden eines der drei kostbaren Wesen für mich gehütet, denkt Justus, wie überglücklich konnte man sich schätzen, wenn man dieses Geschenk, nein, nicht in Empfang nehmen durfte, wenn man von ihm aufgefordert, angenommen wurde.

Als er zum ersten Mal ihr Zimmer betrat, bei dem es sich um einen dreidimensionalen Flickenteppich aus Erinnertem handelte, erdrückt und beeindruckt vom wilden Allerlei war er. Die Innenbeschichtung des ungefähren Würfels bestand aus Photos von Freunden und Festen und Bands und Idolen, aus angeklebten Autogrammkarten und angetackerten Postern, aus Bändchen und Lämpchen und Kram. Diebische

Elster, die Beweisstücke für das Vergehen der Zeit hortete, den Jahren lauter Glitzerdinge und Götzenobjekte entlockte. Als sie, von Stofftieren umgeben, eine leise Nacht verbrachten, denn die Eltern nebenan durften ihr Wachsein nicht mitbekommen. Unvergessen die Halbschlafgespräche mit ihr, ein Hervorströmen ungefilterter Wahrheit, denkt Justus, anvertrauter Vergangenheit, als wir eng lagen, erinnerst du dich?, flüstert er, sie wachte davon nicht auf, sie schmiegte sich an mich, ich schmiegte mich an sie. Wir genossen und fielen in ein Zeitloch, wir befanden uns außerhalb der Zeit. Der Alterungsprozess wird aufgehalten, die Welt um einen altert, man selbst verändert sich nicht, Verjüngung durch Beisammensein, Zweisamkeit hält einen kindlich und frisch. Im Bett liegend mit ihr, im nachweihnachtlichen Dezember, da machte sein Wesen einen Sprung, eine neue Evolutionsstufe war erklommen. Ich, Abstand nehmend, um mit dem Blick zwischen ihren beiden großen Augen hin und her schalten zu können, die sie geschlossen hatte, so wie jetzt, denkt Justus weiter. Dieses Anschauen und nachher das Denken ans Anschauen ließ Jahrzehnte vergehen und setzte ihn an einem Punkt in seiner Zukunft ab, er sah sich selbst, weißbärtig, dünnknochig, milde, Überblick erlangt habend. Später malte er sich Michaelas Tod aus und musste mehrmals traurig schlucken. Justus versucht jetzt zu schlafen, ihre Anwesenheit beruhigt und ermöglicht ihn. Nichts hat sich verändert, seit damals, weiß er, an uns ist nicht zu rütteln. Sie seine Verbindung zum Tatsächlichen, während er ohne Boden unter den Füßen in luftigen Sphären dem Vermeintlichen nachhängt, dir gelingt ein Jonglieren mit Rechnungen, ohne das wir unser Haus hätten aufgeben müssen, du bist unsere Kompetenz in den Dingen des Alltags, bist größere Hälfte des Ganzen. Mit ihr zu telefonieren, ihr zuzuhören, ihr zu gehören, ihr Vertrauen zu genießen, ihr Vertrauter zu sein, ihr auch einmal vom Dröhnen zu erzählen, wenn es dann nicht anders geht, weil einer allein diesen Zweitonner Dröhnen nicht anhebt, der sein Opfer sandig murmelnd, stündlich schwerer werdend unter sich begräbt, ich weiß, ich kann mich auf dich, er streift sie am Haarzopf, verlassen.

Im Swingerclub ist Kanzlertag. Klebrigkeit hinterlassende Abwischfetzen, mit denen über die Marmor vorgaukelnden Plastikflächen der Tische gefahren wird. Der pferdefüßige Silen steht am Tresen. Er ist Gründer und Besitzer des Clubs, arbeitet selbst jedoch längst nicht mehr hier, hat Besseres zu tun, ist nach wie vor häufiger Gast, gut gekleidet anzutreffen, die gestutzten Säbelhörner poliert, das Hufpaar mit Schleifpapier vom ärgsten Dreck befreit. Er trägt kurze Hosen und eine schwarze Weste mit goldenen Knöpfen, seinem Fell ist mit Haarspray Glanz verliehen worden. Er kippt ein Glas nach dem anderen, schweren Rotwein, den sein Körper in Wasser verwandelt, denn selbst nach Litern des Konsumierens ist keinerlei Beeinträchtigung zu bemerken, Silen stakst geradeaus wie eh und je, spricht akzentfrei sein halbes Dutzend Sprachen, ein weit herumgekommener Geselle. Er gibt sein Zeichen, noch mehr trinken zu wollen. Schummriges Rotlicht, uneinsehbare Nischen, ermunternde Fahrstuhlmusik. Silen bereitet sich auf ein längeres Ausharren vor, das Schauspiel heute lässt er sich ganz bestimmt nicht entgehen.

Die Delegation des Parlaments betritt geschlossen das Lokal. Wie jeden ersten Dienstag im Monat schreitet der Kanzler voran. Er hat ein schiefes Grinsen im Gesicht. Direkt hinter ihm der Vizekanzler, seinen unpraktischen Ballonbauch vor sich her manövrierend. Silen rutscht vom Barhocker, begrüßt die Kundschaft, der am Eingang kassierte Eintrittspreis hinterließ in keiner der Brieftaschen ein Loch, das der Rede wert wäre, schließlich handelt es sich um Besserverdiener, die sich das eine oder andere teure Hobby abseits des ehelichen Vertrauensverhältnisses durchaus leisten können. Silen, der domestizierte Satyr, Haushündchen der auf Entscheidungsstühlen thronenden Hofnarren. Habe die Ehre, Herr Minister!, er nickt freundlich. Küss die Hand, Herr Doktor!, er schüttelt eifrig die ihm dargebotene Klaue. Mein Beileid, Herr Stadtrat!, er verneigt sich tief, der Ausgang einer eben erst stattgefunden habenden Wahl hat tiefe Kerben in die lückenlose Reihe zugeschanzter Posten geschlagen, die Männer brechen in schallendes Gelächter aus, es ist vergeben und vergessen, Schwamm drüber, solche Kleinigkeiten sollen uns nicht den Abend verderben. Die geschlossene Gesellschaft hat Frauen mitgebracht, fast ausschließlich Professionelle, wie jeden ersten Dienstag im Monat ist auch heute wieder eine Praktikantin dabei. Heute heißt sie Melinda.

Melinda, aber Sie können ruhig Lini zu mir sagen,

sagt sie und wird von Silen mit lüsternem Gehabe begrüßt. Seit Jahren das gleiche Spiel. Man schätzt Atmosphäre und diskrete Abwicklung. Nachfolgern wird von Vorgängern ein Weiterführen dieser allseits liebgewonnenen Tradition empfohlen. Das Geschäft läuft ausgezeichnet, erfolgversprechende Expansion steht im Raum, in die Bundesländer, ins Ausland, doch Silen will nicht undankbar sein und größenwahnsinnig werden, ihm genügt, was er hat, er kann sich seiner Schreibarbeit widmen, sie ist ihm Haupttätigkeit und Nebeneinkommensquelle. Blitzblanke Chromverschalungen der herzigen Lampenschirme mit Rüschlein und Blümchen, einem Puppenhaus entlehnt. An normalen Tagen findet regulärer Swingerverkehr statt. Die Großstädter lieben den gepflegten Exzess in völliger Anonymität, manche tragen Masken, wollen ihr Gesicht wahren, manche suchen nachtlang die Eine, um sie als einzige des Abends zu besteigen, andere führen mit Kugelschreiber Strichlisten, Konkurrenzkampf mit Bekannten, wie viele hast du schon, aus armtiefen Schalen ragen Präservative, in der Regel wird erst gegangen, wenn auch noch das letzte seinen Verwendungszweck bewiesen hat, kümmerliche Restsamentropfen in die Hüllen gepumpt sind.

Freitag, Samstag, Sonntag, Feiertag erhöhte Eintrittspreise. Unter der Woche für Normalsterbliche erschwinglich. Frauen zahlen die Hälfte. Für Männer mit weiblicher Begleitung gibt es Ermäßigung. Für Studenten mit gültigem Ausweis gibt es keine Ermäßigung. Für körperlich Behinderte ist das Betreten verboten.

Man hat es sich bequem gemacht. Die Ausdünstungen sich bewegender Körper, das Ausatmen zerredeter Themen, die abgestrahlte Hitze glühender Köpfe, diese Luftfeuchtigkeit. Krawatten werden gelockert, erste Hosenknöpfe geöffnet, Hemden aus den Schlitzen gezogen, Gürtel ein paar Löcher weiter zum Einrasten gebracht. Kanzler und Vizekanzler haben offensichtlich ein Geplänkel begonnen, das sich im Swingerclub fortsetzt. Sie poltern vor sich hin, werfen mit Argumenten und Kraftausdrücken um sich. Mitgebrachte Frauen gehen entkleidet auf den Sofablöcken in Stellung. Das bunte Treiben setzt ein. Silen trinkt, sieht zu, ist nicht Teil.

Die Praktikantin wird benutzt. Melinda ist achtzehn Jahre alt, schulterlanges rotes Haar, Sommersprossen im Gesicht, voller Hoffnungen und Wünsche, zielstrebig, ehrgeizig, wissend, was sie will, lauter gesellschaftlich begehrenswerte Männer, verheiratet und zwei Kinder, verheiratet und drei Kinder, verheiratet und vier Kinder, Melinda kichert beschwipst, von der Meute umzingelt. Sie werden sagen, dass es keine Vergewaltigung war, was der Wahrheit entspricht. Die Praktikantin erhofft sich Chancen, nicht zu Unrecht, nimmt eine Abzweigung am Werdegang, biegt auf die Siegesstraße ein, stellt eine nötige Weiche, indem sie lächelnd nickt, als der persönliche Assistent des Vizekanzlers sie fragt, ob sie Lust hätte, eine Gruppe wichtiger Leute auf einen Umtrunk zu begleiten. Man geht mit ihr, bald nimmt man sie am Arm, aus Anhänglichkeit werden Zudringlichkeiten.

Den geilen alten Böcken fallen beinahe die Augen

heraus, als sie all die straffe Praktikantinnenhaut sehen, die unverbraucht jugendlichen Rundungen, den Rothaarigenkörper, da sind Kuppelbögen noch nicht zu Vielkantern vertrocknet, keineswegs fallen die Parlamentsabgeordneten über sie her, es wird lediglich vergessen, ein Rotationssystem zu beschließen, die Beschlusskraft der Parlamentarier findet ihr Ende im Wahn. Wir befinden uns in einem Raum unter vielen, es ist dunkler als im Hauptzimmer des Etablissements, der erste Mann folgt ihrem einladenden Blick, der zweite braucht diese Einladung schon nicht mehr, der dritte bereitet den Einmarsch der anderen vor. Wer derzeit keinen Platz im Nebenraum findet, vergnügt sich mit den Professionellen, da hat man auch seinen Spaß. Silen trinkt Wein, zusehen möchte er nicht mehr.

Alles zappelt und zerrt an Melinda. Von den daheimgebliebenen Hausfrauen lassen sie in Gedanken ab, den zwar teilweise ganz gut erhaltenen, aber nicht mehr taufrischen Körpern, zittern sich lieber an der Achtzehnjährigen Stoßkrämpfe in die Waden. Einen muss sie ihren lieben Onkel nennen, es herausbrüllen, bis es jeder so sehr hört, dass es stimmt. Sie tut, wie ihr geheißen, und ist froh, nicht auseinandergerissen zu werden. Ihr Rücken schimmert bereits vom sich vermengenden Samen der Männer. Melinda ist ein Abenteuerspielplatz, eine parteiübergreifende Aktion. Sie schaffen es, an einem Strang zu ziehen. Die Kommunikation zwischen den Bundesländern verläuft reibungslos, wortfrei.

Studiogebräunte Kärntner mit zu klein geratenen

Köpfen, sonntäglich der verlogene Kirchgang dieser frommen Inzestsippe, einander betrunken zum nächsten Besäufnis kutschierend, ansonsten nicht viel los. Patriotische Tiroler, die sich nicht verständlich machen können, weil jedem ein Stück Stacheldraht in den Rachen operiert ist. Nervtötende Salzburger allzu sonnigen Gemüts, mit ihrer blütenweißen Weste überm Sträflingsgewand, wenn nicht den Sommergästen Honig ums Maul schmierend, dann die Zeit am Seegrundstück totschlagend. Alkoholkranke Wiener, die langsam, aber sicher den Farbton des täglich verzehrten Leberkäseblocks annehmen. Polternde Steirer, die alles und jeden verbal überfahren, immer Raum stehlen und Gas geben müssen, bis die Vereinnahmung der Situation vollends geschafft ist. Hinterwäldlerische Burgenländer, die ohne elektrischen Strom auf Bäumen oder in familientauglichen Weinfässern wohnen, oder direkt am Feld. Grobschlächtige Niederösterreicher, die aus dem Schatten ihrer Bauernschaft treten möchten, jedoch mit ihren Tischmanieren, ihrem Sprachgebrauch, ihrem Ungehobeltsein das Bäuerliche immer verraten, es nie ganz zu verstecken imstande sind. Fadenscheinige Oberösterreicher, bei denen man nie weiß, woran man ist, die einem nach vorne hin lieb tun und hinten herum ihre Krallen ins Fleisch hauen, erst süßliches Gehabe, die Unschuld in Person, aber dann. Vorarlberger.

Menschliche Tiere, die einem willigen Mädchen ihre Erektionen in den wehrlosen Mund stopfen. Wären die Eicheln aus Porzellan oder Glas, man würde ihr die Zähne ausschlagen. Manchmal sitzt Silen am

Schreibtisch, ganz für sich, und sieht sich die Videoaufzeichnung dieser Zurichtung an. Er schüttelt dann den Kopf, kratzt sich nachdenklich am Spitzbart. Die Aufzeichnungen sind seine Altersvorsorge. Bitte lächeln, Herr Minister. Wenn man stundenlang eine Schändung beobachtet, überrascht einen jeder nächste Stoß immer weniger, mit den Minuten kommt einem die Szene vertraut vor, beinahe logisch, einer Logik unterworfen, erscheint wie eine Fügung des Schicksals. Wenn man stundenlang eine Schändung beobachtet, werden einem, Hilferuf um Hilferuf, immer mehr Details der weiblichen Anatomie bekannt, für die man im eigenen Erleben weder Zeit noch Muße gehabt hätte, ihre Scham ist im Grunde ein Hügel, dessen Volumen jenes des durchschnittlichen männlichen Geschlechtsorgans übertreffen sollte, denkt er. Dass diese Melinda und jede Frau an sich an ihren rasierten Stellen über Gänsehaut verfügt, die seltsam deplatziert wirkt. Dass dort, wo die Haut aufhört und das Innenfleisch beginnt, ein robuster Saum ist, wie Naht. Der weibliche Körperbau unglaublich einleuchtend, in Zeitlupe hämmern die Parlamentarier weiter, Affenherde, ihre ständige Brunftzeit bekreischend, zurückspulen, zurück, der Körperbau des Menschen leuchtet ein, ich, denkt Silen, an des Konstrukteurs Stelle, hätte es beinah genauso gemacht.

Die Männer lassen von ihr ab. Melinda wankt tropfend in die Toilettenkabine. Sie würdigt Silen keines Blickes. Er trinkt aus. Der Kanzler spendiert eine Runde. Er setzt die Unterredung mit dem Vizekanzler fort, der, uneinsichtig, wie er ist, nicht und nicht verstehen will, eine hitzige Debatte, die befriedigten Politiker stimmen mit ein. Es wird Zigarre geraucht und die Bar leergetrunken. Melinda kehrt zurück, verlaufene Schminkstriche, als hätte sich jemand in ihrem Gesicht an einem Tuschebild mit Strohhalm versucht. Ihre Aufstiegsmöglichkeiten haben sich vervielfacht. Sie wird sich zum Stammgast entwickeln. Sie wird ohne Begleitung erscheinen, erst monatlich, dann wöchentlich, dann Woche für Woche mehrmals täglich, was immer auch ihr Arbeitspensum zulässt. Melinda wird ein Stammgast im Swingerclub sein, regelmäßig an den Ort der Traumatisierung zurückkehren.

Er räkelt sich auf der durchgelegenen Matratze. Sein linker Arm ist taub, lebloser Schlauch, der sich an seinem langsam auf Touren kommenden Körper aufwärmt. Er hebt ihn an, schlaff fällt er wieder auf die Bettdecke, das Leintuch ausgebleicht und zerschlissen, die Ecken wie von Ratten angeknabbert. Helligkeit durchflutet das Zimmer. Er erkennt alles wieder, den Kasten, den mannshohen Spiegel, das verstimmte Klavier. Seine Hütte steht frontal in der Blendung durch Sonne, einziges Gebäude am abseits gelegenen Hügel. Er gähnt, lässt ein Seufzen hören, streckt die Glieder, was ein bisschen schmerzt. Seine Brust mit den Spuren eines unausgefochtenen Kampfes übersät, kleine Blutergüsse, Handabdrücke, vom Liegen in falscher Position. Seine gelbe alte Haut ist anfällig für so manches geworden. Gott richtet sich auf.

Er muss lächeln, freut sich über das seltsame Gefühl, verwundbar und unfrei und halb zu sein. Dabei kann es sich doch eigentlich nur um das handeln, was gemeinhin als Glück bezeichnet wird. Gott mustert seinen Arm, versucht ihn zu bewegen, was schon eine Spur besser gelingt. Er spricht es laut aus: Heute ist ein schöner Tag! Weg mit der Decke, die Kissen aufgefächert. Mit kindlicher Abruptheit hopst er aus dem Bett, seine kalten Füße landen am noch kälteren Boden. Vergnügen liegt in jedem Schritt. Er reißt den Vorhang zur Seite, Metallringe, die am Stangenlack scheuern. Er wünscht sich einen guten Morgen. Er geht die paar Meter in die Küche. Auf Zehenspitzen. So groß kann man also sein, wenn man will. Der Arm gehört wieder zum Körper, lässt sich kontrollieren, hat den eigenen Willen verloren. Gott setzt Teewasser auf.

Mammutbaum im Nirgendwo, dessen Schatten selbst bei äußerstem Winkel keine Artgenossen berührt. Gott ist das Alleinsein, kann nichts und mit niemandem teilen, findet nie Zuflucht, kann keinem erzählen, er nimmt es bereitwillig hin. Da sind keine Ohren, die hören, was er sagt, da ist kein ihm antwortender Mund. Gott spricht viel mit sich selbst. Der Teekocher ist nicht mehr der Schnellste. Na, du, er stupst ihn vorsichtig an, wirst mir doch nicht schlappmachen, auf deine alten Tage. Gottes seliges Lächeln bleibt, er ist leer und satt zugleich. Es wird zu Ende gehen, weiß er. Der Gedanke ans totale Verschwinden zaubert ihm Angriffslust ins Gesicht. Die kalten Füße kitzeln, er geht auf tausend Nadeln. Das Teewasser kocht, brav bist du, sagt er zum blubbernden Gerät, gut gemacht, lobt er es und entnimmt dem Regal eine Dose, wie dieser Zucker, sagt er zum

Löffel, wird die Asche sein, die auch ich bald bin, nur tausendmal süßer. Der Tod, sagt Gott, ist das Gewissen der sich unentwegt versündigenden Menschen, wenn es sich dann zu seinem Recht verhilft. Die Millionen ungelesener Bücher, Sodbrennen verursachend, weil man das ungewusste Wissen als Druck in den Schläfen hat, lassen von einem ab. Die Schwüle ungenutzter Tage vom Winterwind verblasen. So oft hat Gott ein Ende entschieden, und sich immer gefragt, wie das wohl ist, wenn tränennasse Finger nach der toten Stirn greifen, um ein letztes Mal die Jahresringe nachzuzählen. Mein Tod, sagt Gott, wird wie ein Freudenfeuer brennen, wird mein Chaos ordnen, mir endgültigen Frieden bedeuten.

Er lässt den Kräutertee ziehen, transportiert blau gerillten Untersetzer und gusseiserne Kanne zum Küchentisch. Schlurft noch einmal zur Arbeitsfläche, um den Löffel zu holen. Der Doppelweg ist geschafft, er lässt sich auf seinen Lieblingsplatz sinken. Jetzt heißt es warten. Gott ist nackt. Sein Glied hängt schlaff herunter. Der Hodensack ist rötlich, alles scheint entzündet, jeder Haaransatz dort unten brennt höllisch, er kratzt sich wie ein Irrer, es nützt nichts. Wozu etwas vorspielen, sagt er, wem denn auch, und das Lächeln fällt von ihm ab. Den Haarwurzeln ist Chilisauce injiziert worden. Ganze zehn Stunden hat er sich durchs Brachland der Träume gestrampelt, er fühlt sich keine Spur erholt, im Gegenteil, verkatert wie nach einem Grillbesäufnis am Badesee, der Magen aufgebläht von der Kohlensäure und den Fettwülsten der gebratenen Schweine. Prall und dasig klotzt er am Sessel. Es geht mit mir zu Ende, ein anderer nimmt bald diesen Platz ein. Die Taubheit des Armes weist auf Verfall hin, gibt einen Vorgeschmack auf baldige Verwesung. Die stumpfe Sichel ruht bereit an seinem Hals.

Der Stuhl zwickt im Steißbein. Gott weiß, was jetzt kommt. Das Zwicken wird zum Ziehen und schließlich zum Wutanfall werden. Er erhebt sich, was die Kniescheiben aufhüpfen lässt. An das dadurch verursachte Geräusch hat er sich längst gewöhnt. Er schließt die Augen. Einzig richtige Entgegnung, murmelt er, das in Mitleidenschaft gezogene Steißbein mit all meiner Liebe umfangen, das schmerzende Glied der Kette vereinnahmen, es nicht verstoßen. Er setzt sich wieder, schenkt Tee ein, verbrennt sich die Zungenspitze, unterdrückt ein Fluchen, nimmt vorsichtige Schlucke.

Sein Krebs meldet sich. Da bist du ja, sagt er, ich dachte schon, du hast vergessen, dass es dich gibt. Manche geben ihren Mutationen eingängige Namen, um ihnen besser die Leviten lesen zu können. Gott kann die anderen verstehen, zieht es aber vor, seiner Wucherung diese Erhabenheit über leblose Dinge, diesen Triumph der Taufe nicht zuzugestehen. Weshalb einer derart gierigen Geschwulst, die einen als tickende Zeitbombe von innen aushöhlt, eine Handreichung schenken? Nein, schimpft Gott, wirklich nicht! Beruhig dich, sagt er, setzt sein Lächeln wieder auf, er geht zum Kühlschrank, entnimmt ihm eine Flasche und ein Fläschchen, er verabreicht sich den morgendlichen Cocktail aus Orangensaft und Schmerzmittel, er geht ins Wohnzimmer, macht es sich bequem, während des Fernsehens nippt er an seinem Glas, um jedes potentiell neu entflammende Jammern im Keim zu ersticken. Gott döst vor sich hin. Langsam tröpfelt es in den Katheter.

Rechtsruck im Osten Europas. Anzahl der Fälle von plötzlichem Kindstod dramatisch angestiegen. Aschewolke über weiten Teilen Südamerikas, Luftraum gesperrt. Reaktorunfall in Großbritannien, Flüchtlingsströme aus dem verstrahlten Gebiet. Amputationsgefahr durch Windbruch vielerorts unterschätzt. Verdacht der Kinderpornographie zwingt Polizeichef zum Rücktritt. Und nun zum Wetter.

Mittlerweile hat er Hunger bekommen, Gottes Magen knurrt, dem ist unverzüglich Folge zu leisten. Er steckt ein Toastbrot in den Toaster, drückt den Schalter herunter, sieht den Glühfäden zu, wie sie zu bedrohlichem Orange anschwellen, dann springt die Scheibe hervor, die Hitzeerzeugung im Inneren der Maschine setzt schlagartig aus. Er genehmigt sich eine bedenkliche Schicht Apfelbutter, dazu trinkt er den ausgekühlten Tee und seinen Cocktail. Das Flüssige und das Feste vermengen sich in seinem Mundraum zum Gedicht. Lob den Maschinen in meinem Inneren, sagt er, ohne sie hätte der Krebs weitaus größeren Schaden angerichtet, automatische Einschaltung der implantierten Drüsen, die sich um die regelmäßige Einspritzung der nötigen Wirkstoffe kümmern. Er lehnt sich kauend zurück, Entzündungshemmer werden eingespritzt, vom Oberschenkel aus verteilen sie sich im gesamten Organismus.

Gott drückt sich eine Eiterpustel aus. Sein Blick fällt auf den Stapel Briefe, die es durchzusehen, mit denen es sich auseinanderzusetzen gilt. Er vertröstet die Bittsteller, heute nicht mehr, nicht heute, sagt er, ach, lasst mir doch meine Ruhe.

Er duscht, dann packt er seine Siebensachen. Gott schlüpft in eine frische Erwachsenenwindel. Inkontinenz ist kein gesellschaftlich anerkanntes Gebrechen, diese Vorsichtsmaßnahme muss sein, nicht selten war er froh, sie ergriffen zu haben. Ein kleiner Spaziergang, das wäre jetzt genau das Richtige, und er fettet sich die ausgetrockneten Handrücken ein. Im Vorbeigehen stützt er sich an der Sessellehne ab, befühlt das abgegriffene Holz, du hast mir immer gute Dienste geleistet, sagt er zum Stuhl, mich nie im Stich gelassen, die Bespannung ist nicht mehr einwandfrei, die Schrauben sollte man festziehen, die Fressgänge der Holzwürmer stopfen, doch er kann sich vom Erinnerungsstück einfach nicht trennen. Bald gehörst du jemand anderem, ich hoffe, dein neuer Herr weiß etwas mit dir anzufangen, entsorgt dich nicht gedankenlos auf der nächstbesten Sperrmülldeponie, ja, mein Lieber, das wäre tragisch. Er geht weiter. Gott legt den Nachtkatheter ab, nimmt sich aus dem Medizinschrank einen neuen. Erhabenheit, sagt er zu sich, Erhabenheit ausstrahlen, sagt er, Erhabenheit verkörpern, Erhabenheit sein, der Rest kommt von selbst, er verbessert seine Haltung, immer lächeln, ermahnt er sich, so kann ich unmöglich unter die Leute.

Im Postkasten befindet sich ein Brief, der Absender

ist ihm bekannt, das Öffnen verschiebt er auf später. Gott wird ihn lesen und zu den anderen unbeantworteten legen. Es geht steil bergab, Kieselgischt vor den Füßen, in gelindem Aufwirbeln kullern die Steinchen als Vorhut voraus. Seine Beine nehmen Fahrt auf, das stockende Abbremsen und Drosseln der Geschwindigkeit ist überaus anstrengend. Dass ich aber auch unbedingt so hoch oben meine Bleibe finden musste, knurrt er, auf meine alten Tage wird mir das zum Verhängnis. Gott gerät ins Stolpern. Er versucht sich an ins Gesichtsfeld ragenden Ästen festzuhalten, wieder und wieder, doch die hingereichten Pflanzenseile sind taufeucht und glitschig, er rutscht ab, rudert mit den Armen, schließlich endgültig der Fall, er knickt ein, schlägt sich die Nase blutig, verwandelt sich in den Kern einer größer werdenden Staubwolke, die den Hügel hinabrast. Gott kullert den Wanderweg entlang, erstaunte Spaziergänger drehen den Kopf mit, Kiebitze dieser Einbahn von Ballwechsel. Gott eiert munter vor sich hin, Baumsplitter und Grasfetzen nach allen Seiten. Wuchtiger Stein, der die Kurve markiert. Geistesgegenwärtig faltet Gott die Hände, macht sich klein, Kontraktion jedes Muskels. Doch du, Stein, brüllt er, wirst mir kein Ende sein!, denn bald ist nicht jetzt. Die Anrainer fühlen sich belästigt, einfach unmöglich!, brüllt einer zurück. Die letzten paar Meter im Zeitlupentakt, aufblitzende Momente, Gott sieht sich von oben, wie er sich von oben sieht. Stillstand durch Aufprall. Gott steht auf, putzt sich ab. Schürfwunde am Knie, lädiertes Schlüsselbein. Der Hosenboden ein einziger Riss. Man hat es nicht leicht, sagt Gott und hinkt sich warm, um den Zustand der Gliedmaßen zu überprüfen, lange mache ich das nicht mehr mit, sagt er und tritt die beschwerliche Heimreise an.

Traum: Das Skelett des Gebäudes verblasst hinter mir indem ich mich frage ob es gut oder schlecht ist meine Frau ist mitgereist oder eine Frau die mir zuzuordnen ist und ich ihr sie ist Teil dieser Gruppe wir sind gekommen um zu intervenieren heißes Eisen aus dem Feuer die Anwesenheit der Frau bereitet mir Kopfzerbrechen wo sie sich jetzt wohl befindet wer weiß in einem Raum dessen Wände durch zwei Türen unterbrochen sind versinkt mein Kopf in einem Küssen mit ihr langsam kristallisiert sich die Anwesenheit einer dritten Person heraus nein wir betraten den Raum und überraschten eine Frau trafen sie nachdenkend in einem Gemütlichkeit ausstrahlenden Ledersessel an diese riesigen Lehnen zwischen denen Autowracks zermalmt werden könnten uns beiden mir und meiner Frau der Frau an meiner Seite ihr und ihrem Mann ist bewusst dass es sich bei dieser Konstellation um eine Möglichkeit handelt niemand schlägt vor es miteinander zu versuchen die Idee schwebt im Raum steckt dem Holz in den Mustern ich krame eine Schachtel hervor Verhütungsmittel oder verlasse kurz den Raum um etwas Wichtiges zu holen es ist aus vulkanisiertem Kautschuk als ich zurückkomme sitzt die Dritte wieder am gemütlichen Thron den sie direkt nach unserem Erscheinen vorübergehend verlassen hatte sie sprang in Zeitlupe auf und verlor an Körpergröße wie um sich uns unterzuordnen was uns eine unverdiente Würde verlieh ich kehre zurück meine Frau sitzt auf den Knien ihre Zunge ihre Lippen versuchen mit dem Mund versucht sie den Reißverschluss der dritten Hose zu öffnen ich zerreiße die dünne Metallfolie und mache mit dem feuchten Unding ein paar Schritte ausgesprochen glitschig das längliche Organ in meiner Hose ist erhitzt und schlaff und wehleidig ich reiße die Zackenseite ein kontrolliere das Ablaufdatum es handelt sich um angespanntes Material das wie Springbohnen aus den Fingern zu hüpfen droht die andere hat einen unförmigen Körper viel zu kleine aber feste Brüste und einen Blähbauch ungepflegte braune Haare in einen schlampigen Pferdeschwanz gezwungen doch ist wunderschön ich freue mich auf das Bevorstehende drohe schon die Hand in meine Hose zu schieben um den elastischen Schlauch anzulegen damit alles geschieht doch wir werden zum Essen gerufen es gibt eine festlich gedeckte Tafel der Vater das Familienoberhaupt hat Halbglatze und Onkelbrille schaut in die Runde nimmt von allem nur die Oberfläche wahr noch beim Hinausgehen beim Verlassen des verschwörerisch unschuldigen Raumes verständigten wir drei uns mit Blicken auf eine Fortsetzung des eingeleiteten Experiments meiner Frau bin ich dankbar dieses Wagnis eingehen zu wollen es ist kurz vor siebzehn Uhr es ist Zeit sagt der Vater die Vaterfigur wo bleiben die Delegierten denn es gibt Gäste in Anzügen sie werden gerade durch die Gärten geführt das feuchte Plastik immer noch zwischen meinen Fingern wo bleiben sie denn fragt der Vater jemand gibt zu bedenken dass es fürs Abendessen reichlich früh ist man also nicht erwarten kann dass andere über diese sehr speziellen Gewohnheiten Bescheid wissen wie denn auch unser zeitlicher Umgang mit Nahrungsmitteln hat nicht in Frage gestellt zu werden brüllt der Vater Zeigefinger und Daumen verstecke ich unter der Tischfläche drücke das Handgelenk an ein Tischbein niemand darf es erfahren es bleibt unser Geheimnis ich werde beauftragt die anderen zu holen nach einiger Zeit finde ich sie gemeinsam kehren wir an den Esstisch zurück alle sind zufrieden manche haben sich ein Buffet erwartet im kleinen familiären Rahmen sind aber nicht enttäuscht nur überrascht alle werden satt ich beginne zu rechnen ob sich unser zu dritt absolviertes Paarspiel heute wohl noch ausgehen wird ob man bis morgen warten muss ob die Gelegenheit nicht dringend genutzt werden sollte andernfalls wird man sich blitzschnell aus den Augen verlieren sobald die Erregung abgeflaut ist wird man einander nicht mehr kennen und es gewesen sein lassen es ist spät nach dem Essen sind alle beschäftigt.

Direkt nach dem Aufwachaugenblick, erholt von einem Schläfchen oder Schlaf, ist der Kopf am besten, das Denken am klarsten, ein Zustand der Schlaftrunkenheit, noch vom Traumland gestreift, wenn der Verstand am sinnlichsten agiert, wenn man, so frisch aus den Federn, geradezu entbettet, noch nicht unterscheiden kann, was ist real, was bilde ich mir ein, noch nicht zu wissen wagt, dass überhaupt ein Unterschied besteht, wenn man in Irrungen denkt, durch die Wohnung schlafwandelt, ins Bad getaumelt kommt, Wasser trinkt und wie ein erstes Mal das Wort Wasser denkt.

In diesem Moment fällt der Kritikerin das geöffnete

Handschuhfach auf, es wird geschlossen. Sie presst die Hände gegen das Lenkrad, um Druck auf ihre Schulterblätter auszuüben, die sich nun in die Polsterung des Autositzes bohren. Sie staunt über die Kargheit der Gegend, vor allem über das graue Puppenhaus, dessen Nummer zu den gehetzten Zahlen ihres Notizzettels passt. Sie atmet durch, zieht die Hände zurück, bemerkt die am Lenkrad hinterlassenen Abdrücke aus Salzwasser, den Angstschweiß. Sie schaut hin, schaut weg, das Armaturenbrett, das Haus, jetzt hineingehen, oder nie, dann wohl doch lieber nie. Sie gibt sich einen Ruck. Das Zuschlagen der Fahrertür rüttelt am Wagen. Sie umklammert den Griff der schwarzen Aktentasche, rückt die Brille zurecht. Beim Betätigen der Türglocke knickt der Daumen ein. Die Kritikerin räuspert sich. Sie erstarrt vor Schreck, als ihr geöffnet wird. Ja, bitte? Die in die Jahre gekommene Frau trägt eine unverknotete Schürze, vom Karottenschälen hat sie feuchte Pulsstellen und orangefarbene Sprenkelfasern überall. Ich bin eine Bekannte von Kilian Matt, sagt die Kritikerin mit brüchiger Stimme. Die andere lächelt wissend. Bitte, kommen Sie herein.

Er wird sich freuen, da bin ich mir sicher, vielleicht könnten Sie die ausziehen, das wäre gut. Ja, selbstverständlich. Sie streift die Halbschuhe ab. Waren Sie schon einmal hier, ich erinnere mich nicht an Sie. Nein, nein, zum ersten Mal. Ach so, es war schon viel Besuch da, die letzte Zeit, gerade am Anfang, natürlich. Ich wollte Sie wirklich nicht stören, ich weiß, ich hätte ja anrufen können. Kein Problem, das macht nichts, ich würde schon sagen, wenn es ungelegen käme. In Ordnung. Ich war nur gerade in der Küche, das Gemüse machen. Kann ich Ihnen da vielleicht helfen? Nein, danke, aber sehr freundlich, es ist gleich fertig, wir essen dann bald, er ruht sich jetzt ein bisschen aus, glaube ich, möchten Sie vielleicht etwas trinken? Nein, danke. Die Kritikerin mustert die nach Erneuerung schreiende Tapete. Woher kennen Sie ihn denn? Also, sehr gut kenne ich ihn ja gar nicht, nur ein bisschen, wir haben uns vor ein paar Wochen auf einer Veranstaltung kennengelernt.

Das Literaturinstitut Wien feiert zehnjähriges Bestehen. Der Festsaal ist geschmückt, die Studierenden herausgeputzt. Jubiläumsredner wurden eingeladen, Professoren, Absolventen, Wohlwollende, Experten, große Kaliber aus artverwandten Bereichen. Kilian Matt wird die große Ehre zuteil, als Außenstehender eine Wortspende beizutragen. Er wurde gebeten, über den Alltag des Schreibenden zu sprechen, Beruf und Berufung, persönliche Einblicke zu geben, den Gegensatz zwischen Erträumtem und sich einpendelnder Lebensrealität. Er besteigt die Bühne. Die erste Reihe lässt ein Räuspern hören. Es wird das letzte Mal sein, dass er zu einer größeren Menge spricht.

Liebe Menschen in tausend Jahren, ihr wisst, wie es gewesen sein wird. Wir befinden uns im Zeitalter des Handwerks. Lasst mich erklären: Mitten im Herzen Europas steht ein Gebäude, dessen Inneres aus Fassade besteht. Personen gehen dort ein und aus, ganz so, als ob nichts wäre. Mein Bauchweh beim Gedanken an diese Kreise ist gepaart mit ständigem

Brechreiz. Man entblödet sich dort, vier Jahre Schriftstellerei zu spielen, anstatt das Schreiben zu leben.

Er spricht sich in Rage, ballt die Linke zur Faust, aus der bedrohlich ein gestreckter Zeigefinger heraussteht. Ein paar bringen die Hände fürs Klatschen in Stellung, andere stehen angewidert auf.

Kilian Matt ist ins Schwitzen geraten, er zittert unmerklich. Man meidet ihn, man geht ihm aus dem Weg, als wäre er ein Aussätziger, von üblem Ausschlag befallen. Jetzt haben Sie es aber allen gezeigt, es allen hineingesagt, gratuliere! Eine Frau hat sich herangepirscht. Ist mir einfach so von der Seele gerutscht. Das hat man gemerkt. Und wer sind Sie? Ich bin Kritikerin. Das sollte nicht übergriffig sein, bloß angriffig. Ich habe mich übrigens auch schon zu einigen Ihrer Arbeiten geäußert. Nicht immer positiv, hoffentlich. Nein, ganz und gar nicht. Er lächelt schief. Das ist mir alles zu gespreizt, zu weit weg, hat zu wenig zu tun mit der Welt, wie sie ist. Gut, das lasse ich gelten. Sie lächelt zurück. Es entspinnt sich ein Gespräch unter der Käseglocke, gegen Reize von außerhalb immun. Man überlässt die beiden sich selbst. Sie sind altmodisch, wirft sie ihm vor, was Ihren Zugang zur Schreibausbildung angeht. Dieser Vorwurf überrascht mich nicht, hört man ihn sagen, aber ich bin nicht altmodisch, sondern das Schreiben ist zeitlos, von modischen Verirrungen dieser Art lässt es sich nicht vereinnahmen, es wird ein heiliger Akt sein und bleiben. Sie hebt eine Braue. Was für eine Veranstaltung war das?, wenn ich fragen darf.

Ein Festakt zu Ehren des Literaturinstituts, er hat dort gesprochen. Warten Sie, nur kurz, die restlichen Karotten, damit das fertig wird. Natürlich. Es wird immer jene geben, die es mit Ernsthaftigkeit und Leidenschaft betreiben. So wie Sie?, fragt die Kritikerin spöttisch. So wie ich. Und auf der anderen Seite jene, die an Instituten studieren. Jene, die es lernen, und jene, die es an sich erfahren. Erlauben wir den Handwerkern nicht, sich Künstler zu nennen, damit beraubt man die tatsächlichen Künstler ihrer Bezeichnung. Ich kann Ihnen wirklich helfen, ich will Ihren Tag nicht durcheinanderbringen. Danke, sehr freundlich, aber ist ja keine Sache, setzen Sie sich doch! Sie haben sich da in etwas verrannt, die Grenzen sind fließend, eine Trennung unmöglich. Die Diskussion schwillt an, wird von den Umstehenden mit bösen Blicken geahndet, ebbt wieder ab, wird zur Kenntnis genommen. Man schlendert ans Buffet, genehmigt sich ein Glas Weißwein oder zwei, belegte Brötchen, kanadischer Wildlachs, Eiaufstrich, Salami mit Schnittlauch. Mir gefällt Ihr Mäandern durch die eigene Denklandschaft nicht, wenn Sie es genau wissen wollen, die klare Form hat etwas für sich, die eindeutige Kontur und die freiwillige Strenge mit sich selbst, da hört man eindeutig Ihre Profession heraus, fällt er ihr ins Wort, ja, hoffentlich, andernfalls hieße das, ich mache etwas falsch! Ist er denn in der Lage, feste Nahrung zu sich zu nehmen?, fragt sie, ja, das ist kein Problem, war es nie, mein Sohn hat andere Probleme, sofern mit fester Nahrung Brei gemeint ist, den ich ihm zubereite, gekaut werden kann nichts mehr. Die von Ihnen angeführten Beispiele von Personen, die trotz Vereinnahmung einer Ausbildungsstätte zu künstlerisch wertvoller Arbeit imstande waren und sind, zeigen deutlich, dass sich großes Talent selbst durch solche Schrecklichkeiten nicht umbringen lässt, geglücktes Schaffen nicht deswegen, sondern trotzdem, ist im Gang zu vernehmen. Rüstzeug holen, schnappt man als eine ihrer Gegenphrasen auf. Wer das Alphabet beherrscht, hat zu schreiben gelernt, mehr Handwerk gibt es nicht, alles Weitere, jedes Analysieren des Aufbaus, der Muster, der Bilder, ist Käfig für den Geist. Die Mutter macht eilige Handgriffe am Herd, wischt sich Reste in die Schürze. Die Kritikerin befühlt die Innenseite der abblätternden Tapete, versorgt den eingefangenen Staub in einer Hosentasche. Ihre Nasenflügel weiten sich, saugen Küchendunst ein. Was gibt es denn? Gemüseauflauf, nichts Besonderes. Jedes Zugeständnis bedeutet die Vereinfachung der Lage, wer sich dort vier Jahre verpflichtet, ist Sklave seines vorgezeichneten Weges. Das eine oder andere Seminar würde Ihnen auch nicht schaden, wenn ich im Geiste Ihre Bibliographie durchblättere. Wir drehen uns im Kreis. Ja, das finde ich auch. Möchten Sie etwas trinken gehen? Warum nicht.

Sie können gerne mit uns essen, wenn Sie wollen! Danke, sehr freundlich, aber nein, ich bin satt, ich hatte ein großes Frühstück, genügt mir vorerst. Das Angebot steht jedenfalls, ein bisschen dauert es ohnehin noch. Betretenes Schweigen. Wie geht es Kilian denn? Unverändert, wie immer. Die Augen werden ihr feucht. Bekommt er viel Besuch? Ja, wenig ist es nicht. Wäre es in Ordnung, wenn ich zu ihm hinaufgehe, später dann, wenn er sich ausgeruht hat? Deshalb sind Sie ja gekommen. Ja. Selbstverständlich, nur, ich wäre gerne dabei, wissen Sie, ich habe auch schon schlechte Erfahrungen gemacht, ein vermeintlicher Freund hat Photos von ihm geschossen, wie ihm der Speichel herausrinnt, für ein Magazin. Ich weiß, kenne ich. Er muss es gewesen sein, schließlich kann ich ganz genau sagen, welche Sachen ich meinem Sohn anziehe, was er wann getragen hat. Solche Leute gibt es, leider, ich kann Ihnen versprechen, ich führe nichts im Schilde. Das glaube ich Ihnen ja auch, aber lassen Sie mich dabei sein, es beruhigt mich eben, ich werde Sie nicht stören. Es ist Ihr Haus, Kilian ist Ihr Sohn, natürlich sollen Sie dabei sein, ich verstehe das. Danke. Sie fährt sich mit den Handrücken über die Augen.

Toni!, ruft Tobias abermals, hast du mich vermisst? Das Haustier kommt aus dem Versteck, einem Haufen Zeitungspapier. Das Kind öffnet den Käfig, manövriert die Hand am Gitter vorbei, setzt sie am Käfigboden auf. Anton stupst sein Herrchen zärtlich an. Das kitzelt, Tobias grinst, du bist ein Lieber. Er hebt ihn vorsichtig aus dem Käfig. Hast du Hunger? Anton zirpt vergnügt, wackelt mit den Fühlern. Tobias setzt sich auf die Couch, legt seinen Freund am Schoß ab. Er greift zu einem aufgeschlagenen Buch des Verlags *Siebengefahren*, das am Nachtkästchen liegt, reißt ein paar Seiten heraus, zerknüllt sie, hält sie Anton hin. Schau, Toni, da habe ich etwas für dich. Er beginnt zu knabbern, wird vom Kind gestreichelt. Anton ist ein fünffüßiger Jambus. Er schnurrt genießerisch. Lass dir Zeit, Toni, nicht alles auf einmal. Fünffüßige Jamben sind äußerst treue, einfühlsame Geschöpfe, es fällt ihnen leicht, eine enge Beziehung zu ihren Herrchen aufzubauen, sie verfügen über zwei schmale Sehschlitze und ein sensibles Fühlerpaar, das sie bei der Wahrnehmung der Umgebung unterstützt, sie sind pflegeleicht und in den meisten Fällen bereits nach einer kurzen Eingewöhnungsphase stubenrein, sie ernähren sich von Büchern. Ja, das hast du dir verdient, jetzt habe ich dich so lange alleingelassen, tut mir leid, jetzt bin ich ja wieder da. Er streicht Anton durchs borstige Fell.

Es bahnt sich etwas an. Es geht etwas zu Ende und Neues beginnt. Man hört es in den Muscheln, wenn man sie sich ans Ohr drückt, man vernimmt nicht mehr das vertraute Rauschen des unendlichen Urmeeres, nicht mehr das Sandrieseln überfüllter Mittelmeerstrände, da ist eine Nuance, die nicht da sein sollte, die das Unbekannte beherbergt, ihr Verbreitung beschert. Man sieht es in ihren Augen. Den müden, faden Todesaugen der Menschen. Sie spüren sich nicht mehr, rempeln an, nehmen ein Überschreiten die Intimität verletzender Grenzen nicht wahr, kommen aneinander an, mit ihren spitzen Ellbogen, ihren gnadenlosen Schultern, ihren ungelenken Hüften, ihren geschüttelten Köpfen. Den Einkaufstaschen am Samstag, aufgebläht wie sozialdemokratische Bäuche. Stochern einander mit Zeigefinger und Schirmspitze beinahe die Augen aus. Und keine dieser Schuldigkeiten bemerken sie, nehmen überhaupt nichts mehr wahr, haben kein Gespür für den Raum, in dem sie sich befinden, in dem sie sich bewegen, geschweige denn ein Wort der Entschuldigung auf den Lippen. Die Benutzung der öffentlichen Verkehrsmittel ist zur lebensgefährlichen Stresssituation geworden. Kaum einer der Fahrgäste hat keine Behinderung vorzuweisen, geistig oder körperlich, und beides, Verkrüppelung, Entstellung. Es wird gestottert, genuschelt, gemurmelt, meistens unsinniges Zeug. Dem einen rinnt der Sabber aus dem Mundwinkel, tropft auf den uringetränkten Boden. Obdachlose und Betrunkene, Heimkehrer von der Mühsal der Bürotätigkeit, übernächtige Filialleiter, unterforderte Werbefachleute, gebrochenes Putzpersonal. Vereinsamte Witwen aus dem ersten Bezirk, die sich feinmachen, stundenlang, das künstliche Haarteil zurechtrücken, Schminke auftragen, Lippenstift verschmieren, dann feingemacht die Altbauwohnung verlassen, für den einsamen Abend mit sich und dem bescheidenen Glas Weißwein in der Innenstadtbar. Der andere lässt sich von einem Buch absorbieren, dicker Abenteuerschinken ohne Anspruch, die Informatikeraugen sprunghaft suchend, eine Gier nach Unterhaltung abzulesen, um die Woche zu bestehen. Verstaubter Bauarbeiter, der keine einzige Sprache ausreichend beherrscht. Unsichtbares Kastensystem, dem der Zusammenbruch bevorsteht. Alle sind es Leute, und alle können sie nicht das Geringste dafür.

Kilian Matt führt die Kritikerin aus. Man eist sich los von den Veranstaltungsgästen, manche sind erbost, fühlen sich von den verbalen Attacken vor den Kopf gestoßen, ausdrücklich gemeint. Heute ist ein luftigwarmer Herbsttag, vielblättrige Bäume durch Windstöße entkleidet. Ich kenne da ein nettes Lokal, sagt er, dort bin ich öfter, ist ganz in der Nähe. Passt mir, sagt sie. Die beiden kommen an, nehmen Platz, bestellen. Das Geplänkel geht weiter. Sie diskutieren über jene, die all ihre Energien ans Tagtägliche verschwenden, die Verfasser elektronischer Tagebücher, im Grunde journalistisch Tätige, die selbst ihr einziges Ressort sind, ja, stimmt er zu und nimmt einen riesigen Schluck, Sie haben vollkommen Recht, der Betrieb ist ein Zirkus, aber deshalb ein Zirkuspferd werden, das am Zaumzeug gepackt und überall hingekarrt wird?, das sich mit hingehaltenen Zuckerwürfeln zu Kunststücken überreden lässt?, nein! Doch das Gespräch driftet ab, mit der Zeit, die Themen gewinnen an Vielfalt, nachdem man einander die Meinung gesagt hat. Irgendwann werden Sie meine Füße küssen, verspricht er, glauben Sie mir, irgendwann wird es so weit sein. Hat er ihr wissend zugezwinkert? Das werden wir ja sehen, entgegnet die andere keck. Noch einmal das Gleiche, bitte! Und für mich ein großes Bier. Es wird gesprochen über den Lauf der Dinge, die politische Lage des Landes, die Gesellschaft als fragiles Konstrukt einander übertrumpfender Tendenzen, das bunte Allerlei. Entschuldigen Sie mich kurz, bitte. Er blickt ihr nach. Sie gefällt ihm. Die Kritikerin kehrt mit leicht nachgeschönten Gesichtszügen zurück. Ich habe Ihnen nachbestellt, ich hoffe, das ist in Ordnung. Sie wirkt irritiert. Wissen Sie, es wird mir zu spät, vielleicht ein andermal. Kilian Matt nickt. Ja, sehr gerne. Sie tauschen Nummern aus. Ein Kuss auf die Wange, dann ist sie dahin. Er sitzt da, zwei frische Getränke vor sich. Wie oft noch, denkt er, wird ein solcher Abend mich erheben. Er nimmt abwechselnd Schlucke, mal vom einen, mal vom anderen.

Der gelungene Aufbruch, wenn möglich, ohne Spuren zu hinterlassen, ein leeres Wasserglas, höchstens, mit Lippenstiftspuren am Rand, Grammanteile abgeklopfter Asche, ausgedrückte Zigaretten, ein benutztes Taschentuch, abgelebte Hautschuppen, vom Hinterkopf gerieselte Haare, eine Wimper, vielleicht.

Kilian streift durch die Gassen. Es hat abgekühlt. Der Eiswind schneidet Furchen in die Hände. In der einen baumelt etwas. Die Plastikgriffe verschnüren sein Fleisch zu einem roten Päckchen. Ich muss mir dringend über mein Verhältnis zum Geld klar werden, denkt er, habe damit noch ein Hühnchen zu rupfen. Den beiden stünde einiges bevor, viele Kilometer spazierter Nachdenkstunden. Ob sich das Vorgenommene in der verbleibenden Zeit unterbringen lassen wird? Er biegt um die Ecke, befindet sich mit einem Mal in einer uneinsehbaren Nische. Die Tasche fällt ihm aus der Hand. Wortlos steht er den beiden anderen gegenüber.

Nächtlicher Fleischhunger überkommt die Kritikerin, als sie die Warmhaltevitrine erspäht. Der Mann hinter der Theke trägt ein Goldkettchen, auf der Nase eine ausgeleierte Lesebrille. Ein Stück weiter brummt der Pizzastand, Hunger stellt sich ein. Sie schwankt hin und her, kann sich nicht entscheiden. Nimmt dann doch jene Fleischlaibchensemmel, die ihr ursprünglich das Wasser im Mund zusammenlaufen ließ. Ich Nachttier, sie beißt hinein, reißt dem lauwarmen Ding einen Brocken aus der Seite. Sie nimmt eine dunkle Gasse in Angriff, setzt ihren Heimweg fort. Wärme breitet sich im Bauchraum aus, das abgestandene Faschierte oder Emotion?, sie kaut, reißt gierig weitere Stücke, atmet vollmundig aus, es könnte etwas zwischen Menschen entstanden sein, ja, es ist die Wärme im Bauch, wenn etwas zwischen Menschen entsteht.

Er könnte einem Rudel Vergewaltiger in die Hände gefallen sein. Er wird die Oberschenkel zum untrennbaren Doppelbein verkrampfen müssen, um sie daran zu hindern, brutal in ihn einzudringen, ihm die krustigen Lippen ihrer fauligen Münder überzustülpen, bis Blut und Samen fließen. Zappeln, fauchen und kratzen, um ihnen wenigstens den Spaß zu verderben, ihr Vergnügen zu minimieren, lass sie Narben davontragen, denkt er, weg mit den dreckigen Händen, oder ich beiße euch die Finger ab. Doch sie wollen sich an ihm nicht auf diese Weise vergehen. Es sind zwei. Die Maskierten machen einen Schritt auf Kilian zu. Ihre Hände sind keineswegs dreckig, ganz im Gegenteil, sind perfekt manikürt, jedes erahnte Nagelschwarz hervorgeschabt und weggeschnippt. Man steht und schaut. Dem Redenschwinger Matt verklumpt sich der Hals, ihm geht sein Leben durch den Kopf. Noch einen Schritt auf ihn zu. Er meint sie zu erkennen, ich kenne euch, sie sind ihm vertraut, die Maskierten treten aus dem Dunkel in den Halbschatten. Kilian weiß, wie ihm geschieht. Er denkt Farben, Gerüche, Gefühle, er dankt den ihn begleitet habenden Menschen, schließt mit allem ab, er denkt Geräusche und schmeckt jede verzehrte Speise, plötzlich liegen ihm die Essensjahre auf der Zunge, in seinen letzten Sekunden erlebt er das Geschenk absoluter Hellhörigkeit, nimmt präziser wahr als jemals zuvor, Kilian sieht Töne und hört Bilder, er lächelt, er wird sich nicht wehren. Die zwei Maskierten sprechen nicht, sie agieren in stummem Synchronität, vollstrecken das Todesurteil. Ihr Opfer liegt zusammengekrümmt am Boden, kann seine Welt nicht mehr mitteilen. Das Ritual ist beendet, die *Gruppe der Sieben Gefahren* hat einen weiteren Angriff erfolgreich verteidigt. Kilians Augen baumeln kraftlos am jeweiligen Sehnerv. Er ist zum Idiotentum verdammt, man hat ihm die Worte genommen. Auftrag ausgeführt, sie streifen die Masken ab, Silen nimmt es locker, hat ein brutales Lächeln im Gesicht, es musste so kommen, sagt er, sein Kollege wiederum ist zu keiner noch so kurzen Antwort imstande, ihm ist die Seele herausgesprungen wie dem Rennrad die Kette, das Getriebe hat sich verstolpert, ist ins Stocken geraten, er schluckt mehrmals, das Bild des von ihm Zugerichteten hat sich ihm eingebrannt, Nervosität breitet sich aus, seine Zellen schreien Panik, er beschleunigt seinen Gang, Silen folgt ihm, warte!, bleibt ihm auf den Fersen, er klopft ihm kollegial auf die Schulter, die verbleibende Nacht wird er im Swingerclub verbringen, es gilt Machtmenschen mit Frischfleisch zu versorgen, was der andere anfängt, mit sich und der Zeit, bleibt ungewiss, er muss sich übergeben, erbricht den Mittagseintopf auf den Gehsteig, dann ist er leer, es kommt nur noch grüne, bittere Galle, alles in Ordnung?, fragt Silen. Nach Lesart der Gruppe ist Sprachlosigkeit mit Tod gleichzusetzen ist, die Vollstreckung des Todesurteils bedeutet die endgültige, unumkehrbare Auferlegung der absoluten Sprachlosigkeit. Und Kilian Matt möge lebenslang sabbern und greinen und nie mehr ein Wort in sich haben, und von keinem gehört sein. Denn dem Erzähler ist das Verstummen der Tod. Es gibt kein Sterben hinterm Sterben der Sprache. Jeder Verrat an der *Gruppe der Sieben Gefahren* ist mit dem Tod zu ahnden. Die Einordnung einer Handlung als Verrat und somit das Bestimmen des Strafmaßes, das Besiegeln des Lebens, hat einstimmig zu geschehen. Silens Hufe klackern am Gehsteig, es mischt sich ins Kutschieren der Fiaker.

Da ist Trost, denkt man, zwingt sich, es zu denken: Im Moment der gewaltsamen Berührung entsteht im Universum ein Riss, wird die erzählte Dimension in zwei Hälften gespalten. Die erste folgt der Todesmöglichkeit, in ihr wird Kilian Matt zum degenerierten Körperklotz, zum sprachlosen Stoffwechselding, das für den Rest seines Dahinvegetierens von der Mutter gepflegt werden muss. Die zweite folgt der Lebensmöglichkeit, Kilian Matt übersteht das Ritual, eine Unwahrscheinlichkeit reißt ihn mit sich fort, verhilft ihm zur Flucht, verleiht seiner Sprache Dauer. Dieses ungelebte Leben blitzt vor ihm auf, er begleitet sein Gedanken – Ich an unbesuchte Orte und zu Begegnungen mit neuen Personen, er macht die Erfahrungen des anderen, der er wird. Kilian versteht, dass es für Unglück und Unbehagen keinen Platz geben kann, denn alles, was sein könnte, ist. Jede Biographie ist die Aufzählung genommener Abzweigungen. Anderswo lebt er nicht bloß, sondern lebt alle Leben. Wir folgen einem willkürlichen Flusslauf. Indem Kilian Matt stirbt, treffen wir die Entscheidung, seinem Glück nachzutrauern, das wir gut aufgehoben wissen, dort, es geht ihm ausgezeichnet, keine Sorge, es geht ihm gut, es geht Kilian Matt sehr gut, er ist behütet und versorgt, es gibt keine Widerrede, es geht ihm gut, wer das Gegenteil behauptet, der lügt. Dann, als die glühende Hand sich entfernt hat, ist der Glücksmoment vorbei und die Sprache Kilian Matts für immer gestorben. Er liegt winselnd am Boden, er tropft aus dem Mund.

Das war sehr gut, danke! Die Kritikerin betupft sich die Mundwinkel mit der Serviette. Schön, dass es Ihnen geschmeckt hat!, sagt Kilians Mutter. Einvernehmliches Lächeln. Also doch noch Hunger gehabt. Sie räumt die Teller ab. Zwei große Kellen des Auflaufs balanciert sie in den Küchenmixer, nach Drücken des Knopfes startet das Häckselprogramm. Während dieser Sekunden ist ein Wortwechsel unmöglich. Die Kritikerin sieht sich betreten um. Der Speisebrei ist fertig. Pappig hockt er im abnehmbaren Gefäß aus durchsichtigem Kunststoff. Sie füttern ihn selbst? Ich mache alles. Füttern, waschen, wickeln. Die Kritikerin schluckt.

Einmal ist eine Frau zu Besuch gekommen, ohne vorher anzurufen, so wie Sie, aber ich kann Sie beruhigen, kein Vergleich zu Ihnen, eine unsympathische Person, wie direkt vom Waldspaziergang hierher, rote Wangen, eine Frische im Gesicht, das sind diese Menschen, die trotz überdurchschnittlichen Einkommens den Draht zur Natur nicht verlieren, sich nicht im aufgemotzten Eigenheim verbunkern und das Multimediale auf sich einprasseln lassen. Allem an ihr bin ich mit Argwohn begegnet: Dem selbstgestrickten Schal, der unaufdringlichen Bluse, dem geschmackvollen Rock, den maßgeschneiderten Schuhen. Die penetrante Glücklichkeit, die zur Schau getragene Authentizität. Ich öffne ihr die Tür, ganz freundlich, ganz normal, sie hatte ein Problem im Gesicht, und zwar ein herzerfrischendes Lächeln, für das es keinen Ausschaltknopf gab. Sie war eine gute Partie, das sah man sofort, und würde sich eine noch bessere Partie anlachen, um gemeinsam das spießige Sicherheitsleben gealterter Alternativer führen zu können. Sie grüßt und schaut mich an, als hätte sie mich durchschaut. Geben Sie es zu, sagt sie freundlich, beinahe strahlend, als liebe sie sich dafür, mir ein Beichtvater zu sein, mir durch Beichte eine schwere Last abnehmen zu können. Wie bitte?, frage ich, zugeben?, was? Das wissen Sie ganz genau!, kreischt sie, die Feine brüllt mir fast das Haus um. Hysterische Kuh. Das Lächeln hat sich verwandelt, wurde zur Fratze. Es ist alles nur gespielt, sagt sie, als würde sie mir etwas erzählen, das ich längst schon weiß, sagt es, indem sie sich als Eingeweihte zu erkennen gibt. Manche Leute, sagt sie, tun eben alles, um sich interessanter zu machen als sie in Wirklichkeit sind. Habe ich Recht? Aber dem wird nachgegangen, dem geht man auf den Grund, es wird alles ans Tageslicht kommen. Ich bebe vor Zorn. Ich wollte sie schlagen. Ich wollte physisch werden. Gewalt als Lösung leuchtete ein. Ich wollte ihr die Zähne einschlagen, verstehen Sie?, so richtig, das Klingeln zerstörten Tafelgeschirrs auslösen, Tupfspuren von mitgegangenem Zahnfleisch auf meiner geöffneten Faust sehen. Doch ich habe ihr die Gewalt schließlich anders angetan. Sie hat sich in

Rage geredet. Dass er alles erfindet, dass er ein erstklassiger Schauspieler ist, was man ihm durchaus lassen muss, dass er Gehilfen um sich geschart hat für die perfekte Scharade, dass wir beide, Mutter und Sohn, unter einer Decke stecken, dass er sich früher oder später eingestehen wird, sich übernommen zu haben, den Aufwand zum Teufel wünscht, die notwendig gewordene Logistik verflucht. Haben Sie das einzig Richtige getan und ihr mit voller Wucht zwischen die Beine getreten?, erkundigt sich die Kritikerin. Nein, sondern das Falsche, ich habe das Falsche getan, wie aus der Pistole geschossen und ohne zu denken. Sie, diese Person, hat gesagt: Ihr lieber Kilian sitzt jetzt bestimmt in seinem Zimmer am Schreibtisch und liest, oder schreibt, werkelt seelenruhig vor sich hin, wie er es gewohnt ist, wie er es mag, als hätte die Welt aufgehört, sich zu drehen, oder verschmilzt mit seiner Couch, bekräftigt die Sitzmulde am Lieblingsplatz, sieht fern, triefende Seifenopern, Wohlfühlprogramm. Nachdem ich wie gelähmt war und zugehört habe, alles über mich ergehen ließ, habe ich plötzlich meine Antwort gewusst, packe sie am Handgelenk, um ihr zu zeigen, wie richtig sie liegt, oder wie falsch, je nachdem. Ich packe sie einfach, lasse nicht wieder los. Ich schleife sie die Stiegen hinauf in den ersten Stock, dort ist das Zimmer meines Sohnes, wissen Sie, die Dame kreischt, meine andere Hand war mit ihren Haaren beschäftigt, diesem seidig glänzenden Mädchenhaar, das neidisch beäugt wird, sie hat das Zappeln eingestellt, um nicht noch mehr Wurzeln aus der Kopfhaut gerissen zu bekommen, sie quietscht wie eine abgestochene Sau, möchte losgelassen werden, aber ich halte sie fest und immer fester, wie gesagt, ohne zu denken. Dann sind wir oben, ich reiße die Tür auf, wir betreten das Zimmer. Und da sitzt er, im Rollstuhl, dem Fenster zugewandt, mit leerem Blick die nicht vorhandene Landschaft betrachtend. Und sie sieht ihn, das Gemüse, hat den Geruch alter Leute in der Nase, erstarrt im Schock, ich lasse los, ich lasse von ihr ab. Er zeigt keine Reaktion. Sitzt er am Schreibtisch?, frage ich, schreibt er? Liest er ein Buch? Sieht er fern? Ihr Blick war leer wie seiner. Hast du Lust, ihn zu füttern?, frage ich, willst du ihm in der Früh diskret den braunen Streifen in der Unterhose mit lauwarmem Wasser abreiben? Willst du ihm mit einem Geschirrtuch die Spucke vom Kinn wischen? Da wusste sie nichts mehr. Sie hat die Flucht ergriffen, ist getürkt. Ich glaube, sie hat etwas begriffen. Der restliche Tag verlief ruhig.

Die Mutter bricht in Tränen aus. Mein unschuldiges, wehrloses Kind, schluchzt sie, wird von der jetzt aufgestandenen Kritikerin in den Arm genommen. Dieses Biest, diese grässliche Bestie von Mensch, was bildet sich diese Person eigentlich ein, wie kommt sie dazu, uns solche Ungeheuerlichkeiten vorzuwerfen? Verschwörungstheorien gibt es immer, sagt die Jüngere der beiden. Die Mutter stößt Zischlaute aus. Man muss ihn beschützen, es gibt so wenige, die es wirklich gut mit ihm meinen, an einer Hand abzuzählen, es wimmelt überall vor verbrecherischem Gesindel, man will Kilian Böses, und ich muss es verhindern.

Die Kritikerin spendet Trost, summt in angenehmer

Tonlage vor sich hin, das Wippen soll einlullen und Beruhigung herbeiführen. Dabei muss sie selbst um Fassung ringen, die Schilderung seines Zustands geht der Besucherin durch Mark und Bein. Ihr wird bewusst, dass sie den Raum unter keinen Umständen betreten können wird. Allein die Vorstellung lässt sie straucheln: Dass irgendwo in ihm der Mechanismus seine Arbeit fortsetzt, eine beneidenswerte Auffassungsgabe, ein Gespür im Umgang mit anderen. Dass unter der Oberfläche die Rädchen ineinandergreifen, doch kein Ergebnis dieser Innenwelt dringt nach außen. Dass er Gedankenexperimente ausführt, denen nicht beigewohnt werden kann, dass er dort drinnen, in sich, schlagfertig ist, und man bekommt es nicht mehr mit. Sie wird seine Wortverrenkungen vermissen, und dass er einem Sätze im Mund umdreht, bis einem schwindlig wird. Sie sieht sich vor seiner Zimmertür stehen. Wird es zu verarbeiten sein, diesen vormals Lebendigkeit verkörpernden Mann im Dunst der eigenen Körpersäfte schmorend anzutreffen? Ich werde, weiß sie, in Ohnmacht fallen beim ersten Anblick des zerstörten Wesens, das für so viel Hoffnung auf mehr stand. Alle in ihn gesetzte Erwartung in Rückkopplung verwandelt, wie Peitschenhiebe in die perplexen Gesichter geschnalzt. Sie sieht sich ein letztes Mal falsch atmen, in die Brust, nicht in den Bauch, die Brille zurechtrücken und den ersten Schritt wagen. Über Sie würde er sich freuen, sinniert die Mutter, Sie sind eine von den Guten, bei Ihnen mache ich mir überhaupt keine Sorgen. Man würde sich, denkt die Kritikerin, in seiner starren Mimik vielleicht sogar ein Lächeln einbilden, eine freudige Reaktion auf meinen Besuch. Sie löst die

Umarmung, tritt zurück, es geht nicht, sein trostloser Anblick bräche mir mit Sicherheit das Herz, sie muss nicht mit eigenen Augen sehen, was als Vorstellung schon Magengeschwüre verursacht, sie muss sich von der Wahrheit nicht überzeugen, die doch schon aus der Ferne dröhnt und faucht, sie geht den Feiglingsgang, bricht überhastet auf, als sei sie die Frau, von der die Mutter erzählt hat.

Zum Beispiel neulich im Bus, der große Straßenkreuzer, beim Haltmachen an der Station bei Bedarf hydraulisch leicht kippend, sich dann geschmeidig aufrichtend und seine Fahrt fortsetzend, wenn der Kinderwagen mit dem plärrenden Nachwuchs das Aussteigen beendet hat. Die vorbeiziehende Stadtlandschaft, vom Bus aus gesehen, in der immer die eine oder andere Antwort zu liegen scheint, sowie in den vom Blick gestreiften Handgriffen der Menschen, in ihrer Bewegung erstarrt. Für den Wienbewohner ist dieses abgefederte Rollen eine willkommene Form der Meditation. Das Gestern Revue passieren lassen, einhaken und alles anders gemacht haben, in Gedanken neue Möglichkeiten durchspielen. Und das Bevorstehende erahnen, manchen Fahrgästen dient das Schauen aus dem schwankenden Busfenster als Liebesorakel, sie befragen die von Streunern bepinkelten Büsche im Prater, die Litfaßsäulen und die öffentlichen Sicherungskästen, wie lange wird es halten?, auf dem Weg zu ihm oder ihr, am Rückweg nach gemeinsamer Nacht mit ihr oder ihm. Doch immer öfter kratzt der Störfaktor Mitmensch seinen Makel in die perfekte halbe Stunde. Es lässt einen hochschrecken, stiehlt den Blicken die

Konzentration. Das Busfahren wird zur Farce, zur Pein, zum Krieg. Wurstgesichtige Gemeindebaukrüppel!, möchte man rufen, hat ausschließlich Worte des Hasses für sie übrig, die sich an ihrem Schicksal versuchen, ohne dafür mitverantwortlich gemacht werden zu können. Eine Gruppe steigt ein. Etwas bei diesem Einsteigevorgang geht sich nur knapp aus. Du wolltest mich einzwicken!, brüllt ein älterer Herr, du hast mich einzwicken wollen! Er vergisst seine guten Manieren, verlernt die höfliche Anrede, weil sein Gegenüber jemand mit Migrationshintergrund ist, der Busfahrer entschuldigt sich mehrmals, beteuert, keinerlei böse Absicht gehabt zu haben. Das ist ja direkt kriminell!, mischt sich eine Wildfremde ein, das ist ja schon beinahe mutwillige Körperverletzung. Pass auf, pass nur ja auf!, brüllt der Mann. Haltlose Anschuldigungen werden vorgebracht, man echauffiert sich, als gäbe es kein Morgen, man kann nicht mehr aufhören, man vertödlicht das Zusammenleben in der Gemeinschaft, die Anzahl der Zwietrachtstreuer erreicht ungeahnte Höhen. Es ist der tagtäglich beobachtete Umgang, der einem klar werden lässt, dass es sich bei den Bewohnern Wiens um unrettbar Verlorene handelt. Entweder Teil der neun Zehntel, die jeden geregelten Ablauf verunmöglichen, oder zehntes Zehntel, die Unglücklichen, denen das Ertragen der Zustände abverlangt wird. Jedenfalls in solchen Busmomenten knickt man ein, ist man versucht, die Bankrotterklärung des Planeten ein für alle Mal zu unterschreiben. Es steht fest, dass der Istzustand nur noch mit allergrößter Anstrengung aufrechterhalten werden kann, wie lange soll das noch gutgehen? Die Natur macht uns wohl nicht mehr lange mit, die Menschen mit ihr unverbunden, wuchern vor sich hin, außer Kontrolle geratenes Wachstum. Dies ist der zu entfernende Krebs, denkt man beim Anblick des Brechreiz erregenden Ehepaares, bitte, setzt euch nicht in meine Nähe, bitte nur nicht neben mich, es ist hinten noch Platz, es sind genügend Sitzplätze frei. Die Elefantenschenkel der Frau, mit Orangenhaut, die wabernden Beine in schneidend knappe Höschen gezwängt. Von ihrem entzündeten Ohrläppchen blättern Hautfetzen ab. Er ein übergewichtiges Riesenbaby, ungesund schnaufend, nach den Abertausenden verzehrter Schnitzelsemmeln mit Mayonnaise, man sieht sie ihm an, und die Hektoliter Bier, die er mit sich herumträgt, ihm die Kleider ausleiernd. Hinaus aus diesem Höllenbus, hinaus! Wer kann bestreiten, dass wir verflucht sind? Es wird eine Veränderung eintreten müssen, die Umstände schreien nach Zäsur. Sie haben nichts zu sagen, und alles, was ihren Mund verlässt, ist Karieshauch und heiße Luft, sie spinnen ihre kindischen Intrigen, hecken Hinterhalte aus, über einander haben sie nie Nettes im Mund, tischen dreiste Lügen auf, es wird plump hintergangen und einfältig Verlogenheit gelebt. Ausgeprägtes Denunziantentum fällt einem ein, wenn man an die lieben Mitmenschen denkt, dann lange nichts, dann der Rest. Die Tonbandstimme sagt die nächste Station an, steigt alle aus, ich flehe euch an, lasst mich in Frieden, ich ertrage euch nicht mehr. Man kann nur noch die Stirn in Falten legen, oder den Kopf in die Hand, und den Untergang hinnehmen. Man kann an nichts mehr appellieren, schon gar nicht an den gesunden Menschenverstand, der ist auf Urlaub, er kommt nicht mehr zurück, der ist schon so lange auf Urlaub, dass die Vermutung berechtigt erscheint, man wolle einen Schein wahren, man lasse einen Toten nicht ziehen, man gebe sein Bestes, andere nicht mit einem Ableben konfrontieren zu müssen, diese Art von Urlaub. Ähnlich verhält es sich mit dem natürlichen Moralempfinden, an das ebenso wenig appelliert werden kann. Nein, Stirn und Kopf und Hand sind die beste Entscheidung. Dann endlich die Station, man entsteigt der Schwüle dieser fahrenden Schlauchkabine, frische Luft, man grämt sich über die trompetenden Gesänge in sich, die eine Vielstimmigkeit heraufbeschwören als Schutzwall gegen die negativen Eindrücke von außen, ist doch übertrieben, gibt doch keinen Grund für schlechte Laune, es ist ja vorbei, der Bus ist vorbei, und die Leute, ihr Schmerz ist vorbei, den man für sie empfindet, weil sie es nicht können, es sind mühsame Moralapostel, die im Bus sitzend die Nase rümpfen, Gewaltphantasien weitertreiben, zu weit, es sind gestrandete Spinner, die hinter Kleinigkeiten wie diesen kosmische Vorgänge vermuten, gar etwas Großes, das eintritt.

Das Brummen des Kühlschranks, sein Quietschen der Tür. Seit Monaten wird das Innere des Hauses nach außen gestülpt, weil es begründeten Verdacht gibt, dass sich irgendwo ein Fässchen Schmieröl versteckt haben muss. Michaela und Justus sind fest davon überzeugt und haben den Ehrgeiz, es auch zu finden, es wäre Unsinn, ein neues zu kaufen, das bereits Vorhandene würde sicher kurz darauf auftauchen und zu allgemeiner Missstimmung führen. Das

Schmieröl muss doch im Abstellraum sein!, wieso ist es nicht im Keller? Wieso meldet sich das Quietschen in der Nacht um, sie blinzelt den reparierten Wecker an, kurz nach halb drei? Michaela richtet sich auf. Das Brummen, von fern, wie ein herannahender Tanker, dazu das Türgeräusch wie von Geisterhand, dazu das unruhige Umherrutschen spitzwinkeliger Knie. Minuten zuvor schlafwandelte Justus in die Küche, da er annahm, den Ursprung des Dröhnens gefunden zu haben. Aus sicherer Entfernung beobachtet sie, wie er mit einem Schraubenzieher am Kühlschrank herumwerkt, im festen Glauben, ein Geheimfach zu entdecken. Ihr Mann ist starker Migräniker, sie ist Überreiztheit und Verrennereien gewohnt. Seinen Einbildungen gegenüber ist er stets folgsam. Energisch, als stünde sein Wohlsein damit in direktem Zusammenhang, bestochert er die Kühlfächer, Lebensmittel gehen kaputt, dass er mir nur ja nicht das Kind aufweckt, Tobias wird ja glauben, wir haben Gespenster, bei diesem späten Krawall. Justus bohrt nach dem Kästchen, das alles beinhaltet: Die Beschreibung des Plans, Details zu dessen Umsetzung, allgemeine Erläuterungen und eine kurze, dunkle Schmähschrift. Er deaktiviert die Vorrichtung, ist für immer geheilt. Der Spuk ist zu Ende, der Streich ist gespielt. Er wird nicht fündig. Michaela verweigert sich dem Versuch, ihn ins Bett zurückzuholen, aus Erfahrung.

Ladislaus Kampf ist Toilettentester und Waschraumexperte. Er steigt aus dem Bus, schüttelt den Kopf über so viel Ignoranz und Weltabgewandtheit. Seine Aufgabe besteht darin, Toilettentests durchzuführen und Waschraumexpertisen zu erstellen. Man verdient nicht besonders, dieser Beruf ist kein Goldesel, den man am Schwanz zieht, man kann jedoch, bei entsprechender Interessenlage, darin aufgehen, die Geborgenheit des Fachgebiets spüren, die Aufgehobenheit im Spezialistentum. Obwohl er diese Tätigkeit schon viele Jahre ausübt, ist ihm das Verfassen der Berichte nie zum Ärgernis geworden. Jede neue Toilette betritt er mit Elan und aktivierten Sinnen. Er ist ein kleines Rädchen in der Nasszellenabteilung der Firma, arbeitet sich langsam hoch, gräbt sich frei, bis ganz hinauf zur Position des Abteilungsleiters, mit eigenem Kühlschrank und ledernem Drehstuhl. Er stapft energisch voran, aufgehalten nur von den Rotphasen der Ampeln. Seine Hassobjekte werden in den Hintergrund gerückt. Sollen sie doch den Rest des Tages spazieren fahren, von Endstation zu Endstation, immer hin und her, etwas anderes haben viele ohnehin nicht zu tun, die frühpensionierten Bahnarbeiter, Bademeister, Lehrer. Sollen sie doch gezwungen sein, sich selbst auszuhalten, in niemandes Beisein. Das dort ist seine Straße, hier ist er zu Hause.

Die Firma gilt als marktführend im Bereich der Sanitäranlagen, sowohl was Planung, als auch was Ausführung angeht. Maßanfertigungen werden gerne übernommen, in seltenen Fällen wird an Drittanbieter weitervermittelt, fähige Einzelunternehmer, die jeweils eine fast zu ignorierende Nische besetzt halten. Ein Großteil der Einnahmen wird mit Massenware erwirtschaftet, Setzkastenteile vom Fließband ohne berücksichtigte Extrawünsche, es lässt sich dann leicht die entsprechende Lösung für den Kunden finden. Ladislaus Kampf hat dafür zu sorgen, dass die Firma auch weiterhin Marktführer bleibt. Er spioniert bei der Konkurrenz. Seine Arbeitszeit verbringt er damit, in Wirtschaften einzukehren und die Toilette zu benutzen, er betritt Raststätten, um sich die Hände zu waschen. Ganze Autobahntage schiebt er ein, keine Pinkelmöglichkeit lässt er aus, betritt dann alle Kabinen, was nicht selten minutenlanges Warten auf das Ende eines qualvollen Stuhlgangs bedeutet, sich Pressgeräusche anhören zu müssen, krampfiges Hecheln der übergewichtigen Reisegruppen mit Verstopfung, bis endlich die ausstehende Kabine frei wird und betreten werden kann, Fäkalwolke, die sich langsam verflüchtigt. Er steht alles durch, eine gewisse Routine hat sich eingestellt. Er führt penibel Buch, jeder Besuch ist archiviert und bis ins Genaueste rekonstruierbar. Es sind konkrete Fragestellungen, mit denen er sich zu beschäftigen hat: Welche Seife kommt zur Anwendung? Selbstverständlich nimmt er Proben, hat alle bei professioneller Spurensicherung verwendeten Instrumente griffbereit, Einweghandschuhe, Reagenzgläser, Pipetten, viele Handseifen erkennt er mit einem einzigen Streifblick, die Flüssigseifen bei Prüfung ihrer Konsistenz zwischen Zeigefinger und Daumen, manche samenhaft zäh, andere knauserig verwässert, um beim Kunden zu sparen, der doch eigentlich König sein sollte. Einige Seifensorten lassen sich ganz ohne Hinschauen erriechen. Welche Waschbecken? Neumodische Auskotzungen übereifriger Architekturstudentinnen oder Mut zur klassischen Form? Ladislaus trägt immer ein Notizbuch mit sich, notiert wird alles, was auch nur am Rande von Interesse sein könnte. Welche Klomöbel? Er hat da schon Sachen gesehen, die würde ein Laie gar nicht für möglich halten. Es sind nicht immer Nobelhotels, die es zu begutachten gilt, auch in den versifftesten Dreckslöchern muss er sich herumtreiben. Nichtsdestotrotz liebt er seinen Beruf. Das Toilettentesten erfordert Auffassungsgabe, Gespür und Genauigkeit, es wird einem alles abverlangt. Man entwickelt sechste Sinne, erweitert das Sensorium für Zwischenmenschliches. Ladislaus Kampf muss herausfinden, was auf diesem Sektor angesagt ist, welche Sünden werden verbrochen, welche neuen Ideen knospen auf? Wie schafft es die Abteilung der Firma, auch weiterhin am Puls der Zeit zu sein? Ist die selbstreinigende Kabine tatsächlich die Richtung, in die es geht, ein nicht mehr aufzuhaltender Trend? Ladislaus Kampf ist ein Luxus, den man sich leistet. Würde das Wegrationalisieren beginnen, seine Stelle wäre eine der ersten, die es abzuschaffen gälte. Er ist ein Freigeist, von dem man sich erhofft, frischen Wind in gestockte, weil sich bewährt habende Strukturen einimpfen zu können. Seine Berichte werden selten gelesen, dafür einzelne Zeilen zitiert, die man sich eilfertig herauspickt, Volltextsuche sei Dank, wenn in der Entwicklungsabteilung ein Standpunkt untermauert werden will. Er ist, soweit er weiß, weltweit der einzige Toilettentester und Waschraumexperte. Branchentreffen hat es nie gegeben, auf die Gründung einer eigenen Gewerkschaft ist vergeblich zu warten.

Ladislaus putzt sich die Zähne. Es ist spät. Er hört

Musik, wie er das immer macht. Seit knapp zwei Jahren wohnt er hier, in der Genossenschaftswohnung. Anfangs war einiges an Konzentration an den Tag zu legen, um sich nicht ständig den Kopf zu stoßen, er hatte blaue Flecken auf den Ellbogen und Blutergüsse auf beiden großen Zehen als Lehrgeld zu bezahlen. Ein Umdrehen geht zuweilen direkt in den Nacken. Das dritte Lied beginnt, er putzt und putzt, weiße Blasen gischten auf, er beugt sich übers Waschbecken, schaumgebremster Speichel zieht seine Fäden Richtung Abfluss, würde er seinen Expertenblick in den eigenen vier Wänden einsetzen, käme er zu keinem allzu guten Ergebnis, er haust in einer Art Loch, das höchstens nach dem Großputz Wohnlichkeit ausstrahlt. Das Badezimmer ist ein Unglück, dem man ganze zwei Quadratmeter zuspricht. Das dritte Lied schwingt sich zu einem Finale auf, die verzerrten Gitarren jaulen ihre Qual, das Schlagzeug gibt Scherben, die Singstimme überschlägt sich mehrmals, er wippt den Takt mit, aggressives Klopfen setzt ein, dazu das passende Läuten. Er stutzt. Ist das wirklich bei mir? Mit nacktem Oberkörper möchte er nicht öffnen. Er betätigt die Pausetaste, die Musiker brechen ihren Überschwang ab. Es dauert ein bisschen, bis er den Bademantel aus dem Kleiderschrank gefädelt und übergeworfen hat. Mittlerweile sind Läuten und Klopfen verstummt. Er holt den abgelegten Schlüssel, geht neugierig zur Tür. Niemand da. Er horcht ins Stiegenhaus. Das Licht brennt. Er schließt die Tür, dreht den Schlüssel um. Da war nichts, ein Irrtum seinerseits, ein verirrter Besucher, der mit seiner Erregung von Aufmerksamkeit einen anderen meinte, da ist nie etwas gewesen.

Er kehrt ins Bad zurück, betätigt abermals die Pausetaste, was die Musiker wieder einsetzen lässt, sie spielen weiter um ihr Leben, die schiefen Töne wieder da, erfüllen den Fliesenraum. Er setzt die Verrichtungen fort. Kurz darauf erneutes Klopfen an der Tür, der Klingelkasten fällt beinahe aus der Wand. Er geht hin, macht auf, da stehen Herr und Frau Mandel, wutentbrannt, außer sich.

Zur Wohnsituation allgemein sei zu sagen, dass man es in Genossenschaftshäusern hauptsächlich mit geistig zurückgebliebenen Sozialhilfeempfängern zu tun bekommt, deren größtes Vergnügen es ist, ihren Nachbarn mit Polizei zu drohen, wenn nach zehn Uhr abends ein Fetzen Musik herüberdringt. Sie stehen mit Elefantenohren an den Wänden und horchen. Dieses Drohen mit Polizei kommt jetzt auch von Herr und Frau Mandel. Beide stark übergewichtig, die Körper passend zu den Ohren. Sie und ihre totgemachten Haare, als hätte die Gute zum Bändigen der aufmüpfigen Frisur die chemische Keule zum Einsatz gebracht, sie scheint einen Krieg gegen die eigenen Strähnen zu führen. Ihrer schlechten Haut gegenüber ist nur Mitleid zu empfinden. Er trägt einen schmutzigweißen Zottelbart, in dem sich Essensreste und Ungeziefer verfangen. Was die meisten Hausbewohner miteinander verbindet, ist ein ungepflegtes Erscheinungsbild, dem es kaum noch einen Makel hinzuzufügen gäbe. Herr und Frau Mandel haben rötliche Säuferhaut, narbig und schrundig, an den uneinsehbaren Stellen aggressive Schuppenflechte, selbst medikamentös kaum mehr zu entfernen. Schwer feststellbar, ob es sich bei den beiden um Geschwister oder Eheleute handelt, vermutlich um beides. Zwei Nilpferde, eines stärker behaart als das andere. Die Vorstellung, dass sie sich in ungewaschen-gelben Bettlaken wälzen, um dem Familienstammbaum krankes Geäst hinzuzufügen, ein Inzestkind, mehr geworfen als geboren. Herr Mandel hat tiefe Augenringe im aufgequollenen Biergesicht, in dem mittig eine triefendrote Schnapsnase platziert ist. Frau Mandels Körper gluckst, wenn er sich rührt, um den Bauch trägt sie wie einen Schutzring mehrere Speckschwarten, die sorgsam ins Gewebe eingearbeitet sind. Beim Fortbewegen nicken ihre Doppelkinne. Immer trifft man sie gemeinsam an, niemals würde einer allein einkaufen gehen, oder zur Apotheke, zur Trafik, zur Drogerie. Wahrscheinlich sind weder Stuhlgang noch Duschen davon ausgenommen, immer steht einer dem anderen bei, ist artig zur Stelle. Herr und Frau Mandel, Bruder und Schwester, die bereits als Jugendliche verheiratet wurden, leben die perfekte Symbiose.

Es ist ein Irrenhaus. Man hört Klopfzeichen durch die Wand, wenn einer dem anderen etwas zu sagen hat. Kein Morsecode, sondern plumpes Fausthämmern oder Besenstielbohren, Verständigungsform der Neandertaler, eines Jetztmenschen im Grunde nicht würdig, immer klopft und schreit es im Irrenhaus, die Sprachlosensprache der Halbmenschen. Immer dringen Stimmen herüber, man bildet sich ein, es würde permanent über einen beratschlagt, über die bedrückende zwischenmenschliche Situation, in der man sich befindet, man entwickelt mit der Zeit, es ist wahr, eine Art Paranoia. Das Irrenhaus bedeutet ein ständiges Raunen von irgendwoher, jemand krepiert, jemand kotzt sich den Leib aus der Seele, die Geräuschkulisse lässt an ein Abkratzen, ein Folterzimmer denken. Vor allem dieses Raunen bleibt einem nach der abzusitzenden Zeit in der Genossenschaftswohnung in Erinnerung, man behält das Raunen in sich, geht darin verloren. Genossenschaftshäuser sind ein Sichgestörtfühlen.

Das Wohnen hier macht einen krank. Es sind dunkle, stickige Orte, an allem wird gespart. Die Scharniere quietschen, werden oft ausgewechselt, die eingesetzten Handwerker achten darauf, die Qualität des bisherigen Materials mit dem neuen zu unterbieten, wenn möglich, auch den Preis. Zugluft rauscht durch die Schlitze unter Türen. Alle Bewohner haben etwas mit dem Hals. Irrenhaus deshalb, weil es eine verwirrte alte Dame gibt, die sich gerne in die Waschküche schleicht, um das laufende Programm anzuhalten, die Maschine aufzumachen und unliebsamen Mitmietern gebrauchte Taschentücher in die angefeuchteten Wäscheklumpen zu stopfen. Das gibt ein schönes Muster in der Kleidung, aus mühsamen Klettflocken, welches erst einmal herausgezupft werden will. Irrenhaus deshalb, weil die Durchlauferhitzer langsam ihre Gifte absondern, schlecht gewartet, wie sie sind, weil Flammen die Leute ersticken und bis dahin Gehirnzellen zerfressen. Weil der Aufzug nach den Gliedmaßen der Fahrgäste schnappt, fragen Besucher nach der vorgeschriebenen Sicherheitstür, so ernten sie ein mitleidiges Lächeln. Küchendunst hängt in den unentsorgten Postwurfsendungen, die in einem weiß lackierten Gitterkorb gesammelt werden, bis sich einer erbarmt, bis Müllabfuhr oder Postbote sich versehentlich für zuständig erklären, bis der Hausbesorger hausbesorgt, bis zum Jüngsten Tag. Dunst von der sättigenden Hausmannskost, bei der zunächst alles in Schmalz gewälzt wird. Von den buttrigen Keksen, die eine Oma ihren Enkeln vorsetzt. Von den orientalischen Experimenten des Paares im dritten Stock. Knoblauchschwaden von der emigrierten Familie im Erdgeschoss. Die Buntheit des Hauses ist unaushaltbar schön, auf Dauer unerträglich.

Die Interaktion mit den direkten Nachbarn hielt sich bisher in Grenzen, war auf gemurmeltes Grüßen, Waschküche und Paketübergaben beschränkt. Heute wird auf Tuchfühlung gegangen. Sie im Bademantel, er im Jogginganzug. Wild gestikulierend. Ladislaus Kampf lässt die Minuten über sich ergehen. Herr Mandel benutzt mehrmals das Wort Idiot. So ein Idiot!, ein absoluter Volltrottel und Idiot!, mit diesem Idioten braucht man gar nicht mehr zu reden!, appelliert er an die Zustimmung seiner Eheschwester. Das Öffnen der Tür bedeutet einen Sturz in die Hölle der Anfeindung, denn was immer du tust, mach nicht auf. Sie stehen da, erbost. Wissen Sie, wie spät es ist? Ja. Er antwortet in Trance, er ist sich seiner nicht bewusst. Sind Sie wahnsinnig?, wobei es sich um eine rhetorische Frage handelt. Sie hören viel zu laut Musik! Er schimpft nicht zurück. Zwei Schwabbelmonster vor sich, sollte man ihnen widersprechen, ist das klug? Nein, die Musik war nicht zu laut, das ist Zimmerlautstärke. Ladislaus Kampf bleibt ruhig, er möchte den beiden ins Gesicht schlagen, am besten simultan. Gewalt, denkt er, Gewalt. Wir müssen morgen früh aufstehen. Dies wagt er zu bezweifeln. Den beobachtbaren Tagesstrukturen ist keine Arbeitstätigkeit zu entnehmen. Vielleicht gibt es ein Sonderangebot, das unter keinen Umständen von anderen massenpanischen Schnäppchenjägern weggekauft werden darf, die Aufstehzeit der Mandels orientiert sich an den Öffnungszeiten einer Supermarktfiliale. Ich muss auch früh aufstehen, morgen, sagt er. Sie drohen mit Polizei. Ja, bitte, wenn Sie wirklich glauben, dass es zu laut war, dann rufen Sie die Polizei, die soll das klären, weil es war nicht zu laut. Das ist ein unglaublicher Idiot! Herr Mandel rennt durch die geöffnete Tür der eigenen Wohnung, kommt mit dem Schnurlostelefon zurück. Ich rufe jetzt an, ich rufe die Polizei! Sein roter Kopf platzt beinahe vor Aufregung, nur zu, denkt Ladislaus, ein roter Blutballon, es wird sich menschliche Süße in den Küchendunst mischen, wenn man etwas fest genug denkt, tritt es dann ein? Wenn Sie wirklich nichts Besseres zu tun haben, dann rufen Sie bitte die Polizei, ich glaube aber ehrlich gesagt, dass die Leute dort etwas Besseres zu tun haben, als wegen solcher Sachen auszurücken. Ich rufe jetzt an! Ja, bitte. Mit dem kannst du nicht reden, das ist ein Idiot! Man dreht sich im Kreis. Also, wenn Sie dann fertig sind, beginnt Ladislaus. Herr Mandel lässt sich von seiner Inzestgespielin das Telefon abnehmen. Ein letztes Mal noch ermuntert Ladislaus die beiden, endlich die Exekutive einzuschalten, um den Streit zu schlichten, gegebenenfalls eine Messung durchzuführen, er will es darauf ankommen lassen, fühlt sich im Recht. Sie gehen nicht darauf ein, ziehen ab. Herr Mandel brüllt ein Selbstgespräch, der mit dem Klumpfuß in die Dornen geratene Zirkusbär. Sie wenden sich um, fangen wieder an, Frau Mandel wirkt betrübt, aus Gründen, mit denen der Faltenwurf ihres Gesichts vertraut scheint. Ein bisschen schämt sie sich für das Auftreten ihres Mannes. Ladislaus ist weiterhin bemüht, sachlich zu bleiben, er beschließt, Kraftausdrücke nicht nötig zu haben. Argumente werden angeführt, wie Rammböcke gegen ein Bollwerk des Hasses. Schließlich rechtfertigt die Frau das mandelsche Vorgehen mit den Worten: Wir haben schon so oft geklopft. Der Mann nimmt seine nicht gerade schmeichelnden Bezeichnungen für den Nachbarn in keiner Weise zurück. Der ist und bleibt ein Idiot! Im Gegenteil. Kampf schließt die Tür, es ist genug.

Eine Szene, wie sie sich täglich abspielt, in einem beliebigen Genossenschaftshaus, jeder Gemeindebau hat solche Konflikte vorzuweisen, Substandardunterkünfte eben, weltweit gleich provinziell, in den abgekapselten Einfamilienhäusern ist solches unbekannt, hier regieren andere Höllen. Es ist Teil des Jungseins. Vielleicht war man nie jung, wenn die Nachbarn nicht wenigstens einmal die Polizei rufen mussten. Müssen?, denkt Ladislaus, Grund gab es keinen, und getan wurde es auch nicht, für wen wohl eine Niederlage?, denkt er. Tiraden, die er stoisch erträgt, sind ihm nichts Neues, sein Vorgesetzter lässt sich manchmal dazu hinreißen, sucht sich ihn als Opfer aus. Eine Verspannung kriecht ihm in die Schultern, das Rückenmark entlang sind zwei Stahlseile gespannt, im Nacken sieht man die Stränge, er massiert sich ein bisschen, stochert mit den Fingern an sich herum. Die Musik lässt er leise weiterplätschern, rechthaberisches Element an diesem Abend. Er verflucht seine Nachbarn, wünscht ihnen einen baldigen Tod, vor allem ihm, brütet konkrete Ursachen aus, Herzverfettung mit dazugehörigem Schlaganfall, am naheliegendsten, seine Schwesterfrau wird dann von der Trauer geholt. Er putzt sich voller Ingrimm die Zähne. Kein einziges Mal während dieser zwei Jahre hat Ladislaus Kampf in seinen eigenen vier Wänden ein Fest veranstaltet. Ein einziges Mal während seiner Zeit hier lud er ein paar Freunde zum Kartenspielen ein.

Damals: Er senkt behutsam die Plattennadel in eine Rille, die Stimmung aufzubessern. Zarte Säuselstrophe einer längst vergessenen Sangesikone. Zur Sicherheit werden die Regeln wiederholt, also, noch einmal für alle zum Mitschreiben. Es wird mit Sonderfällen Einspruch erhoben, die rasch als vermeintlich widerlegt sind oder das Beschließen einer Zusatzregel verlangen. Das Spiel kann beginnen. Der Kühlschrank wird geplündert. Geld wird gesetzt. Freunde und Arbeitskollegen verschmelzen zur homogenen Masse. Es gibt belegte Brötchen, aber nicht sehr viel Platz, Bewegungsfreiheit schon gar nicht. Im Topf sind verschmerzbare Summen, für manche Teilgehälter, alles im Rahmen, es finden keine weltbewegenden Transaktionen statt. Es wird ein gelungener Abend, als Konstellation durchaus nicht uninteressant. Um Punkt zweiundzwanzig Uhr setzen Klopfgeräusche ein. Nachbarn haben Funkuhren. Zuerst weiß er nicht, was sie bedeuten, lässt sie auf sich beruhen, wie später im Bad, doch dann kehren sie zurück, sein Blick fällt auf den Plattenspieler, er lässt sich entschuldigen, bittet um Auszeit, steht auf, geht hin, hebt die Nadel in die Halterung, steckt die Platte zurück in die Hülle. Beinahe im Flüsterton geht es weiter. Er wohnt hier noch nicht lange, er bietet keine Stirn. Es ist Samstagabend. Die vorgeschriebenen Ruhezeiten sind striktest einzuhalten, von zehn Uhr abends bis sechs Uhr früh. Es wird keine weiteren Pokerabende mehr geben. Jedenfalls nicht hier. Der nächste wird bei einem anderen abgehalten. Die Spieler schreiben mit diesem Ortswechsel die *Autobiographie des Geldes* um.

Mach dich klein, sei eine Mucksmaus, ein Mucksmäuserich, bis du Durchsichtiger mit deinem Schatten verschmilzt, sei erst übersehbar, dann nicht existent, wer im Geisterhaus lebt, muss ein Geist sein, gib keinen Laut von dir, lass keinen wissen, dass du am Leben bist, dass es dich gibt, Essenseinladungen schlag dir am besten sofort aus dem Kopf, es wird keine geben, deine Jugend tausch ein gegen Altsein, sich bewegen wie Greise, ernähren wie Greise und krank sein wie sie, herzlich willkommen, wir haben uns schon gefragt, wer den leeren Platz einnimmt, wer dumm genug ist, seine Unterschrift unter den Abgesang zu setzen, jetzt wissen wir es, du, das Betreten der eigenen Wohnung heißt Heimkehr in die Fremde.

Es sind sehr kleine Leute mit sehr kleinen Leben. Sie brauchen alle paar Wochen ihren Schuss Adrenalin ins lasche Blut. Welch Wohltat, endlich wieder jemandem mit Polizei drohen zu können. Als wäre die Exekutive ein folgsamer Wachhund, einzig ihnen, den Mandels, zum Dienst abgerichtet, der auf unliebsame Mitmenschen gehetzt werden kann, um dann wie aus der Pistole geschossen anzugreifen und zuzupacken, sein Rottweilerfletschen ins Hüftfleisch zu stoßen. Es bleibt stets bei der Drohung, zu endgültigem Entschluss fehlt ihnen der Mut. In Wahrheit ist es doch so: Durch ihr Handeln erreichen sie nur eines, nämlich, dass alle Beteiligten, die Mandels und Ladislaus Kampf, in einen Zustand höchster Erregung versetzt werden. Es bringt alle um den Schlaf, und zwar um genau jenen Schlaf, der den Mandels vorgeblich so verteidigenswert erscheint.

Die Musik tröpfelt aus, er verlässt das Bad. Der Abend ist ihm verdorben, sein Herz klopft wie wild, gleich explodiert es, sprengt die Brust, katapultiert sich an die Zimmerwand, was Schmierspuren hinterlässt. Jeden einzelnen Schritt, jeden Handgriff überdenkt er. Sein Kopf ist überlastet, zu nichts mehr imstande. Ladislaus fällt erschöpft ins Bett, er kann nur immer und immer wieder die Ereignisse der letzten fünfzehn Minuten rekapitulieren. Sein Geist ist vollkommen von dieser plötzlichen Wendung vereinnahmt.

Die Meister des Trostes, so lautet der Name des Werkstücks, das er seit Monaten behaut. Er kramt die Schreibarbeit hervor wie ein Strickzeug, legt es sich zurecht, erblickt fallengelassene Fäden, greift sie wieder auf. Er beschließt, mit den Nadelenden weiterzubohren, zur Beruhigung, es hilft. Er tut es oft, wenn er zu Hause sitzt, einsam und allein, früher fand man ihn in solchem Gemütszustand immer in den großen Philosophen blätternd, sie sind ihm die einzige Lektüre, die sich lohnt. Es ordnet etwas in einem, wenn man sich mit den klaren Strukturen des Bleibenden beschäftigt. Er ist ein gieriger Leser, manchmal geht es an die Grenzen der Verausgabung, wenn er im summenden Lampenschein gegen den Augendruck der Müdigkeit ankämpft, aber immer noch mehr Gedachtes lesen und Geschriebenes denken will, das er ohnehin nicht versteht. Die Verfasser, so scheint ihm, wussten und wissen ja selbst nicht, wie das eine mit dem anderen zusammenhängt. Autoren, die er nicht mag, liest er auf der Toilette, degradiert sie damit zur Überbrückung langwieriger Minuten, zahlt ihnen alles heim, wenn sie sich allzu kompliziert ausdrücken, wenn sie ihn an ihren Erkenntnissen nicht teilhaben lassen. Ladislaus beschmutzt sie, Fäkalgestank dringt in die Seitenfasern, während er sich vorankämpft, sein Umblättern sichtlich genießend, dann, wenn er fertig ist, legt er das Klobuch auf den Deckel des kleinen silbernen Mistkübels und wäscht sich die Hände, im Rauschen ist manchmal zu hören, wie sich die Geschmähten in ihren Gräbern umdrehen. Früher war das Lesen genug, jetzt ist es das nicht mehr. Der Griff ins Bücherregal eigentlich einer in den Medizinschrank, aus dem man sich die heutige Dosis herausnimmt. Irgendwann dann die Idee, ihnen etwas zurückgeben zu müssen. Ladislaus, dem das passive Empfangen nicht mehr reicht, es mildert die Erfahrungen des Alltags nicht in ausreichender Form, es scheitert am Versuch, die Verletzungen der Umwelt zu relativieren. Ich muss euch beschenken, sagt er, nachdem ihr so lange mich beschenkt habt. Er erkennt die Philosophen als größte Trostspender der Menschheit und beginnt mit den Meistern des Trostes. Es hat Erfolg: Wie früher durchs Lesen kann jetzt durchs Schreiben eine Panikattacke zurückgedrängt werden. Es reinigt und erdet.

Ladislaus Kampf, wie er in der neuen Wohnung sitzt und Angst hat. Sie ist ordentlich gestrichen, in einem fleckenfarbenen Weißimitat, eine gute Seele hat das Backrohr gereinigt, konnte jedoch nicht in alle Ritzen vordringen, im Zwischenraum zum Spülblock tummeln sich Nudelsplitter und davon angelocktes Ungeziefer, die rosaroten Pilzformationen überm Badewannenrand wurden mit Schimmelstopp eingesprüht, das langsam verdunstet und Darunterliegendes preisgibt, es war zu hartnäckig, es ist in die Wände gewachsen. Man wollte vor seiner Ankunft alles wie neu aussehen lassen. Auf einigen Badezimmerfliesen klebten hauchdünne Schutzfolien. Da und dort gab es nicht bloß kosmetische Eingriffe, sondern tatsächlichen Materialaufwand, Löcher im Boden wurden mit Fugenmasse gekittet. Ziemlich bald erblickt Ladislaus die mitangehörte Frau, die er als solche bezeichnet, weil er sie anfangs nur akustisch wahrnahm. Mittlerweile kennt er ihr Gesicht. Wie sie auf und ab geht, immer seine Fensterfront entlang, die im Erdgeschoss verläuft. Oben geht es mit ans Haus angedockten Balkonen weiter, was Ladislaus und alle unten Mitgefangenen dazu verdammt, von der Sonne abgeschirmt zu sein, die stoisch jedes Hundegepinkel ertragenden Bäume sind da auch keine Hilfe. Sie geht auf leisen Sohlen.

Es klingt nach einer zaghaften Art, sich fortzubewegen. Auf den Rhythmus ihrer Schlurfschritte ist sie nicht bedacht. Wenn man das Haus verlässt, um mit falschen Freunden mehr weiße Spritzer zu trinken, als gut für einen wäre, dann begegnet man ihr. Mit steigender Nervosität erkennt Ladislaus, dass sie ein magisch angezogener Himmelskörper ist, der um das Genossenschaftshaus kreist. Auch über andere Dinge macht er sich unnötig Sorgen. Sie scheint sich morgens aufzubrezeln, nur um tagsüber an der Hausecke stehen zu können. Neben dem geleerten Zeitungsständer am Sonntag passt sie schon ins Bild, gehört dazu. Man kann sich die kurze Gasse nicht mehr ohne sie vorstellen. Wenn er dem verschrumpelten Gemüsehändler einen Besuch abstattet und sie nicht beim Beobachten seiner sie musternden Blicke ertappt, denkt er sich die Frau auf dem Asphalt einfach dazu, damit dieser Tag wieder stimmt. Die Locken gefärbt, ein rotbraunes Orange, die Sonnenbrille lässig in ihren Haarkranz gesteckt, wie Stricknadeln in eine Japanerin. Sie macht sich für die Straße schön. Bietet sich jedoch niemandem an, das hätte man mitbekommen. Hätte man das? Sie ist keine Prostituierte. Und wenn doch? Wer könnte sie wollen? Sie wirkt mürrisch, als wäre es ihre Pflicht, Stunde um Stunde tatenlos herumzustehen. Vielleicht ist es ihre Verdammnis, ihr Fluch, einem Fleckchen Stadt am Haken zu hängen, immer und immer hierher zurückzukehren. Sie steht nicht in den Startlöchern, ihre Füße scharren nicht im Boden. Das wäre einem aufgefallen. Er beobachtet sie. Durch die geschlossenen Jalousien. Draußen scheint die Sonne. Aber Ladislaus bevorzugt künstliches

Licht und beobachtet die Frau. Zufrieden wirkt sie nie. Den Verkehrskapriolen wohnt sie unbeteiligt bei. Er verschluckt sich am Energydrink, den er nach kurzen Nächten braucht, hustet, rülpst, stellt sich vor, dass die Nachbarn wissen wollen, welcher kotzende Elefant hier wohl Hilfe braucht, denkt sich in einen düsteren Strudel aus Erklärungsnotstand und grauen Falten überall, auf der Stirn und im Nacken. Die Speckrillen aller Bäuche vibrieren, wenn sich der Hustenreiz wieder meldet. Sie kommt ihm vor wie eine streunende Katze. Sicher braucht sie dringend etwas zwischen die Beine. Deshalb lungert sie hier herum: Sie hält nach einem Unbekannten Ausschau. Sie bereichert das Sehfeld, ist ein Giftmülldepot, ein Slum, der Blick kann vor lauter Ekel nicht mehr abgewandt werden, man muss ihre genaue Position feststellen, um die nächsten Schritte besser voraussehen zu können. Der ausgehustete Ladislaus zerknüllt die Dose mit einem ruckigen Faustballen. Eines Tages weckte ihn ihre schorfige, an abblätternden Rost erinnernde Stimme. Wie lange ist das her? Ein scheußliches Geräusch. So singen verstoßene Engel. Sie besprach sich mit den Nachbarn, den anderen, nicht mit den Mandels auf der linken, sondern den Kemals auf der rechten Seite. Man weiß nicht, was sie damals von sich gab, die mitangehörte Frau, mein Speichel schmeckte nach Sirup und ungewaschenen Küssen, denkt er. Sie erzählte jemandem ihr Leid, zog jeden Satz in die Länge, bei stetig anschwellendem Pathos wurden Lautstärke und Tonhöhe variiert, an manchen Stellen kam ein unsägliches Vibrato hinzu. Sein Kopf dröhnte, was ihn nicht überraschte, er hatte es übertrieben, sich im Morgengrauen nach Hause geschleppt, um mit Zigarettenrauch im Haar das Bett zu umarmen. Das Gespräch von nebenan weckte ihn auf. Er blieb auf seinem Nagelbrett liegen, rührte sich nicht, hatte einen mittelstarken Schweißausbruch. Ihn hätte damals interessiert, wer ihr sein Ohr lieh, später wusste er es, heute ist es ihm klar, zur Antwort kam ein arabisch angehauchtes Bellen, von ihrem Bericht verstand man nur Fetzen, die Erwiderungen fielen ähnlich mühsam aus. Das Ehepaar Kemal lebt zurückgezogen. Man trifft sie selten an. Sie mit ihrer nie aus der Mode kommenden Flachmütze, er mit lässigen Turnschuhen, die Wirbelsäule vom jahrelangen Pflegeberuf stark gekrümmt, was man am Stottern seines Bewegungsapparats nur zu gut ablesen kann. Sehr nette Leute, die ein geringes Schlafbedürfnis auszeichnet, es wird diszipliniert am frühen Morgen aufgestanden und bis weit nach Mitternacht hitzig diskutiert, sich liebkosend unterhalten. Besuch will verköstigt, ausländische Sender wollen empfangen werden, die Tage sind dafür zu kurz. Ladislaus beobachtet, wie die seltsame Frau mehrmals einen stattlichen Baum umkreist, sich an ihm festhält, sich abstützt, einige Schritte auf Zehenspitzen tut. Kurz nach dem ersten Aufgewecktwerden durch ihre Stimme sah man sie mit Herrn Kemal, der sie offensichtlich abzuwimmeln versuchte. Über die Monate wird klar, dass sich eine Freundschaft zwischen der seltsamen Frau und den Nachbarn auf der rechten Seite entwickelt. Sie kommt abends vorbei, ein mit bunter Schleife versehenes Gastgeschenk unterm Arm, läutet an, wird hereingebeten, um gemeinsam zu essen. Alles bestens zu hören, denn die Türen sind dünn wie dicker Karton. Und was man nicht hört oder sieht, das erdichtet man sich, vermengt es mit Träumen und Einbildungen, um ein Abbild der Realität zu erhalten. Ihre Besuche bei den Kemals hören auf, es ist anzunehmen, dass die Ehefrau Einwände hat, kommt mit der Häufigkeit nicht zurecht, Unmut zwischen Ehepartnern ist durch die Schlafzimmerwand zu belauschen, in einer fremden Sprache, doch die Tendenz ist vernehmbar, ich wollte doch nur nett sein, brüllt er, versteh doch!, die Arme, sie hat niemanden, du bist viel zu nett, kommt zur Antwort, du kennst sie doch gar nicht, sie greift nach der Hand, die sie füttert, du musst sie zurückziehen, wir können nicht mehr! Einige Hausbewohner scheinen sie zu kennen oder nicht zu ignorieren oder ihr manchmal kleine Münzen zuzustecken oder zu wissen, dass es sie gibt, jedenfalls schreien sie manche nicht an, dass sie verschwinden soll und hässlich ist. Einige andere werfen ihr Nächstenliebe in Form von abgelaufenen Eiern und Paprikainnereien an den Kopf. Dann rinnt Matsch ihren Hals entlang, hinein in den Ausschnitt des Sommerkleids. Wie alt wird sie wohl sein? Mitte fünfzig? Sie ist sehr stark geschminkt. Dann und wann hört man sie das tun, was sie offensichtlich unter Sprechen versteht. Es ist Ladislaus jedoch ein Rätsel, wie man dieses Kauderwelsch aus aufgerauten Stimmbändern und gekauter Lippe deuten können soll. Ihre Lebensumstände sind ihm unbekannt. Womöglich hat man ihr die Zunge herausgerissen oder mit dem glühenden Oberdrittel eines Schürhakens durchstoßen. Es folgen Überlegungen, wie man Details herausfände: Sie küssen. Die mitangehörte Frau schminkt sich stark genug, dass einem die

Annahme, sie habe mit zunehmenden Jahren nicht gelernt, zu altern, nicht völlig unbegründet erscheint. Sie ist eine Kriegsvertriebene, die hier in Wien ihr jämmerliches Dasein fristen muss. Sie erleidet das Leben. Sie lungert herum in der Hoffnung, dass jemand mit ihr kommuniziert, ihr aussichtsloser Kampf gegen das Vergessenwerden durch Tod. Niemand wird sie gekannt haben wollen. Sie ist und bleibt das Ziel wildester, unüberprüfbarer Spekulation. Dort geht sie und schaut nicht, und hat sie mich gesehen? So viel also zu seiner neuen Wohnung.

Die Entjungferung Elisa Slaviks durch Nils Clanga lässt sich Zeit. Eine kurze Ewigkeit lang bestreicheln sie stehend die nach wie vor bekleideten Körper. Er hat den Vorhang zugezogen, damit Staub am Innenfensterbrett aufgewirbelt. Sie finden sich im Dunkeln blind zurecht. Er hat Elisa zu sich eingeladen, nach dem gelungenen Kinobesuch. Mutig erwiderte sie seinen Kuss. Er hat romantische Musik aufgelegt, um die Stimmung, in der sie bereits sind, zu vertiefen. Die Weißweingläser am Schreibtisch, ihre Haarspange, die sie vorsichtshalber abgelegt hat. Er bugsiert sie zum Bett. Lange Momente gegenseitigen Ausziehens, Zärtlichkeiten unter sich. Ich will das schon so lange, keucht er leise, ich auch. Er schiebt die Hände unter ihren Rücken, hebt an, sie umgreift seinen Nacken, er öffnet ihren Büstenhalter, schiebt die Schließteile zusammen, um das Hakenwerk auszuhängen, sie lehnt sich wieder zurück, lässt sich auf die Matratze fallen, schlüpft mit den Armen aus den Trägern, was die zwei Brüste entblößt, deren Warzen hart durchblutet sind, die metallverstärkten Halbkreise des Büstenhalters machen am Holzboden ein Geräusch, er schaltet die Leselampe am Nachtkästchen ein, die sie ihn wieder auszuschalten bittet, was er tut. Er umfasst ihre Brüste und knetet, sie fährt ihm mit der Zunge in die Ohrmuschel, was ihn kichern lässt, ihm Gänsehaut beschert. Du, ich habe noch nie, flüstert sie. Er nickt. Wenn es wehtut, dann musst du es sagen. Ganz langsam. Er steht auf, geht zum Kasten, nimmt ein Kondom aus der angebrochenen Packung, legt es aufs Nachtkästchen, kehrt zurück ins Bett. Können wir unter die Decke?, fragt sie, mir ist ein bisschen kalt. Er legt sich auf sie, die Bettdecke wie einen Umhang über den Schultern fixiert, mit dem er sie beide zudeckt. Sie fährt ihm zwischen die Beine, öffnet den Reißverschluss, er nestelt an ihrem Gürtel herum. Die noch nie gestutzten Schamhaare benötigen die sanften Kratzbewegungen der Fingernägel, entspannte Fußsohle und massierender großer Zeh sind füreinander gemacht, Bauchnabel verlangt nach Zungenspitze als Pfropfen, Mund muss auf Mund sein. Er legt das Kondom an. Die Kleider sind am Boden ausgestreut. Er rollt das beschichtete Latex mit zwei zu einem Ring verbundenen Fingern an sich herab. Sie hält seine abgestützten Arme, um die Geschwindigkeit regulieren zu können. Nils übernimmt die Kontrolle, Elisa hat die Zügel in der Hand, bei diesem gleichberechtigten Akt. Es tut ein bisschen weh. Sie versuchen es mit Gleitgel. Der ungeöffnete Eingang sondert Sekret ab, um die Reibung zu minimieren. Er lässt den Mittelfinger über der Öffnung kreisen, verteilt würzigen Schleim auf der Erregungszone. Es tut zu sehr weh. Er geht auf die Toilette, um das Kondom loszuwerden, schließt die Tür, sperrt nicht ab, setzt sich auf die kalte Klobrille, um zu pinkeln, tupft sich mit mehreren, korrekt von der perforierten Rolle getrennten Papierstreifen ab, erkennt sich selbst im Spiegel, wäscht sich ausgiebig Hände und Gesicht, trocknet sich ab, kehrt ins Schlafzimmer zurück. Er legt sich zu Elisa unter die Decke, erkundigt sich nach ihrem Befinden. Nils streicht ihr eine Last von den Schultern. Sie versichern einander, dass es trotzdem schön war. Da sind blasse Regeltropfen am Leintuch. Elisa beeilt sich im Bad. Sie halten sich und versprechen einander viel, in dieser Nacht.

Humorist M besucht seinen Asiaten. Auf der Einkaufsstraße herrscht reges Treiben, er biegt ab. An einer schwarzen Tafel wird mit weißer Kreide für Sonderangebote geworben, nur für kurze Zeit!, ist da seit Jahren zu lesen, fünfzig Prozent auf Sushi und Maki. Im Durchgang zum ruhigen Innenhof kommt er an den Auslagen schmuddeliger Bekleidungsgeschäfte vorbei, er mustert die Stücke, ausgebleicht und mottenzerfressen, die Lampions baumeln im Gastgarten seines Asiaten. Man bietet den Gästen chinesische und japanische Küche, ein buntes Potpourri entfernt verwandter Regionen. Humorist M nimmt einen Vierertisch in Beschlag. Die folierte Speisekarte wirkt wie eine Malunterlage für Kinder. Neben dem Serviettenspender rot gedeckelte Sojasauce und ein Porzellangefäß mit Stäbchen. Zu seiner Linken sitzt die Männerhandtasche, die ihm unlängst von einem Bekannten eingeredet wurde. Das hat mir gerade noch gefehlt, denkt er, angeglotzt werden von einem wollbehaubten Kind am reservierten Familientisch. Wuselnde Kellnerinnen und Kellner, in lächelnder Unterwürfigkeit lesen sie den Gästen die Wünsche von den Lippen ab. Heizstrahler über den Köpfen, der Mai kam noch nicht in die Gänge, weshalb man ihm auf die Sprünge helfen will, kühle Weher leisen Winds auf die Essenden, die aufs Essen Wartenden, dass es manchen in die Ohren kriecht und sich entzündet, von oben die heißorangen Glühdrähte als Ausgleich. Humorist M ist hier Stammgast, nur hat es bisher noch keiner bemerkt. Der Asiate ist sehr gut besucht, nicht zuletzt wegen des aufrechterhaltenen Sonderangebots und der ruhigen Lage im Innenhof eines Altbauhäuserblocks, es lässt sich in der anonymen Masse aus Anrainern, Touristen, Gelegenheitsmenschen untergehen, was er durchaus schätzt. In sein früheres Stammlokal ging er so oft, dass die Barfrau begann, sich für ihn zu interessieren, Gespräche mit ihm anfangen wollte, was ihm verhasst war, weil er beim Alleinsein seine Ruhe haben will. Um das Kind sitzen drei Erwachsene, direkt daneben wahrscheinlich die Mutter, denkt er, gegenüber ein befreundetes Pärchen oder eine Tante samt angeheiratetem Onkel, das Mädchen schaut her und hat etwas Verschmitztes um den Mund. Humorist M trifft immer die Wahl zwischen zwei Gerichten: Sake Bento und Agamo Bento. Lachs oder Ente. Eines dieser beiden Menüs. Erst eine Plastikschale Misosuppe, die aus einem großen Gemeinschaftstopf geschöpft wird, der auf einer Warmhalteflamme steht. Dann ein Fächerteller aus Plastik, links oben Sojabohnensalat, wenige Essigtropfen darüber geträufelt, auf dem eine Orchideenblüte thront. Im Nebenfach sechs Makiröllchen, zwei mit Butterfisch, zwei mit Gurke, zwei mit Lachs. Und wieder ein Stück weiter befinden sich vier winzige vegetarische Frühlingsrollen, die in gallertige süßsaure Sauce zu tunken sind. Im Hauptfach das gebratene Lachsfilet, herbrosa, das bei Berührung in seine Einzelschichten zerfällt, an den Rändern weißlich vom gestockten Fett, bei Variante zwei stattdessen die knusprige Ente, jeweils eine braune Sauce darüber, beim einen wie beim anderen, und diese braune Sauce ist ein Traum, womöglich ungesund, doch das spielt keine Rolle, sie ist eine Sünde wert. In einer Extraschale dampft der Reis, klebrig und formbar fürs Aufnehmen mit Stäbchen. Er langt zu, die Suppe ist serviert. Humorist M fühlt sich von Anfang an gehetzt, er weiß genau, dass sie die Suppe sehr schnell bringen, tatsächlich, da ist sie auch schon, sie kommt noch vor dem grünen Tee. Zwischen diesem und dem Kännchen Jasmintee gilt es jedes Mal die Wahl zu treffen. Insgesamt also vier Parameter, die es zu kombinieren gilt: Lachs und Grüntee, Lachs und Jasmintee, Grüntee und Ente, Jasmintee und Ente. Das sind die Möglichkeiten, auf Experimente oder Nachspeisen lässt er sich nicht ein, zur Rechnung gibt es ohnehin ein Glückskeks und Lychees, die in dem schwimmen, was passiert, wenn einer Hochschwangeren die Fruchtblase platzt, appetitlich in einer Blechschale serviert. Humorist M weiß auch, dass sie den Hauptgang sehr schnell bringen, noch bevor die Suppe ausgelöffelt ist. Er ist doppelt gehetzt, weil die Menschen im Innenhof warten, bis ein Platz für sie frei wird, man beäugt ihn, der einen Vierertisch in Beschlag genommen hat, äußerst kritisch, oder warten sie nur auf die Speisen zum Mitnehmen, es ist für ihn nicht ersichtlich. Die Löffelaushöhlung fällt zu groß aus, was für jedes asiatische Restaurant gilt, der Löffelboden lässt sich mit der Oberlippe nicht erreichen, die Flüssigkeit kann nicht umschlossen werden, ein Schlürfgeräusch ist die Folge, für das er vom Mädchen gegenüber heftig angekichert wird, das Kichern breitet sich aus, verteilt sich auf den gesamten Tisch, bis Mutter, Onkel, Tante, alle lachen. Ich bin gemeint, denkt Humorist M, wer denn sonst? Die Konsistenz der Tofuwürfel ist gewöhnungsbedürftig, eine nette Spielerei sind die Algenstreifen, die vom Porzellanlöffelrand nicht in den Mundraum glitschen, sondern haften bleiben. Zungenspitzensuppe, denkt er in seiner Gehetztheit, die verbrannten Zungenspitzen der Leute werden abgeschnitten und gesammelt, scharf gewürzt und als Suppeneinlage verwendet, eine Spezialität. Der Tee wird serviert, gleich darauf der Lachs. Humorist M legt einen Zahn zu, setzt die Suppenschale am Tellerchen ab, schiebt es von sich weg. Er zieht die Stäbchen aus dem Papier, bricht sie auseinander, lässt sie gegenseitig Holzsplitter abschaben. Die Speise ist im Freien ein wenig erkaltet, hat in Schwaden Wärme abgedampft, vor allem der Reis. Humorist M vertieft seine Essgewohnheiten, schaufelt den Reis aus der Schale ins Hauptfach, um ihn mit der braunen Sauce in Berührung zu bringen, jedenfalls die Hälfte, eine zweite Etappe wird folgen, jedes Reiskorn kratzt er aus und führt es sich zu. Dann isst er die Frühlingsrollen, die süßsaure Schüssel bleibt unangetastet. Erst zum Schluss kommt das Maki, denn es kann nicht auskühlen. Er ist satt, lehnt sich zurück. Den mitgebrachten Lesestoff rührt er nicht an, schließlich warten andere auf das Freiwerden des Gartentisches, eigentlich ist er ein langsamer Esser, ein Genießer, doch bei seinem Asiaten schlingt er die Portionen hinunter, dass es einem Beobachter den Appetit rauben würde, das Mädchen findet ihn nach wie vor interessant, der Onkel zieht sie damit auf, dass sie in den komischen Mann dort verliebt ist, sie errötet, Humorist M errötet auch, hat er das gehört oder aus Wortfetzen falsch zusammengesetzt?, Nervosität brandet auf, die Dreiergruppe dort kann sich ruhig dazusetzen, das ist überhaupt kein Problem, sie müssen nur fragen, oder die Kellner sollen fragen, er würde es ihnen ohne Umschweife erlauben, aber anbieten kann er es nicht, das wäre aufdringlich, sie könnten ihn mit dem Abweisen seines Angebots verletzen, worauf sie es nicht anlegen, sie wollen private Gespräche führen, brauchen keinen Belauscher, der fieberhaft weghört, sie kichert, sie zeigt mit dem Finger auf ihn, es ist alles so schwierig, denkt er, und anstatt einfach zu fragen, funkeln sie ihn böse an, er hat sich breitgemacht, er hätte sich an die Bar setzen sollen, einen Einzelplatz belegen, wie es ihm als Alleinesser zusteht. Ob sich das neunjährige Mädchen in ihn verschaut hat, lacht es mich an oder lacht es mich aus? Humorist M fährt sich ins Haar, ob sich ein Ast verfangen hat. Er lässt die Rechnung kommen, ihm ist schlecht. Ihr sollt den verdammten Tisch haben! Er packt seine Männerhandtasche. Nach einem unterdurchschnittlichen Trinkgeld knackt er sein Glückskeks, da steht: Lache viel, dein Leben gelingt. Humorist M tupft die letzten Krümel auf, andernfalls ginge die Wahrheit des Glückskekses nicht in Erfüllung, panisch ergreift er die Flucht, beim Vorbeigehen am Familientisch versetzt ihm unsichtbare Ahnung einen Stich, hinter ihm muss ein farbenfroher Kalender gehangen und die Aufmerksamkeit des Mädchens auf sich gezogen haben, kindgerechter Wandschmuck, ich kann unmöglich gemeint gewesen sein, um seinen Verdacht nicht unbestätigt zu wissen, vermeidet er den Blick dorthin, wo er gerade noch saß, weil sonst alles viel schwieriger ist, wie er denkt. Ein Schwall aufgeregter Gesichter kommt ihm entgegen, die berühmte Einkaufsstraße geht über, er läuft gegen die Marschrichtung Sturm, Geisterfahrer im Gehen, sein Magen blubbert und brodelt, Durchfall kündigt sich an, ich hätte beim Asiaten auf die Toilette gehen sollen, als er sich bereits damit abgefunden hat, in die Hose zu machen, erblickt er ein halbleeres Fastfoodrestaurant, er geht hinein und in den ersten Stock. Humorist M betritt die einzige Männerkabine, verriegelt die Tür, deckt die Klobrille mit Toilettenpapier ab, zwei Streifen links, zwei Streifen rechts und zwei in der Mitte, setzt sich nieder, lässt seinem Durchfall freien Lauf. Kotspritzer an der Innenseite des Porzellans. Suppe und Maki und Rollen und Lachs und Reis und das Glückskeks hinaus. Eine relativ lange Sitzung beginnt. Vor der Kabine geht zeitweise ein Wartender in Stellung, der es sich bald anders überlegt, und plötzlich doch nicht mehr so dringend sein Geschäft verrichten muss. Nachdem sich ein befreites Gefühl im Bauch eingestellt hat, verlässt er die Kabine, wäscht sich die Hände, hält sich das Mobiltelefon ans Ohr, was Geschäftigkeit ausstrahlt, nur zur Sicherheit, damit ja kein Angestellter oder ein aufmerksames Mitglied des Putztrupps in Versuchung gerät, ihn anzusprechen, ihn zu fragen, was es mit seinem Besuch auf sich hat, weshalb er zwar die Toilette des Restaurants benutzt, jedoch keines der zahlreichen Produkte erwirbt, was das soll, was er, Humorist M, sich eigentlich einbildet, ob man ihm erst die Nase brechen soll, dem Schmarotzer, oder lieber gleich die Polizei rufen, such es dir aus. Als er hinaus ins Freie tritt, um den letzten Außenzipfel der Einkaufsstraße in Angriff zu nehmen, läutet das unnütz ans Ohr gehaltene Mobiltelefon, es ist sein Freund Nils, der ein Geldproblem hat.

Die Familie Geheimnis beim ausgiebigen Picknick auf einer Schönwetterwiese. Das ungemähte Gras empfängt Streicheleinheiten des Föhns, eine Bilderbuchszene, wie sie aus einem Reiseführer herausgerissen sein könnte, unglaubhaft idyllisch, wie gestellt liegen Justus und Michaela auf der karierten Decke. In einem Sportgeschäft haben sie einen eigenen Picknickrucksack erworben, im großen Fach ein Klettverschluss, der die drei Teller fixiert, es gibt Aufbewahrungsmulden fürs Besteck, Seitentaschen für Getränke, sogar jeweils einen Versorgeschlitz für Pfeffer und Salz, im Netzfach ein rotbackiger Apfel und eine glanzpolierte Birne. Das Kind tollt umher, erklettert einen Baum nach dem anderen, eine Vielzahl von ihnen wächst knorrig in die Breite, vom Chaos angeordnet, alles gesehen habende Greisenpflanzen, Menschen leben und sterben, Kriege beginnen und enden, Kinder steigen und fallen. Anton genießt seinen Auslauf. Gönnen Sie Ihrem fünffüßigen Jambus ausreichend Bewegung im Freien, es ist seinem Wohlbefinden äußerst zuträglich, ähnlich wie Hunde sind Jamben darauf bedacht, ihr Revier zu markieren, nicht mit den Geruchsmarken ihres Urins, sondern mit ausgestoßener Säure, wobei es sich um ein vergleichsweise stark abgeschwächtes Bedürfnis handelt, das nur alle paar Wochen befriedigt werden will. Bedenken Sie, dass diese Absonderungen zwar in geringen Mengen geschehen, allerdings auf keinen Fall in Augen, Mund oder andere Körperöffnungen gelangen sollten, da Jambensäure den menschlichen Organismus auf vielfache Weise angreift und dauerhaft schädigen kann. Es sind Fälle von Erblindung nach direktem Augenkontakt dokumentiert, bei hoher Dosierung kann oral verabreichte Jambensäure zum Tod führen. Vor allem Kinder und ältere Personen sollten damit nicht in Berührung kommen. Man lässt Drachen steigen, die den Himmel erobern, begeistern, sich dann in einem Luftstrom verheddern wie die Nylonschnur in Händen der Lenker, senkrecht zu Boden segeln, knackender Aufprall. Mama, Papa, schauen!, sie winken Tobias zu. Anton erschnüffelt verfeindete Artgenossen, die Duftstoffe der Gegentiere übertüncht er mit beißendem Eigengeruch, und zirpt, als alles erledigt ist. Justus liegt schräg, stützt sich mit angewinkelten Armen ab, Michaela hat den Hinterkopf an seinem angespannten Bauch abgelegt, beide kitzelt Sonne auf der Nase, sie fühlen sich wie am ersten Tag, beieinander aufgehoben.

Ladislaus Kampf in seiner Genossenschaftswohnung, er bereitet sich auf den morgigen Arbeitstag vor. Von nebenan kommen bedenkliche Geräusche. In diesem Haushalt wird geschlagen, denkt er. Da ist ein Wimmern, oder ist es ein belustigtes Kreischen. Er drückt ein Ohr an die Wand, verlangsamt den Atem, er hält seinen Kopf an den Herzschlag des Hauses, Lachen oder Weinen?, auf jeden Fall eine Frauenstimme, und ist da nicht eine Männerstimme, die ihr Wimmern als Weinerlichkeit abtut?, ein dazugehöriger Mann, der sein Opfer zum Schweigen bringen will, noch kann die Faust in der Startkoppel bleiben, aber gleich schnellt sie hervor, in seinem Brummton der verzweifelte Versuch, die Eskalation zu verhindern, eine Anrufung des Schlichtergottes, mach, dass sie aufhört, die Elende, mach, dass sie dem Schmerz über die Gürtelspuren am Hintern weniger lautstark Ausdruck verleiht, halt endlich deinen Hurenmund!, brüllt er, hat er das nicht gesagt?, mach sie still, mach sie tot. Herr Mandel ist im Begriff, eine Frau zu erschlagen, ob es sich um seine Ehegattin handelt, ist nicht herauszuhören, später entscheidet sich Ladislaus dafür, dass eine zu Kaffee und Kuchen geladene Bekannte einen Lachkrampf hatte, nachdem ihr eine herzerfrischende Begebenheit im Supermarkt geschildert worden war. Grundsätzlich ist Herr Mandel einer, dem durchaus die Hand ausrutschen kann.

Ladislaus macht zwei Türen zu, um etwas zwischen sich und den Nachbarn zu haben, er schlägt ein Buch auf, findet nicht hinein, nimmt einen Notizblock hervor, beginnt mit der Bündelung seines in Energie umgewandelten Zorns, mit der Niederschrift eines Traktats, spricht den ihn Tröstenden seinen Dank aus, er leistet das einzige ihm mögliche Gegengeschenk, sie sind alle längst tot, eine Reinschrift des

Zuspruchs erscheint ihm passender als eine Lilie am Grabstein, ihr werdet schon verstehen, innig wohnen ihre umhergeisternden Seelen der Affekthandlung bei, sie tauchen die Szene in helle Wichtigkeit. *Die Meister des Trostes*, schreibt Ladislaus, was er doppelt unterstreicht, voller Misstrauen überdenkt er diesen Anfang, schätzt ihn ein, der Einstieg in den Text ist schwer zu finden, er muss sich in einer Gehirnwindung versteckt haben, dass er existiert, spürt er genau, nur wo? Er durchforstet die Neuronen, auf labyrinthischen Verzweigungen wandernd, auf den Nervensträngen würde bereits alles geschrieben stehen, man muss es lediglich in Form bringen, ihm Reihenfolge und Folgerichtigkeit verleihen, ich weiß, wie ihr euch gefühlt habt, sagt er den Toten. Alles ist vorhanden. Er beobachtet, was wie von selbst seinen Fingern entpurzelt, mal mit Unverständnis, dann mit Wohlwollen, eines ergibt das andere, eine Selbstheilung findet statt, und wenn es nur ablenkt und den Kopf auf eine Reise mitnimmt, an einen Ort, der nicht die Wand ist, hinter der etwas Schlimmes passiert. Sein Gehirn ist ein Universum, das sich ausdehnt. Nichts muss erdacht, sondern alles nur aufgehoben werden, weil jedes Wort und jede Wortkombination den Gedankenbahnen eingeschrieben ist. Ladislaus findet den Winkel, der ein Weiter offenbart, erkennt den Moment, in dem es sich einhaken lässt. Der Philosoph ist ein Erzähler. Er hebt auf, was sich findet, die Füße tasten sich voran, Schritt um Schritt, es ist leicht, es ergibt sich, es ist alles nur Spiel.

Ein Blick den dreiflächigen Spiegeltunnel entlang auf

die sich verändernden Muster Wiens, das Kaleidoskop drehen, Schauplätze und Protagonisten durcheinander gewürfelt, die Begebenheit auf der Jesuitenwiese wird sichtbar, mehrere Jugendliche gehen auf die Affenschaukel zu, zwei runde Sitzflächen, die an Eisenketten hängen, welche an einem riesigen Holzgestell montiert sind, die schwarze Gummibeschichtung der Ketten geht jeweils fließend in die Sitzfläche über, die Affenschaukeln hängen in einen riesigen Graben, Autoreifen in waagrechter Stellung sind im harten Boden angebracht, um den Aufprall zu dämpfen, um die Verletzungsrate bei Spielplatzkindern zu minimieren, während der Schwingbewegung sausen die Benutzer die Grabenränder auf und ab, streifen absichtlich mit ausgestreckten Fußspitzen die Autoreifen, was Nervenkitzel bedeutet. Einem der Jugendlichen wird die Kette hingehalten, er nimmt auf der Sitzfläche Platz, redet lange herum, traut sich schlussendlich nicht, möchte wieder absteigen, wobei ihm zur Hand gegangen wird, er trägt eine dunkle Sonnenbrille. Ein anderer steigt auf, stößt sich vom Startstein ab, segelt mit der Schaukel auf die andere Seite und wieder zurück, hin und her. Sag etwas!, ruft der Jugendliche mit der Sonnenbrille. Der andere jault los, die Stimme fährt in hohe Lagen, schwillt an, dann wieder ab, wie die Sirene eines Krankentransporters, der sich nähert und abdreht. Der Jugendliche mit Sonnenbrille dreht den Kopf mit dem Geräusch mit, richtet ihn immer wieder neu aus, lächelt dabei. Der andere ist spindeldürr, hat helle Haare, trägt eine noch hellere Kappe, fast weiß. Der Jugendliche mit der Sonnenbrille möchte nicht, dass der andere aufhört zu jaulen, indem er zuhört, nimmt er Teil, ist er dabei, er braucht den Klang, um die Geschwindigkeit zu erahnen, die Begebenheit auf der Jesuitenwiese ist für ihn kein Bild, sondern ein Klang. Er ist blind.

Amoklauf eines Lehrers an Wiener Gymnasium. Luftraumsperre über Südamerika vorübergehend aufgehoben. Massenvergewaltigung an Mitgliedern des Vereins Hausfrauen gegen Abtreibung. Fünffachmord mit Rasenmäher in Kleingartensiedlung. Arbeitslosigkeit nimmt weiter zu. Datenträger mit Auflistung Hunderter Teilnehmer an internationalem Zeugenschutzprogramm am Schwarzmarkt aufgetaucht. Und nun zum Wetter.

Energisch drückt er auf den Knopf, die Ausscheidungen der Flimmerkiste helfen niemandem mehr auf die Sprünge, ein absterbendes Medium, späte Aufzuckungen, letztes Röcheln. Gott sitzt in seiner Hütte. Ihm ist langweilig. Er öffnet seine Hose. Gott schließt genießerisch die Augen. Ob es heute wohl ohne Pulver gelingt? Etwas richtet sich auf. Halleluja! Vollbusige Frauen, im Trachtenkleid mit Unterrock, Lasttiere des Bierzelts, ein volles Tablett nach dem anderen durch vom Schunkeln bedrohlich mitwippende Heurigentische manövriert, dabei immer den Grapschern der im Rudel starken Männer ausweichend, wenn schon nicht deren Blicken. Strandmädchen beim Federball, nach Sonnenbräune gierend, die Badeanzüge eine Nummer zu klein, Umrisse zeichnen sich ab, hinter den übergroßen Sonnenbrillen ein Lächeln, diesen Punkt nicht verlieren, durch den heißen Sand tapsen, die Ballannahme schaffen wollen, hinfallen, aber schnell wieder aufstehen, da ist etwas verrutscht. Gott befühlt den ersteiften Penis, damit lässt sich arbeiten, beschließt er, mit fieberhaftem Feuereifer macht er sich ans Werk. Die Vorhaut wird dehnbar, er zupft an sich herum. Vom Penisansatz zweigen die äußeren Schamlippen ab, Gott beugt sich nach unten und küsst sie, ist zu dieser Verrenkung imstande, wenn sie auch mittlerweile schwerfällt, quietscht wie ein Gartentor, ist ein einziger eingeschlafener Fuß, ein faszinierendes Bild, wie der König der Könige seinen Lustgewinn einfordert, in seine Turnübung am Lieblingssessel vertieft, er fährt die Zunge aus, leckt sich den Kitzler, er steuert auf den Höhepunkt zu, ein Endbild braucht er noch, einen gelungenen Abschluss dieser Reise durch die Gottesphantasie, ja, gut machst du es, doch sein Penis erschlafft, das Blut schießt aus der Vagina zurück, was eben noch vorauspreschte, tritt den Rückzug an. Es hat nicht funktioniert. Gott lässt von sich ab. Selbst mehrmaliges Händewaschen erlaubt es ihm nicht, sich direkt zu berühren, sich beispielsweise dort zu kratzen, wo es juckt. Er meidet den Vorzimmerspiegel und muss woanders sitzen.

Es hat englisches Wetter, den Schirm kopfvoran in die Windrichtung halten.

Dass man, sobald die Stelle bei den öffentlichen Verkehrsbetrieben angenommen ist, dem Wahnsinn anheimfällt. U-Bahnen sind ferngesteuerte Wesen, bei denen keinerlei Beseelung durch Fahrer notwendig ist, doch um die Passagiere in eingebildeter

Sicherheit zu wiegen, damit der Aufenthalt im Waggon weniger unpersönlich ausfällt, setzt man einen lebendigen Pappkameraden in die Kabine an der Zugfront. Diese Menschen führen Scheingesten aus, greifen beim vermeintlichen Griff zum Hebel in die Luft, bieten den Leuten eine gelungene Vorstellung, die theatralisch ausfallen kann, wenn der Betreffende die blinkenden Anzeigen studiert, oder die Konsolenfelder, als wären sie anwählbar. Sofort nach Dienstantritt beginnt das Martyrium, unnütz und willig fahren sie immer hin und her, von Endstation zu Endstation, sagen höchstens einmal die erreichte Ausstiegsstelle an, deren Name jedoch meistens vom Band kommt, zwischen den Endstellen pendelnd wie die hoffnungslosen Fahrgäste, die hier schale Stunden verdümpeln, ihre aufzubrauchende Lebenszeit absitzen. Verdummung ist die Folge, selbst beim anspruchslosesten Gemüt zehrt die todlangweilige Tätigkeit an den Nerven. Man hat den Rotationsdienst erfunden. Manchmal dürfen die U-Bahn-Fahrer im Überwachungskämmerlein einer Station Platz nehmen und auf eine Bildschirmwand starren. Beim Beobachten einer unerlaubten Handlung, wenn der Trittroller gefahren, statt geschoben wird, bei Bettelei und entflammten Zigaretten, ist eine Lautsprecherdurchsage zu machen, freundlich, aber bestimmt, sachlich ermahnender Hinweis zur Ordnung. Sehnlichst erwartet sind Wurstsemmelpausen und Kollegengespräche. Die Beschäftigten werden erst unrund, dann verdrossen, der Mann schlägt die Frau und die Frau schlägt das Kind, das Kind spricht zurück, wenn es kann. Die Stelle bei den Wiener Linien ist immer weniger auszuhalten, trotz des

Rotationsdienstes, trotz der Betriebsausflüge, ja, auch trotz der Katzenkalender im Aufenthaltsraum. Die Adjustierung wird schleißig, Uniformhemden schauen ungewaschen hervor, gelbes Weiß, da kann man in den Gürtel stopfen, was man will. Bäuche werden fett, Silhouetten unansehnlich. Telefonkabel zu baumelnden Galgenschnüren verknotet, Jagdgewehre geladen. Mit einem Aufstand der Beschäftigten ist zu rechnen. Man strahlt keine Autorität aus, die Jugendbanden hören weg, wenn man sagt, dass hier nicht ausgespuckt werden darf, wenn man dem Hundebesitzer klarzumachen versucht, dass der Köter an Beißkorb und Leine zu nehmen sei. Man nuschelt die Ansagen herunter, unverständliches Gebrabbel. In letzter Zeit erscheinen auffallend viele Angestellte der Wiener Linien alkoholisiert zum Dienst. Sie durchbrechen die Routine, lehnen sich auf und schlagen zurück, zahlen uns allen alles heim. Sie erheben die Signalkellen und verstärkten Schirmkappen, die, in Eigenrotation versetzt, recht gut geworfen werden können. Sie greifen mit den Rohrzangen an, unterbrechen die Wartungsarbeiten in den unheimlichen Schächten. Der Stationsaufseher rasselt mit dem Schlüsselbund, Tauben flattern auf, die Fahrgäste ergreifen die Flucht. Erst den Verkehrsminister erschlagen, dann die direkten Vorgesetzten, dann die Leute.

Man muss nicht gerade ein Genie sein, um zu erkennen, dass es nichts Schöneres gibt als Holunderduft, der für den Sommeranfang steht. Genießerisch die letzte Sonne des Tages einatmen, ihr bis morgen auf Wiedersehen sagen durch ein inniges Stehen. Vom

Komposthaufen steigt warmer Dampf auf. Die entsorgten Eier, deren abgelaufenes Datum man erst nach Wochen bemerkte, als man ein Omelette machen wollte, sind von einem Wiesel eingehackt und ausgesaugt worden, es hat sich hier ein Winternest gebaut, um den Nachwuchs durchzubringen, nach Winterende ist es einfach geblieben. Die Wiese ist mit Gänseblümchen besprenkelt. In nächster Zeit ist mit Himbeeren zu rechnen. Die praktisch gekleidete Frau ist genug gestanden, hat genug eingeatmet, sie geht schnurstracks auf den erfolgversprechendsten Strauch zu, erspäht die lockende Blütenscheibe, auf Zehenspitzen greift sie danach, der nahe Duft streichelt die Nase, gelbe Pollen stauben hoch. Nur wenige Stücke lassen sich mit freiem Griff erreichen, viel zu wenig, um das Vorhaben in die Tat umzusetzen. Michaela holt aus dem Geräteschuppen die Gartenkralle, montiert sie am längsten Stiel, diese wird benötigt, um die Holunderäste auf Schnitthöhe herunterzubiegen, geschickt setzt sie die Gichtzacken an, zieht die Blüten zu sich her und zwackt sie mit der Gartenschere ab. Als es etwa vier Dutzend sind, versorgt sie das Werkzeug und geht mit der Beute in die Küche. Ein Spaghettitopf Leitungswasser wird erhitzt, während sie auf das Beginnen des Brodelns wartet, überprüft sie die gesammelten Blüten, zupft verirrte Spinnen und anderes Getier von den Stängeln, vertrocknete Blätter oder Grashalme sind zu entfernen. Alles ist sauber, liegt in einem Haufen neben dem Topf. Gleich kocht das Wasser. Michaela lässt vier Kilo groben Zucker hineinrieseln, das gibt eine patzige Suppe, mit der Holzkelle umrühren, damit nichts anhocken oder braune Ränder hinterlassen kann. Den Topf vom Herd nehmen, abkühlen lassen. Die Blüten dazu, sie mit der Holzkelle eintunken. Im Grunde ist es das schon gewesen. Viele Stunden ziehen lassen, weniger als ein halber Tag sollte es nicht sein, hin und wieder die Blüten unter die Wasseroberfläche drücken, da sie doch Geschmacksträger sind und nicht obenauf schwimmen sollten. Über Nacht schwitzen die Blüten ihren Holunder ins Zuckerwasser. Michaela schaut nach ihrem Vorhaben, riecht daran, schwenkt es, ist zufrieden. Mit bloßen Händen nimmt sie die Pflanzenteile und wringt sie aus wie triefende Schwämme, besonders dichte Flüssigkeit kleistert zurück in den Topf, später wird sie die nutzlos gewordenen, all ihres Aromas entledigten Blüten am Komposthaufen entsorgen. Die entstandene Flüssigkeit durch ein grobes Sieb leeren, der Auffangbehälter ist aus Plastik. In der Abwasch steht eine der vorbereiteten Glasflaschen. Trichter samt Teesieb werden angelegt. Als Zwischengefäß dient ein Messbecher, da man die vielen Liter Sirup unmöglich gleichzeitig so lange wie nötig in schräger Rinnhaltung lassen könnte. Ein paar Tropfen gehen daneben, was verschmerzbar ist, bei der schönen Menge dieses Jahr, Michaela darf sie alle von der Fingerkuppe naschen. Als die fünfte und letzte Flasche gefüllt und verkorkt ist, wäscht sie alle Küchenutensilien mit kaltem Wasser ab. Während der Sirupherstellung hat sie eine Schürze getragen, der ein bunter Papagei samt Sprechblase aufgestickt ist. Der Vogel sagt: Liebe Mama, alles Gute zum Muttertag!

Durchs Kaleidoskop sieht man einen jungen Mann mit völlig zerküsstem Gesicht. Seit September geht das schon so. Sie nascht an ihm, als sei er eine Schachtel gestreifter Lakritzebonbons. Unruhig rutscht er am Sitzplatz in der U-Bahn hin und her, jemand musste sich dringend seines Kaugummis entledigen, der eingetrocknete Rest ist schwarz und nicht mehr klebrigfeucht. Der junge Mann steigt aus, wartet am vereinbarten Treffpunkt innerhalb der Station. Freut er sich wirklich? Das Spiel der Erwiderung ist zu spielen, bis zur Verausgabung fortzusetzen, erste Halbzeit, zweite Halbzeit, Nachspielzeit. Oben kreisen die Geier, drehen die durchhängenden Hälse, den hageren Kopf, zu uns her, schauen durchs Kaleidoskop, mit Röntgenblick dem Beobachtenden beim Beobachten zu. Ihn durchströmt ein Aufhellen, die U-Bahn nähert sich, er scheint zur Hoffnung zu taugen, wir werden, denkt er, den uns nachsabbernden Geiern kein Fleisch gewesen sein, es hält an, Dauer stellt sich ein. Da erscheint das um wenige Monate ältere Mädchen, der junge Mann erhebt sich, ihre Handberührung ein nicht erwidert ausgeübter Druck, er schämt sich dafür, ist sich nicht sicher, was von ihm zu halten ist, sich in Nuancen versteigen, das gehört schließlich dazu, alles will gedeutet, durchleuchtet und wiederholt sein, Deutung frisst das Herz auf, er plaudert vor sich hin, vom Studium und dem Stress, er nimmt sich für voll, stets bemüht, Zitierwürdiges abzusondern, die Geier schwenken ab, sie erblicken eine eingegangene Verbindung, die Kadavergeruch ausströmt, dort gibt es etwas zu holen, er hört sich ihre Worte nickend an. Sie lassen die Station hinter sich. Ein Kind lässt sich ziehen, bittet, will. Die Mutter sieht schwarz.

Man stelle sich eine Hohlkugel vor, nicht größer als ein Fußball, deren Innenwand mit einem hauchdünnen Metallfilm beschichtet ist, was sie zur Spiegelfläche werden lässt. Eine Wahrnehmungssonde in Murmelgröße, die eine ebenso spiegelnde Außenfläche hat, befindet sich im nneren der Kugel, kullert wild hin und her, trifft auf, prallt ab, im Zaum gehalten bloß von den Gesetzen der Physik. Es kommt zur unendlichen Verdopplung der Bilder. An den Berührungspunkten entsteht das Erzählsignal, Wahrgenommenes der Sonde dringt nach außen. Obwohl die Mannigfaltigkeit der Signale unübertroffen bleibt, bietet die Konstruktion eine gewisse Kompaktheit.

Justus, kommen Sie herein! Guten Tag. Sie sehen fürchterlich aus! Ja, das kann sein, ich hatte eine recht strapaziöse Anfahrt. Bringen Sie dem Armen ein nasses Handtuch, damit er sich frisch machen kann, sagt Bohm zum Fräulein, und ein frisches Hemd, danke! Lucius Bohm stellt das Mobiltelefon auf lautlos, versorgt es in der Schreibtischschublade. Die Sekretärin steht lächelnd in der Tür. Möchten Sie einen Tee?, oder etwas anderes trinken, ein Mineralwasser, einen Kaffee vielleicht? Leitungswasser, bitte. Er bekommt es. Die Sekretärin lässt die beiden allein. Justus überreicht seinem Arbeitgeber eine Flasche. Oh, womit haben wir denn das Vergnügen? Das ist für Sie, Holundersirup, selbstgemacht, von Michaela. Das ist aber aufmerksam! Lucius Bohm rückt die Brille zurecht, liest das von Tobias verzierte Etikett. Und der Sohn hat auch mitgeholfen! Ja, das macht er gerne. Schön, schön, ich freue mich, vielen Dank, richten Sie das Ihrer Michaela bitte aus. Werde ich machen. Justus nimmt Platz. Das Büro ist einschüchternd groß. Man überblickt von hier aus die Stadt, mit all ihren Winkeln und Nischen, Unorten und paradiesisch geschlängelten Gässlein. Beim Hinsetzen knurrt das Leder verächtlich. Die sind neu, Bohm deutet auf die beiden Stühle vor dem Schreibtisch, sozusagen neu, Antiquitätengeschäft. Es herrscht hier keine Atmosphäre, in der lange um den heißen Brei herumgeredet wird. Ich nehme an, Sie möchten einen Bericht darüber, wie die Arbeiten vorangehen, sagt Justus. Bohm lehnt sich zurück. So in etwa habe ich mir das vorgestellt. Ich würde sagen, der Zeitplan kann eingehalten werden, die Ankerteile sind an Ort und Stelle, wir sind mit dem Verschrauben der Grundstruktur beschäftigt, nächste Woche kann mit den Lötarbeiten begonnen werden. Bei einem derartigen Großprojekt kann natürlich so einiges schiefgehen, erwarten Sie nicht, dass alles so reibungslos verlaufen wird, wie es bis jetzt verlaufen ist. Justus nickt. Ich weiß ja, Sie sind ein Perfektionist, Sie lieben es, wenn sich die Dinge auf den Millimeter ineinander fügen, wie auch ich es liebe, wenn ein Teil im anderen ruht, ohne den geringsten Spielraum. Die Fensterfront bricht das Nachmittagslicht. Ich bin äußerst zufrieden mit Ihrer Arbeit, ich bin froh, dass es uns gelungen ist, diesen Fisch an Land zu ziehen, dieses unerhörte Gebilde in unseren Breiten aufbauen zu können, welches für die Menschheit von großer Bedeutung sein wird, ich bin froh, dass Sie die Projektleitung übernommen haben, ich weiß die Kreismaschine in guten Händen, Justus, in den besten. Vielen Dank, Herr Bohm. Ich sage nur, sicherheitshalber, damit Sie es wissen, machen Sie sich keine

Sorgen, falls etwas nicht nach Plan verläuft, dann wird Sie niemand köpfen, Sie tun, was Sie können, das weiß ich, niemand verlangt von Ihnen Übermenschliches, niemand außer Ihnen selbst, gehen Sie nicht zu hart mit sich ins Gericht. Das Wasser schmeckt gut. Es wird Unfälle geben, ein Arbeiter wird von einem Baugerüst stürzen und sich das Bein brechen, es werden Mitglieder Ihrer Mannschaft dem psychischen Druck nicht standhalten, den dieses Unterfangen bedeutet, es werden Experimentatoren gefährlicher Strahlung ausgesetzt sein und Hautkrebs ausbrüten. Und so weiter. Ich möchte nur vermeiden, dass es Sie allzu hart trifft. Besser, Sie machen sich schon jetzt mit dem Gefühl vertraut, zwar alles in Ihrer Macht Stehende zu tun, aber alles in anderer Macht Stehende hinnehmen zu müssen, wie es kommt. Ich sage Ihnen bereits jetzt: Sie wird keine Schuld treffen, Sie trifft keine Schuld. Es wird Verluste geben, auf die eine oder andere Weise. Sie als Person jedoch stehen nicht zur Debatte. Sie genießen mein vollstes Vertrauen. Justus zählt die Polierschlieren im Fenster. Betreten lässt er den Blick über die Hochhäuser wandern. So, das war es auch schon, jetzt sitzen Sie nicht da wie bei der Erstkommunion! Beide lachen. Ich will Sie gar nicht länger aufhalten, Sie machen das schon, ich sollte mich wirklich hüten, Ihnen Ihre kostbare Zeit zu stehlen, ich glaube, Sie haben da eine Maschine zusammenzuschrauben. Da haben Sie Recht. Ich werde ihn gleich kosten, diesen Sirup, von der Himbeermarmelade letztes Jahr schwärmt meine Frau noch heute! Exfrau, denkt Lucius Bohm, spricht es nicht aus. Justus Geheimnis kehrt zur Großbaustelle zurück. Er wird schon erwartet.

Beim Betreten des Zimmers ein feuchtwarmer Dunst aus trocknender Wäsche und halb geöffnetem Pizzakarton. Der kommunizierende Mensch, diese nächste Stufe der Evolution, bewohnt eine immerfeuchte Masturbationszelle, Säuregeruch liegt in der Luft, Algenwucher überall, es herrscht subtropisches Klima. Er faltet ein Taschentuch auf, um sich den Schweiß aus der Arschritze zu wischen, mit heruntergelassenen Hosen vor dem Computer, in Erregung versetzende Flimmerbilder verlaufen sich in binären Sackgassen. Den Vorhang hat er nicht ganz zugezogen, schwach ausgeprägter Exhibitionismus. Die eingeblendete Atomuhrzeit am Bildschirm unten rechts lügt nicht: Es ist zehn, Zubettgehzeit großer Kinder. Der Homo communicans, meine Damen und Herren, ist in einer stickigen Kammer anzutreffen, die Luft hier undurchsichtig grau, nach Betreten der Wohnung werden schlimmste Befürchtungen wahr: Ein mit seinem Bürostuhl verwachsener Körper, das Einswerden mit den Dingen, mit den Maschinen, sich ausstreuen im Weltwerk, sich verbrauchen, sich in Informationshäppchen zerlegen, alles von sich preisgeben, es gilt einer Gattungsbezeichnung gerecht zu werden. Das stickige Loch, Moos am Boden, giftige Pilze, die ihre Sporen verschießen, um sich zu reproduzieren, allerlei Ungeziefer tummelt sich hier, ein kleiner Termitenbau ist erkennbar. Der kommunizierende Mensch, meine Damen und Herren, die Endstufe einer Entwicklung, ist abhängig von Essenslieferungen, Pizzakartons werden durch den Türschlitz geschoben, eine entsprechende Dimensionierung ist bei Einzug und Umbau zu berücksichtigen. Dieses Exemplar hat eine Art

Katzenklappe installieren lassen. Der Ort wirkt wie ein aufgelassener Gefängnistrakt, in dem einer wie ein Schatten seiner selbst haust. Im Dienstbotenraum lebt eine Mutter, die sich um den Sohn Sorgen macht, ein Muttertier, das sein eigen Fleisch und Blut noch nicht aufgegeben hat, es tischt manchmal auf, versorgt seinen Liebling mit lebenswichtigen Vitaminen und Mineralstoffen. Der kommunizierende Mensch lebt oftmals in Symbiose, ihm zur Seite gestellt ist der sich sorgende Mensch. Die besuchte Person dehnt sich immer weiter aus, hängende Mundwinkel, verkümmerte Muskelpartien, Gefühlsregungen können nicht mehr ausgedrückt werden, ein kugelrunder Bauch, dessen Außenhülle die Belastungsgrenze erreicht hat, ein Mischwesen aus Zimmer und Mensch, hat seine Wurzeln in den Teppichboden geschlagen, zieht Nährstoffe daraus, Umstellung des Stoffwechsels, medizinische Sensation. Faulende Zähne, von denen Fäkalgeruch ausgeht. Elektrosmog hängt an der Decke. Der Homo communicans, Fortführung eingeschlagener Wege, erschafft ein zweites Ich, welches vom Original nicht mehr zu unterscheiden sein wird, es ehebaldigst ablöst. Er wird zur Summe seiner Benutzerprofile. Durch Dopplung, Spiegelung, Verlust der eigenen Identität. Umsiedlung der Existenz auf den virtuellen Raum. Die Luftfeuchtigkeit beträgt hundertsiebzehn Prozent, Schlingpflanzen wachsen aus dem Heizungsgitter, der Versuch, die Person vom Möbelstück zu lösen, wird von Grunzlauten und Schmerzensschreien begleitet, bringt nicht den gewünschten Erfolg. Der kommunizierende Mensch als abhanden gekommener Mensch, sich selbst, den anderen, der Welt.

Der kommunizierende Mensch als Merkmal des Menschenverlusts. Pilzbefall in den Zwischenräumen der Zehen, eine ganze Kolonie, die hohen Organisationsgrad aufweist, untrennbar mit dem Körper verwachsen, sein Immunsystem stark geschwächt, die Person ist umgehend unter Quarantäne zu stellen, selbst harmlosen Grippeviren ausgesetzt, könnte ein Ableben erfolgen. Die Halswirbel sind versteift, seit Jahren schon wurde dieser Kopf nicht mehr bewegt, insgesamt sind die Gelenke eingerostet, beim Testen der Bewegungsfreiheit wird mehrmals aufgestöhnt. Zwei Kühlschränke befinden sich hier, die Stromzufuhr geschieht sicherheitshalber separat. Der Besuchte thront auf einem Leibstuhl, ein kreisrundes Loch ist in die Sitzfläche gehauen, mehrmals wöchentlich muss der Nachttopf geleert und oberflächlich gereinigt werden, was die Mutter routinemäßig erledigt, alles scheint darauf ausgerichtet, das Zimmer nicht mehr verlassen zu müssen, selbstgewähltes Exil. Über sein Dahinvegetieren führt er öffentlich Tagebuch, es ist weltweit verfügbar, begeisterte Abonnenten in aller Herren Länder, Tausende, Tendenz steigend, verfolgen die Gedanken dieses beispiellosen Antihelden, der täglich seinen Selbstmord überlebt. Die Fanpost der Bewunderer lässt sein elektronisches Postfach überquellen, viele Heiratsanträge, leider auch Hasstiraden darunter, aber hauptsächlich Wohlwollendes, auch eindeutig zweideutige Angebote, doch es handelt sich bei ihm um ein asexuelles Wesen, nach außen hin jedenfalls, er lebt autosexuell, in Lebenspartnerschaft mit sich selbst, benutzt Werbeprospekte zur Bedürfnisbefriedigung, von großzügigen Spendern hochgeladene

Schnipsel aus selbstgedrehten pornographischen Filmen. Das Zweit-Ich der Zweitwelt geht bereits seine eigenen Wege, hat sich vom Ursprungsmenschen gänzlich abgenabelt, macht eigene Erfahrungen und eigene Freunde, der Avatar ist als eigenständiges Wesen zu betrachten, anfangs virtueller Schoßhund, mittlerweile Herr gewordener Sklave über den Sklave gewordenen Herrn. Der kommunizierende Mensch leuchtet ein als moderner Asket: Losgelöst von Wünschen und Ängsten sitzt er sich frei, ist angekommen, befindet sich am Ende der Erkenntnisleiter, der Spieler geht ganz auf in seinem Spiel, meine Damen und Herren, der Fernsehjournalist blickt direkt in die Kamera, als er das Leintuch anhebt, worunter sich Froschlaich verbirgt, dieser Mensch ist in der Lage, sich in jedes existierende Netzwerk einzuklinken, um dort seine Spuren zu hinterlassen, er ist die nächste Stufe der Evolution, er ist das, was uns allen bevorsteht, noch muss er die Finger benutzen, um sich neue technische Spielereien vom Versandhandel liefern zu lassen, seine Mutter schiebt ihm das Bestellte durch den Türspalt, seine Feinmotorik ist enorm ausgeprägt, doch die Weiterentwicklung der Sprachsteuerung in vollem Gange, Ziel ist die totale Bewegungslosigkeit. Im Kinderzimmer hängen Poster von Helden. Er verdient große Summen, hamstert das erarbeitete Geld, dessen Löwenanteil, erledigt freischaffend Aufträge, die Netzwerksicherheit börsennotierter Unternehmen betreffend. Eine durchaus geistreiche Person, vor der wir hier stehen, meine Damen und Herren, das fortdauernde Eindringen in seine Privatsphäre quittiert er mit unwilligem Zappeln, unser Freund liest stundenlang Bücher, solange sie von jemandem an einem anderen Ende der Leitung digital zur Verfügung gestellt werden, mit viereckigen Augen, ein Zeilenabgrasen, nach nichts auf der Suche. Der Homo communicans hat keine Sehnsucht, nicht nach körperlicher Nähe, nicht nach Gipfeln des Strebens, nicht nach einer Rückkehr zum Ursprung, er ist der sich selbst genügende Mensch. Ein von zu Hause aus Länder Bereisender, von denen unsereins noch nie etwas gehört hat, meine Damen und Herren. Der eine oder andere mag mit den Umständen dieses Lebens konfrontiert sein und sagen: Die Hölle! Ich würde vergehen. Aber ihm macht es Freude, sein Abenteuer besteht eben darin, die verbleibenden Jahrzehnte in genau dieser Sitzposition zu verbringen.

Justus Geheimnis ist Angestellter der Firma, deren Gründer und Leiter Lucius Bohm heißt. Das angesprochene Großprojekt ist die Kreismaschine. Diese wurde, man glaubt es kaum, in der Schweiz entwickelt, von einem international zusammengesetzten Wissenschaftlerteam, und dort auch konstruiert und aufgebaut, unterirdisch eingebunkert, ein einziger Hochsicherheitstrakt. Der Ding gewordene Größenwahn einer nach immer Höherem strebenden Spezies. Ziel der Unternehmung Kreismaschine ist es, der Entstehung eines Universums beizuwohnen, beschleunigte Teilchen zurückzuversetzen, dorthin, wo alles begann, die Existenz neuer, stark vermuteter Teilchen nachzuweisen. Böse Zungen behaupten, hier wird am schwarzen Loch geforscht, das den Planeten verschlingt, hier stochert man blindwütig in die Dunkelheit des Wespennests, ohne zu ahnen, welche

Geheimnisse aufgeschreckt werden. In der Schweiz führte die Arbeit mit der Maschine zu einer Reihe von Fehlschlägen, die von der Fachwelt abschätzig kommentiert wurden, die Laienbeobachter aller Herren Länder wussten Geldverschleuderer am Werk und sahen sich durch Jahre der Ergebnislosigkeit in ihrer Kritik nur bestätigt. Die Wahrheit ist, man ging viel zu vorsichtig ans Werk, zurückhaltend, nicht waghalsig genug. Die Kreismaschine entfaltete nie ihre ganze Wirkungsmacht, wurde nie zur Erkenntnismaschine, die sie hätte sein können. Geradezu verantwortungsbewusst gingen die Leute vor, ihr Forschen ließ jede Radikalität vermissen. Die Weltöffentlichkeit wurde ungeduldig, man wollte etwas zu sehen bekommen, ein Feuerwerk, den Knalleffekt. Als dann endlich eingeschaltet wurde, passierte rein gar nichts, den Beobachtern ging kein Licht auf, das Funkensprühen ließ auf sich warten. Glücklicherweise sprang Lucius Bohm ein. Er kaufte die Kreismaschine sowie einen Teil des Stabs auf, ließ die Einrichtung abtragen, um sie in Wien, am Ort der Firmenzentrale, wieder aufzubauen. Hier allerdings wird nichts im feuchten Boden verscharrt, das Projekt wächst und gedeiht unter freiem Himmel, hier wird öffentlich gemacht, was für die Öffentlichkeit von Interesse ist, das Areal soll ruhig von Satelliten eingesehen werden, Fortschritte in hoch aufgelösten Bildern dokumentiert. Es gibt nichts zu verbergen. Keine falsche Angst vor Terroranschlägen. Möge man auch leichte Beute abgeben, für entführte Linienflugzeuge, die in lohnende Ziele krachen, dieses Risiko ist einzugehen. Die Regenzeit verbringt man unter Schirmen und Planen, die Kreismaschine nimmt keinen Schaden, sie besteht aus wasserfestem Material. Man kennt hier keine Angst. Keine falsche Toleranz gegenüber schwachbrüstigem Expertentum. Geradezu obszön, wie zurückhaltend die Wissenschaft mit ihren Errungenschaften umgeht, der Mut zum Fehler will gelebt sein. Bald ist die Kreismaschine einsatzbereit. Sie wird dann nicht langsam hochgefahren, ein System nach dem anderen, mit Sicherheitschecks und Katastrophenübungen, Feuerlöscher und Fluchtweg, was bei den übervorsichtigen Laienphysikern in der Schweiz fehlte, war der Wahnsinn, von dem man still geleitet sein muss, wenn man die Erkenntnisgrenzen durchbrechen will. Es ist gut, dass Justus Geheimnis die Projektleitung übertragen wurde. Er kennt den süßen Reiz des Schattenseitigen, ist ein Meister des Einschätzens, der Empathie, verfügt über ein Gespür für Konstellationen. Lucius Bohm hält große Stücke auf ihn, Millionen investierte er in den kilometerlangen Ring, darin werden Teilchen aufeinandergehetzt, ohne Kompromiss, ohne Zurückhaltung, ohne Angst. Und die Welt blickt kopfschüttelnd nach Wien, wo etwas Unerhörtes im Gange ist, wo kriminelle Personen hantieren, denen man Einhalt gebieten sollte, andererseits aber gibt es die Neugier, wozu diese Maschine imstande sein könnte, schwarzes Loch oder nicht, man lässt sie einmal machen, wartet ab. Vom Bürofenster aus sind die Aufbauarbeiten zu überblicken, die Kreismaschine, vorerst noch Skelett mit einem Spinnennetz an Stromkabeln, ernährende Nabelschnüre, nimmt konkrete Formen an, dem Modell von sich nacheifernd, das Vollkommenheit zeigt. Ob das wohl gutgeht?, ist die Frage der Stunde. Vom

Umlegen des alles entscheidenden Hebels erwartet man sich Großes.

Im studentischen Viertel zeichnet sich die Sommerzeit ab. Aus einem überfüllten Hörsaal strömen die Bildungshungrigen, gönnen sich am Wasserspender kalte Schlucke. Humorist M spaziert durch sie hindurch. Es ist angenehm, sich unter dieses Volk zu mischen. Viele haben Bücher unterm Arm, es wird Musik gehört, heiß diskutiert. Auf den Wiesenflecken lässt man sich nieder, manche spielen Gitarre. Einen Apfel essen, denkt er, passt zur Örtlichkeit. Auferstehung einer früheren Welt, in der das Buch noch alles war, das Gespräch von Mensch zu Mensch ohne zwischengeschaltete Technologie, in der Nahrungsaufnahme eine Sache ist, die für sich stehen kann, nicht von Zerstreuung begleitet sein will. Schöne junge Frauen kommen ihm entgegen, der sie gar nicht sabbernd mustert, sie in Gedanken auszieht oder in aufreizende Wäsche steckt, sondern im Vorbeigehen nur feststellt, du bist schön, und weiterdenkt, schön, dass du schön bist. Ein bisschen Liebeskummer natürlich, nicht jeder Einzelnen in die Arme fallen und von ihr verstanden werden zu können, notfalls so lange tiefe Abendgespräche führen, bis man einander nachhängt, Gefühlsregungen an der Nuance des Lidschlags erkennt. Humorist M ist ein unbeholfener Stadtbewohner, der sich verirrt, Touristen nach dem Weg fragt, die sich nach zwei Tagen hier besser auskennen als er nach zehn Jahren. Eine Doppeltür wird geöffnet, Schwall forscher Hitze, der sich nach draußen kämpft, befreite Prüflinge mitspült, wieder einen Wegpunkt erreicht, eine

Note erkämpft, etwas abhaken können und Ballspielen mit anderen im Park. Die Studenten sind zu bewundern, an ihnen ist nichts Lächerliches, wenn sie für etwas kämpfen oder innerlich aufstehen, haftet dem keine Naivität an, sondern ist ernste Beschäftigung mit einer Materie, sie kennen den allgemeinen Vorwurf, nur deshalb ihrer Sache zu gehören, weil die Welt noch nicht Gelegenheit hatte, sie zu desillusionieren, dem haben sie innere Stimmen entgegenzusetzen, die diesen und jeden erdenklichen anderen Einwurf im Vorhinein ausdiskutieren. Der Student als durstiger Erfahrungsschwamm, heißhungriger Bücherverschlinger, auch als Nichtsnutz und verdächtige Erscheinung, der den Großmüttern Fremder nicht einleuchtet oder gar unheilbar verstört, und Eltern den Schlaf raubt.

Einziger Nachteil im studentischen Viertel sind, findet Humorist M, die nervtötenden Straßenkeiler, vor denen man sich nicht in Sicherheit bringen kann. Mit aufdringlicher Freundlichkeit streunen sie am Gelände der Universität umher. Am Hinweg zur Sitzbank konnte er ihnen noch ausweichen, die Wand entlang, Augenkontakt vermeiden, andere Kopfschüttler zum Zug kommen lassen, jetzt hat er es sich mit einem Buch gemütlich gemacht und möchte nicht gestört werden. Wie er schon einmal einem Keiler am Ende der Rolltreppe ins Gesicht schreien wollte: Ich höre gerade das beste Lied der Welt, und du hast mich gestört! Dann den Ohrenstöpsel wieder anlegen und ihm eine schmatzende Ohrfeige geben, dass der Verdutzte nur so schaut. Hallo, bitte, sagt die Stimme zum künstlichen Grinsen, der junge Mann hält einen zerfledderten Papierstapel hoch, mehrere Ausgaben einer Multikultizeitung, mit der sich erfahrungsgemäß nicht viel anfangen lässt, mit der er, der Verkäufer, sich vermutlich nicht einmal den Hintern auswischen würde. Humorist M also sitzend und lesend, vertieft in ein mutiges Buch. Er schaut auf. Danke, nein. Der andere möchte nicht verstehen, drängt ihn mehrmals zum Kauf eines der Hefte. Dann bemerkt er, dass sein Versuchen nicht fruchtet, gibt auf, bittet stattdessen um eine Spende, die Humorist M ihm schüchtern verwehrt. Der Keiler lässt sich am anderen Ende der Parkbank nieder, murmelt vor sich hin, in seiner Muttersprache, die der Lesende nicht versteht. Vermutlich: Du impotenter Saftsack, ich kenne Eichhörnchen, die haben größere Hoden als du, deine Mutter ist so fett, als man eine neue Autobahn bauen wollte, musste man einen Tunnel durch die hindurch bauen, du Fliegendreckfresser, jetzt sitzt du da und liest und kommst dir gut vor. Er spuckt aus. Humorist M fühlt sich der Beschaulichkeit des Moments beraubt. Der andere steckt sich eine Zigarette an, hält ihm die Packung hin: Willst du? Danke, ich rauche nicht. Weiter murmelnd. Vermutlich: Nein, natürlich rauchst du nicht, du behinderter Drecksack, aus meinen Fingern nimmst du nichts an, weil die sind dir zu schmutzig, sitzt wichtig auf der Bank, als wärst du eine Person, dabei bist du gar keine, sondern ein Bücherheini, der es seiner Frau, die er nie haben wird, nicht richtig besorgt, deshalb geht sie zu mir, und ich gebe es ihr tüchtig, weil du kein echter Mann bist und weil dir die Eier abfallen, ich schlage dir die Zähne ein und drücke meine Zigarette auf deinem Unterarm aus, du wirst dich nicht wehren, sondern winseln, dann spucke ich auf dich, auf deinen Kopf, deine versengte Haut, dann erschlage ich dich, damit du endlich als das Schwein, das du bist, wiedergeboren werden kannst. Der Keiler lächelt freundlich, steckt sich noch eine an. Das muss ein großes Gefühl sein, einen anderen zu beschimpfen, in einer Sprache, die der Beschimpfte nicht versteht, denkt Humorist M, dabei kann er sich nicht sicher sein, vielleicht betet der andere nur vor sich hin. Und der ganze schöne Rauch weht in die Atmung des Erstsitzers, denn der Eindringling macht sich die Windrichtung zur Komplizin. Nein, denkt Humorist M, ich lasse mich von dir nicht vertreiben, und wenn du die Packung aufrauchst. Hurensohn, Hurensohn, Hurensohn, scheint der Heftverkäufer zu murmeln, drei identische Wörter ohne Pausen aneinandergereiht, worum sonst kann es sich handeln? Doch gerade, als die Situation ihre Ausweglosigkeit erkennen lässt, besetzt jemand die Zwillingsbank schräg gegenüber, dem kann sich der Keiler jetzt widmen. Verzweifelt wimmelt er ab: Ich bin Student, ich habe nichts, ich habe selbst keine Arbeit, ich habe selbst kein Geld. Der Verkäufer nimmt neben ihm Platz, kommt viel zu nahe heran, schätzt die Windwege ein, nimmt eine Zigarette aus der Schachtel. Immer verzweifelter, mit Nachdruck: Ich bin Student! Als wäre es eine Entschuldigung für alles, als klammere man sich damit vom Rest des Trubels aus.

Man müsste seine Worte luftdicht versiegeln und vergessen, wer man ist, mit einem Hammer die Klaviatur des Flügels bearbeiten, nicht mit der Hand, keine

Hand mehr, dass es ein epochales Geräusch tut und einen entsichert, dem Körper keine Töne zu entlocken, aus den Gegenständen müssen sie kommen, Wiese im gerissenen Asphalt, aufgeblähte Brockenbeulen, aus denen Grün herausplatzt, man müsste niemanden kennen, das Mobiltelefon und einen Ziegelstein gegeneinander antreten lassen, sehen, wer stärker ist, man müsste aufhören zu zittern, in sich hineingreifen wollen und schwarzen Schleim herausholen, den Schlamm verwelkten Denkens, man müsste fort sein, nicht tot, doch unauffindbar, man müsste ein Stein sein, den man wegkickt und fort.

Und die Schreiblust überkommt einen wie Mordlust, gerade dann, wenn man es am wenigsten erwartet, wo man doch nichts in sich anklopfen spürte, wenn es ungelegen kommt. Ladislaus Kampf, Verfechter des Stetigen, Sklave des Eruptiven. Wie er doch die tägliche Dosis schätzt, das Stück für Stück Erledigte, nichts übereilen, innehaltend planen, kommt nach Hause, gibt sich Mühe, ein fehlkonstruiertes Hemd auszuziehen, weil es vom Schweiß gedunkelt ist, unter den Achseln, am Brustschlitz, bleibt stecken, gibt ein lächerliches Bild ab, armer Tropf, wackelt mit dem Oberkörper vorm Spiegel hin und her, bis ein Knopf ausreißt, er befreit ist. Die Gedanken schwirren im Kopf umher wie aufgescheuchte Schwärme von lauten Vögeln, durcheinander, aufeinander zu, wie er sich seinen Irrtum eingesteht, bisher nur die denkende Literatur als zu lesende eingestuft zu haben, was ein Lebensfehler war, die erzählende Literatur, die beschreibende Literatur, alles andere links liegen gelassen, wie er festzuhalten imstande ist, dass es sich beim Philosophen um einen Erzähler handelt, endlich die Nische, in der sich der Einstieg in *Die Meister des Trostes* findet: Dass sie erzählen. Dass es immer Geschichten waren, die er las, wenn er alles außer Geschichten lesen wollte. Immer nahm er an, nicht mehr empfänglich dafür zu sein. Er hält fest, was sich aufdrängt. Ein Schreiben abseits des Berufs, weit weg von Waschraum und Toilette, er geht waghalsiger vor, denn es geht um nichts, muss keinem Kontrolleur vorgelegt werden.

Von nebenan Mandelgeräusche. Beim Genossenschaftshaus handelt es sich um eine Nebenhölle. Als hätte man während eines launigen Spaziergangs durch die Haupthölle eine obskure Abzweigung genommen. Von nebenan ein pausenloses Klempnern, als wollten sie einen Generator anwerfen, das geölte Monstrum blubbert, bäumt sich auf, verebbt. Als Nachbar assoziiert man Bilder dazu. Eine Foltermaschine, eine Art Streckbank, auf der Nackte an den Fußsohlen mit Federn gekitzelt oder sie gekreuzigt werden, breite Lederriemen, an denen nicht zu rütteln ist, es werden strenge Orgien abgehalten, bei denen jeder zahlende Gast die Dame des Hauses einmal besteigen kann, man darf seichte Schnitte ins Gewebe an ihr ausführen, deshalb immer lange Ärmel, selbst im Sommer, weil im Schwabbelfett Messerspuren sind, jeder unbezahlte Peinigungsversuch wird mit Stockhieben geahndet, Herr Mandel dröhnt auf, Sie haben keinen Beitrag in den Klingelbeutel gespendet, werden also gefälligst nur schauen, ohne selbst Hand anzulegen. Andere Parteien des

Hauses gesellen sich dazu, Maskenball ohne Masken, Frau Mandel wird in diversen Positionen fixiert, die Leute haben selbstgemachten Aufstrich mitgebracht, vor allem Liptauer, jeder einzelne nach vererbtem Familienrezept mit Geheimzutat, Zehennägel, Jungfrauentränen, Monatsblutungsblut, gute, feine Wiener Küche. Kartoffelsalat, Gurkensalat, Nudelsalat. Kleine Schnitzel, die kalt mit den Fingern gegessen werden. Die Leute hier sind krank an sich, selbstkrank. Sie hängen sich zum Hals heraus. Wenn sie dich begrüßen, schwingt unterschwellige Abneigung mit, die begründet große Sorge, einer von ihnen zu werden, wächst. Beim Grüßen schauen sie dir nicht in die Augen, weil man einen Blick in ihre finsteren Augenhöhlen erhaschen könnte, an deren Ende ein Zweig Fegefeuer prasselt. Hier grüßt man einander, ohne es zu meinen, als Teil der Gewalt, die von diesem Haus ausgeht. Das Schnaufen der vom Einkauf zurückkehrenden Hausfrauen werktags, durch die Kartontür belauscht, und der Frohsinn in einem verweht.

Ladislaus Kampf bemerkt, dass Feindschaft wachhält, durch sie bleiben die Sinne geschult. Wie er konzentriert die Ohren spitzt, um Details herauszuhören, wie er blinzelt und linst, um ein glaubhafter Zeuge zu sein, hinterm Vorgang in Stellung. Wie er deutet, wie er Deutungshoheit über die Geschehnisse des Umfelds einfordert. Wie er das Angstsalz am Handrücken schmeckt, wenn er sich mit den Lippen absucht. Das Wort Feindschaft leuchtet auf. Er ist den Menschen Feind in diesem Haus, sie ekeln ihn in Richtung Entscheidung, den Wohnsitz zu wechseln.

Doch er wird sich nicht vertreiben lassen, sondern bleiben, als wandelnde Mauer, sein eigener Abwehrtrupp sein. Man wird in der Welt keine Figur entdecken, die unschuldig ist, Unschuld bedeutet, an jemandem etwas übersehen zu haben. Man halte das Kaleidoskop ganz ruhig, um den Wahn langsam eintröpfeln zu sehen, Feindschaft, denkt Ladislaus Kampf, als Tendenz. Wie er ein Buchgeschäft betritt, um das Machwerk eines Autors zu erwerben, einfach nur, um etwas in der Hand zu haben, gegen denjenigen, der es geschrieben hat. Um zu wissen und sagen zu können, wogegen man ist. Wie die Feindschaft mich, denkt er, durchdringt. Wie ich immer ganz Feind bin. Feindschaft als Gründlichkeit, als Perfektion, als auf die Spitze getriebener Versuch, als Freizeitvergnügen und Sport, Feindschaft als Freund, auf den Verlass sein wird, als Wort der Wörter, als Benennung all dessen, was um einen geschieht, als Universalantwort, die jedes Fragezeichen in ein Rufzeichen umformt. Mit Erstaunen beobachtet er, dass sich *Die Meister des Trostes* in ein eigenes Traktat, in eine *Einführung in die Feindeswissenschaft* verwandeln. Man schaue noch ein wenig durch die Röhre des Kaleidoskops, bis sich die Entschlüsse gefestigt haben, man schwenke dann langsam ab, wende sich Wichtigerem zu.

Jenes Kaleidoskop nämlich, dessen Erfindung noch ansteht, das groß genug ist, einen beliebigen Planeten im Plastikkästchen am Röhrenende einzuschachteln, um einen Ort, eine Begebenheit, eine Konstellation dabei zu erfassen, wie sie zum Muster wird. Symmetrieachsen werden gesetzt, die Drehbewegung schüttelt alles kräftig durch, das Beobachterauge wird träge und gibt auf, bis wieder ein Glitzern locken kann, man innehält und schaut. Dem hohen Komplexitätsgrad des Gezeigten durch Abbildung etwas entgegenhalten zu wissen. Die Ruhe in sich meistern, den Schlaf.

Es ist ein konfliktreiches Glück, in dem Justus und Michaela Geheimnis vereint sind. Sie unterstellt ihm Schrulligkeit, was berechtigt ist, wenn er kindgleich über die Pflastersteine trippelt, jedem Bodenbelag den Pfad abtrotzt, der Übergangsrillen vermeidet, auf die Striche zu treten, er macht nervös, berserkert mit den Armen, Flugvogel im Übungsnest. Justus lässt sie Unmut spüren, indem er aufhört zu sprechen, beim Spazieren die Hände in den Hosentaschen verstaut, damit sie von der anderen, im Augenblick seltsam Fremden, nicht berührt werden können, schon gar nicht zärtlich oder behutsam, Auslöser muss ein ständiges Jammern und Beschweren gewesen sein, über Lichtstärke im Zimmer, schweißtreibende Hitze, eine Vergesslichkeit seinerseits. Da gehen sie also nebeneinander, haben sich nichts mehr zu sagen, er läuft in einen Trauerweidenast, leichter Peitschenhieb ins Gesicht, da müssen beide lachen, ein Knoten im Hals ist gelöst. Anderntags anderswo, als sie mit dem Stadtplan nicht zurechtkommen, für den in erster Linie Justus sich verantwortlich fühlt, sie verlaufen sich, gehen einen Umweg nach dem anderen, sie bleibt auf einer Verkehrsinsel stehen, komm hierher, ruft sie, du sprichst mit mir wie mit einem Hund, ja, wenn du dich wie ein Hund benimmst, dann spreche ich mit dir auch wie mit einem Hund. Ein Treffer, der sitzt. Wie Justus unabsichtlich quält, indem er Dinge unausgesprochen lässt. Bei dicker Luft die Sachen packt und abzieht, anstatt sich zu stellen. Lange hält das Bösesein zwischen den beiden aber nie an, man weiß, was man am anderen hat, die neuneinhalb Zehntel, die man liebt und bewundert, das verkümmerte halbe, das einem gestohlen bleiben könnte, das man freudig in Kauf nimmt für ein Leben mit ihr, für ein Wohnen mit ihm. Es fällt mir zwar gerade nicht ein, aber du und ich, du weißt schon, wie könnte ich das je vergessen?, nur einfallen will es mir gerade nicht, das mit dir und mir.

In ihrem Feiertaumel lassen Jugendliche eine leere Sektflasche am Fensterbrett stehen. Die Mädchen im Schlepptau müssen beeindruckt werden. Sie kichern und applaudieren. Mixgetränke spielen eine Rolle, bei der Männermeute Bier. Nachttrunken durchstreift man gemeinsam die Stadt, letzte Straßenbahn verpasst. Auf die Wartezeit der halbstündigen Busse hat niemand Lust. Es ist warm, ein Fußmarsch angebracht. Gesund und willig tänzeln die Jugendlichen über die Gehsteige, oft auch in der Mitte der Fahrbahn, abgeschwächte Mutprobe, denn zu dieser Zeit ist nicht viel los. Ja, kichert eine, stellen wir das dort hin, womit sie meint, dass du das dort hinstellen sollst, denn selbst möchte sie sich nicht die Finger schmutzig machen, einen eingerissenen Nagel in Kauf nehmen, eben erst gemeinsam mit der Schwester manikürt und rosarot bepinselt. Die Sektflasche bleibt stehen, viele Stunden, über Nacht, wird erst am Vormittag entdeckt, das Abgelegte wird vom Wohnungseigentümer mit Erschrecken bemerkt, beim ruckhaften Ziehen der Jalousieschnur. Die Flasche muss mit spitzen Fingern angefasst, voller Ekel transportiert und im Altglascontainer entsorgt werden.

Wien entspricht all seinen Klischees. Es jammert und raunzt, am liebsten über das, was nicht zu ändern ist. Es gilt als ausgesprochen guter Koch, hat sich aus den Nachbarländern eine ansehnliche Rezeptsammlung zusammenstibitzt, Wien tischt deshalb so schmackhaft auf, weil es ungesund kocht, sich nicht um Diät Haltende schert, bei jedem zweiten Gericht kommt der berühmte Butterklotz zum Einsatz, den man deutlich herausschmeckt. Wien hat getrunken, man sieht es ihm an, nie ist es ganz bei der Sache, immer stolpert es über die eigenen Beine, was es, wie jedes Missgeschick, abfällig kommentiert. Wien ist nicht sonderlich gut auf sich zu sprechen. Wien stinkt, was es mit einer herzhaften Portion Charme wettmacht, die wie ein Schlagobersgupf direkt auf den Kopf geklatscht ist, es tropft und ölt die Haare ein, hinterlässt eine Gleitspur, auf der Wien selbst und alle, die in seinem Schatten stehen, ausrutschen können. Es entspricht tatsächlich all seinen Klischees, ohne Ausnahme, früher einmal mag manches falsch oder halbwahr gewesen sein, was man sich so über die Hauptstadt erzählte, mittlerweile jedoch muss es aufgeholt, sich ins Zeug gelegt haben, den Gerüchten zu entsprechen. Wien hat einen Ruf zu verlieren. Es ist übergewichtig, wenig verwunderlich, schließlich muss das mit falscher Liebe Zubereitete vorgekostet werden, ob auch ja die richtige Dosis Gift enthalten ist, dass man es gerade nicht bemerkt, dass es langsam ins Grab schickt, nur nichts überstürzen. Wien hat acht psychiatrisch auffällige Geschwister, alle sind sie größer, korpulenter, eigentlich, nehmen weitaus mehr Raum ein, sind stark missgebildet, in ihrer Sprache verkümmert, Wien kommt nicht gern auf Besuch, hat aber zu ertragen, dass ständig die Verwandtschaft bei ihm einfällt. Im Westen lauern seltsame Bergbrüder, dem gemeinsamen Land einen runzligen Appendix formend. In direkter Nachbarschaft die intriganten Weinschwestern, eine Umzingelung, immerwährende Belagerung. Die acht Nachbarn gehen ihm schrecklich auf die Nerven. Wien hält seine Geschwister durchwegs für Analphabeten, geistig unterernährte Krüppelgestalten, es meint, etwas Besseres zu sein, womit bewiesen wäre, dass es zur Selbstüberschätzung, zum Größenwahn neigt. Im Grunde seines Herzens, sei zur Verteidigung gesagt, ist es ganz nett, in Wahrheit will es nur in Ruhe lassen und in Ruhe gelassen werden, unterm Strich braucht es ein bisschen Zerstreuung, wie jede andere Stadt auch, deshalb macht es den Mund auf, für und gegen dies und das, ist aber harmlos und für jeden Spaß zu haben. Wien rückt noch einmal den Hosenbund zurecht. Ihm wird in die Schuhe geholfen. Der Mundschutz ist gereinigt, die Waden massiert. Wien vernimmt das Signal des Ringrichters. Es tritt hinaus ins laute Licht.

Absolute Sprachbeherrschung ist das Minimum, weniger sollte in der Schreibendenwelt gar nicht vorgesehen sein. Absolute Sprachbeherrschung, Flüchtigkeitsfehler ausgenommen, ist der Ausgangspunkt jedes Schreibens. Hinzukommen müssen Wille und

Fähigkeit zur Sprachspekulation. Gefahrenfelder begehen, mit kindlicher Naivität, als hätte man dem Rat eines guten Freundes entsprechend zur Auflockerung ein wenig Sekt getrunken, Mut mit Dummheit verwechseln, auch das, den groben Fehler anstreben, der aufweckt, die derzeitigen Grenzen der Sprachindustrie verspotten und für nichtig erklären, sich Durchgang verschaffen, Neuland erobern. Man kann sich verspekulieren. Gewinnmaximierung darf nicht das Ziel sein. Risiko ist Pflicht. Alles andere führt zu blutleeren Sichergehensversen. Es ist Merkmal des Trivialen, dass es mit existierenden Bildern operiert, dem Bestehenden nichts Neues hinzufügt, gut gemachte Unterhaltung, die gerne so viel mehr können würde, aber zu scheitern verdammt ist, weil das Wagnis fehlt. Alles entpuppt sich immer mehr als Vorspiel, für jeden Einzelnen der Gruppe, man werkelt vor sich hin, büffelt sich bewusstlos für den Tag der Entscheidung, man verausgabt sich ansatzweise als Vorübung zum einen, alles verschlingenden Überbuch, das ohne Papier und Druckerschwärze auskommt. Die *Gruppe der Sieben Gefahren* entwickelt ein poetisches Gefährt, das ins Weltall transportiert, das zu den Sternen reisen lässt, sie ist in der Lage, Zeit und Raum hinter sich zu lassen.

Im Wettbüro gibt es nur wenige Tische, dafür umso mehr Sitzgelegenheiten, die fast alle belegt sind. Aus einem Automaten lassen sich Bier, Limonade und Mineralwasser ziehen, der daneben bietet heiße Schokolade, Tee und Kaffee, mit und ohne Zucker, oder extra viel. Hinter der Theke ein Mann am Computer, der eingegangene Wetten vermerkt, die Quittungen druckt er aus. Um Getränke oder gar Speisen braucht er sich nicht zu kümmern. Es liegen Broschüren auf, in denen die Sportereignisse notiert sind, die Kontrahenten und Ergebnisse, auf die gesetzt werden kann. Es herrscht vielsprachiges Gemurmel. Ein Hafen der Gestrandeten, der gescheiterten Lebensentwürfe. Ein Nischenort der Großstadt. Diverse Nationalitäten sind vertreten. Der Gemeindebaukaiser, der routiniert seine Häkchen macht, wie jeden Samstag Teile seines Arbeitslosengeldes verspielt. Er trägt Schirmkappe und Bauchtasche, ehemals weißes Unterhemd, Sandalen mit Tennissocken. Der illegal Eingereiste, politisch verfolgt, der die Abschlachtung der Eltern mitanzusehen gezwungen war, seit Jahren auf die Entscheidung des Asylgerichtshofs wartend. Er spendiert einem anderen ein Bier, kratzt von dem wenigen, das er hat, das meiste zusammen, um diese Bruderschaft feiern zu können. Eine Gruppe Jugendlicher, man hat sich in Schale geworfen, Haare zurückgegelt oder frisch mit der Maschine gestutzt, duftende Hälse, Parfumproben auch direkt auf der Kleidung, am frühlingshaften Hemd, zart kariert, saubere Sportschuhe, schmale Hosen für sportliche Beine. Der Aufenthalt hier nur als Zwischenstopp auf dem Weg zur Diskothek, um der kommenden Schulwoche etwas zu geben, an das gedacht, nach dem sich gesehnt werden kann, vor allem Mädchengesichter, Mädchengekicher, Mädchen Mädchen Mädchen. Die geselligen Fremden, bei denen nicht das wechselseitige Merken der Namen, sondern das Mitbekommen der Trinkgewohnheiten ausschlaggebend ist, um zielgerichtet einen ausgeben und die Zufallsfreundschaften am Leben erhalten zu können. Beruhigendes Wissen, dass es in allen Großstädten verteilt über den Globus derartige Einrichtungen gibt, die keine Sperrstunde kennen, in denen man sich verabredet trifft oder über den Weg läuft, im Sprachwirrwarr verheddert, die Gliedmaßen sprechen lassen muss, um sich vollends verständlich zu machen. Die Leute, egal woher oder wohin, kommen, von kleinen Verstimmungen durch Missverständnisse abgesehen, miteinander aus. Kurz: Die Leute leben einen Frieden, der von den meisten Besserwissern nicht für möglich gehalten wird. Neben dem Wettbüro an sich befindet sich einer dieser beheizten Automatenräume, den der Angestellte zu betreuen hat, was hauptsächlich darin besteht, immer ein Auge am Bildschirm zu haben, der die Überwachungskameras abwechselt. In der ganzen Stadt sind sie verteilt, unscheinbare Eingangstüren, mit Werbung verklebt, mit Warnhinweisen, weil es sich um Glücksspiel handelt, das für Minderjährige nicht gestattet ist. In unserem Raum sitzen zwei Einsame, an jedem Spielautomaten einer, füttern sie mit Münzen, drücken gelangweilt Knöpfe, als ob schon zu Beginn ernüchtert und resigniert, weil wieder nur Nieten dabei sind, auf den Flimmerschirmen passiert so einiges, sehr schrill, sehr verwirrend, die Regeln werden nirgendwo erklärt. Im Wettbüro wird der Ton aufgedreht, weil es jeden Moment losgeht. Wer es sich leisten oder zinslos borgen konnte, hat seinen Tipp abgegeben und drückt sich die Daumen, ganz fest, um die Hoffnung zu schüren.

Alphabetisierungsrate bei derzeit amtierenden Ministern auf tiefstem Stand seit zweiunddreißig Jahren. Aufhebung der Luftraumsperre in Südamerika aufgehoben. Amokläufe an österreichischen Schulen häufen sich, Lehrervertreter sprechen von ausgleichender Gerechtigkeit. Selbstmordrate bei Angestellten der Wiener Linien im Steigen. Detonation eines Sprengsatzes am Literaturinstitut Wien. Prozessbeginn nach Fünffachmord in Kleingartensiedlung. Und nun zum Wetter.

Das Aufeinandertreffen findet in einem Einkaufszentrum statt. Wien gilt als haushoher Favorit, es ist Titelverteidiger beim Städtekampf. Heute trifft es auf Berlin. Die Geschäfte im Inneren des Komplexes haben geschlossen, es ist dunkel geworden, bloß die Restaurants bewirten noch ihre Gäste. Die private Sicherheitsfirma sorgt für den reibungslosen Ablauf der Veranstaltung, schwarz gekleidete Schrankmänner mit aufgepumpten Oberarmen und Sonnenbrillen verstellen den Eingang, unterstützt werden die Recken von einem großen Polizeiaufgebot, als letzte Sicherheitsinstanz herbeordert, sollten die Dinge außer Kontrolle geraten, damit ist jedoch nicht zu rechnen, bis jetzt läuft alles friedlich. Die Eintrittskarten werden angerissen, man bekommt ein farbiges Bändchen ums Handgelenk, je nachdem, für welchen Bereich man bezahlt hat. Die meisten tummeln sich auf ihren Stehplätzen im ersten und zweiten Stock, von wo aus man schräg unten in einer Art Gebäudelichtung den Boxring sehen kann. Schaulustige, die nicht bezahlt haben, sind hinter Absperrgittern zusammengepfercht, können höchstens aufblitzende Fetzen des Geschehens erhaschen, ein Faustausholen, einen Blutspritzer Schweiß. Die sehr wichtigen Leute sitzen im Erdgeschoss, auf Augenhöhe mit dem Ring, auf formschönen Holzsesseln an brav gedeckten Tischen. Tragen Anzug und Krawatte, die wie Hunde ohne Leine ausgeführten Frauen ihr zu knappes schwarzes Kleid. Von rundherum oben blickt man direkt auf die polierten Glatzen der besseren Gesellschaft, könnte ihnen in die Suppe spucken, leichteste Übung. Steht man direkt neben einer Polizeieinheit, lassen sich Gespräche belauschen: Schau, dort unten haben wir sie ja, da wartet schon unsere Kundschaft, unsere ganz speziellen Freunde. Die geladenen Kampfsportler, darunter viele Ehemalige, haben einen Hang zu Körperverletzung und Zuhälterei. Unten gibt es ein deftiges Menü, erst Zwiebelsuppe, dann faschierten Braten mit handgerollten Nudeln und Rosenkohl, dazu gemischten Salat, als Nachspeise warmen Topfenstrudel mit heißer Vanillesauce, von Anfang an für zwischendurch belegte Brötchen aller Sorten, Lachs, Eiaufstrich, Mozzarella, Schinkenspeck, immer wieder nachgereicht. Aufmerksame Oberstufenschülerinnen kellnern um ihr Leben, bequeme flache Schlüpfer sind verboten, es herrscht Stöckelschuhpflicht. Es folgen eitergefüllte Blasen und Krämpfe im Unterschenkel, Überhitzung der Wachstumsfugen in Fußgelenk und Knie. Wann geht es endlich los? Direkt vor Ort ist man ebenso ungeduldig wie in den Wettbüros.

Entschuldigung, könnten Sie mir vielleicht den Platz freihalten?, ich muss nur kurz auf die Toilette. Nein, wir sind die Polizei und nicht die Platzfreihalter. Wutschnaubend klemmt er seine Jacke in einen Zwischenraum des Metallgeländers. Die Beschallung wird gedämpft, ein Blitzlichtgewitter, es geht endlich los. Man verschiebt den Toilettenbesuch, will nichts verpassen. Meine Damen und Herren, voller Elan besteigt der Moderator die Bühne, das Funkmikrophon in gleichbleibender Entfernung zum Mund, ich begrüße Sie recht herzlich zu dieser hochklassigen Kampfnacht! Wien gegen Berlin! Zurückhaltender Jubel. Das geht noch besser! Auch der zweite Versuch scheitert. Ich glaube, das geht noch viel, viel besser! Damit die Peinlichkeit nicht anhält, klatschen jetzt so manche, die es von sich nicht für möglich gehalten hätten. Der Moderator bedankt sich bei den Geldgebern, ohne die diese Veranstaltung heute nicht möglich gewesen wäre, einen großen Applaus! Mehrmals wischt er sich mit einem Seidentuch das Scheinwerferlicht von der Stirn. Es geht über unendlich viele Runden, theoretisch natürlich, nein, meine Damen und Herren, die Regeln heute sind sehr einfach, es geht so lange, bis einer weint, bis einer aufgibt, bis eine dieser Städte nicht mehr kann, es geht bis zur Bewusstlosigkeit. Erst nach dieser Ansage zeigt die Menge echte Begeisterung. Sie wissen, alles ist erlaubt, bei übermäßiger Brutalität schreitet der Ringrichter ein, an den ich sofort übergeben werde, wir freuen uns auf einen unterhaltsamen Kampf! Er überreicht einer Prominenten ihren Blumenstrauß, die Photographen lassen ihre Auslöser klicken, rufen den verspielt Posierenden Winkelwünsche und Drehbefehle zu. Verdunkelung. Die Polizei ist bemüht, den vielen hundert Leuten Verbrechen an der Nasenspitze anzusehen. Zittersekunden, Herzstillstand, Schweißperlen. Die Hymnen werden gespielt. Einzug der Gladiatoren.

Überall Obstfliegen, im Badezimmer, obwohl hier kein Obst ist, nur Haare und Staub und seifige Ränder, auch Obstfliegen im Gang, wo der Sicherungskasten ein Knistern von sich gibt, auch in der Küche, dort am Kühlschrank liegt eine überreife Tomate, vielleicht deshalb, sie sind unhörbar klein, werden leicht übersehen, deuten Verwahrlosung an, man zerdrückt sie mit den Fingern, wischt sich ihre Überreste ins Hemd oder Tischtuch, überall auch charakterschwache Mitbürger, so weit das Auge reicht, die jeden an die Wand stellen würden, ohne mit der Wimper zu zucken, sollte unser Kontinent oder Teile davon in einen Katastrophenfilm rutschen, wer wäre überrascht, wenn sich jeder zweite vermeintlich Normalsterbliche als Monster herausstellte, sobald es um Fressen und Gefressenwerden geht, die Frage tut sich also auf, wer in der Überzahl ist: Charakterschwache Mitbürger oder Obstfliegen, die beide immer überall sind.

In der einen Ecke steht Wien, weinschwer und träge, aber siegessicher, wird das Kind schon schaukeln, ist man sich einig, ein Heimspiel, der Austragungsort wurde gelost. In der anderen Ecke Berlin, die kaum auszuhaltende Stadt, akzeptiert seine Tristesse nicht, sondern versucht sie in Keckheit und Unangepasstheit umzumünzen, was an Lächerlichkeit nicht mehr überboten werden kann. Berlin ist weitläufig und zähflüssig, ungesund rasch gewachsen, es zerfließt in alle Richtungen, wird nicht mehr zusammengehalten, angezogen ist es aber schicker, muss man neidlos anerkennen, ein Künstlermagnet, der auch einige große Töchter und Söhne Wiens zu einem Umzug verführt, die allergrößten halten aber nach wie vor die Stellung, lassen sich nicht blenden. Es gelingt Berlin, nach außen hin das Bild der toughen Draufgängerstadt zu wahren, ist aber in Wahrheit am Boden und weiß es, ein sich ausdehnendes Gossenkonglomerat. Welche dieser beiden europäischen Städte, meine Damen und Herren, wird sich wohl qualifizieren?, für den Kampf der Kämpfe, wir dürfen gespannt sein!, meldet sich der Moderator von außerhalb des Rings, wo er Platz genommen hat. Berlin gibt sich Mühe, überzeugt mit konsequenter Fußtechnik und aufrechterhaltener Deckung, Wien allerdings hat die weitaus fieseren Tricks in petto, lässt sich nicht so leicht erwischen, was soll ich gemacht haben?, das müssen Sie mir erst einmal beweisen! Es werden harte Schläge ausgeteilt, ohne Rücksicht auf Verluste, es wird angefeuert und geflucht, dabei nie übertrieben, weder Sicherheitsdienst noch Polizei sehen Handlungsbedarf. In den Pausen werden Wehwehchen versorgt, Schürfwunden mit Vereisungsspray eingefroren, Wasserflaschen über verdroschene Gesichter geleert. Nach nicht ganz einer Stunde der finale Hieb, Berlin landet bewusstlos in den Seilen, weint vor Schmerz Parkteiche, kotzt Autos und Bäume hervor, es rinnen ihm Mauerbrocken und Fassaden heraus, der Sieger steht fest, er heißt Wien. Selbstverständlich.

Bierfrühstück an der Bushaltestelle, ein Obdachloser

gräbt in einem durchsichtigen Plastiksack nach zwei Dosen, die eine schüttet er auf einen Zug in sich hinein, ohne absetzen zu müssen, mit der anderen lässt er sich Zeit, genießt sie beinahe. Jemand, ein guter Freund, vielleicht, hat sie ihm geschenkt. Elisa Slavik macht sich auf den Weg. Der Obdachlose allerdings bleibt sitzen, steigt nicht ein, er möchte nirgendwo hin, er ist schon dort, wo es ihn braucht. Beim Umsteigen macht Elisa einen Abstecher zur Trafik, deckt sich mit Zigaretten ein, ersteht ein Modemagazin, von dem sie sich Inspirationen erwartet. Ihr ganzes Auftreten ist frech und gewagt. Man sieht ihr die schweren Gedanken nicht an. Womit man sich aber auch ständig herumschlagen muss! Rauchend wartet sie am Bahnsteig. In der U-Bahn eine junge Frau mit übermäßig großem Hund, er hat Schuppen und stinkt. Niemand möchte sich in deren Nähe befinden, hinsetzen schon gar nicht. Elisa hofft, den Gestank des Tieres nicht am schwarzen Kleid zu haben. Sie steigt aus. Die letzten hundert Meter verlangsamt sich ihr Schritt. Das weitläufige Gelände wird sichtbar, breitet sich vor ihr aus. Sie nennt ihren Namen, sie legt ihren Reisepass vor, der genauestens kontrolliert wird, Ablaufdatum nicht überschritten, Photo und Gesicht stimmen überein, alles korrekt, bitte treten Sie ein, die Besuchszeit endet um siebzehn Uhr. Ich weiß, danke. Elisa Slavik betritt die Anstalt.

Nach dem Schlagabtausch in der Garderobe, Wien leckt seine Wunden, ein paar sind es dann doch geworden, Risse im Fleisch, ganz ohne Blessuren lässt sich Berlin nicht überstehen. Jemand wohnte dem Kampf bei, unauffällig, ohne Vorankündigung, ein Spezialgast, eine Person, die für den weiteren Geschichtsverlauf bedeutend sein wird. Wien geht duschen, nachlässig ein Handtuch um die Hüfte gewickelt, könntest dich wieder einmal rasieren, denkt es vorm Spiegel und fährt sich über das bemängelte Kinn. Es steht im Dampf, lässt Wasser auf sich niederprasseln. Hallo?, eine Männerstimme. Wien kann die Augen nicht öffnen, bekäme sonst beißendes Duschgel ab, das es sich in die Kopfhaut einmassiert hat. Hier bin nur ich!, sagt es laut. Ich wollte nicht stören. Kann man nicht einmal in Ruhe duschen? Ich warte draußen. Die Entspannung ist dahin, Wien reibt sich mechanisch ab, legt das Handtuch an, verlässt tropfend den Duschraum. Das war kein übler Kampf, sagt der Mann. Und Sie sind? Der Boxer, einfach nur der Boxer. Unbefugten ist der Zutritt verboten. Wie gesagt: Schlecht war das nicht, was du heute geboten hast, nicht übel, aber lange nicht genug, wenn du dich beim nächsten Kampf so präsentierst, landest du unter der Erde, beim Kampf der Kämpfe wirst du untergehen. Eine Frechheit!, schimpft Wien. Nein, ich weiß, das hört man nicht gerne. Was wissen Sie schon, Sie haben nicht die geringste Ahnung! Dem möchte ich widersprechen, ich bin schon lange im Geschäft. Und haben es garantiert zu nichts gebracht, sonst wären Sie mir untergekommen, sonst hätten Sie wohl Besseres zu tun, als an mir Ihren Dampf abzulassen. Keinen Dampf, nein, der Boxer lächelt, ganz im Gegenteil, ich biete dir eine Zusammenarbeit an. Wien lacht auf, es lässt das Handtuch fallen, entblößt sich vor dem Fremden, schlüpft in die ausgestreute Kleidung. Etwas musst du mir glauben, der Mann wird ernst, solltest du an deinem Kampfstil nichts ändern, wird dich dein nächster Gegner zerstören, du weißt, von wem ich spreche. Ach, wird er das? Ja. Ich habe noch nie verloren, ein Unentschieden war das Äußerste. Ja. Also? Es ist etwas anderes, eine noch nie dagewesene Herausforderung, durchaus zu meistern, aber wie, ist die Frage, welche Mittel, welchen Einsatz verlangt dieser Kampf. Ich bin nicht interessiert. Wien, ach Wien, seufzt der Boxer. Würden Sie mich jetzt bitte in Ruhe lassen, ich muss dringend ins Bett. Hier, ich schreibe dir meine Nummer auf, falls du es dir anders überlegst. Was nicht passieren wird. Wir werden sehen. Ich wünsche Ihnen einen schönen Abend, ein schönes Leben gleich noch dazu, es wird für mich keine Gelegenheit mehr geben, Ihnen etwas zu wünschen. Der Boxer lächelt wieder. Versprich mir nur eines: Mach dir Gedanken. Und solltest du zu dem Schluss kommen, dass etwas passieren muss, dass du dem bevorstehenden Kampf noch nicht gewachsen bist, ihm unter keinen Umständen gewachsen sein kannst, dann lass es mich wissen, ich stehe jederzeit zur Verfügung. Die Tür fällt ins Schloss, Wien schüttelt den Kopf.

Und dann haben wir, haben wir, dann und dann und, was meinen Sie, Herr Doktor, der Patient scheint einen Anfall zu haben, und er hat sich nicht gewehrt und wir haben, weil es unsere Pflicht war, ja, Schwester, stellen Sie ihn ruhig, das will ich mir nicht länger anhören, und dann hat Silen, und ich stehe einfach nur daneben, Schwester, was ist jetzt?, sie stöpselt etwas an, pumpt süßen Schlummer in die Kanüle, ja, mein Guter, nur ruhig, es ist gleich vorbei, spricht mit dem Patienten wie mit einem Hund bei der Einschläferung: Gleich haben wir es überstanden. Und er ist am Boden gelegen und es war klar, dass jetzt alles vorbei, wir haben ihn getötet, Silen und ich, wir sind schuldig, wir sind Mörder, wie heißt dieser bedauernswerte Tropf?, Moment, Herr Doktor, ich schaue gleich nach, ach, da haben wir es ja, Nils heißt er, Nils Clanga. Er ist ansprechbar, glaube ich, können Sie mich hören, schauen Sie mich an, in die Augen, nicht daneben, hier bin ich, hören Sie mich?, ja, was fehlt Ihnen denn? Ich halte es nicht mehr aus. Was? Alles. Schwester, rufen Sie die Kollegen, wo der hingehört, sollte wohl klar sein. Wie lautet die Diagnose? Ausgeprägtes Hypersensibilitätssyndrom, Glasknochenkrankheit der Seele.

Alles. Die nervösen Ticks in den Gesichtern, dauerverkrampft, im Kinderwagen fängt es an, die viel zu frühe Mutter hat zwischen den Fingern eine Zigarette, der Rauch direkt in die Atemwege des Kleinen, woran er sich während der Schwangerschaft bereits gewöhnte, Abhärtung der Kapillargefäße, dicke Haut, er kann sich nicht wehren, sie stößt die Vorderräder über die Gehsteigkante, ohne sie auch nur eine Spur anzuheben, reißt den Nachwuchs aus dem leichten Schlaf, tut sich ihm an, weil es ihn gibt, misshandelt durch Unterlassung jeder Zärtlichkeit, jeder Liebkosung, ich halte nicht mehr aus, dass Kinder Mütter haben. Die Haltungsschäden der Volksschüler, über Spielkonsolen gebeugt, vom Sitzen in der Klasse gelangen sie übers Sitzen im Bus zum Sitzen im Zimmer, gehen als Achtjährige von ihrem Buckel geneigt, ich halte nicht mehr aus, dass Schultaschen schwer sind. Die besten Freunde, beide fettiges Haar zu fettigen Pferdeschwänzen gezähmt, trotz des heftigen Sommers in schwarzer Ganzkörpermontur, lange Hosen und langärmliges Hemd, mit Schuppen auf Schultern und Rücken, die erregten Gespräche am Mobiltelefon, wenn es mit Erziehungsberechtigten etwas auszufechten gilt, was den Gang zum Arbeitsamt betrifft, zwei Computerspiele vom Gebrauchthändler nach Hause tragen, um sich einen schönen Nachmittag mit anschließender Nacht machen zu können, ich halte nicht mehr aus, dass sich betrachtete Leben als trostlos herausstellen. Nils Clanga sitzt im Bus, zittert, beginnt zu schreien. Anfangs wollen ihn die Leute beruhigen, geben aber bald auf und rufen die Rettung. Die Schuppen auf schwarzen Kapuzenpullovern!, ruft er, das Rückwärtsgangpiepen des Lastwagens, die Verwissenschaftlichung aller Lebensbereiche!, die *Gruppe der Sieben Gefahren*!, mein Land! Mitten während der Busfahrt überkommt ihn der Wahnsinn. Dass wir beide, Silen und ich, unseren Freund und Kollegen, Gefährten und Beisteher Kilian Matt auf dem Gewissen haben werden, für immer und ewig. Er schüttelt die Hände ab, die ihn fixieren wollen, der Patient könnte sich selbst verletzen, er ist vor allem eine Gefahr für sich selbst, stellen Sie ihn ruhig!, er tritt gegen die Haltestangen und Sitzplatzbezüge, er beleidigt den Staat, er gibt keinen Angehörigen an, dem sein Zustand mitgeteilt werden soll, er verhält sich nicht regelkonform, er verbietet der Situation, sich in Wohlgefallen aufzulösen, er kratzt und beißt, er konfrontiert die Passagiere des Busses mit dem durch sie ausgelösten Schrecken, er lässt nicht mit sich reden, er benutzt schwierige Wörter, woraufhin er eingeliefert werden muss, in eine modische Zwangsjacke geknotet, sie steht ihm äußerst gut, betont seine athletische Figur. Los, packen Sie mit an, wir bringen ihn in die Anstalt. Dass alles zwischen Menschen wissenschaftlich betrieben werden kann, mit Akribie und Ignoranz!, sind seine letzten Zuckungen, dann wirkt das Gift, der Hund ist eingeschläfert.

Die Zeugung des Tobias Geheimnis hat es unglaublich eilig. Das Liebespaar trifft sich im Kino, er steht mit einer Zeitung vorm Eingang, überpünktlich, sie erscheint, warte, sagt er, ich lese nur kurz den Satz fertig, dann packt er ein, sie küssen sich. Man rutscht beinah am Popcornboden aus, die Kartenabreißer, in Verschnaufpausen zwischen Filmen den Putztrupp geben müssend, haben eher oberflächlich gereinigt. Während des englischsprachigen Films streichelt er ihren Arm. Nach dem Kino gibt es in dünnes Papier gewickelte Hamburger und Limonade, Michaela zeigt Justus einen ihrer Lieblingsorte, sie fahren durch die halbe Stadt, nehmen die U-Bahn, gehen eine Hauptstraße entlang, nehmen die geheime Abzweigung. Daraufhin eine Stiege ins Nichts, an deren Ende überraschenderweise ein Weiterkommen ist, illegale Dachbesteigung. Justus, da, die Straßenbahnen schlafen direkt unter uns, eine Remise, Nest für müde Schienentiere, hierher kehren sie alle zurück, nachdem sie stundenlang im Einsatz waren, um Last zu transportieren, in der Nacht dürfen sie ruhen, während wir bei ihnen rasten. Die Zeugung des Tobias Geheimnis geschieht, aufradiertes Schienbein, wundgescheuertes Knie.

Der Boxer im Aufzug, er trägt ein dunkles Kurzarmhemd. Heftig schnaufend, ein epochaler Brustkorb. Wahrscheinlich gerade eine intensive Trainingseinheit beendet, man will in Form bleiben, nach der Karriere als Profisportler nicht aufquellen und sich ins Golfspiel flüchten. Schweiß perlt ihm die Arme entlang. Er wirkt erleichtert wie nach überstandener Verfolgungsjagd. Schuppen bröseln ihm auf den Kragen, sehr gut zu sehen am schwarzen Hemd, unglückliche Farbwahl. Seine Kopfhaut ist gerötet, Spuren der Erosion. Es sind Zerhackungen sichtbar. Er kratzt sich fest, es bröselt abermals. Er hat blutunterlaufene Augen. Prellungen, Schwellungen, nachlassender Schmerz überall. Er scheint den Beruf, der längst an den Nagel gehängt ist, wieder auszuüben. Hast du wenigstens gewonnen?, ist man versucht zu fragen. Und lässt es dann lieber. Es muss ein harter Kampf gewesen sein.

Wäre die Einsamkeit ein Ort, er stünde uns in die kargen Gesichter geschrieben. Es röche nach Masturbation, männlicher und weiblicher, dem Zusammenlaufen würziger Schleimsäfte, dem in Sonntagsbeilagen und Pizzakartons abgemolkenen Verlangen. Es röche nach den Strickpullovern vieler letzter Familienweihnachten, denen kein Waschgang entspricht, die vergammeln. Es röche nach Staub. Es gäbe ein Rattenproblem. Wäre die Einsamkeit ein Ort, er begänne zu wuchern, ein sich selbst erweiterndes Territorium, die Einsamkeit würde Raumgewinn anstreben, erobern wollen. Man wanderte darauf zu, käme von dort nicht mehr weg, säße in ihr fest. Es wäre ein hart umkämpftes Gebiet, dem die zahlreichen Nachbarländer mit endgültiger Ausrottung drohten. Die Einsamkeit würde nicht jeden hereinlassen, es gäbe Aufnahmekriterien, an denen nicht zu rütteln wäre. Wer Asyl bekäme, würde kein Freudentänzchen wagen, um den wäre es geschehen. Die Staatsbürgerschaft wäre eine Verpflichtung. Wäre die Einsamkeit ein Ort, man könnte sich nicht vorübergehend dorthin zurückziehen, sondern müsste sich ihn wie eine Niederlage eingestehen und bis ans Lebensende bleiben. Der Ort Einsamkeit wäre eine Zumutung, böte den Einwohnern Schutz, würde sie bedingungslos lieben. Fremde wären hier unerwünscht, man wollte unter sich sein. Man könnte sich nicht auf der Durchreise befinden, wer sich in dieses Reich verirrte, wäre wie immer schon hier gewesen, seit Anbeginn. Wäre die Einsamkeit ein Ort, er wäre bis an die Zähne bewaffnet. Terroristische Akte im Umfeld, Grenzüberschreitungen. Schreie, Brachland. Einsamkeiten unter sich. Es röche nach ausgelaufenen Batterien, Fertiggerichten, sogenannten Junggesellenmenüs in Einwegtellern aus Kunststoff, jeder Nährstoffgruppe ein eigenes Fach zugeteilt. Es wäre eine Sackgasse, der ungebremste freie Fall, Geschütztürme in Position, Raketen ausgerichtet. Die Hymne wäre ein Schweigen, das es so noch nicht gab, das in den Ohren wehtun müsste, die Flagge wäre ein bedrohliches Weiß als Gegenteil vom Frieden, es herrschte permanenter Ausnahmezustand, was die Aufhebung aller Rechtsstaatlichkeit möglich machte. Es wäre um uns geschehen. Da die Einsamkeit aber kein Ort ist, haben wir nichts zu befürchten.

Vor langer Zeit. Ein erster Sonnentag im Herbst. Justus und Michaela sind frisch verliebt. Eng umschlungen spazieren sie durch den Park, lassen sich auf einer Bank nieder, haben viel zu erzählen, sich im Zuhören zu üben, tauschen Gedankengänge und Einsichten aus. Tierbeobachtung: Die Zufriedenheit, die Genügsamkeit der Enten im großzügigen Teich. Einige Dutzend, vielleicht knappe vierzig, höchstens fünfzig. Die Nebenbank ist von einer alten Frau und ihren drei kleinen Enkeln besetzt. Drei kleine Ekel, flüstert er ihr ins Ohr, woraufhin sie kichert. Dorthin musst du das werfen, die rüstige Großmutter spricht mit fester Opernstimme, für die Umgebung unüberhörbar, auf den Wind musst du aufpassen, sonst fliegt dir alles davon, das Brot landet genau in unserem Gesicht. Der Akkordeonspieler musiziert hinreichend gut, sein Spiel macht den Parkabschnitt französisch. Im Grunde beherrscht er zwei Stücke, zwischen denen er fließend hin und her wechselt. Während dieser Dreiviertelstunde, die Justus und Michaela hier verweilen, macht er keine einzige Pause, er versucht sich in Variationen der Melodien, streut immer wieder das Grundthema ein, wandelt einzelne Takte leicht ab, bleibt den Strukturen treu, Kern seiner Darbietung sind zwei allseits bekannte Kompositionen, Gassenhauer, die jeder mitsummen könnte, weltweite Liedschaft, den Hiesigen vertraut, aber auch etwas für die internationalen Gäste. Die Triolen des Akkordeonspielers sind nicht ganz sauber. Hat er getrunken oder kann er es nicht besser? Du musst viel weiter werfen, hol ein bisschen aus, wirf auch zu denen dort drüben, die haben noch gar nichts gehabt, sonst haben die einen alles und die anderen gar nichts, mischt sich die Großmutter ein. Die ausgestreuten Krumen locken Tauben an, die sehr aufdringlich agieren, den Enten nasses Toastbrot wegschnappen. Es kommen dann weitere Artgenossen hinzu. Man hat jetzt alle vor sich: Enten, Tauben, Raben. Junge Eltern nähern sich dem flachen Ufer, ihr kleines Mädchen trägt eine rosarote Schirmkappe, deren Bändchen unterm Kinn zur lockeren Masche verschnürt sind, die Windel steht nach allen Seiten weit hervor, das weiße Oberteil ist frisch, noch kein aus den Mundwinkeln getropfter Gemüsebrei. Das Mädchen steht auf sehr wackligen Beinen. Mutig nähert es sich den Tieren, die geduldig auf Wurfnahrung warten. Es stellt sich an die Steinkante und beugt sich hinunter zum Teichrand, wippt bedrohlich vor und zurück. Phantasie einer Rettungsaktion, aufspringen, das weinende Kind aus dem seichten Wasser ziehen, es der vor Erleichterung bebenden Mutter in die Arme legen. Doch da eilt schon der Vater herbei, kann das Schlimmste verhindern. Nonnen aus Osteuropa erscheinen, stark abgemagert, manche frevelhaft hübsch. Eine geht hin, zu den Enten, ganz nah, direkt ins Geflatter am Festland, streut Brot. Wie läuft es an der Nonnenfront?, flüstert Michaela ihrem Justus ins Ohr, woraufhin er grinst. Die Wassertreter kommen nicht so nah, wie die Nonne es will, fressen ihr nicht aus der Hand, was sie enttäuscht, sie ist zahmere Schäfchen gewohnt. Ihre Mitschwestern nehmen in der Wiese Platz, ganz alte und ganz junge, knorrige Greisinnen um die neunzig und frisch der Kirche anvertraute Achtzehnjährige, die im Zuge solcher Austauschaufenthalte die Welt sehen und der Familie übel nehmen, auf Regenzeit und gute Ernte den Schwur geleistet zu haben, die Nächstgeborene ins Kloster zu stecken. Die Welt sehen und sich vorstellen, was mit ihr nicht alles anzufangen wäre, wenn man einem weniger strengen Herrn dienen dürfte, wenn man den scheuen Blicken in Männeraugen Taten folgen lassen könnte. Es sind praktische, saubere Gewänder mit ausladenden Kopfteilen, die Nonnen sind wortkarg, unter sich, ihnen ist keine Verzweiflung anzusehen, aber glücklich wirken sie nicht. Das tiefe Verstehen zwischen Justus und Michaela bleibt unausgesprochen, der Nachmittag, dem man es erzählen will, bemerkt es ohnehin. Im Gras wimmelt es vor Zigarettenstummeln. Die eine Nonne hockt abseits der anderen, näher zum Teich, nimmt ihr Mobiltelefon aus der Stofftasche, drückt darauf herum, wie man Kaugummi kaut. Tiere, Kinder, Nonnen: Außerirdisches eben, das man ohne Regung des schlechten Gewissens beobachten kann, anstarren, solange es einen freut, bis man etwas in sich auf die Spur gekommen ist. Das eben Gesehene wiederholt sich mehrmals. Touristen treffen siegessicher ein, verschwitzt und mit Stadtplan, ziehen enttäuscht wieder ab. Dazwischen versuchen sie das gleiche wie die Nonne, den Tieren näher zu sein, als es diesen angenehm ist. Die Zurückhaltung der Enten ist eine Beleidigung für die Gäste Wiens. Der Bürgermeister wird etwas unternehmen müssen. Michaela trägt ein Kleid. Sie sprechen über dieses und jenes, der Gesprächsstoff geht ihnen nie aus. Sie bleiben, bis Wärme in die Bank gesessen ist. Dann stehen sie auf.

Traum: Ich gehe auf mein Zimmer das ein Gemeinschaftsraum ist weil ich weiß dass eine Lesende sich in meinem Bett breitgemacht hat ohne mich zu fragen sie stellt sich konzentriert nimmt mich nicht wahr ich immer noch die flache Röhre in Händen verlasse das Zimmer habe es betreten um die Fremde wissen zu lassen dass ich mich heute Nacht amüsieren werde doch Unmöglichkeiten blitzen auf immer wieder meine Frau ist eingeteilt worden zu Küchenarbeiten oder Erledigungen außer Haus die andere und alles und nichts ist mehr möglich und zurück in meinem Gemeinschaftsraum stehe ich am Fenster und beobachte den Impuls einer ruckhaften Bewegung an der Landschaft ist das Schaukeln des Gebäudes am besten zu erkennen ein unbekanntes Flugobjekt hebt den Quader auf in dem sich das Zimmer befindet sie die Lesende hat einen Grund aufzustehen begibt sich neben mich ans Fenster wir werden umgesiedelt sage ich sie stimmt zu sie ist weniger ängstlich weniger erschrocken als ich legt das Buch aus der Hand wir beginnen mit unseren Hüften zu spielen während das Gebäude an Lastseilen durch die Luft segelt während ich mich frage was ein geeigneter Landeplatz wäre ihr Rücken wird von einer perfekten Rundung abgeschlossen in die sich meine Hand gräbt weil es Verschwendung wäre das eingeschweißte Etwas ausgepackt zu haben das leuchtet jedem ein ist zur Gänze verständlich ich gehe offensiv vor noch ist gar nichts passiert dass es sich um Verbotenes handelt ist mir bewusst noch kann man sagen die Berührung wird beiläufig geschehen sein noch ist ein Rückzug möglich noch hat man lediglich Oberflächen aneinandergedrückt sonst nichts weiter noch sind keine Öffnungen verzahnt sie schnauft mit steigendem Tempo beide in voller Montur noch keine Kleidungsstücke abhanden ich gehe dazu über die geschlossenen Lippen über Hügel und Täler in der Halsgegend wandern zu lassen im letzten Moment wende ich mich ab durch das Fensterglas ist ein Tennisplatz zu sehen ein Bekannter scheint uns zuzuwinken dann stellt sich heraus er hält einen verformten Schläger umklammert der einer verkrampften Menschenhand nachempfunden ist nach der Landung bricht der Weltfrieden aus mit einer Wucht die mich allen Anstand vergessen lässt beim Gedanken an zwei andere dringe ich in die mich Verführende ein mittlerweile ist die klebrige Hülle verschwunden oder ich habe das Interesse daran verloren sie wird nicht benutzt die Frau das Mädchen stützt sich mit den Ellbogen ab reckt mir ihr Hinterteil entgegen der Rock in die Kniekehlen gerutscht es geschieht ohne Gespräch und geht stumm auseinander.

Das Große im Kleinen, das Kleine im Großen. Von Wien kann auf jede andere Stadt, auf jeden anderen Ort geschlossen werden. Jede nur erdenkliche geographische, geologische, religiöse, wirtschaftliche, biologische, moralische, rechtliche, emotionale Gegebenheit ist vorhanden. Alle Nationen sind vertreten. Wien ist Denkmal der Verzweigtheit einer Spezies. Jemand entschließt sich zur Weltreise innerhalb Wiens. Er ist nicht verrückt. Sein Vorhaben ist nicht absurd, sondern nachvollziehbar. In der einzelnen Zelle liegt die Information über den gesamten Organismus. Dieser Gedanke ist schön.

Im Studentenviertel geht ein Gespenst um. Die Wiedereinführung der Studiengebühren, entgegen aller Wahlversprechen beider Koalitionspartner, steht bevor. Katastrophennachricht hier, die sich in Windeseile verbreitet. In den Chefetagen wird von internationalen Standards fabuliert, denen es sich anzunähern gilt. Studentinnen werden in die Pornographie getrieben, sie sind gezwungen, ihre unerfahrenen Leiber zu verscherbeln, um sich etwas dazuzuverdienen, was wieder die sabbernden Produzenten geiler Schmuddelfilmchen freut. Die letztverantwortliche Ministerin tut damit ihrem Ehemann einen Gefallen, da seine stattliche Sammlung um Frischfleisch direkt aus der Region erweitert werden kann. Darstellerinnen finden sich praktisch direkt vor der Haustür. Er als Endkunde kann dem nur Positives abgewinnen, gibt es doch endlich wieder persönlichen Bezug zu den Körpern, deren Benutzung mitangesehen wird. Anstellungen in der Branche sind auf einen Schlag wieder begehrt, die Nachfrage steigt, was den Lohn drückt. Studenten wiederum schließen sich der Mafia an, oder mindestens Unternehmen mit mafiösen Strukturen, stets lockt das schnelle Geld, kriminelle Botengänge werden erledigt. Von Kokain bis Gerichtsakten, von ominösen Kuverts bis zu blutbesudelten Hemden wird alles transportiert, entsorgt, übergeben. Wissbegierige junge Erwachsene werden für ihre Auftraggeber Menschen zusammenschlagen, die ein Dorn im Auge sind, nicht dichthalten können, sie werden ihnen eine Lehre erteilen, Ohren und Finger abschneiden, brutale Morde begehen, um das Komparatistikstudium fortsetzen zu können. In diesen turbulenten Zeiten fallen Bittsteller jedweden Geschlechts zwielichtigen Geldverleihern in die Hände, um einen Studentenkredit zu ergattern, die Banken sind zu sehr damit beschäftigt, sich selbst an den langgelogenen Nasen aus dem Wasser zu ziehen. Es gilt die Verschwörungstheorie, dass Wirtschaftsmächtige die zielgerichtete Ausbildung fördern, das unberechenbare Freidenkertum jedoch ausrotten wollen, Verfügbarkeit einer dummen Masse als wichtiger Bestandteil des Warenkreislaufs, hirntote Kaufsklaven, die Politik steht wortkarg daneben, lässt geschehen, ist Einzelinteressen hörig. Die Verflechtungen!, kreischt ein obdachloser Untergangserahner auf der Straße, es sind die Verflechtungen, die aufzudröseln was weiß ich wie viele Welten dauern würde, doch wir haben nur die eine, ein Teppich aus nach dem Grad ihrer Dreistigkeit abgestuften Delikten, auf dem es sich für auserwählte Wenige gemütlich dahinfliegt. Aber wohin mit uns, was geschieht hier? Kapitalismus, sagt der Mann erleichtert, als hätte er nach langer Suche eine Möglichkeit gefunden, sein Unglück zu benennen.

Ziel ist immer die Stille, ein anderes gab es nie. Das haben sie gemeinsam, die Bekannten und Berühmten, die Bleibenden ebenso wie die Kaffeehausliteraten, die dem Vergessen anheimfallen. Immerwährendes Schweigen hält Einzug, lautet die Schlussanweisung, Fall des Vorhangs. Ziel ist immer das Ausklingen der Wörter, das Verhallen der Töne. Das Nichtlicht, der Nichtort, der Nichttag, das Nichtsein. Dass endlich alle den Mund halten, still sind. Nicht leise, also wenig Geräusch, sondern still, also keines.

Bücher sind Zeiteinheiten, sind sichtbar vergangene Zeit. Sich als Zeitblöcke, Zeitklötze ins Regal stellen können. Die Werke der schreibenden Gegner besitzen, nicht lesen, denn ein noch stärkerer Besitz wird erreicht, wenn man das Gekaufte nach dem Erwerb keines Blickes mehr würdigt, dadurch sind sie matt gesetzt, die Kollegen, da warten sie dann und starren, gequält, stehen für das Schweigen, das man sich von ihnen wünscht. Oder dürfen nicht aufrecht stehen, wie die anderen, sondern müssen liegen. Dann noch eine gleichmäßige Staubschicht, von der man sie nicht durch Pusten befreit, und der eine oder andere Tag ist allein durch diesen Anblick gerettet.

Sie hebt ab. Was willst du? Das nenne ich wirklich eine freundliche Begrüßung. Lucius, worum geht es? Martha. Er sagt den Namen eindringlich, als solle er sie an etwas erinnern. Ich weiß nicht, was das bringen soll, dass du anrufst, ich weiß nicht, was du dir davon erwartest. Gar nichts, schon lange nicht mehr, keine Sorge, vielleicht wollte ich einfach nur kurz deine Stimme hören, ich weiß nicht. Gut, das hast du ja hiermit. Ach, komm, jetzt sei nicht kindisch. Viel zu tun bei dir? Man findet immer etwas. Die Firma? Wächst und gedeiht. Kann ich mir vorstellen. Wenigstens ein bisschen Zeit für dich, neben all den Projekten? Du weißt ja, wie das ist. Stimmt. Das Gespräch mit seiner Ehemaligen macht ihn nervös, eine Heiserkeit kriecht ihm in den Hals. Ich würde mich dann langsam ums Mittagessen kümmern, wenn es dir nichts ausmacht. Er reagiert nicht darauf. An dem Abend, als wir uns das erste Mal geküsst haben, und es sollten noch viele weitere Male folgen, bei einer unserer ersten Verabredungen, ich habe dich von zu Hause abgeholt, erinnerst du dich. Du hast darauf bestanden. Deinem Vater hat es gefallen. Wie kommst du jetzt auf diesen Abend? Wir waren im Kino, damals gab es noch keine digitalen Projektoren, es hat ordnungsgemäß gerattert, wie es sich fürs Kinogehen gehört, immer ein bisschen Nervenkitzel dabei, ob auch alles hinhaut, ausgiebiges Flimmern, manchmal rutschte das Band von der Spule, damals musste man als Vorführer noch auf Zack sein, mehr als bloß einen Knopf drücken, das war noch keine Massenabfertigung so wie heute, Fingerfertigkeit war gefragt. Lucius, was wolltest du sagen? Entschuldige, es ist nur, er räuspert sich geräuschvoll. Sie gibt ihm die Zeit, die er braucht. Damals hattest du Mundgeruch. Wie bitte? Mundgeruch hattest du, einen üblen Geschmack im Mund. Stark? Stark. Das hast du mir nie gesagt. Über zwanzig Jahre lang nicht. Und heute fällt es dir zufällig ein? An diesem Abend habe ich darüber hinweggesehen, hinweggerochen, hinweggeschmeckt, wir haben uns geküsst. Das gehört, finde ich, nicht wirklich zu den Sachen, die man einer Dame, für die ich mich jedenfalls halte, so nebenbei am Telefon anvertraut, vor allem nicht mit beinahe dreißig Jahren Verspätung. Besser spät als nie, finde ich, das wollte ich dir nur erzählen. Warum? Damit du es weißt. Ich war damals ziemlich nervös. Der Kuss war aber trotzdem schön, nicht dass du glaubst, es hat mich gestört. Ich war nervös, das hat mir den Speichel vergiftet, den Tag über musste ich ständig aufs Klo, je näher die ausgemachte Zeit gerückt ist, desto schlimmer der Harndrang. Du schilderst das sehr bildhaft. Das hat wohl zu Flüssigkeitsmangel geführt, mein Speichel war zäh, ich bin von einem kleinen Herzinfarkt in den nächsten geschlittert, das hat man sicher gemerkt. Kaum. Also, das Essen macht sich nicht von allein. Jedenfalls, ich habe es trotzdem genossen, wir haben uns zum ersten Mal geküsst, vor deiner Haustür, ich habe dich nach Hause gebracht. Ich weiß, ich lege dann auf. Gut, bis dann.

Ein Überbuch, philosophischer als Dichtung, dichter als Philosophie. Nichts beschönigende, alles entstellende Sprachwucherung, aggressive Geschwulst. Ein sich in die Gehirnwindungen krakelnder Tintenfischtext, er streckt seine Fangarme aus, bis zum Reißen gespannt, ein Konstrukt unlenkbarer Information, man weiß zu viel, muss sich die Kugel geben, zerknülltes Millimeterpapier, das eine Albtraumlandschaft bildet, auf der mit Konstruktionsbleistift die Grundpfeiler des Hauses skizziert sind, das man einmal bewohnt, in dem man es sich dann gemütlich machen wird. An das sich denken lässt, im Bett, beim Versuch, einzuschlafen. Das einen wachhält, wenn nötig. Manchmal scheint es, das Vorhaben schleicht sich an, was ist da hinterm Rücken, es verharrt in Lauerstellung wie eine böse Katze, dunkler Tarnumhang, der blitzschnell über einen geworfen wird, jeden Moment ist es so weit, und man verschwindet darunter, für die Angehörigen und die Umgebung, getilgt von dieser Welt, vom Erdboden verschluckt. Alles erstickendes Papierkissen, das einem auf Nase und Mund gedrückt wird.

Muss ich den Cowboyhut aufbehalten? Natürlich, sonst kommt der Sheriff und verhaftet dich! Lachend entfernt sie sich in die Küche. Das hat man jetzt davon, denkt Humorist M, wenn man sich einen Ruck gibt und beschließt, die alten Gewohnheiten hinter sich zu lassen und etwas Neues auszuprobieren. Diese Hitze! Mit der folierten Speisekarte fächert er sich Luft zu. Das hat man davon, sitzt bei dreißig Grad im Schatten in einer Hamburgerstube, nicht im Garten, dort ist alles besetzt, sondern am einzig freien Tisch des gesamten Lokals, zwischen Küche und Toiletten. Kaum hat man sich an die zusätzliche Hitze gewöhnt, an das abgestandene Fett und das Beflegeln der Küchengehilfen, geht auch schon die Tür auf und Urin weht einem ins Gesicht, ein betrunkener Westländer torkelt an einem vorbei, stützt sich an der Tischkante ab, um nicht in den Holzboden zu beißen. Unmenschlich scharfe Speisen werden von den harten Burschen geordert, schließlich muss man zeigen, wer man ist, seinen Ruf einzementieren, um es durchzustehen leeren sie krugweise Hausbier in die wunden Hälse. Ungut, denkt Humorist M. Stolz kann er trotzdem auf sich sein, es ist ihm gelungen, die sensiblen Fühler auszufahren. Du, sagt die Kellnerin in knappen Jeans, sie war es auch, die dem Verdutzten einen Cowboyhut aufsetzte, der dem ihren glich, es macht dir doch sicher nichts aus, wenn sich noch ein paar Freunde dazusetzen, sonst ist leider alles voll. Nein, sicher nicht. Unter Freunden versteht sie das freundlich winkende ältere Ehepaar, das sich dazugesellt. Danke, sagen die beiden im Chor. Er nimmt den Rucksack ab, zum Vorschein kommt ein schweißnasser Rücken. Keine Ursache, sagt Humorist M. Er gibt seine Bestellung auf, nimmt einen tröstenden Schluck aus seinem Bier in der Flasche. Und, was könnten Sie uns in der Stadt empfehlen, wissen Sie, wir sind nämlich nicht von hier, die Freunde halten ihm ihren Wienführer hin, reichen ihm dann einen Kugelschreiber. Vielleicht markieren Sie einfach, was man auf keinen Fall verpassen sollte, wenn man schon einmal hier ist, das wäre nett, Sie dürfen ruhig Eselsohren machen, das stört uns nicht, der Bernhard ist eigentlich heikel, was Bücher anbelangt, aber bei sogenannten Gebrauchsbüchern wie zum Beispiel einem Reiseführer ist bei uns alles erlaubt. Touristen, denkt Humorist M und kann gerade noch die Fassung bewahren. Er kreist ein paar Überschriften ein. Von der Innenstadt rät er ab. Überbewertet, sagt er. Humorist M ermahnt zu ausgedehnten Spaziergängen durch die Randbezirke Wiens. Müllverbrennungsanlage, Autohaus, zollfreie Zone, solche Sachen. Ja, ja, ach, gut. Die Freunde nicken artig. Ein Glück, dass wir Sie getroffen haben, als jemand von außerhalb kennt man diese Spezialsachen ja nicht. So, hier sind eure Hüte! Oh, wie nett. Bernhard, wie sehe ich aus? Er nimmt den Photoapparat. Könnten Sie ein Bild von uns machen? Ja, sagt Humorist M und tut es. Die Freunde studieren ihre Speisekarten. Nein, dir schmecken doch keine Essiggurken, hast du das vergessen?, nimm lieber etwas anderes, oder frag, ob man die Essiggurken auch weglassen kann. Ja, das mache ich, gute Idee! Küchentür. Sein Hamburger kommt. Toilettentür. Guten Appetit! Danke. Mahlzeit!, sagt man hier, das habe ich gelernt. Humorist M versenkt das Gesicht im matschigen

Doppeldecker. Das Abgebissene passt kaum in seinen Mund. Gut ein Drittel fällt wieder auf den Teller zurück. Scham.

Mit dem Schreiben tut man sich anderen an, sagen wir klar, wie es ist, nicht lange um den heißen Brei herum. Ich werde dich nicht ans Schreiben verlieren, sagt man sich vor, und, welch Pointe, schreibt es auf, mehrmals, untereinander, fein säuberlich die Abstände der Zeilen zueinander eingehalten. Schreiben als Weg einer Waffe, der mitverfolgt und auf der Karte mit dem Finger nachgezogen werden kann. Man muss wissen, wo das herkommt, was einem an die Gurgel will, wie lang die Leichenspur ist, die es als Anhängsel mitschleift. Wie der saure Apfel süß ist. Wie der Teebeutel leckt. Wie man bald, irgendwann, jemandem nicht mehr einen Ziegelstein an den Kopf wirft, sondern jemandem einen Ziegelstein an den Kopf schreibt. Im Sterben liegen, im Sterben schreiben. Totmachen, totschreiben. Man ist längst Figur seiner selbst, in den Marionettenfäden verheddert, sich in pikante Labyrinthe verstiegen. Jemanden erschießen, jemanden erschreiben. Jemandem den abgerichteten Dobermann an den Hals wünschen, jemandem den abgerichteten Dobermann an den Hals schreiben. Ein Buch, sagt der magische Ulk, hat am offenen Herzen zu operieren. Man wächst mit der Zeit in ein asketisches Vorgehen, setzt sich nur noch für das Nötigste hin und notiert. Jedes Wort vom Mund abgespart.

Als Humorist M schließlich den Erstdruck seiner Jahreszeiten-Trilogie in Händen hielt, konnte er sich des unbestimmten Verdachts nicht erwehren, etwas Wichtiges vergessen zu haben.

Bettmeister Silen, der sich durch die Weltgeschichte schläft. In einigen namhaften Unterkünften durfte er bereits seinen Trieb ausleben, lange Liste der Persönlichkeiten, denen er zum Höhepunkt verhalf. Die meisten bleiben lieber ungenannt, werden mit ihren Jugendsünden nicht konfrontiert. Das Mischwesen lässt seinen Blick schweifen. Welch Exzesse dieses Schattenreich sah, wie viel Unerhörtes hier stattfand. Schmunzelnd erinnert er sich an die Zeit, in der diese Räumlichkeiten als Kulisse herhalten durften. Mit großem Interesse, der Neugier des besessenen Laien, beobachtete er die Dreharbeiten zum Mehrteiler, der im Swingerclub abgedreht wurde. *Hodenstadel*, so sein Titel, wird in der Szene als Kuriosum betrachtet, nicht als ernsthafter oder gar ehrbarer Vertreter der Lustkunst. Erstaunlich daran ist seine Hodenfixierung, wie der Name bereits vermuten lässt. Das Prinzip der Umhüllung, die weitaus mehr Platz bietet, als von den eingepackten Kugeln genutzt wird. Wilde Behaarung, deren Wurzelpunkte zu gereizten Talgschwellungen verkommen. Anspielungen auf all dies sind durchgehend versteckt. In den Kostümen, Requisiten und Dekorationen. Auf den Betrachter lauert das Symbolische, man kommt ihm nicht aus. Silens Beteiligung an der Produktion ließ Gerüchte entstehen, bald Rufe laut werden, er sei homosexuell, verhuschte Zeitgenossen gebrauchten dieses Fremdwort wie ein nicht zu sagendes, mehrmals fiel der Ausdruck schwule Sau, was Silen stets mit Gelächter kommentierte. Er sei an allem und jedem interessiert, eine derartige Einschränkung der Sexualpartner und damit der zur Verfügung stehenden sexuellen Praktiken erscheine ihm obszön. Mit solch kranker Fixierung auf eine einzelne Spielart der Körperlichkeit wünsche er nicht in Verbindung gebracht zu werden. Ich bin nicht homosexuell, ich bin Silen, sagte er. Ein paar Erstbesucher sind durch die Tür ins Gewölbe getreten. Das verspricht für sie ein langer Abend zu werden, man wird sich im Vorhinein mit den Routen der Nachtbusse auseinandergesetzt haben. Wenn nicht, dann auch egal. Zurück zum Dreh des Pornoklassikers *Hodenstadel*: Für einen Streifen dieser Art verfügte er über ein großes Budget. Zum Einsatz kamen großteils Studentinnen, geistreiche Geschöpfe, die sich gerne über Aerodynamik oder Steuerrecht unterhalten hätten, stattdessen aber nach den entpersonifizierten Hoden greifen mussten, die durch Löcher in der aufgestellten Pappwand hingen und zu baumeln anfingen. Der Regisseur gibt Anweisungen, jetzt sollt ihr ihn beide gleichzeitig ablecken, ja, so gefällt mir das, so ist es richtig. Im Rückblick ist festzustellen, dass kaum einer erregt aus dem Sichten des Materials hervorging, sondern eher belustigt. Eine der Darstellerinnen sollte sich später vom Akademischen abwenden und eine Laufbahn in der Pornoindustrie einschlagen. Internationale Berühmtheit erlangt sie durch ihre natürliche Oberweite sowie die Bereitwilligkeit, alles, wirklich alles über sich ergehen zu lassen. Sie lässt sich auch, ist ihrem Portfolio zu entnehmen, für mehrtägige, ausschweifende Gelage buchen. Ihre berüchtigten Einzeldarbietungen lassen sich für Weihnachtsfeiern oder Junggesellenabende buchen. Die Einweihung einer Luxusyacht hat sie auch schon hinter sich. Ich bin, lässt ihr Datenblatt abschließend ausrichten, für jeden Spaß zu haben. Man könne sie jederzeit mieten. Toll, findet Silen, dass für eine solche Karriere in meinem bescheidenen Etablissement damals der Grundstein gelegt werden konnte. Es war ihre erste Rolle. Das Amateurgenre erlebt seine Hochblüte. Nach Auswertung einiger Statistiken ist klar, dass es die Geldgeber weitaus billiger kommt, tatsächliche Amateure anzuwerben, als Professionelle in deren Rolle schlüpfen zu lassen. Silen hat die drei Teile noch irgendwo, der Blick in den *Hodenstadel* konnte in weniger als einem Monat fertiggestellt werden. Silen spendiert den Halbstarken eine Runde Tequila. Und was führt euch hierher?, wenn man fragen darf. Die Volljährigkeit. Dass wir frei sind. Dass das Leben beginnt. Silen gefällt, was er hört. Er kümmert sich um weiteren Tequila. Wir warten auf nichts mehr, wir werden uns jetzt einfach alles nehmen. Genau.

Dass die Luftwand der herannahenden U-Bahn jeden Unfrieden in einem vertreibt, jede schlechte Stimmung. Beim Herabeilen der Stockwerke denkt man, sie wird einem davonfahren, doch es geht sich dann aus, weil ein Fremder sich todesmutig vor den Türsensor gestellt hat. Künstlicher Wind als Gebläse, das einen von der Woche befreit, vom Monat, wenn es sein muss vom Jahr. Die Zottelbärte der Kennenlerner Wiens, klaren Schnaps aus Kartoffeln in umklammerten Flaschen, sie singen ein Lied ihres traurigen Vaterlandes. Auch Schwimmer gibt es im Waggon, eine ganze Mannschaft steigt ein, begibt sich zum Restaurant, schickgemacht, in Abendgarderobe, um Tafelrunde zu spielen, es krachen zu lassen, schließlich muss ein Sieg gefeiert werden, welche Disziplin?, fragt ein vom Büro Heimkehrender, gemischte Staffel, die Übergaben verliefen reibungslos, das will geübt sein, sage ich immer, und geübt haben sie, wie die Tiere, und nachts, antwortet ihr stolzer Betreuer. Und vor allem die unscheinbaren Personen, die in keinem Geschichtsbuch stehen werden, für deren Leben man das eigene eintauschen würde, damit sie nie aufhören, mit leerem Blick zu schauen und gemeinsam eben das zu bilden, was Welt heißt, oder Stadt. Nein, es geht sich nicht aus, da zischt die U-Bahn davon, niemand stellt sich in den unsichtbaren Laser, die nächste wird gleich kommen. Oft erlebtes Mysterium, dass einem missglückten Tag von einer Kleinigkeit wieder auf die Beine geholfen werden kann. Geschlossenen Auges den Hauch inhalieren. Man müsste sich in warme Luft auflösen, einem Laufenden entgegenschlagend zeigen, wofür es sich auszahlt, bei Sinnen zu sein.

Und endlich wieder indirektes Licht, von der Kugelleuchte eine Wand angestrahlt, die den hellen Schein flächig zurückwirft. Ein Buch aufzuschlagen, bei dem alles stimmt. Endlich wieder erleben, dass man in einen Strudel gerät, die Neugier es locker mit der Müdigkeit aufnimmt, das Herz beginnt zu rasen, die Fingerspitzen feucht, ein Aufbäumen des Organismus, angetrieben von erfundenen Schauplätzen und Personen, nur um bald in eine Senke zu fallen, wenn die Geschichte zu Ende erzählt, aus ist. Endlich wieder erkennen, dass man selbst es ist, der als Held durch die Kapitel hetzt, der in Verstrickungen gerät, der wilde Affären mit Fremden beginnt, dass man selbst den Mord aufklären oder die Sache wie einen Unfall aussehen lassen muss. Der Duft schöner Frauen, nur Bücher geben ihn wieder. Dass Sprache einen sprachlos machen kann. Sich selbst laut vorlesen und nicht weinen, aber doch ist in den Tränendrüsen ein Krampf, denn sie wollen ihre Luken dicht halten. Alles schon vorgekommen: Vor lauter Rührung über den Zufall, der sich auf die Seite der Verlierer schlägt, erleichtert aufgeschluchzt. Am Unkrautbeet hinter der Lagerhalle, du weißt, wo ich meine, mit einem Freund, er hat etwas Schlimmes im Gesicht, eine Totentrauer oder ein Prüfungsergebnis, fast schon angewidert vom Schmerz, der es auf ihn abgesehen hat, aber auch Trotz, der ihn küssenswert macht. Gratuliere, scheint er zu denken, hast du es mir wieder einmal gezeigt, Schicksal, du bist aber auch wirklich ein ganz fieser Bösewicht, uns Menschen isst du zum Frühstück oder zwischendurch. Er spielt nicht mehr mit, klinkt sich aus und koppelt sich ab, es interessiert ihn nicht mehr. Ich mache nicht mehr mit, sagt er. Man kann ihm nicht helfen, ihn nicht heilen, ihm nichts geben, ihm keinen Ratschlag erteilen, aber wenn wir schon hier sitzen, im Brachland zu zweit, dann könnte ich dir das, was ich jetzt für mich behalte, auf die Lippen drücken. Elisa sitzt im Garten. Den Moment habe ich verzweifelt notiert, es hat mir nicht gefallen, es aufzuschreiben, aber das, was ich aufgeschrieben habe, hat mir gefallen. Aus dem Nichts wurde geistiges Eigentum erschaffen. Es geht mir gut, mich scheint gerade niemand zu jagen, doch dann kommt es wieder, da ist es gerne November. Die übergroßen Hausschuhe werden vom Boden der Wohnung zerlegt, Plastikschuppen lösen sich, falscher Mäusedreck von der Küche ins Bad, zwischen Wohnzimmer und Abstellraum. Zehn Minuten nach neun beginnt eine Nebenbeisendung im Fernsehen, der man nicht seine volle Aufmerksamkeit widmen muss, die einem während des Kochens beiwohnt, nur damit jemand da ist, man Stimmen hört, und wenn es sich auch um vermeintliche handelt, die mit einem diesen gemeinsamen Fetzen Alltag genießen, ist es doch wünschenswert. Der Fernseher läuft, etwas brutzelt in der Pfanne, ihre Beschichtung ist da und dort verletzt, man meinte es beim Abwaschen zu gut, mit dem Metallschwamm, der flauschig aussieht, dessen Drahtwindungen mit Oberflächen kurzen Prozess machen, dünner Kabelsalat, portioniert. Endlich in Bett und Lektüre versinken. Irgendwo aufschlagen. Es wird nur die Luftlücke zwischen den Mauerziegeln beschreiben, aber es stimmt. Die Beschreibung lässt nichts vermissen und befriedigt ein Verlangen nach Vollständigkeit. Erzählung von der Stille zwischen den Schüssen. Die Buchstaben glotzen dich an, ihr Blick sagt: Du weißt. Sodass du, bei aller Schlagfertigkeit, nicht mehr antworten kannst. Endlich Ruhe. Im indirekten Licht also Buchseiten jenseits der Sprache, so schön, dass es wehtut, so großer Schmerz, dass man vor Glück vergisst zu schreien. Dann, unvermittelt, ein Griff in die Witzkiste, um etwas Halbgares hervorzuholen, Gelegenheit, die Scheinwelt zu verlassen, deine vom Luftzug erkalteten Füße zudecken, bring die Nachttischlampe um, es hat dunkel zu sein, Herz wieder im grünen Bereich, hauch die Lesekerze aus, versuch ein bisschen zu schlafen, Elisa, entballe deine Fäuste und beschwere die Matratze, gewesenes Warm überall.

Freitagnachmittag, eingetragene Waschzeit des Ladislaus Kampf. Er schleppt seine Kleidung in den Keller hinunter. Dort angekommen, sortiert er die Stücke, sechzig Grad für Unterwäsche, Handtücher und Putzlappen, vierzig Grad für den Rest, all die Hosen, Pullover und Hemden. Er räumt die Trommel voll, schließt die Klappe, schaltet ein, drückt die Expresstaste. Laut Anzeige dauert der Waschgang zweiundvierzig Minuten. Am Mobiltelefon stellt Ladislaus eine entsprechende Alarmzeit ein. Dann geht er hinauf in seine Erdgeschosswohnung. Er liest und sieht fern. Als der Wecker läutet, kehrt er in den Keller zurück, um die Wäsche zu tauschen. Er wundert sich: Die Kleidung liegt feucht in der Trommel, ungeschleudert, patschnass. Der Bildschirm zeigt eine Fehlermeldung an. Ladislaus blättert in der bereitliegenden Gebrauchsanweisung, um herauszufinden, um welches Problem es sich handelt. Im Kapitel über Störungen wird er fündig. Die Erhitzung des Wassers kann nicht ordnungsgemäß durchgeführt werden. Bei dieser Fehlermeldung solle man einen Servicetechniker rufen, heißt es, die Nummer findet sich auf der vorletzten Seite. Er wählt sie. Die Telefonzentrale ist nicht besetzt. Ein Tonband gibt Auskunft: Unsere Mitarbeiter sind montags bis donnerstags von acht bis achtzehn Uhr, freitags von acht Uhr bis zwölf Uhr dreißig für sie da. Er legt auf. Ladislaus geht nach oben, wirft einen Blick ins Adressbuch, wendet sich an die Genossenschaft. Eine Frau hebt ab. Sie erklärt ihm, dass es heute keine Möglichkeit gebe, das Problem zu beheben, sie werde jedoch eine Notiz machen, damit sich gleich am Montag ein Mitarbeiter der Sache annehmen könne. Ladislaus erklärt, er müsse waschen, er habe nicht genügend anzuziehen für nächste Woche. Die Frau empfiehlt, einen Waschsalon aufzusuchen. Heute ist ein unpraktischer Tag, sagt sie. Er klaubt alles auf, wirft die zwei getrennten Haufen wieder aufeinander, den feuchten Inhalt der Waschmaschine dazu. Er müht sich die Stiegen hinauf. Den Inhalt der Tasche leert er in die Badewanne. Was geht, hängt er notdürftig auf, an der Stange des Duschvorhangs. Es ist Freitagnachmittag. Ladislaus Kampf sitzt mit ungewaschener Wäsche zu Hause. Er ist wütend und traurig. Er stattet der Firma einen Besuch ab. In der Wohnung ist es nicht mehr auszuhalten.

Helena. Wie oft sagte er diesen Namen vor sich her? In Sehnsucht, im Halbschlaf. Guten Tag, Herr Kampf! Sie steht an der Rezeption. Hallo. Mehr sagt er nicht, denn es wäre ein Stottern, das Hemd ist ihm zu eng, der Kragen droht ihn zu ersticken. Überstunden, obwohl das Wochenende für Sie doch längst begonnen hat, wundert sie sich. Es ist etwas liegengeblieben. Helena, die Aushilfe, seit Monaten verdreht sie ihm den Kopf. Was er sich vorstellt, darf nicht sein. Sie ist sechzehn, Ladislaus schon lange nicht mehr. Wenn du Dienstschluss hast, könnte er sagen, hättest du dann nachher Zeit und Lust, etwas trinken zu gehen? Sie hätte Zeit und Lust, stellt er sich vor. Sein Finger ruft den Aufzug. Helena nähme freudig seine Einladung an. Wir gehen in ein Bistro, denkt er, es muss ein Bistro sein, wir spazieren durch ein verwunschenes Gässchen, vielleicht hakt sie sich bei mir unter. Wir sitzen auf Drahtstühlen, der Kellner bringt die Speisekarten, er hat ein kariertes Geschirrtuch locker über den Arm geworfen. Er hat einen gut gepflegten Schnurrbart. Er spricht mit französischem Akzent. Wir entscheiden uns für eine Flasche Grauburgunder. Mit einem Pling geht die Tür auf, Ladislaus Kampf steigt ein, lässt sich in sein Stockwerk befördern. Hat Helena verabschiedend gewinkt oder bilde ich mir das nur ein? Wir plaudern über die Schule, über Zukunftsaussichten, über Berufschancen hier und woanders. Sie umfängt mich mit ihrem sonnigen Gemüt, denkt er, das nie aufgesetzt wirkt, das, staunt er, mir nie auf die Nerven geht, sondern aufmunternd bunt ist, sie spricht ohne Urteil, mit selbstbewusster Hoffnung, er fragt, ob man sich noch eine Flasche Wein kommen lassen soll. Nein, wirklich, Herr Kampf, Sie merken doch, ich bin es nicht gewohnt, ich bin doch jetzt schon ganz beschwipst. Helena, die sich beim Kichern die Hände vor den Mund hält, womit sie schöne, ebenmäßige Zähne verdeckt. Ladislaus spürt etwas, einen Hauch. Er befühlt seine Haare, findet weißen Bröckelstaub. Er hebt den Kopf. Geistesgegenwärtig packt er Helena am Arm und reißt sie unter den Tisch, er legt sich schützend über sie, das Dach kommt herunter, riesige Brocken umflirrt von dichtem Grau, Ladislaus kriegt ein paar Schläge ab, sein Rücken steht hervor, passte nicht mehr unter den Tisch, der Rums dauert nur wenige Sekunden, beide spucken aus, fahren sich über die Lippen. Leute stürmen herbei. Der Kellner ist bleich wie die morsche

Fassade. Mein Gott! Die zwei nahmen als einzige Bistrogäste draußen Platz, nicht auszudenken, was passiert wäre, wenn sich andere im Gefahrenbereich befunden hätten. Helena weint. Herr Kampf, Sie bluten ja! Nein, bereits eine halbe Stunde vorher: Aber bitte, warum so förmlich, nenn mich Ladislaus! Gerne! Darauf stoßen wir an. Und die Weingläser klirren. Ladislaus, du blutest ja! Sie zählt seine Verletzungen. Zum Glück gibt es keine weiteren Opfer dieses Unfalls zu beklagen. Nein: Viele andere sind im Gässchen, das im Grunde eine Gasse ist, wenn nicht sogar eine viel begangene Straße, eine Hauptschlagader der Stadt. Viele andere haben sich den Kopf blutig geschlagen, einige Dutzend müssen sterben, entweder an Ort und Stelle oder später auf der Intensivstation des nächsten Krankenhauses. Das Überleben der beiden stellt einen Unwahrscheinlichkeitsfaktor dar. Sie werden aus den Trümmern geborgen. Ladislaus ist schwer verletzt, Helena beinahe unversehrt. Er ist ihr Retter. Wenn du mich nicht unter den Tisch gezogen hättest, wäre es aus gewesen mit mir! Er wird auf eine Trage befördert. Bleiben Sie ruhig liegen, sagt der Sanitäter, bewegen Sie sich nicht. Sie hält meine Hand, denkt er, sie gibt mich nicht mehr her. Ja, antwortet er ihr, Blut rinnt ihm seitlich aus dem Mund, aber wenn ich dich nicht hierher gebracht hätte, wäre uns das alles erspart geblieben. Jetzt sag nicht so etwas Dummes, ich habe mich doch gefreut, dass du mich endlich angesprochen hast, darauf warte ich doch schon ewig. Helena beugt sich herunter, gibt ihm einen Kuss. Das Blut macht ihr nichts aus. Die Szene ist in Blaulicht getaucht. Ladislaus tritt aus dem Aufzug, marschiert durch eintönige Gänge. Das rote Blut vermischt sich mit dem grauen Staub im blauen Licht. Gefährlich, Schmutz kommt in die Wunde. Bitte gehen Sie weg!, herrscht ein Sanitäter die junge Frau an, Ladislaus wird in den Krankenwagen gehoben. Nein, ich fahre mit, ich lasse dich nicht allein! Jetzt schafft mir dieses hysterische Ding weg! Lass, sagt der Liegende mit schwacher Stimme, alles wird gut, wir sehen uns dann. In welches Krankenhaus bringen Sie ihn? Man reagiert nicht. Sie hämmert gegen das Fenster. Ich finde heraus, in welches Krankenhaus sie dich bringen! Ich komme zu dir! Sie küsst ihre Handfläche, drückt diese gegen die Scheibe. Er muss lächeln. Der Liebesbeweis ist erbracht. Helena wird von einem gesichtslosen Helfer in eine Wolldecke gehüllt. Mir ist nicht kalt, faucht sie, wirft den Mantel ab. Sie zittert. Ladislaus steht in seinem Büro. Helenas Kuss schmeckt nach allem, worum es im Leben je gehen kann, stellt er sich vor.

Waldbrände in Zentralasien erreichen verstrahltes Gebiet. Unfall in Wiener Prater, zweiunddreißig Touristen kommen ums Leben, dutzende Schwerverletzte. Terroristengruppe beruft sich auf das Buch *Gebäudelosigkeit* von Elisa Slavik, Wiederaufbau des Literaturinstituts wird fortgesetzt. Kein Ende der Amokläufe österreichischer Unterrichtender in Sicht. Politikverdrossenheit laut Umfragen unter Wahlberechtigten bei achtundneunzig Prozent. Und nun zum Wetter.

Eine Mutter und ihre zwei Söhne kommen des Weges. Aber warum?, bettelt der eine, warum? Die

Mutter versucht, die Wissbegierde der beiden zu stillen. Hartnäckig stellen sie ihre Fragen nach Wolken, Meer und Tieren. Spiralen entstehen, immer wieder kehrt das Verhör zum Ausgangspunkt zurück, man dreht sich im Kreis. Dann reicht es ihr. Irgendwann gehört der Deckel auf den Topf: Das hat der himmlische Vater so gemacht, und das reicht vollkommen. Dieser Satz bringt Gott zum Schmunzeln. Als er ausgesprochen wird, befindet sich die kleine Familie direkt unter seinem Fenster. Himmlischer Vater, denkt er, diesen Ausdruck habe ich ja schon ewig nicht mehr gehört, er fühlt sich geschmeichelt, wird rot. Plötzlich ist ein neues Gesprächsthema gefunden. Mama, wo ist Gott? Überall. Ein Fragespiel, das so schon oft stattfand, routiniert kann es abgespult werden. Der andere: Auch in dem Baum? Er zeigt hin. Ja. Auch in dem Stein? Ja. Auch in dem Strauch, auch in dem Käfer, auch in der Sonne? Ja, ja und ja. Sogar in dem Haus dort? Pause. Skeptisch mustert ihre Mutter die Bruchbude, die auf diesem trostlosen Fleckchen Stadtrand vor sich hin fault, das sieht Gott mit seinem Röntgenblick deutlich durch Vorhang und Jalousie. Einerseits sollte man es nicht zu weit treiben, andererseits möchte man seinen Kindern auch keinen Kratzer in ihren Glauben machen, dass sie derart brav mitspielen ist heutzutage alles andere als selbstverständlich. Die Mutter schluckt. Dann gibt sie sich einen Ruck: Ja, sogar in diesem Haus, gibt sie seufzend zu. Die Kinder haben keine weiteren Fragen. Dann muss er ja tatsächlich überall sein, wenn sogar im Inneren dieser bewohnbaren Toilette, dann graust ihm ja vor gar nichts. Gott reibt sich vergnügt die Hände, er muss sich ganz schön zusammenreißen, um nicht in schallendes Gelächter auszubrechen. Segensreich, so eine Ablenkung von Einkehr und Verfall. Die drei Pilzklauber geraten außer Blickweite, dann in senile Vergessenheit. Wenn ihr wüsstet!

Die Einsamkeit ist ein Ort. Er zwingt einen dazu, sich in den Strom der Passanten einzureihen, als wäre alles im grünen Bereich. Der Geruch, der Gestank. Hier hält man sich am besten die Nase zu, faule Eier, gelber Schwefel, Durchfall fettleibiger Hunde, Stroh in den groben Ausscheidungen der Pferde. Hier ist die Überbevölkerung ein Problem. Hier kreisen die Geier. Hier leben die Toten. Hier werkt in den Schatten, was die Regeln auslegt. Hier erzeugen schrille Glöckchen dumpfen Ton. Hier gelten andere Gesetze. Ein Zustand, der ein Ort ist, der ein Krankheitsbild ist, das eine Epoche ist. Die einzige Wärme, die einen hier umfängt, ist jene des Duschstrahls. Die Einsamkeit ist immer ein Danach, ein Hinterher. Eine Stacheldrahtmauer verhindert jede Flucht. Es gibt keine Schleusen, die geöffnet werden könnten. Es gibt keinen Hofgang, keinen Urlaub, keine frühzeitige Entlassung wegen guter Führung. Schwarzes Blut läuft durch die Gassen. Man hat sich daran gewöhnt. Hier ist alles eine Sache der Gewöhnung. Der Ort Einsamkeit liegt im Jammertal, verfügt über eine eigene Autobahnausfahrt und ist nicht zu verfehlen. Zusammenhalt ist ein Witz, den man weitererzählt, den man dem nächsten wie ein Märchen anvertraut. Hier gibt es keine Spielplätze oder Museen, keine Restaurants, Theater, Kinos. Verlassenheit. Hier ist alles im roten Bereich.

Herr Kemal, Nachbar auf der rechten Seite, spricht mit unglaublich lauter Stimme. Im direkten Gespräch sei das Tragen eines Lärmschutzes angeraten. Oft ist er heiser, trinkt stark gesüßten Tee, was ihm die Zähne verdunkelt. Herr Kemal war lange Zeit als Altenpfleger tätig, über Jahre hinweg gezwungen, laut zu sprechen, es wimmelte vor Schwerhörigen. Er bettete um, legte frische Windeln an, redete gut zu. Bis sein Rückenleiden ihn in die Frühpension zwang. Die Lautstärke konnte er nie wieder ablegen. Maschinist, der im Generatorrattern steht, bloß dass Herr Kemal sich im leisen Stiegenhaus befindet und einem aus zwei Metern Entfernung Wahrsagereien über einen baldigen Regenguss entgegenschleudert. Morgen noch nicht, vielleicht bald, ich weiß nicht, schreit er. Bis dann, schönen Tag! Man stemmt sich gegen die Eingangstür. Sie auch! Seine Frau bekommt man selten zu sehen. Sie beherrscht die Landessprache nicht, traut sich kaum hinaus, selbst den Einkauf und andere Besorgungen in unmittelbarer Nähe überlässt sie ihrem Mann. All ihre Energie steckt sie in die Betreuung des Haushalts, hingebungsvoll umsorgt sie ihren Erhalter. Wenn sie nicht gerade kocht, putzt, stopft, wäscht oder sich zu orientalischen Klängen vor dem ungeduldig zuschauenden Herrn Kemal entkleidet, dann sieht sie fern. Kommen Verwandte zu Besuch, legt sie den trägen Schleier ab, wird wachgeküsst und stürzt sich munter in Konversation.

Man müsste den Verlassenen ein Boot bauen, mit dem sie sich in neue Gefilde aufmachen können. Man müsste den Verlassenen ein Buch schreiben, das zum Boot taugt, das ihnen eine Welt ist, in die sie sich zurückziehen können, sobald der Wasserstand das letzte Höchstmaß übersteigt. Man müsste eine Verlassenenwelt schaffen, die ihnen voller Ehrerbietung und auf Knien zu übergeben ist, um ihnen Respekt zu zollen, sie wissen zu lassen, dass ihr Dasein von Wert ist. Die Anzahl der Bewohner dieser Zweitwelt entspräche jener der Erstwelt, womit sich herausstellt, dass jeder Einzelne ein Verlassener ist. Dass also vom Ort Einsamkeit keine gesteigerte Gefahr ausgeht, sondern lediglich die reguläre Gefahr von Mensch zu Mensch. Es gibt keine Steigerungsform der Gefahr. Alles Einsame, alles Verlassene. Von der Mutter, vom Vater, von allen guten Geistern, vom Widerpart der Zweisamkeit. Wer Glück sagt, der meint immer Zweisamkeitsglück. Es dreht sich alles darum, nicht alleine zu sein, mit sich und der Zeit. Jemandem die verlebten Stellen des Körpers massieren. Finden und gefunden werden, politisch inkorrektes Lachen, geistig Behinderte nachmachen, Spieltrieb ausleben. Nachwuchs zeugen, jede Vorübung dazu genießen, als Akt zelebrieren. Ein Zweikampf gegen die Zeit, bei dem man einen Verbündeten braucht. Es müsste ein Buch sein für alle, das etwas verändert oder wenigstens etwas begreift oder wenigstens etwas Begriffenes weiterführt oder wenigstens etwas zu Ende Geführtes neu ausformuliert. Oder wenigstens ein Boot, in das du steigst, es kostet nichts, es bringt dich weg.

Ein Geisterbus kurvt durch Wien. Er fährt leer, jeden Tag, für alle Zeit dazu verdammt, nutzlos kreuz und quer durch die Stadt zu eiern. Es werden keine Passagiere befördert. Sonderfahrt, bitte nicht zusteigen, steht auf der Digitalanzeige an der Busfront, und man hält sich daran, die Türen würden sich auch gar nicht öffnen. Sein Fahrer rückt sich die Schirmkappe zurecht, legt den höheren Gang ein, ihm ist das alles herzlich egal, dem Umstand, bisher nichts als Luft, mal trockene, mal eisigkalte, mal abgestandene, mal beinah undurchsichtige, aber immer nur Luft transportiert zu haben, begegnet er mit Gelassenheit. Es gibt zwei Stationen, zwischen diesen beiden geht es im Halbstundentakt hin und her. Seit Bestehen dieser Route, seit wie vielen Jahren, stieg noch nie jemand ein. Den Fahrer kümmert das nicht. Er verfügt über ein regelmäßiges Einkommen, das ist die Hauptsache. Da wird es einen reichen Spinner geben, vermutet er, der nicht weiß, was anfangen mit all dem Überschuss, dem Zinseszins eines waghalsigen Aktienpakets, leistet man sich eben diesen Bus, warum nicht? Vier Personen wechseln sich im Rotationsdienst ab, drei Männer und eine Frau, allesamt solide ausgebildete Chauffeure, abgeworben von den Wiener Linien, um viele Kubikmeter Stille zu transportieren, ein Vielfaches zu verdienen. Luft und Stille, nicht die schlechteste Ladung. Seine Arbeitsschicht wird bald um sein. Er liebt seinen Beruf. Gerne auch übernimmt er Nachtdienste oder ein paar Fuhren am Wochenende, wegen des Zuschlags. Seine Anstellung erlaubt ihm bescheidenen Luxus, den er freudig mit seiner Familie teilen kann, der treuen Frau und den bildhübschen Töchtern. Irgendwann, denkt er, wird jemand zusteigen, ein sehr wichtiger Fahrgast, die eine Person, auf die wir alle gewartet haben, du spinnst, sagen seine Kollegen, da kommt niemand, nie, aber ihr werdet schon sehen, ja, ihr werdet euch noch wundern, eines Tages drückt ein Mensch auf den Knopf und wir öffnen, und ein jungfräulicher Sitzbezug wird warmen Hintern schmecken. Doch bis es so weit ist, wird er fahren und keine Fragen stellen, hat er sich vorgenommen. Solange der Dauerauftrag läuft und mir monatlich die Summe überwiesen wird, die mir zusteht. Bisher ging alles reibungslos. Er biegt ab. Im Moment läuft es gut, er scheint eine lang anhaltende Glückssträhne zu haben. Die Familie lässt sich problemlos ernähren, seinen Töchtern gelingen schulische und sportliche Erfolge, was sich einmal ändern wird, aber er macht sich keinen Kopf. Heimlich steckt er ihnen Extrascheine zu, wenn ein Kinoabend ansteht, die Große ist jetzt in dem Alter, fünfzehn, die jüngere zwölf, will selbstverständlich mitgehen, die von der Älteren erkämpften Ausgehzeiten und Vereinbarungen gleichermaßen in Anspruch nehmen, bald kommen die Trinkregeln, das Mitbringen verschwitzter Pickelgesichter, halb so wild. Der Bus hält. Hier ist seine Station. Im Rückspiegel tut sich nicht viel: Ein Radfahrer pirscht sich heran, dreht dann ab. Ein Krückenmann verhakt sich an der Gehsteigkante, ihm wird geholfen. Niemand drückt auf den Knopf. Irgendwann, denkt der Fahrer, man wird es dann schon im Voraus spüren, ein Bauchgefühl haben, ich werde es sein, er nickt lächelnd, ich werde Dienst haben, wenn es geschieht, nicht die ungläubigen anderen. Bis dahin wird er fahren, die Fragezeichen mit sich selbst ausdiskutieren, fahren, sich an die Geschwindigkeitsbegrenzungen halten, die anderen Verkehrsteilnehmer achten, Vorrang geben, Rücksicht nehmen, sich vorbildlich verhalten, schonend lenken, als säßen hinten zwanzig gläserne Kinder, der Mann wird schweigend fahren, immer zwischen den Adressen hin und her.

Nils Clanga schreibt: Die Insassen der Anstalt werden gezwungen, ihr Erbrochenes zu essen, es abermals zu erbrechen, dieses doppelt Erbrochene wieder zu essen. Sie werden gezwungen, einander oral zu befriedigen und sich metallische Gegenstände in die Körperöffnungen zu rammen. Sie werden gezwungen, fremden Samen aus Arschritzen zu lecken. Sie haben ein ständiges Klingeln im Ohr. Sie werden niedergespritzt. Die Insassen werden gezwungen, ihre Notdurft im Beisein der anderen zu verrichten. Ihnen tropft Speichel aus den schlaffen Gesichtern. Sie wünschen längst, sie wären tot. Sie beten und betteln, von ihrem Leid erlöst zu werden. Die Anstalt kennt keine Erlösung. Manche leben schon seit Jahren hier. Man hat sich mit den Umständen arrangiert. Regelmäßig die Angst, den Verstand zu verlieren. Aber dann plötzlich die beruhigende Gewissheit, dass es da längst nichts mehr zu verlieren gibt. Loslassen, flüstern die Stimmen. Alle Gedanken an früher. Deine Lieben, deine Sommer, das Bein. Oder ein festgehaltener Pfleger wird dir aufs Handgelenk steigen, es brechen. Na, siehst du, es geht doch. Hier regiert schwarze Messe. Wir drehen uns im Kreis. Wir tanzen und singen dabei.

Den Blick schweifen lassen: Gras, Gänseblümchen, Walderdbeeren, Himbeeren, Brennnesseln, Weihrauch, Schwertlilien, Rosenstock, Tanne, Trauerweide, Misteln, Vergissmeinnicht, Basilikum, Flieder, Holunder, Liebstöckel, Weinreben, Efeu, Birnbaum, Schnittlauch, Löwenzahn, Disteln, Korkenzieherhasel, Tamariske, Margeriten, Springkraut, Apfelbaum, Zitronenmelisse, Rosmarin, Zaunwinde, Klee. Neben sich hat er ein kreisrundes Holzbrett. Es gibt eine Frühstücksjause. Brote belegt mit jeweils einer Scheibe abgepackten Kümmelbratens, in appetitliche Fetzen gerissen, hauchdünne Tomatenscheiben, frisch gerupfter Schnittlauch darübergeträufelt. Keine Butter als Untergrund, um Himmels willen, ja keine Butter! Ein Senfgupf pro halbiertem Brot, zur Krönung des Ganzen. Er beißt hinein. Im Schoß liegt Küchenrolle, auf die Tomatenwasser tropft, in der man sich die Finger abwischen kann. Morgentau. Die aufziehende Sonne beginnt mit dem Trocknen der Wiese. Jemand pflanzt Tulpen, schaufelt kleine Löcher ins Erdreich, jagt unter die Fingernägel dicke schwarze Striche. Ein neuer Aufsatz für den Gartenschlauch wurde besorgt, sehr hochwertig, wie mit einer unerschöpflichen Gießkanne ausführlich Beete abgehen, bis alle hungrigen Pflanzen ihren Durst stillen konnten, was der Regen nicht leistet, das erledigt der Mensch. Er beißt in die zweite von sechs Brothälften. Schmetterlinge, Ameisenstraße, die roten, Vorsicht, nimm dich in Acht, eine Libelle, die sich auf der dringend zu streichenden Bank ausruht. Unkraut wird gerupft. Jemand gräbt ein Loch, seit Tagen geht das schon so, bis zur Lehmschicht vordringen, aufhören, einen neuen Platz suchen, den Spaten ansetzen, ihn mit kindlichem Eifer in den Untergrund rammen. Das nächste Brot, kauend, Augen zu, die Sonne erledigt den Rest. Er lässt seine

Hand über die Halmspitzen fahren. Löwenzahn und Klee, nach vierblättrigem sucht er vergeblich, die Natur wird gelassen, man stutzt nicht jeden emporgekämpften Zentimeter zurück. Gänseblümchenwiese, denkt er. Kraftvolles Leuchten der Tulpen. Ähnliches erwartet man sich von den Zwiebeln, die mit einer Erdschicht zugedeckt werden, Grab, aus dem Leben sprießt. Als er zum nächsten Happen greifen möchte, durchzuckt ihn Übelkeit, eine Nacktschnecke ist auf das Holzbrett gewandert, über den Rand bereits hinaus, auf sein Frühstück zu, in für solche Tiere atemberaubender Geschwindigkeit, sie hat einen Freund mitgebracht, er zerknüllt die Küchenrolle, stupst das Tier davon, er rekonstruiert die Kriechspur der Nacktschnecken, Schleim am angeknabberten Erdbeerblatt, aus diesem Dickicht schossen sie hervor, begannen ihre Attacke. Auch die saftigen Schnittlauchhalme, unter die sich normales Gras verirrt hat, wurden vom Ungeziefer besucht. Er steht auf, findet einen Sitzplatz, an dem ihm nicht der Appetit verdorben wird, der Nassfleck am Brett jedoch bleibt und erinnert an den Ekelmoment. Er trinkt Wasser, der Kehlkopf wippt mit. Jemand greift ihm an die Schulter. Nils? Der Pfleger trägt Weiß. Ja? Es ist jemand für dich gekommen. Er steht auf. Warte, ich räume das schon für dich weg. Der Pfleger nimmt ihm die Jausenutensilien ab. Wer ist es denn? Ihr Name ist Elisa, sie wartet im Zimmer auf dich.

Schön, dich zu sehen, sagt sie. Ja, nett, dass du gekommen bist. Elisa steht rauchend am gekippten Fenster. Ist das in Ordnung?, möchte sie wissen. Er nickt. Sie geht auf ihn zu. Abgemagert siehst du aus, erschlagen von allem. Bin ich, murmelt er, irgendwie. Du solltest mehr essen. Ich habe nicht immer Appetit. Du bist im Trakt mit erhöhten Sicherheitsvorkehrungen, ist das nötig? Lassen wir das die Ärzte entscheiden. Sie macht die Schritte wieder rückgängig, um die Zigarette am Fensterbrett auszudrücken. Wegen mir musst du nicht, sagt er. Nein, aber mir ist ein bisschen schlecht. Er versucht die Wand zu entziffern. Komm her, sagt sie und nimmt ihn in die Arme. Ihr schießen Tränen in die Augen. Was ist denn los mit dir, wie kann ich dir denn helfen? Es geht mir gut, Elisa, mach dir keine Sorgen. Wieso hast du ein geschwollenes Auge, Nils?, als hättest du etwas einstecken müssen, hat dir jemand ein blaues Auge geschlagen?, ein Pfleger? Ich gehe sofort zum Direktor und lege Beschwerde ein. Also, bitte!, er lacht auf, ich habe bei offenem Fenster geschlafen, das tut mir gut, eine Mücke hat mir in die Augenpartie gestochen, das ist alles, deshalb die Schwellung. Das muss ich dir wohl glauben. Er streichelt ihr Haar. Mach dir einfach keine Sorgen, wirklich. Wie soll das gehen? Natürlich mache ich mir Sorgen. Dann eben weniger, eine Spur weniger Sorgen, glaubst du, das wäre möglich? Er schiebt Elisa vorsichtig von sich weg, um sie ansehen zu können. Nein, sagt sie. Er wischt ihr Tränen aus dem Gesicht, der Ärmel des Bademantels eignet sich dafür sehr gut. Darunter trägt Nils Clanga Trainingshose und T-Shirt, dazu Sportschuhe. Gib mir eine, bittet er, sie hält ihm die Packung hin, er nimmt sich die Zigarette, sie schließt sich ihm an, sie rauchen gemeinsam. Du schreibst nicht, sagt sie in eine lang anhaltende

Stille hinein. Nein, es geht gerade nicht. Wie lange schon? Ich habe die Tage nicht gezählt, er lächelt. Und wie lange noch? Es steigert sich in ein Grinsen. Als ob ich das wüsste. Deinen Auftrag hast du nicht vergessen, nehme ich an, kann ich mir bei dir nicht vorstellen. Nein, habe ich nicht. Nach dem Ausscheiden von Kilian Matt musste Nils Clanga alle Agenden seines Kollegen übernehmen. Die Auftraggeber wurden selbstverständlich in Kenntnis gesetzt. Es gehört zum Selbstverständnis der Gruppe, ihre direkten Partner stets informiert zu halten. Dir ist klar, an wen deine Agenden übertragen werden, sobald du ausfällst?, fragt sie. Ja, ist klar. Dann sei so gut und kläre das. Sie legt ihm ihr Mobiltelefon auf die Handfläche. Jawohl, Frau General! Er salutiert.

Humorist M, das Fastfoodrestaurant mit Bauchgrummeln hinter sich lassend, geht Richtung Westbahnhof. Er drückt auf den grünen Knopf, um das Gespräch anzunehmen. Es ist sein Freund Nils, der ein Problem hat. Klingt nervenzerfetzend, meint Humorist M, apropos, er zögert, wie geht es eigentlich deinen? Meinen was? Nerven. Mittelmäßig, würde ich sagen, sagt Nils. Er geht langsam, mit Bedacht, sein Magen gibt keine Ruhe, die freie Hand führt Kreisbewegungen aus, was dem Beleidigten Frieden schenken soll. Um aber auf mein Problem zurückzukommen. Worum handelt es sich? Nun berichtet Nils von der Auftragsarbeit, die Kilian Matt, der nach einstimmigem Beschluss Totgemachte, annahm. Sie wurde automatisch an mich weitergeleitet, erklärt er, jetzt musst du es machen, ich kann nicht, ich bin dazu nicht in der Lage, du musst das für mich tun. Es handelt sich um die *Autobiographie des Geldes*, die geschrieben werden muss. Humorist M bleibt stehen, die nächste Welle Durchfall bahnt sich an. Wie bitte? Die weiteren detaillierten Ausführungen nimmt er mit tauben Sinnen wahr. Fakt ist: Die fette Dame Geld hat entschieden, ihr Herz auszuschütten, wofür sie Hilfe benötigt, das Erzählte will schließlich in ansprechende Form gebracht sein. Die *Gruppe der Sieben Gefahren* hat diesen Fisch an Land gezogen. Kilian hätte ihr bei der Autobiographie helfen sollen, Termine standen bereits fest, es kam etwas dazwischen, etwas sehr Unpraktisches, ein Todesurteil, dann der Wechsel zu Nils, der das Handtuch warf, sich in die Anstalt zurückzog. Humorist M wird richtig, richtig schlecht. Weißt du, eigentlich mache ich keine Auftragsarbeiten, das mündet in die schiefe Bahn, das führt direkt in Heuchelei, Selbstbetrug, Erfolgsdruck, außerdem bin ich der Meinung, dass es meiner Entwicklung als Künstler nicht gerade förderlich. Aufgelegt. Hallo? Nils Clanga meldet sich nicht mehr. Frechheit! Er steckt das Mobiltelefon ein. Jetzt erst einmal auf die Toilette, da sind Gifte, die bereit sind, seinen Körper zu verlassen. Schweren Herzens nimmt er die Umstände zur Kenntnis. Die *Gruppe der Sieben Gefahren* hat das letzte Wort. Humorist M wird sich mit der fetten Dame Geld verabreden müssen, um ihr bei den Lebensaufzeichnungen zu helfen, sich dabei im Hintergrund halten, nie mahnend oder fordernd einschreiten, sondern immer beratend. Er stürzt zur Tür herein, wirft eine passende Münze ins Kästchen, um die öffentliche Kabine benutzen zu dürfen. Die *Autobio-*

graphie des Geldes, denkt Humorist M. Er ist sich nicht ganz sicher, ob er dafür der Richtige ist.

Er macht es gerne, er freut sich, berichtet Nils Clanga und gibt ihr das Mobiltelefon zurück, für mich ist die Sache abgehakt. Ich glaube dir nicht, sagt Elisa, wie auch?, aber ich mische mich da nicht ein, ich habe andere Sorgen. Ein gleichzeitiger Zug. Du wirst Ersatz finden müssen, sagt er, für Kilian, mindestens, wenn nicht auch für mich. Das darfst du nicht sagen, wir sind zu sechst, du bist Teil der Gruppe und wirst es bleiben. Ich bin ein Wackelkandidat, noch steht nichts fest, aber du solltest dich ernsthaft mit dem Gedanken auseinandersetzen, dass ich es nicht zu euch zurück schaffe. Abermals kommen Elisa die Tränen, sie legt ihren Kopf auf seiner Schulter ab. So etwas darfst du nie wieder sagen. Hast du jemanden gefunden, der Kilian ersetzt? Vielleicht, schluchzt sie, vielleicht gibt es da wen, wird sich zeigen. Er macht den Bademantel auf, lässt sie zu sich herein, macht ihn hinter ihr wieder zu. Ich kann auch stark sein, schnieft Elisa, ich bin stark, sie ballt die Fäuste, trommelt leise gegen seinen Brustkorb. Ich weiß, flüstert er.

Fensterputzer, die sich paarweise abseilen, kein ganz ungefährliches Unterfangen, jedenfalls schwindelfrei sollte man sein, sich im Gewirr an Knoten und Sicherungshaken nicht gravierend vertun. Lucius Bohm liebt den Anblick seiner wuchtig aufragenden Kommandozentrale. Da steht sie, allem trotzend, der Witterung, der Zeit, dem Versuch der feindlichen Übernahme. Sie ist der Brücke eines Flugzeugträgers nachempfunden. Zwar hält Bohm von Militärischem nicht viel, doch die aggressive Sachlichkeit einer solchen Architektur hat es ihm angetan. Der Hauptsitz der Firma ist wuchtig und riesig. Von Bohms Büro aus überblickt man ganz Wien, nach allen Seiten hin Glasfront, dreihundertsechzig Grad. Er liebt es, dort oben zu stehen, als sei die Stadt ein Schiff, das man lenkt, und er, Lucius Bohm, der schlaue Kapitän. Bohm ist angekommen. Er steht mit am Rücken verschränkten Händen da, genießt die Aussicht, lässt sich ganz auf sie ein, es ist dem Denken förderlich. Einer der Fensterputzer schert aus, vereinzelt sich, auf allen Vieren klettert er die Fassade hoch, froschgleich im Ganzkörperanzug, schmatzende Saugnäpfe gleichmäßig über die Gliedmaßen verteilt.

Herr Kemal zelebriert sein Niesen. Hatschi! Und es hallt durch den Genossenschaftsbau. Wieder: Hatschi! Als müsse er diesen Lärm stolz präsentieren, diese lautstarke Körperausscheidung. Ladislaus kommt das Gelingen abhanden. Kugelschreiberschrift haftet nicht mehr an den Notizblöcken, Besteck rutscht ihm aus der Hand, die Serviette wird von einem Windstoß davongetragen. Ständig bleibt er mit seinem Pullover an Türklinken hängen. Dinge brechen ab und rollen weg. Bücher landen unsanft, was zu Knickspuren führt. Er weiß nicht, was er mit seinen Beinen anfangen soll, er ist sich selbst zu viel. Verlust des Körpergefühls. Hatschi! Wie oft denn noch? Wie lange willst du mich noch quälen? Ein Amoklauf rückt in den Bereich des Möglichen. Hatschi!

Ach, sieh an, wer hätte das gedacht? Die Mutter vergrößert den Türspalt zu ganzer Öffnung, die Kritikerin bleibt unschlüssig stehen. Jetzt kommen Sie doch bitte herein. Ich überfalle Sie schon wieder, dabei hätte ich einfach anrufen können. Habe ich mich beschwert? Die andere schüttelt kaum merklich den Kopf. Ich freue mich über Gesellschaft, bei all diesen Abenden allein darf es ruhig welche geben, die eine Spur geselliger ausfallen. Danke, das ist sehr freundlich. Die Tür wird hinter ihr geschlossen, sie streift die Halbschuhe ab. Ich wollte gerade einen Film anschauen, sind Sie dabei? Ja, warum nicht. Sie dürfen aussuchen, die Auswahl ist ziemlich groß. In Ordnung. Was möchten Sie trinken? Wasser, einfach nur Wasser, bitte. Nein, also wirklich, für ein Gläschen Rotwein werde ich Sie doch wohl begeistern können! Das passt mir auch. Schauen Sie, hier ist das Filmregal, das sind die ungesehenen, von denen wählen sie einen aus, ist mir gleich, welcher, mich interessiert jeder. Die Kritikerin staunt. Eine beachtliche Sammlung haben Sie da. Mehrere tausend, insgesamt. Sie pfeift anerkennend. Ich kaufe jeden Tag drei Filme, und einen sehe ich mir an, so mache ich es seit Jahren. Aber dann werden Sie doch niemals fertig. Die Mutter lächelt. Hier ist Ihr Wein, kommen Sie, stoßen wir an. Die Gläser klirren. Ich schaue noch kurz nach Kilian. Auf halber Treppe wendet sie sich um: Sie können hier übernachten, das ist gar kein Problem, ich werde Ihnen die Couch überziehen, man schläft dort gar nicht so schlecht, fragen Sie meinen verstorbenen Ehemann!, der musste das öfter ausprobieren. Die andere kichert beinahe. Sie lässt den Zeigefinger waagrecht über die Schachtelrücken gleiten, dann hält sie inne, trifft ihre Wahl.

Nach einiger Zeit kehrt die Mutter zurück. Es geht ihm gut, berichtet sie, er wird eine ruhige Nacht verbringen, ich habe ihm erzählt, dass Sie vorbeigekommen sind, es freut ihn, ich würde gerne sagen, dass er liebe Grüße ausrichtet, aber das wäre natürlich gelogen. Sagen wir, ich könnte mir gut vorstellen, dass er Ihnen liebe Grüße ausrichten würde. Der Film wird eingelegt. Es gibt Erdnüsse und Kartoffelchips, bald muss eine zweite Flasche aufgemacht werden. Aus dem einen Film werden schließlich drei, eine Trilogie der Gewalt, Einmannarmee, die sich auf einen Privatkrieg einlässt. Eigentlich Männerfilme, bemerkt die Mutter knapp, als der Abspann des letzten Teils anläuft, aber handwerklich ganz gut gemacht, ich möchte gar nicht aufstehen, ich fürchte, ich würde mich in Schlangenlinien fortbewegen. Dann, als es nicht mehr auszuhalten ist, kuschelt sich die Kritikerin an sie, weint still in ihren Pullover, wird von Kilians Mutter gehalten.

Ausnahmslos jeder der Männer, die sich am Würstelstand versammelt haben und am Dosenbier nippen, hat einen deformierten Körper. Alle sind irgendwann Opfer eines schweren Verkehrsunfalls geworden. An der Theke reihen sich Pappteller aneinander, vom einen dampft der gewürfelte Leberkäse, zu dem eine rote Miniaturgabel aus Plastik gelegt ist, am anderen klebt eingetrockneter Senfrest, Anschnitt vom Bauernbrot liegt obenauf. Kreisrunde Ränder aus Kondenswasser, das von Flaschen und Dosen abglitt. Einem der Männer sind noch nicht einmal die Fäden gezogen, die Naht prangt auf der linken Gesichtshälfte, die seit dem Vorfall gelähmt ist, wie überhaupt viele der Männer halbseitig gelähmt sind, nicht bloß das Gesicht, sondern der ganze Körper betroffen. Ein Wundpflaster verdeckt ein tränendes Auge. Die Haut ist orange, Desinfektionsmittel. Der Mann ist mit Schnittwunden übersät, aus der Windschutzscheibe herausgebrochenes Glas. Der Inhaber der Bude ist stark angeheitert. Das Wechselgeld gibt er nach Gefühl. Manchmal spendiert er ein Bier. Es ist Vormittag, die Pegeltrinker haben es eilig, sich die benötigte Dosis zuzuführen. Ausgerenkte Arme, deren Behandlung man versäumte, schiefe Brüche, die unschöne Dellen in die Gliedmaßen klopften, ein vom Traktorreifen abgewetztes Gesäß. Allgemeines Humpeln und Staksen.

Nils Clanga schreibt: Die jugendlichen Insassinnen der Anstalt werden durch Hunde entjungfert. Die Zwinger sind in Kanalgeruch getaucht. Das Fell mancher Tiere ist mit eitrigen Wunden durchsetzt. Es ist eine Erbkrankheit, an der sie leiden. Niemand kennt ihre genaue Bezeichnung. Hunde bespringen die gewaltsam entkleideten Mädchen. Ihre Schreie prallen von den abwaschbaren Fliesen ab, werden vervielfacht. Die Insassen werden gezwungen, den Prozeduren beizuwohnen. Die Pfleger drücken Zigaretten an den Insassen aus. Nichtraucher konvertieren, um nicht abseits des Treibens zu sein. Den Insassen werden mit in Urin getränkten Stoffresten die Augen verbunden. Sie werden gefesselt, die Stricke sind keine Stricke, sondern Stacheldraht. Die Verbluteten werden den Hunden zum Fraß vorgeworfen. Die Tiere stürzen sich gierig auf ihre seltene Speise. Man posiert mit den Insassen, man schießt

Photos. Man stapelt die Insassen wie tote Schweine übereinander. Die Insassen werden gezwungen, ihre Familien zu beschimpfen, Vater, Mutter und Geschwister zu verfluchen. Der mit Gewaltandrohung untermauerte Zwang, über die schönsten Menschen die schlimmsten Dinge zu sagen. Manchmal geht die Sonne auf, doch sofort sieht sie ihren Irrtum ein und wandert zurück. Nacht legt sich über das Anstaltsgelände. Die Hunde, das Schreien.

Wien sitzt im Kaffeehaus, es überfliegt die Tageszeitungen. Im Sportteil stößt es auf einen Artikel über den bevorstehenden Kampf. Es nimmt einen Schluck erkaltete Melange. Mit einer Unbedingtheit wie Krieg, zitiert man seinen Gegner, werde ich ihm gegenübertreten. Wien wird etwas mulmig. Ziemlich archaische Wortwahl, denkt es, worauf habe ich mich da bloß wieder eingelassen? Mein Schlag wird darüber hinwegfahren und ich werde glorreich obsiegen. Der Opponent scheint sehr überzeugt von sich zu sein. Wien muss bluten, und liegt es erst einmal am Boden, so werden meine Tritte noch viel heftiger ausfallen. Wien tätschelt sich den satt grummelnden Bauch. Die bisherigen Städte waren eine Kleinigkeit, da bedurfte es keiner durchtrainierten Erscheinung. Gerade Berlin war an Lächerlichkeit nicht zu überbieten, leichtes Spiel, ihm ein paar Kinnhaken und Nierenhiebe zu verpassen, bis es paralysiert, um Gnade winselnd losheulte. Was jetzt ansteht, ist dann doch etwas anderes. Innerhalb weniger Minuten wird mein Gegner den finalen Schlag versetzt bekommen, schließt der Zitatblock. Vielleicht sollte ich doch, denkt Wien, kramt den zerknüllten Zettel hervor, auf dem der Boxer seine Nummer hinterließ. Ein kurzes Beratungsgespräch kann ja wohl nicht schaden, anhören, was er zu melden hat. Darf es noch etwas sein?, erkundigt sich der Kellner. Jetzt nicht, danke. Sofort nach dem ersten Läuten hebt jemand ab. Freut mich, dass du dich meldest, ich habe mir schon gedacht, dass es langsam so weit sein könnte. Eine Frage hätte ich an Sie. Bitte. Wenn Sie mir helfen. Ja. Was schaut für Sie dabei heraus? Was ist Ihre Motivation, sich meiner anzunehmen? Ich vermute, Sie erwarten sich eine stattliche Summe auf ein Nummernkonto Ihrer Wahl, nun, dann lassen Sie sich gesagt sein, dass ich nicht über unerschöpfliche Geldmengen verfüge. Aber nein! Der Boxer lacht. Was erhoffen, was erwarten Sie sich von einer Zusammenarbeit? Ich erhoffe mir einen glorreichen Sieg über diesen unbesiegbaren Gegner, ich möchte mitnaschen am Ruhm, entweder wir beide gewinnen oder du verlierst, und ich bin unbeteiligter Dritter. Ganz fair ist das wohl nicht. Nein, aber ohne mich solltest du dein Annehmen der Herausforderung lieber schleunigst für ein Missverständnis erklären. Sie sind ein harter Verhandlungspartner. Deine Entscheidung. Wien denkt kurz nach. Ich möchte Sie herzlich bitten, mich zu trainieren. Ich hole Sie morgen ab, sechs Uhr Früh, pünktlich. Wien studiert aufmerksam das retuschierte Bild desjenigen, dem er in wenigen Wochen ein lebendiger Sandsack sein wird. Meinen Sie wirklich, ich habe eine Chance? Andernfalls würde ich das hier nicht machen, Niederlagen versuche ich zu vermeiden. Ich lege mein Schicksal in Ihre Hände. Wien, du wirst es nicht bereuen. Er legt auf. Noch nie in der Geschichte des Kampfsports, steht als Bildunterschrift, kam es zu einem Aufeinandertreffen von einer Stadt und Gott. Wien wird seine Entscheidung bereuen, lässt der Allmächtige siegessicher verlautbaren. Wien zahlt und geht hinaus. Überall ist das Ereignis plakatiert: Wien trifft auf Gott, verpassen Sie auf keinen Fall den Kampf des Jahrhunderts. Ort des Geschehens wird die ausverkaufte Stadthalle sein. An Häuserwänden, in den Straßenbahnen und Bussen, in Leuchtschrift auf Türmen, flimmernd als Bildpunkte der Digitalanzeigen, auf Faltkarton und Glanzpapier, in den Auslagen der Geschäfte, illegal auf öffentliche Plätze geschmiert, wirklich überall.

Vor dem Genossenschaftshaus parkt ein Auto, der Motor läuft, anzunehmen, dass der Fahrer jemanden abholen möchte. Ein halbes Dutzend Boxen schickt aufgeblähten Techno in die Nacht. Der Aufgewachte blickt auf die Uhr: Ein Uhr dreißig. Dann wird der Motor abgestellt, das Wummern hält an. Es bringt die Bäume zum Schwingen, die Fahrbahn zum Vibrieren. Das Fenster ist gekippt. Etwas regt sich in der Wohnung über jener von Ladislaus Kampf. Klospülung dort. Er zwirbelt seinen Leib in die Decke, seit Wochen in Gebrauch. Erneuter Blick auf die Uhr, schon zwanzig Minuten Basspochen. Der Wartende draußen im Auto fiebert einer Verabredung entgegen, die nicht stattfinden wird. Sie kommt nicht, möchte man ihm sagen, sie hüpft nicht geschminkt und in Zitronenrosenduft auf den Beifahrersitz, sie hat zugesagt im Wissen, dich enttäuschen zu müssen. Ladislaus konzentriert sich auf den Herzschlag, Verlangsamung das Ziel, es müsste ein

Bremspedal geben, mit dem dieses nervöse Uhrwerk gedrosselt werden kann. Er hasst den Wartenden. Überlegungen, wie ihm die nächtliche Störung heimzuzahlen wäre. Dehnbare Plastikgefäße, in Gedanken durchstöbert er alle Schubladen und Krimskramsfächer auf der Suche nach einer angebrochenen Packung Luftballons, kleine Müllsäcke gehen auch, sie mit Olivenöl füllen, sie anschließend derart mit einem Gummiband verschließen, dass ihnen Spannung innewohnt, pralle Bälle sollen es werden, faustgroße Gemeinheit. Eines der Fenster aufreißen, die Munition in rascher Abfolge verschießen, das Auto anvisieren, ein Volltreffer jagt den nächsten, das Fenster zu, weghuschen, in Deckung. Im Idealfall gibt es keinen Sachschaden, doch der Besitzer wird sein Fahrzeug mühsam reinigen müssen. Dieser lässt den Motor wieder auf Touren kommen, brummt davon, die Unmusik entfernt sich, ist verschwunden. Ladislaus, in süßen Traum gehüllt, an tropfendes Olivenöl denkend.

Wäre die Einsamkeit kein Ort, ließen wir es uns gutgehen. Wir säßen am Kunststrand unterm Sonnenschirm oder im Baumschatten der Palmen, auf hochgestellten Liegestühlen, lehnten uns gähnend zurück, verschränkten die Hände im Nacken. Jeder vor sich einen Cocktail mit moderatem Preis, überhaupt wäre nichts auf der Karte überteuert, sondern alles dem Erstandenen angemessen. Einer würde den anderen auf etwas einladen, bis alles wieder ungefähr ausgeglichen ist. Eine sehr gut eingespielte Band gäbe auf einer kaum erhöhten Bühne ihr bestes Konzert. Der Sänger würde sich um Kopf und Kragen falsettieren.

Man bekäme langsam Hunger, bestellte einen Cheeseburger mit hausgemachtem Brötchen und Salsa. Das Licht würde ein zartes Aquarell in den Abendhimmel malen. Man hätte Sand in den Schuhen, den man belustigt herausklopfen müsste. Die Schuhe würden ohnehin abgestreift. Nach dem zweiten oder dritten Getränk setzte ungelenkes Tanzen ein. Wir säßen am Donaukanal, er wäre unser Meer. Wir würden aufeinander achtgeben, einander unserer Freundschaft versichern. Wäre die Einsamkeit kein Ort, man hätte das Konzept der Zeit abgeschafft und müsste nicht aufstehen, sondern könnte ewig sitzenbleiben, hier, in diesem Wartesaal vorm Paradies. Ein Ausflugsdampfer tuckerte vorbei, berührungsloses Händeschütteln, Winken der Strandgänger, von der Reling Gegenfuchteln. Momente der Verbundenheit. Womöglich ein erster Tag seit langem, an dem kein einziger Erdenbewohner eines gewaltsamen Todes stirbt, an dem alle Gebetteten friedlich entschweben. Wir würden dort am Strand übernachten, es wäre erlaubt, niemand jagte uns fort, wir wachten auf und stünden nackt und schuldlos endlich in der Mitte unseres Bildes. Da die Einsamkeit aber ein Ort ist, geht es uns an den Kragen. Es hat sich ausgefeiert.

Den Schacht entlang zieht sich der Duft einer fraglichen Stadt. Dort blinkt ein weißes Männlein auf, läuft statisch grünem Hintergrund davon. Justus Geheimnis mustert das Notausgangzeichen. Er wartet auf die U-Bahn, die Anzeigen sind ausgefallen, niemand kann sagen, wie viel Wartezeit man noch ungefähr einplanen sollte. Der Stationswart erscheint, halb geöffnetes Hemd, Goldkettchen mit baumelndem Vornamen über den verschwitzten Brustkorb hängend. Er hat seinen Schreibtisch im Kämmerlein verlassen, um in den Reihen der erbosten Fahrgäste beruhigend einzuschreiten, auf Fragen zur Dauer der Unterbrechung reagiert er allerdings allergisch, er sei nicht hier, um zu informieren, sondern um zur Geduld zu ermahnen, der Ordnungshüter lässt sich nicht auf Diskussionen ein. Justus wird nervös, die Präsenz des Dröhnens ist spürbar, ein Vorfall kündigt sich an. Aus dem bis zum Hörsturz aufgedrehten Kopfhörer eines Jugendlichen dringt einlullender Schnarchpop. Es ist zeitig in der Früh. Die Angestellten zappeln, für so manchen wäre es nicht das erste zu späte Erscheinen, in Gedanken winkt der Tag bereits mit den Entlassungspapieren. Was war das? Dort im Schacht, am Übergang zur vollkommenen Dunkelheit? Der Stationswart ist Verteidiger des Sittlichen im Untergrund, als solcher ist es seine Pflicht, das Trittrollerfahren zu unterbinden, und lasst euch nicht mehr dabei erwischen, sonst ziehe ich euch die Ohren lang, sodass euren Vätern, die ich informieren werde, nichts mehr zum Langziehen übrigbleibt. Was hat sich dort geregt? Justus läuft hin, bis zum Ende des Bahnsteigs, vor der Absperrung in Stellung. Von der Nacht Ausgespuckte, im Stehen schlafend, verpassen das Nichteintreffen der U-Bahn. Übriggebliebene, die sich am Tresen einer Bar vergessen, sich in der Garderobe eines Szenelokals verlegt, sich im Getümmel einer Tanzfläche aufgebraucht haben. Bierschwer nach Hause fuhrwerken, im Morgengrauen Hausmannskost aus der Mikrowelle frühstücken, ein Fertiggericht, mit lauwarmem Kakao herunterspülen und ab ins ungemachte Bett. Seit Beziehen der Wohnung die Vorhänge nicht gewaschen, trächtig mit Jahren an Hausstaub, totale Abschottung von Sonneneinstrahlung. Justus überwindet die Absperrung, er hat einen Blick auf das Dröhnen erhascht, läuft ihm entgegen, dort ist es! Es driftet, es lauert, es wartet auf mich. Er muss den Rockzipfel des Dröhnens packen, es zu sich heranziehen, Justus gerät außer Atem, der Sauerstoffgehalt der Luft ist sehr gering, er keucht. Die Schläfen sind Sollbruchstellen des Körpers, wenn er platzt, katapultiert er zunächst diese beiden Stellen wie reife Topfdeckel davon, Lava sprudelt heraus, zischt als Fontäne hervor. Warte, bleib stehen!, brüllt Justus dem Dröhnen in den Rücken, es hat die Flucht ergriffen. Ein Scheinwerferpaar. Etwas packt Justus am Kragen. Du Wahnsinniger!, schimpft der Stationswart, habe ich dich! Nein, nicht! Lassen Sie mich! Der Helfer wirft Justus zur Seite, legt sich schützend auf ihn, wie durch ein Wunder bleibt der zerbrechliche Inhalt des Rucksacks ganz, eine Holunderflasche für den kollegialen Chef, die U-Bahn rast vorbei. Das war das Dröhnen, ich habe das Dröhnen gesehen. Wie es aussieht, wie es sich bewegt. Seine herrische Gangart.

Sehr geehrtes Geld! Mit Bedauern muss ich Ihnen mitteilen, dass es mir aus gesundheitlichen Gründen leider nicht möglich sein wird, den von Kilian Matt übernommenen Auftrag auszuführen. Dieser Umstand ändert selbstverständlich nichts an unserem mündlichen Vertrag, der, wie Ihnen nicht entgangen sein wird, in einer Klausel die Möglichkeit der Weitergabe meiner Verpflichtungen beinhaltet. Ich verweise Sie hiermit auf einen geschätzten Kollegen und langjährigen Freund, dessen Kontaktdaten Sie dem beiliegenden Infoblatt entnehmen können. Über diesen durch mich verursachten Einschnitt in Ihr Projekt, die nicht zu verhindernde zeitliche Verzögerung, bin ich untröstlich. Seien Sie jedoch versichert, dass der von mir ausgewählte Ersatzmann zur Gänze in der Lage sein wird, auf Ihre Anliegen einzugehen! Er mag ein etwas lethargisch auftretender Mensch sein, nichtsdestotrotz handelt es sich um einen geistig hochvitalen Zeitgenossen, der ohne Zweifel über die nötigen Voraussetzungen verfügt, dem gemeinsamen Projekt zum Erfolg zu verhelfen! In tiefer Dankbarkeit für Ihr Verständnis und mit den besten Wünschen die Weiterarbeit betreffend, Ihr Nils Clanga.

Auf ein Neues schleppt Ladislaus Kampf seine ausgeprägten Augenringe und sich ins Büro. Die Hinwendung zur Feindeswissenschaft auf allen Ebenen des Privaten und Beruflichen ist beschlossene Sache. Es gilt nun, ein Ziel dieser Energien zu suchen. Ein Subjekt, dem sich die Feindschaft asymptotisch annähern kann. Auf dem Weg zur Arbeit hält er nach einer Zielperson Ausschau, denn dass sich in der unmittelbaren Nachbarschaft nichts Brauchbares findet, steht fest, die verwissenschaftlichte Feindschaft muss sich auf Augenhöhe abspielen, die Mandels, naheliegende Kandidaten, werden sofort aus dem Spiel genommen, die Kemals ebenso, man sollte sich mit seinesgleichen messen, auch die mitangehörte Frau scheidet aus, all diese Personen würden einem mit spitzer Feder und scharfer Klinge ausgefochtenen Konflikt nicht lange standhalten. Auf dem Weg zur Arbeit findet sich niemand, der den Anforderungen entspricht. Ein Mann im Anzug, mit Regenschirm und überzüchtetem Hund, erweist sich als nicht würdig, gegen Ladislaus in den Ring zu steigen, er verlässt sich da ganz auf seine Intuition, eine Frau, mit zur Schau gestelltem Vorbau in ehebrecherischer Mission unterwegs, kommt ebenso nicht in Frage. Schmächtige, hühnerbrüstige Milchbubis an jeder Straßenecke. Ungebildete Ferkel, Arbeitslose, Mindestlöhner. Dann steht Ladislaus in der Eingangshalle der Firma. Es kommt zum obligatorischen Moment zwischen Helena und ihm, aus dem sich nichts Weiteres ergibt. Dort, beim Aufzug für die Chefetage, steht Justus Geheimnis. Er sieht mitgenommen aus, hat ein Gespenst gesehen, seine Ärmel haben Wetzspuren, er hat Ölschlieren im Gesicht, wohl in eine Baustelle gerannt, über einen Schrottplatz gestolpert. Aufmerksam studiert Ladislaus Kampf den wartenden Mann. Sie kennen einander flüchtig, vom Sehen, von gemeinsam besuchten Seminaren. Da steht er, der feine Herr, mit einer Glasflasche in der Hand, etwas Trübes, Dickflüssiges, ein Mitbringsel dem Oberboss darreichen, du bist ein Schleimer, denkt Ladislaus Kampf. Justus nickt ihm zu, er nickt zurück. Ist dieser Justus nicht einige Gehaltsstufen über einem selbst angesiedelt? War dieser Justus einem nicht immer um mindestens eine Nasenlänge voraus? Hat dieser Justus nicht eine wunderschöne, Weiblichkeit verkörpernde Frau und ein normal entwickeltes, aufgewecktes Kind? Hat sich für diesen Justus nicht alles immer spielend leicht ergeben? Gäbe es nicht unzählige Feindschaftsgründe, die dafür sprächen, sich in die Person Justus Geheimnis mit allem, was man hat, zu verbeißen? Der andere steigt ein, Ladislaus fletscht die Zähne. Stammt er nicht aus gutem Hause, wurde er nicht in eine wohlsituierte, bürgerliche Familie hineingeboren? Ist es nicht so, dass ihm diverse Studiengänge finanziert wurden, eine wilde Zeit, während der er sich austoben konnte, bis er schließlich vor den unüberschaubaren Möglichkeiten kapitulierte und sich der Firma anschloss? Sind nicht Auslandsaufenthalte Teil seines Stellenprofils, ja, wird er nicht auf Firmenkosten in Sprachkurse geschickt? Tröpfeln ihm nicht die Glückstaler auf den dicht behaarten Kopf? Ist nicht die Welt auf seiner Seite? Sein Entschluss steht fest. Böse funkelt er die Marmorquader des Bodens an, auf denen der andere eben noch stand. Auf gute Feindschaft, denkt er. Ladislaus betritt den Aufzug. Er wundert sich, nicht viel früher darauf gekommen zu sein, vor Wochen schon, vor Monaten! Justus scheint alles in die Hände zu fallen. Er ist ein Dauergewinnler. Ladislaus Kampf stürmt ins Büro, eilt zur Schublade, der Packen Denkkunst will hervorgeholt werden, nun ist klar, wem er zu widmen ist, er reißt am Holzknopf, um im Manuskript einen Namen einzufügen. Es ist nicht da. Die Schublade ist leer. Das Manuskript ist verschwunden. Die *Einführung in die Feindeswissenschaft*, ursprünglich als *Die Meister des Trostes* begonnen, befindet sich nicht am Platz. Es handelt sich um eine Katastrophe, um den größtmöglichen Riss, der einer Ordnung zugefügt werden kann. Ladislaus Kampf hat eine Panikattacke. Ich hätte es nie mit mir herumtragen, über Nacht hier zurücklassen dürfen! Fieberhaft sucht er nach dem Stapel, überall, dann, als das erledigt ist, schießt er übers Ziel hinaus, organisiert sich ein Brecheisen, um Wandverkleidungen und Sicherheitstüren aufzustemmen. Aber leider nirgendwo. Nirgendwo! Sein Mobiltelefon klingelt. Hastig versucht er, es zu ertasten, er hebt ab. Eine Frauenstimme sagt: Sie haben etwas verloren. Ja, das habe ich, bestätigt er. Ich weiß, wo es ist. Stille. Wer sind Sie? Stille. Wir haben Dinge zu besprechen. Ladislaus ist im Begriff, zu einer Hasstirade anzusetzen, wird jedoch knapp unterbrochen: Was ich mit Ihnen zu besprechen habe, wird Sie vermutlich interessieren. Wann und wo?, fragt Ladislaus. Sie sagt es ihm. Er wünschte, es wäre sofort. Schlapp lässt er sich auf einen Gerümpelhaufen fallen. An der Entscheidung ändert dieser Diebstahl jedoch nichts, beschließt er, um die Feindeswissenschaft zu leben, bedarf es keines Traktats, man trägt die Befangenheit dem anderen gegenüber in sich, tief im Seelenraum verwaltet. Der Name des Feindes lautet Justus Geheimnis. Für immer.

Wir befinden uns im menschlichen Gehirn. Es ist Beispiel für unmögliche Architektur. Neue Räume durch deren Ausgang betreten, sie durch den Eingang verlassen. Neue Räume werden addiert, nicht ersetzt, sondern den bereits vorhandenen hinzugefügt. Verwirrspiel ohne Regeln. Geklonte Zimmer, auf physikalisch nicht korrekte Weise miteinander verbunden. Wir befinden uns in haarsträubenden Gleichzeitigkeiten. Es kommt zur Parallelführung der Handlungsstränge. Das menschliche Gehirn denkt ein Haus, ein Backsteinhaus, eine Selbstversorgerhütte im zweiten Bezirk. Wien als bedrohliche Wildnis. Nicht umsonst wird vom Großstadtdschungel gesprochen, mit seinen Kabeln als Lianen, mit seiner Weihnachtsbeleuchtung als giftige Hecken, ihr eigenes Warnlicht. Straßenbahnschienen als im Erdreich verankerte Wurzeln, die munter Bein um Bein stellen. Es gewittert dort oben, im Himmel spannt man Regenschirme auf. Das Zusammengebraute erreicht eine Geladenheit, die nicht mehr im Zaum zu halten ist. Die Kameralinsen der Wahrnehmungssonden schauen am Arbeitsort vorbei, um die *Gruppe der Sieben Gefahren* zu kontrollieren. Ist man brav am Werken? Es wird einander nicht vorgelesen, nie, zu keinem Zeitpunkt, es ist nicht Teil der Vereinbarung, jeder arbeitet im Stillen für sich und alle an einem Strang. Hoch konzentriert. Es versammeln sich jedes Jahr im Frühling sieben Schreibende, um sieben Wochen lang ihrer Arbeit nachzugehen. Geburt des Homo scribens. Aufbruchstimmung des beginnenden Jahrtausends. Am Ende der sieben Wochen werden sieben Bücher entstanden sein, die alle beim Verlag *Siebengefahren* erscheinen. Der Verleger hat hierbei kein Mitspracherecht. Es sind Chronisten einer Zeit, ein Umbruch findet statt, eine Erweiterung des Menschenmöglichen. Angeblich versammeln sich jedes Jahr im Frühling sieben Schreibende, um sieben Wochen lang ihrer Arbeit nachzugehen. Gerüchte. Unbestätigte Gerüchte, nichts weiter. Die Gehirnwindungen pulsieren, ihre Anordnung ist frei von Logik, nach langer Verfolgung eines Fadens, einer Spur, einmal falsch abgebogen, schon heißt es: Zurück zum Start. Die Angelschnur einholen, bis fast ganz zurück wird gekurbelt. Eine Begebenheit blitzt auf: Unterm Gewitter des Jahrtausends hockt die Gruppe und schreibt. Der Kamerawagen gleitet ohne Reibung über Schienen: Bekannte Gesichter, vertraute Gestalten.

Elisa Slavik legt auf. Vom Besuch in der Firma ist sie sichtlich erschöpft. Müde fetzt sie ihre Kletterausrüstung unter den Schreibtisch, trippelt wie in Ballettschuhen in die Küche, um sich ein hartes Getränk einzuschenken. Eine angenehm mädchenhaft gebliebene Frau, der Umwelt all ihre Kratzbürstigkeit zumutend. Erst einmal eine rauchen, entscheidet sie, in aller Ruhe, sie braucht Entspannung. Nach der Zigarette am Küchenfenster lässt sie warmes Wasser einlaufen, legt die einheitlich schwarzen Kleidungsstücke ab, gleitet in die Badewanne. Minutenlanges Verharren bei geschlossenen Augen, die Umfangenheit spüren. Dann nimmt sie die Lektüre zur Hand, blättert im von einer Büroklammer zusammengefassten Ideenwust herum, langweilt sich bald. Neben sich den abgefüllten Obstler, der seinen scharfen Kräuterduft über die Fliesen nebeln lässt, Selbstgebrannter eines Onkels, der diesen Vorgeschmack auf Weiteres in einer ausgewaschenen Ginflasche bei einem Wienbesuch vorbeibrachte. Elisa setzt ab, gurgelt kurz, schluckt, Tränen schießen ihr ein, die sie trotzig mit dem Handrücken verwischt. Sie taucht vollständig unter, kommt zur Ruhe. Elisa massiert sich den Bauch, sanft, nicht zu fest, verweilt am Bauchnabel, wandert ab, tastet sich weiter nach unten. In Zeitlupe spreizt sie die Beine, denkt an den Verflossenen, der ihr früher schöne Stunden bescherte. Das Licht ist gedimmt, zwei Haushaltskerzen werfen Schattenspiele an die Wand. Elisa spürt, wie die eigene Gleitschicht vom Seifenwasser abgetragen wird, sie hebt ihr Becken an, über die Oberfläche, vorsichtig führt sie einen Finger ein, reibt mit dem Daumen am kleinen Zäpfchen, das sich langsam mit Blut füllt, dem Steuerorgan der Erregung, Schwellkörper blühen auf, die sie achtsam berührt, fleischiger Wulst, sie bringt Heftigkeit ins Spiel, ihre kreisenden Bewegungen wohl dosiert, Luststeigerung, ihre Brustwarzen verhärtet, mit der zweiten Hand knetet sie an sich herum. Imaginierte Vereinigung, Gedanken an das, was sie hatten, Elisa erweitert das Eindringen um einen zweiten Finger, erhöht die Geschwindigkeit. Im Takt hebt und senkt sie den Unterleib. Ein Phantasiegegenpart verströmt sich in ihr, sie empfängt es in Wellen. Elisa taucht abermals vollständig unter. Dann, erholt von den Strapazen der letzten Zeit, als sich ihre Hingabe an die eigene Kunstfertigkeit verflüchtigt, sich ihr Zustand normalisiert hat, greift sie wieder zum Traktat, um sich damit auseinanderzusetzen. *Die Meister des Trostes* steht da als erste Überschrift. Elisa vertieft sich in die Lektüre des Irrwitzigen.

Der Philosoph ist ein Erzähler. Als solcher verfolgt er, in unschuldiger Bewusstlosigkeit, dieses eine alte, immer neue und einzige Ziel: Trost finden, für sich und andere.

Elisa Slavik liest hastig weiter. Umstand als Feind, lautet die nächste Überschrift. Das Badewasser ist lauwarm geworden.

Immer weiter beim Lesen. Richtig ist: Die Umstände sind bedrückend, deshalb bildet der Philosoph sie ab. Nicht unrichtig ist: Der Philosoph bildet Umstände ab, deshalb sind sie bedrückend.

Der Philosoph, dieser im Trostgewerbe Tätige, entpuppt sich bei genauerem Hinsehen als Meister der Feindschaft.

Elisa kann den Gedankengängen folgen, ihnen teilweise sogar zustimmen. Ein paar Seiten später scheint eine Art Einleitung abgeschlossen. Es kommt zu einer mehr als bloß gefühlten Zäsur, zur Änderung der Schreibhaltung. Unvorsichtigkeiten schleichen sich ein. Dieses bis dahin recht umsichtige und, ja, eigentlich ziemlich vorsichtige Stück Denken verwandelt sich in eine Schmähschrift. Es verheddert sich in Unsachlichkeiten, ein Überstolpern droht. Mittlerweile ist das Wasser vollständig erkaltet. Unbeeindruckt von Gänsehaut und aufgequollenen Fingerkuppen setzt Elisa die Lektüre fort.

Der Philosoph betreibt die Feindeswissenschaft. Er ist ein Feindeswissenschaftler.

Mehr Licht, denkt er, ich brauche mehr Licht. Jeden Moment kann etwas Schlimmes passieren, in Form eines betrunkenen Jugendlichen, dem jede Reaktionsgeschwindigkeit abhanden gekommen ist, der im Vollrausch eine Wettschuld einlöst. Eine Katastrophe würde ihn nicht überraschen. Im Gegenteil: Ein verheerender Unfall, alles, was über einen Blechschaden hinausgeht, passt geradezu perfekt ins Bild. Die

Fahrbahn ist glatt, weiße Pfosten blitzen am Straßenrand auf. Er hält das Lenkrad fest umklammert, mit sicherer Hand kurvt er durch die nächtliche Landschaft, jeder aus der Entfernung spitz aufragende Hügel zerdehnt in eine fast unmerkliche Erhebung. Das Auto stochert in dieser horizontlosen Einöde herum, mit sich alleingelassen, niemand sonst unterwegs. Für einen Unfall wird man keinen Mitspieler finden.

Ladislaus Kampf steigt aufs Gas, viel zu fest. Mit übertretener Geschwindigkeit bringt er Kilometer um Kilometer hinter sich. Wie leicht kann man doch die Pedale verwechseln, und schon ist es passiert, schon ist es mit einem zu Ende. Kastanie oder Birke oder Buche oder wie sie alle heißen, bauen sich vor einem auf, zur Verschönerung der trostlosen Strecke ist Grünzeug angepflanzt worden, stationäre Gefahren mit Blättern und allem, mit Photosynthese. Ein großes Geräusch, ein paar Wrackteile wild durch die Luft, dann eindeutige Stille. Die Sorte Baum am Straßenrand vermutlich pflegeleicht und billig zu importieren. Eine kurze Unachtsamkeit nur, das Blech und sich um einen solchen lebendigen Pfosten gewickelt. Etwas Schlimmes passiert, es passt gut ins Bild.

In seiner Müdigkeit ist er hellwach. Das Auto wie von einem Zwergenvolk entworfen, der Fahrersitz drückt den Hintern wund, ein unbequemes Sitzen, das unter normalen Umständen nicht lange auszuhalten wäre. Doch immerhin hat er es warm. Mit großen Augen starrt er geradeaus. Die Scheinwerfer können sich nicht entscheiden, was sie anstrahlen wollen, unruhig hüpfen sie von Grau zu Baum zu Schild. Sein am Pedal ruhender Fuß tonnenschwer, feuchter Stein. Er hat es eilig, nirgendwohin, kurvt ohne Wegbeschreibung durch die Gegend, sein Zielort hält sich wacker versteckt.

Der Innenraum des Wagens dröhnt, nicht unangenehm, er gibt ein gleichmäßiges Surren von sich, beruhigendes, fast wohltuendes Vibrieren der Plastikstellen, Rekonstruktion des Umgebungslärms im Mutterleib. Was er anstarrt und absucht, ist als verqueres Netz aus Landstraßen und Buckelpisten zu bezeichnen, teils halboffizielle Pfade, Zufahrtswege für Bauern. Von der Autobahn ist er längst abgefahren. In ihrer Verschiedenheit sind die Holperabschnitte eintönig und verzichtbar. Er weiß nicht, wo er sich befindet. Bereits seit Stunden führt ihn die Nacht durch einen Wirrwarr an Umleitungen und Baustellenbereichen. Ständig blinkt etwas auf, mit dem man sich als gewissenhafter Autofahrer beschäftigen sollte. Ein Warnsignal hier, eine Anzeige dort, alles verlangt nach Aufmerksamkeit, zerrt an Nerven. Manchmal rattert er über einen Untergrund, der hörbar die Wagenunterseite in Mitleidenschaft zieht. Doch von diesem Kratzen und Schaben des Raubtiers, das vorgibt, eine Straße zu sein, das sich flach macht und bloß auf Gelegenheit wartet, lässt er sich nicht beeindrucken. Der Fahrtwind leckt an der Windschutzscheibe, er atmet tief.

Da! Wieder eines dieser ach so wichtigen Schilder, der Verkehrsbefriedung dienend. Seine Augen sind für Hinweise unbrauchbar geworden, er beschleunigt, geht an die Grenzen des Bremswegs, um gerade nicht aus der Kurve zu fliegen, die Kilometer pro Stunde kaum mehr mit seinem Vermögen, das Lenkrad herumzureißen, vereinbar. Was, wenn plötzlich ein Reh oder Rehähnliches aus der Hecke schießt, direkt vor die Kühlerhaube? Gibt es hier Rehe? Die gibt es in diesem Land überall, diese Biester. Tiere sind Schreckensszenarien.

Wie spät mag es wohl sein? Für Armbanduhren fehlen ihm die Nerven, seine letzte flog vor Jahren aus einem obersten Stock. Das Armaturenbrett bietet Ersatz. Dem Fenster auf der Beifahrerseite ist ein schmaler Spalt verpasst, frische Luft breitet sich aus. Kurz geht Ladislaus vom Gas, drosselt seinen Sprint beinahe auf erlaubte Geschwindigkeit. Aber halt!, es soll nicht vorgegriffen werden, so weit sind wir noch nicht, diese Autofahrt findet noch lange nicht statt.

Traum: Eine Privatveranstaltung die nicht Gefahr läuft sich zum exzessiven Gelage auszuweiten ich klammere mich an den Stiel meines Glases Orangensaft mit Wodka ich kenne wenige den Gastgeber seine Freundin seine engsten Vertrauten drei weitere Personen sind Teil der Wohngemeinschaft ich kenne sie flüchtig die von ihnen Eingeladenen überhaupt nicht ein Mann tritt auf besteigt über die Holztreppe den Bühnenraum Küche er ist schwanger weil er es sich mit seiner Frau so ausgemacht hat so jung und schon verheiratet sie sind ein glückliches Paar sie leben die totale Gleichberechtigung sie fassten den Entschluss ihn das Kind austragen zu lassen er geht mit seinem Hängebauch umher bis zum Kühlschrank entkorkt einen Sekt schenkt seiner Frau und sich ein ich empfinde die Schwangerschaft eines Mannes nicht als Unmöglichkeit sondern als Seltenheit es verstört mich ihn Alkohol trinken zu sehen die Frau hat ihn dazu ermuntert ihn erst aufgefordert den Kühlschrank ausfindig zu machen und eine Flasche Sekt weil ihr von Bier immer schlecht wird es ist Teil der Hausmannskost dieses Landes die sie hasst ich erweise mich als durchaus interessiert und stelle übliche Schwangerschaftsfragen in welchem Monat Bub oder Mädchen habt ihr schon einen Namen der Mann gibt bereitwillig Auskunft wir nippen betreten an unseren Gläsern mir fällt keine Frage mehr ein Plakat löst sich von der Wand alle wohnen gebannt dieser Ablösung bei wie in Zeitlupe das Gesicht einer Filmberühmtheit einfällt altert nicht mehr dem Schönheitsideal entspricht ganz aus dem Blickfeld verschwindet die Doppelklebestreifen sind noch wo sie waren nur das Poster rollt sich ein wie ein am Fühler gestupstes Tier und eine neue Frage fällt mir ein wie fühlt sich die Schwangerschaft an dauert sie länger als bei Frauen als normalerweise traue ich mich nicht zu sagen will mich vor Weltoffenen nicht als Spießer verraten in dem Moment stelle ich mir seinen Körperbau vor das gekräuselte Schamhaar sein männliches Geschlechtsorgan und dass da unten Platz ist für eine Geburtsöffnung dass sich da unten ein Loch versteckt beim Zweigeschlecht der Mann ist ein Gelinger niemand sonst schafft was das Paar durch ihn schafft die totale Konsequenz einer Entscheidung dass sie arbeiten geht und er zu Hause bleibt da unten sein operativ veränderter Hüftbereich hat es wehgetan möchte ich fragen er ist sehr interessant das Zweigeschlecht die Mannfrau er sagt dass ich ihn nicht anschauen soll weil er nicht interessant ist gottgleich Frucht und Befruchten miteinander vereinend ich stelle mir vor dass er das Kind mit sich selbst zeugt keine Partnerin braucht ist lediglich Beisitzerin und für jetzt Ernährerin dass er in sich ruht Getrenntes verbindend dieses Es denke ich befruchtet sich selbst zeugt aus sich selbst eine Kreatur die das Wort Kind wirklich verdient frage ich.

Ein Abendessen im Hause Geheimnis. Es gibt gebratenen Fisch mit hellbunten Beilagen. Der Salat macht ein appetitliches Geräusch, das Mischbesteck gräbt darin herum. Olivenöl, Essig, Kräutersalz, Zucker, wenn vorhanden, dann braunen, Oregano, Petersilie, Schnittlauch, kleingehackte Zwiebeln. Die gewaschenen Salatblätter in diesen Sud für etwa eine Viertelstunde eingelegt, bis die Aromen eingezogen sind, an den Aggregatzuständen gerüttelt worden ist. Für die Eltern gibt es kellerkaltes Bier, dem Kind reicht man Limonade. Dem fünffüßigen Jambus legt man einen Gedichtband in den Fressnapf.

Wien ist eine Städtestadt, die den Bauplan aller anderen bereithält, Architektur und Lebenslagen, das pulsierende Geschöpf, welches durch gemeinschaftliches Leben entsteht. Die folgenden Städte sind in Wien enthalten: Kairo, Zürich, New York, Paris, Kopenhagen, Peking, Madrid, Moskau, London, Tokio, Brasilia, Athen, Johannesburg, München, Helsinki, Sydney, Hamburg, Washington, Rom, Bagdad, Kinshasa, Lhasa, Casablanca, Oslo, Stockholm, Los

Angeles, Havanna, Laibach, Bogota, Mumbai, Santiago, Mürzzuschlag. Unvollständige Aufzählung.

Sie sahen es nicht kommen. *Luzidin* wird eingeführt und dann.

Den Figuren sei Bewegung verliehen. Überall Reise. Kaum jemand läuft einem über den Weg, der nicht gerade von dort und dort kommt oder eben am Sprung ist nach, um in weiterer Folge ganz woandershin aufzubrechen. Arbeitsbienen der Kreativwirtschaft mit ihren Altbauwohnungen im Grünviertel leben aus dem Koffer, Wirtschaftstreibende mit ihrer Begeisterung über die Gleichartigkeit der Restaurantbetriebe weltweit vertreiben sich die Wartezeit in anonymen Hallen mit dem Querlesen von erotischen Kriminalgeschichten. Aufbruch ist auf die Stirnen der Protagonisten tätowiert. Dort oben braut sich etwas zusammen, kannst du es dem Geschmack der Luft entnehmen? Kannst du es unterschwellig hören? Strömt aus, meine Wahrnehmungssonden, verteilt euch auf den zur Verfügung stehenden Raum. Macht Vater stolz, Mutter stolz, Bruder stolz, Schwester stolz. Seid Botschafter eurer Art, die Arme zu verschränken, eurer Methoden des Zeitvergehenlassens. Seid ausgesandt, um Mosaiksteinchen aufzuklauben. Rückt aus als voneinander getrennte Gefährten, mit unsichtbaren Schnüren verbunden. Man könne, sagt man, vom Schreibtisch aus eine Weltreise machen. Und alle strömen aus. Entsammelt euch, bringt das Gebrauchte, die Medikamente, den Eindruck, der eine Sicht auf die Dinge verändert. Kommt als Helden zurück! Und wenn an eurem Reisen nichts Heldenhaftes war, dann bemüht euch nicht, wiederzukommen. Wenn ihr euch das Leben nicht erarbeiten wollt, wäre es besser, ihr verschenktet es leichtfertig an den nächstbesten Strick, der am Galgen hängt. Seid so gut, verliert eure Spur, bitte findet nicht mehr nach Hause zurück. Werft den Motor an, geht fort, erliegt der Bewegung, um die ich euch bitte, die ich euch befehle. Ihr Tagtraumgestalten, legt den Gang ein, trabt los! Was hält euch noch auf?

Die folgenden Städte sind in Wien enthalten: Himalaya, Anakonda, Hodenstadel, Eskimo, Kimono, Einsamkeit, Honolulu, Blutingen, Vieber, Blank, Greinen, Wüste, Bordell, Urologien, Spitzwegerich, Hochbett, Krampfen an der Niederflur, Äquator, Sieben, Prater, Pinzett, Schreiben im Wolltal, Geheimnis, Skalpella, Nrinft, Sukkubus, Vanille, Gracht, Irrweg, Nairobi und Holler. Vollständige Aufzählung.

Die Höllen sind auf Erden. Die Höllen sind auf die Erde gefallen. Die Welt ist die Hölle. In die Anstalt kommen sie alle, früher oder später. Jeder findet seinen Eingang. Werden nie wieder in die Freiheit entlassen, kriechen höchstens geschändet daraus hervor. Schreiben Briefe nach draußen, in denen es heißt, dass die Hölle ein Ort ist, an dem man weiße Kittel trägt. Die Insassen bleiben nackt, ihre Sträflingskleidung ist die eigene Haut.

Legt den höchsten Gang ein, trabt mit Scheuklappen los! Eure Bewegung darf nie ihre Richtung verlieren.

Lucius Bohm schreckt hoch. Er spürt etwas Feuchtes an der Nase, glitzernde Kälte. Rasch bringt er die Hand unter seinem Gesicht in Stellung, genau im richtigen Moment, dank seiner Geistesgegenwart betropft die Nase nicht das Leintuch. Blut. Das kennt er, das hat er öfter. Stress bringt ein Äderchen zum Platzen, das verödet werden muss, seine Sekretärin macht einen Termin beim Halsnasenohrenarzt aus, ein Spezialist mit groben Bauarbeiterhänden, der dann eine Art Lötkolben einführt, Dampf wird aufsteigen, eine Blutkruste ist herauszuschaben, Geruch verbrannten Fleisches setzt sich fest, der bald verschwunden sein wird. Kein Problem, Routine. Lucius gelangt über die Wendeltreppe ins Erdgeschoss. Er fängt einen stattlichen roten Teich in der Handschale auf. Der Mann erreicht das Badezimmer, beugt sich übers Waschbecken. Sehr langes Beobachten der Tropfeigenschaften seines Blutes, regelrechtes Studieren. Ein faszinierender Vorgang. Die Millimeter Leben entweichen seinem alternden Körper. Der Metallfilter am Ausguss ist vollständig bedeckt, erst bei dieser Gelegenheit, bei höchstmöglichem Kontrast zwischen Beckenweiß und Flüssigkeit fällt einem auf, wie weit die Spritzer reichen, bis über den Rand kann es gehen, die Ablage direkt unterm Spiegel wird erreicht. Ein beachtliches Rinnsal. Ein beruhigender Anblick. Lucius Bohm macht keine Anstalten, den Vorgang zu unterbrechen. Entdeckung der Blutmeditation. Es wird Zeit, es geht los, worauf wartest du denn?

Es gibt vorläufige und endgültige Höllen.

Mosaikliteratur, kreischt der magische Ulk. Fruchtbares Neuland, dessen Eroberung ansteht. Das Buch als gleichermaßen poetische wie schreiborganisatorische Herausforderung. Er hüpft auf und ab, Brotkrümel verstreuend. Wohl eher ein manischer Ulk, denkt man bei sich. Etwas passiert, kreischt er. Ein Katastrophenereignis. Vielleicht war man selbst dabei oder ist am Rande beteiligt, man kann nun Zeugnis ablegen. In den meisten Fällen jedoch wird man keinen direkten Bezug haben, es sei denn als jemand, der bei der Beschäftigung mit der Katastrophe Betroffenheit erlebt. Der Ulk patzt Senf auf den Kühlschrank. Es wurde ein weltweites Netzwerk errichtet, die Menschen sind findige Bürschlein und vife Mädchen, selbstverständlich, es herrscht ständige Verfügbarkeit der Information und dessen, was sich dafür ausgibt, dafür hält. Rekonstruktion des Geschehenen, Vergangenheitsbewältigung privater Kriege anderer. In eine Thematik eintauchen, sich darin verlieren. Mosaikerzählung, kreischt der magische Ulk. Diverse Quellen stehen zur Auswahl. Die Pressekonferenz von Stadtvätern und Verantwortlichen, Interviews mit Opfern und Davongekommenen, mit Ärzten und Notfallseelsorgern, die in den Betreuungszelten schufteten, bis spät in der Nacht. Gespräche mit dem Einsatzleiter und den freiwilligen Helfern. Augenzeugenberichte. Zitate, meist falsche. Artikel von Journalisten, die es mit dem Interpretationsspielraum übertreiben. Dank Digitalphotographie ist der Manipulation Tür und Tor geöffnet. Selbstgedrehte Videos aus der Mitte des Geschehens, verwackelte Laienreportagen. Eine Art Expedition in die Tiefen eines Ereignisses. Etwas ist passiert. Man will es fassen. Zieh dir wasserfeste Hosen an, den Imkerhelm, die Handschuhe, bind dich mit dem Abschleppseil an Kletterbäumen fest, schlüpf in den Patronengurt, vergiss nicht die kugelsichere Weste, verabschiede dich von deinen Lieben, bevor du in den Sumpf der Katastrophe eintauchst. Wie vertrauenswürdig sind all diese Quellen? Unterschiedlich. Die Einschätzung der Quelle ist für sich wieder eine Quelle, der man auf die Schliche kommen kann. Es gilt die Unschuldsvermutung. Artikel, die sich aufeinander beziehen, Querverweise. Mitzuverfolgen: Falsche Zahl, die auf Wanderschaft geht. Es wird blindlings übernommen, als bestätigte Erhebung verkauft, was als unter Druck entstandene Schätzung begann. Jedes Weiterzitieren ist ein Sprung auf den Blasebalg des Eigentlichen, das von Maus zu Elefant aufgepumpt wird. Die Frage lautet: Kann das Verzerrte platzen? Was meinst du? Der Ulk stopft sich Essen in den sprechenden Mund, Tomaten, Schinken, Müsli, Honigtoast, Butterschmalz, Spiegelei, wild durcheinander. Dieses Geflecht des Vagen und Präzisen gälte es abzubilden. Mit all den Übertreibungen und Lügen, Überhöhungen und danke, kreischt der magische Ulk, wenn ihm eine Tube Mayonnaise gereicht wird. Das falsch Erinnerte, verstehst du! Die gedehnte Wahrheit, die geschönte oder absichtlich vorteilhaft interpretierte Statistik. Das Rezept sieht subjektive Eindrücke vor. Schnipsel und Fetzen. Gegenüberstellung widersprüchlicher Aussagen. Sogenannte Experten, die sich Tabellenauswertungen um die Ohren hauen, ein Wortgefecht, existenzbedrohende Vorgänge. Immer bleibt nach dem Eintauchen Sumpf an einem kleben.

Die um ein Ereignis kreisende Mosaikliteratur. Sich ihm annähern, um wieder Abstand zu nehmen. Seine Konturen nachziehen. Seinen Schatten definieren. Zu sagen: Ereignis. Den Rest entnimmst du meinem poetologischen Manifest, das sich im gut sortierten Fachhandel findet. Sachen zu Ende denken, merk dir das gefälligst! In der Mitte des Labyrinths wartet der Käse, nicht in einem Nebengang nach vierzehn schnellen Kurven. Bis zu ihm gilt es vorzudringen. Einziges Fortbewegungsmittel ist die Gedankenkraft. Es wird um Ecken gedacht werden müssen. Ein solches Unterfangen duldet keinerlei Halbherzigkeiten. Als die Irren warm in Zwangsjacken gepackt aus der Anstalt in die Stadt flohen. Die Behörden hüllten sich in Schweigen, die Zuständigen wussten von nichts. Eine Erzählung kann in der Anordnung, Vermengung all der aufgezählten Sequenzen bestehen. Chronologie ist künstlich, das Gehirn arbeitet unmathematisch, die Synapsen agieren antiaufklärerisch, Weiterleitung der niedersten Triebe. Ein Impuls metastasiert sich durch den Körper. Erzählhaltung gleich Erinnerungshaltung: Wie steht man zur Scham auslösenden Begegnung der letzten Woche? Ist man bereit, sie durch den Fleischwolf zu drehen, damit sich selbst, oder nimmt man sich aus dem Spiel, bleibt altbacken und vorgestrig? Macht sich unberührbar, unantastbar, flüchtet sich in die sicheren Zonen der Trivialliteratur. Jedes Mosaik benötigt Auslassungen, lebt davon, dass Steine verloren sind, erst der Makel komplettiert den Versuch. Die Abwesenheit der Lösung macht das Rätsel perfekt. Roman!, wie ich diesen Ausdruck schon längst nicht mehr hören kann, wie alles, was

Buch heißt, als Roman bezeichnet sein will. Dabei hält das Mosaikhafte längst Einzug, Vorgeschmack auf Neues, das es auszubauen gälte. Für die Form der Gegenwart sei eben noch keine Bezeichnung gefunden, so die Hirntoten, dies sei erst in Jahrzehnten, erst im Nachhinein möglich. Papperlapapp: Die neue Textsorte heißt Assoziat. Eine Bündelung von Perspektiven, der einer Chronologie unterworfene Gedankenstrom. Ein Assoziat sind aufgezählte, planmäßig angeordnete Assoziationen. Kreisend um Thema, Erinnerung, Ereignis. Um die Katastrophe. Manches, was in der Belletristikabteilung einer Buchhandlung aufliegt, ist bereits ansatzweise ein solches Assoziat, nur stehen die zuständigen Stümper dieser Entwicklung ohne Wort gegenüber, wie sie ja dem meisten sehr wortlos begegnen, obwohl es ihr Geschäft wäre, hinreichend benennen zu können. Es gibt Kategorien: Das erzählende Assoziat, auch Romanassoziat, von mir aus. Das Reiseassoziat. Das autobiographische, politische oder poetische Assoziat. Das Assoziat einer Liste. Den Rest musst du dir schon selber erdenken, schließlich bist du ja kein kleines Kind mehr. So, schmatzt der Ulk. Ich bin lange nicht satt, es gibt noch sehr viel zu lernen.

Der Boxer ist meist in der Stadt anzutreffen, wie auf glühenden Kohlen unterwegs. Unruhig wartend an der Bushaltestelle. Seine Kopfhaut ist entzündet, diverse Salben aus der Werbung, alle Milderung versprechend, sind probiert und verworfen. Gegen den Rückzug der Haarpracht scheint kein Kraut gewachsen. Mächtiger Brustumfang, das Hemd spannt, zwischen den einzelnen Knöpfen zwirbelt sich ein dichter dunkler Teppich hervor. Heute ein eng anliegendes Shirt aus Polyester, ein paar Nummern zu klein, was die Muskeln betont. Wer immer du bist, komm mir lieber nicht zu nahe, sagt dieser Mensch ohne Wort. Beiderseits praller Bizeps. Schönheit ist er keine. Schiefe Zähne, fauliger Mund, man denke an die vielen Kämpfe, ein in Mitleidenschaft gezogenes Gebiss, wie auch sonst könnte man die aktiven Jahre überstehen, wenn nicht mit Blessuren und Ausrenkungen. Manche lassen sich über seine Hässlichkeit aus. Am Ende der Leine ein Kampfhund, der nach Auslauf giert. Ebenfalls unglaublich muskulös. Unruhig, wie kurz vorm Hechtsprung ins Gesicht eines Gegners. Da kommen Freunde. Der Boxer winkt sie zu sich her. Im Vergleich zu ihm sind alle schmächtig. Sie scheinen seine Nähe zu suchen, legen Wert darauf, mit ihm gesehen zu werden. Ein Mann, der verprügelt und Prügel bezieht, aber nichts in der Birne, witzeln sie insgeheim. Wohin bist du denn unterwegs? Ich muss mich um jemanden kümmern. Sie grinsen. Hat jemand seine Schulden nicht bezahlt? Einer knackt mit den Knöcheln. Für wen erledigst du die Drecksarbeit denn diesmal? Oder eine persönliche Geschichte? Keine Drecksarbeit, sagt der Boxer, ich helfe jemandem beim Training. Und wem? Er mustert ein Plakat, die anderen folgen seinem Blick. Das Grinsen weicht aus den Gesichtern. Um wen es sich auch handeln mag, die Umtriebigkeiten des Freundes sind besorgniserregend. Alle haben plötzlich einen wichtigen Termin und müssen dringend weg. Rasch sind sie um die verfügbaren Ecken gebogen. Der Kampfhund des Boxers, ein Mischling aller Herkunft, schleimt und sabbert auf den Gehsteig.

Dann versucht er es, schiebt sich Klopapierröhrchen ins Nasenloch, sie saugen sich voll, und sobald der Faserkorken vollständig durchrötet ist, tropft das Blut von dessen Spitze weiter ins Waschbecken. Bohm wird unruhig. Es war ja ganz nett, ein paar Minuten innezuhalten und den Druck entweichen zu spüren. Jetzt aber möchte er duschen, das Blut passt ihm nicht in den Kram. Es ist unpraktisch geworden. Im Apothekenschrank findet sich ein Tampon, für solche und ähnliche Fälle wurde von der Haushälterin eine Packung hinterlegt, man könne, meinte sie, dann und wann durchaus etwas Saugfähiges brauchen. Dankbar steckt Lucius sich einen Tampon in die Öffnung. Der tut seine Pflicht. Voller Erleichterung steigt er in die Kabine, schließt die Tür. Als der heiße Strahl ihn trifft, kennt er keine größere Wohltat. Mitten im Einmassieren des Haarprodukts erblickt er rote Schlieren am Ausguss. Er greift sich an die Nase: Das Blut ist abgewandert, tropft jetzt aus dem anderen Nasenloch. Lucius bringt den Duschgang zu Ende, mit den Füßen wischt er seine Spuren vom Kabinenbelag. Ärgerlich, diese Körperflüssigkeiten! Er steht da, übers Waschbecken gebeugt. Er grübelt dem Ereignis hinterher, dafür ist er bekannt, das ist seine Berufung, aus der sich ein profitabler Beruf hat machen lassen. Dick und schwer entweicht der Lebenssaft. Lucius Bohm spricht mit dem Blut: Was möchtest du mir sagen? Bronchitisches Husten setzt ein, er würgt Klumpen hervor. Ich bin doch immer ein ziemlich vitales Kerlchen gewesen, was ist denn nur los? Der Vorrat an Küchenrolle, Taschentüchern, Klopapier erscheint ihm mit einem Mal lächerlich klein. Wenn das so weitergeht, gilt es, eine Arche zu bauen, die Überlebenden in Sicherheit zu bringen. Er ist in die Jahre gekommen, der Spiegel lügt nicht. So schlimm steht es um mich? Ein Griff zum Telefon wäre einfach, einen Termin einschieben lassen, um eine Verödung zu bekommen, damit wäre die Krankheit im Griff. Vorerst. Und wenn es nur eine Scheinlösung ist? Nein, keine Spezialisten mehr, kein Blaulicht, keine Rettung. Der Mensch soll ausbluten dürfen wie ein Tier. Er macht weiter, überall verteilt er sich, an den Möbeln, der Kleidung. Er schlüpft in eine Garnitur maßgeschneiderter Sachen. Es gibt kein Zurück mehr. Bohm bricht auf. Er geht den Weg des Blutes.

Gebäudelosigkeit, das mit dem Wienwort Förderpreis ausgezeichnete Buch von Elisa Slavik, konfrontiert den Leser mit einem ungleichen Liebespaar, Alina und Lem, beide Architekturstudenten, die es sich zur Lebensaufgabe machen, durch die Welt zu reisen, um berühmte Bauwerke zum Einsturz zu bringen. Slavik ist eine Tochter der Globalisierung. Es ist ihr möglich, sich in den freien Fall zu begeben, sie betritt den bodenlosen Raum, nach allen Seiten keine Wand. Die bereisten Städte tragen höchstens Namen, jedoch nie ein Gesicht, ihnen wird keines zugesprochen. Es sind ortlose Orte, zwar mit präzisen Koordinaten versehen, haben ihre Zuweisungen der Geographie, doch ohne Platz in der Welt. Slavik gelingt es, die Vereinheitlichung der den Alltag strukturierenden Artefakte vorzuführen: Fernseher, Computer, Mobiltelefon, Schminkschatulle, Kleidungsstücke. Vor allem in ihrem Individualisierungsdrang sind die Protagonisten einander mehr als ähnlich. Austauschbarkeit greift um sich. Die Orte des Geschehens, diese Hauptstädte der Welt, bleiben durchwegs anonym: Kairo, Zürich, New York, Paris, Kopenhagen, Peking, Madrid, Moskau, London, Tokio. Alina und Lem steigen wahllos in Flugzeuge, immer die Kreditkarten der Eltern im Anschlag, immer am Organisieren des nächsten Sprengsatzes. Es erklärt sich von selbst, dass in der artifiziellen Umgebung von *Gebäudelosigkeit* jedes ihrer Vorhaben von Erfolg gekrönt ist. Das Gangsterpaar kann nicht gefasst, ihr globales Verbrechen an keinem Punkt vereitelt werden. Die Bauwerke fallen in sich zusammen wie Lebkuchenhäuschen im Regen. Die gewählten Absteigen, die Keller und Hinterzimmer, dienen als letzte intime Bereiche, als Rückzugsorte für abgekämpfte Helden des Terrors. Hier werden neue Intrigen gesponnen, die Waffen geladen, aber auch Zärtlichkeiten ausgetauscht, Liebeserklärungen gemacht, in jugendlichem Überschwang, mutig und naiv. Alina stammt aus gutem Hause, für sie ist alle bisherige Architektur ein lästiger Störfaktor, der im intellektuellen Fluss da und dort zu Verstopfungen führt. Was wir machen, ist falsch, aber richtig, lässt sie an einer Stelle wissen. Und weiter: Wir brauchen Raum für Ideen, die Städte sind verstellt mit jenen der Toten, uns ist kein Bereich zugewiesen. Alina sieht sich wie eine Landschaftsgärtnerin, deren Aufgabe die Verschönerung der Umwelt ist, der erste Schritt in diese Richtung ist das Loswerden des Alten, um Platz zu schaffen für Neues. Eine logische Schlussfolgerung, erklärt sie dem anfangs zweifelnden Lem, unsere Argumentation ist überall wasserdicht, du kannst mir vertrauen, Kollateralschäden sind hinzunehmen, an unseren weißen Westen klebt Blut. Lem ist, so wie er da als Bummelstudent und Haudrauf dargestellt wird, nicht gerade der Hellste. Ihm scheint vor allem die Eroberung seiner Angebeteten ein Anliegen zu sein, bereitwillig lässt er sich von ihr instrumentalisieren. Erst mit der Zeit erschließt sich ihm das Ausmaß der mitausgelösten Katastrophe, doch da ist es bereits zu spät, zu sehr ist er in die Ideenwelt der Geliebten eingedrungen, zu kostbar ist ihm die gemeinsame Reise. Es werden schließlich alle Gebäude der Welt gesprengt sein, nicht bloß mit Bedeutung aufgeladene, eine Ausweitung des Betätigungsfeldes war bald nicht mehr länger zu vermeiden. Gebäudelosigkeit kann erlangt werden. Alina und Lem bedeuten die Jahrzehnte permanente Flucht, der eigentliche Wunsch, nämlich das Entdecken architektonischen Neulands, dem die vorangehende Destruktion eine Behelfsmaßnahme war, kann nicht verwirklicht werden.

Nicht minder absurd der Gedanke eines Weltkrieges innerhalb Wiens, tobend diesseits der Stadtmauern, welche allesamt wieder hochgezogen sind. Gürtel keine Straße, Ring keine Straße, sondern Befestigungswälle uneinnehmbarer Höhe. Weniger, um das Äußere außen zu halten, sondern eher, um den Wahnsinn einzusperren, die Gesellschaft vor Wien zu schützen.

Meine Damen und Herren, ich befinde mich hier exklusiv für Sie vor Ort am Krankenbett des von der Niederlage heimgekehrten Berlin, und ich stelle meine Frage ganz direkt, Berlin, hat es Sie gefreut, dass Ihr Gegner Sie bereits besucht hat, Ihnen Grußworte und Süßigkeiten zukommen ließ? Ja, grundsätzlich schon. Welcher Art war dieser Gruß konkret? Wenn Sie das den Zuschauern zu Hause vielleicht etwas näher ausführen wollen. Konkret muss ich sagen, dass ich ehrlich gesagt eher etwas enttäuscht war. Inwieweit hängt Ihre Enttäuschung mit den direkt an Sie gerichteten Worten zusammen?, werden sich die Leute mit Sicherheit fragen. Und falls Sie gerade erst zugeschaltet haben, meine Damen und Herren, ich befinde mich mit meinem Team hier exklusiv für Sie am Krankenbett des schwer verletzten Berlin. Um auf meine Frage zurückzukommen: Was hat Sie so enttäuscht? Einerseits habe ich es als nette Geste empfunden, dass ein Kämpfer sich nach dem Gesundheitszustand des anderen erkundigt, das erlebt man natürlich nicht alle Tage, aber andererseits habe ich seine Botschaft dann doch als tendenziell beleidigend empfunden. Uns, meine Damen und Herren, liegt dieses an Berlin gerichtete Schreiben Wiens selbstverständlich vor, wir haben keine Kosten und Mühen gescheut, diese Geschichte von allen Seiten zu beleuchten, um Ihnen zu Hause umfangreiche Berichterstattung gewährleisten zu können, nach einer kurzen Werbeunterbrechung werden wir weltexklusiv aus dieser Grußbotschaft zitieren, also bleiben Sie dran! Die Scheinwerfer werden gedimmt, der Fernsehjournalist wird behutsam nachgeschminkt, er flucht, er beflegelt die Kabelträger und den Praktikanten, der die Mikrophonstange zittrig im einwandfreien Winkel hält. Berlin wird der Strohhalm seines Teebechers gereicht, schwach zieht es daran. Im Monitor halten sich Werbekinder vor Lachen die Bäuche, ihre Werbemutter umarmt sie, füttert sie mit einem Milchdessert. Der Name des Produkts wird eingeblendet. Es geht weiter!, brüllt der Aufnahmeleiter. Die Visagisten hetzen aus dem Bild, Kameras werden ausgerichtet, die Scheinwerfer voll aufgedreht. In fünf, vier, drei, zwei, und bitte! Und da sind wir auch schon wieder, meine Damen und Herren, um Ihnen weltexklusiv Einblicke in die Welt des Städtekampfes zu gewähren. Berlin, wenn Sie so freundlich wären, würden Sie uns einige pikante Stellen aus dem an Sie gerichteten Schreiben vorlesen? Mühsam richtet sich der Patient auf: Weißt du, was dein Problem ist, Berlin? Möchtest du wissen, was dein Problem ist? Ich will es dir verraten: Du hast kein Geheimnis. An dir ist nichts verzaubert oder entreiht. Man beißt sich an dir nicht die Zähne aus. Keine Sackgassen, die in verwunschene Lichtungen münden, keine Rolltreppen, die in die Unterwelt führen, keine Verdachtsmomente, kein Zustand. Wien hat seine Problemchen, aber Berlin ist ein Problem. Was man wissen kann, ohne jemals dort gewesen zu sein. Lässt sich vielleicht aus der Distanz sogar besser beurteilen. Dem Hörensagen abgeluchst. In Wien gibt es ein Schimmern, das sich im Verborgenen abspielt, ins magisch Verbotene tritt man wie in Hundekot. Berlin wiederum ist eine vollständig ausgeleuchtete Freilichttribüne, die ihr Halbherziges allen Gaffern präsentiert, auf Schlachtplatten anrichtet. Für mich bist du ein Arschloch. Das geweitete, ausgeleierte, übergroße Arschloch Europas. Exklusivreportage, blinkt am unteren Bildschirmrand. Es war mir ein Vergnügen, dir die Fresse zu polieren. Du hast mir Leute gestohlen, gute

Leute, vielversprechende Talente, nächste Stadträte und Amtsinhaber, sogar die eine oder andere ehrliche Haut war dabei. Du hast eine Abwanderung ausgelöst, das lasse ich nicht auf mir sitzen. Erdrutschartiges Umziehen. Du Möchtegernmetropole! Was bildest du dir ein? Mit brüchiger Stimme weiter in der Meinung des zitierten Gegners: Es ist kein großes Problem, wenn eine kleine Stadt wie Berlin dem Erdboden gleichgemacht wird. Du gehst niemandem ab. Es zieht sich kein roter Faden durch dich. Bist du dir dessen bewusst? Du suppst über deine Ränder, ohne Konsequenz, ohne Konsistenz, ohne Komplexität. Was du in anderen hinterlässt, ist ohne Schuld. Nichtssagend dein Widerhall. Du zügelst kein Mundwerk. Niemand träumt dich, Berlin. Ich hasse dich. Ich zünde an: Unsere Nachbarschaft, unsere Verbindung. Kein Mehrwert für Europa. Keine Welthaltigkeit. Du schwächelst und strauchelst. Nur die Geblendeten folgen artig deinem peinlichen Licht. Mit dir ist viel zu gut Kirschen essen. Dein Wasser nicht nass, dein Feuer nicht Flamme. Dein Niedergang die Weisheit einer Macht. Wie fühlen Sie sich, während Sie diese Worte lesen?, fragt der rasende Reporter. Einerseits nicht unbedingt geschmeichelt, andererseits lag dem Schreiben ein Blumenstrauß bei, kein wirklich schöner, aber ein teurer, das Preisschild hing noch daran. Des Weiteren ist zu sagen, dass Wien mich persönlich besuchte. Zwar lag in seinem Blick Hohn, doch war sein Auftritt durchaus charmant. Die Pralinen tun den Rest. Ich kann ihm nicht böse sein. Es gibt mir das Gefühl, dass ich etwas Besonderes bin. Das erlebt man selten, heutzutage. Dann wieder diese Phrasen eines poetischen Halbstarken, die man als beleidigend empfinden könnte. Mein Verhältnis zu Wien ist also durchaus ambivalent. Es ist wohl gerade diese Unschlüssigkeit, die seinen Bewohnern das Wasser ums Gehirn zum Kochen bringt. Und wie geht es Ihnen wirklich? Berlin bricht zusammen. Es herrscht Ausnahmezustand. Eingeschlagene Schaufensterscheiben. Plünderungen. Vergewaltigungen. Brandschatzende Jugendgruppen. Polizeieinheiten kappen ihre Leitung zur Zentrale. Einzelne Führer reißen die Kontrolle über ganze Gebiete an sich. Helikopter kreisen wie Geier über Brandherden der Gewalt. Die Bevölkerung muss ausgeflogen, umgesiedelt werden. Berlin den Tränen nahe. Gipsfuß, Gipsarm, Gipsstadt. Meine Damen und Herren! Soeben erreichen uns die neuesten Meldungen aus dem Krisengebiet, wie es scheint, wurde das tatsächliche Ausmaß der Katastrophe bisher auch von Experten weit unterschätzt: Tausende vegane, zu multikulturellen Kreativwerkstätten mit Kindergarten umfunktionierte Antiquariate, in denen mittwochs ein Yogakurs stattfindet, sich samstags eine Laienspielgruppe aufführen kann, suchen neue Mietmöglichkeiten. Die internationale Gemeinschaft ist ratlos, fieberhaft denkend kratzt man sich am Kinn. Wie kann, muss, soll, darf und wird es weitergehen? Wir jedenfalls bleiben dran. Und schalten Sie auch nächstes Mal wieder ein, wenn es heißt: Berlin ist ein Problem.

Giftgasanschlag auf Diplomatentagung in Bern. Flutkatastrophe biblischen Ausmaßes erschüttert Pakistan. Gruppe der Nichtwähler abermals stärkste politische Fraktion, sie erreicht Zweidrittelmehrheit.

Korruptionsvorwürfe gegen dritten Nationalratspräsidenten. Elisa Slavik distanziert sich von den Anschlägen auf Schreibinstitute im deutschsprachigen Raum. Jugendforscher führen hohe Selbstmordrate unter Minderjährigen auf mangelnde Zukunftsperspektiven zurück. Ermittlung wegen fahrlässiger Tötung gegen Betreiber der Hochschaubahn im Wiener Prater. Und nun zum Wetter.

Gott hat Krebs. Schlaff hängt er im Sessel, die Gliedmaßen wie Tintenfischarme. Schmerzmittel werden in den Organismus gepumpt. Wie jene Allmacht darstellen, die andere in ihm sehen? Wie sich auf den bevorstehenden Kampf vorbereiten? Wie seine Pflicht noch erfüllen? Der Stapel des Unerledigten wird größer, von Tag zu Tag, es ist ein Trauerspiel, ein Jammer, ein Wechsel bahnt sich an, eine Umverteilung der Kräfte.

Lucius Bohm verlässt seine prunkvolle Villa und macht den ultimativen Spaziergang, er schreitet die Eckpfeiler seines Firmenimperiums ab. Er wird Blutforschung betreiben: Das Zuführen welcher Nahrungsmittel führt zu welcher Andersfarbe des Blutes? Welche körperliche Ertüchtigung verändert wie sehr den Sauerstoffgehalt des Blutes? Er wird im Greisenalter von sechsundvierzig Jahren sterben. Er wird seinen Nachlass regeln müssen. Es darf nicht zum Erbstreit kommen. Bohm hinterlässt überall, wo er geht, Tropfspuren. Druck entweicht. Er macht seinen Frieden mit dieser langwierigen Todesursache. Das Nasenrinnen hört und hört nicht auf. Lucius Bohm fasst seinen Entschluss: Diesen letzten Verein wird er gründen, auch Statuten aufsetzen. *Die Rückerlangung des Selbst* schwebt ihm vor.

Aufzählung der Blutarten: Blut aus den Ritzrillen am Oberarm, sorgsam mit dem Taschenmesser aneinandergereiht. Blut aus dem Lamm oder einem anderen Opfertier. Reguläres Schlachtblut. Blut aus der Hauptschlagader. Unnötig vergossenes Blut. Das schwarze Blut, eingetrocknet am Vorzimmerboden. Das Kindsblut. Das verunreinigte Spenderblut. Das Kriegsblut, mit Gehirnmasse und Schenkelbrocken durchsetzt. Das erbrochene Blut, an dem jemand erstickt ist. Das Herz, das dir blutet. Fremdenhass, in Blut umgewandelt von einer im Hobbykeller gebastelten Sprengfalle. Das Bauchstichblut. Eiterblut aus der entzündeten Wunde. Innere Blutungen nach einem Fausthieb in die Nieren. Geplatzte Äderchen im Auge des Boxers. Nasenbluten. Aufgeriebener Zehenbug, wenn Kinder barfuß in die Pedale des Fahrrads gestiegen sind. Das hochprozentige Blut des anonymen Alkoholikers. Das frische Blut für eine Strömung, die, mit sich im Stich gelassen, dem Untergang geweiht wäre. Der von der Spurensicherung entdeckte blutige Fingerabdruck. Aus der durchschnittenen Kehle sprudelndes Blut des enttarnten Maulwurfs. Das Sirupblut in Filmen. Das Witzblut aus dem Scherzartikelladen. Die erste Monatsblutung der verzagten Schülerin. Die Rückstände vom Raubmord. Das zum Verwechseln ähnlich sehende Himbeerblut. Operationsblut. Die vom Taschenmesser tropfende Blutsbruderschaft. Der Lippenstiftabdruck. Eine blutrote Kachel. Blut nach Peitschenhieben am Rücken des Sklaven. Unsichtbares Blut, das nach einem Völkermord an den Händen des Befehlshabers klebt. Jungfrauenblut, nach dem neurotische Opernsänger gieren, um die Stimmbänder geschmeidig zu halten. Blaues Blut. Schlaganfallpfropfen. Rostwasser, das aus dem Hubraum des Lastwagens läuft. Menschenblut, Mischblut.

Er hebt ab. Der Titel des Musikstücks, das sein Klingelton zu imitieren versucht, ist ihm entfallen. Erstaunlich, dass du immer abheben kannst, Lucius, hast du denn nie etwas zu tun? Wofür ich mir Zeit nehme, ist allein meine Entscheidung. Der Anruf von Martha, seiner Ehemaligen, kommt überraschend. Ich wollte mich nur allgemein erkundigen. Achso. Und? Es gibt nicht viel zu berichten. Er tropft auf den Asphalt, ein Schulkind wechselt angewidert die Straßenseite. Wieso bist du denn plötzlich so zugeknöpft? Du klingst ein bisschen gehässig. Ich bin meine böse Zwillingsschwester, und als diese erlaube ich mir, so gehässig zu sein, wie ich es für angebracht halte. Kein Wunder, finde ich, wenn du auch den ganzen Tag in deiner Altbauwohnung hockst und dich in Kunstfilme vertiefst, schwere Brocken, Dreistünder. Woher willst du das denn so genau wissen? Mit deiner Freundin, der umtriebigen Galeristin. Was hast du gegen Lentia? Lassen wir das Thema. Wo bist du? Zu Hause. Wieso hört man dann Autos? Weil ich lüge. Du bist unterwegs? Nicht mehr lange. Sondern? Ich komme gleich an und begutachte Dinge. Menschen? Arbeitsleistung, Einrichtungen, Projekte. Dass du mich gehässig findest, stört mich, da konstruierst du dir nur wieder ein Problem. Wieso hast du angerufen, Martha? Ich wollte mich nur wieder melden, aus Gewohnheit. Du bist auch lange ohne ausgekommen. Wieso legst du nicht auf? Vielleicht mache ich das, könnte jeden Moment so weit sein. Wenn du auflegst, ist das Gespräch vorbei, einfach beendet. Hoffentlich, ist ja auch Sinn der Sache. Wieso legst du nicht auf? Dazu musst du schon eine Spur gehässiger sein. War ich doch gar nicht. Nein, ich habe übertrieben. Du klingst nicht gerade erholt, finde ich, du klingst, als wärst du mit der Gründung eines Vereins beschäftigt, das verheißt nichts Gutes, hat es nie, das schlägt sich dir auf den Magen und strahlt aus auf den Rest. Vielleicht treffen wir uns einfach und reden über alles. Ja, Lucius, gute Idee, wir treffen uns, in einem Restaurant, gehen spazieren, reden weiter, es wird kalt, gehen zu mir, um zu reden, trinken Wein, haben nichts mehr zu sagen, trinken aus, wir schlafen miteinander, haben es schön, kommen gut aus miteinander, gehen spazieren, sind glücklich und zufrieden, die Routinen und Standardsätze des einen färben auf den anderen ab, deine Essenszeiten, mein Schlafrhythmus, dein Musikgeschmack, meine Reiseziele, irgendwann, wenn alle Weine ausgetrunken sind, schmeckt unser Küssen schal. Du hast angerufen. Das ist wahr. Du bist alterslesbisch geworden. Ich bin mit einer Frau zusammen, die mir guttut. Alterslesbisch. Ja, das bin ich, und genieße eine Sanftheit, die ich vorher nicht kannte. Gratuliere. Ich habe wieder meinen Mädchennamen angenommen. Martha Habemus, er zergeht nicht auf der Zunge, Martha Bohm war besser. Ich habe eine Lebensgefährtin, sie ist eine Realität, die selbst du nicht leugnen kannst, ich bin wirklich verliebt, vielleicht siehst du das ja eines Tages ein. Gute Besserung! Lucius und Martha legen gleichzeitig auf. Er lauscht der toten Leitung. Während des Gesprächs hat er seine Meter in Zeitlupe zurückgelegt, jetzt drückt er auf die Tube, dort ist die Fleischfabrik, die erste Station seines Kreuzgangs.

Das Universum ist groß. Womit der Erzählrahmen abgesteckt wäre.

Nils Clanga streift verwahrlost durch die Gänge. Anstaltler, wie er sich neuerdings nennt. Und so gibt er sich auch. Sein Gehen ist ein Schlurfen geworden. Sein Vater ruft an, ohne zu zögern drückt er ihn weg. Seine Mutter ruft an. Die anderen Patienten grüßen freundlich. Er hat sich bei den Mitverrückten nicht unbeliebt gemacht. Manchen hilft er bei Problemen der Hygiene oder der Nahrungsaufnahme, hört zu. Seine Schwester ruft an, im Auftrag seiner Mutter. Er drückt alle weg. Besitz und Gebrauch des Mobiltelefons sind nicht untersagt. Im Gegenteil, sein behandelnder Arzt hält es bei Freiwilligen für sinnvoll, den Kontakt mit der Außenwelt aufrechtzuerhalten. Sein Vater ruft an, um ihn sich schlecht fühlen zu lassen. Der Anstaltler hat den Anstaltsmodestil perfektioniert: Ausgelatschte Sportschuhe, Collegesocken, Trainingshose, gestriges T-Shirt, darüber den vom Haus gestellten Bademantel, eine schlichte Sonnenbrille, halbe Zigarette im Mundwinkel, Dreitagebart. Er bemüht sich, stets so oder so ähnlich angetroffen zu werden. Nils geht die Außenränder des Pavillons ab. Dass nach einem Zusammenbruch, sinniert er, der einzelne Mensch wie ein Schneckenfühler zurückschreckt, sich auf Freundeskreise und Familie besinnt. Nächster vergeblicher Versuch eines Verwandten, der Gerätepiep erlischt. Anteilnahme ist ihm zuwider. Mir geht es ausgezeichnet! Er mag auch seine Anfälle haben, geht vor dem Spiegel in Stellung, beschimpft sich, wirft sich die Wahrheit an den Kopf, aber in Maßen. So manches Vergangene macht ihm die Bilder wieder nüchtern und den eigenen Anblick vertraut, er ist immer ein Nostalgiker gewesen. Sein Vater ruft wieder an. Es lohnt sich nicht, abzuheben, es verursacht doch bloß wieder dumpfes Magenabsacken und anderen Kummerschmerz. Wenn sein Vater anruft, dann ohne konkreten Grund, er meldet sich mit einer Elendsstimme. Nils geht zur Trennscheibe an der Ausgabestation, eine Schwester reicht ihm seine Dosis, er kippt sie ohne Hemmung in den Rachen. Nils erreicht sein Zimmer. Er hat das Karge zu schätzen gelernt. Zuerst löscht er alle Nummern aus dem Speicher des Mobiltelefons, eine nach der anderen, mit bestätigendem Ja, das in die Tastatur gedrückt sein muss, doch er kommt nicht bis zuunterst. Nils radiert das Alphabet aus dem Gerät. Dann, um die Sache abzukürzen, schleudert er es zu Boden, trampelt darauf herum. Er lässt sich aufs Bett fallen. Nach diesem Akt der Befreiung muss er ruhen. Wie nach zwei Schlaftabletten sinkt seine Drehzahl. Er rutscht von der Matratze. Fürs neuerliche Hochstemmen ist er zu faul. Gleich hier am Boden streckt er sich aus. Er schläft ein.

Wer in Österreich einen Verein gründen will, der braucht gute Nerven, der wird sich mit übermäßiger

Bürokratie herumschlagen müssen, dem sieht man seinen Hürdenlauf bald an. Bohm wird die Formalitäten eine seiner Sekretärinnen erledigen lassen. Es sind Formulare auszufüllen und Statuten zu beschließen. Verein zur *Rückerlangung des Selbst.* Erst das unfreiwillige Nasenbluten, nicht panisch unterbunden, sondern geduldig mitgemacht, führt zur Einsicht, dass Aderlass sinnvoll ist. Er nimmt Druck vom Organismus. Man hätte nie damit aufhören sollen. Die Medizin ist ihren Narren aufgesessen. Das bisschen Tropfen aus dem Gesicht ist ihm nicht mehr genug, mit einem Taschenmesser hebelt er sich Furchen ins Fleisch, das tut gut. Unter Rückerlangung des Selbst versteht man, stolz seine blutschnittigen Arme herzuzeigen, sie sind in vollem Gange, Blutschnüre verlaufen in Spiralwirbeln bis hinunter zu den Fingern, von deren Spitzen sie von Mensch zu Boden wechseln. Die Rückerlangung des Selbst bedeutet, den Aderlass zu vollführen, damit endlich der Kopf nicht mehr platzt, und Platzen dabei als andauernder Zustand, nicht als einmaliger Schlag. Wie es einen befriedet und beglückt, nimmt einem Last von den Schultern. Ziel des Vereins muss es sein, in der Welt den Aderlass zu propagieren. Als sein Tropfen ins Stocken gerät, fährt Lucius Bohm den Korkenzieher des Taschenmessers aus und rammt ihn sich in die Nase. Es gibt Beratungsgespräche: Ich empfehle Ihnen, einen modernen Aderlass zu praktizieren, der keine Spuren hinterlässt, erledigen Sie die Abfuhr des überschüssigen Blutes am besten durch die Nasenhöhlen, von anderen Körperöffnungen raten wir ab, Sie als Turmspringer würden in Erklärungsnotstand geraten, sollten Sie eines Tages narbenübersät zum Training erscheinen. Er atmet durch. Sofort nimmt der Druck im Kopf ab. Wieder gerettet, wieder nicht explodiert. Er denkt: Martha, Kreismaschine, Martha, *Sieben Gefahren*, Martha, *Luzidin.* Guten Tag, Herr Bohm!, was führt Sie denn zu uns? Er hat den Haupteingang erreicht.

Die Straßen des Bezirks sind so angelegt, dass bei Bedarf ein allzu vorlautes, ungezogenes, aufmüpfiges Kind ohne großen Aufwand überfahren werden kann. Als Rückzugsort dient ein Spielplatz, er ist streng eingezäunt, die Eisenlatten sind grün gestrichen, eine träge Autolawine umkreist seine quadratische Fläche. Der Fußballkäfig ist besetzt, das Kaleidoskop fokussiert auf die Spieler. Wie die zwei Großen liebevoll mit den Winzlingen umgehen, von denen einer den Tormann gibt. Einer der Älteren nimmt Anlauf, lässt die Finger knacken, großes Getue, als stünde ein Kraftschuss bevor. Sogar die drei Kleinen abseits des Tores gehen in Deckung, sind auf alles gefasst, man weiß ja nie, falsch berechnete Flugbahn, Genickbruch. Er läuft an, holt aus. Der Tormann schließt die Augen. Der Stürmer zieht durch. Er bremst ab. Er lächelt. Sanfter Schuss. Der Ball macht eine Kurve, rollt zu den anderen, einer streckt den Fuß aus, kann abwehren, kein Treffer, kein Punkt, er freut sich. Wie die Großen die Kleinen am Ballspielen teilhaben lassen, sie nicht zu lebendigen Zielscheiben degradieren. Später kommen Freunde hinzu. Jetzt wird Stärke gezeigt. Der Ball fliegt über den Zaun, landet in einer Pfütze. Wie selbstverständlich wird er von einem Mittelalten herausgefischt, ein Helferlein, stummer Diener, du darfst zuschauen, aber misch dich nicht ein, haben sie ihm gesagt, nur der Rückpass nach dem Out ermöglicht es ihm, zu zeigen, welche Schusstechniken er beherrscht, es ist seine Hoffnung, von den Älteren als würdiger Mitspieler entdeckt zu werden, endlich, denn zu den Kleinkindern ist er doch längst nicht mehr zu zählen. Er wirft den Ball einem der Großen zu. Braune Tropfen fliegen ab. Das Oberteil des Fangenden ist wetterbesprenkelt. Angewidert verzieht er den Mund. Er legt den Fußball am Boden ab, rückt ihn in seiner Mulde zurecht, deutet den anderen, zur Seite zu treten, nimmt Anlauf, schlägt ab, lässt den Ball abermals, diesmal absichtlich, im Schlammwasser landen. Hol ihn noch einmal, befiehlt er. Der Mittelalte tut, wie ihm geheißen, ohne mit der Wimper zu zucken. Er geht in die Knie, macht die Hände lang, fischt die Kugel aus der Pfütze. Dann macht er ein paar unterwürfige Schritte auf den Großen zu, um den Ball zu übergeben. Diesmal kein Regenstrich, der vom Wurfgeschoß abfliegt. Die Freunde grinsen. Hol ihn noch einmal, sagt er, ihren Blick im Nacken spürend, und wirft den Fußball ins Wasser.

Nachdem jemand eine knappe Stunde im Bad verbracht hat, hält er sich für unwiderstehlich, womit er oft ganz richtig liegt. In diesem Fall liegt sie ganz richtig, Martha, die von Rosendampf umgeben den Kachelraum verlässt. Eher weite, fließende Gewänder werden von ihr getragen, in die Stadt ausgeführt. Todsicherer Geschmack, auf den sie sich verlassen kann wie auf keine beste Freundin. Dieses Schuheanziehen, dieses Schalwickeln und Türzusperren ist sehr lange her. Damals waren sie und Lucius in einer ihrer berühmten Phasen. Er mochte das, wenn sie, umflirrt von Räucherstäbchenduft, aus dem Arbeitszimmer kam, nach einem Brüten über Ideen, einer Meditation. Es ist heute nicht mehr. Martha, wie sie aus dem Taxi steigt. Die Vernissage hat bereits begonnen. Lachsbrötchen, Oliven, kleine Biere. Ein eigener Tisch, auf dem die Weinflaschen Gläser umzingeln. Martha stochert sich Schnittlauch aus einem Zahnzwischenraum. Dabei erblickt sie Lentia und erstarrt, ihr wird heiß.

Weltweite Protestaktionen und Kundgebungen gegen Krebs. Radioaktive Flutwelle erreicht Küste Portugals. Berlin nach Schädelbasisbruch im Koma, internationale Spezialisten kämpfen um sein Überleben. Elefant von der Liste gefährdeter Arten gestrichen, das letzte Exemplar erlag gestern einem Tierversuch. Österreichische Bundesregierung erlässt Verbotsgesetz gegen Diplomschriftstellerei, Schließung sämtlicher Ausbildungsstätten veranlasst. Erneut Vorwürfe gegen Leitung der Wiener Anstalt, über Jahre hinweg soll es zu Misshandlungen an Patienten gekommen sein, die Pressestelle dementiert. Und nun zum Wetter.

Gott geht zum Arzt. Ich habe Krebs, sagt er. Ja, was machen wir denn da?, fragt der andere. Ich weiß nicht, sagen Sie es mir. Freimachen, bitte! Gott ist skeptisch. Hast du vielleicht Angst, dass man deinen Schniedel sieht? Das ist egal, ich habe auch einen, schau! Der Arzt lässt die Hosen herunter. Beeindruckend, sagt Gott. Komm, wir legen dich erst einmal hin! Herr Doktor, meinen Sie wirklich, dass. Gott verschluckt sich. Aus einer lächerlich großen Fliege am Kragen des anderen kommt ein scharfer Wasserstrahl. Ich würde mir eine ernsthafte Beschäftigung mit meiner Krankheit wünschen!, protestiert Gott. Er mustert den anderen genauer: Regenbogenmütze mit sich drehendem Propeller, breite Hosenträger, deren Klammern jetzt leer herabbaumeln, weiße Schminke um die Mundpartie, rote Nase. Ein Clown. Er wetzt durchs Behandlungszimmer wie eine Trickfilmfigur, sein starker Bewegungsdrang löst Schwindelgefühl aus. Du bist hautkrank!, schreit er, hautkrank, weil du keine Freude im Gesicht hast, nicht einmal ein Schmunzeln! Er fährt einen dicken Lippenstift aus, beschmiert Gott das Kinn und die Nase. Nein, lassen Sie das, was fällt Ihnen ein! Du bist hautkrank und übernächtig. Ich bin in die Hände eines Verrückten geraten! Ich bin professioneller Alleinunterhalter für Krebskinder und Todkranke aller Art, hier ist meine Karte. Gott nimmt sie zwischen die Finger, elektrischer Schlag. Aua, das hat wehgetan! Sie unverschämter Bengel! Du bist zu wenig entspannt, ich werde dich massieren. Mit den Handkanten prügelt er ihm Ninjaschläge in die Schultern. Haben Sie eine Ahnung, wer ich bin? Wer her sehr mehr kehr scher leer. Hopp! Der Arzt springt auf die Liege. Wenn ich ehrlich sein soll: Die Visitenkarte ist gefälscht, ich bin hochkant aus der Clownschule geflogen. Ich war zu lustig! Gott schnippt mit den Fingern. Es ist still.

Der Name des verschwundenen Klinikclowns lautet Tränenreich Tausendsassa.

Da geht der Boxer mit des Menschen bestem Freund an der Leine, erscheint am ausgemachten Treffpunkt zur vereinbarten Zeit. Wien braucht etwas länger, verspätet sich um einige Minuten. Guten Tag, Verzeihung, die öffentlichen Verkehrsmittel, Sie verstehen. Dann musst du früher losgehen, das kannst du dir nämlich gleich von Anfang an abschminken, man lässt seinen Trainer nicht warten. Es kommt nicht wieder vor. Das will ich auch hoffen. Womit soll es losgehen? Laufen wir uns warm oder gehen wir gleich an den Sandsack? Der Boxer, sichtlich amüsiert: Wir sind hier doch nicht beim Pausenturnen in der Sonderschule. Wien stutzt. Es wird vom Kampfhund fixiert. Uns geht es doch nicht um ein Gramm Muskelmasse hier und ein Zehntel Lunge Konditionsaufbau dort. Worum geht es uns dann? Ums Schärfen der Sinne. Achso. Und wie schärft man seine Sinne?, Preisfrage. Wien hebt die Schultern. Man macht eine Reise in sein Inneres. Man muss sich selbst kennenlernen, bevor man sich mit welchem Gegner auch immer ernsthaft auseinandersetzen kann. Man muss sich selbst blind vertrauen. Mir kommt vor, das tue ich bereits. Blödsinn, du bist ungelenk und verschoben wie jeder andere auch. Wie sieht Ihre Methode konkret aus? Wir verbringen einen Samstag miteinander. Wien bemängelt, dass wohl keine Aussicht darauf besteht, nach Abschluss dieser Trainingseinheit außer Atem zu sein, lässt sich dann aber doch überzeugen. Der Boxer meint die Sache wirklich ernst: Ich führe dich zu dir, du machst eine Weltreise innerhalb Wiens, nach dieser Radikalkur, sobald du dich selbst kennst, hast du Unbesiegbarkeit erlangt.

Auch Humorist M entschließt sich zur Bewegung, der Trend geht absolut in diese Richtung. Er trifft Reisevorbereitungen, er fährt mit der Bahn. Man muss die Stadt verlassen, sich dorthin begeben, wo das Geld zu Hause ist. Das mag überall sonst sein, in der Hauptstadt Österreichs ist es garantiert nicht, es kommt höchstens auf Besuche vorbei und wird geil empfangen, es prunkt von den katholischen Altären und glotzt von den Wunschkennzeichen der Immobilienmakler, es hängt in die geschmacklos tiefen Ausschnitte der Berufsprominenten. Das Geld quillt aus den Sakkotaschen der kriminellen Bankdirektoren und steckt in den neu gemachten Zähnen korrupter Landeshauptleute. Nicht selten bedeutet sein Vorkommen eine Machenschaft, mit der sich eine weniger bestechliche Staatsanwaltschaft auseinandersetzen würde. Humorist M zwingt sich vor den Computer. An seinen letzten Versuch, das Land zu verlassen, hat er keine guten Erinnerungen. Damals wurde seine Sicht der Dinge angefragt, er sollte einen Vortrag halten, um Studenten auf die Sprünge zu helfen, sein Vorhaben scheiterte, aus verdrängten Gründen. Doch als er ins Datendickicht der Bundesbahnen einsteigt, die Fenster sich zu überlappen beginnen, fällt ihm wieder ein, was damals schiefgelaufen ist. Er rutscht ins Sanduhrrieseln, Zeit verliert jede Bedeutung, er steckt im digitalen Irrgarten fest. Zielwahl. Er öffnet einen Auswahlbereich. Die Informationsfelder widersprechen einander. Es ist nicht herauszufinden, welcher Tarif der tatsächliche ist. Abfahrtszeiten, Ankunftszeiten. Er hat einen Schweißausbruch. Die Datenbank ist überlastet. Seine Eingaben bleiben ohne Wirkung. War das bereits eine gültige

Bestellung, nein, es ist noch keine Bestätigung eingetrudelt. Kaum setzt man sich hin, ist auch schon eine halbe Stunde vergangen, dann eine ganze, dann traut man sich nicht mehr, nachzusehen. Reisedatum wählen. Erste Klasse, zweite Klasse. Vorname, Nachname, Anschrift, Telefonnummer, Kreditkartennummer. Ihm wird schwindlig, dann komplett schwarz vor Augen. Auf elektronische Mitteilungen wird nicht reagiert, beim Kundendienst scheinen Einsparungen gegriffen zu haben. Unter seelischen Schmerzen sucht er die Telefonnummer heraus, greift zum Hörer und wählt. Er begibt sich in die Warteschleife. Ich kann keine Computerstimme mehr hören! Während des Wartens liest er Zeitungsartikel, die keine hohe Aufmerksamkeit verlangen, in die man sich jederzeit neu hineindenken kann. Er drückt Knöpfe, um seine Anfrage zu präzisieren, ja, ich warte, er wird weiterverbunden. Irgendwann schafft er es in die nächste Betreuungsebene. Hier trifft er auf Menschen. Es sind freundliche, immergleiche Frauenstimmen, die auf den Anrufer beruhigend wirken sollen, ihm aber klebt das Herz längst am Gaumen. Computerstimme nach wie vor, diesmal organisch erzeugt. Ich verbinde. Oft muss er seine Buchungsnummer angeben. Bis er sie schließlich auswendig kann. Ihm wird eine andere Telefonnummer genannt, man ersucht ihn, aufzulegen. Nein, bitte nicht. Bitte, ich warte doch schon so lange. Der Kundendienst ist gnadenlos. Er wählt die neue Nummer, kämpft sich durch aufgezählte Abteilungen, von denen eine ausgesucht werden muss. Angstschweiß, Herzrasen, Zuständigkeiten. Erneut bringt er sein Anliegen vor. Dann der Weisheit letzter Schluss: Sich doch bitte per elektronischer Post an den in diesem Fall eindeutig zuständigen Kundendienst zu wenden, wir sind hier ja mehr die Ansprechpartner für den Warenverkehr. Wo bin ich da nur gelandet?, denkt Humorist M. Tut mir wirklich leid, wenn ich Ihnen da gar nicht weiterhelfen kann, aber vielleicht probieren Sie es einfach so. Habe ich schon, das war meine ursprüngliche Idee. Ja, dann alles Gute! Er gibt auf. Es ist Abend geworden. Es wird nichts mit der Reise, das Geld wird ohne ihn auskommen müssen. Die Bundesbahnen lassen ihn lange nicht einschlafen. Es gibt vorläufig endgültige Höllen.

Nachbar Kemal lehnt sich aus dem Fenster. Er spricht zur mitangehörten Frau, nennt sie abwechselnd Schwester und Mama. Er weint. Sie raunt ihm Antworten zu. Er scheint an sie zu appellieren, von einem Selbstmord abzusehen. Die beiden gehen vertraut miteinander um, langjährige Bekanntschaft. Keines ihrer Wörter ist klar artikuliert, ein Kaustöhnen, für Laien unverständlich, er aber weiß Sinn darin zu finden. Die Juden, diese Hunde!, schluchzt er, nein, ich bin nicht versichert, es ist ein Brief gekommen, bist du versichert? Wir sollen alles nicht machen! Ein Vater geht vorbei, mit einem Geschäftspartner telefonierend, er spricht Englisch mit starkem Akzent, begleitet seine Tochter zum Spielplatz, es ist überlebensnotwendig, die Gegend für versehentlichen Kindermord bekannt, die Profilfugen der Winterreifen zeugen davon, Lippenbalsam der frühreifen Mädchen, auch bunter Glitzer und essbarer Lippenstift, aus dem Päckchen Spielschminke, das als Initiationsritus geschenkt wird. Drähte von Zahnspangen, ausgefranste Freundschaftsbänder, Allerlei der Hosentaschen. An den Reifen kleben Rufe, Hilfe und Feuer, kleben Stimmbruchlaute ausgerenkter Kiefer. Seine Tochter balanciert am Begrenzungsmäuerchen des Grünstreifens. Der Vater verhandelt. Es kommen Wirtschaftsbegriffe vor. Sie ist im rosaroten Kleid, jagt aufgeregt den vom Wind getragenen Blättern eines Zierstrauches nach. Ein anderer Vater spielt seinem Sohn den weißen Hai, hat eine Hand zur Klaue verkrampft, die später durch die gelben Stäbe des Kletterturms greift, die Beine des Flüchtenden streifend, dieser quietscht aufgeregt, kann jedoch unter keinen Umständen gefangen werden, es verstieße gegen die Regeln guter Vaterschaft. Der Geschäftsmann wird dieses Schauspiel beobachten und auf die Beschäftigung mit seiner Tochter übertragen. Ich weiß nicht weiter, du weißt nicht weiter!, schluchzt Herr Kemal. Die Stadt, in der er lebt, ist das windigste Wien, das er kennt. Im alles verwandelnden Strom wird knitterfaltiges Wickelpapier zum schnellsten Ahornblatt.

Traum: Die Familie ist bereits in Aufstellung gegangen der Hierarchie nach geordnet man steht draußen pünktlich jemand hat ein Grasbecken ausgehoben in dem sich Regenwürmer neuen Schutzraum ergraben durch die Seitenwände abfließen ein wirklich schön ausgeschnittenes Rechteck wenn man einen Schritt darauf zu tut und hineinblickt erkennt man sehr gerade Flächen die eineinhalb Meter steil nach oben zeigen sofort kommt die Frage auf ob Derartiges tatsächlich mit der bloßen Hand möglich gewesen sei was von den Erschaffern mehrmals versichert und mit Blutschwur belegt wird Aussagen unter Eid die Familie steht vor dem Werk einer Nacht wenn da nicht der Bagger steht um die Ecke murmelt ein launischer Onkel doch hinterm Haus befinden sich nur erdverkrustete Schaufeln und eine in Mitleidenschaft gezogene Spitzhacke es besteht kein Zweifel wer hat denn so fleißig und ordentlich gearbeitet wer hat sich ein Randstück Apfelstrudel mit warmer Vanillesauce verdient aber niemand zeigt auf wenigstens ein Lügner hätte aufzeigen sollen und sich zum Ausfassen der Belohnung melden man versammelt sich um das Becken zu gegebener Zeit lange her dass sich die verstreut lebende Verwandtschaft auf einen Termin einigen konnte die Familie ist groß die Mitglieder dieser großen Familie decken durch ihre Hauptwohnsitze alle Zeitzonen ab das bringt einen Eintrag ins Buch der Rekorde die Lebenserwartung der Sprösslinge dieser eigentümlichen Sippe ist um ein Vielfaches höher als jene der durchschnittlichen Erdenbewohner zweihundert Jahre sind keine Seltenheit es kann vorkommen dass eine frisch entstandene Großmutter selbst noch eine Urgroßmutter hat über dieses Kuriosum wird kaum gesprochen innerhalb der Familie gehört dieses Altwerden zur Normalität die Leute zerreißen sich ohnehin schon den Mund über uns lautet ein wichtiger Ordnungsruf da müssen wir nicht auch noch damit anfangen es freut mich dass wir es wieder einmal geschafft haben beginnt der Hauptredner alle sind übergewichtig und dennoch ihres Lebens froh man frisst sich ganzjährig Winterspeck an trägt schwabbelige Hüftgurte besucht regelmäßig die heilige Messe zur Vergebung der Sünden die wenigsten haben Wünsche Hoffnungen Träume man stirbt eben jahrzehntelang auf den Lichttunnel zu es verlangt keine Genügsamkeit sich das genug sein zu lassen nur einer der launische Onkel hat einmal einen Abstecher in die Kommunalpolitik gemacht es nie bereut lange vor seiner Zeit als Bierkrugfabrikant es ist klar dass es sich um einen Kenner der Materie handelt schließlich kann er mit Bieren umgehen weiß was mit ihnen zu tun ist wenn sie einem frisch gezapft in die Hand gedrückt werden die platzende Schaumkuppe überempfindlich auf Atem dieser Abend senkt sich schwer auf die Lider der Menge wirklich äußerst gerade Wände habt ihr da fabriziert wer auch immer ihr seid stellt eine Frau wieder fest alle stehen in Unterwäsche um das Loch sie ist aus Pappmaschee der jeweilige Rahmen besteht aus Aluminiumdraht so war es immer und so wird es immer sein direkt neben dem Loch wird gegrillt die Gastgeber haben sich auf den Besuch die Zusammenkunft gefreut fieberten ihm wochenlang entgegen bei der Auswahl des Grillguts haben sie Phantasie walten lassen die missratenen Söhne kapseln sich ab mittlerweile hat sich das Geschehen ins Innere des Hauses verlagert die Missratenen kehren heimlich zum Loch zurück um geistesschwache Dinge anzustellen die sie als Spaß bezeichnen sie verlieren sich im Spiel einer liegt seitlich am Beckenrand mit dem dicken Bauch nach oben der zweite erneuert regelmäßig die dünne Schicht Brandbeschleuniger auf dessen Körperoberfläche der dritte läuft mit einem flammenden Bratspieß umher dreht am Lochboden seine eingedellten Runden immer wieder bleibt er vor dem Opfer stehen hebt den Arm und zündet es an zur allgemeinen Belustigung presst es Blähungen hervor in Richtung des umherlaufenden Bruders der manchmal von einer Stichflamme erwischt wird es sind Bohnenblähungen seine Kopfhaare sind da und dort schon versengt sobald das Feuer abgeklungen ist wird die Flasche mit Brandbeschleuniger über dem Liegenden in Stellung gebracht und kurz geöffnet der mittlere Bruder drückt ihre Seitenwände ein Schwall Flüssigkeit tritt aus der Brandbeschleuniger wird in die rotschwarze zerfledderte Haut einmassiert dabei werden einige tote Rissflächen endgültig vom Körper gelöst Eitergeruch liegt in der Luft er muss große Schmerzen haben das Lachen will und will ihm nicht vergehen die drei Brüder werden mehrmals ins Haus gerufen vergeblich.

Justus begibt sich auf die Suche nach dem Dröhnen, spürt ihm nach. Er geht so weit, ein Einsetzen des Dröhnens provozieren zu wollen, damit es dingfest gemacht werden kann. Er besucht das Dröhnen an Orten des täglichen Lebens. Es finden Bauarbeiten im Firmenkomplex statt, das Nachbarstockwerk oben entsendet verdächtige Druckwellen. Es wird ein Dröhnen freigesetzt, das an Walgesang erinnert. Er krabbelt durch einen Schacht, genau dieser Ausblick, den Tunnel entlang, folgt ihm auf Schritt und Tritt, wohin er sich auch wendet. Am Bahnsteig, in der Nachtbar und im Zimmer seines Sohnes. Immer weiter den drückenden Schallschacht entlang. Das Rumoren saugt an und wird ihn verschlucken. Nicht in jedem Kinosaal gibt es einen Stationswart, der helfend einschreiten kann. Das Dröhnen geht von Menschen aus, was war das beim Vorbeigehen dieser Mitarbeiterin? Körper strahlen das Dröhnen ab. Keine Berührung darf mehr stattfinden. Man muss sich von den Menschen absondern, der Zivilisation den Rücken kehren, Eigenbrötler und Hinterwäldler werden. Beschlossen. Justus empfindet es als Makel in seiner Biographie, schon einmal Menschen angegriffen zu haben, er will alles zurücknehmen, jeden Kuss, jede Intimität. Der erste Geschlechtsverkehr geschieht umstandsbedingt sehr leise, im Nebenzimmer schnarcht der nette Vater. Dass ihn das Dröhnen in den unpassendsten Momenten heimsucht. Beim Liebesakt naht es, und während ungehaltener Freude. Es ist sehr unpraktisch, es gibt keine Pille dagegen, die man rasch einwerfen könnte, ob verschreibungspflichtig oder nicht, auch illegale Kanäle anzuzapfen muss scheitern, man wird kein Mittel bekommen, das einen Schutzwall vor dem Dröhnen um einen aufbaut, jedenfalls bisher, etwas mag in den Startlöchern stecken, man kann es nicht sagen. Die schönen Toten: Menschen umbringen, man muss Menschen erschießen und entsorgen, Menschen gehören totgemacht. Zweifelsohne. Menschen haben bleich dazuliegen wie mit zu gut gemeinter Schminke. Menschen gehören überwältigt und nie mehr den Mund auf. Er schluckt in Wiener Hochquellwasser aufgelöstes Kopfwehpulver, die Flüssigkeit wechselt in orkanartigen Zustand. Justus nimmt die trübe Medizin. Jemand versucht, dem Dröhnen zu entkommen, es gelingt nicht, es lauert überall, ist hinter Ecken zu hören, es findet ihn. Jeder versucht es, wird zur Geschichte einer Reise. Im Laufe dieser Leben blitzt es immer wieder auf, roter Faden, an dem man die Mitte des Labyrinths zu sich her zieht. Ich hasse mein Leben, flüstert er. Gleich anschließend dann: Das darfst du nicht sagen. In den Alpen stürzt ein Bergsteiger ab, doch deshalb die Alpen abtragen? Während einer Zirkusvorstellung vertut sich ein Trapezkünstler im Augenmaß, verliert das Gleichgewicht und bricht sich den Hals, geht deshalb einer her mit dem Beil, kappt die Vertauungen des Zeltes, will es in sich zusammenfallen sehen? Überleg dir gut, wo welche Schuld zu finden ist. Ich weiß nicht, wie ich mit diesem Einwurf umgehen soll. Beim Umgang mit Schuld kann dich Gott unterstützen, allen Umkehrwilligen greift er unter die Arme, jedem Sünder sein Heiligenschein. Mit Gott habe ich so meine Probleme. Welcher Art? Ich glaube nicht an ihn, er verzeiht es mir aber. Vielleicht, flüstert er, beruht alles auf Gegenseitigkeit, und dein Leben hasst dich zurück. Jemand packt seine Sachen, jemand reist in das Land, in dem er vorhat zu sterben. Was wollen Sie von mir?

Da steht er, da sitzt er, da stört er, der Feind. Ladislaus ist Justus auf den Fersen, der überraschenderweise ein Innenmensch zu sein scheint, dem Blick des unerbittlichen Schauers fällt das sofort auf, unterm Brustkorb ein Vulkan, nach außen hin ein stehendes Gewässer, nicht ungewöhnlich bei Wohlstandsexistenzen dieser Breitengrade. Es bedarf keines Traktats, um die Feindeswissenschaft zu leben, Ladislaus hat es verinnerlicht, Teile davon Wort für Wort, geglückte Formulierungen wie ein Schwamm aufgesaugt, sie wirken nach in ihm, beschleunigen den Puls, sodass er, den Feind beobachtend, hochkommende Anstöße empfängt, die ihm wie Pfefferstreuer eine anstachelnde Schärfe in die Synapsen rieseln. An die Trennwand gedrückt lauscht er, was treibt der andere, welcher Verfehlung geht er nach? Die Abneigung des Philosophen richtet sich nicht zuletzt gegen sich selbst, der er doch ebenso Wahrzunehmendes ist und verarbeitet werden muss. Die Jahrhunderte sollen sich bloß nicht so anstellen, nicht wehleidig sein und sich, jedes aufs Neue, am besten mehrmals, Neuauslegungen der Begriffe gefallen lassen: Geist, Glück, Tod, Leben, Kraft, Seele, Spiel, Frieden, Krieg, Mensch, Verbrechen, Macht, Welt. Ladislaus blendet die Umgebungsgeräusche aus, konzentriert sich ganz auf den Verdächtigen. Geist meint die Gesamtheit dessen, was uns zur Verfügung steht, um wahrzunehmen und das Wahrgenommene zu verarbeiten. Oh, es ist ein guter Feind, ein würdiger Gegner, denn er tut so, als wisse er von nichts. Konkrete Erfahrung umgewandelt in etwas Unkonkretes, in Universaloffenbarungen, welche bei ersten Vorzeichen des Alterns umgehend zu vernichten und durch gültigere zu ersetzen sind. Er verlässt Bohms Firmensitz, Ladislaus in verhuschtem Geleit hinterher.

Schließt er die Augen, dann ist da ein Dröhnen, die Augen ganz fest zu, das Dröhnen dröhnt, die Augen wieder auf, das Dröhnen ist verschwunden, er ist müde, er will schlafen, Justus schließt die Augen, da ist wieder das Dröhnen, gleich platzt sein Kopf, es ist ein Glühpunkt mitten auf der Stirn, mit Zeigefinger und Daumen massiert er sich die Nasenwurzel, das hilft, hat er gehört, gegen Kopfweh, aber das Dröhnen ist kein Kopfweh, da lacht es doch nur, wenn man es so nennt, nein, es katapultiert dich in den Mutterleib zurück, nachdem es dir den Boden unter den Füßen weggerissen hat, und das soll Kopfweh sein?, da lacht es nur und beißt noch fester zu, er öffnet die Augen, der Schmerz ist verschwunden, er geht ein paar Meter, kann atmen, einem Kind rollt der Fußball vom Rist, es läuft hinterher, auf die Straße, nicht in den Bus, denkt er, hoffentlich ist der Fahrer jetzt voll bei der Sache, Justus kann nicht hinsehen, schließt die Augen, spürt das Dröhnen, streckt den Arm aus, greift nach dem Kind, das sein eigenes ist, er greift hin und hält es zurück, sonst blutet der Bus, denkt er, wenn man den Unfall nicht verhindert, dann ist der Bus an der Kühlerhaube rot, das ist doch mein Sohn, denn es blitzt sein Gesicht auf, im Gesicht des fremden Kindes, Tobias, warte!, ruft Justus, packt den Kleinen am Kragen, der Bus rauscht vorbei, nichts passiert, was ist denn, lassen Sie mich, lassen Sie mich los, brüllt das Kind, das fremde Kind, das Kind, das nicht sein Sohn ist.

Es gibt endgültige Höllen.

Du wirst sehnlichst erwartet. Ich stelle es mir vor, dein sommersprossiges Gesicht. Deine umspeckten Fingerglieder. Dein Nachahmen der vorgesagten Wörter. Deinen Zehennagelwuchs. Dein Beweinen voller Windeln. Dein Zahnen. Deinen geheimen Krimskramsort. Dein Wanken der Schritte wie auf eislaufglattem Schneeteich. Dein dich selbst einschläferndes Murmeln. Dein Kopfschütteln gegen die Strumpfhose. Dein liebgewetzter Stoffbär. Dein Leutemustern im Bus. Dein Gemustertwerden.

Deine Kindergartentasche. Deinen erweiterten Wortschatz. Deinen Zweierreihenpartner. Deinen Wuchs. Deine Geräusche.

Da sind jene, die gegen dich wettern. Wozu gibt es dich?, fragen sie laut in die Masse hinein. Es gibt Schubladen. Wozu gibt es diese? Für um sich selbst kreisende, manchmal kaleidoskopisch angeordnete, viel zu oft jedoch rasterartig gestrickte Trotzkeulen und Spottniederschriften. Für die absolute Verkopfung oder die ultimative Emotion, was immer dich eben betrifft, was auch immer hart mit dir umspringt, für Grinsen und Verfall. Für das eine oder andere Dagegen, das sich ein Beispiel an der Blindheit von Straßenwalzen genommen zu haben scheint, ihrer Unfähigkeit, zu unterscheiden, die alles niedermähen, was ihnen an die Front stößt. Unnötig vergossenes Baumblut, wenn die Angesprochenen mich fragen würden. Erlöst von der Strafe, sich nach Sonne zu sehnen.

Auch du wirst später einmal erboste Leserbriefe und Ähnliches verfassen. Ich hoffe es. Lass dich von der Schulzeit zum Alphabet verführen, versprich mir, es nicht herkömmlich zu erlernen, um den Alltag zu meistern, sondern dich ganz darin zu finden. Du wirst Seltsamkeiten durchleben, die dich in Frage stellen und dich verhöhnen, die etwas in dir aufwecken sollen. Du wirst gegen etwas aufstehen, indem du sitzenbleibst, und die Faust ballen, indem du den Bleistift ansetzt. Für deine Zeit gesprochen: Fahr mit dem Blusenärmel noch einmal kurz über den Bildschirm, hauch ihm Feuchtigkeit auf die Flüssigkristalle, bevor du beginnst. Schreib mir Briefe, erzähl mir, ich höre so gerne, wie es einem ergeht. Es gibt die Macht des Schreibens, eine Energie, die erschaffen wird, dadurch gegen eine Regel verstößt, die in Einklang und zusammen hält. Wenn man das, wofür es keine Worte gibt, dazu zähle ich alles, notiert. Verzeitlichung des Affekts. Da sind jene, die dich verhindern wollen. Mach dir bitte keine Sorgen. Ich mache sie mir für dich. Deine Geburt steht bevor.

Guten Tag, Herr Bohm! Guten Tag. Das ist aber eine Überraschung, der Chef höchstpersönlich. Ja, ich hoffe, dass mein unangekündigter Besuch hier nicht allzu viel durcheinanderbringen wird. Aber woher denn, Herr Bohm! Wir freuen uns außerordentlich, Sie in der Fabrik begrüßen zu dürfen! Handelt es sich um einen Kontrollbesuch? Ist Ihnen etwas zu Ohren gekommen, was nicht Ihre Zustimmung findet? Gibt es einen Aspekt unserer Arbeit, der nicht Ihren Vorstellungen entspricht? Machen Sie sich da einmal keine Sorgen, ich bin ganz privat hier, sozusagen aus Interesse. Interesse!, wiederholt der Portier ehrfürchtig. Also, was ist, wäre es möglich, eine Führung durch die Anlage zu bekommen? Selbstverständlich! Erlauben Sie, dass ich selbst dies mit dem allergrößten Vergnügen erledigen werde, ich muss mich nur rasch um meine Ablöse kümmern. Ja, kümmern Sie sich. Bohm wartet den knappen Funkspruch ab. Der andere reicht ihm einen weißen Kittel, eine Schutzmaske, ihnen beiden wird von niederem Personal hineingeholfen. Zur Aufrechterhaltung unserer keimfreien Umgebung, Sie verstehen. Ich bin zwar nur der Geldgeber und Betreiber dieser Unternehmung, trotzdem aber mit den Sicherheitsvorschriften durchaus vertraut. Verzeihen Sie, unter keinen Umständen wollte ich Sie belehren! Nicht der Rede wert, wollen wir? Sehr gerne. Ihnen wird eine Schleuse geöffnet. Lucius Bohm folgt dem Portier in die Produktionshalle.

Wir züchten hier Rind, Schwein und Pute. Auf diesen drei Fleischkategorien liegt unser Hauptaugenmerk. Des Weiteren experimentieren wir mit Strauß, Löwe und Schildkröte. Es ist uns bereits gelungen, die entsprechenden Zonen zu isolieren und ein leichtes Wachstum anzuregen. Die Räumlichkeiten sind beeindruckend. Bohm verspürt höchste Erregung. Das ist mein Werk, ich bin sein Schöpfer. Wie Sie sehen, steht unser Projekt kurz vor seinem Durchbruch. Wann erreichen Sie Markttauglichkeit? Noch vor Ende des Sommers, es folgt eine letzte klinische Studie, wir sind zuversichtlich, mit voller Wucht ins Weihnachtsgeschäft einsteigen zu können. Freut mich zu hören, ich muss gestehen, dass ich derzeit nicht mehr ganz auf dem Laufenden bin. Herr Bohm, ich bitte Sie! Ein Unternehmer Ihrer Größenordnung! Bei all den Instituten, Forschungslabors und Produktionsstätten, bei all den Betätigungsfeldern der Firma, da lässt sich schon einmal vorübergehend der Überblick verlieren. Sie schreiten die Brutkästen ab. Beunruhigende Atmosphäre. Die Wissenschaft treibt eine Entmenschlichung voran, Entkörperung der Körper, sie macht uns zu freieren Wesen, durch Freiheit gefügig gemacht. In den Brutkästen jeweils eine Fleischeinheit ohne Verunreinigung, ohne Makel, ohne lästiges Tier, keine bittere Leber, keine röchelnden Atmungsorgane und kein zähes Herz. Wir alle haben Ihre Initialschrift zur Eröffnung der Fabrik aufmerksam gelesen und in Arbeitsgruppen fortgesetzt, Herr Bohm. Ich weiß. Wissenschaft als Ideenüberprüfung, Wissenschaft als Religion. Ich weiß. Spiritualität umtänzelt Unvorstellbarkeiten, etwas, dem man sich unterordnet, während man sich ihm gegenüber gleichzeitig erhaben fühlt. Der Mathematiker und der Kniende, im Widerspruch vereint, neigen unrettbar zum Versöhnlichen, zum Trost. Ich weiß, ich weiß. Unbehagen macht sich breit. Wrack, klar zum Auslaufen, Bohm schleppt sich weiter. Liegt also im Binärcode alles Himmlisch-Teuflische? Wir alle leisten täglich unsere wissenschaftlichen Gebete. In jedem Hallensegment finden sich kleine Pakete, an Nährschnüren hängend, beinahe Organe, so kommt es ihm vor, pures Fleisch. Sie können atmen, jedenfalls findet ein gleichmäßiger Wechsel zwischen Ausdehnen und Zusammensacken statt. Man züchtet Eiweißnahrung. Bei einem zwei Kilogramm schweren Paket handelt es sich um zwei Kilogramm Muskelgewebe, mit Stromstößen zu Erweiterung angeregt. Keine Sehnen, keine Abfälle, kein Schnickschnack. Wollen wir uns ins nächste Stockwerk begeben?, fragt Lucius. Wir sagen Ebene. Wie auch immer.

Am Ausmaß der Farm würde jedes Kopfrechnen scheitern. Pulsierende Schwämme, so weit das Auge reicht, die Fliesenwände den Glanz der Desinfektionsmittel abstrahlend. Hierbei handelt es sich um ein Produkt der Grenzüberschreitung. Der Portier zeigt auf einen Schauraum. Menschenfleisch. Kannibalismus? Vorwegnahme eines sich anbahnenden Trends, würde ich sagen. Wie Ihnen bereits aufgefallen sein wird, zwingen wir die Zuchtstrukturen nicht in Schablonen, sie werden nicht künstlich zu Quadern oder Zylindern geformt, sondern wachsen und wuchern, wie es ihnen beliebt. Die Erfahrung hat gezeigt, dass mit freiem Wachstum bei geringerem Aufwand bessere Ergebnisse erzielt werden können. In jedem Brocken steckt ein zarter Schlauch, es werden Farbstoffe eingeimpft, die bis an die äußeren Schichten vordringen. Geschmacksverstärker. Chemikalien, um eine der Natur nachempfundene Konsistenz zu gewährleisten. Nach unserer kleinen Tour wartet ein Buffet mit Kostproben auf Sie! Das Kaugefühl ist einwandfrei! Es gab langwierige Konsumentenbefragungen. Wichtig auch die Faserung des Fleisches, nicht zu vernachlässigen! Der Portier kann seinen Heißhunger beim Anblick der Stücke nicht mehr verbergen, er benetzt sich die Lippen. Andere Weißkittel gehen mit Klemmbrettern und Messgeräten bewaffnet durch die summenden Reihen. Mir liegt sehr viel daran, Ihnen das Bemerkenswerte dieses Ausflugs zu vermitteln. Sie machen Ihre Sache gut, genug des Kopfzerbrechens. Bohm klopft dem Führer anerkennend auf die Schulter. Sind Sie zufrieden mit der Arbeit, die wir für Ihre Firma leisten? Nach einem Rundblick: Ja. Die Fleischinseln in ihrem Dahinvegetieren, ihrem Kraftstofftanken über Kanülen, in ihrer Ausrichtung nach dem Sonnenlicht der Wärmelampe, in ihrem sprachlosen Pflanzendasein. Augenlose Wesen, auf der Suche nach sich. Nach ausführlichem Studium aller diesbezüglichen

Werke ist unser Ethiker zum endgültigen Schluss gekommen, dass es für jeden Kulturkreis unbedenklich sein wird, unser Kunstfleisch zu verzehren. Von einer Tötung kann hier ja nicht die Rede sein. Der Portier bleibt vor dem nächsten Objekt stehen, legt einen unscheinbaren Schalter um. Nach wenigen Zuckungen ist das Stück Fleisch verendet. Sehen Sie: Kein Wehklagen, kein Mitleid, kein Dreck. Weshalb haben wir begonnen, in diese Richtung zu forschen? Ich erinnere mich nicht mehr, sagt Bohm gedankenverloren.

Weil es möglich ist. War es deshalb, sind Sie sicher? Oder war es, um den Hunger zu bekämpfen? Der Portier grinst. Weil es sich bei Wissenschaft um die Kunst des Ermöglichens handelt. All diese Stümper und Gnome, sich mit reißerischen Wendungen einer angeblichen Weltformel annähernd! Da liegt sie doch, vor euch, eine Armeslänge entfernt, bereit, von euch gestreichelt zu werden! Er öffnet den Kasten, die Eingabe der Nummernfolge wird mit einem grünen Licht quittiert. Er nimmt das leblose Ding aus seiner Schale, Nährlösung tropft davon ab. Er streichelt das Fleisch, Bohm empfindet Ekel. Da ist es doch, das Vordringen in immer tiefere Bereiche des Unendlichen. Verzeihen Sie, meine Begeisterung für Ihren Einsatz auf unserem Gebiet lässt sich nicht verbergen. Ja, mir fällt auf, das Fleisch geht Ihnen sehr nahe, ein Vegetarier stünde dazu wohl anders. Der Portier gibt dem Gestreichelten durchs Schutzglas des Helms einen Kuss, ein fettiger Abdruck ist die Folge. Welch Erleichterung, meine Existenz derart vereinfacht vor mir zu sehen, nichts ist so beunruhigend wie Komplexität. Erst meine Beschäftigung mit dem Fleisch hat mich den Unsinn des Lebens gelehrt. Wie viel mehr Welterkenntnis will man denn noch? Ich glaube, ich habe genug gesehen, bringen wir den Rundgang langsam zu Ende, sagt Bohm. Wie Sie wünschen, bitte folgen Sie mir! Das Fleisch nimmt er mit. Denn ich bin auch nicht mehr als dieses Wesen, das mein Freund ist, ich bin auch nur eine Antwort, die widerlegt sein wird. Das Hungerproblem lösen wir nebenbei. Abermals fährt er sich über die Lippen. Dass es sich bei der Wissenschaft um jene Kunstform handelt, die mit einem einzigen Formelwink die Möglichkeit des Findens sowie die Vergeblichkeit des Suchens ausdrückt. Man muss Laie bleiben, um es weiterhin Wunder nennen zu können. Deshalb sind Sie offiziell Portier? Ich bin zurückgestuft worden, meine Faszination für die Objekte ist ins Erotische gegangen. Ich verstehe. Es ist und bleibt mein Trost: Dass schließlich alles messbar sein wird, das Gefühl, wenn ein Rabe seinen Nestrand verfehlt und panisch Kot hervorschwitzt, während man, die Szene verfolgend, in ein Schnittlauchbrot beißt. Bohm und dem anderen wird aus den Schutzanzügen geholfen. Vielen Dank. Keine Ursache. Die Luftschleuse gibt ein Schmatzen von sich. Die elektrische Ladung heimlicher Freudentränen nach einem Versteckspiel im aus einer Bettstatt bestehenden Liebestempel, sie ist gerade im Bad, um sich Küsse aus den Ohren zu waschen, auch dies wird messbar sein. Darf ich Ihnen ein Taschentuch reichen? Das ist sehr nett. Bohm tropft es voll. Dass alles messbar sein wird, alles gibt sich uns preis, unter der kosmischen Bedingung, weitere Zonen zu präsentieren, die einen befragen, die von uns wissen wollen: Wer seid ihr? Was hat es mit euch auf sich? Ein mit Ehrenwort vereinbarter Handel, eine seit Anbeginn gelebte Abmachung, jedes Mehr an Wissen gegen ein Nochmehr des Wissenkönnens einzutauschen. Das Fleisch nehmen Sie mit? Einfach so? Eine Individualisierung im sogenannten Verhalten, bei der Reaktion auf äußere Reize, konnte von unserem Ethiker nicht festgestellt werden, das Fleischkollektiv besteht aus gleichwertigen Einheiten, die Entfernung dieses Objekts ist irrelevant. Energisch beißt er hinein. Kauend: Nicht jeder Mensch ist ein Künstler, doch jeder Künstler, ob Mensch oder nicht, kommt als Wissenschaftler auf die Welt, erst über die Jahre seine stille Pflicht abstreifend, um sich der Gier auf Masse hinzugeben. Ich bedanke mich herzlich, sagt Bohm, es erwarten mich noch andere Stationen. Es war mir eine Ehre! Ihm ist übel geworden, in den Kleidern hängt ein Geruch. Das Taschentuch entsorgt er.

In einer Kirche wird gepredigt, die Gläubigen lauschen. Wenn ein Staatschef zu Besuch kommt, mahnt der Priester, wird ein roter Teppich ausgerollt, eine Blaskapelle spielt, womöglich einen stampfenden Marsch, um den Takt vorzugeben, die Schläge pro Sekunde, an denen sich die Schritte des Gastes orientieren. Die Kirchengeher sehen es vor sich: Stahlpolierte Absperrpflöcke, zwischen denen Samtkordeln baumeln, die strengen Blicke schwarz gekleideter Schränke mit hautfarbenen Knöpfen im Ohr, die Passanten alle potentielle Bomben, im Auge zu behalten. Gott, sagt der Priester, verlangt keinen roten Teppich, keine Bühne, kein Brimborium, eine Blaskapelle schon gar nicht. Er ist euer Nachbar, er ist einer unter vielen, er nimmt gern bei dir Platz, wenn du ihm einen Klappstuhl anbietest, wenn es ein umgedrehter Karton ist, auch kein Problem. Es spielt ihm keine Rolle, er ist froh, es mit dir zu tun zu haben, lauthalst der Priester, Gott braucht keinen Empfang wie ein König. Der Pfarrer steigt von seiner Kanzel herunter, um den Gläubigen Kreisscheiben aus Esspapier auf die Zungen zu legen. Einer hält sich im Abseits. Skeptisch mustert er den prunkvollen Altar, die atemberaubenden Fenster. Ob sich der Priester seine Weisheit wohl selbst abkauft? Er zündet eine Kerze an, der Allgemeinheit gewidmet, niemandem speziell, eine kleine Einheit Feuer, er stellt das Teelicht in die gusseiserne Zeile, keinem Wunsch zur Lenkung der Ereignisse hochgeschickt, keinem Mildern eines Leidens geopfert. Er denkt nach. Für all jene, die in Telefonschleifen festhängen. Geräuschlos, um die Andacht der Hostieneinspeichler nicht zu stören, verlässt er die Kirche.

Texanische Forscher beginnen Studie zu Einsamkeitsdefizitsyndrom. Prozessbeginn in größtem Bankenskandal Europas. Bekennerschreiben der Berner Gruppe entpuppt sich als Fälschung. Anstaltsleitung beruft Pressekonferenz ein, um auf Vorwurf der Misshandlung zu reagieren. Erste Schwangerschaftsabbrüche beim Verein Hausfrauen gegen Abtreibung. Schmiergeldaffäre weitet sich aus, Bundesregierung tritt geschlossen zurück. Und nun zum Wetter.

Tobias Geheimnis durchforstet die Spielzeugtruhe

und stößt dabei auf einen Kassettenkoffer voller pädagogisch wertvoller Hörspiele. Sie haben ihm immer beim Einschlafen geholfen. Heute braucht er sie nicht mehr. Auch das Nachtlicht darf am Dachboden ruhen. Er ist zwar noch klein, aber schon groß. Er überfliegt die Titelbilder und Schriftzüge. Harmlose Kindergeschichten mit moralischem Einschlag. Konflikte, die man auch als neuer Mensch durchaus nachvollziehen kann. Zauberwesen, Umweltsünder, sprechende Tiere, sympathische Kriminelle mit Revolver und Sauerkraut. Er hat Lust, mithilfe der Ohren eine Reise zu machen. Es findet sich ein passendes Abspielgerät. Das Kind trifft seine Wahl mit Bedacht. Das Kinderzimmer löst sich auf, vor seine Wände schieben sich verspielte Kulissen. Er lässt sich von den Erzählern entführen, sie sind voll bei der Sache, die von Frauen imitierten Knabenstimmlein, eine aufgeregte Heiterkeit, schwerer Bass des Bösewichts, der einem die Decke über den Kopf zwingt. Das Schreckliche des Familienoberhaupts, des beleidigten Riesen. Tobias liegt am weichen Boden und hört den Verstorbenen zu, mit den aufmerksamen Sinnen eines alles zu Glaubende staunend verschlingenden Kindes. Er hört eine Geschichte, sie passiert woanders. Der Böse wird gefasst und die Guten bleiben vereint. Die leeren Minuten des Bandes lässt er ausrauschen, die Taste springt hoch, Stille. Dafür bin ich langsam zu alt, beschließt Tobias. Der Gute hat den Bösen vertrieben, ohne Wenn und Aber, was manchmal nur Vermutung ist, wird neuerlich bestätigt: Geschichten enden gut. Tränen der Erleichterung steigen ihm in die Augen.

Es ist die Wohnung eines Menschen, der ganz genau weiß, wer er ist. Die Dinge haben ihren Platz. Die Plätze haben sich bewährt. Elisas Gehen ist ohne Unsicherheit. Sie entkorkt eine Flasche Wein. Nils erblickt Unordnung, doch sie ist auf jeweils kleine Bereiche beschränkt. Die Frau gibt ihm sein Glas. Man stößt an. Er mustert sie, die letzten Stunden haben für ihn aus nichts sonst bestanden. Eine einnehmende Erscheinung. Sie ist so schön, dass es wehtut. Es gibt solche Leute. Er hat es nie geglaubt. Sie trinken und plaudern. Ein Schlagabtausch zweier redegewandter Verführer. Liebe geht durch die Sprache, nicht durch den Magen, das ist Blödsinn. Elisa mustert zurück. Sie ist ein Glücksfall, den man nicht für möglich gehalten hätte. Die Vergangenheiten, aus denen man sich zusammensetzt, werden belanglos. Beiden ergeht es ähnlich. Die Wohnung ruht in sich. Die trinkenden Personen werden komprimiert auf ein gemeinsames Jetzt. Sie ist so schön, eine schönste Frau der Welt. Sie strahlt die Gewissheit aus, dass man Dinge begreifen wird, die einem bisher verschlossen geblieben sind. Sie ist ein unbedingtes Ereignis.

Der Anstaltler Nils war einmal frei und Elisa ein Teil dieser Freiheit. Damals waren sie füreinander geschaffen: Er betrat das Lokal ohne jede Erwartung. Nils kannte den Veranstalter, der Abend versprach Langeweile auf hohem Niveau. Dann sah er sie. Elisa saß am Rand, den sie durch ihre Anwesenheit in die Mitte des Raums verwandelte. Es war einmal: Sie ist etwa ein halbes Jahr jünger als er, wirkt aber ein paar Jahre älter. Neben ihr stehend bemerkt er an sich einen Rest Kindliches, den er dem Leben abtrotzen konnte. Jeder Mann hier dreht sich nach ihr um, sie ist eine Chance, die so oft nicht wiederkehrt. Ihr Haar, das federnd herabwellt. Naturblond, von Braunsträhnen durchzogen. Nils nimmt Platz. In ihm entstehen Sätze zu den Bildern. Elisa nippt am Wein. Ein durchblutetes Gesicht. Sie ist zu alt für ihr Alter. Bei ihr kann man nie wissen, sie könnte wie ein Engel durchs Fenster eingestiegen sein, ein in der Kleidung geschickt verstautes Flügelpaar haben. Oder einen Auftrag oder übermenschliche Geduld oder ewiges Leben. Die Blicke streifen sich. Er kennt sie, ohne sie zu kennen. Elisa rauchend. Zug um Zug rückt sie den Tatsachen näher: Dass nach dieser Zigarette ein Gespräch beginnen wird. Elisa raucht, ihr ehrliches Interesse wecken, sie zum Hierbleiben, zur Dauer verführen. Man bräuchte schwebende Sätze, die vehement zum Hinhören verführen.

Elisa drückt die Zigarette aus. Eine zwischenmenschliche Erschütterung setzt ein, erhoffte, gesuchte, anders als die Unfälle und Launen der Erdrotation, die einen an feindliche Orte verfrachten. Sie steht auf, geht zur Bar, wie so viele jetzt, in der Pause nach der einen Lesung, vor der anderen. Während der ganzen Zeit ist Nils ruhig. Ein Augenkontakt lässt ihn über das Bevorstehende endgültig Gewissheit erlangen. Sie lässt erkennen, dass sie auf seine Worte eingehen wird. Den Anfang zu machen ist eine reine Formalität. Er lächelt entspannt vor sich hin, weil er weiß, was geschehen wird. Es gibt unaufhaltsame Ereignisse. Zwei Menschen, denen eine Verbindung vorgezeichneter Weg ist, werden kollidieren, sobald einmal in die ungefähre Umlaufbahn zueinander gebracht. Ein stimmiger Rahmen wird sein Übriges tun. Nils und Elisa sind ein solches unaufhaltsames Ereignis.

Sie sprechen miteinander, laden auf Wein ein und werden eingeladen, rücken näher, erzählen, lachen auf, nehmen Haltung an, verlieren den Boden unter den Füßen, werden wach, Lauf der Dinge. Die Veranstaltung wird frühzeitig verlassen. Er lässt sich zu ihr nach Hause mitnehmen. Die Wohnung ein Schauplatz. Siebter Himmel, für eine Weile. Immer wieder.

Das Liebesversäumnis, so der Titel eines Buches von Kilian Matt, der mehr tot ist als lebendig. Man spielt, ohne es zu wissen, ständig Szenen davon nach, ganze Stränge, ganze Entwicklungen der Charaktere. Einheit mit Ablaufdatum, Liebe auf Zeit. Nimm mich mit zu dir nach Hause, sie sagt nein, er akzeptiert, dann trauert er dem nach, was hätte sein können. Beschreibung zwischenmenschlicher Gezeiten: Anziehung, Abstoßung. Können denn nicht einmal zwei Personen, Mann und Frau, füreinander über einen längeren Zeitraum gleichermaßen tief und treu empfinden?, fragt sich der aufmerksame Leser nach dem nächsten Scheitern, das er mitverfolgen muss. Wie man den Figuren im Kinofilm zurufen möchte: Versuch es, sie will dich, du weißt es nur nicht! Ist keine Welt möglich, in der das Glück uns bewohnt. Wie soll es weitergehen? Kampfansage: Etwas hat sich zu ändern, etwas hat aufzuhören und Neues beginnt. Die Ereignisse im *Liebesversäumnis* können nicht als kitschig bezeichnet werden, genau so und nicht anders wird es sich schon einmal irgendwo zugetragen haben. Filmisch sind sie, das mag sein, wie eben auch die Hauptdarsteller echten Lebens gerade in diesen Dingen filmisch sind.

Sie treffen sich auf einen Spaziergang. Bei der fahrenden Bar machen sie Halt. Er nimmt ein Bier, um sich Mut anzutrinken, sie ein stilles Mineralwasser, um nüchtern zu bleiben, ganz bei Sinnen, um keine Dummheiten zu machen. Sie gehen durch den Park, Wetterleuchten setzt ein. Blutroter Himmel. Nicht ohne Grund ist er wütend: An den Rückseiten des Planeten brodeln immer noch Kriege und Kriegsähnliches. Es tobt ein gefährliches Schauspiel, wie nicht von dieser Welt. In keinem Lager mehr Unschuldige. Wir hier nicht weniger barbarisch als Barbaren, kaum aufgeklärter als grunzende Höhlenbewohner lange vor der Schrift. Dichte Wolkenwand, dahinter zucken Blitze, näherkommend, größer werdend. Gespenstisch still. Äderchen dort, Wurzelranken am Himmel. Elektrische Entladung. Den Regenschirm heraus, es zerfetzt ihn. Im Hohlgitter der Mülltonne ist er besser aufgehoben. Durch die Hölle aus dem Park, waagrechtes Prasseln setzt ein.

Er bringt sich intuitiv zwischen sie und den Regen, den Regen und sie, dient als menschlicher Schild, um das Schützenswerte vor Verletzung zu bewahren. Radfahrer gehen unter Bäumen in Deckung, der nasse Sturm, das Wasserwehen zerhäckselt ihnen die Sicht. Dort ist ein Betongang, eine Treppe ins Nichts, um sich unterzustellen. Da ist ein Loch im

Zement, ein Stiegeneingang. Eine Kellertreppe. Sie nicken einander zu, sich das anschauen zu wollen. Unten angekommen, sehen sie eine Nische vor einer abgesperrten Zauntür. Ein spärlich beleuchteter Gang ins Ungewisse. In die Kanalisation? Die gespreizten Finger in den Zaunrhomben versenken, heftig daran rütteln, aber nein. Sie stehen nebeneinander, heftig atmend. Der Platz reicht gerade aus, um nicht direkt angeregnet zu werden. Eins ergibt das andere. Dass man einander anschweigt. Dass es Zufall sein wird, wer wem als erstes die Lippen auf den Mund drückt. Der Moment ist gekommen. Er weist darauf hin, dass es sich bei dem eben Erlebten eindeutig um eine Filmszene handelt, sie stimmt zu. Es folgt wieder aufgeregtes Schweigen. Das Wechselspiel der atmenden Lungen. Die beiden sind ganz da. Er dreht den wie ferngesteuerten Kopf leicht zur Seite, senkt ihn ein wenig, verändert insgesamt seine Haltung, schräg vor sie hin, tropfend, die Stirn mit Haaren verklebt. Seine Hinwendung erfährt keine Erwiderung. Sie blickt ihn ernst an. Er stockt, schließt die Augen, traut sich nicht, sie zu öffnen. Ich habe mich geirrt, durchzuckt es ihn, die Zeichen falsch gedeutet. Welche Zeichen? Waren da welche? Dann spürt er sie an sich. Ihren Körper entlangfahren, durchs durchnässte Gewand ihn erwandern. Mit der flachen Hand unter das Oberteil schlüpfen, ihre beiden Hände schiebt sie in die hinteren Taschen seiner Hose. Er befühlt ihren Körper, sie prüft seine Muskeln. Er fasst ihre Brüste an, sie fährt mit der Zungenspitze seine Ohrmuschel ab. Er presst sie gegen die Steinwand, hebt sie leicht an. Bloß Minuten. Dann hören sie auf. Der Sturm hat sich gelegt.

Etwa fünfzig Meter gehen sie Hand in Hand. Dann muss die Verbindung gelöst werden, weil sie nicht stimmt. Es geschieht organisch, wortlose Verständigung. Nein, es geschieht nicht organisch. Sie gehen fünfzig Meter, dann reißt sie sich los, es ist ihr unangenehm. Seinerseits kein Einspruch, weder unternimmt er den Versuch, ihre Hand einzufangen, noch stellt er müßige Fragen. Er denkt fieberhaft nach, roter Himmel, ich, du. Mit raschen Schritten geht es der U-Bahn-Station entgegen. Sie lassen einen Photoautomaten hinter sich, beide sind sich einig, wie schade es eigentlich ist, diese Geräte viel zu selten zu benutzen. Auf Bildern verewigte Nächte, Verdacht auf Romantik. Immer weiter, keine Pause, es ist spät. Wieso aber eigentlich nicht? Er bleibt stehen. Hast du Lust?, fragt er. Hast du Geld?, fragt sie zurück. Einverstandenes Grinsen. Doch es bezahlt dann sie, in seinem Münzfach lässt sich nichts Passendes finden. In ihrem Rucksack muss sie nicht lange danach kramen. Sie werden in die Maschine geworfen. Er nimmt am Hocker Platz, sie geht auf seinen Schoß. Den Vorhang zuziehen. Der Regen hat aufgehört. Die Photoautomaten sind weniger selten, als es den Anschein hat, doch lassen sie sich leicht übersehen. Sie machen sich bereit. Sie sehen glücklich aus, findest du nicht. Wie bereits erwähnt, handelt es sich beim Beschriebenen um eine Abfolge von Filmszenen: Derartiges ist nie passiert und wird auch nie passieren. Es lebt in schweren Köpfen, denkt sich weiter, so wie Zahlen, die sich errechnen, um plötzlich von selbst aufs letzte Fragezeichen einer Gleichung zu springen. Er und sie, nicht mehr Hand in Hand, beim Automaten zwar langsamer werdend, aber selbstverständlich nur mit dem Gedanken spielend. Etwa zehn Meter weiter ist schon alles vorbei. Es blitzt ihnen in die Gesichter. Drei Versuche. Sie bestätigen das erste Bild, rücken fürs nächste die Haare zurecht. Die Automaten sterben aus. Er umschließt sie mit den Armen. Eng ist es hier. Ein Unterschlupf für Streuner, für schlaflose Deuter der Nacht. Er genießt ihr Gewicht. Sie vergessen ihr Frieren. Gemeinsam steuern sie sich durch die Prozedur, hinterlassen feuchte Tapser am Bildschirm. Sie schiebt den Vorhang aus dem Weg, steht auf, er folgt ihr. Sie wählen den dritten und letzten Versuch. Er wird auf Hochglanz gedruckt und rattert aus dem Schlitz. Das überlasse ich dir, hat sie gesagt, die Entscheidung wurde ihm überlassen, auf jedem der drei Bilder sind sie ansehnlich gewesen. Man geht weiter. Da, steckst du es ein?, fragt er. Steck du es lieber ein, sagt sie. Denn unter keinen Umständen darf dieses Photo, dieses Beweisstück eines Fehlers, in ihren Sachen gefunden werden. Später: Gedankliche Rückkehr zu den Minuten. Sie standen dort, am Eingang eines Bunkers, klatschnass. In die Betonnische gezwängt. Von der Kante tropfte es auf sie herab. Durchnässt und verwirrt haben sie sich geküsst. Ohne Schuld. Wenn er ihre Hüfte umfasste und sie an sich heranzog, dann folgte sie dieser Bewegung, ließ es mit sich geschehen und ging darauf ein. Ich gehöre dir, sagten ihre Hüften. Er hatte Zugang zu ihrem Herzen, konnte sie sanft lenken. Und umgekehrt sie zu seinem. Es waren anfangs scheue, zögernde Küsse. Als müsste jeder einzelne aufs Neue überprüfen, ob er den beiden zustand. Es gab eine Verbindung, die es jetzt nicht mehr gibt. Man verabschiedet sich. Die Nacht ist jung. Sie nimmt ihre Bahn, er nimmt seine. Das Kapitel im *Liebesversäumnis* endet mit: Im nächsten Leben, beschloss er. Aber dann!

Du vergisst deinen Namen, er spielt keine Rolle. Sag, hat er denn je eine Rolle gespielt? Aber langsam. Alles schön der Reihe nach. Nichts mehr von langsamen Reihen, sagt Nils, stürmt voraus, prallt von der Glastür ab, die Physik macht ihren Gesetzen alle Ehre. Du vergisst ihren Namen. Sie küssen sich im Freien, kugeln eine Wiesenschräge entlang. Sie schlafen miteinander, verzweifelt und wortkarg. Was ist nur passiert? Du begegnest einer Frau, nein, sie begegnet dir, ihr habt keinen gemeinsamen Bekannten an diesem Veranstaltungsabend, du wirst auf deinen Mut angewiesen sein. Du versuchst es. Sie ist forsch und gebildet. Sie lässt sich nichts gefallen, das gefällt dir an ihr. Autoritäten versagen bei der unzähmbaren Frau. Sie nimmt dich mit, ihre Wohnung wird einziger Zeuge eurer ersten Vereinigung. Du wirst ihren Namen, Elisa, erfahren, und nächtelang ausrufen wollen. Sie zwingt dich zur Versprachlichung deiner Sinneseindrücke. Sie liegt wild unter dir. Ihre Öffnung ist warmes, nasses, zuckendes Lebewesen in deiner schneller werdenden Hand. Ihr werdet explizit, sprecht eure Berührungen mit. Ihr lasst immer das Licht an, um den Gesichtsausdruck des anderen zu studieren. Nils fällt zurück auf den Vorzimmerboden. Wir waren doch Neugier und Wollust und Trost und Respekt. Was trieb nur den Keil zwischen euch? Er im Schneidersitz. Wer wollte von wem nichts mehr wissen? Habe ich versucht, sie anzurufen? Hast du es versucht? Dir wird eine Frau begegnet sein. Sie hinterlässt Vergessenheit. Bereits eine Woche ließ sie nichts mehr von sich hören, erzählt Nils. Der anfängliche Schock weicht solidem, vertrautem Desaster, wie er es nur zu gut kennt.

Sie hat ihre Jacke vergessen. Es war einmal Elisa, die bei einem vorläufig letzten Besuch ein Kleidungsstück zurücklässt. Absichtlich? Er weiß nicht genau. Nils teilt es ihr mit: Du hast deine Jacke vergessen. Tatsächlich, du hast Recht. Wollen wir uns sehen, ich kann sie dir bringen! Danke, aber das ist nicht nötig. Ich hole sie mir ab, wenn das in Ordnung ist. Gern, jederzeit. Gut, sagt sie, will bereits auflegen. Wann, sagt er, wann holst du sie dir? Wenn es regnet. Wenn es regnet, wiederholt er halblaut. Vorher brauche ich sie nicht. Wenn es regnet, hole ich sie mir ab. Dann sehen wir uns wieder, denkt Nils erfreut. Elisa legt auf. Sie kann sich bei ihm melden, aber nicht umgekehrt, sie hat seine Nummer, aber er ihre nicht. Ich weiß ihre Adresse! Bist du dir sicher? Ich war bei ihr in der Wohnung! Wann soll das gewesen sein? Neulich! Und damals! Direkt nach unserem Kennenlernen! Oft noch! Wie lautet sie denn, die Adresse? Er grübelt. Der Schneidersitz schläft seinen Fuß ein. Siehst du. Moment, ich habe es gleich, ich brauche eben noch ein bisschen. Beschreib ihre Gegend, wenn du willst, ihren Bezirk wirst du doch kennen, ihren Häuserblock, die entsprechende Straßenbahnstation. Unter Druck kann ich nicht denken! Erbost steht Nils auf, er versucht es zumindest, das Auftreten ist ein Nadelkissen auf den Sohlen, er paddelt mit den Armen, schlägt dumpf auf, spürt das Steißbein. Weil du mir Stress verursachst!, wütet er. Nils, du weißt nicht, wo sie lebt, du kannst sie nicht besuchen. War es meine, sind wir damals in meine Wohnung gegangen, hierher? Man bildet sich Dinge ein, stellt sich Situationen vor, Wohnungen auch, zu Personen passende Zimmer, in denen man sich vergnügt. Stellt sich vor, dass Herzen leicht und Himmel rot, dass den Küssenden die Wiesen schräg sind. Er schläft nicht mehr, begegnet Dämonen, gehetzten Höllenwesen, steigt in die Tiefen der Seele hinab. Tour de Force.

Du bist ohne Namen. Eine Frau wird dich besuchen, sie wird dir gefallen. Sie vergisst ihre Jacke. Wenn es regnet, kommt die Frau, um ihr Kleidungsstück abzuholen. Vorher nicht. Sie vergisst es absichtlich. Der Regen muss kommen. Ohne Regen geht alles zu Ende. Wann holst du sie ab? Vielleicht bald. Wenn aber nicht bald, wann dann? Du hoffst, es möge endlich geschehen. Ihren Duft einzuatmen. Ihre Wangen zu streicheln. Von ihren Augen gemustert zu werden. Sie wiedersehen und fragen, wie sie heißt. Wie heißt du? Elisa. Und ich? Du heißt Nils. Wenn es regnet. Ihr Versprechen, bei Regen die Jacke abzuholen, ist Startsignal für einen Dauerlauf, eine Tortur, die in den kleinen Wahnsinn führt, der jeden Normalsterblichen, unabhängig von Herkunft, Gehalt und Statur, hin und wieder einholen kann. Der Himmel bleibt trocken. Du setzt alle Hebel in Bewegung, um für Regen zu sorgen. Du wirst sie erst dann wiedersehen, wenn dicke Tropfen gegen die Fensterscheibe donnern, wenn Murenabgänge die Nachrichtenkanäle überfluten. Ein lauwarmes Nieseln genügt nicht. Du wirst Erdrutsche wollen. Und du betest und bettelst, rufst Götter an, von denen du vorher gar nicht wusstest, dass du an sie glaubst. Du hebst einen zugespitzten Ast auf, den du dem strahlenden Blau über dir drohend entgegenhältst. Sture Wolkenlosigkeit. Du wirst dunkle Rituale vollführen. Rattenschwanz und Pferdemist, Hühnerauge, Gaunerlist, Egelblut und Wutgeschrei, Regen, Regen, komm herbei. Einen Tag lang kein Wasser zu sich nehmen. Flüssigkeitsentzug. Innerliches Austrocknen. Den Speichel eines Tages sammeln, in einem speziellen Gefäß, luftdicht versiegelt. Natürlich auch keine Nahrung, dem Organismus gar nichts zuführen. Der Speichel des Tages: Ein Napf, ein Behältnis. Du hebst dich dir auf. Verzicht auf lebenserhaltende Maßnahmen, ein Opfer darbringen. Im Fluchbuch unter Regenbeschwörung steht kursiv: Es ist alles Geheimnis. Du wirst einer Frau verfallen. Sie wird nicht mehr da sein. Du wirst Methoden des Wartens erlernen. Ob du willst, oder nicht. Ein Regen wird kommen, von dir Besitz zu ergreifen. Du wirst von ihm sprechen. Man wird dir nicht zuhören. Niemand stellt dazu Fragen, die echtes Interesse bekunden. Du wirfst einen Kaugummi ein. Wenn sie kommt, um die Jacke abzuholen, denkst du, wirst du dir deine Wartehöllen nicht anmerken lassen. Ihr signalisieren, dass du an einer Wiederaufnahme der Verbindung nicht interessiert bist. Du wirfst mehrere Kaugummis ein, vier oder fünf, scharfes Teufelszeug für minzfrischen Atem. Nicht beim Läuten an der Tür, sondern im Voraus, als kautest du zufällig daran herum, weil sie dir ach so gut schmecken. In deinen Bewegungen ihr gegenüber liegt dann eine Unverbindlichkeit. Was ist nur passiert? Wir hätten das *Liebesversäumnis* nicht nachspielen sollen. Wir schliefen miteinander. Erst sinnlich und fließend, dann bleiern und ruppig. Du wirst genug gewartet haben. Es wird sich der Himmel zu deinen Gunsten verändern. Du schaust auf. Jeden Moment. Es kann jeden Moment so weit sein. Nils lächelt. Es regnet. Sein Lächeln erstirbt. Es war anders gedacht. Die Tropfen tun fast weh auf der Haut. Er befindet sich im Anstaltszimmer, er hat seinen Platz. Ein Regen wird kommen, von uns Besitz zu ergreifen. Das war die Geschichte von Elisa und Nils.

Unter der Tür hat sich ein Kieselstein verhakt, er gibt Schleifgeräusche von sich.

Meine Damen und Herren, in unserer Reihe Evolutionen besuchen wir heute ein Exemplar des Homo habitans, eine wenig erforschte Zwischenstufe auf dem Weg unserer Spezies von Homo sapiens zu Homo communicans. Der wohnende, der hausende Mensch. Er besinnt sich zurück auf seine eigenen vier Wände, tritt eine neue Lebensphase der Zurückgezogenheit an. Das Verarbeiten der Straßengeräusche fällt ihm schwer, sprechende Fremde überfordern ihn. All diese Eindrücke, mit denen er sich konfrontiert sieht, sobald einen Fuß vor die Haustür gesetzt. Die totale Bewusstseinsermattung. Der Durchschnittsbürger, wie auch ich einer bin, meine Damen und Herren, hat sich darüber zwar noch nicht allzu viele Gedanken gemacht, vielleicht geht es Ihnen da ähnlich, aber stellen Sie sich vor: Der Homo habitans empfindet Körper als wandelnde

Fehlerquellen, als potentielle Auffahrunfälle, jawohl, mit ihnen zu tun zu haben, ist für ihn äußerst belastend. Nein, er pflegt den Umgang mit Einrichtungsgegenständen. Wir werden uns Mühe geben, den Homo habitans in freier Wildbahn aufzuspüren und ein Dokument seines eintönigen Alltags anzufertigen. Wie erwartet, trifft man ihn zu Hause an. Hereinspaziert, Sie erlauben. Er mag Tische, Stühle, Schränke, er räumt gerne auf und er staubt gerne ab. Es wird gerne gewohnt, es gilt als Beschäftigung, zu wohnen, sich um die Neuordnung seiner Kleidersammlung zu kümmern, die Sofakissen luftig zu drapieren oder auszusuchende Vorhänge gedanklich mit dem Farbkonzept des Raums zu konfrontieren. Lümmeln und lesen, Möbelstücke auskosten. Im Gebäudekomplex, den wir heute besuchen, meine Damen und Herren, herrscht Einrassigkeit, die Anrainer sind ohne Ausnahme Vertreter dieser sich abspaltenden Menschenform. Seit alle wohnen, lebt man nur noch selten. Der Wintergarten muss schließlich abgenutzt werden. Eigentlich, so der Interviewpartner, gehen wir nur noch sporadisch aus, hier ist es doch so gemütlich. Wir haben alles, was wir brauchen. Haben Sie unsere Kühlschrankmagnete gesehen? Früher waren es Mitbringsel von Reisen, aber heute lässt sich alles im Wohnwarengeschäft um die Ecke erstehen. Teils undefinierbare Objekte, als Tellerschoner klassifiziert, als Papierspender, als Buchklappe, als Kerzenschale, als Obstentkerner, als Hemdknopföffner, als Weinprüfer, als Käsewürfler, als Nachtmessgerät. Denn Magnete, denen niemand dabei zusieht, wie sie dauerhaft gegen die Schwerkraft gewinnen, oder Fenster, wie sie geschlossen sind, Betten, wie sie bleiben, das braucht doch kein Mensch. Deshalb will ich dem zusehen und hier sein. Tisch, dem niemand applaudiert, wie er ständig nicht umfällt. Und, meine Damen und Herren, als aufmerksame Seher unserer Reihe wird es Sie nicht überraschen, der Homo habitans steckt längst im Kokon, aus dem er als neues Exemplar, als Homo communicans hervorgehen wird.

Die Substantivierung des Nerds. Ist er nicht liebenswert, der Nerd? Es werden keine Einzelstücke angehäuft, dazu fehlt ihm schlicht das Kapital, sondern geordnete Gruppen des Vervielfältigten, es kommt bei der Sammlung an auf Größe und Vollständigkeit. Der Nerd ist nicht auf einzeln herzeigbare Prachtexemplare aus, er hat ein Gesamtbild vor Augen. Sein Gehirn ist durchaus noch zu gehobener Geistesleistung imstande, die Leiterbahnen weder kaputtgekifft, noch einander durch Überkapazitäten beengend. Er strebt makellose Zahlenreihen an, die wie Listen aus den Bücherwänden wachsen. Dafür ist er zu bewundern. Andere schleppen pralle Geldbeutel herum, dicke Zweiterektionen, denn was sie brauchen, haben sie bereits. Der Nerd wird immer brauchen, was er hat und sich haben zu müssen einbildet. Die Sammlung des Nerds wird unvollendet bleiben. Es sind halbe Autisten, manche von ihnen werden von ihren Lebensumständen herausgefordert, ihre Neurosen professionalisiert. Ihre Suchtpotentiale sind Ausgangspunkt geglückter Karrieren. Der Nerd verfasst Drehbücher, bringt kleine Blasen der Popkultur zum Platzen, das Material stülpt sich der Allgemeinheit über. Der Nerd sprüht vor Zitaten, die geschickt zerstampft, verformt und weiterverarbeitet werden können. Überhaupt sind des Nerds Synapsen beim Vernetzen des Bisherigen ungeschlagen. Der Nerd als moderner Medizinmann, von dem man bei der Erstellung von Raubkopien, bei illegalem Eindringen in Datenbanken und ominösen Treibersignaturen Zuwendung erfährt, meist unentgeltlich. Nur er kennt die Tastenkombinationen, um Schaltkreise in Schwingung zu versetzen, er ist mit den Kopplungen der Widerstände vertraut. Der Nerd strahlt Religiosität aus. Unter der Last des Binärcodes ächzen sie gebückter als beim Transport geschulterter Kreuze. Mit ihnen ist im Wartesaal des Orthopäden ins Gespräch zu kommen. Heilt der Nerd nicht unsere Technikbeschwerden, ist er kein Heiler? Sind wir, meine Damen und Herren, dem Schamanen nicht zu allergrößtem Dank verpflichtet?

Wiens erste Station ist die morgendliche U-Bahn. Es reibt sich die Augen. Dichtgedrängt stehen die Leute, von der Waggondecke baumeln die orangefarbenen Halteschlaufen, abgegriffen zu mattem Schmutzgrau. Das arbeitende Volk steht mit einem Bein noch in der Dusche, steckt mit einer Hälfte nach wie vor in Bademantel und Filzpantoffel. Alle starren in ihre heutige Ausgabe der Gratiszeitung, hier wird Meinung gemacht, die Gesprächsthemen des Tages festgelegt. Da sitzen sie, aus Menschenmaterial geknetete Vogelscheuchen, die Doppelseiten einnehmend, wie starke Beruhigungsmittel für Rennpferde, um nicht losbrüllen zu müssen, um nicht Amok zu laufen auf dem Weg zu der sie aufzehrenden Tätigkeit. Es sind niedergespritzte Labormäuse, durch ihre

Versuchsanordnung irrend. Verloren im Stadtlabyrinth. Und?, erkundigt sich der Boxer. Wie ich diesen Anblick hasse.

Der Schmerz irrt nicht. Die Wunde, die schmerzt, irrt nicht. Hör auf die Wunde und hör auf den Schmerz. Und sei wie die Wunde, und sei wie der Schmerz. Die Wunde, die schmerzt, lügt nicht. Der Schmerz sagt die Wahrheit. Er ist da oder nicht. Sei wie der Schmerz. Sei da oder nicht. Aber wenn du da bist, sei ganz da. Sei Wunde und du wirst nicht irren. Sei das, was schmerzt. Sei ohne Richtung, aber mit Wucht. Strahle überallhin aus. Sei Schmerz und du wirst dich nicht irren.

Wir befinden uns im menschlichen Gehirn. Dort liegt ein ausgestreutes Paar Schnürsenkel, ein in Fetzen gerissener Schlüpfschuh mit dazugehörigen Hunden, ein Dutzend, sehr darum bemüht, wie ihr Vielfaches zu lärmen. Dort die erschlagend mächtigen Tore eines leeren Museums am Wochenende, Greisenfüße tapsend im Eingangsbereich, Spiralen nachzeichnend, man erhält keinen Zutritt. Dort Vanilleeistropfen. Dort gleitet ein Blätterstapel in die vom Krebs verkrümmte Hand. Dort blechbüchsiges Rattern des Fahrrads beim Wechsel von Glattem auf Pflastersteinstraße. Dort ein Radau ungeliebter Kinder. Dort ein nachtaktiver Einzelgänger, der die Welt retten möchte, wo doch die Welt vor ihm gerettet werden sollte. Dort die Ankündigung des großen Kampfes, dabei ist Plakatieren hier strengstens verboten. Dort, als auf die Spitze getriebene unmögliche Architektur, der Hyperkubus. Drei Dimensionen: Höhe, Breite, Länge. Die vierte Dimension ist der Wandel. Es gibt eine Veränderungsgeschwindigkeit des Zustands. Das Gehirn lässt den Körper erst ein Halswohl schlucken, dann den Wasserkocher füllen und aktivieren, ein frisches Salbeibüschel in die Tasse gehängt, das gibt eine schleimlösende Brühe. Das Gehirn denkt gefährlich. Eine Herzamputation schwebt ihm vor. Sich selbständig machen, indem man die Grenzen des Physischen hinter sich lässt, die Ketten des Körperseins sprengt. Das Gehirn agiert bedenklich. Hätten die von ihm mitbegründeten Ansätze das Ästhetisieren von Gewalt nicht etabliert, dann wären die Unruhen, die Häuserkämpfe und Straßenschlachten, womöglich vor dem Kippen in eine vernetzte Katastrophe beendet worden. Man wird es nie erfahren. Es hat Hemmungen als Beiwerk des Absoluten entlarvt, globales Chaos die Folge. Dort errötet jener Tag, der die U-Bahn mit vor Marathon keuchenden Mittdreißigern verstopft. Man durchstöbere die gesenkten Blicke von Jugendlichen, die unterwegs sind, eine Haltung wie vereinsamte Bettler, Musikstöpsel im Ohr, bemerkenswert unansehnlich. Dort springen wir jauchzend in die Höhe, schnallen uns falsche Bärte und Glubschbrillen mit Fensterglas um, schreien Danke, spreizen Zehen. Unser menschliches Gehirn ist eine Dependance des Fegefeuers, nichts weiter. Auf der Vorderseite seines Behälters lauert ein durch Nikotinsucht von innen her vernarbtes Gesicht. Pusteln schwelen wie Unzufriedenheit oder arme Länder, die bald explodieren. Europa ist und bleibt sicheres Pflaster. Wir wachsen wohlbehütet auf. Das Führen eines Tagebuchs wird zur Arbeit eines Kriegsberichterstatters. Der Hyperkubus trägt auch nicht gerade zur Entspannung der Lage bei. Wir sind eine Art Ganzkörperkopfweh.

Politiker Phlegmatiker!, Mut zur Radikalität!, Kampf dem Krebs!, steht auf den Transparenten. Meine Damen und Herren, hier bin ich wieder exklusiv für Sie hier und heute, es handelt sich, ich wiederhole, um eine angekündigte Demonstration, was die Polizei nicht davon abgehalten hat, Wasserwerfer und Tränengas einzusetzen. Das ist ein Wahnsinn, das ist Krieg!, brüllt ein Demonstrant, der sich vor die Kamera drängt. Er wird an seiner Regenjacke weggezerrt. Die Politiker haben es gut, sie führen lange und glückliche Leben. Sie besitzen Yachten und essen fünf Gänge. Sie genießen ihren Lebensabend, üben bis zuletzt Macht aus. Aber wir? Meine Damen und Herren, soeben erreicht uns die Meldung, der rasende Reporter drückt sich einen fiktiven Knopflautsprecher tiefer ins Ohr, erreicht uns die Meldung, dass eine Spezialeinheit der Polizei entsandt wurde, um diese Demonstration endgültig aufzulösen. Wogegen protestiert ihr hier genau?, er hält einem Studenten sein Mikrophon hin. Wir sind von der Liga gegen Krebs. Er hebt die linke Faust, Endteil eines ausgestreckten Arms. Immer mehr Leute haben Krebs, auch solche, die sich gesund ernähren. Wir sind dagegen. Es ist außer Kontrolle geraten. Anfangs hielt man es für eine gute Idee, den Krebs einzuführen, als Lösung für das Problem der Überbevölkerung. Doch immer häufiger trifft es Menschen, deren Zersetzung nicht mehr nachvollziehbar ist, aus der Luft gegriffen scheint. Welchen Gegenvorschlag führt ihr ins Rennen? Wir sind gegen Probleme. Zwar sind wir nicht für Überbevölkerung, allerdings lehnen wir es ab, sie als Problem aufzufassen. Auf lange Sicht kann es nur unser Anliegen sein, den Begriff abzulegen und geschlossen für die Rückkehr zum Wort Bevölkerung einzutreten. Die Politik ist gefordert. Inwiefern? Sie sitzen mit ihren Maßanzügen im Sitzungssaal, schlafend, mindestens dösend, übermüdet vom Spaß mit Huren in der Vornacht. Am besten sind die Akteure am internationalen Parkett: Was diese Linkslinken und Rechtsrechten in groteskem Pseudoenglisch erzählen, schaffen Volksschüler besser. Und die Leben, die sie führen, sind lang und gesund. Obwohl es sich um böse Menschen handelt. Damit muss Schluss sein. Schluss sein!, brüllt der Stehnachbar. Aber handelt es sich nicht um ein grundlegendes Problem der Demokratie: Wer mit ausreichend Intellekt ausgestattet wäre, ein Amt innehaben zu können, der ist mit zu viel Intellekt ausgestattet, dieses Amt innehaben zu wollen. Deshalb sehen wir uns konfrontiert mit Abgeordneten, die zwar wollen, aber nicht können. Jedenfalls sollten sie nicht. Sie wollen des Geldes wegen. Haben kein Ehrgefühl, keine Demut, keine Triebkontrolle. Keine Bildung. Keine Unterscheidung zwischen Dativ und Akkusativ. Ja, antwortet der Angesprochene. Wir sind dagegen! Kampf dem Krebs!

Es ist genug. Zu viele sind Opfer dieses Treibens geworden. Anfangs waren die Betroffenen gesellschaftlich verschmerzbar, wenn schon nicht moralisch vertretbar. Das waren sie schließlich nie. Der einmal ausgesetzte Krebs wildert nun in Gebieten, die nicht für ihn vorgesehen waren. Das Kontrollorgan der Weltbevölkerung frisst Stellen kahl, die unser Leben erst lebenswert machten. Dem muss Einhalt geboten werden. Schauspieler, Theatermacher, Künstler. Immer mehr große Vertreter der Traumfabrik erliegen ihrem Tumor. Die Natur ist ein geistreicher, vor bissigem Humor sprühender Witzeerzähler. Man hätte sie sich nicht zum Feind machen dürfen. Verästelte Verwachsungen. Nicht mehr nur eine Herausforderung für die Medizin, sondern eine Forderung an die Forschung. Ein stummer, ehrlicher, endgültiger Tod, der die Ranken ausstreckt. Die Demonstranten steigern sich in einen Krebswahn hinein. Man glaubt, hinter wasserdichten Stoffen, hinter Planen, im eigenen Mantel Schutz gefunden zu haben. Frau, die aus beiden Augen blutet. Student, dem ein Panzer die Beine abdrückt. Von der Hüfte an abwärts nur Matsch. Meine Damen und Herren, wir steuern auf eine Eskalation der Lage zu, die Mienen der Polizisten in Formation haben sich verfinstert, wie das Blau über unseren Köpfen, meine Damen und Herren, wir bemühen uns, Ihnen heute, hier und jetzt eine lückenlose Übertragung zu gewährleisten. Hast du einmal versucht, den Krebs vom Körper zu trennen, und umgekehrt? Gehen Sie bitte aus dem Weg, hier wird gedreht! Von welchem Sender seid ihr denn? Rauschen. Meine Damen und Herren, willkommen zurück! Es sind unerwartete technische Schwierigkeiten aufgetreten, mein Team arbeitet mit vollem Einsatz daran, diese zu beheben. Versuch einmal, das Dunkle vom Schwarzen zu trennen, das Schmalzbrot vom Fett, das Nützliche vom Nötigen. Ja, schneide einem, dir und uns den Krebs aus dem Leib, schneide den Kranken aus der Krankheit. Danke, ich glaube, unsere Zuseher haben sich von Ihrer Meinung ein Bild machen können. Stoppt das Wachstum!, Halt den Metastasen!, Nieder mit Unheil! Es gibt ein Krebsgen, das alle Schauspieler haben. Die Gaukler und Sänger. Die Zirkusartisten. Gene sind nicht heilbar, nicht verhandelbar. Krebs ist angeboren? Gerüchte. Er meuchelt uns die besten Leute nieder, so viel steht fest. Er schafft uns alle ab. Große Künstler, Verfechter eines Glaubens und einer Idee. Vertreter der Aufklärung. Immer sind es die Rechtschaffenen, die der Statistik erliegen, Politiker selten. In der Filmindustrie geht der Krebs als Gespenst um. Superstars krepieren, magern ab, werden unheilbar krank. Presseaussendungen reichen nicht mehr aus, das Offensichtliche zu dementieren, das Gegenteil zu behaupten. Händeschütteln steckt an. Arbeitstreffen werden abgesagt. Die Industrie nimmt Schaden. Wir leiden. Wir wollen Filme sehen. Wir gehen gern ins Kino. Wir sind gegen den Krebs.

Justus Geheimnis, wie er einen ausgedehnten Krankenbesuch macht. Es geht ihr nicht gut, sie hat Magenprobleme. Ihre Nacht war unruhig, Freihusten des Halses, er bemühte sich, hilfreich zu sein, brachte Tee. Michaela ist aufgestanden, keine Besserung des Zustands. Sie hat im Wohnzimmer ihr Lager aufgeschlagen. Damals wohnte sie bei ihren Eltern, noch keine Frau, ein Mädchen, ihr Justus geht hier als besonderer Gast ein und aus. Er löst sich von ihr, um seine allmorgendlichen Besorgungen zu machen. Er greift eine Stofftasche, Geld, sein Mobiltelefon. Er verlässt das warme Haus. Draußen blendet ihn die Sonne, es ist frisch. In diesem Weg durch den Hof auf den Gehsteig, eine Straße entlang, zu den Geschäften, während Michaela auf ihn wartet, liegt das Glück, so viel traut er sich zu sagen, als er ihn in Angriff nimmt, zum wievielten Mal?, fragt er sich. Manchmal führt Justus ein kurzes Telefongespräch, heute nicht. Die Leute sind in Pension und geben alle Zuneigung, die sie haben, ihrem angeleinten Hund, der davon erdrückt wird. Die Leute rauchen und müssen dringend eine Packung Zigaretten besorgen. Die Leute stimmen den Wahlplakaten zu. Die Leute sprechen Dialekt. Die Leute verstehen die Jugend nicht, von der eigenen haben sie Abstand genommen. Justus geht. Er pfeift. Am Endpunkt seines Weges angekommen, betritt er die Trafik, während des Rückwegs vollzieht sich das eigentliche Besorgen, beim Tragen will er keine zusätzlichen Strecken. Aussuchen der Frühstückslektüre: Eine Tageszeitung, vielleicht, am ehesten die mit rosarotem Papier, ein donnerstags erscheinendes Wochenmagazin, reißerisch die Titel, hauptsächlich aufs Inland bezogen die Inhalte, aber von der Weltanschauung her vertretbar. Einen Comic, was denn sonst, über die gelbe Familie, den Spinnenmann, den Fledermausmann. Die Auswahl ist groß. Manchmal, wenn sich etwas findet, weiß Justus seiner Michaela auch Lesestoff mitzubringen. Nächster Halt Bäckerei, zwei Brioche, es ist darauf zu achten, dass sich auf beiden Exemplaren ausreichend Zuckerstreusel befindet. Er gönnt sich einen Mitnehmkaffee. Wieder hinaus, alles bekommen, zurück, die Kurve naht. Dieses Gehen nennt er Heimweg, zwar ist es nicht sein Aufwachsort, der auf ihn wartet, aber Michaela. Sie öffnet die Tür und lässt sich von ihm umarmen. Er streichelt ihr den Bauch. Michaela trinkt schonenden Magentee. Es gibt Frühstück, dann verbringen sie den Tag.

Schade!, ruft das Geld aus, als Humorist M ihm berichtet, was sich mit den Bundesbahnen zugetragen hat. Es tut mir schrecklich leid, ich habe alles in meiner Macht Stehende getan, um den Termin einzuhalten. Ja, kann man nichts machen. Es scheint mit diesem Auftrag wie verhext zu sein. Erst Kilian, der verstummt, dann Nils, der wegen Einlieferung ausfällt, und nun auch meine Wenigkeit, die hier festsitzt. Vielleicht wäre es das Beste, Sie wenden sich an einen deutschen Kollegen. Das Geld lacht auf. Unter keinen Umständen, da bin ich skeptisch, meine Autobiographie will ich in Händen wissen, die im Umgang mit Großem geübt sind. Jedenfalls ist meine Zugreise gescheitert, soll ich Sie weitervermitteln? Selbstverständlich würde es kein Problem für mich darstellen, dich einfach in Wien zu besuchen, im Gegenteil, ich hatte ohnehin vor, wieder einmal einen Ausflug dorthin zu machen, die Leute wieder spüren und wissen lassen, dass es mich gibt. Kann solches von einem Klienten Ihrer Größenordnung verlangt werden? Treffen wir uns doch einfach zum Essen. Humorist M zögert. Ich kenne da einen netten Asiaten. Abgemacht. Nachdem der Versuch, dorthin zu reisen, wo das Geld wohnt, auf ganzer Linie gescheitert ist, jetzt also Verlegung nach Wien, ins Hauptquartier der *Sieben Gefahren.* Humorist M bemüht sich um höfliche Umgangsformen, das Geld jedoch hat jedem das Du-Wort schon angeboten, lange bevor es überhaupt ein Kennenlernen gibt.

Was halten Sie davon, ein sehr spätes Mittagessen mit einem sehr frühen Abendessen zu verbinden? Was hältst du davon, dich von mir darauf einladen zu lassen? Sie vereinbaren Uhrzeit und Treffpunkt. Ich freue mich darauf, schließt Humorist M das Gespräch, endlich können wir uns alles in Ruhe ausschnapsen. Ich freue mich auf dich, haucht das Geld. Er legt auf und errötet.

Man müsste dem Dröhnen ein Mikrophon entgegenhalten, direkt vor die Schnauze, und es fragen, wo es herkommt, sag, wo kommst du denn her, und das Dröhnen, weil es dumm ist und müde, vom langen Verfolgen, wird stumm sein und nicht wissen und beschämt den Weg der Angsthasen wählen, das Weite suchen, verschwinden. Aber man lässt es nicht, so leicht kommst du mir nicht davon, wird man kläffen, das Mikrophon weiterhin vor die Schnauze, und jetzt wirst du mir sagen, was du willst und warum du mich quälst und ich lasse nicht von dir ab, bis du mir nicht diese Fragen beantwortet hast. Das Dröhnen wird wieder nicht wissen, weil es nichts weiß, weil es keinen Grund gibt, sich einen Einzelnen zu schnappen und diesen Auserwählten unentwegt zu malträtieren, zu verstören, zu töten, weil es keinen Grund geben kann, ihm allein hörbar zu sein. Wieso kann ich dich hören, und die anderen hören dich nicht?, wird man fragen, ja, es gibt andere, die hören auch ein Dröhnen, aber ein anderes, du, mein Dröhnen, gehörst ausschließlich mir, so gerne würde ich dich mit jemandem teilen, dich wenigstens halbieren. Das Dröhnen wüsste selbst gern mehr über sich, es ist genauso ahnungslos wie sein Opfer Justus, es kennt sich auch nicht wirklich aus, durchstreift bleich und gefürchtet die Welt, es weiß, dass es gedröhnt hat und dröhnen wird und dröhnt, das ist alles, das genügt.

Dem Dröhnen überhaupt etwas entgegenzusetzen haben, ob Mikrophon oder Ast oder Stein, ganz egal, aber nur etwas haben, das dem Dröhnen gefährlich ist, etwas, das Einhalt gebietet, einen Zauberstab, magisches Holz in die Felsritze klemmen, mit donnernder Wucht, dass die Scherben des Berges in alle Richtungen spritzen. Ich stehe hier! rufen, ich stehe hier, immer lauter und lauter, ich bleibe hier stehen, wird man rufen, mit etwas in der Hand, vor dem das Dröhnen Angst hat, es damit bezwingen.

Ladislaus Kampf, das wandelnde Traktat, in sinnvoller Entfernung hinterher. Der Feind hat sich auf Außendienst begeben. Der Philosoph ist ein Selbsttröster, andere lässt er bereitwillig mitnaschen. Justus muss sich die Gassen erklettern, ihm geht die Ebene steil bergauf, jede Anfeindung, jedes Angewidertsein in Wahrheit verwandelte Sympathie, übt doch die Hand sanften Druck auf das Katzenfell aus, in das sich ein Kinderherz verschaute. Bei Philosophen handelt es sich zwangsläufig um Poeten, weil sie mit Umschreibungen operieren. Mit Philosophen sind autarke Denker gemeint, keine Nachbeter, Umformulierer oder Philosophiegeschichtler. Justus scheint davonzulaufen, vor einer Maschine, vor einer tödlichen Eintönigkeit, vor einem schnaufenden Fiaker? Er hätte Weichen stellen sollen, es niemals so weit kommen lassen dürfen. Überblick, denkt Ladislaus, ist Ausgangspunkt, Fundament, und nicht eingeschlagene Richtung, geschweige denn angestrebter Endpunkt. Man sieht sich, in Anbetracht der Umstände, gezwungen, Gedanken niederzuschreiben, es sind wertlose, weil oberflächliche Gebilde. Zunächst. Sich festlegen, sich mit Unbedingtheit binden, auf Zeit, immer wieder neu eine vorübergehende Ewigkeit schaffen. Der Philosoph geht von der Geschichte aus, blickt in beide Richtungen, kann einverstanden sein oder nicht, kann das bereits Gedachte kritisieren. Das Gedachte ist. Das zu Denkende ist. Die Photographie des Gedankens ist seine Formulierung. Verbleiben wir bei dieser Metapher.

Es einfangen, mit Mikrophon und Kamera, es durch Raffinesse der Technik aufbereiten, es für andere hörbar, erfahrbar machen. Sein Leben dieser Aufgabe widmen. Die Aufbereitung des Dröhnens zum Zwecke der Nachvollziehbarkeit für nicht Betroffene, Titel einer abgelehnten Doktorarbeit. Es in die Ecke drängen. Darauf zugehen, mit den Schritten an Körpergröße gewinnen, sich vor ihm hinstellen und es negieren, es niedermachen, es verwerfen, es bespucken und zertreten. Und alle Energie, alles Machen und Tun versengt ihm die Brust. Wo Herz sein sollte, da flackert bloß ein Fackelkopf. Die auf Fäuste zugespitzten Arme ausstrecken und der Schwerkraft enthoben den Planeten umfliegen. Getan und getan, und sich doch nur verrannt. Dorthin ziehen, wo das Dröhnen nicht einreisen kann. Grenzbestimmungen sind keine Verhandlungsbasis für alphabetisierte Erdenbewohner. Ort, wo kann ich dich finden? Finde du mich! Das Dröhnen hat Vorsprung, es ist mir neunzig Städte überlegen, ich hinke hinterher. Wir haben geraten, welcher Mensch für uns der richtige wäre, und uns aneinander vertan.

Davon singt mir die U-Bahn ihr schauriges Lied. Ständige Lautsprecheransagen, was an Ausnahmezustand denken lässt: Sehr geehrte Fahrgäste! Bitte beachten Sie, dass nach Abfertigung des Zuges mit den Worten Zug Fährt Ab das Ein- und Aussteigen verboten ist. Wir bitten um Ihr Verständnis. Immer öfter wird es knapp. Herbeieilende Menschen springen todesmutig durch das sich schließende Türenpaar. Eingezwickte Rucksäcke und Handtaschen. Jugendliche, die eine Station lang ihre Jacke im Gummisaum lassen müssen, bis diese endlich durch Entrieglung befreit wird. Man hat es eilig. Man muss unbedingt noch diese U-Bahn erwischen. Ein Seelenheil hängt davon ab. Amputation liegt in der Luft. Amputation. Sie sagen, es sind paranoide Schübe. Dass ich nicht lache. Sie sagen: Nur ruhig. Jetzt beruhigen Sie sich. Es ist alles in Ordnung. Die Anstalt ist um Ihre Sicherheit bemüht. Sie sagen: Alles wird gut. Die Anstalt hört zu, gibt Rat, macht heil. Sie sagen, dass alles gut wird. Aber gar nichts wird gut. Es gibt Kräutertee. Die Gliedmaßen der Insassen werden mit Ledergurten fixiert. Vorgeschmack auf den elektrischen Stuhl. Klemmen mir den Kopf in eine Wachhaltevorrichtung. Die Augenlider mit Spezialklebeband an die Stirn geheftet. Sie halten mir die Gratiszeitung hin, setzen mich der Gratiszeitung aus. Um mich zu sedieren. Damit alles gut wird. Mag schon sein, dass Sie Derartiges als Filmschnipsel in sich aufbewahrt haben, es dringt ins Bewusstsein, es kämpft sich empor, vergiftet Ihre Zurechnungsfähigkeit. Kamillentee ist nicht mehr genug, die befriedende Zeitung muss her. Nichts darf nach außen dringen. Paranoide Schübe, sagen sie. Dabei handelt es sich doch einzig und allein um die drängende Erkenntnis, dass alles mit allem zusammenhängt. Dafür sperren sie mich weg. Dafür sagen sie: Alles wird gut.

Ich hoffe, du hast nicht zu lange gewartet! Humorist M springt ertappt auf. Aber wo! Das Geld umarmt ihn feierlich, er wird beinahe erdrückt. Es ist ein fetter Schweinsklops. Das freut mich ja ungemein, dich endlich persönlich kennenzulernen! Ganz meinerseits. Er streift sich den zerknitterten Pullover zurecht. Haben Sie Hunger? Ja, sehr großen. Hier gibt es ausgezeichnetes Sushi, eigentlich alles ist zu empfehlen. Gute Idee, das nehme ich, alles. Sie bestellen. Das Geld schüttet Champagner in sich hinein. Humorist M ist froh, die sich anbahnende Rechnung nicht begleichen zu müssen. Nimm, was gut und teuer ist, ermuntert es ihn, ich sagte doch, die Sache geht auf mich. Danke, das ist wirklich sehr großzügig von Ihnen, aber mehr brauche ich wirklich nicht. Sake Bento, er vertraut auf Bekanntes. Noch während des Essens entpuppt sich das Geld als zwar unangenehmer, doch herausfordernder Gesprächspartner. Mir ist zu Ohren gekommen, schmatzt es, dass du diesem Unterfangen grundsätzlich eher skeptisch gegenüberstehst. Wer sagt das? Meine Hellhörigkeit, sie flüstert mir viel zu. Ich würde mich wohl der Lächerlichkeit preisgeben, sollte ich versuchen, mich aus der Affäre zu ziehen. Es stimmt, ich bin nicht sicher, ob ich der Richtige, ob ich dieser

Aufgabe gewachsen bin. Ob ich Ihnen gewachsen bin, setzt er nach und senkt den Blick. Ist es nicht so, frage ich mich, dass man sich bei näherem Kontakt mit dem Geld automatisch prostituiert? Wie verhindert man, lautet die Frage, mit dem Geld ins Bett zu steigen, sobald es ans gemeinsame Arbeiten geht? Pass nur auf, dass dir dein feines Köpfchen nicht zu Bruch geht, bei all den unschön erwachsenen Überlegungen, das Geld tätschelt seine Hand, heb dir deine Sorgen für ein nächstes Leben auf, sie laufen dir schon nicht davon, lass die Hirngespinste sein, die Berührung verlangsamt sich, wird intimer, erledigen wir einfach unser Projekt, gewissenhaft und gnadenlos, den Rest lass doch einfach geschehen. Humorist M zieht seine Hand zurück. Das Geldschwein, denkt er. Es lässt sich einen weiteren Champagnerkübel kommen. Auf solche Konsumgewohnheiten ist die Belegschaft nicht vorbereitet, man staubt die Silberplatten ab, kratzt aus dem hintersten Winkel des Tiefkühlfachs die Eiswürfel hervor. *Autobiographie des Geldes*, schreibt Humorist M gut leserlich auf einen Block. Wie fangen wir an? Ich habe oft Menschen getrennt, selten zusammengebracht. Das ist allzu negativ, kein passender Einstieg. Wie soll es heißen, das Buch? Kostenvoranschlagsverbindlichkeit. Etwas sperrig, oder finden Sie nicht? Erzählen Sie doch einmal, welche Fixszenen schweben Ihnen vor, was darf dem Leser nicht vorenthalten werden? Es sprudelt nur so aus ihm heraus, die Anekdoten, die kleinen Notlügen als kosmetische Eingriffe im weitreichenden Bogen. Ihre Geburt? Die Entwicklung eines Universaltauschmittels, das als Material selbst völlig ohne Wert ist. Ich habe den Menschen die Fähigkeit zur Abstraktion abverlangt. Ja, ein Gott schwirrte umher, doch gemessen an der Größe ausgelöster Kriege, ihrer Opferzahl, handelt es sich bei mir um eine intellektuelle Errungenschaft, die jene der Religion übersteigt. Kampf der Geistesleistungen, wer gewinnt?, notiert Humorist M. Das Geld schließt die Augen, ich werde zurückkehren, die tanzenden grauen Flecken an der Innenseite meiner Lider verschwimmen zu den Anfängen, ich sehe einheitliche Muscheln, denen eine Entsprechung in Leinen, Salz und Gold zugewiesen wird. Ich sehe eine Marge, die dem klugen Händler Wohlstand schafft. Kronjuwelen der Könige, die ihre Notgroschen horten, Soldaten, denen ihr Sold in Fleischresten ausbezahlt wird. Einer, der den anderen erschlägt, um fremden Lohn einzustreichen. Entschuldige, dieses Erinnern geht mir sehr nahe. Das Geld nimmt einen Schluck. Herr Ober, bitte noch eine Flasche! Ich sehe einen gierigen Hosenscheißer, der den Klassenkameraden Süßigkeiten verkauft, Schokoriegel und Zitronenbonbons, stetig die Gewinnspanne vergrößernd. Damit legt er den Grundstein für sein Handelsimperium. Ich sehe den gelungenen Praterbesuch. Einer möchte kein Geld mehr ausgeben, hat von mir heute genug, sagt es den anderen, jemand bietet ihm an, ihn auf ein paar Attraktionen einzuladen, damit du teilhaben kannst, nicht daneben stehen musst, wie er sagt. Man willigt ein. Ich sehe die Heimfahrt in der Straßenbahn, während der beiläufig aufgezählt wird, wer jetzt wem wie viel schuldet, auch der vermeintlich Eingeladene wird genannnt. Der Champagner trifft ein, mit ihm wird gegurgelt, die Zunge eingeweicht. Diese Zwölfjährigen mit ausgeprägtem Geldzähldaumen. Einer ist so perplex, er kann nicht widersprechen. Am nächsten Tag begleicht er seine Schuld, zahlt den vollen Betrag, rundet sogar noch auf. Hat es der andere, fragt Humorist M, mit schlechtem Gewissen gesagt? Den Betrag schamvoll genannt? Nein, mit reinem Gewissen, als wäre ich nichts, sagt das Geld, als könne man sein Leben ganz neben mir führen. Aber dem ist nicht so. Ich sehe einen, der badet in mir, zündet sich die importieren Zigarren an mit brennenden Scheinen. Haben Sie das genossen? Ach, baden im Geld, baden im Blut, von Jungfrauen, von Ziegen. Gefällt es Ihnen, ein Fetisch zu sein? Wem gefällt das nicht? Von der Kaurimuschel zur Finanztransaktionssteuer, Aufstieg und Fall einer Menschheit, guter Titel? Eher nicht. Du bist zu wählerisch! Ist das Geld wählerisch? Macht es einen Unterschied, mit wem es sich abgibt? Die fette Dame scheint Sticheleien dieser Art auszukosten. Ich entscheide mich für oder gegen jemanden, ich verfüge nächste Schritte, ich behalte Oberhand. Haben Sie schon einmal einen Kapitalanwärter abgewiesen? Warum sollte ich? Ich bin ein Vergehen, eine Krankheit und eine Schuld. Mit mir ist nicht zu spaßen. Ich bin nette Begleiterscheinung der mit mir Infizierten, jedenfalls nimmt man mich hauptsächlich als eben das wahr. Ich bin die fünf Sterne des Hotels, der gebrachte statt geholte Kaffee, der Goldrand am Teller, aber wie ein schmackhaftes Steak hinunterwürgen, wenn das Bauchgefühl nicht stimmt, man den Familiensinn verliert oder Freunde zu Feinden macht? Sind Sie es wert? Bin ich es wert? Apropos, das nächste Treffen dann bitte in einem Hotel, jetzt habe ich mir Lust darauf gemacht.

Traum: Ein Zirkusdirektor tanzt an Zeremonienmeister er erscheint weil mir jemand das voreilige Versprechen abgeluchst hat ihn erscheinen zu lassen hereinspaziert hereinspaziert brüllt er treten Sie näher und treten Sie ein er ist kein Mann jemand trägt ein geschwungenes schwarzes Jäckchen mit aufgestickten Goldschlaufen trinkende essende meinende Runde Vorweihnachtsfeier unter Freunden es sind Stickwirbel am Oberteil jeweils ein aufgebauchtes Nadelöhr in Vielzahl aneinandergereiht Lachkrampf der Sitznachbarin Tränen in den Augen ein freudiges Schluchzen das ist erlaubt und mit Lachtränen wären vom Aquarellisten ganz andere Bilder zu malen den Pinsel vor dem Farbmischmasch in dieses besondere Menschenwasser tunken dann ansetzen und Wiesengräser Zirpvögel festhalten trinkend und essend und rauchend und müde das Versprechen ein Mädchen erscheinen zu lassen das ein kleiner dicker Mann ist harter Schnitt Untote sind auf dem Weg zu uns ich brauche einen festen stumpfen Gegenstand um mich ausreichend verteidigen zu können ob ich es sage oder denke weiß ich nicht plötzlich fällt mein Blick auf eine Art Kurzhammer ich wusste dass er mir in wenigen Augenblicken auffallen würde er ist viel zu schwer für meine zarten Mädchenarme ich schaffe es kaum ihn in eine gewisse Fallhöhe zu bringen von der aus er auf die hohlen Köpfe der Untoten niederregnen kann ich stelle mir meine Opfer vor ihnen hängt die Zunge dumm heraus ich lege ihn zurück an seinen Platz werde mich nach einer anderen Waffe umsehen müssen eine knapp schon erwachsene Frau ungeschminkt von großer natürlicher Schönheit möchte gerne dass ich einem Kollektiv beitrete ihrem Projekt zuarbeite landwirtschaftliche Kommune ich bitte mehrmals um genauere Information weil ich nicht ins Blaue hinein einen Lebensplan verwerfen und woanders neu beginnen kann worum geht es in diesem Projekt eigentlich sie reagiert auf meine Fragen nicht jemand den ich kenne läuft herbei ich beobachte seine unbeholfene Art der Fortbewegung alle sind von ihm begeistert er wird die abgebrochene Ausbildung wiederaufnehmen und abschließen gratuliere im Chor Gratulation alle sind Teil der Kommune bloß ich nicht aber werde bald dabei sein keine Umkehrmöglichkeit ich stehe irgendwo in einer losen Gruppe von Menschen als ich beginne von mir zu erzählen beugt sich einer ganz nah heran und sagt dass ich insgeheim ohne es zu wissen vom Kollektiv schwärme eigentlich versuchst du uns zu rekrutieren das ist mir gar nicht aufgefallen bei einem Konzertabend fällt der Schlagzeuger aus ich springe ein ich gebe mein Bestes doch die Schläger sind mir zu lang der Hocker ist mir zu tief geschraubt die Becken erklingen zeitversetzt ich verwandle den Auftritt dieser hoch gelobten Band in ein Desaster ich werde nie wieder einspringen dürfen danach auf meine katastrophale Leistung angesprochen sage ich das Schlagzeug war mir insgesamt zu klein man hätte es vorher anpassen sollen mich trifft keine Schuld überhaupt sind viele Gegenstände die ich benutze zu klein meine Mutter ist schon tot hängt es damit zusammen sie liegt in einem vom Bagger ausgehobenen Grab ich breche in ihr Schmuckgeschäft ein kein Alarm keine Polizei ich breche ein um festzulegen was demnächst von den Kunden gekauft werden soll vielleicht weil man erst in der Nacht die Ruhe dazu findet mürrisch wäre der falsche Ausdruck ich bin einfach nicht zu Scherzen aufgelegt dann gehe ich ins Schwimmbad ein ehemaliger Schulkollege ist hier und meine Italienischprofessorin wir legen einen Plan fest Stunden werden getauscht Supplierung sage ich das wärmende Gefühl des administrativen Aktes ich ziehe meine Runden er schwimmt einige Längen erarbeitet sich Vorsprung beachtenswert wenn man bedenkt dass er sich vor dem Schwimmbadbesuch aus irgendetwas herauswinden musste das ihn nicht freigeben wollte er trägt eine schwarze Badehaube am Beckenrand ist ein Tisch der mich an den Tag der offenen Tür erinnert eine Bastelstation an der sich Viertklässler an schweren Aufgaben der Mathematik oder der Länderkunde versuchen können um begeistert den Eltern davon zu erzählen damit diese die Einschreibung mit dem Direktor vereinbaren der Tisch ist ein Altar auf dem Informationsmaterial aufgebahrt wurde ich kraule mir geht Chlorwasser in die Nase ich zähle die verbrannten Kalorien wie wir uns abstrampeln immer auf ein Idealgewicht zu mehrere Unterstufenschüler wuseln herum kleine Helferlein die mit den noch Jüngeren eine Aufgabenteilung festlegen alle sehr geschäftig manche blass im Hintergrund immer wenn er einen Umkehrschwung macht toben viele kleine Wellen auf mich zu drängen mich aus der Bahn wenn er nach Absolvierung aller Einheiten die Handflächen außerhalb des Wassers fixiert und seinen Körper hochstemmt dann grinst er mich wissend an ich bin mir nicht im Klaren darüber welche Rolle einem dieser Ort zuschreibt ich heuere bei einem Pizzaservice an man verspricht mir eine gute Art des Geldverdienens so und nicht anders drückt der Inhaber sich aus meine beste Freundin erscheint ich sage ich glaube nicht dass ich das kann ich versuche es trotzdem mein Motorroller hat einen Unfall ich soll einen Hügel hinauffahren die Steigung ist extrem ich kippe um und verletze mir das Kreuzband meine Freundin eilt herbei wir beschimpfen den Bringdienst der noch von mir hören wird weil er mir den Lohn meines ersten und einzigen Arbeitstages schuldig geblieben ist ich bin deprimiert der Boden scheint mich magisch anzuziehen ich neige dazu mir Begegnungen und Situationen in allen Einzelheiten vorzustellen diese Knitteranzahl in der Bluse diese Stellung der Fußsohlen in jenem Moment es darf nicht irgendeine sondern muss diese bestimmte sein dieser wunde Zerrpunkt an der Hüfte dieser Anblick dreißig Meter entfernt ich neige dazu diese Dauer bis zum Verstehen eines Blondinenwitzes dieser Pferdeschwanz vom Nacken einer Kellnerin baumelnd und trifft es nicht exakt so ein in allen Details dann explodiert etwas in mir das ich zum Leben unbedingt gebraucht hätte dann gibt es keine Rettung mehr und niemand kann mich löschen.

Durchaus anzunehmen, dass Kilian Matt sein *Liebesversäumnis* in Hinblick auf die Kritikerin geschrieben hat. Der Ich-Erzähler fachsimpelt sich durch eine wendige Struktur loser Erinnerungsfäden, der Imaginationen, des Dazugedichteten. Vor langer Zeit, als er in die Arbeit vertieft ist, als er sich verausgabt, voll darin aufgeht. Er lädt sie zu sich ins Kaffeehaus. Gewährt Audienz? Umgekehrt: Wünscht sich, in ihrer Nähe zu sein. Die Kritikerin, wie sie ohne

Umschweife erscheint. Ihre Verbindung ist die gemeinsame Arbeitsauffassung, unter Leuten für sich sein, jeder geht in Studierhaltung, versinkt in seiner Tätigkeit. Matt tobt sich aus am Liebesversäumnis, ihr gegenüberzusitzen, sich schreibend ihr zu nähern. Welch perfider Plan, sich seine Angebetete unter einem Vorwand, der gar keiner ist, weil sie doch ihre Dinge tut, wie es dem Plan entsprach, ich wiederhole, sich unter einem Vorwand seine Angebetete dazuzuholen, sich in ihrer Gegenwart an einer Beschreibung ihrer Wirkung zu versuchen. Kilian hämmert in die Tastatur, als gäbe es kein Morgen, da sitzt du, schreibt er, da sitzt du und weißt nicht Bescheid, da sitze ich und sage nicht, was alles gesagt werden sollte, er macht es sich zur Aufgabe, die Liebesversäumnisse aller Generationen aufzuzählen, vieler Jugendjahre mancher Kontinente, seine eigene Generation bloß trauriger Höhepunkt der vielen versäumten Lieben. Da sitzt du, schreibt Matt, die ihm gegenüber Sitzende mit den Augen abtastend, da sitzt du so nah, so sehr in Reichweite meiner tippenden Finger, da sitzt du und stützt deinen Kopf mit dem Arm ab, rückst dir die Brille zurecht, die du neu hast, für die es langsam Zeit geworden ist, da sitzt du und befragst deinen Bildschirm. Da sitze ich und finde, dass deine Hände berührenswert sind, da sitze ich und tue so, als wüsste ich Bescheid. Wahr ist, dass unsere Blicke sich kreuzten. Wir sehen Kilian mit der Frau, die wir Kritikerin nennen, im Kaffeehaus. Heute ist er lebendig tot. Mit dem Wissen um diese Tatsache im Vorhinein ausgestattet: Hätte er ein Ruder herumgerissen oder das Schicksal seinen Lauf nehmen lassen? Sein Buch *Das Liebesversäumnis* handelt von einem Mann, der noch einmal auf eine frühere Angebetete trifft, aus der Schulzeit, altbekannte Konstellation.

Humorist M hat sich mit dem Geld in ein Hotelzimmer zurückgezogen. Er bereitet seine Unterlagen vor. Was darf ich dir anbieten? Ein Tee wäre nett. Was für einen? Salbei. Geld legt den Telefonhörer ans Ohr, ich lasse kommen, erklärt es, dem anderen zugewandt. Er räuspert sich. Das bisher Notierte erscheint ihm nicht sehr brauchbar. Man hätte sich nie auf diesen Unsinn einlassen dürfen. Jetzt ist es zu spät. Alles in Ordnung mit dir?, fragt das Geld besorgt. Ja, ja, alles bestens. Es hat sich schön gemacht, soweit es möglich war. Den Versuch, die Speckwulste mit ausgefuchst geschnittenen Kleidern zu kaschieren, unternimmt es gar nicht erst, das wäre sinnlos. Es hat die Wangen gepudert und zu viel Lippenstift aufgetragen. Es hat sehr viel investiert, um derart billig auszusehen. Eingeschüchtert sitzt Humorist M ihm gegenüber. Ein Kapitel meiner Autobiographie sollte dem Glücksspiel gewidmet sein, ich mochte uns nicht, sagte einmal jemand zu mir, nach einem Pokerabend, er mochte sich nicht, während des Kartenspiels, und er mochte seine Mitspieler nicht. Es ist meine Aufgabe, Menschen aneinander zu binden, man verweise auf die Ehen und Partnerschaften, die allein in mir ihren Ursprung fanden. Andererseits führe ich dazu, dass sich Menschen von sich selbst und von anderen entfernen. Man wird sich fremd. Eventuell sind Befragungen mit Spielsüchtigen anzufügen. Humorist M kritzelt eifrig ins aufgeschlagene Heftchen. Die Pokergemeinschaft dieses Abends ist auf einen Notort ausgewichen, beim ursprünglichen Gastgeber war es zu Streitigkeiten mit den Nachbarn gekommen, es stand nicht in seiner Macht, diese zu beiderseitiger Zufriedenheit aus der Welt zu schaffen. Wie auch immer. Zimmerservice! Es werden Getränke serviert. Humorist M nippt an seinem vorzüglichen Tee. Brennheiß. Die Zunge geht retour, verkriecht sich mit angeschlagener Spitze im Mundraum. Wenn beispielsweise ich dir ein Getränk bestelle, das du gar nicht möchtest, während du auf der Toilette bist, sagen wir, Bier, obwohl du schon ins Taumeln und Umfallen gerätst, dir ist schlecht, gleich wird es antiperistaltisch, doch du wirst übergangen, kehrst zurück, hast ein Glas vor dir stehen, für das du nichts kannst, ich aber, und wir alle anderen am Tisch, wir pochen auf Geselligkeit, du willst uns doch kein Spielverderber sein? Mit verschmitzter Gnadenlosigkeit wird dann beharrt und gelächelt, du erliegst dem Gruppenzwang, wir stoßen an, dein Abend endet, als du auf der Toilette kniest, die Gebetspose einmal eingenommen, steht dem Würgen und Spucken nichts mehr im Wege. Ähnlich verhielt es sich am Pokerabend, als bei den Anwesenden vorausgesetzt wurde, dass sie um echtes Geld spielen. Alles keine knauserigen Menschen, im Gegenteil, da wird keine Münze zweimal umgedreht, vor allem, wenn es ums leibliche Wohl geht, da lädt man auch gerne den anderen auf etwas ein, da wird gekocht und bewirtet. Trotzdem war manchen dieser Ernst, mit dem das Spiel aufgewertet werden sollte, nicht behaglich. Wir saßen um den Tisch, für Gesellschaftsspiele unpraktisch eckig, erzählte mir jemand, und ich werde in

Kürze darauf zu sprechen kommen, weshalb mir diese Geschichte aus erster Hand vorliegt, der Stapel wurde gemischt. Zuletzt, kurz vor Spielbeginn, kam es zum Einzahlen in den Topf. Fetischisierung des Geldes, bei diesen Worten leckt es sich über die Lippen. Humorist M schrumpft unmerklich zusammen. Du wirkst leicht zerstreut. Das Geld macht keinerlei Anstalten, die Hand von seinem Knie zu entfernen. Ich dringe in den privaten Bereich ein, erklärt es, massiv. Meine Autobiographie möge die Frage stellen, ob ich das einzig mögliche Bindemittel zwischen Personen bin.

Die Erkenntnisproduktion läuft auf Hochtouren. In der umgewidmeten Wurstfabrik ist jetzt alles auf Verwirklichung und Pflege von Ideen ausgerichtet. Die Belegschaft freut sich, weil sie von den neuen Besitzern geschlossen übernommen wurde. Lediglich die Haarnetze mussten durch ausgefallene Frisuren ersetzt werden. Eine Veränderung, die keinem sauer aufstößt, ganz im Gegenteil. Die zu bedienenden Maschinen sind kompakter und leiser, die Hebel dafür länger. In der Erkenntniszentrifuge wird die Spreu vom Weizen getrennt. Freitagabends kommt ein Putztrupp und reinigt die Arbeitsplätze, man kratzt Unausgegorenes von den Oberflächen. Übers Wochenende ruht die Erkenntnisproduktion. Wir exportieren nach Übersee, ins weit entfernte Ausland, bald in die ganze Welt. Wo einmal Frankfurter Würstel vom Förderband direkt in den Schlund des Vakuumierers tropften, kullern heute Erkenntnisse auf Sammelkarten gedruckt in Packungen zu je fünf Stück. Das Auswahlverfahren erledigt ein Zufallsgenerator. Die menschlichen Ressourcen kommen bei der Überwachung dieses Vorgangs zum Einsatz. Jeden Montag stattet ein Befugter der Fabrik einen Besuch ab, um die Funktionstüchtigkeit der Maschinen zu überprüfen. Lautes Rattern verlangt von den Angestellten das dauerhafte Tragen eines Gehörschutzes, wie er in der Industrie eingesetzt wird. Mangelerkenntnis oder Erkenntnisreste, die nicht mehr dem Vertrieb zugeführt werden können, dürfen von den Angestellten nach Absprache mit ihrem direkten Vorgesetzten mitgenommen werden, um den Angehörigen ein Fest zu bereiten. Die Maschinen und Menschen arbeiten sauber und brav. Derzeit blinken keine Warnlämpchen auf, die Produktion beeinträchtigende Faktoren sind daher auszuschließen.

Ich finde das ungut. Was? Dass du die Nummer unterdrückst, antwortet Bohm. Wo bist du? Unterwegs. Soll ich später anrufen? Nein, nein, es geht schon. Hast du schon gegessen? Ich hatte bis jetzt noch keinen Hunger. Frühstücken verhilft zu einem guten Start in den Tag. Ich weiß. Wo bist du genau? Irgendwo. Bei mir ist das Wetter sehr gut, und bei dir? Moment, warte, ich sehe kurz nach. Du hattest wohl heute noch keinen Kopf für solche Dinge. Bei mir ist es auch schön. Es bringt wenig, zu telefonieren, habe ich Recht? Mal so, mal so. Stört es dich, zu reden neben anderen Leuten? Nein. Bist du alleine? Ja. Ich könnte später zurückrufen. Musst du nicht. Du könntest später zurückrufen. Möchte ich nicht. Wo warst du bereits und was steht als nächstes auf der Liste? Gerade eben in der Erkenntnisfabrik, beachtlich, davor in der Fleischzucht, beängstigend, jetzt geht es weiter ins Schlaflabor, vielversprechend. Gut zu wissen, was deine Pläne sind.

Wien besucht das Parlament. Hinter dem Boxer, der energisch voranschreitet, geht es die steile Rampe hoch. Nur zwei der vielen Säulen sind an den Enden in Gold gefasst, die anderen, frisch gereinigt, protzen nicht, stehen artig hell als freundlicher Zaun um den Grundbau. Beim Eingang angekommen, müssen die beiden eine Sicherheitskontrolle über sich ergehen lassen. Der Rucksack wird geöffnet und durchwühlt, die Anordnung der Dinge zerstört, Wien beißt die Zähne zusammen, dem kommt man nicht aus, ich muss hier wirklich jeden überprüfen, erklärt eine Beamtin. Die Leibesvisitation kitzelt unter den Armen, gefunden wird nichts, denn das Bedenkliche tragen die meisten nicht am Körper, sondern im Kopf, da kann man so viel abtasten und ausgreifen, wie man will. Sie schreiten durch die Gemälde und Verzierungen, ihr Gehen hallt. Komm, der Boxer winkt die Stadt zu sich heran, durch diese Tür dort. Hier werden Entscheidungen gefällt, fürs ganze Land? Vorne befindet sich ein Aufgebrachter, der, von Zwischenrufen der Opposition unterbrochen, stehend seine Minuten absitzt, bis er endlich wieder an den Platz zurückkehren darf, in Verweilhaltung am großzügig gepolsterten Drehsessel. Wien rümpft die Nase. Können wir diese Station meiner Reise ins Innere nicht einfach auslassen, was spricht dagegen, das Parlament am Stadtplan zu übersehen? Jetzt zier dich nicht, niemand hat gesagt, dass es leicht für dich wird, komm. Sie betreten den Zuschauerrang. Der Lauf eines Maschinengewehrs ragt ihnen von unten entgegen. Kurz blitzt er auf, verschwindet dann wieder unter der Jacke. Was geschieht hier?, fragt Wien. Das werden wir gleich sehen. Ein Heizungsrohr hat Blähungen, es gurgelt und klopft.

Auf der Ministerbank wird Vollzähligkeit festgestellt, niemand lässt sich heute entschuldigen, was höchst erfreulich ist. Die Tagesordnung wird verlesen. Debatten stehen an. Erstellte Rednerlisten werden verworfen und wieder neu erstellt. Ein zäher Vorgang. Die schöne Praktikantin reicht jemandem einen Aktenordner, er nickt ihr dankend zu. Sie hat schulterlanges rotes Haar, Sommersprossen im Gesicht. Wien schaut sie lange an. Der Boxer schnippt direkt vor seiner Nase, um Aufmerksamkeit zu gewinnen. Warte, ich glaube, es wird gleich etwas passieren. Manche der Sitzenden haben Schnittnarben vom Mundwinkel zum Ohr, was sind das für Leute in mir, was sind das für Kreaturen? Burschenschafter. Wären sie mir auszutreiben wie ein Dämon, gehen sie vorüber wie ein Krankheitsbefall? Nein, leider, ruckartig ist da nichts zu erreichen, aber mit einem Messer, das scharf genug ist, sollten selbst diese Bier trinkenden Säbelschwinger aus einer Stadt herauszuschneiden sein, wer weiß, es gibt schließlich für alles Experten, es wird aber dauern. Manchen der Lümmelnden sind die Augen zugefallen. Ein authentisches Abbild der Bevölkerung, Wien, tut mir leid, Demokratie gibt den Menschen das Recht, jene Vertreter zu wählen, die für diese Rolle ungeeignet sind. Die Niedertracht, die Dummheit, all das findet sich in regierenden Organen.

Die bewaffneten Eindringlinge legen blickdichte Skimasken an, sie werfen überflüssige Mäntel ab, die Gewehre kommen zum Vorschein. Man stürmt zu den Ausgängen, doch die sind verriegelt, es gibt kein Entkommen. Bitte bleiben Sie ruhig!, brüllt die Anführerin der Gruppe. Wir bitten Sie, Haltung zu bewahren! Es zeigt keine Wirkung. Der Kanzler quiekt wie ein Schwein, kauert unterm Pult. Der Vizekanzler tastet sich unbeholfen den Filzboden entlang, sein Kugelbauch verhindert sinnvolle Bewegung. Während der Sitzung, unglaublich, wie ist es ihnen gelungen, sich Zutritt zu verschaffen? Diese Frage eines altgedienten Haudegens bleibt unbeantwortet. Das Stativ wird in Position gebracht, die Kamera verkabelt, wir sind live auf Sendung, das geht in die ganze Welt!, freut sich die Anführerin. Es gelingt den Bewaffneten, alles unter Kontrolle zu bringen. Jeder einzelne Abgeordnete ist anwesend heute, der Nationalratspräsidentin ist kein Fortbleiben mitgeteilt worden. Sie wird mit Klebeband ruhiggestellt, weil sie den Mund nicht halten kann. Jetzt seid ihr an der Reihe. Alle werden sie an ihre Stühle gefesselt und geknebelt, mit stark haftendem Klebeband werden sie mehrmals umwickelt. Ihr könnt euch nicht mehr rühren, ihr könnt euch nicht mehr zu Wort melden, ihr müsst zuhören!, stellt die Waffenbraut fest. Sie geht ans Rednerpult. Es sind Sprengsätze platziert. Mit fatalem Ausgang ist zu rechnen. Die Anführerin blickt abwechselnd in Kamera und Versammlung.

Sie werden, zu Recht, wie ich finde, anprangern, dass wir äußerst niederen Trieben gefolgt sind, als wir beschlossen, diese Aktion durchzuführen. Dem stimme ich zu. Die Anwendung von Gewalt ist indiskutabel, sie ist kein Mittel zum Zweck. Wir machen einen Fehler. Er wird nicht von Dauer sein. Er stiehlt Ihnen nur wenige Stunden. Sie müssen mich anhören. Dem ist nichts entgegenzusetzen. Sie sind meiner Stimme ausgeliefert. Sie sind verpflichtet, meinen Ausführungen zu lauschen. Unsere Redezeit ist unbegrenzt. Ich werde sprechen, bis mir Luft oder Gedanken ausgehen. Bis man den Saal stürmt. Bis man uns mit Tränengas vertreibt. Aber selbst unter Tränen werde ich weitermachen und Sie wissen lassen, wer Sie sind. Es herrscht ein Ungleichgewicht. Ich bin die Stimme des vergewaltigten Volkes, das vom massiven Politikerkörper zu Boden gedrückt wird. Viel zu lange schon. Alle Helfer sind maskiert, wir bleiben anonym. Unsere durch Gesichtszüge ausgestellte Individualität wäre ein Trugschluss. Wir sind nicht Einzelne, sondern Weltmeinung vieler. Ich bin eine Kämpferin, ich habe Mut, mir ist nichts zu gefährlich. Mein Sinn für Gerechtigkeit verleiht mir den Zorn, eine bewaffnete Aktion vorzubereiten, Teil der Ausführung zu werden. Ein Datum festzulegen. Heute ist der Tag. Die hier stehen und euch winselnde Pakete bewachen, sind meine Brüder und Schwestern. Wir sind eine Familie der Ausgeschlossenen. Uns verbindet das Vertrauen in die Zukunft. Wir sind Terroristen der Vernunft. Die Aufklärung stärkt uns den Rücken. Ihr hört uns nicht zu. Ihr habt eure Ohren verlernt. Wir sind gekommen, um euch die Chance zu geben, auch auf Aspekte des Lebens zurückzubesinnen. Uns trifft keine Schuld. Wir sind Trotzreaktion, ausgelöst durch euren

Stumpfsinn, eure Leere, eure Beihilfe zum Hungertod, eure Arroganz im Umgang, eure Liebesunfähigkeit. Wir sind die gute Gewalt. Wir sind ein Krieg, den der Frieden führt, um nicht unterzugehen. Eine Balance muss wiederhergestellt werden. Das rote Kameralicht blinkt, die Einschaltquoten steigen. Es ist wichtig, ins Parlament einzudringen und die Verantwortlichen in eine missliche Lage zu bringen. Ihr müsst zuhören. Endlich. Wir sind kein lästiger wievielter Brief, den man unbeantwortet lässt. Wir sind kein von der Sekretärin abgewimmelter Bittsteller. Wir sind ein Zusammenschluss Fremder, die etwas auf den Punkt gebracht wissen möchten. Mein Name tut nichts zur Sache. Mein Alter braucht Sie nicht zu interessieren. Ich bin eine Frau in der Mitte meines Lebens. Ich habe zwei Kinder. Sie wachsen glücklich auf. Ich setze alles daran. Ihr macht es mir schwer. Es gehen Dinge zu Bruch. Die Welt schweigt dazu. Probleme sind größer gefasst, als ein Einzelmensch begreift. Dessen bin ich mir bewusst. Ein Beginn der Lösung ist die Feststellung eurer Inkompetenz. Wir Bewohner eines Landes können seine Entwicklung mitbestimmen. Die Bewohner anderer Länder können es uns gleichtun. Wir beschränken uns auf den uns vermittelten Lebensraum. Ihr Politiker des Landes, ich spreche zu euch, ihr seid Empfänger meiner Sehnsucht nach einem Wegrücken von lustloser Scheu davor, etwas in Angriff zu nehmen. Verbreitet Aufbruchstimmung, seid euch treu, seid überschwänglich liebend, nutzt die Freiheit, die ihr schützt. Ich will nicht in Rufzeichen sprechen. Wir wollen sachlich von Erleuchtung erzählen. Macht der grauen Zeit ein Ende. Streift das Jahrzehnt der einstürzenden Wolkenkratzer ab, Zwillingstürme des Welthandelszentrums, um in Gefilde des Neuen aufzubrechen. Lasst ein Zehntel des Jahrhunderts genug des dumpfen Trotts gewesen sein. Wir sind uneinverstanden mit eurem Anspruch an euch selbst. Ihr seid uns ein Dorn im Auge, und der Umwelt, der Entwicklung, dem Streben nach Wahrung eines guten Geschmacks. Demut ist ein altmodischer Ausdruck. Ich benutze ihn jetzt. Ich hatte immer vor, ihn hier und heute zu benutzen. Ihr Trübsalbläser, ihr Schwätzer, ihr Unheiligen, ihr Unsäglichen, ihr selbst doch am meisten von eurer Politik Verdrossenen, ihr aalglatten Ducker, wenn es um Entscheidungen und Endgültiges geht, ihr der veröffentlichten Meinung hinterher Hechelnden, ihr Gemachten, weil nicht aus eigener Kraft hier, sondern aus einem Interesse. Demut ist ein ungebräuchliches Wort. Aber würdet ihr Gefesselten auch nur eine Sekunde eines Monats lang Demut empfinden, es wäre alles beinahe in Ordnung. Es heißt Bescheidenheit, und ihr strahlt sie nicht aus. Es heißt Dankbarkeit, und ihr habt sie nicht mehr nötig, weil euch Türen offenstehen. Großkotzig lasst ihr euch von einem Termin zum nächsten kutschieren. Ihr seid euch eurer Position nicht bewusst. Ihr habt eure Demut verloren. Ihr seid niemals in euch gegangen, um euer Wesen zu verorten. Ihr seid dazu in der Lage. Es wäre an der Zeit, von dieser Möglichkeit Gebrauch zu machen. Ich fordere Demut ein. Habt ihr gehört. Ich verlange diesen einen Funken Demut, der in jedem zu glühen hat, der ernannt ist, Bevölkerungsgruppen ein Vertreter zu sein. Es soll ein Zweifel an euch nagen, ob ihr euren Ämtern genügt. Ihr sollt nicht zufrieden sein mit euch, solange ihr keine Sprachfähigkeit vorweisen könnt. Ihr müsst euch in allen Bereichen verbessern. Niemand verlangt Intellektuelle, aber ihr müsst Leser sein, euch mit Büchern vertraut machen. Ihr Politiker müsst einen Roman in der Aktentasche haben. Andernfalls seid ihr gefährliche Menschen. Abgestumpfte, leblose Haufen. Ich wünsche euch ein Rhetorikseminar an den Hals, auf dass ihr endlich lernt, euch wirksam in Worte zu fassen, Aufmerksamkeit nicht mehr durch Knalleffekt, Gerichtstermin, enthüllte Kurtisane, sondern durch Wahrhaftigkeit und Strahlkraft der Visionen. Auf dass ihr endlich lernt, was es bedeutet, eine Zunge zu haben, über Sprache zu verfügen. Legt eure Bierbäuche ab, ihr seid träge geworden. Schleicht euch des Nachts auf einen Kinderspielplatz, quält euch die Turnstange hoch, macht Klimmzüge, wenigstens einen, geht mit dem Hund um den Block, spaziert auf den Mond zu, ohne jemals anzukommen. Und euch jungen, flotten Machern sei gesagt: Ihr habt die Welt nicht gesehen, ihr seid Berufspolitiker, was ein größtes Schimpfwort ist. Ihr könnt mir gar nichts erzählen. Da sind Wirtschaftsjournalisten, die euch in Fragen des Staatshaushaltes locker das Wasser reichen können. Die wenigsten von euch haben gesellschaftlichen Durchblick. Ihr begreift nichts. Keine Zusammenhänge, keine Macht des Geldes, keine Geschichte. Ihr Politikerunholde. Alles Weltmännische ist an euch zu vermissen. Kein verklärender Blick in die Vergangenheit. Eine erhobene Faust Richtung glorreicher Zukunft. Seid in euch, um aus euch herausgehen zu können. Die Politiker, seufzen die Leute am Stammtisch, ja, die Politiker. Weiter haben sie jedoch nichts vorzubringen. Nur in den seltensten Fällen. Wir sind hier. Wir haben euch gefesselt. Wir konfrontieren euch mit der unbequemen Wahrheit, dass ihr eingeschlafen seid. Euch Führern der Parteien sei an den Kopf geworfen, dass ihr euch in Geplänkeln verliert. Wir schütten euch die Herzen aus, nicht bloß unsere, auch jene einer schweigenden Mehrheit. Findet eine Demut in euch. Sie ist vorhanden. Das verspreche ich euch. Es muss geschehen. Es hat zu passieren. Das wisst ihr, das weiß ich. Und alles Gesagte werdet ihr sehr bald vergessen. Ihr gefräßige Meute. Ihr Jongleure mit Ängsten und Hoffnungen. Eure Fesseln werden gelöst sein, die geknebelten Münder entkorkt, und der Alltag des Foppens und Dagegenseins kehrt ein. Ihr Gedächtnisverlierer. Ihr seid nun entlassen. Geht nach Hause, eure Kinder schlecht erziehen und eure Ehen an die Wand fahren, eure Maßnahmen für wirkungsvoll erklären. Geht an euren verkümmerten Seelen zugrunde. Geht in eure bücherlosen Wohnungen, die Provinz ausstrahlen. Gackert weiter Unsinn in die Mikrophone, ihr schlanken Obfrauen, wohnt weiter in euren schönen Bezirken, in euren problemlosen Gegenden. Hetzt weiter, ihr Hetzer. Fresst weiter, ihr ungebildeten Blender. Geht zum Lachen weiter in den Keller, sehnt euch weiter nach den Farben des Lebens, das ihr euch verbietet, ihr im Konservativismus Konservierten, ihr frommen Leichenteile mit Hemd und Krawatte. Ihr alle seid nicht genug. Ihr genügt keiner Welt. Es geht mit euch zu Ende. Ein Helikopter kreist über dem Parlament. Keine Spezialeinheit der Polizei, sondern Beihelfer unseres Terrors. Ihr Politiker seid die rostspröden Zahnräder im Staatsapparat. Ihr Derzeitigen müsst euch umkrempeln, wollt ihr nicht abgeschafft werden. Die Decke des Saals wird durchschlagen. Wir alle seilen uns nach oben ab. Es gibt keine Fragen. Es kann keine geben. Euch ist das Wort noch nicht zurückerstattet. Ich verachte euch dafür, uns gezwungen zu haben, Gewalt anzuwenden. Wir knoten uns an die hängenden Seile, auf leisen Sohlen entschweben wir, als wären wir heimkehrende Engel. Auf Knopfdruck werden alle Sprengsätze entschärft und die Türen geöffnet. Der Spuk ist vorbei. Dann kommt die Exekutive, um euch zu befreien. Es heißt Demut. Es bedeutet, zu wissen, wo man sich befindet, welcher Sinn in diesem Hiersein liegen kann. Mir ist die Luft ausgegangen. Wir verabschieden uns.

Die Terroristen werden vom Helikopter mitgenommen. Sicherheitsleute stürmen den Plenarsaal, die Abgeordneten werden befreit. Ist jemand verletzt? Kommen Sie, ich helfe Ihnen auf, nehmen Sie meine Hand! Man gibt Schüsse ab, verfehlt seine Ziele. Verwirrt blicken die Geiseln um sich. Sie scheinen etwas Verlorenes zu suchen. Bin ich froh, sagt Wien, dass niemand getötet wurde, um diese Rothaarige dort zum Beispiel wäre es sehr schade gewesen, er zeigt auf Melinda. Ja, stimmt. Mir ist alles noch ganz verschwommen vor den Augen, ich begreife noch nicht, was eben geschehen ist, Sie wussten, dass wir Zeuge dieses Schauspiels sein würden? Nicht direkt, es war aber abzusehen, dass etwas in der Richtung auf uns zukommen würde, es gilt, die Zeichen zu deuten. Interessant, dieser Gewaltakt, den wir miterleben durften, auch lehrreich? Lehrreich insofern, als dass ein Kampf in dir tobt. Er lässt sich nur vermuten. Die beiden rutschen aus der Sitzbank. Welche Lehre ziehe ich aus dieser Trainingseinheit? Kämpfen können, wenn es um etwas geht, sich eben nicht in den hochgeschraubten Niederungen einer Pseudowissenschaft verlieren, sondern dastehen, breitbeinig, ganz Selbstsicherheit, sich nicht im Garten vergraben oder in Interessen verbunkern, sondern notfalls sein Parlament stürmen und Wirkung erzwingen, jedenfalls die Ärmel hochkrempeln und jemandem die Meinung sagen, begreifen, dass man selbst das Weltgefüge darstellt und beeinflusst, Umsturz erreichen. Wien, diese Stadt ist es wert, besungen, mit Gesängen milde gestimmt, aber auch provoziert, mit Trinkgeld überhäuft, in Maßen getreten, wie eine beglückende Hure behandelt zu werden. Dieser kleine Ort strotzt vor dem universellen Gestank alles Großen. Gewinnen können, weil man weiß, wofür man kämpft.

Auf den Schrecken sollten wir etwas trinken, seufzt ein Betroffener. Ja, absolut. Da gebe ich Ihnen Recht. Unerhört, einfach so hereinzuplatzen und uns einen Floh ins Ohr zu setzen. Demut, dass ich nicht lache. Gelächter. Fräulein Melinda, reservieren Sie uns einen Tisch. Natürlich. Sie kommen doch mit? Nein, das geht leider nicht, ich muss zu einem Casting. Ach, Schauspielambitionen hat die Gute. Sozusagen, ja. Es würde uns wirklich freuen, wenn es sich vielleicht doch einrichten lässt, dass Sie uns begleiten, er tätschelt ihr die Schulter, legt ihr nahe, dieses Angebot nicht auszuschlagen. Sie bleibt hart. Leider, tut mir wirklich leid, ich wäre gerne mitgekommen, es ist ein für mich wichtiger Termin. Wie Sie meinen. Er lässt von ihr ab. Also, meine Herren, dann wollen wir ein paar Schnäpse heben, um die Angelegenheit ein für allemal zu vergessen. Sehr unhöflich, uns einfach so zu fesseln und uns mit halbautomatischen Gewehren vor der Nase herumzufuchteln, damit jede politische Entscheidungsfindung zu verunmöglichen, lächerliche Anliegen vorzubringen, völlig aus der Luft gegriffen. Sie sagen es, Herr Kollege. Am helllichten Tag schwarze Gaunermasken zu tragen, keine Angriffsfläche zu bieten, das lässt Kinderstube vermissen. Sehr richtig.

Melinda eilt zur Anmeldedame. Bin ich zu spät? Nein, gerade pünktlich, jetzt holen Sie erst einmal Luft, mein Kind, verschnaufen sie erst mal. Sie zieht eine Nummer, füllt das Formular aus. Körpergröße, Kleidergröße, Haarfarbe, Augenfarbe, Gewicht, sexuelle Vorlieben. Geschlechtskrankheiten sind ihr keine bekannt. Sie gibt das Formular ab, wartet. Sie wird aufgerufen. Sie tritt ein. Er sitzt auf einem Klappstuhl neben einem Verhörscheinwerfer. Grüß dich! Hallo, guten Tag. Du bist also Melinda. Ja, das bin ich. Ich entnehme deinem Fragebogen, dass du beim Liebesspiel gerne die Oberhand behältst. Ja, das kann man so sagen. Was verstehst du darunter? Darunter verstehe ich, dass ich mich nicht unterwerfen lassen will. Gut, nimm bitte Platz. Danke. Gleich vorweg, wir drehen *Hodenstadel*, Unterwerfung muss den Darstellerinnen abverlangt werden. Ich verstehe. Wieso bist du hier? Ich brauche das Geld. Wie wir alle. Silen schabt mit den Hufen am Studioboden. Du studierst? Ja. Fertig? Hoffentlich. Wir haben bereits ein paar Publikumslieblinge unter Vertrag, was wir brauchen, sind neue Gesichter, du wärst so ein neues Gesicht, du gefällst mir. Das freut mich. Steh auf. Sie tut es. Komm her. Sie tut es. Ich möchte deine Brüste anfassen. Fühlt sich gut an. Welche Körbchengröße hast du? Ich weiß nicht genau. Unwichtig. Zieh dein Oberteil aus, mach dich frei. Er prüft ihre Brustwarzen. Es ist in Ordnung, dass die Kameras laufen? Ist in Ordnung. Wir haben viele wie dich, die Studentinnen sind, die sich abstrampeln, um den Alltag zu meistern, dir steht das Wasser bis zum Hals, langsam, aber sicher, du kannst dir Besseres vorstellen als das hier, doch die Umstände haben es nötig gemacht, ich habe kein Problem damit, mir sind die Beweggründe der Mitwirkenden gleichgültig, sie sind steif geworden, deine Warzen, ist dir kalt oder bist du erregt? Das lässt sich kaum vermeiden. Dreh dich. Sie tut es. Er öffnet seine Hose. Komm her. Sie tut es. Er zoomt heran, sie nimmt ihn in den Mund. Ich muss wissen, dass du Anweisungen befolgen und umsetzen kannst. Ich verstehe. Du machst das ziemlich gut. Sie benützt ihre Zunge. Bist du feucht? Er greift ihr in den Schritt. Es gefällt dir, Melinda. Zieh dich jetzt ganz aus. Dreh dich um. Fass dir zwischen die Beine, mach dich feucht. Ich spucke dir in den Spalt, verreib meine Spucke mit einem Finger. Steh auf. Sie tut es. Zieh die Arschbacken auseinander, benütz deine Hände. Hast du dich rasiert? Hygiene ist sehr wichtig, doziert Silen, Hygiene ist das erste Gebot. Reinheit der Öffnungen und Gewissenhaftigkeit im Umgang mit den Kollegen. Das Drehbuch zu *Hodenstadel* entstammt meiner Feder, musst du wissen, es handelt von den erotischen Eskapaden eines autobiographisch gezeichneten Charakters. Leg dich hin. Kriege ich dafür gezahlt? Heute nicht, wenn du mich zufriedenstellst und die Rolle bekommst, warten aber Perspektiven auf dich. Mein Drehbuch ist mit unzähligen Anmerkungen versehen, musst du wissen, wir drehen hier nicht einfach einen Körperfilm, ich habe mir ernsthaft Gedanken gemacht, ich betrachte unser Schaffen als Kunstform, als Notat zum unmöglichen Glück des Seins. Können wir ein Handtuch unterlegen? Du lernst schnell, ja, wer weiß, welche Pilze diese Mädchen hinterlassen, die vorher schon hier waren. Du bist nackt, das ist gut. Deine Unterschrift bestätigt, dass du aus freien Stücken hier bist. Melinda nickt geduldig. Wir werden nicht verhüten. Dein Schamhaar ist rot, es entspricht dem Farbkonzept, das wir für *Hodenstadel* erarbeitet haben. Wie hoch auch der Grad der Professionalisierung sein mag, es gibt Betreiberinnen dieses Gewerbes, die nach wie vor amüsiert sind über den Enthusiasmus des männlichen Besteigers. Du solltest dich mit den Arbeiten der Körpermeister auseinandersetzen und die Blicke der Darstellerinnen studieren. Verstörender Gedanke, der plötzlich denkmöglich wird: Sie finden es amüsant, von erwachsenen Kindern bestiegen zu werden, es macht ihnen Spaß, Erregung auszulösen. Es gibt welche, die versichern, ihren Beruf zu mögen, und die tatsächlich die Wahrheit sagen. Man glaubt es nicht, aber es stimmt. Diese Wahrheit gilt es vorzutäuschen, kannst du das für mich tun? Ich werde es versuchen. Würde ausstrahlen, darum geht es, dreh dich um, wir machen es von hinten. Du bist schön, du bist ein unschuldiges Ding. Silen hat sich entkleidet. Er verteilt Gleitgel auf die betreffenden Stellen. Wir machen eine erste Penetration, eine Probeaufnahme, die an die Produzenten weitergereicht werden kann, selbst wenn du die Rolle nicht bekommen solltest, was ich nicht glaube, weil du dich bis jetzt sehr vielversprechend anfühlst, kannst du dir immerhin deine Testsequenz als eine Art Visitenkarte mitnehmen und dein Glück woanders in der Körperindustrie versuchen. Melinda liegt atmend am Schreibtisch, ihre Zehenspitzen berühren knapp den Boden. Sie schließt die Augen. Er dringt in sie ein.

Das soziale Netzwerk pulsiert. Texte schreiben, wie vereinsamte Autisten Code programmieren, abgekapselt von Mitbewohnern und anderen äußeren Eindrücken, mehr spitzhacken als tippen, in Zeiteinheiten jenseits der acht Stunden, Melange als das Benzin des schreibtüchtigen Wieners, man entspricht seinen Klischees, sich ein Beispiel nehmen an den Erschaffern der sozialen Netzwerke, virtuelle Millionen scheffeln, Investoren an Land ziehen, Vervielfachung anstreben, Milliardengewinne, die sich durch legendäre Feste und waghalsige Altersunterschiede in Beziehungen Ausdruck verleihen. Zu Hause angekommen, wird das eigene Profil eines solchen sozialen Netzwerks geöffnet, neue Entwicklungen werden begutachtet. Einsamkeit ist die erfolgreichste Krankheit unserer Generation. Meine Damen und Herren, wir haben sie heute zu Gast. Man durchwühlt die digitalen Photoalben der Freundesavatare, denn um reale Personen handelt es sich längst nicht mehr, man kommuniziert untereinander über zweidimensionale Entsprechungen, ein Profilbild genügt, es bietet in allen Punkten das, was man von einem zweiten Ich erwartet. Einzige Aufgabe des Vertreters in der virtuellen Welt ist Umtriebigkeit. Man begutachtet eine chronologisch geordnete Urlaubsreise. Kamelritt. Wüstenfahrt mit Geländefahrzeug. Strandfest. Tauchgang zum Korallenriff. Einheimische. Blumenmarkt. Landesübliche Speise. Inniger Kuss. Nächstes Album anderer Person. Ist dort vielleicht das Glück? Nieselregen im üppigen Grün. Betrunkenheit. Trostlos eingefallenes Zweimannzelt. Schnapsbrennerei. Das tödliche Bergab der Klippen. Mietauto. Wuschelkopf. Auch hier bleibt es ausgespart. Selbst zwei Dutzend Alben und fünfhundert Bilder sind außerstande, den Vorwurf zu entkräften: Das Glück lässt sich nicht abphotographieren. Selbst der hochwertigsten Spiegelreflexkamera ist es unmöglich, es zu erhaschen. Eine Niederlage der Programmierer, den Glücksmoment nicht in den virtuellen Raum verlagern zu können. Noch nicht. Nie? Uns zieht sich eine Schlinge um den Hals. Die Interaktion ist zum Posieren geworden, was wir machen, ist für Apparate gedacht, kaum mehr dem Gegenüber, bloß am Rande, es muss festgehalten werden, was nicht verewigt wird, ist nicht geschehen. Erst Dokumentation schafft Existenz. Der Begebenheit, der Bindung. Man müsste die Serverfarm sehen, auf der unsere Leben gedeihen. Man müsste in die Stromkreise greifen und sehen, wie im Aufeinandertreffen der Gegenpole virtuelle und reale Person unter donnerndem Röhren verpuffen. Wollen wir Flugtickets besorgen? Man müsste miterleben können, wie die Avatare sich verselbständigen, sich aufbäumen, und die Oberhand gewinnen. Man müsste dem eigenen anderen Ich seine Vernichtung ausreden. Gäbe es Argumente? Heimgekehrt vom gelungenen Umtrunk fragt man sich: War ich dort? Habe ich es erlebt? Haben wir uns geküsst? Wenn es doch niemand ansehen, vergrößern, kommentieren und weiterleiten kann. Werden sich die Zukünftigen bei überlieferten Küssen fragen, weshalb der Halbstarke nicht beide Arme um den Körper des Mädchens gelegt hat? Werdet ihr wissen, dass es zum Kult wurde, gemeinsam für ein Photo zu posieren, dass der abgestreckte Arm eine Digitalkamera hielt? Wollt ihr es überhaupt wissen?, fragen wir uns manchmal, noch im Delirium eines bösen Erwachens. Pessimismus, sagt die Einsamkeit, ist völlig unangebracht. Das hilft uns nicht weiter. Wir müssen uns den Herausforderungen der Gegenwart stellen, mag es sich auch um Lösungen der Zukunft handeln, für die wir uns schon jetzt Probleme überlegen sollten. Die Evolutionen aller Parallelsysteme sprechen eine klare Sprache, von den Menschen wird abgeklärte Offenherzigkeit erwartet. Es gibt Entwicklung. Sie ist eine Konstante. Diese ewigen Nörgler kann ich einfach nicht ausstehen. Bravorufe. Man meldet sich ab, schaltet den Computer aus, klappt ihn zu. Es gibt eine Verbindung zwischen Häufigkeit der Netzwerknutzung und Prägnanz des Echtlebens, wollen Sie das bestreiten? Viel abbilden, wenig leben. Stark aufblasen, was von sich aus nur wenig Substanz hat. Es sind die kümmerlichsten Wesen, die jedes Detail ihres Alltags einer Öffentlichkeit preisgeben müssen, wo sehr viel heiße Luft geredet wird, ist der Inhalt meist verzichtbar. Lob der Geheimniskrämerei, des Fürsichseins, des leuchtenden Ungewissen, der Paarverbindung, die sich nicht als aktualisierter Beziehungsstatus zeigt, sondern im aufmerksamen Umgang miteinander. Ergreifen Sie nicht gerade von jenen Besitz, deren Selbstdarstellung in der digitalen Welt auf die Spitze getrieben wird, zwingen Sie sich nicht denen auf, die im Schneidersitz vorm Bildschirm auf eine Antwortnachricht warten? Pickt sich die Einsamkeit diese vermeintlich Umtriebigen nicht heraus wie Rosinen aus dem Gugelhupf, um sie erst mürbe zu machen, dann zu zerquetschen? Du springst die Leute von der Brücke, ist es so? Ich weigere mich, diese Frage zu verstehen. Die Einsamkeit schweigt, das kann sie gut. Die Menschen sind ihre Entwicklung. Lob der Gefahr, sage ich, die allem Schönen innewohnt, Lob der Möglichkeit, die im Leidensweg steckt. Lob dem Teufel im Detail, der zur Auseinandersetzung zwingt. Lob den Damen und Herren.

Code programmieren, bis die Fingerspitzen glühen, wie andere Leute gegen den Untergang anschreiben, was im Notizbuch nachvollzogen werden kann. Wenn man beim Ölsuchen auf eine Goldader stößt, dann verkleinert sich die Schrift, wird satter und klarer, nimmt leichte Schräglage an, beginnt ihre eigenen Entscheidungen zu treffen, ersetzt schüchterne Vermutungen durch Ansprachen ans Volk, macht sich als glockenbimmelnder Hofnarr zum König. Es wird dann in Grundtönen komponiert, die Konturen werden nachgezogen. Dünnere Buchstabenlinien, erhöhte Lesbarkeit. Die Sätze Liebeserklärungen an sich selbst. Große Unschuld ausgestrahlt, wie vor Erschaffung der Welten, als noch alles gewusst werden konnte, weil es nichts zu wissen gab. Verkrampfung der Hand aufgehoben, es rinnt dir aus dem Arm aufs Papier. Zeit um Zeit vergeht, ohne dabei beobachtet zu werden. Es bahnt sich etwas an. Voller Skepsis muss man sich des Bodens vergewissern. Schade, doch nicht abgehoben, nicht schweben, dabei fühlte man es so. Die Luft wird alpin, die Ohren zu, ein Steigflug drückt dich tiefer in den Sitz. Die angenehme Nervosität, wenn man einem Erfolg auf der Fährte ist. Du bist ein in Halbschatten getauchtes Gerücht, eine Zumutung, was Sichtbarkeit anbelangt. Dein Motto lautet Elektrizität. Wie einen Motor sollte man dich herrichten und frisieren, damit du dich anbahnen kannst.

Ein Verriss scheint angebracht. *Das Liebesversäumnis* von Kilian Matt ist ein behindertes Drecksbuch. Es gehe ihm um eine Sprengung der Form, ließ der mittlerweile Komatöse vor Erscheinen des Werkes verlautbaren. Auszug: Ich würde gerne dastehen und dir von hinten mein Teil hineinrammen. Wir suchen uns ein Zimmer in deiner Wohnung. Nicht unbedingt das Schlafzimmer. Vielleicht ja das Bad. Wir brauchen eine freie Ecke. Die Wände müssen unbedingt weiß sein. Das Zimmer ist sehr hell. Du stellst dich in die Ecke, mit dem Rücken zu mir. Du bist nackt. Du reckst mir deinen fleischigen Hintern entgegen. Ich atme heiß in deinen Hals. Du presst die Beine zusammen, fester, als du kannst. Deine Handflächen sind aufeinandergelegt. Gebetshaltung, fast. Das ist nicht unbedingt angenehm, aber durchaus zu ertragen. Deine Ellbogen sind in der Luft. Du stützt sie nicht ab. Da stehst du und wartest. Ich lasse mir

Zeit. Du starrst die Ecke an. Zwei Wände, die sich treffen. Ich nähere mich. Du kannst mich nicht sehen. Du hörst mich. So hast du es vielleicht in Filmen gesehen, aber so machen wir es nicht, sagst du, nachdem du mich gefragt hast, was ich möchte, und meine Antwort darauf folgte. Dann machen wir es anders. Ich stelle mir vor, in dir zu kommen, dich zu schwängern, später unser ungeborenes Kind beim Eindringen in dich mit der Eichel anzustupsen. Du stellst es dir bloß vor, du bist zu nichts mehr imstande, das deine Phantasie vom Kopf befreit und Dinge verwirklicht. Ich stelle mir dich vor, wie dein mich begehrender Blick Fleischbrocken herauslöst, tiefe Ausschabungen hinterlässt. Ich stelle mir vor, wie eng es zwischen deinen zusammengepressten Beinen sein kann. Ich stelle mir vor, wie ich auf dir reite, meine Brüste auf und nieder und im Kreis pendeln, auf meinen Höhepunkt zusteuernd. Ich stelle mir ein Flüstern vor, danach, wenn alles vorbei ist, wenn wir ausgekostet sind. Sie senkt den Blick. Man setzt das Zeitungsfrühstück fort. In dieser Manier geht es weiter, der Text erlangt eine Art erigierten Zustand, aus dem ihn der Verfasser auch nicht mehr entlässt. Das im *Liebesversäumnis* beschriebene Wien ist eine verlotterte Gegend, in der sich Bruchbude an Bruchbude reiht. Die Stadt ist ein Müllproblem, heißt es an einer Stelle etwa. Immerhin Weitläufigkeit bietet Wien seinen Bewohnern, mehr oder weniger breite Gehsteige, hier haben Beine Platz zum Atmen. Gehobene Sprachakrobatik. Volle Sprachgeschwindigkeit wird gefahren, durchgehend. Matt weiß nicht, wann es an der Zeit wäre, einen Gang zurückzuschalten, es beginnt nach verbranntem Gummi zu riechen.

Avantgarde ist in ständigen Explosionen verbratenes Benzin, ein mit grobem Schleifpapier totgeschmirgeltes Stück Material. Ohne hinzusehen, ohne seine Sinne beieinander zu haben. Hin und her, mit seinen überschüssigen Energien, bis man, Zack, bloß noch einen Tropfen Luft in den geschwollenen Fingern hat. Wie eine plötzlich in der Klinge des Küchenhobels verschwundene Gurke, der Daumen fährt ins Schnittfeld, Blut. Die Aufhebung der Grenzen, ich weiß, der Perspektivstrom, natürlich, ungeordnete Berichthappen aus dem Verdrängungsapparat, auch, Vergänglichkeit darstellen, nichts. Aus der Motorhaube steigt Rauch auf, *Das Liebesversäumnis* rollt den Pannenstreifen entlang. Kilian Matt, du ungebildetes Pferdegesicht, du fährst deine Erzählung gegen den Baum. Das war gewollt, wird er kontern. Pubertärer Ansatz, von dem man loskommen sollte. Alle Kritik willst du vereinnahmen und abbilden, somit unschädlich machen. Wem musst du dich denn andauernd beweisen? Es werden die Dinge ganz nah an mich heranerzählt, es erlaubt mir keiner, Abstand zum Ereignis einzunehmen, es beißt sich an mir mit Enterhaken fest, fährt Brückenbretter aus, als wäre ich ein waghalsig kleines Boot am Weltmeer, als sei ich in Seenot geraten. Dabei brauche ich nicht die Unterstützung des Buches. *Das Liebesversäumnis* verdeutlicht, wie endgültig Ansichten sind. Matt ist dort am lustigsten, wo er versucht, poetisch zu sein, und dort am poetischsten, wo er andere zitiert. Das halte ich in seinem Fall für weitaus sinnvoller, ehrlich gesagt. Er klingt wie schlecht aus dem Amerikanischen übersetzt. Es ist einfach lächerlich. Wir vergeben zwei von zehn Sternen. Haben Sie das geschrieben?, fragt Matts Mutter die Kritikerin. Sie wirft einen flüchtigen Blick darauf. Ja, gesteht sie. Wieso waren Sie so hart und verletzend? Ach, das ist ein regulärer Umgangston, er wird es sich schon nicht zu Herzen genommen haben. Das ist zu hoffen. Sachliche Urteile müssen unmenschlich ausfallen, es ist leider so. Die Mutter legt die Kopie aus der Hand. Dann wollen wir uns wieder in die Filmsammlung stürzen.

Wissen Sie, ich frage mich, wer wird das hier einmal verwalten und fortführen, wenn ich nicht mehr bin? Es gilt, ein Filmgedächtnis zu kuratieren. Man könnte eine Stiftung gründen, im Zwielicht angesiedelt, eine fadenscheinige Steuerkonstruktion. Die Sammlung auch sinnvoll erweitern. Sie der Öffentlichkeit zugänglich machen. Dieser Gedanke liegt mir bleischwer in der Brust. Was geschieht mit dem Vermächtnis? Im Keller geht es weiter, müssen Sie wissen. Was sich hier oben aneinanderreiht und stapelt, ist ein Bruchteil des Ganzen. Dieses Regal ist völlig aus dem Kontext gerissen. Sie blickt die Kritikerin fragend an: Wer wird die Sammlung weiterführen? Platzhaltefrage für: Wer wird sich um ihn kümmern, wenn ich einmal nicht mehr bin? Füttern, waschen, wickeln. Die Augenpaare der Frauen duellieren sich. Ich, sagt sie, ich werde die Sammlung weiterführen. Danke. Du weißt gar nicht, was das für mich bedeutet.

Am Boden zu liegen, die Stille genießend, der Stille gehorchend.

Traum: Ich mache Urlaub auf einer Insel alleine urlaube in Strandnähe betrete die Freikörperkulturzone es muss Urlaub sein weil hier keine zu erledigenden Aufgaben auf mich warten niemand mich am Nacken packt und zurück zieht zurück vor ein Fließband um Tieren das Fell abzuziehen keine Arbeitseinheiten die mir schlechtes Gewissen bescheren durchgestrichene Punkte einer selbst gewählten Aufgabenliste als größte Befriedigung der uns bekannten Welt Mallorca oder Kreta vermutlich ein erfundener Ort die Malediven nicht ein Sandhaufen der kaum existiert auch nicht Tokelau oder Tonga was man eben unter Insel versteht wenn man noch keine besucht hat was man eben nachdem einem in Werbefilmen über Jahre hindurch einige vorgesetzt worden sind paradiesische Palmen die mehr zu spüren als sichtbar sind ein angenehm oder unangenehm durchschnittlicher Strand weiße Sandspuren in meine Füße gestanzt sofort ist mir klar dass die Klippen dort hinten mir nur schemenhaft in Erinnerung bleiben werden als würde ich vor aufgezählten Photos davon stehen ein Strand den man nicht mitnimmt weil er keinem gehört es ist direkt nach meiner Ankunft das konkreteste Jetzt der Geschichte als ich mir über den Arm streiche ihn befühle um das Funktionieren meiner Schweißdrüsen zu überprüfen ist da keine Uhr was die Urlaubstendenzen verstärkt unter meinem glotzenden Bauchnabel der angenehm enge Saum einer Badehose es folgt die knielange Jeans deren Enden mehrmals umgeschlagen sind um mir nur knapp unter den Hodenansatz zu reichen um sie vorm salzigen Meerwasser zu schützen falls mich jemand in einen unvorbereiteten Fluss stößt aus guter Laune und Wille zum Spaß ob ich barfuß bin ob mein Kniegelenk rostet ob die Zehen nass sind jemand erwartet mich hier ich stelle mich darauf ein freundlich begrüßt zu werden vielleicht eine Umarmung riecht nach Algen nach Benzin denkt mein Kopf unabhängig von mir was krabbelt dort unter einen glitschigen Kletterstein welches Ungeheuer das sich zu unglaubwürdiger Größe hochfressen wird die Luft ist angenehm warm nicht zu feucht ich stehe da den Griff meiner signalfarbenen Reisetasche mehr eine Sporttasche zu fest umklammert meine Beine beginnen Abdrücke in den Sand zu graben zum Untergehen und Umkehren kann man hier einsinken nirgendwo Warnhinweise oder Rettungsschwimmertrizeps ihre windschiefen Häuschen aufgeblasene Bojen Stopp die Beine haben nie begonnen ohne dass ich mir sicher sein kann diese Bewegung jemals initiiert zu haben sehe ich mich plötzlich gezwungen zu akzeptieren dass es sich bei dem was gerade geschieht um Schritte handelt auf etwas zu oder von etwas weg Riss in die Alltagsdämmerung wie ein hektischer Schnitt im Verfolgungsfilm den sich auch die Reihe vor mir nicht entgehen lässt ich gehe spazierend dem Etwas in die Arme das leichte unbegründete Angst in mir auslöst ohne Eile die Antwort auf die Frage mit wem ich denn angereist sei und angereist so viel steht fest bin ich diese Antwort ist zurechtgelegt in wenigen Minuten werden meine Gastgeber feststellen dass mich niemand begleitet erstaunt sein wie über andere Dinge die falsch sind vermutlich negativ überrascht sehr bemüht sich ihre Enttäuschung nicht anmerken zu lassen darüber es mit mir zu tun zu haben nicht mit ihrer Vorstellung von meiner Person falsch sind zum Beispiel auch als Haustier gehaltene Mücken oder windverwehte Lautsprecherdurchsagen abgelaufenes Bier oder schlechter Friseur ich scharre Meter in den knirschenden Untergrund ich muss sie dann gleich wann auch immer später von meinem Hopserlauf überzeugen von meiner Gemütsverfassung wie Zuckerwatte davon dass ich mittanzen würde falls jemand ein Akkordeon auspackt und spielen kann oder wer spielen kann der muss ruft am besten sagen ja Sie haben Recht der mich begleitende Fanclub ist heute zu Hause geblieben mein Alleinsein als Zufall ausgeben als Einmaligkeit anschließend komplizenhaftes Grinsen oder dass ich aus der Monsterstadt komme hoffentlich hat es ihnen niemand erzählt in einem Haus mit Balkon von dem aus man schlechte Alleinunterhalter hören kann die Frösche quaken ihren Senf dazu ich bin sicher man kommt mir zu nahe dringt in den gedachten Kreis um meinen Körper ein diese vierzig Zentimeter jemand greift mich an der nicht soll dreißig Zentimeter er begrapscht mich als wäre meine Leiche schön exakt zwanzig Zentimeter dass man gegenseitig am Atem schnuppern kann am besten sagen oh oh Soziopathenalarm und den Krach einer Sirene zu Mittag imitieren jetzt die Sirenen vorbeifahrender Krankenwagen an- und wieder abschwellendes Heulen in meiner krächzenden Kopfstimme den Dopplereffekt berücksichtigen dann werde ich mich entschuldigen für alles nicht für etwas Bestimmtes die Toilette aufsuchen und nicht wissen was derweil mit meiner Tasche anfangen in der sich aller mitgebrachte Lesestoff befindet die durch Reißverschlüsse in

Mitleidenschaft gezogenen Bücher ein Friedhof dafür später tritt das Erwartete ein in allen Details es entfacht in mir kein Staunen sie kommen.

Der tropfende Lucius Bohm erreicht ein weiteres Gelände. Ein Weißkittel empfängt ihn. Wir kennen uns, sagt dieser. Ich wüsste nicht, woher. Vielleicht erkennen Sie meine Stimme. Tut mir leid, ich stehe auf der Leitung. Vielleicht, wenn ich einige Testsätze spreche: Das Auto ist rot. Das Haus ist groß. Ich gehe mit dir spazieren. Wir haben Spaß. Du bist nett. Ich gehe gerne ins Kino. Heute scheint die Sonne. Er hat eine Katze. Die Katze heißt Mimi. Test, Test. Eins, zwei. Klingelt etwas bei Ihnen? Wir haben telefoniert. Stimmt. Als es mir schlecht ging. Das kann man wohl sagen. Ich glaube, ich muss mich setzen. Nur zu! Ich erinnere mich. Martha, während einer Trennung auf Zeit, die Lucius erzählt, dass es nun eine Frau in ihrem Leben gibt, das dadurch an Fahrt gewonnen hat. Wo habt ihr euch kennengelernt? Auf einer Vernissage, sie besitzt eine Galerie. Wie heißt sie? Die Galerie? Nein. Lentia. Und wie noch? Lentia Kuhn. Die Vernissage hat bereits begonnen. Martha, wie sie aus dem Taxi steigt, gehetzt. Ein Fettsack verstellt die belegten Brötchen. Die fette Kugel stopft sich oben Essen vom Buffet hinein. Ein sich räuspernder Fleischberg. Man wird ihm vorgestellt. Clanga, sehr erfreut. Er ist der Vater eines Sohnes namens Nils. Und, wie geht es Nils? Sehr gut, ausgezeichnet, mir ist kein Gegenteil bekannt. Zunächst muss er die Hände freibekommen, um jene der anderen schütteln zu können. Sein Lächeln drückt gegen Fettpolster an, es setzt sich kaum durch. Die dritten Zähne werden von Schnittlauch und anderen Essensresten unterteilt. Eine unwürdige Erscheinung. Abgewetzter Hosenboden, der einem den Anblick einer löchrigen Unterhose nicht erspart. Er lässt sich gehen, frisst sich voll. Alles, was auch nur ansatzweise nach Sport oder körperlicher Betätigung riecht, meidet er wie die Pest. Lieber sitzt er sich von Bildschirm zu Bildschirm, von Restaurant zu Restaurant, liegt sich von Schlaf zu Schlaf. Ab einer gewissen Dickleibigkeit ist bereits von Feuerwiderstandsklasse zu sprechen, will man den Umfang der Masse präzise festlegen. Martha sucht das Weite, mustert ausgestellte Bilder. Du kennst ihn?, fragt sie später Bohm am Telefon. Ach, flüchtig, wir hatten über Umwege miteinander zu tun, aber nicht der Rede wert. Ein peinliches Beisein, das er einem zumutet. Befindet man sich regelmäßig in seiner Nähe, wird man sich daran gewöhnen müssen, unauffällig angestarrt und den gesellschaftlich Ausgemusterten zugerechnet zu werden. Nils in seinem Zimmer schläft tief und fest, strampelt sich durch einen Albtraum. Sein Vater, der sich alleine übers Essen definiert. Aufgeblähter Kugelbauch, der spitz an den Teller stößt. Nach Ende der Mahlzeit immer und immer der braune Saucenfleck am Hemd, weil der Bauch bis ins Innere des Tellers vorgedrungen ist. Nach Reisen sind es ausschließlich kulinarische Abenteuer, von denen er zu berichten weiß. In aller Ausführlichkeit. Dem Detailreichtum der von ihm beschriebenen Jausen und Tortenwagen sind keinerlei Grenzen gesetzt. Das stimmt doch nicht, du übertreibst!, sagt die Figur des Nörglers im Traumton zu Nils. Es ist, was hängenbleibt, es ist der Eindruck, den jemand hinterlässt. Die panische Angst, in seiner Gegenwart zu ersticken, von seinem sich wie ein Universum ausdehnenden Bauch erdrückt zu werden. Er sitzt und verbraucht zwei Plätze, er nimmt einem allen Raum, man selbst sitzt da mit übereinandergeschlagenen Beinen, zieht sich zurück auf den minimalen Bereich, und auch in diesen dringt er ein, lässt alles wegstehen von sich, breitbeinig die Füße links und rechts abgestellt, zwei Sitznachbarn verbrauchen halb so viel Platz, im Grunde ein vierfacher Mann, er spricht mit einer Bekannten, setzt ein zuvor unterbrochenes Gespräch fort, er wendet sich einem zu, er lehnt sich zur Seite, stützt die Ellbogen an meinem Oberschenkel ab, ich weiche zurück, werde innerlich ganz klein, möchte mich in Luft auflösen. Der fatale Traum besteht darin, erzählt Nils einem professionellen Zuhörer der Anstalt, von dieser wandelnden Doppelperson erdrückt zu werden, vom Fleischberg, der alle Blicke auf sich zieht, mit dem man nicht assoziiert werden will, um keinen Preis, von dem kaum noch Gefahr ausgeht, auch das ist richtig, hängende Wangen, kleine verklumpte Augen, denen Jahre des Schlafs fehlen. Vater Clanga rutscht ein Brötchen von der Serviette, er bückt sich nicht danach, weil es nicht mehr seinen Möglichkeiten entspricht. Er lässt das Baguette mit Aufstrich liegen, es wird in die Sohlen der Schuhe getreten. Er entfernt sich in die Menge. Er frisst weiter, bis er platzt, sehr bald ist es soweit. Auf einer Vernissage hast du eine Frau kennengelernt, Lucius Bohm muss sich setzen. Ich erinnere mich, sagt er zum Weißkittel, meine Martha rief mich an, nach dem Gespräch war ich in Stücke und Fetzen gerissen, wollte keine Beziehung mehr eingehen. Ich suchte Rat und fand *Luzidin*. Sie rief mich an, ich hob ab. Ruhig jetzt, ich erinnere mich. Du sollst alles erfahren, sagt Martha. Ich habe eine Frau getroffen, mehrere Male, in einem Zimmer, immer ein anderes und immer das gleiche, anonymisierte Hoteleinrichtungen, diese mittelteuren Absteigen sind beinahe zu meinem Zuhause geworden, weil mir Lentia ein Gefühl von Heimat gibt. Sprich nicht weiter, ich halte das nicht aus. Soll ich auflegen? Sprich weiter. Mit dem Auto fuhr sie vor, stieg aus, ging an der Rezeption vorbei, betrat den Aufzug, klopfte. Ich wiederum benützte nie das Auto, sondern stets die öffentlichen Verkehrsmittel, um den Anschein des Speziellen zu verhindern, um mir die Normalität der Zusammenkünfte glauben zu können. Jedes Mal, ich habe nicht gezählt, wurde sie von mir bereits erwartet und erregt empfangen. Ich wartete ausgezogen auf sie. Bohm stellt es sich vor. Sie hatte sich hübsch gemacht, erschreckend hübsch. Und ich bin dir genug?, dachte ich. Wir liebten uns. Ich musste nie an dich denken. Die ersten paar Treffen nach der Vernissage ist nichts passiert, wir waren einander bloß aufmerksame Ohren, vor allem sie mir, denn um mit sich selbst zu reden, braucht man jemanden, der einem dabei zuhört, sie hat mir geholfen. Martha sitzt auf einem Bett. Mehrmals kommt der Vorschlag, miteinander zu schlafen. Lentia, ich weiß nicht, ich habe dich so gerne, sogar ein bisschen mehr, kommt mir vor, aber mir ist das alles fremd. Ist das ein Grund? Lassen wir die Angelegenheit auf sich beruhen. Lass es geschehen. Wir küssten uns. Manchmal lag ihr Kopf auf meinem Bauch, erkundete meinen Nabel, manchmal fragte sie mich nach meinen Vorstellungen aus und entlockte mir detaillierte Schilderungen, wie ich anzufassen sei, mit welchen geflüsterten Worten ich an den Höhepunkt herangeführt würde, manchmal meinte ich aufzuwachen, der Spuk ist vorbei, so schön war es mit ihr, manchmal weinten wir, manchmal beschrieben wir einander, warum es besser war, eine Frau zu sein, manchmal lag mein Kopf auf ihrem Bauch, ich habe nie an dich gedacht. Martha sagt eine Endgültigkeit: Ich ziehe bei ihr ein. Und die Gruppe? Unser Engagement in der *Gruppe der Sieben Gefahren* braucht davon nicht beeinflusst zu werden. Das liegt an uns. Bohm zittern die Knie. Sie: Du machst dich lächerlich. Ich sage nicht: Bitte komm zu mir zurück. Ich sage nicht: Komm gefälligst zu mir zurück. Ich sage: Wir werden zueinander zurückkehren. Du steigst in ein Fahrzeug, kommst an, du erblickst mich, ich warte, du fällst mir um den Hals, und ich dir. Martha legte auf, erbost, ich schien ihrem Lebenswandel nicht mit Respekt zu begegnen. Der Weißkittel klopft ihm auf die Schulter. Ja, Veränderungen dieser Kategorie versetzen einem immer einen Schlag, davor kann sich niemand in Sicherheit bringen, aber trotzdem gehen alle in Deckung. Mich nicht in sie verlieben, beschloss ich, sondern sie in mich verliebt machen. Die Sache abhaken, Martha für beendet erklären. Dann riefen Sie mich an, sagt der Weißkittel. Das tat ich. Sie erkundigten sich nach unserem Prototyp. Wie sieht es damit aus? Nun, eine Probeschachtel wäre abholbereit. Ich schicke Ihnen wen, einer meiner Mitarbeiter kommt vorbei und lässt sich Ihr Teufelszeug aushändigen. Jederzeit, wir sind in Bereitschaft. Ich ließ es mir bringen, erinnert sich

Bohm, weiterhin tropfend. Ich legte mich aufs Bett, das in meinem Büro stand, wo es heute noch steht. Er machte es sich bequem. Die Schachtel ist ganz leicht zu öffnen, Zeichenpunkte der Blindenschrift sind bei diesem Prototyp noch nicht vorhanden. Mittlerweile ist es dunkel geworden. Arbeiten Sie oft bis spät in die Nacht? Kommt schon vor, ist aber seltener geworden, man wird älter. Ja, wem sagen Sie das. Ich schluckte *Luzidin.* Damals noch unausgereift, wirft der Weißkittel ein. War ich der allererste, Versuchskaninchen, sozusagen? Ja, das waren Sie tatsächlich. Er legt die Tablette auf die herausgestreckte Zunge, schließt den Mund. Es schmeckte weder sauer noch süß, noch bitter, noch salzig, erinnert er sich, auch keine Schärfe war vorhanden, Stiefkind der Geschmacksrichtungen. Müsste ich es benennen, würde ich sagen, es schmeckte klar und hell, es schmeckte wie der Anblick des Meeres. Ich saß auf diesem Bett und fühlte die Tablette meine Speiseröhre entlangwandern, auf dem öligen Film einspeichelnder Säuren. Ich schloss die Augen. Er erträumt sich eine Liebesnacht zu dritt. Ich war zornig, ich musste in diese intime Sphäre eindringen, mein Traum soll ihr Band durchtrennen, im Einschlafen war mein Herz zur Faust geballt. Ich dämmerte fort in den Zwischenzustand. Dann muss die Wirkung eingesetzt haben. Ich erlangte Traumbewusstsein, ich wusste mich im Schlaf. Ich erlangte Verfügungsgewalt über die zu besuchenden Orte. Ich platzierte Martha, meine Ehemalige, und Lentia, die Verführerin. Ich stellte sie mir vor, ihr Gesicht kannte ich nicht. Die Szene fiel in sich zusammen. Ich erbrach mich aufs Bett und den Schreibtisch. Ich habe es nicht mehr in den Waschraum geschafft. Dann griff ich zum Telefon. Ich möchte auf der Stelle mit einem Verantwortlichen sprechen!, brüllte Lucius Bohm. Sie waren sehr enttäuscht. Ich war erbost. Ich wollte das Schlaflabor zusperren. Es handelte sich um ein Präparat, das dem Benutzer beinahe ausschließlich seine Nebenwirkungen offenbarte. Ihr Fachidioten!, haben Sie gebrüllt. Das ist mir im Rückblick wirklich peinlich, gesteht Bohm. Nach der Rückkehr in die Realität war ich noch mehr am Boden. Jetzt zeigen Sie mir doch, was sich getan hat, welche Gefahren gehen derzeit vom Schlaflabor aus?

Luzidin hat alles verändert, sagt das Geld. Ich glaube mich erinnern zu können, dass erst *Luzidin* mich auf die Ebene des Physischen katapultierte. Man stelle sich vor: Selbstbestimmtes Träumen. Du wirfst eine Pille ein, gehst zu Bett, legst dich hin. Du schläfst. *Luzidin* verhilft zum Klartraum. Du träumst bei Bewusstsein. Du lässt dich nicht treiben, sondern setzt deine Schritte und wählst deine Worte. Eine Revolution. Erst *Luzidin* bescherte euch diesen ortlosen Ort einer zeitlosen Zeit. Verschiebung der Realitäten. Kollektive Weltflucht. Gemeinschaftlicher Rauschzustand. Die Droge *Luzidin* erlangt Marktreife, sie spricht sich schneller herum, als produziert werden kann. Der Firmeninhaber reibt sich die Hände. *Luzidin* wird international. Geld ist die Folge. Ich erlange Verkörperung. Endlich. Diesem Vorgang ist ein Kapitel zu widmen. Ich werde Gott ablösen. Bald ist es so weit. Ich bin ein Kind dieses Vaters, stelle Herrschaftsansprüche. Hast du das? Wie bitte? Humorist M scheint nicht ganz bei der Sache zu sein.

Ob du das hast, Herrschaftsansprüche. Ja, ja, natürlich, ein Kind dieses Vaters, murmelt er. Zeig einmal, das Geld reißt dem anderen das Notizbuch aus der Hand. Aber da steht doch gar nichts! Wo ist denn deine Mitschrift? Es blättert entsetzt. Das ist ja nur Gekritzel! Also, das ist nämlich so. Humorist M wird ehrlich: Ich gestehe nur höchst ungern eine Niederlage ein, aber ich war mir von Anfang an darüber im Klaren, dass mich dieser Auftrag überfordert, deshalb beschloss ich, von vornherein zu kapitulieren und unter meine Bemühungen einen Schlussstrich zu ziehen. Jetzt bin ich aber schon etwas erstaunt. Geld wird blass. Ich weiß, dass ich Sie sehr enttäusche. Humorist M blickt zu Boden. Du zeichnest gerne? Eine Liebhaberei. Das sind eigentlich ziemlich witzige Kringel und Figuren, die du gemacht hast. Es blättert um, grinst kurz auf. Eigentlich nett, was du da zeichnest. Teilweise inspiriert von Ihren Erzählungen. Ist das der Mann, der in mir badet? Ja, ich würde sagen, ein Versuch. Köstlich! Du hast die Szene ziemlich gut getroffen. Danke. Pass auf, was hältst du von dieser Idee. Humorist M hebt den Blick. Die *Autobiographie des Geldes* ist sowieso Schwachsinn, wo soll man da überhaupt anfangen und wo aufhören? Ja, ich sehe das ähnlich. Also, wie gefällt dir der Plan, eine illustrierte Anekdotensammlung zu machen? Nicht weniger, nicht mehr. Wir picken uns ein paar der spannendsten, grundlegendsten Erlebnisse und Wendepunkte heraus, du kannst deinen Senf dazugeben, ohne Stress, ohne das Gefühl, nicht zu genügen. Wenn das wirklich ginge, Humorist M strahlt, dann fiele mir ein Stein vom Herzen. Ach, komm her, gemeinsam machen wir das schon, wieso sagst du denn nichts, hättest du doch gleich etwas gesagt. Ich wollte Sie nicht enttäuschen. Aber im Gegenteil, ich bin sehr froh, dass uns die Umstände einander zugewürfelt haben. Ein flüchtiger Kuss. Dann wollen wir eifrig ans Werk gehen, wäre doch gelacht, wenn wir zwei Hübschen nicht ein paar herrliche Pointen aus dem Ärmel schütteln könnten! Humorist M dreht den Bleistift im Spitzer. Ja, gelacht wäre das!

Derzeit haben wir sieben Probanden, fünf Männer und zwei Frauen. Interessant. Ihnen wird gestattet, in einer Art Wohngemeinschaft zu leben, in einem Nebentrakt des Instituts. Die meiste Zeit schlafen sie aber. Und das? Was ist das? Bohm zeigt auf ein Kästchen mit eifrig blinkenden Leuchtdioden. Das, sagt Doktor Emil Sanos, ist unser Protokollierer. Dieser erstellt unsere Traumprotokolle. Mit seiner Hilfe versuchen wir die Verschriftlichung des Traumkulminats, er übersetzt das Abstrakte in Sprache. Erinnert an einen Seismographen, finde ich. Dieser Vergleich liegt nahe. Wir vermuten, dass die Maschine ihre Interpretation mitliefert, wir sind uns dessen bewusst, dass das Werkzeug, welches bei der Abbildung des Eigentlichen zur Anwendung kommt, selbst Teil der Abbildung wird. Der Protokollierer ist mit den Probanden untrennbar verbunden. Er zapft sie an während des Schlafens, lässt uns Rückschlüsse ziehen. Wir träufeln *Luzidin* ein, experimentieren mit seiner Dosierung. Es gibt unterschiedliche Behandlungen, denen sich die Freiwilligen unterziehen, Gefahrenstufe eins bis sieben. So ganz nebenbei, schaltet sich Lucius Bohm ein, Sie sind zur Abwechslung einmal ein besonnener Kerl, der die Dinge beim Namen nennt, in der Fleischfabrik regiert längst der Wahnsinn, dort war ich neulich auch auf Visite. Ja, der Wahnsinn greift um sich. Dort ist unser Archiv. Hier bewahren wir alle bisher entstandenen Mitschnitte auf, anhand derer ist eine Entwicklung zu verfolgen. Unser Ziel besteht darin, die Traumprotokolle langsam in Klartraumprotokolle zu verwandeln. Die Machterlangung über den Traumvorgang ist an einer Syntax ersichtlich, die wir dem Gedankenstrom einschreiben. Die zügellose, ungebremste Traumsequenz wird schließlich von einer Art Interpunktion in die Schranken gewiesen. Man ist den Vorgängen nicht mehr hilflos ausgeliefert, muss nicht mehr geschehen lassen, sondern lässt von jetzt an geschehen. Der Proband ist in der Lage, seine Schritte aufzuhalten, Umkehr einzuleiten. Man erlangt Befehlsgewalt über die Füße. Punktsetzung, Setzung des Kommas, des Semikolons.

Ihm wird das schwarze Brett empfohlen, dort finden sich Stellenangebote. Direkt nach dem Eingang zur Bibliothek im Allgemeinen Krankenhaus, sofort, wenn du hineinkommst, links. Gut, danke, das versuche ich. Er macht sich auf den Weg. Das Gelände ist weitläufig und unübersichtlich. Er steht vor dem schwarzen Brett. Bunte Zettel. Perforierte Abreißfetzen mit Name und Telefonnummer diverser Ansprechpartner. Die Ausschreibung für eine Impfstudie weckt sein Interesse. Sechshundertfünfzig. Er notiert sich die Informationen. Erprobung neuartiger Hüftimplantate. Er braucht nicht weiterzulesen, entspricht nicht dem Probandenprofil. Eine zu testende Verhütungsmethode. Die Studienteilnehmer werden gebeten, ihr Sexualleben genauestens zu dokumentieren, um eine lückenlose Ergebnisfindung gewährleisten zu können. Achthundert. Tausendeinhundert. Sezierbesteck zu verkaufen, Zustand einwandfrei. Studienabbrecher verscherbeln ihre obsolet gewordenen Werkzeuge. Kinderbetreuung wird angeboten, hohe Verfügbarkeit, Montag, Dienstag, Donnerstag, Freitag, Wochenende nach Absprache. Nachhilfe für Leistungsüberprüfung nach Studieneingangsphase, Preis verhandelbar. Er überfliegt weitere Zeilen. Ein unscheinbarer Aushang in hellblauer Farbe. Mitwirkende gesucht. Das dem Allgemeinen Krankenhaus zuarbeitende Schlaflabor. Medikament zur Bekämpfung von Schlafstörungen. Er wird angerempelt. Der blaue Aushang hat sein Interesse geweckt: Zweitausendfünfhundert. Aufwandsentschädigung. Nächtigung vor Ort. Verpflegung. Er reißt den Papierstreifen ab. Die Stelle befindet sich im Haus. Er wirft sich in den Schilderwald, der ihn in einem anderen Trakt wieder ausspuckt.

Doktor Hollenbach, steht auf ihrem Namensschildchen. Karin, sagt sie. Hallo. Ich gebe dir noch einen weiteren Informationsbogen, um deine Eignung zu überprüfen. Füll ihn bitte gewissenhaft aus. Alter. Gesucht werden Menschen zwischen neunzehn und sechsundvierzig Jahren. Bin ich. Die gesund sind. Bin ich. Hoffe es zumindest, die Vorabuntersuchung wird dies zweifelsfrei feststellen. Nichtraucher. Bin ich. Um als Proband in Frage zu kommen, darf man auf die im nächsten Abschnitt angeführten Medikamente und Hormonpräparate nicht allergisch reagieren. Die meisten der Namen sind mir unbekannt. Das ist kein Problem, notfalls testen wir es aus, beruhigt sie mit aufmunternder Sanftheit. Man kann sich in eine Stimme verlieben. Wir werden Gewebeproben nehmen müssen. Blut. Angst vor Nadeln? Keine. Der genaue Inhalt der Studie wird in einem kurzen Satz erklärt. Eher angerissen und großteils unerklärt gelassen. Auch von der Assistentin, nach einem konkret formulierten Nachhaken, auf eine sehr charmante, professionelle Art und Weise. Er akzeptiert die Parameter der Studie, bewirbt sich. Nach einer gesetzlich vorgeschriebenen Bedenkzeit wird man sich telefonisch mit ihm in Verbindung setzen. Er freut sich, die Frau mit der schönen Stimme wiederzusehen.

Er wälzt sich im Bett hin und her, und stellt den Vergleich mit einem Raubüberfall an: Selbstgefährdung im Austausch mit Geld. Risiko und Gewinnchancen allerdings in seinem Fall geringer, das geht Hand in Hand. Ein Dienst an der Gesellschaft, sich einer Studie zur Verfügung zu stellen. Wertschätzung. Der Überfall setzt andere der Gefahr aus, die man ist, das Experiment einen selbst.

Er ruft an, er kann es nicht mehr erwarten. Schlaflabor, Forschungsabteilung, Sie sprechen mit Doktor Sanos, was kann ich für Sie tun? Die Mindestzeit ist abgelaufen, sagt er knapp, ich wurde nicht angerufen. Es geht um die Studie? Ja. Moment, ich verbinde. Im Hintergrund Stimmengewirr. Signalton. Melodie. Fünfundvierzig Sekunden. Er wartet tatenlos. Das freut mich aber, von dir zu hören! Hallo. Keine

Sorge, wir hätten dich schon verständigt. Wie sieht es denn aus? Von unserer Seite aus gut, wir laden dich herzlich ein, teilzunehmen, die Entscheidung liegt ganz bei dir. Wo muss ich unterschreiben? Sie lacht. Wenn du möchtest, dann komm einfach vorbei, so enthusiastische Leute haben wir selten. Schön, dich an Bord geholt zu haben. Diese Stimme, diese halsbrecherisch verführerische Stimme, diese eine aus Millionen, diese mit Geldbeträgen nicht zu beziffernde Stimme, etwas tiefer als weiblicher Durchschnitt, an der Grenze zum Rauen, diese Doktor Hollenbach, du, Karin, diese Stimme, deren Klang einen erdet. Er zieht die Schuhe an, der Mitbewohner ruft ihm etwas aus dem Zimmer hinterher, Schlüssel abziehen, Bund einstecken, los.

Da kommt sie strahlend auf ihn zu. Hat ja wunderbar geklappt! Während des Gehens wird geplaudert. Du bist der sechste Proband, einen suchen wir noch, sieben insgesamt sollen es werden. Das Geschlecht spielt keine Rolle. Zwei Frauen und vier Männer haben wir. Zu den Details kommen wir später. Da, in dieser Spalte für die im Falle eines medizinischen Notfalls zu benachrichtigende Person, genügen Name und Telefonnummer, oder braucht ihr auch die Anschrift, der Vollständigkeit halber? Nein, genügt. Karin schiebt einen Klotz zusammengehefteter Seiten über den Tisch auf ihn zu. Lies dir alles in Ruhe durch, ich warte solange. Doktor Hollenbach ist geduldig, sie beobachtet seine Augen, die über das Geschriebene wandern. Veranschlagte Dauer der Studie. Probandeninformation. Schadenersatzforderungen, Versicherungstechnisches. Welches Datum haben wir heute? Die Unterschrift fällt nicht sehr flüssig aus, als würde er sie fälschen.

Das hier ist dein Probandentagebuch. Alles, was deine Rolle in der Studie betrifft, ist einzutragen. Jede Reaktion deines Körpers zu dokumentieren. Die Auswertung der Probandentagebücher erfolgt anonym. Ein Probandenausweis wurde uns von der Pharmafirma, die die Schlafstudie in Auftrag gegeben hat, nicht zur Verfügung gestellt. Es wird Gespräche geben, Untersuchungen, Tests. Es wird Zustände geben zwischen Wachen und Wahn. Ihm wird anders. Es lockt ihn. Darauf hat er sich gefreut. Es wird gefährlich, hofft er. Du kannst jederzeit gehen, ohne Angabe von Gründen. Natürlich müssten wir die Studie abbrechen, die Gruppe der Probanden wäre nicht mehr vollzählig. Wir müssten einen Neustart machen, mit einer neuen Gruppe. Womöglich üben die anderen Druck auf dich aus, unter keinen Umständen abzubrechen, weil ein Einzelner alle um einen Teil der Vergütung bringen kann. Aber man sollte nicht dem Gruppenzwang erliegen, sich nicht unter Druck setzen lassen.

Es herrscht Ferienlagerstimmung. Die Schlafräume sind getrennt, Männer und Frauen. Ihr dürft einander besuchen, wir sind keine Polizei. Aus der Studentenwohngemeinschaft in die Probandenwohngemeinschaft, fliegender Wechsel. Doch die Verpflegung ist besser, reichhaltiger. Wir essen nicht aus Trögen. Bei uns wird nicht ausschließlich auf Quantität geachtet. Besucht einander ruhig. Verunreinigung der Körperflüssigkeiten ist allerdings verboten.

Geschlechtsverkehr ist strengstens untersagt. Wiederhole es bitte, sprich mir nach. Ich gelobe, samt Fingerstellung des Pfadfinderehrenworts, aber ohne jemals einer gewesen zu sein, geschweige denn, es zu meinen. Du wirst eine Kanüle in der Armbeuge haben, ein chronisches Jucken an der Innenseite der Haut, unausstehlich. Es wird psychiatrische Gutachten geben. Es wird Testdialoge geben, die kalt den Rücken hinunterlaufen. Du musst versprechen, dich nicht zu wundern. Unter keinen Umständen. Ich gelobe. Du wirst wach sein, sehr lange, die vierundzwanzig Stunden weit überschreiten. Wir wundern uns nicht. Sprich mir nach. Sprich mir nach, antwortet er.

Und woher kommt die Sonne? Aus dem Meer. Woher kommen die Tiere? Von weit, dort will man sie nicht haben. Sind Sie anders als sonst? Das war ich schon gestern. Haben Sie den gebrauchten Filter aus der Kaffeemaschine genommen? Zuerst habe ich es auf später verschoben, und später dann vergessen. Haben Sie das Gefühl, sich vor mir rechtfertigen zu müssen? Das haben mir auch andere vorgeworfen, immer wieder, durch die Bank. Woher kommt dieses Summen? Elektrizität. Woher kommen die Sirenen? Von den Toten, sie werden transportiert. Sind sie wirklich alle schon tot? Noch nicht am ganzen Körper, doch langsam breitet es sich aus. Womit verbringen Sie die Zeit? Nächste Frage. Was machen Sie den ganzen Tag? Nächste Frage. Welcher Tätigkeit gehen Sie nach? Ich beantworte Fragen. Sind Sie glücklich? Fällt Ihnen nichts Besseres ein? Wer stellt hier die Fragen? Sie. Was hat es mit dem Schuhkarton unter

Ihrem Bett auf sich? Überraschende Geheimnisse, Artefakte der Erinnerung. Wie oft gehen Sie trainieren? Zu selten. Gehen Sie oft trainieren? Seltener als oft. Haben Sie immer Bier eingekühlt? Falls Besuch kommt. Sind Sie glücklich? Ja. Sind Sie sicher? Nein. Macht Sie das unglücklich? Ja, sehr. Haben Sie schon die ersten grauen Barthaare verschämt mit der Pinzette aus dem Gesicht gezupft? Erst neulich. Lichtet es sich schon langsam dort oben, Stichwort Geheimratsecken? Das bilde ich mir nur ein. Stimmt es, dass Sie es am zweiundzwanzigsten August dieses Jahres für angebracht hielten, mehrere unschuldige Passagiere der U-Bahn verbal zu belästigen? Ich habe angefangen, aber sie sind darauf eingestiegen. Haben Sie eine Lieblingsfarbe? Früher Grün, dann Orange, heute gar keine mehr. Gibt es dafür nachvollziehbare Gründe? Als Kind braucht man es bunt, ein Bedürfnis, das man mit der Zeit verlernt. Erzählen Sie manchmal schmutzige Witze oder gar welche mit rassistischer Tendenz? Höchstens als potentielles Zitat, das von anderen, grobschlächtigeren Menschen stammen könnte. Würden Sie, gestrandet auf einer einsamen Insel, nach Monaten des vergeblichen Hoffens auf Rettung, damit beginnen, Meer und Sonne zu genießen? Zwangsläufig, als pure Überlebensstrategie. Jemand sagt Ihnen die Wahrheit über sich, was tun Sie? Zurückschlagen. Eine Fremde hat perfekte Brüste, jedoch allzu buschige Augenbrauen, was tun Sie? Wenn es nicht dunkel genug ist, schaue ich einfach nicht hin. Hat das mit den Lieblingsfarben politische Gründe, insofern, als dass es Ihnen nicht behagt, dass Parteien bestimmte Farben vereinnahmen? Um Gottes willen. Glauben Sie an

Gott? Nein, das weiß er auch und hat damit kein Problem. Sie wiederum? Mit Gott habe ich so meine Probleme. Welcher Art? Vielleicht, flüstert er, beruht alles auf Gegenseitigkeit und dein Leben hasst dich zurück. Was wollen Sie von mir? Jemand packt seine Sachen, jemand reist in das Land, in dem er vorhat, zu sterben. Nehmen Sie regelmäßig Medikamente? Die Ärzte wollen bloß Symptome bekämpfen, der Rest interessiert Sie einen frischen Mäusefurz. Ist das Ihre Meinung? Bei allem Respekt. Gehen Sie Skifahren? Ja, die Ausrüstung borge ich mir aus. Lieben Sie die Herausforderung? Das müssen Sie andere fragen, die für mich eine Herausforderung darstellen. Stellen Sie den Computer absichtlich ans Zimmerfenster, um Vorübergehenden neugierige Blicke zuwerfen zu können? Wer weiß? Lassen Sie sich beim Arbeiten gerne beobachten, weil Sie festgestellt haben, dass Sie dadurch produktiver sind, dass es Ihnen peinlich wäre, im fernen Beisein anderer minutenlang in die Luft zu schauen? Bitte sagen Sie es nicht weiter. Waren Sie schon einmal in eine Schlägerei verwickelt? Nur als Schaulustiger im Halbkreis, angefeuert habe ich nicht. Wer hat gewonnen? Der Falsche, wer sonst? Zum Beispiel der andere Falsche. Was bezwecken Sie mit dieser ständigen Fragerei? Vielleicht erfahren Sie etwas über sich. Und wenn ich das nicht will? Dann steht es Ihnen frei, Momente verstreichen zu lassen. Wie spät ist es? Kurz nach Mittag. Haben Sie Hunger? Mäßig. Wie ist die Kantine? Eine Kantine. Worauf hätten Sie Lust? Spaghetti oder Pizza, jedenfalls italienisch. Waren Sie schon einmal in Italien auf Urlaub? Kroatien ist das neue Italien. Mit den Kindern? Die brauchen Schwimmhilfen, so eine Aufsichtspflicht ist rasch einmal verletzt. Urinieren Sie zum Aufwärmen, sobald der Wasserstand den Hüfthöhe erreicht hat? Wer nicht? Erklären Sie mir das Meer. Es ist gelblich und trüb, es dampft vor sich hin, ein Schöpfer hat vergessen, zu spülen, es ist grenzenlose Weite und lädt zum Schwimmen ein, es tötet die Nichtschwimmer durch Selbstmord, es beherbergt Meerestiere und Algen, es riecht nach Erbrochenem und Durchfall, nur salziger, das Meer ist das Meer, aber blau ist es nur auf Zeichnungen und in Gedanken. Andere hätten es anders erklärt, aber danke. Können wir weitermachen? Ja. Also, wer stellt hier die Fragen? Sie, immer Sie.

Lucius Bohm und Doktor Emil Sanos schreiten durch die Gänge. Was ist das?, erkundigt sich der Besucher. Die Melodie des Erduldens. Worum handelt es sich dabei? Probanden leiden, erklärt der Führer, schreien ihr Leid hinaus in die Flure und Aufenthaltsräume. Vereinfacht gesagt: Menschen werden gequält, es bringt Geld. Die zwei Männer tasten sich voran, die Szenerie ist spärlich ausgeleuchtet. Man vernimmt Hilferufe, Kreischen, Bitten um Aufschub und Aufhören. Beängstigend, flüstert Bohm. Angst? Nein.

Er steht da, nackt, bereit, sich untersuchen zu lassen. Er lässt die Nadelstiche über sich ergehen. Er gibt Blutproben, sie werden sorgfältig beschriftet. Er interessiert sich für die Methoden und Instrumente. Anfangs werden die kommenden Handlungsabläufe sehr geduldig geschildert, Lebensläufe ausgetauscht.

Dann verlieren sich die Dinge. Er hat kein Zeitgefühl mehr. Hollenbach, die von allen nur Karin genannt wird, strahlt. Jetzt sind wir komplett. Die fünf Männer und zwei Frauen sind ein bunt zusammengewürfelter Haufen, entstammen völlig unterschiedlichen Milieus und gegensätzlichen Weltanschauungen. Man ist freudig erregt, gespannt, was passieren wird. Eine pensionierte Lateinlehrerin macht aus Interesse mit: Weil sie immer schon wissen wollte, wie so etwas abläuft. Ein ehemaliger Häftling möchte seine Finanzen aufbessern: Die stellen dich nicht an, diese Schweine, nirgendwo, sogar mit Staplerschein, wenn du einmal einen Fehler gemacht hast, bist du aus dem Spiel, es gibt keine zweiten Chancen, das ist alles das System, darauf habe ich schon einen unglaublichen Hass. Er ist tätowiert, meine Tochter, sagt er, ihr Name, sie ist alles, was mir noch geblieben ist, und selbst sie will man mir nehmen, der Anwalt meiner Frau, noch, die Scheidung läuft, berichtet er. Da ist die Drogensüchtige, sauber seit zwei Jahren, sagt sie selbst, doch man sieht ihr an, dass es nach wie vor eine Sucht zu finanzieren gilt. Da ist der Schüchterne, dem man ein dunkles Geheimnis zutraut. Da ist der Durchschnittsmann, dem die Aufrechterhaltung der Vorstadtidylle und die Familie über alles gehen. Und da ist der gelehrte Witwer reiferen Semesters. Der sechste Proband findet nicht so recht Anschluss, meint sich verloren, fügt sich aber in die Gruppe. Menschen wie Mitnehmspeisen, stundenlanges Reden ohne Inhalt, Gespräche, die nicht satt machen, sondern bloß noch mehr Hunger auf weitere nicht satt machende Gespräche, Teufelskreis, denkt er, zwischendurch kurzes Völlegefühl, das nicht anhält, ein Aussenden und Empfangen von Schallwellen, kein Gedankenaustausch. Sie spüren jetzt einen kleinen Stich, dann werden sie müde, dann verabschieden sie sich von uns. Als er noch überlegt, woran man während des Einschlafens denken könnte, an etwas Grünes, Schönes oder Langweiliges, übermannt ihn auch schon die Erschöpfung. Er verabschiedet sich, driftet ab ins Traumland.

Wo bin ich? Wie heiße ich? Was mache ich hier? Sie sind ein Musikinstrument: Melodie des Erduldens. Sie sind ein Körper, der, wenn wir ihn pieksen und traktieren, Pfeifgeräusche macht. Da sitzen die Zuhörer, aufgereiht wie kluge Affen in Abendgarderobe, und nicken den Takt mit, ohne wertschätzen zu können, wie kunstvoll Orchester und Stimme ineinander komponiert sind, ihre Umarmung vollführen. Das Antwortspiel der Fragen. Wo sind Sie? Wie heißen Sie? Was machen Sie hier? Dieses Brüllen ist wieder da: Ihr habt mir meinen Schlaf gestohlen, meinen Schlaf!

Einmal steht er auf, geht umher, ich hätte schwören können, da ist eine Tür, er findet sie nicht, kann ich Ihnen helfen? Suchen Sie etwas? Ein Mitarbeiter stellt sich ihm mit verschränkten Armen in den Weg, die Toilette, denkt er, den Automaten, sagt er, den Getränkeautomaten, den Kaffeeautomaten, den Süßigkeitenautomaten. Kommen Sie, folgen Sie mir in die Küche, Sie brauchen sich doch um solche Dinge nicht zu kümmern, wir wollen es Ihnen so angenehm wie möglich machen, das wissen Sie doch, greifen Sie zu, bitte, bedienen Sie sich. Die Türen sind verschwunden. Es gibt kein Verlassen der Kelleretage. Er wacht auf, sein Bettnachbar fehlt, der das System hassende Häftling. Wo ist er hin?, fragt er. Sein Überprüfungszeitraum ist vorbei, hat er es Ihnen nicht gesagt? Er wird sich doch wohl verabschiedet haben. Nein, Karin, hat er nicht. Schade, tut mir leid, aber da kann ich auch nichts machen. Karin, was geschieht hier? Für Sie immer noch Frau Doktor Hollenbach. Aber.

Blutabnahme, Blutdruck, Puls. Es werden mehrere Ampullen abgezapft. Wollen Sie die Wärme daran fühlen? Nehmen Sie die beschrifteten Röhren doch bitte einmal in die Hand, mit den Fingern umschließen. Angenehm. Es werden Ihnen Fieberthermometer und Lineal zur Verfügung gestellt, somit sind Sie in die Lage versetzt, jederzeit Ihre Temperatur messen zu können, mit dem Lineal lassen sich die Ausmaße einer eventuellen Hautreizung bestimmen, die Distanz der roten Pusteln zueinander. Diese Utensilien dürfen Sie nach Studienende behalten und wer weiß was damit anstellen. Der Witwer spricht mit dem Schüchternen englisch, weil er darum gebeten worden ist. Auf welcher Seite wollen Sie die Nadel? Der linke Arm ist mir recht. Gelächter. Ihr Humor ist herzerfrischend. Die Weißkittel brauchen sich wirklich keine Mühe zu geben, diese Prozedur zu verharmlosen. Auch das vergewaltigte Mädchen hätte jederzeit gehen können, ohne Angabe von Gründen. Ein Pfleger hat sie gefunden, zusammengekauert wie ein angeschossenes Rehkitz am Moosteppich. Wer hat dir das angetan? Mutismus. Sie kann nicht mehr sprechen. Dieses ewige

Englisch von euch beiden geht mir langsam wirklich auf die Nerven! Spinnt ihr Intrigen? Vergewaltigung, Verdächtigung. Der Gefängnisbruder streitet alles ab, wie erwartet. Die Lateinlehrerin schwört bei ihrem Leben. Ihren Aussagen dürfen Sie keinen Glauben schenken, er hat sein Alibi nur erpresst, wer weiß, mit welchen Mitteln er diese arme Frau unter Druck gesetzt hat, zu behaupten, sie hätten die betreffenden Stunden mit gemeinsamem Kartenspiel verbracht. Als dann der Durchschnittsmann auspackt, ist es bereits zu spät, der Volkszorn hat entschieden, der Häftling ist nicht mehr, ihm wurde eine Luftspritze gesetzt. Was halten Sie von Selbstjustiz? Das ist leicht, ich bin dagegen. Und wenn Sie selbst betroffen sind, wenn eine Bestie sich an Ihrer Tochter vergangen hat und Ihnen im Wissen, mit einer Freiheitsstrafe von wenigen Jahren davonzukommen, eine lange Nase macht? Um welche Art der Selbstjustiz würde es sich denn handeln? Gewehre, Messer, Strick, was gerade so herumliegt. Ich gestehe alles, sagt der wahre Täter, die zurechtgemachten Mädchen freitagabends, sie wollen erregen, wollen gemustert, mit Blicken abgeleckt und ausgezogen werden, immer hielt ich mich zurück, diesmal ging es nicht mehr, ein zu perfektes Opfer gab sie ab, vor lauter Weltfluchtstoffen umnachtet, da habe ich sie mir eben gegriffen, wer erhebt Einspruch, ein Exemplar vom Kinderstrich, ohnehin, kein Verlust für die Gesellschaft, ihr ein Verrecken zu bescheren, was ich verabsäumt habe, hieße, ungewollte Schwangerschaften und Beschaffungskriminalität zu verhindern.

Manchmal wache ich auf, habe vergessen, wo ich

mich befinde, bin glücklich, dann sehe ich, dass ich mich im Schlafraum des Labors befinde, und möchte schreien. Intubieren, Würgereflex. Das hier ist doch ein Krankenhaus, zumindest eine Sonderabteilung, aber wo werden Leute geheilt? Du willst Heilung? Karins Gegenfrage kommt wie aus der Pistole geschossen. Wovon sollen wir dich heilen? Mich, konkret, schwer zu sagen. Von deiner weinerlichen Gottesfurcht, dieser Todeskrankheit, deinem Größenwahn erfolgreicher Maturanten, der darin besteht, auf gesicherte Zukunft zu hoffen, deinen Welteroberungsplänen? Oder heilen wir uns von dir? Eigentlich auch keine schlechte Idee. Ich bin aufgewacht!, brüllt er. Du musst träumen.

Schlaflabor, Abteilung Klartraumforschung, steht auf einem Schild. Wie ich sehe, sind die Versuchsreihen noch in vollem Gange. Für manche unserer Probanden, andere wurden bereits von ihrem Schicksal erlöst. Bohm wischt sich den Schweiß von der Stirn. Heftige Anblicke, denen Sie mich da aussetzen. Von nichts kommt nichts.

Lasst mich endlich schlafen. Ich bin müde. Mir brennen die Augen. Bitte, ich flehe euch an. Nur noch ein paar Experimente, dann sind wir für heute fertig. Er bekommt Gegenstände vorgelegt, die er miteinander in Verbindung setzen muss. Ordnen Sie diese Farben nach Lautstärke. Unterschiedliche Seelenzustände werden in Ihren Organismus eingeschleust, betätigen Sie bitte dazugehörige Bildflächen, auf denen Personen und Orte zu sehen sind, die zur Steigerung oder Linderung der psychischen Erscheinung beitragen.

Bekomme ich ein Mittel gegen Depressionen? Besprechen Sie das bitte mit dem zuständigen Facharzt. Verlust der Schlafphasen. Gemeinschaftsküche, der Abwaschplan hängt am Kühlschrank. Ferienlager, sagte ich doch. Ständige Videoüberwachung, rund um die Uhr. Wer ist dafür verantwortlich? Bei der Tagesbesprechung knallt ein Verantwortlicher den Akt auf den Tisch: Im weltgrößten Videoportal sind Mitschnitte aufgetaucht. Ein Datenleck, Schweinerei. Es ist mit Angehörigen zu rechnen, die Sturm laufen werden. Hinterfragen Sie meine Behandlungsmethoden? Nein, denn es ist nie zu spät, einen feigen Rückzieher zu machen. Er hebt den Arm, zum ersten Mal erlebt er seine Dreidimensionalität. Die Pupillen sind riesig, ausgemergelte Ringe am Seidenmaltuch, das Zentrum einer sommerlichen Blüte. Er mustert sich im Spiegel: Auf eine grobe Art betrachtenswert, womöglich mehr als das. Gleichmäßig geschwollene Flächen. Etwas, das jeden Moment aufplatzen könnte, dem Horrornachwuchs entsteigt, der sich blind in den Eierschalen räkelt. Pupillen wie nichträumliche Erhebungen. Er bricht in irres Lachen aus. Sein Weiß der Augen hat sich gelb verfärbt wie nach Marihuanakonsum, die Äderchen eine Spur zahlreicher und voller koloriert. Durchfall, Bauchweh. Die ganze Nacht weinen. Bei all dem Tosen, das man als geistig wacher Mensch geboten kriegt, röchelt er, bleibt doch alles, was man ersehnt, die verbindliche Normalität des gemeinsamen Hafens, sagt er. Jemand, der einem Liebes sagt, mehr ist nicht möglich. Beruhigen Sie sich. Er wird auf die hochgestellte Matratze gedrückt, die Ledergurte werden festgezurrt. Machen Sie sich bitte keine Sorgen, wir haben alles unter Kontrolle. Ihr Rhythmus wurde gehörig durcheinandergebracht. Wir haben das Labor übernommen. Wir wurden gebeten, die erste Arbeitsgruppe abzulösen. Überforderung. Was ist mit den anderen? Den anderen geht es gut. Wo sind sie? Woanders. Wie spät ist es? Drei Uhr Früh. Ich habe Hunger. Worauf hätten Sie Lust? Buchstabensuppe, sie darf aus der Packung sein, da bin ich nicht heikel. Ich werde Ihren Wunsch an die Kantine weiterleiten, versprechen kann ich allerdings nichts. Danke. Er drückt seine Hand. Gasherd anwerfen, Topf mit Wasser füllen, erhitzen, den asbestigen Fertigstaub beimengen, umrühren, ziehen lassen, guten Appetit! In Wohngemeinschaften isst man aus Plastikgeschirr, was an Altersheime denken lässt, die Betagten können Schüsseln und Teller in einem Anfall kindlichen Trotzes auf den Fliesenboden schleudern, nichts geschieht, keine Scherben, kein Mühsal. Er steht zu seiner Entscheidung: Ich bin froh, hier zu sein. Ja, wir auch, Sie brauchen jetzt Ruhe. Sollen sie meine Haut mit ihren Spritzennadeln durchstoßen, mich an ihre sterilen Geräte anschließen, ich stehe zur Verfügung, ich bin ärztliches Fleisch, werde meinen Mund halten, soweit möglich, keinen Mucks machen. Summen, wenn erlaubt, um Musik in mir zu haben. Sollen sie mich austesten und verändern. Das ist nicht schlimm. Ich muss diese Sache nicht völlig unbeschadet überstehen. Es darf Verwundungen geben. Das bin ich vom Leben mit mir schon gewohnt. Alles in Ordnung. Äußere, sichtbare Verletzungen sind mir lieber, ich würde mich als Freund des Handfesten und Sichtbaren bezeichnen. Seelische Narben nicht quantifizierbar. Ihre Suppe ist gekommen. Wie bitte?

Er schaut. Sind Sie noch hungrig? Nein, danke, das war freundlich, aber nicht der Mühe wert. Wie Sie meinen. Ich stelle die Schale dort ab. Vielleicht für nachher. Zähne, Lippen, Zunge, im wilden Babeltanz vereint: Ssorg tsi Musrevinu sad, kichert er. Frau Doktor Hollenbach, ich habe mich in Ihre Stimme verliebt. Ist ja gut. Pause. Für dich immer noch Karin.

Später wird er unbeschwert hinausspazieren, aus den befremdenden Trakten und dem ganzen Schlamassel. Mit einem bargeldprallen Kuvert, dessen Inhalt er in Musik, Bücher, Kino und restliches Jungsein investiert, er gibt es aus für Abende, Pizzeria und Spaß. Er lädt Mädchen, die zu hübsch für ihn sind, auf Getränke ihrer Wahl ein. Die *Autobiographie des Geldes* erweitert er um das Herkömmliche. Er gibt jetzt Trinkgeld, wenn er sich beim Schnitzelimbiss ein in Styropor verpacktes Nachtmahl abholt, das Backstück mit Alufolie umwickelt, unter die ein Zitronenviertel geklemmt ist. Oder beim Chinesen, wo man ihn bereits kennt.

Können Sie mir versichern, dass alle sieben Probanden das Schlaflabor überleben?, fragt Bohm skeptisch. Selbstverständlich, schließlich sind es keine Ratten. Dann bin ich beruhigt. Ich verspreche Ihnen, Chef, wir legen Sorgfalt an den Tag. Wie lange noch? *Luzidin* ist bald so weit, jeden Moment.

Sie werden sich wundern, was das eine mit dem anderen zu tun hat, über die Verwischungen der klar gezogenen Linien, über die Grenzüberschreitung im

Umgang mit Situationen und Charakteren, sagt Doktor Emil Sanos, es ist alles mit allem verbunden. In den Müttern werden Menschen hergestellt, die in den ewigen Kreislauf eintreten. Kurz bevor sie sich totgelebt haben, kommen sie in die Anstalt. Als Rohstoff wandern sie weiter. Dort die rauchenden Schlote der anderen Fabriken, hier produzieren wir den Wahnsinn, pressen ihn aus den Körpern der Wahnsinnigen wie Eiter, Schweiß und Blut. Industrialisierung der Ideen, koordiniert in der Einsatzzentrale, dem Schlachtschliff ohne Kapitän, wo jeder Ausguck hält, keiner steuert. Der Wahnsinn erreicht die Erkenntnisfabrik, ihre Produkte werden verschifft und versandt, haben geringe Halbwertszeit. Aus einem Abfluss läuft Gefahrengut in die Münder der Zeugungsfähigen, das Denkvirus wird über Augenkontakt und Zungen verbreitet. Die Krankheit der Selbstreflexion, des akuten Bewusstseins. Internationalisierung der lokalen Eigenheiten, Synchronisierung der Bewegungsabläufe. Manche Erkenntnisse werden verachtet, anderen wird der rote Teppich ausgerollt, Geschmäcker sind verschieden, darüber streiten lässt sich allerdings nicht.

Das soziale Netzwerk kommt den Sprachgewandten zugute. Sie können mit Nuancen operieren. Verständigung ist ins digitale Schriftliche abgewandert. Den Selbstironischen, den Wortspielern, den Originellen ist ein Startvorteil gegeben. Eine Veränderung tritt ein: Menschen werden nicht mehr aus den Augen verloren. Jugendlieben verblassen nicht mit der Zeit, sondern bleiben präsent, sind jederzeit anwählbar, Verbindungen damit unkündbar, es lässt sich alle paar Jahre gedanklich zurückkehren und überprüfen, welche Art der Zuneigung derzeit besteht, ob es noch einen Draht zwischen uns gibt. Ausgespielt die Dramen verlorengegangener Briefe, nieder mit den Verschollenen. Selbst im Krieg zieht es die Soldaten während der Gefechtspausen in den Computerraum, in dem die Kellerluft steht, um liebeleihafte Geplänkel aufrechtzuerhalten. Zeitalter der ewigen Bindung, keine mehr wird für immer gekappt sein, nie wieder. Von den Ausgewanderten wirst du dich nicht mehr verabschieden müssen, werdet ihr doch in zwei bis drei Tagen videotelefonieren. Zeitalter der dauernden Schwärmerei, des immerwährenden Kontakts, mal fleißig, dann wieder selten, aber stets vorhanden, nie endgültig abgeschlossen oder ein Ziel erreicht habend, Gefallen an dir finden, dich nie aus den Augen verlieren. Schlagfertigkeit, die man sich im sozialen Netzwerk aneignet, geht im realen Umgang verloren, berichtet Sanos, die Endgültigkeiten werden vertagt, bis der Umkehrpunkt überschritten, der Tod erreicht ist. Man legt sich nicht fest, keiner mehr, es ist anerkannter Lebenswandel, sich alle Türen offenzuhalten. Aber ich übertreibe. Das Spektrum des Zwischenmenschlichen besteht, erstrahlt bunter denn je. Nicht mehr die Umstände dafür verantwortlich zu machen, dass man den Kontakt zu jemandem verliert, nein, die Verantwortung fürs Aufrechterhalten einer Verbindung liegt allein beim Menschen, eine Last, mit der nicht umgegangen werden kann, es werden Seminare angeboten. Lob der Technik, denn nie wieder ist jemand verschollen. Er schüttelt Lucius Bohm: Es gibt keine Verschollenen mehr, bin ich froh! Ich auch. Diese Veränderung, diese vernetzte

Welt, die sich für manche wie ein Korsett ums Leben schlingt, wird zur Gründung von Kommunen führen. Arbeitslager, Ödnisparadiese, Selbstversorgerhütten. Abgeschnitten von der Außenwelt, einer dröhnenden Kaste sich mitteilender Artgenossen. Homo communicans. Dieser Umbruch in der Kommunikationslandschaft wird Einsiedler produzieren, die eine naturbelassene Einsamkeit suchen. Eine Einkehr unterm Baum, nicht vor dem Bildschirm. Eine Ichschaft, die echt ist, die sich anfühlt, die nicht künstlich und wie zufällig wirkt. Wir, wachsende Gemeinschaft der Globalisierten, driften im Näherkommen auseinander. Die Sekten schlagen als Gegenimpuls aus. Enklaven der Abgeschiedenheit auf der Suche nach persönlichem Frieden.

Begegnung mit tödlicher Eintönigkeit. Meine Zukunftsprognose vorsichtiger Hoffnung: Noch im ersten Drittel des Jahrhunderts wird der Kampf gegen die Einsamkeit aufgenommen. Man wird Räume installieren. Man wird Lagen auskundschaften, der Staat wird Immobilien ankaufen, um die Volkskrankheit zu mildern, aus streng marktwirtschaftlichen Gründen, um die Leistungsbereitschaft der Arbeitenden zu gewährleisten. Man hat sich Firmen verpflichtet. Man wird Orte ohne Widmung bereitstellen, groß, mit hohen Wänden, an denen sich atmen und Empfindung tanken lässt. In den Räumen werden sich Menschen frei aufhalten können. Nicht gemeinschaftliche Arbeitsräume, sondern ohne Tätigkeit, ohne Aufgabe, ohne Plansoll, ohne Richtung, ohne Leistung. Die Einsamkeit aushebeln. Massenzusammenkünfte hat es immer gegeben, es ist jedoch ein Trugschluss, dass Masse auch Aufgehobenheit schenkt, das Gegenteil ist der Fall, die Einsamkeit findet im Inneren ihren Ursprung, wird von außen nicht therapiert werden können. So, wie die digitale Familie die Gemeinschaft der echten höchstens vorgaukelt. Der Raum, heißt diese freie Erfindung. Der Raum gilt, er verlangt nichts von dir. Komm, wann immer du magst, da werden andere sein. Für den Raum braucht es keinen Termin. Der Raum darf zweckentfremdet werden für Gewalt, auf konkret abgesteckte Weise. Die Einsamkeit ist zwar unsterblich, aber durchaus verwundbar. Ihr kann Schmerz zugefügt werden. Ihr muss Schmerz zugefügt werden. Erlangung einer Machtposition ihr gegenüber. Tiefe Befriedigung setzt ein. Meine Damen und Herren, wir haben Sie heute zu Gast. Sie sind die vorherrschende Krankheit des Jahrhunderts, eine Eindämmung der Epidemie scheint nicht abzusehen. Wie fühlen Sie sich? Der Trugschluss geht auf: Massenorte, die zur Massenpanik führen, überlaufen von aus ihrem Einzelkampf ausbrechen wollenden Individuen. Totgetrampelte Feiernde, Brustkorb eingedrückt, in Tanzmeuten erstickt. Danach Schicksal und Opferschaft an den meistbietenden Privatsender verkauft. Opfer der Stahlkappenschuhe, der mangelhaften Planung, der unzureichenden Ausmaße, der zahlenmäßig unterlegenen Fluchtwege, der Ellbogen, der Wellenbewegung eng stehender Gruppen, der Angstreaktion von Zusammengepferchten, der Einsamkeit. Ich fühle mich relativ gut. Wie ist Ihnen beizukommen? Mit blankem Optimismus, der jeder Vernunft Hohn spricht. Mit dem Eingeständnis, dass Land in Sicht ist, wenn man die

Augen aufmacht, wenn man den Horizont zulässt. Weit und breit alles Retter, die einen unterm Menschenberg hervorziehen. Wir kommen mit Prellungen davon. Wenn die Einsamkeit mit uns fertig ist, werden wir gestärkt daraus hervorgehen, unsere Leben umkrempeln und Rache bekommen. Die Gemeinschaftsräume darf es lediglich als Idee geben. Man muss einsehen: Es gibt Theoretisches, das keinerlei Anspruch auf Praxis erhebt. Die Idee Raum auszuführen, wäre esoterisch, müsste mit einem Lächeln bedacht werden, sie in die Tat umzusetzen hätte keinen Erfolg. Der Raum muss Konstrukt bleiben, der Gedanke daran muss Trost sein. Fragen?

Es bahnt sich etwas an. Lucius Bohm tropft nach Hause. Martha Habemus vergnügt sich mit Lentia Kuhn. Elisa Slavik geht wieder einmal ins Kino. Justus Geheimnis erklettert auf der Suche nach dem Dröhnen ein Gerüst. Ladislaus Kampf ist ihm auf den Fersen. Helena, die schöne Rezeptionistin, erholt sich von Katastrophen. Michaela Geheimnis bereitet sich auf etwas vor. Carl, der alte Fußballfreund, macht Tore. Tobias malt nach Zahlen, sein Haustier Anton rotiert, es hat ein schmackhaftes Prosabändchen entdeckt. Silen fachsimpelt über die Erzählstrukturen des Pornographischen, Melinda lässt ihn über sich ergehen. Wien setzt die Reise ins Innere fort, der Boxer treibt gnadenlos weiter. Gott sitzt auf seinem Thron, versunken in Selbstbefriedigung, eine der letzten Freuden, die ihm geblieben sind. Die Kritikerin legt einen Film ein, die Mutter tritt mit einem Krug frischgepressten Orangensafts aus der Küche.

Oben liegt Kilian Matt, seine Reise fällt bewegungslos aus. Der Anstaltler Nils Clanga streunt rastlos durch die Abteilungen, sein Vater ruft an. Humorist M und das Geld vereinbaren Treffen, um ihre illustrierte Anekdotensammlung voranzubringen. Der Fahrer des Shuttlebusses wartet auf seinen Einsatz. Der Verleger von *Siebengefahren* macht Urlaub. Ein Gruppenanwärter überprüft den Inhalt eines Schuhkartons. Die Einsamkeit jault unter Schmerzen und Atemnot auf. Die mitangehörte Frau geht mehrmals am Fenster vorbei, um zufällig ihrem Bekannten zu begegnen. Herr Kemal schaut sich eine fremdsprachige Unterhaltungssendung an. Das Inzestpaar Mandel stopft Frittiertes in sich hinein. Der sechste Proband wird in den Aufwachraum geschoben, kurz erhascht er seine Karin. Der Fleischfabrikant geht mit Doktor Emil Sanos auf ein Bier. Ein ungeborenes Kind macht schwerelose Pirouetten. Dem Krebs läuft beim Anblick all der gesunden Zellen das Wasser im Munde zusammen. Tränenreich Tausendsassa fliegt durch die Lüfte, er ist Staub. Alina und Lem, gebäudelos, glücklich. Aus dem Hinterhalt winkt der magische Ulk.

Fragen: Wie reagieren Sie auf den Vorwurf, dass Insassen der Anstalt über Jahre hinweg gedemütigt und gefoltert worden sein sollen? Dementieren Sie weiterhin? Überlegt sich die Anstaltsleitung rechtliche Schritte? Müssen Aufdecker dieser potentiellen Missstände mit Klagsdrohung rechnen? Rufschädigung? Bleibt es bei Worthülsen oder machen Sie ernst? Haben Sie eine Rechtsschutzversicherung abgeschlossen? Wie wollen Sie diese Behauptungen entkräften? Ist Ihnen zu Ohren gekommen, dass auf Klopapier verfasste Tagebucheinträge, Mitschriften von fragwürdigen Therapiesitzungen nach draußen geschmuggelt wurden? Hat man Kopien angefertigt? Sind die Originale weiterhin im Besitz der Zeitungsredaktion? Wird sich das Abgedruckte wie so oft als Fälschung entpuppen? Können Sie ausschließen, dass es Verfehlungen auf Seiten der Pfleger gab oder gibt? Wenn ja, warum? Wenn nein, warum nicht? Ist es Tatsache, dass, wie in uns vorliegenden internen Akten beschrieben, schon seit geraumer Zeit Mängel bekannt waren, Sie jedoch keinerlei Maßnahmen ergriffen? Wie sieht Ihr Umgang mit Tatsachen generell aus? Haben Sie ein Sicherheitskonzept? Geben abgefangene Briefe von Patienten detailliert Auskunft darüber, dass mit bisher noch nicht freigegebenen Medikamenten experimentiert wurde? Sind diese Briefe sicher in einer Schublade des Direktors verwahrt? Welches Bild hat die Öffentlichkeit von den Zuständen in der geschlossenen Abteilung? Weshalb die Tierkäfige? Wollen Sie uns allen Ernstes einreden, es handle sich um die bescheidenen Lebensräume von Haustieren, die zu Therapiezwecken eingesetzt werden? Wie geht es jemandem, der sich mit derart Schrecklichem konfrontiert sieht? Kennen Sie die Aufzeichnungen Ihrer Patienten? Geben sie Ihnen zu denken? Wie steht es um die weitere Inbetriebhaltung der Anstalt? Würden Sie sich als rücktrittsreif bezeichnen?

Wir möchten gerne auf die Anschuldigungen eingehen, sie sind haltlos. Deshalb diese Pressekonferenz. Es stimmt, Unbekannte behaupten, Patientenberichte aus der Anstalt geschmuggelt zu haben. Tatsache ist, diese Namenlosen sind ebenso zurechnungsfähig wie unsere Insassen, nämlich nicht. Ich wiederhole: Nicht. Sie werden doch den Wahnvorstellungen dieser Verrückten keinen Glauben schenken! Lächerlich. Nichtsdestotrotz haben wir einen Untersuchungsausschuss einberufen, Vorsitz hat ein langgedienter Ehrenwerter unserer Stadtregierung. Es wird sich jemand finden. Wir möchten alle Zweifel zerstreuen. Auch wir fordern die lückenlose Aufklärung dieser delikaten Angelegenheit. Höchstwahrscheinlich haben wir es mit Verbrechern zu tun, die uns in schiefes Licht rücken wollen. Fälscher, die Handschriften nachahmen. Sensationshungrige Zeitungsmacher, denen erfundene Geschichten kein Unbehagen bereiten. Ihr einziges Interesse gilt der Auflagenstärke ihrer Nackedeiblätter. Was es mit den Höllen auf sich hat, ist klar: Alles erstunken und erlogen. Bei uns gibt es sie nicht. Wir verfahren nach internationalen Standards. Wir sind ein Vorzeigebetrieb. Wir sind staatlich gefördert und unterliegen somit staatlicher Kontrolle. Für unsere Patienten nur das Beste. Sie werden doch nicht skrupellosen Betrügern auf den Leim gehen! Danke. Für den Rest der Fragestunde ist mit unserem Pressesprecher Vorlieb zu nehmen, er wird sich um Ihre Anliegen kümmern. Die Herrschaften entfernen sich, der Saal ist von unzufriedenem Grummeln erfüllt.

Vom Schreiben, kreischt der magische Ulk. Wenn zu mir jemand kommt, nach Lesungen zum Beispiel, die seltener werden, in meinem Alter tut man sich das nicht mehr an, auf dem Präsentierteller zu liegen, ist höchst unbehaglich, wenn jemand auf der Straße im Vorbeigehen mir erklärt, wie schlecht er findet, was ich bisher machte, meine ganze Erscheinung, es sind Neider, denn sie können nicht fliegen, wenn also zu mir jemand kommt, um mich und meine Arbeit niederzumachen, kann mir eigentlich nichts Besseres passieren. Weil dann wird mir heiß und dann werde ich schwitzen, alle Termine der nächsten Tage abgesagt, so schnell ich kann, nach Hause, in ein Rückzugsgebiet, bei dem es sich auch um Lederbank und Marmortisch im Stammcafé handeln kann. Dann verkrieche ich mich und mache, mache, mache. Um den Gegenbeweis anzutreten. Dann werde ich dem mich Beschimpfenden insgeheim danken. Die andere, wesentlich größere Hälfte meiner Ulkigkeit wird ihn allerdings verfluchen und dem Bild dieser sich entfernenden Person hasserfüllt nachstarren. Sie verschwindet einfach so, als wäre nichts gewesen. Selbstkritik ist der Schlüssel, kreischt der magische Ulk, diese Filterinstanz wird benötigt, wenn man ernsthaft existieren will, literarisch gesehen. Kritisieren bis ins Fleisch. Etwas Irreparables im Bereich des Persönlichen. Und dann lande ich wieder am Schreibtisch, weil ich nichts heil machen kann. Man klimpert auf der Tastatur vor sich hin, alle Tasten schwarz und weiß zugleich, in herbem Moll. Abscheulich daran nur: Es funktioniert. Es stellt nicht vor unlösbare Probleme. Die Buchstaben haben eine feste Reihenfolge, der sich keiner entzieht. Einer nach dem anderen. Danach bin ich süchtig. Dieser Teufelskreis: Die hilfreiche Versunkenheit ansteuern, was einen von den Problemen entfernt, womit sie sich vergrößern. Vielleicht süchtig nach geordneten Verhältnissen. Ich halte Verbindungen in der Schwebe nicht aus, möchte wissen, wie die Dinge stehen. Damit umzugehen, ist machbar. An oder aus. Solange es nur nicht dieses lästige Dazwischen ist. Ich kann mich nur schwer konzentrieren, jammert der Ulk, nicht auf die Radiosendung über untergewichtige Haustiere, aufs Abwaschen, auf Lektüre schon gar nicht, auf all die Sekretärswege zur Bank, zur Post, zu Verkäuferlehrlingen, die ihre Broschüren auswendig vorsagen können, aber wehe, du stellst ihnen eine vom Lehrbuch nicht prophezeite Fangfrage, da stammeln sie, wissen nichts, weinen sich aus, suchen entgeistert die Blicke der anderen. Diese Dinge eben. Meine Aufmerksamkeitsspanne ist erschreckend gering. Zusammenfalten der Handtücher, Stehenbleiben vor Ampeln, Bewegungsmelder in der Dämmerung, an allen Häuserfronten, das Flutlicht springt an. Auf nichts konzentrieren, dabei müsste ich das, um den Nachhall zu erspüren, weil ich das einzige Instrument bin, mein Leben wahrzunehmen. Hallo, hörst du mir überhaupt zu? Ich versuche wieder, mich zu bewegen. Vergeblich, wie man sieht. Ich gebe nicht auf. Man hat ihm genommen, was ihn von einem atmenden Stein unterscheidet. Kilian, du armer Tropf, lass es. Noch einen Vierter-maihimmel sehen, noch einmal etwas über mich erfahren, noch. Lass es, du bist ein Romantiker, ein Stinktier, dein Nacken und ein Schafott die perfekte Symbiose, du hast die Lebenserfahrung eines noch nicht geschlüpften Kükens, niemand braucht oder vermisst dich. Jetzt werd aber nicht untergriffig, Ulk. Du mit deiner großen Klappe, schau, das hast du davon, da liegst du jetzt. Ich muss zugeben, dass ich jeden einzelnen deiner winzigen Körperteile im Vollbesitz meiner geistigen Kräfte mehrmals in Gedanken zerstückelt habe und die Brocken verbrannt, mein Gewissen hielt es in solchen Fällen nie für angebracht, auch nur zaghaft anzuklopfen, aber ich weiß, Ulk, du meinst es nicht böse, du möchtest mich provozieren, damit ich mich rege und mein Sterbebett verlasse. Da liegst du falsch, aber bitte, wenn es dir hilft. Und spar dir endlich deine Belehrungen, deine Erfahrungsberichte, das will keiner hören. Veröffentlichungsästhetik, kreischt der magische Ulk.

Fragen: Wie lange noch? Wann brechen die Dämme? Wie schwer wird es mit der Zeit, das konstruierte Geflecht aus Sachverhaltsdarstellungen und Dementi aufrechtzuerhalten? Wann brechen Sie nieder unter der Last? Wurden die Insassen der Anstalt gezwungen, ihr Erbrochenes zu essen, es abermals zu erbrechen, dieses doppelt Erbrochene wieder zu essen? Haben Sie denn keinen Funken Anstand mehr in sich? Wissen die eingebundenen Krankenkassen vom Frevel, der mit den Steuergeldern getrieben wird? Sind die Höllen auf Erden?

Alle Horrorgeschichten sind wahr. Ich wiederhole: Nicht erstunken und erlogen. Wir lassen unsere Masken fallen. Wozu noch versuchen, Statisten einer fremden Komödie zu sein? Wir agieren mit Vorsatz gegen jede Vernunft. Die Frage der Moral stellt sich nicht. Wir befinden uns außerhalb der Moral. Die Beschuldigten nehmen Stellung, wir bekennen Farbe. Wir haben gelogen, wann immer es ging. Wir haben den Bereich des streng Wissenschaftlichen hinter uns gelassen, mutig hinter uns gelassen, wie ich betonen möchte. Dadurch haben wir jedoch nicht das Ominöse erreicht, das Perverse oder gar Destruktive, sondern das Poetische. Wir impfen ihnen Dinge ein. Wir Erschaffer leidensreicher Leben. Wir betreiben die Poetisierung des Experiments. Als Gegenströmung zur Verwissenschaftlichung des Künstlerischen. Können Sie mir folgen? Wir agieren unverantwortlich bis kriminell, verpflichtet nur dem Eigennutz. Und das wundert Sie noch? Tragen Sie bitte unsere Botschaft nach außen, in die heile Welt hinaus: Wir kommen. Wir stehen in den Startlöchern. Wir sind wütend und zu allem imstande. Mit den Gegebenheiten und ihren Vertretern haben wir noch ein Hühnchen zu rupfen. Das Vorhandene entspricht nicht unseren Vorstellungen. Uns hat niemand gefragt. Bei der Einrichtung der Kontinente zog man uns nicht zu Rate. Es gab uns noch nicht, wir waren keine Existenz. Kein Grund, unsere Bedürfnisse unberücksichtigt zu lassen, wie ich finde. Wir haben leuchtend rote Augen. Es herrscht absolute Narrenfreiheit. Wer soll uns kontrollieren, geschweige denn Einhalt gebieten? Die Leute können nicht lesen. Viele sind zufällig keine Analphabeten, aber lesen können sie nicht. Wir treiben unser Spiel. Wir installieren Programme, die sich eigenständig vermehren und ausbreiten können. Wir drücken Zigaretten an den Insassen aus. Wir haben es nicht nötig, zu leugnen. Wir machen einen Rundgang durch die Abstraktionsebenen, Sie lassen wir uns begleiten und uns gut bezahlen. Was lässt sich worauf zurückführen? So denken wir. Wo liegt der Ursprung, die Urszene, der alles entspringt? Beim müde am Boden liegenden menschlichen Körper, der die Gedanken kreisen lässt, von Gefühlen befeuert, die Stille genießend, der Stille gehorchend? Es sind Versuchsanordnungen, die wir konzipieren und durchführen. Es ist Wunschtraum der Dinge, zu Ende gedacht zu werden. Wir genießen und gehorchen.

Versuchsanordnung: Ein Raum, verschlossen.

Versuchsanordnung: Ein Raum, verschlossen. Ein Mann, nackt. Eine Frau, nackt.

Versuchsanordnung: Ein Raum, verschlossen. Eine Lichtquelle, hell. Ein Tisch, Holz. Ein Stuhl, Holz. Eine Schreibmaschine, neu. Ein Stapel Papier, tausend Blatt. Ein Revolver, geladen. Ein Mann, nackt.

Wir müssen daraus ja nicht unbedingt etwas Trauriges machen, sagt er, aber wenn beide ständig fort sind, unterwegs irgendwo, mal der eine, dann der andere. Wie auch immer. Du hast dein Lebenswerk begutachtet? Man sollte den Tag nützen und das Haus verlassen, dachte ich, sich die Ruinen Wiens ansehen, die Vögel beim Aufwirbeln des Straßenstaubs beobachten. Die Haustür wich zur Seite? Das abschließende Einrasten der Verriegelung klang angenehm hart, die Teile passten ineinander. Ist Wien nach dem Kampf stark in Mitleidenschaft gezogen? Wie Zähne sind die Grenzlatten und Eisenstangen wichtiger Gärten umgeknickt und aus der Verwurzelung gerissen, kein schöner Anblick, sein Gegner hat es am Burgtheater gepackt und nicht mehr losgelassen, aber sie wird schon wieder, die Stadt. Lucius, das mit uns. Ja, wenn es so weit kommt, dass die Chancen, sich zufällig auf der Straße zu begegnen, eigentlich besser stehen als ein ausgemachtes Treffen einzuhalten, dann sollte man ruhig die Zügel auslassen und die Kutsche in den Graben fahren, hilft nichts. Vorher abspringen. Im Idealfall. Das klingt einleuchtend, aber armselig, sagt sie, ob ich mich damit anfreunden kann? Du weißt doch, dass ich immer nur, er gerät ins Stocken, eigentlich müsstest du all das sagen, deine Aufgabe. Wie man es genau ausdrückt, ist doch egal, ich möchte nicht alles zerreden. Mir ist klar, ich habe dich nicht immer gut behandelt, nicht immer perfekt, aber du meldest dich wieder. Eigentlich war ja gar nichts. Deine Entscheidung, beschließt er, machen wir es so, du entscheidest, was gewesen ist, ich lege die Vergangenheit in deine Hände. Wieso ich? Und wieso ich? Und wieso nicht wir beide gemeinsam? Weil ich erschöpft bin. Er fährt ihr in falscher Richtung hinterher, gestockten Schweiß in den Poren. Sie legt auf.

Wo sind wir hier?, fragt Wien. Alberner Hafen, zollfreie Zone. Was gibt es hier? Nicht viel. Was machen wir dann hier? Uns von der Landschaft und den Bauten umgeben lassen, den Hebekränen und verfallenden Silos, auf deren Dächern schon Grasbewuchs ist. Logistikzentren, eines nach dem anderen, Arbeitsplätze außerhalb der Stadt, ohne Auto ist man hier verloren, die Busse kommen alle heiligen Zeiten, und die Fahrpläne stimmen mit den Routen der Chauffeure nur selten überein, die wissen selbst nicht genau, wie es weitergehen soll. Kieselsteine am Asphalt. Manchmal karren Filmteams ihre Kabelrollen und Sonnenlichtreflektoren heran, um triste Aufnahmen zu machen, von Selbstmördern und Geiselnehmern, so manches Finale einer Episode schlechter Krimiserien wurde hier gedreht. Die überwucherten Schienen sind ein beliebtes Motiv, neu erstandene Spiegelreflexkameras werden hier eingeweiht. Kannst du es hören?, fragt der Boxer. Was denn? Die Proberäume. Keiner fühlt sich hier belästigt, im Gegenteil, der Lärm beruht auf Gegenseitigkeit, wirbeln doch das Hydraulikschnaufen der Lastkraftwagen, das Verladen und Festzurren der Güter auch ihre Geräuschwolken auf. Montag bis Sonntag neue Lieder einstudieren, die Kenntnis der alten aufgefrischt, an unfertigem Material gefeilt, bis sich Diamanten herauskristallisieren. Weitermachen, weitermachen und weitermachen, so lautet das Geheimnis. Sich nicht entmutigen lassen. Alles daran setzen, nicht auch eine der vielen Musikgruppen zu sein, die nach ein paar Jahren das Handtuch werfen, die Wege der Mitglieder zerstreuen sich, Melancholie des Aufhörens. Am Ball bleiben, sich Durchhalteparolen vorsagen. Wir sind an deine Grenzen gegangen, Wien. Hier draußen hört dich niemand schreien. Bist das überhaupt noch du? Diese Wiese dort, der Schotter, sieht mir nicht ähnlich. Komm, lass uns weiter. Grabsteine? Friedhof der Namenlosen, erklärt der Boxer. Wasserleichen, aus der Donau Gefischte. Herberge Vergessener. Ehrenamtlich gepflegt. Sie machen ein Kreuzzeichen, beträufeln sich mit Weihwasser, der Boxer hat ein Trauergesteck dabei, Kranzlegung für Unbekannt. So namenlos sind die Beigesetzten aber gar nicht, manche heißen sogar irgendwie. Hier finden die Geschichtenerzähler ihre Figurennamen, die oftmals seltsam genau passen, dass man glaubt, das gibt es nicht, wälzte man doch den Gedanken an eine erfundene Person seit Monaten hin und her, und nun plötzlich fand man jemanden, den es einmal gab, der einmal so hieß, wie ein Ausgedachter heißen muss, was einem klar wird mit dem Blitzschlag des Moments. Eine winzige Kapelle. Sie lassen gespendete Münzen durch den Schlitz des Eisenwürfels klimpern. Was soll ich von diesem Ort mitnehmen? Dass sich oft die Schönheit an beinahe unerreichbaren Rändern verbirgt, du wirst an deine Grenzen gehen müssen. Sie spazieren durch die Reihen, viele letzte Ruhestätten sind vermoost, der Marmor gesplittert. Wenn es einmal aus ist mit mir, sagt der Boxer ernst, will ich bitte hierher gebracht werden. Wien nickt. Wenn es tatsächlich Ihr Wunsch ist. Sie kehren um. Es ist eine Frostschicht am Boden. So früh ist es noch? Ja, der Tag hat erst begonnen. Aber wie viel passiert ist! Universen, Pressekonferenzen und Liebe, die Anstalt, der Tod und der Ulk. Wien zeigt auf eingedelltes Gras, im Schrittrhythmus, gleichmäßig versetztes Links und Rechts. Boxer, das hier? Des Weltkärntners Fußspuren, der sich oft und gern hier herumtreibt, allgemein bekannt. Mittlerweile hat er sich ins Ausland abgesetzt, eine Rückkehr scheint jedoch nicht ausgeschlossen. Anders als bei der Öffentlichkeit, aus der er sich weitgehend zurückgezogen hat. Auf die Dauer kann es sehr anstrengend sein, sich ständig vor Unterlegenen rechtfertigen zu müssen, unterlegen im Denken und Fühlen, in der Artikulation des Gefühlten und Gedachten, in der Selbstreflexion, in der Welthaltigkeit, unterlegen im Menschensinn. Das macht keiner ewig mit. Sich verhöhnen zu lassen von Minderbegabten. Da ist es klar, dass man nach Frankreich geht, um pilzkundiger Waldgänger zu werden, oder lange vorher bereits nach Frankreich gegangen ist, weil es sich dort leben lässt. Er hat mit dem Missverständnis geliebäugelt, das natürlich, er hat, weil er wusste, dass Fähigkeit und Position es ihm erlauben, außerhalb der Geschichte sein Zelt aufgeschlagen, um wahrzunehmen, gleichzeitig war vorauszusehen, dass man ihn nicht ungeschoren davonkommen lassen würde. Er konnte es sich nicht verkneifen, begab sich ins Reich des Heiklen, der Nuancen, ganz im Wissen, es größtenteils mit Leuten zu tun zu haben, die dafür nicht empfänglich sind. Graubereiche, tote Winkel, für die meisten nicht einsehbar: Gleichzeitigkeit der Ausschließlichkeiten, was nicht und nicht in die Köpfe der Mediengaukler will. Eine Dummenmasse wird heiße Luft vor sich her brüllen, es war abzusehen. Bis sich der Staub gelegt hat, braucht es Jahre. Die heiße Luft wird verdampfen, in den ewigen Kreislauf eintreten, die Spuren des Weltkärntners gelten ewig, wo er war, ist es anders durch ihn. Die Zeit, Schiedsrichter aller, wird das Bleibende vom Flüchtigen trennen, sie wird Dauer zuschreiben, wem sie gebührt.

Die beiden marschieren wieder an den Proberäumen vorbei, diesmal lugen sie in eines der Fenster. Man hat ein Studio eingerichtet, mit Vorhängen abgedunkelt. Klangfetzen dringen ins Freie. Ist es das Vielversprechende oder das Gewöhnliche? Schreibt man

Musikgeschichte oder verschwendet man all den kostbaren Festplattenspeicher? Jagt man einem Hirngespinst hinterher oder beweist man großen Mut, der sich auszahlt? Gras wird geraucht. Wien rümpft die Nase. Davon bin ich kein Freund, sagt es, dafür habe ich nicht den Magen. Doch bloß Nebeneffekt des Studioaufenthalts. Eine Gruppe werkt an ihrem ersten Album. Die Produktion erledigt ein gutmütiger Bär, musikgeschichtlich gebildet wie sonst kaum jemand, blonder Flaumbart im Gesicht, nicht nur Produzent, auch Kabelwickler, Zureder, Testhörer, Schulterklopfer, Witzereißer, Ausrichter von Mikrophonen, Lärmbeauftragter, Geräuschmanipulierer, Regeldreher, Feineinsteller, Mittrinker, Anstifter, Ideenfundus, wohlgesinnter Kritiker, Mischer, Vollender. Die vier Helden unter seinen Fittichen sind eine feine Partie: Ein Gitarrist im Anzug, von der Arbeit direkt hierher, nach Büroluft schmeckend, ganz in ein Effektgerät vertieft, dem er Hall und Echo entlockt, was den Liedern Atmosphäre verleiht, dass es sich um den verlässlichsten Menschen dieses Kontinents handelt, ist notariell beglaubigt. Ein Schlagzeuger mit Pferdeschwanz und Brille, kurze Hosen, klobige Freizeitschuhe, der nur sagt, was gesagt werden muss, aber dann meistens trifft, er braucht nicht groß daherzureden, um durchdacht und energisch zu trommeln, menschliches Metronom, wenn er es darauf anlegt, er gibt den Liedern ein Fundament, ohne das sie ausfransen und zerfließen würden, sein Urteil gilt, oft drei fragende Blicke in Erwartung auf ihn gerichtet, manchmal Plastikgeraschel aus seiner Ecke, weil er Süßsaures kaut. Ein Bassist, der auch alles andere beherrscht, dem sich jede Liedstruktur nach erstem Hören erschließt, musikalische Auffassungsgabe, die ihresgleichen sucht, seine Begeisterung für das gemeinsame Treiben stimmungsabhängig, er ist in Gedanken schon weit in der Welt als gefragter Medizinmann und Mikroskopist, der aber insgeheim weiß, dass die Musik ewig gilt. Zuletzt ein selbsternannter Sänger, das Nesthäkchen der Gruppe, zwar nicht jeder Ton getroffen, aber jeder Ton gemeint, ein wütender Zwerg, der etwas nicht und nicht wahrhaben will, lächelt der Produzent, die Aufnahme einer Gesangsstimme probehörend, er fühlt sich im Kokon, den Schmetterling ansteuernd, auf etwas Großes zu, dessen Sprache er nicht spricht, romantisch veranlagt, wir vier Musizierende im Einklang ertönend, kompaktes Gefüge, uns sei alles möglich, nur weitermachen, weitermachen und weitermachen. Der Bär dreht sich den nächsten Ofen, er ist ganz ruhig. Er geht durch die Schalltür hinein zum Verunsicherten und sagt das Richtige, der andere geht aus sich heraus und verleiht dem einzuspielenden Stück neue Wucht. Vielversprechendes, Musikgeschichte, Mut, so jedenfalls empfinden die Teilhaber ihren Schaffensprozess. Der Boxer kennt den Fahrplan, sie laufen zur Station, erwischen knapp den Bus, der Lenker ist freundlich, er wartet, nimmt Verspätung in Kauf.

Fragen: Wieso hat er ins heiße Wachs gegriffen? Sind die näheren Umstände bekannt? Hätte ihn denn niemand davon abhalten können? Waren nicht genügend Leute anwesend? War nicht einer darunter, von dem eine Spur Verantwortungsgefühl hätte erwartet werden können? War es sehr heiß? Hat es wehgetan? Wer war der Besitzer der Kerze? Mit der ganzen Hand, nicht bloß mit der Fingerkuppe oder dem Fingersegment oder dem Finger oder den Fingern, sondern bis hinauf zum Handgelenk, mit der ganzen Hand? Aus welchem Grund? Um welch sonderbare Kerze hat es sich da gehandelt? Um gar keine? Woher ist dann dieses Wachsgefäß gekommen? Hat es einer der Anwesenden mitgebracht? Hat es sich schon zu Anfang, vor Eintreffen der Gäste, am Tisch befunden? Wäre das nicht als grob fahrlässig einzustufen? Kann man sich nicht denken, dass so etwas passiert? Ist es wahr, dass er während des Hineingreifens, mit der ganzen Hand, keinen Mucks gemacht hat? Dass er seine Handlung nicht mit einem flotten Spruch begleiten musste, um eine Unsicherheit zu kaschieren? Dass er ruhig blieb? Stimmt es, dass er nicht geschrien hat? Wieso ist ihm niemand in die Bewegung gefahren? Wieso ist denn niemand aufgesprungen und dazwischengegangen? Kann man denn jemanden ins heiße Wachs greifen lassen, einfach so? Und warum hat keiner an der Hand gerüttelt, während sie im Wachsgefäß war? Nicht einer hat das Handgelenk umschlossen und versucht, die Hand herauszuziehen? Alle haben gestarrt? Alle haben geschaut und sich gewundert? Haben sie sich wenigstens gut amüsiert? Hat auch jemand geklatscht? Wurde auch gepfiffen und gegrölt? Wie am Fußballplatz bei einem glücklichen Tor? Wie lange hatte er die Hand im Wachsgefäß? Sehr lange? Lange genug? Was passiert mit so einer Hand? Lässt sich dieser Vorgang beliebig oft wiederholen oder wird man sich beim nächsten Mal nach einer neuen

Hand umsehen müssen? Ist die alte nach dem einen Mal verbraucht? Wird sich wieder jemand finden? Werden die anderen wieder nichts tun? Hat er dann wenigstens beim Herausziehen gemuckst? Wieder keine Reaktion? Sind wirklich alle verstummt? Nicht einmal ein Flüstern? Wie hat es gerochen, nachdem die Hand vollständig aus dem Wachsgefäß gezogen war? Haben sich alle die Nase zugehalten oder nur manche? Wie viel ist so eine Hälfte? Zwanzig Personen oder fünfzehn Personen? Eine Hälfte, ist das mehr als zehn? Haben alle große Augen gemacht? Er hat die Hand begutachtet? Sie war mit Wachs überzogen? Ganz mit Wachs überzogen? Glatte Oberfläche? Wie bei einer Schaufensterpuppe? Ihm ist es nicht an den Kragen gegangen, gar nichts passiert? Waren die anderen enttäuscht? Hat sich der Gastgeber jetzt geschämt, dass er nicht mehr zu bieten hatte? Der Greifer hat zu keinem Zeitpunkt vor Schmerzen geschrien? Wie lange muss man warten, bis so eine Wachsschicht abgezogen werden kann? Tatsächlich? Bereits nach fünf Minuten darf damit begonnen werden, die künstliche Haut abzuziehen? Sie ist weich, aber hart? Sie ist der Handstellung exakt nachempfunden? Er hat vor dem Hineingreifen eine Faust gemacht? Im Handkern fand sich kein Wachs, so fest war diese Faust? Er brach die Hülle zentimeterweise auf? Er wirkte routiniert dabei? Macht er das öfter? Er schälte die Hand aus der Faust? Der Schlitz erreichte den Fingeransatz und erlaubte ihm, sich zu befreien? Alle haben das lustig gefunden? Wer ist still sitzengeblieben? Er hat die Wachsschale herumgezeigt und im Kreis wandern lassen? Jeder, dessen Hand hineinpasste, hat das

Ding übergestreift und ein Schattenboxen veranstaltet? Was war das für ein Geräusch, wenn aus dem Schattenboxen ein Bearbeiten der Tischplatte wurde? War dieses Geräusch angenehm oder hat es einem die Nackenhaare aufgestellt? Nicht von dieser Welt? Vor allem Frauen konnten ihre Hand hineinstecken und ausprobieren, weil Frauenhände im Allgemeinen schmäler sind als Männerhände? Kaum ein Mann passte hinein, weil die Urhand vergleichsweise zart ist? Die Wachsfaust wie ein unpraktischer Handschuh getragen? Die Minuten sind verstrichen? Waren die Gäste wirklich so leicht zu unterhalten? Der Nächste? Welcher Nächste? Noch einer hat seine Hand in den Wachsbehälter getaucht? Ist das nicht heiß? Wie kommt man auf so eine Idee? Hat er auch eine Faust gemacht oder die Hand offengelassen? Ist er mit flacher Hand eingetaucht? Wurden noch viele Formen ausprobiert, an diesem Abend? Wie spät ist es geworden? Was soll das heißen, Sie wissen es nicht mehr? Lügen Sie mich etwa an? Welchem Verwendungszweck wird diese Wachshand zugeführt? Wartet sie auf ihren großen Auftritt? Liegt sie bereit? An einem Ort, zu dem nur Eingeweihte Zutritt haben werden? Ein Artefakt?

Am Karlsplatz müssen sie umsteigen. Durch die Passage mit ihren Bäckereien und Blumenständen, den offenen Telefonzellen, in denen Obdachlose ruhen. Jugendliche mit leeren Gesichtern kommen einem entgegen, halten die Hand auf, hast du vielleicht ein bisschen etwas?, fragen sie, ihr Elend vermischt sich mit dem Lebensglück der Herausgeputzten, die in die Innenstadt strömen, alle Abstufungen des

Schicksals auf engstem Raum vereint. Essensgeruch aus der Küche des Fastfoodrestaurants. Internationale Zeitungen in den Rollständern vor der Trafik. Gescheiterte Existenzen, verrannte Fluchtbeine, mit Einstichnarben übersät. Im Park nebenan machen Drogenkuriere ihre Geschäfte. Polizisten in Zivil auf den Fersen. Wien schnauft angewidert. Also, das fehlt mir gerade noch, jetzt sagen Sie nicht, dass aus unserem Aufenthalt hier eine Lehre gezogen werden kann. Nein, stimmt der Boxer zu, wir steigen nur um. Auf Bedürfnisbefriedigung reduzierte Existenzen, ihre Welt ist einfach, ein Wirkstoff wird gebraucht, Ziel ist es, ihn zu erlangen, alles wird dem untergeordnet. Am Anfang jeder Drogenkarriere stehen blaue Lippen. Sie hocken in sexuell aktiven Grüppchen zusammen, jeder macht es mit jedem, ein, zwei Lochschlampen braucht es, um alle bei Laune zu halten, die sich ihre Dosis erstöhnen, anstatt Geld aufzutreiben. Selbsterhaltungstrieb wird verdrängt vom Selbstverletzungstrieb. Wir ritzen uns, sagen die Arme der bereits stark Abgemagerten, kaum mehr ein Körperbereich erinnert an ehemalige Schönheit. Blaue Lippen durch von Pharmakonzernen hinzugefügte Färbemittel, Verschwörungstheorien gehen davon aus, dass Süchtige gekennzeichnet werden sollen, weil es der Aufrechterhaltung einer allgemeinen Ordnung förderlich ist. Sie nehmen Schlaftabletten, um gegenzusteuern, mit den Aufputschmitteln hat man es übertrieben, ein ewiger Balanceakt zwischen Feuerwerk und Trägheit. Sie nehmen starke Abführmittel, weil Heroinabhängige an Verstopfung leiden und nicht mehr auf die Toilette gehen können und früher oder später explodieren. Eine Polizeistation, um jederzeit einschreiten zu können, eine Nebenstelle des Jugendamtes, um Sozialarbeiter Gründe für ein Umdenken aufzählen zu lassen, Lösungsvorschläge für einen schrittweisen Weg aus der persönlichen Krise. Greifen die Maßnahmen?, fragt Wien. Bloß weil Kämpfe nicht gewonnen werden können, darf man deshalb noch lange nicht aufhören, sie zu führen. Vielleicht also doch eine Lehre. Hast du bitte ein paar, der Boxer unterbricht den ungepflegten Streuner, indem er einen Schein auf dessen Handfläche legt.

Im Zeitreisebüro: Bis Weihnachten sind wir leider schon komplett ausgebucht, schauen Sie am besten letzten Juni wieder vorbei.

Bezugnehmend auf deinen Traum, Nils, du hast gesagt, dass von deinem Vater keine Gefahr mehr ausgeht, was verstehst du darunter?, fragt der anstaltseigene Zuhörer. Er möchte nur Gutes, antwortet der Insasse, niemandes Schaden schwebt ihm vor, man braucht sich nicht zu verkrümeln, weil man ums eigene Wohl fürchten müsste, aber, Kehrseite der Medaille, es geht von ihm keine Gefahr für alles Böse aus, für Wichtigtuer, für Leute, die überall durchschlüpfen, weil sie es können, alles wird erduldet, immer wird hingegangen und ins Gewissen geredet, ohne Konsequenz. Wenn ich frei assoziieren müsste wie auf einer Therapiecouch, dann würde ich sagen, er, der gutmütige Bauchmensch, ist die Verkörperung einer westlichen Welt, die unserer pessimistischen Vorstellung entspringt. Immer satt und weit darüber hinaus, verkrustetes Innenleben, erstarrt in seiner Handlungsunfähigkeit, gestützt und am Umfallen gehindert einzig und allein von den Regalen einer epochalen Bibliothek, kein Hunger mehr auf das Abenteuer des nächsten Tages, keine Fragezeichen mehr in sich, sondern ein Verebben der Gedanken im Punkt. Ich würde, wenn du erlaubst, die Sache so formulieren: Du erkennst dich darin, und es raubt dir den Schlaf. Was ist das, Schlaf? Das mit den Augen und ihrem Schließen? Genug für heute, bis zum nächsten Mal.

Die Bewegungen des Anstaltlers sind begrenzt, sie bestehen hauptsächlich darin, in lässiger Montur die Gänge auf und ab zu spazieren, da und dort in einer Nische verweilend, sich eine Zigarette anzustecken, womöglich vorher den Filter abzuknicken, einen freien Schaukelstuhl zu erspähen. Er plumpst seufzend hinein, die Mitpatienten schätzen ihn als geduldige Wand für ihr wüstes Schimpfen, für ihre Verfluchung der Außenwelt, die ihnen Sperrgebiet ist. Den Anfeindungen begegnet er mit Gelassenheit. Gibst du mir eine Zigarette? Wortlos hält er die Schachtel hin. Danke, du bist der Beste. Der eingebildete Arzt hopst davon, ein Schlauchstethoskop wie einen leichten Schal um den Hals. Nils erhebt sich, er schlurft in den Garten. Idylle mit Pavillon. Er gesellt sich zu den Alten, sie hat man ebenfalls hierher verfrachtet, ab dem sechsundvierzigsten Lebensjahr als Greise eingestuft und dem Arbeitsmarkt entzogen. Schattenspende der Birken. Man sitzt auf Bänken und in Rollstühlen, vielen sind mit einer Wolldecke die Beine umwickelt. Die Geriatrischen unterhalten sich über Spatzen. Leider haben wir kein Futter für euch.

Ja, schade. Wir sollten Brot aufheben, morgen. Wenn es eines gibt. Ja, wenn. Es ist zu hart, sagen sie. Für unsere Zähne, sagen sie. Eine würgt das künstliche Gebiss hervor. Das Weiche essen wir und die Rinde ist für euch. Für die Spatzen. Die Tiere legen ihre Köpfe schräg. Melodie, eins, zwei. Man dirigiert ausgelassen. Trocken ist es. Braunes Gras. Die Unwetter möchten wir nicht, aber den Regen würden wir brauchen. Blick nach oben. Und? Nichts. Noch nicht. Aber bald kommt ein Regen, den man sich gar nicht glaubt. Kinderlärm. Man schlägt die Hände überm Kopf zusammen. Die Asiaten. Zustimmendes Nicken. Die Afrikaner. Nicken. Die eher Südlichen. Nicken. Aus dem Osten. Nicken. Die Leute insgesamt. Ja, ja. Die ganze Sippe nehmen sie mit, alle, jedes Familienmitglied, zu einem Krankenbesuch, versammelte Generationen, bei den Nordländern, diesen leidigen Vorzeigemenschen, ist es das Gleiche. Da waren ja teilweise schon zehn, zwanzig Leute im Zimmer. Wir hätten auch gerne Besuch, aber man kann nicht alles haben. Wenigstens verursachen wir keinen solchen Lärm. Das ist eben eine andere Kultur. Es hilft nichts. Man schüttelt den Kopf. Auch die Musik. Schon die Musik alleine ist ja ganz anders. Die Schwester müsste sagen: Nein, das geht nicht, zehn, zwanzig Personen sind einfach zu viel, alle müssen den Trakt jetzt verlassen. Warum tut sie es nicht? Das hat alles mit Aufregung zu tun, die man vermeiden will. Verständlich. Aber so ist es heutzutage. Daumendrehen. Alles lässt man sich gefallen. Uns fragt man ja nicht. Blick nach oben. Herr Clanga? Ja, bitte. Es wäre Besuch für Sie da. Elisa, denkt er und schlüpft in die Hausschuhe, da er zur Entspannung die bloßen Füße auf dem mit Moos bewachsenen Asphalt abgelegt hatte. Er verabschiedet sich höflich. Einen schönen Tag wünsche ich noch. Ihnen auch. Er entfernt sich. Eine Ruhe bräuchte es. Wie soll man denn hier seine Klarheit erlangen. Lautes Nicken. Ja, ja.

Das ist aber eine Überraschung. Die Kritikerin wird in sein Zimmer geführt. Interessant, dass du hier bist. Ich komme aus streng journalistischen Gründen. Davon bin ich überzeugt, bitte, nimm doch Platz. Wie fühlt es sich an, jemanden zum Verstummen gebracht zu haben? Er grinst herausfordernd. Gar nichts fühlt sich mehr an. Sie, die sich nicht in den ersten Stock traut, besucht den Peiniger des Kilian. Willst du einen Schlagabtausch? Ich möchte nur verstehen. Wollen wir vorher ein bisschen plaudern, oder sollen wir lieber gleich miteinander schlafen? Sie bleibt unbeeindruckt. Er öffnet den Bademantel, ist darunter jedoch angezogen. Sehr mächtig sitzt du da, Nils, in deinem einsamen Zimmer, als gähnende Leere, dabei hat es doch anderen die Sprache verschlagen, nicht dir.

Mein lieber Freund, spricht ihm ein Mitinsasse Mut zu, es wird schon wieder, es wird sich alles ergeben, Ihre Schuld lässt irgendwann von Ihnen ab, Sie werden sehen! Verrückte unterhalten sich mit ihm, ob das hilfreich ist, der Gesundung zuträglich. Lieber Freund, nichts gegen Ihre Paranoia, ich selbst verschanze mich manchmal im Gefängnis meines Brustkorbs, ziehe mich zurück in dieses Körpers Kern, aber sind Sie tatsächlich der Meinung, abgehört zu werden? Detektivbüros schießen wie Pilze aus dem Boden. Rufen Sie doch einfach irgendjemanden an, beginnen Sie das Gespräch mit: Wahrscheinlich werden wir abgehört.

Woher kennst du die Umstände?, fragt Nils. Ich habe meine Quellen. Dann weißt du auch, dass Silen dabei war, damals, in der Nacht, dass bei ihm eine perverse Lust mit im Spiel gewesen ist. Bei dir nicht? Er schaut sie traurig an. Allein schon die Frage, sagt er.

Der in den Fabriken hergestellte Wahnsinn hat Konsistenz, Form und Farbe. Die Produktpalette reicht von Persönlichkeitsstörungen und Eifersuchtsszenen bis hin zu Amoklauf und Konzentrationslagern. Wir züchten den Wahnsinn der Welt, erklärt ein Gelehrter. Wir stehen in Kooperation mit dem Sanatorium, für zweckgebundenen Wahnsinn besteht ein Auslieferungsabkommen, das in seiner Klarheit deutlich und in seiner Deutlichkeit klar ist. Ja, wir arbeiten eng zusammen mit den Besserungsanstalten, den Anhaltezentren für geistig abnorme Rechtsbrecher, den Thermen für ausgebrannte Dienstleister, den Wohlfühltempeln aller Art, den Gefängnissen, wir sammeln den Abrieb der Psyche, die beim Hobeln gefallenen Späne, wenn Sie so wollen. In einer der Wahnsinnskammern befinden sich die Verewigten, jene Menschen, die in Geschichten Einzug gefunden haben, intern die Verwursteten genannt, denn es knickt eine Seele, in einem Buch oder Buchartigem erfasst zu werden, es tut nicht gut, Menschen in Charaktere verwandelt, automatisch verfälscht, wenn auch nicht namentlich genannt, und diese vakuumierten Personen lagern wir im Kühlraum, stapeln ihre verbrauchten Hüllen übereinander, bis obenhin voll, wie Sie sehen, anfangs beginnt man, Geschwindigkeit einzubüßen, die Eloquenz ist in eine Erzählung gelegt, für die Realität bleibt nicht mehr viel übrig, aus dem Stottern wird bald ein Wegdriften in Silberblick und Selbstgespräch, eine Essbrechsucht, hier ist die letzte Ruhestätte für abgestreifte Haut, der keine originelle Wortmeldung mehr zu entlocken sein wird, das ist es auch schon, mehr hat es mit dieser Kammer nicht auf sich. Das Wahnsinnigwerden des Nils Clanga: Er gerät in einen Strudel des Schreibens. Eingeliefert dann nach einer Busfahrt, die Wichtigtuer fangen an, wichtig zu tun, drei Schulkameraden starren auf einen winzigen Bildschirm, der Mittlere befingert Knöpfe in richtiger Reihenfolge, rote Ampeln überall, diese Keuchhitze, Geschimpfe und Geschubse setzen ein. Das Verb Schreiben verdrängt alle anderen, es ersetzt alles Handeln und Tun. Im Wahnsinnsmoment setzt die Erinnerung an den bevorstehenden Sterbeaugenblick ein, diverse Verdeutlichungsbilder laufen in donnerndem Eifer durch die Schläfen, jetzt ist endgültig sicher, dass es sich beim Ableben um nichts Wundbringendes handeln wird. Ich schrieb erheitert die Straße entlang, dann schrieb ich ins Kino. Rettender Blick aus dem Fenster, Sie können so viel essen, wie Sie wollen, sagt ein Restaurantschild, das sagen will: Sie wollen so viel essen, wie Sie können. Ihm bleibt die Luft weg, dickleibige Einheimische drücken gegen ihn an. Er randaliert. Ich nehme einen Revolver und schreibe euch nieder, ihr glaubt es mir nicht, er macht die entsprechende Pantomime. Tut nicht so, als würdet ihr mich schreiben, ihr schreibt mich nicht, woher sollt ihr wissen, wer ich bin? Ich bin ein verlogener Gockel, aber welche Art Sondermüll bin ich, und welche Art Unperson, vorlaut, behäbig, übertrieben, gebildet, du bist ein ungehobelter Scheißdreck, rufen Imaginierte im Chor. Ich werde dich nicht ans Schreiben verlieren!, brüllt Nils. Der Bus wird zur Vollbremsung gezwungen. Als es dann noch anfing, nach Pferdemist zu riechen, weil man bei der Trabrennbahn vorbeikam, eskalierte die Lage. Er brach zusammen, wahnsinnig geworden. Können Sie mich hören? Wir kümmern uns um Sie. Delirium.

Mein lieber Freund, beide Schlachtfelder der Öffentlichkeit, nämlich Experten und Menschen, werden von Grenzen sprechen und gleich anschließend meinen, genug sei genug. Wie ich mich darauf freue, von ihnen ein Scheusal geheißen zu werden, mir Sympathiebeweise vorzuenthalten ist der Ritterschlag einer verkehrten Welt, hier bin ich zu Hause. Wie herrlich, von jenen missverstanden zu werden, die es nicht anders verdienen. Grenze, wird es heißen, ist, was nicht erreicht werden darf, überschritten schon gar nicht, jedes Streben, jeder Ehrgeiz ist erlaubt und wird mit Wohlwollen und Applaus subventioniert, aber wehe, es leckt am Pfosten, überklettert den Grenzzaun, da werden die Nervösen unentspannt. Wo bin ich? In erzählten Anekdoten, in einem Gebäude, in der Abstraktmeierei langer Sätze. Das Umgebensein mit Schönheit, der noch das Operationsbesteck aus den Hinterbacken klafft. Sei vertrieben von den Grenzen, Freund, hier, wo du zu Hause bist, verwandelt sich das Kokettieren in Tatbestand.

Du hast Ideen, die mich jagen. Es wird unterhaltsam bis spannend. Wir sollten uns andere einladen, ein Buffet aufstellen, eine Vernissage machen, über das Gastronomische müssen wir uns allerdings noch unterhalten, deine persönlichen Vorlieben sollten wir in diesem Punkt getrost außer Acht lassen. Ich zitiere aus nicht abgeschickten Briefen an dich: Wäre Ihr Speiseplan um Obstsorten erweitert, würde Ihrer Geliebten das Dudelsackspielen wesentlich besser munden, geben Sie das ihr gegenüber ruhig zu, lassen Sie sich mit Erdbeeren und Ananas füttern, mit Zimt, es verändert die Duftnote Ihrer Flüssigkeiten und Ausdünstungen, mit einem Mal lutscht die Gute ungehemmt und freudvoll an Ihrem Schamhaarbaum, viel Erfolg. Der weggetretene Nils kehrt ins Zimmer zurück. Die Kritikerin ist am Gehen. Nein, bleib doch, wenn du magst. Es tut mir leid, es bringt nicht sehr viel, es war falsch, hierher zu kommen. Aber, er steht auf, es reißt ihn aus dem Stuhl, ich wollte nicht. Sie ist schon aus der Tür und um die Ecke, ganz Könnerin des Aufbruchs. Nils raucht.

Veröffentlichungsästhetik, kreischt der magische Ulk, auch bekannt als bibliographische Ästhetik, jedenfalls sollte sie es sein, wieder etwas für hinter die Ohren. Ein Artikelchen hier und ein Anthologiebeitrag dort, eine Wortspende zu dem und dem Thema in der und der Zeitschrift. Wettbewerbsbeiträge, auf die ich später noch gesondert zu sprechen kommen werde. Sich und sein Schreiben zu verbrauchen. Verhasste Umtriebigkeit: Unästhetisch. Einzige Kategorie, die hier zur Anwendung kommt. Man hat in Büchern zu denken, in Büchern zu existieren, solide Erscheinungen. Das lass dir ins Poesiealbum gestempelt sein, und verwende es ruhig in einer Rede, sollte dir jemals zustehen, eine zu halten, was ich mir beim besten Willen nicht vorstellen kann. Es gibt die Qualität der rhetorischen Stilmittel, es gibt durchaus originelle Denker, was sie nicht zwangsläufig zu wahrhaftigen Schreibenden macht, und es gibt, darauf beharre ich, eine Veröffentlichungsästhetik. Sie, die mir ein Dorn im Auge sind, und dir es sein sollten, hanteln sich atemlos von Kinderbuch zu Rezension zu Essay zu Roman zu Reportage zu Erzählband zu Kurzgeschichte zu Beitexten für Kunstkataloge. Diese ewigen, leidigen, trostlosen Anthologien. Die geben sich für alles her, die machen es auch ohne. Prostitution. Und immer sind es die wenig Talentierten. Es gibt, so der aufgeregte Ulk, einen universalen Sinn für Ästhetik. Spannungsbögen bauen, nichts anderes verlangt das Geschichtenerzählen, so auch der Titel einer längst vergriffenen Universalpoetologie. Biographische Ästhetik: Geschichte des eigenen Lebens. Wellengang des Schicksals, Auf und Ab, verbeulte Sinuskurven, biographische Muster all der vielen Hochs und Tiefs. Weshalb man auch zulassen sollte, was sich als Talfahrt und Gipfelsturm vor einem auftut, nichts aufheben für nächste Leben, die es nicht gibt. Bibliographische Ästhetik: Geschichte des Veröffentlichten. Was für ausgefranste Listen sich die meisten erlauben, ist schlicht und einfach hässlich, sie schütten sich ungeordnet aus, in alle Richtungen verbrauchen sie sich, anstatt dem Umfeld selten und wuchtig gegenüberzutreten. Mit Wirkung. Mach dich rar und werde nicht zum Mitläufer der anderen Nervösianer.

Ich höre nur Verneinungen von dir, Ulk, auf die Dauer ermüdend. Richtigstellungen, verbessert das Wesen, ich werde mich nicht dafür entschuldigen, ein Bollwerk gegen den Stumpfsinn zu sein. Was mir vom Schicksal zugewürfelt wurde, Kilian, ich habe es mir nicht ausgesucht. Das Wiener Wettlesen ein lächerlicher, für die Lächerlichsten unter ihnen von Erfolg gekrönter Vorgang. Wie man sie weiterreicht, vom Literaturinstitut Wien zum Wiener Literaturkurs zum Wiener Wettlesen zum Wienwort Förderpreis zum Wortpreis Wien zum Wiener Buchpreis, natürlich steht Wien für jede beliebige andere Stadt und für die Welt, das erklärt sich von selbst. Sie erklimmen die Bestsellerlisten, erreichen ihren Zenit, erschreiben sich gleichbleibend hohe Auflagen, die ohne Erschütterung fürs Weltgedächtnis sind, nein, ich erspare dir diese Polemik nicht, es sind die Ansichten eines Gekränkten, sie ersuchen dich, ihr Körnchen Wahrheit herauszupicken, das wirst du doch schaffen. Man wird dann von Neuen ersetzt, rückt verblassend in den Hintergrund, tritt ins Vergessen. Schicksal der Vielen. Das Wiener Wettlesen, und jedes andere, ist eine Kinderei, für die sich selbst Vierzigjährige nicht zu schade sind, ein Weitpinkeln und Hodenvergleichen, zu dem auch Frauen zugelassen sind, ein Produzieren von Aufgeregtheit, um den Käufern die Entscheidung zu erleichtern. Welche acht Bücher soll man dieses Jahr lesen, oder wie immer der errechnete Durchschnittswert lautet, die Sieger und Ausgezeichneten, die Skandalträchtigen, was man sich nicht entgehen lassen darf. In den Dschungel mit Macheten helle Breschen geschlagen. Leuchtet doch ein, ist doch verständlich, Unterscheidungsmerkmale sind Pflicht, was erwartest du denn? Ich erwarte nichts, ich bin romantische Verklärung. Ich war nicht immer hundertsieben, musst du wissen, ich war jung und jung, und brauchte das Geld, ich wollte auch einmal gerne zum Wettlesen fahren, aber dann bin ich achtzehn geworden, langsam wird man erwachsen, es gibt Fünfzigjährige, die noch nicht achtzehn sind und sich einspannen lassen, ihre Würde ablegen und vorlesen. Oftmals aktionistisch. Große Schriftstellerinnen, längst unter der Erde, die dafür unfreiwillig Pate stehen, mit ihrem Namen und ihrem Gesicht, würden sich im Grabe umdrehen, das traut man sich auch nur mit jemandem zu machen, den es nicht mehr gibt. Das Wiener Wettlesen dauert mehrere Tage, ist ausreichend spannend, operiert mit dem Voyeurismus der Beisitzer, die sich Schläge unter die Gürtellinie erwarten, es teilt ebendiese an zerbrechliche Frauen aus, die mit ihrem Poetischen nicht punkten und nach den harten Urteilen zu Tränen gerührt sind, es ist jedes Jahr wieder ein Spaß, das Wettlesen dient als Verkaufswerkzeug der Ausbildungsstätten, schafft unverdiente Aufmerksamkeit, prostituiert alle Beteiligten, hat sinkende Quoten, muss tieferes Innen mehr nach außen kehren, und am Ende gewinnt der lustige Ostdeutsche, der mit seiner knuddeligen Selbstironie die Jury überzeugt. Wer sich dem und Vergleichbarem hingibt, wer sich der Maschinerie unterordnet, trägt einen Makel in sich, für den Rest seines Lebens, nie mehr zu tilgen, es sei denn durch Zeitreise, die es nicht gibt. Ulk, ich träume von deinem Begräbnis, das allzu bald sein wird, ich schlüpfe in den Wintermantel, der ist ausreichend schwarz, ich stelle mich hin neben die anderen und werde damit meinen, dass ich dich lieber nicht gekannt hätte. Es wird Buchstaben regnen, in meinem Erdteil und Bezirk, vor meiner Haustür, sieben gefallene Tropfen, und sofort spannen die Innenstadtwiener ihre Regenschirme auf, wechseln sich ab im Versuch, mir die Augen auszustechen. Bei deinem Leichenschmaus, Ulk, gibt es frittierte Artgenossen. Dem von der Hausfassade abstehenden Bierschild entgegen, das weiß und grün leuchtet. Am Nebentisch zwei Chinesen, seltsam deplatziert in diesem bodenständigen Gasthaus, sie feiern eine Suppenzeremonie, denn Tee ist gerade keiner zur Hand, ja, sie löffeln zusätzlichen Bratensaft aus dem Porzellankännchen. Der Heimweg ist ein Gehen im Hundekotgeruch, durch Obdachlosenurin, meistens von einem pompösen Gebäude flankiert, wie sie hier überall aus dem Boden herauswachsen. Das, Ulk, atme ich genießerisch ein, ich stelle mir vor, du bist leise geworden, du Zweifler in mir, und deine Ruhe ist die meine, ich stelle mir dich tot vor und bin froh. Besser als umgekehrt, kichert der Wicht: Ich stelle mir dich froh vor und bin tot.

Ein Körperfilm ist eine waghalsige Konstruktion, vom intellektuellen Standpunkt aus gesehen. Allgemein wird zwar auf den Unterschied zwischen Filmkuss und Realkuss hingewiesen, es bleibt jedoch Schönrederei, nicht umsonst rennen die Schauspieler einmal wöchentlich zu ihren Seelenklempnern, halten diese auf Bereitschaft, um sich ihre Realität geraderücken zu lassen, denn selbstverständlich wurde geküsst, wurde Speichel ausgetauscht. Selbstverständlich sind Beziehungen nicht mehr aufrechtzuerhalten, geschieht etwas mit einem, sagt Silen. Körperfilme sind ehrlich, unverhüteter Geschlechtsverkehr, die Verbindung ist für jeden sichtbar eingegangen, man spielt keine Rolle, die man abstreifen könnte, man spielt sich selbst, hat höchstens einen Künstlernamen. Einfaches, klares, zehnminütiges Hecheln ohne Dramaturgie. *Hodenstadel* wiederum soll ein Zweistünder sein, Monument aus Stöhnen und Schweiß. Der erste tatsächlich anspruchsvolle Körperfilm. Er wird sich tief im pornographischen Bewusstsein der Leute verankern. Er schreibt Menschheitsgeschichte. Die Originalbänder werden in Raumkapseln zu fremden Lebensformen geschickt, deren Existenz wir angstvoll erhoffen, gemeinsam mit einem Packen klassischer Musik und unverzichtbarer Literatur. Kunstwerke, auf die wir stolz sind, zu denen wir stehen, die wir andere über uns wissen lassen möchten. Hat auch die Dokumentation unserer Weltkriege einen Platz in der Raumsonde? Verheimlichung des Schrecklichen, würden wir uns damit vor Außerirdischen nicht unglaubwürdig machen, ich sehe es vor mir, sie melden sich nicht, weil sie es für einen Scherz halten, dass es einen Planeten der Rosenbeete und Dichterfürsten, der Paläste und Forschungsreisen ohne Schmerz geben soll. Nein, die Gesamtheit unserer Spezies muss Abbildung finden, Übergewicht, Fesselspiele, Amputation, Siegheil, Ignoranz, Überdosierung, Niederlage, Verlust, Hodenstadel. Dramaturgischer Kunstgriff, teilt Silen mit, gleich zu Beginn schon ein Wabereffekt, Umblende auf eine im Bett liegende Frau, die in ihre Gedanken reisen lässt, das Bild ihrer im Genuss verschlossenen Augen, ihrer zur Mitte hin wandernden Hand, kurz bevor sie beginnt, sich selbst zu befriedigen, schneiden wir sanft hinüber in die Traumphantasie. Sie betreten nun das Reich der sexuellen Obsession.

Traum: Eine Vergnügungsanlage Holzbahnen mit seltsamen eigenhändig zusammengeschraubten Gefährten rutscht man über die Bahnen um persönliche Bestnoten zu toppen verfügbare Mädchen unnatürlich hübsch filmreif geschminkt alle in einheitlichen schwarzen Kleidern wer sich ihr Umgarnen leisten kann von dem lassen sie so bald nicht mehr ab mein Einkauf besteht hauptsächlich aus einer Tonne Bier das aufgedunsene Fleischlaibchen an der Kassa verlangt nach meinem Ausweis die Frau will mich beleidigen nehme ich an und es ihr übel Sie wollen mich beleidigen sage ich Haare schneiden zuerst zahlt es sich nicht aus dann sich für sein Strubbelnest schämen und nicht mehr zum Friseur gehen können Dosierung erhöhen sagt ein Facharzt zur Schwester Geldtasche weg im Photoautomat ein verärgertes Gesicht sie beim abendlichen Hunger verloren über die Straße zum Inder oder gestohlen worden am Würstelstand im Supermarkt Milch und Brot für in der Früh halten Sie ihn fest schnallen Sie ihn an Versuchsreihe fortsetzen dem Probandenkörper wird nun *Luzidin* zugeführt schlucken Sie das schluck das hinunter Stromstöße Elektroschocks Interpunktion. Ich gehe, sondern werde nicht gegangen. Indem ich mir sicher sein kann diese Bewegung initiiert zu haben sehe ich an mir herunter und bestimme die Richtung meiner Schritte auf etwas zu oder von etwas weg ich mache kehrt es funktioniert gemeinsames Heureka es klappt es ist endlich ein Erfolg zu verzeichnen ich träume mich auf eine Insel von der Palmkronen winken. Ein Wissenschaftlerreigen entwickelt *Luzidin* meine Geldtasche verloren sie nicht zurück in die Hose gesteckt auf den Gehsteig rutschen lassen klinische Studie der Stufe Drei Aufklärungsgespräche Einverständniserklärung Probandentagebuch Notizen eines verrückten Professors Einführung des Klartraummedikaments dessen von einzelnen Staaten bezogene Mengen in Kubikkilometern anzugeben sein werden Hinführung zur alles erweckenden Wahrheit, dass unsere ungelebten Leben rebellieren den Aufstand proben wir driften in ein Abhängigkeitsverhältnis Beherbergung der Illusion ist das einzig Erträgliche an der Realität sagen sie während ich meine Schritte fortsetze ich träume mich anderswohin Kraft der Gedanken schließlich die totale Abschaffung des Schlafs davon wissen wir noch nichts. Mit Musik im Ohr durch die vertrauten Bezirke eine Mutter mit drei Kindern im Skianzug trippeln dahin die Herrschaft übers Träumen erst der Anfang ich kann jedem nur empfehlen seine Geldtasche zu verlieren denn in panischer Angst klappert man die Stationen ab Aufenthaltsorte auf der Suche nach ihr man kommt wieder an die frische Luft ich bin die erste Person der es passiert davon restlos überzeugt Amtswege Kundenzentrum der Wiener Linien um an eine neue Jahreskarte zu gelangen im Hintergrund in den Büroräumlichkeiten stehen Limonadedosen und billiger Fusel um einen Geschenkkorb verteilt dazwischen Glückwunschkarten alles Gute sie schickt mich weiter zum Servicebereich aber lieber zur tropischen Insel Verlustanzeige machen Bezirksamt hin und her zwischen Gebäuden in der Bank sagt man nicht, dass es etwas kostet sein Konto sperren zu lassen und wie viel nach einer Weile im Postkasten eine saftige Rechnung kleiner Gruß von der Bank tags darauf die Fußmärsche umsonst die Geldtasche findet sich beim Aufschließen der Haustür aus dem Rucksack gefallen ein Mitbewohner trug sie nach Hause der verlorene Tag geschnaufter Atem und umsonst geschwitzter Schweiß. Erdölvorkommen Goldreserven Trinkwasser. Vielleicht nicht die wichtigste aber mindestens eine der wichtigsten Ressourcen ist die Zeit wie viel Reichtum man auch anhäuft Leute einstellen um Zeit zu sparen einen Diener um sich Sandwich und Milchglas nicht selbst beschaffen zu müssen sondern stattdessen lesen zu können Haushilfe Putzfrau welcher Berufsstand gewinnt immer mehr an Bedeutung jener des Schlafmediziners der einem um teures Geld die Phasen optimiert Sterblichkeit als letzte Vereinheitlichung der Menschen Ewigkeit die noch nicht erkauft werden kann noch ist es Luxus für Reiche sich in dieser Hinsicht beraten und chemisch einstellen oder einfrieren zu lassen der Kampf mit dem Tod wird auf später vertagt doch Zeit als Ressource wird an Bedeutung gewinnen im Bewusstsein der hohen Bevölkerungsschichten dann rasant sich nach unten hin in den Köpfen ausbreiten Eroberung der Gebiete des Vorhandenseins dieses Rohstoffs ihn abbauen und transportfähig machen Schlafmediziner, sagen sie, sind die neuen Schönheitschirurgen. Schönheit ist heutzutage mit künstlichen Mitteln herstellbar, theoretisch allgemein zugänglich doch die Abschaffung des Schlafs der Zeitgewinn ist jene Schwelle die noch überschritten werden muss träume ich mich in ein Fischrestaurant nur Filiale einer Kette nach langem Alleinewohnen gar nicht mehr fähig eine Mahlzeit als für sich stehendes Ereignis wahrzunehmen, immer läuft der Fernseher das Radio der berieselnde Computer. Werte Kollegen, wir können stolz auf uns sein die Klartraumforschung erlebt ihren Durchbruch, der Rest ergibt sich von selbst.

Herr Clanga, Sie haben Besuch, sagt ein Pfleger. Er schaut vom Aschenbecher auf, macht sich bereit. Da bist du ja wieder, sagt er zur erwarteten Kritikerin, die Tür schwingt auf, gut, dass du zurückgekommen bist, da war noch sehr viel ungesagt, du bist einfach aufgebrochen, so abrupt, ich wollte dich noch wissen lassen, dass. Nils traut seinen Augen nicht. Wer sind Sie? Der Besucher schließt die Tür hinter sich. Nils bleibt sitzen. Wer sind Sie? Du weißt es, als Gefühl weißt du es, als Ahnung. Wer sind Sie? Der Anfang von allem und dein Ende. Wer sind Sie? Ich bin es. Jetzt erkennt er ihn. Gott macht einen Schritt auf Nils zu, er strahlt helles Licht ab. Das ist eine Überraschung, das hätte ich nicht erwartet, in meinem Zustand wäre ich nicht mehr in der Lage, eine Begegnung dieser Art zu erhoffen. Er fährt sich nervös über die Stirn. Du bist der Erretter! Nicht direkt. Erlöst du mich von meinen Qualen? Auf eine Weise. Gott mag früher eine epochalere Erscheinung gewesen sein, die Wucht, mit der sein Anblick einen trifft, ist aber nach wie vor heftig. Er entknotet die Schlaufen am Mantelkragen, mit seidenem Rascheln gleitet der Umhang ab.

Wir wollen nicht lange um den heißen Brei herumreden. Dir wird aufgefallen sein, dass etwas nicht stimmt. Mein Hiersein hat einen Grund. Ich bin gekommen, dir ein Ende zu bereiten. Nils ist sichtlich überrascht. Du wusstest, dass ich komme, also spiel jetzt bitte nicht den Überraschten. Es ist schwer, zu genau wahrzunehmen, eine Bürde, zu stark zu empfinden, ein Fluch, für alles Worte zu haben. Das ist doch schön, widersprechen die Unwissenden. Nein, das ist nicht schön. Gott besucht mich in der Anstalt, pocht es unfassbar in ihm. Mir ist ein Fehler unterlaufen, du bist eine Fehlkonstruktion. Du bist ohne Schutz ins Stachelbeet der Welt geworfen. Das tut mir leid. Ich mache es wieder gut. Einflüsterung eines Ortes, der lebenswert ist. Lieben und zurückgeliebt werden, Nils, stell es dir vor, sag, wäre das nichts? Keine Antwort. Du bist defekt. Es hätte dich nie geben sollen. Der Schöpfer hat sich mit dir geirrt. Du bist Beweis meiner Fehlbarkeit. Du bist, was von Zeit zu Zeit unter den Teppich gekehrt werden muss. Man startet eine Rückholaktion. Meistens schicke ich Handlanger, um die Drecksarbeit zu erledigen. Bei dir bin ich persönlich erschienen. Vielleicht weißt du es zu schätzen oder fühlst dich geehrt. Womöglich freust du dich ja, habe ich mir gedacht. Nils vibriert unruhig am Sessel. Du musst mich anhören. Ich bin dein Gott. Wenn du gehst, dann laufe ich, wenn du läufst, dann hole ich dich ein. Meiner Verfolgung kann sich niemand entziehen. Aus dem Zimmer in den Gang durchs Fenster in den Garten übern Zaun, flüchte ruhig auf die Straße. Mein Fangen braucht kein Netz, dein Verstecken ist kein Spiel. Je länger du dich wehrst, desto belehrender werde ich vorgehen. Ich habe kein Gesicht, aber insgeheim kann sich jeder an mich erinnern. Bleib sitzen, hör zu, man pinkelt seinem Herrchen nicht ans Bein. Schmerzen sind endlich, du wirst sehen, die Leute gehorchen, wenn man sie lässt, ihnen freistellt, welchen Zwängen sie sich fügen. Auch ich bin ein Vater. Du leidest am Urtrauma, dass es dich gibt. Die Anzahl der Lösungswege dieses Problems ist eine Variable ohne Wert. Nils atmet heftiger werdend, egal, was du sagst, ich werde nicht einverstanden sein. Eine Widerrede ist in der Dramaturgie meines Besuchs nicht vorgesehen, erklärt Gott mit besänftigender Stimme. Die begonnene Rückholaktion kann nicht abgebrochen werden. Begonnene Rückholaktion ist beendete Rückholaktion. Das Zimmer ist in heißes Licht getaucht. Es entschwebt der Welt, wird zum Schauplatz einer Ewigkeitsszene. Das Universum hält inne. Es gibt bloß Nils, seinen Gott und ihren Wortwechsel. Schau dich doch an. Deine Nägel sind zu lang und verdreckt. Deine Mundwinkelhaut ist gerötet und trocken. Deine Brille sitzt schief. Deine Haare sind fettig. Deine Erscheinung ist verwahrlost. Deine Krankheit bist du. Woran es krankt? An dir. Du bist selbstkrank. Du hast mit deinem Ableben kokettiert. Was bildest du dir eigentlich ein? Jetzt wird dir Winzling ein Ende gesetzt. Deine Gewaltszenen sind verherrlichend. Deine Schauplätze sind frei erfunden. Dein Versmaß ist veraltet. Deine Linienführung ist gewellt. Deine Protagonisten werden immer unglaubwürdiger, je weiter du dich von dir entfernst. Sie sind achteldu und vierteldu, und erst wenn sie ganz du sind, stimmen sie. Weil du in dir wohnst und nur dich kennst. Dein Anfangen ist zum Davonlaufen und deine Spannungsbögen sind zum Beibehalten der eingeschlagenen Richtung. Dein Aufhören ist sowieso zum Vergessen. Aufprall in der Sackgasse, den niemand erhört. Deine Hose ist fleckig, deine Socken eigennass. Dein Tier ist scheu und bedroht. Deine Augen sind eckig und weinen. All das aus deinem Mund? Sei froh, normalerweise stünde hier ein Vertragsbediensteter aus dem Reich Gottes. Menschen, die derart starke Mängel aufweisen, die im Grunde nicht lebensfähig sind, murmelt die helle Erscheinung, es erstaunt mich immer wieder, dass ihr euch noch auf den Beinen halten könnt. Geradezu ein Wunder. Ich werde in Verhandlung mit dir treten, sagt Nils, um Kopf und Kragen diskutieren. Nein. Handbewegung. Nein, wirst du nicht. Sterbehilfe, sagt Gott. Es kann auch eine Seele am Nährschlauch hängen. Den Stecker ziehen, die Maschinen abschalten, nichts weiter. Ein eifriger, stotternder Motor, der brav ein lahmes Bewusstsein antreibt. Erlösung von seinem Tun. Du, Nils, bist Verkörperung der Fragestellung, welcher Sinn darin liegen soll, ein Leben zu führen, das nicht mehr repariert werden kann. Ich verspreche dir, es wartet etwas auf dich. Totgesoffen und erhängt findest du Eingang ins All, wo du Lebendigkeit erfährst. Nils überlegt. Manche würden dein Verhalten, deine Aussagen, deine an mir erprobten Überredungskünste als gotteslästerlich einstufen, dein Anpreisen der Selbsttötung. Das stimmt, aber was wissen sie schon, die Religionslehrer und Priester, die Bischöfe und Kardinäle, was weiß schon der Papst?, an ihm ist nichts päpstlich. Was wissen die Unberührten vom Leben, das sich so sehr ums Berührtwerden dreht? Was will mir einer vom Glücken der Jahre erzählen, den es innerlich zerreißt, weil er Mädchen trifft, mit Frauen schläft, was gegen die Statuten seiner Institution verstößt? Wie finden Gemeindemitglieder noch Seelsorge bei einem, der selbst zu Tröstern laufen muss, um sich auszuweinen, weil er dem Gottesdruck nicht standhält? Nein, ich selbst bin aus der Kirche ausgetreten, ihre Amtsträger sprechen nicht in meinem Namen, das gebe ich dir mit Stempel und Siegel. Aber Nils, das Christliche, das Katholische, ist nur ein Teilaspekt dessen, was ich bin, der dich am meisten interessiert, weil betrifft, als jemand, der in seinen Koordinaten der Welt damit sehr konfrontiert scheint. Ich, wie ich als unendliche Masse vor dir stehe, als selbstbestimmtes schwarzes Loch, bin die Universalgottheit, die Summe aller Götter. Wir wollen mit Essenzen operieren. Buddhismus, Hinduismus, was du willst, wenn nötig, existiere ich in Abspaltungen und Aufstaffelung. Ich bin der Vollstrecker. Du wirst dir das Leben nehmen, Nils. Bring dich um. So, jetzt ist es gesagt. Bitte bring dich endlich um, mach deinen Frieden, lass es sein. Die Erfüllung deiner Träume: Dich nicht wehren. Du kennst sie, die Höllen. Ich kenne sie nur zu gut, antwortet Nils. Also. Mit dir ist etwas aus, das nie begann. Du bist gekommen, um mich zu holen, der Anstaltler zeigt mit dem Finger auf ihn. Ich bin freundlich gekommen, um dich behutsam zu holen. Tatsächlich ist es von Wichtigkeit, dass meinem Anraten Folge geleistet wird. Du bist ein Zwischending, ein Ganzes fremder Hälften. Du schwebst im luftleeren Raum. Es steht dir nicht zu. Hätten wir gewollt, dass ihr schwebt, wir hätten euch die Beine abgehackt und Flügel umgehängt. Dein Gehirn ist eine Kraterlandschaft, verseucht mit Widerhaken, Stalaktiten, Stalagmiten. Deine Masken sitzen gut, ihre Druckstellen in die Haut eingehärtet. Deine Zeichnungen sind falsch. Deine Hunde sind Katzen. Deine Igel sind Schnecken. Deinen Schafen sieht man an, dass es Vögel sein sollen. Deine Küsse sind bitter. Deine Liebesakte sind obszön. Fühlst du dich in diese Körper tatsächlich hinein oder lässt du sie ineinanderpurzeln, wahllos, ziellos, blindlings? Die von dir beschriebenen zweisamen Nächte wirken wie ein Ausflug in die Menschenmanufaktur. Zweckdienliche Vereinigung zur Arterhaltung. Der Entstehungsprozess nächster Generation. Du bist ein Mängelexemplar. Du bist falsch zusammengeschraubt. Du bist kaputt. Aber ich bin doch gar nicht kaputt, jammert Nils. Jetzt bitte keinen Weinkrampf, ermahnt Gott, die Beschäftigung mit Großem hat dich Größe gelehrt. Und auch daran hast du dir die Finger verbrannt. Du mit deiner Wehmut, deiner Sehnsucht. Du mit deinen Gefühlen, oder wie das heißt. Du mit deinem in dir blühenden Brachland. Du mit deiner Alleinmeierei. Sag mir einen, der für dich ein liebes Wort übrighat. Er wartet ab. Nils atmet ein, hält inne, dann aus. Da kommt nichts. Siehst du, sagt Gott. Du bist falsch. Du bist ein Fehler, Nils. Du bist mir unterlaufen. Ich, der Hersteller, habe beschlossen, meine fehlerhaften Produkte einzuziehen. Aus dir schadhaftem Zug muss ausgestiegen werden, vom Weltgefüge, von allen, die dich kennen. Wenn du ein Menschenfreund bist, dann schaffst du dich ab. Dann hinterlässt du etwas, das von dir erzählt, und schaffst dich ab. Hörst du mir zu? Ich rede mit dir!, brüllt Gott. Ich habe mit dir auch oft geredet, zu reden versucht, zugehört hast du mir nie. Mag schon sein, aber, Nils, du musst verstehen, mir geht es auch nicht immer blendend, Gott hat auch so seine Probleme. Schwer vorstellbar, sagt der Anstaltler. Ach, wenn du wüsstest. Unauffällig tastet er den Krebs in sich ab. Du musst zugeben, wenn man ehrlich ist, in sich geht, wenn man sinnvoll relativiert, dass die paar Jahrzehnte Aufenthalt auf der Erde einem Schnippen der Finger entsprechen, kosmisch gesprochen, ja, wir wollen den Kosmos hereinholen, als Zeuge dieses Urteils über dich. In Zusammenhang gesetzt bist du ohnehin schon so gut wie vergangen, komm, du Schmalspurwesen, er streichelt ihn, ihr Menschen habt alles begriffen, das ist ja der Witz, sogar euer Nichtverstehen, und was hat es gebracht? Du lebst nicht mehr, dein Sterben ist bloße Formalität. Sei mir doch ein Leitlicht, klagt Nils. Das versuche ich ja gerade. Du sollst vom Antlitz des Planeten getilgt sein. Er lässt ihn einfach weinen, für Minuten, reicht ihm Taschentücher.

Ich habe Freunde. Du hast was? Ich habe Freunde, es gibt Leute, die stehen zu mir, das vergesse ich manchmal, ich muss mich dann ziemlich anstrengen, damit es mir wieder einfällt, aber ich habe Freunde, ja, jetzt weiß ich es wieder, sehe deutlich ihre Gesichter vor mir tanzen, kenne die jeweils dazu passende Stimme, sie kräftigen und formen mich, sie helfen mir auf die Sprünge, wir unternehmen etwas zusammen, wir plaudern und trinken, haben Spaß, sie interessieren sich für meine Interessen, sie erlauben sich kein voreiliges Urteil, meine Freunde stehen mir bei, und manchmal sind sie einfach nur da. Also, so einen Unsinn habe ich schon lange nicht mehr gehört, sagt Gott, und ich komme viel herum, musst du wissen. Fest steht, dass ich nicht zustimmen werde. Das wiederum ist ein Unsinn, den ich schon oft gehört habe. Ich bleibe. Du bist paketet und verschnürt, du wirst gehen.

Ich stelle mir vor, eine Figur in einer Erzählung zu sein. Was würde der Held jetzt sagen, stelle ich mir vor. Durch das, was er uns, seinen Kindern, widerfahren, wie er uns darauf reagieren lässt, transportiert der Erzähler Weltanschauung. Ich werde zur Hetzrede gegen den Tod. Wenn es dir so gut geht, was machst du dann hier, im sterilen Lazarett für urbane Einzelkämpfer, diesem Kinderhort des Mittelstands? Es geht mir nicht gut. Die Straße entlang, meine Blase kurz vorm Platzen, nach all dem Wasser, um das Bier zu verdünnen, und den Wein und den Schnaps und die üblen Mischungen, sorglos angenommen, Fremden blind vertrauend, Erinnerung an das eine oder andere Gestern. Nils steht langsam auf: Ich will es. Ja zu allem. Ja zu mir und meinem Leben schwankenden Sinns. Ich will den Nieselregen spüren. Ich will die Blätter des Minzezweigs im Mojito leicht mit Zucker bepulvert. Ich will das Geständnis unter Tränen, wenn der Mensch, den du liebst, dich verlässt. Ich will an roten Ampeln warten. Ich will die Schlaflosigkeit und den überquellenden Müllplatz. Ich will die Anspannung vor Ereignissen. Ich will die Gespräche bei künstlichem Licht. Ich will mir vorstellen, wie es wäre, tot zu sein, wie ich Toter dann einen Menschen finde, der mit mir tauscht, ein Jahr seines Lebens gegen alle Erkenntnis, sodass ich zwölf Monate des schmutzigsten, scheußlichsten Daseins freudig annehmen würde. Ich will die Innenstadt im Morgengrauen, den Kaffeegeruch der aufsperrenden Bäckerei, den Croissantduft. Ich will den Eilschritt der Zeitungsverteiler sonntags, wenn sie nach dem Anbringen der robusten Kolportagetasche zurück in den Lieferwagen hetzen, die Seitentür zuwuchten. Ich will aufwachen vom Vogelgezwitscher, von der Sonne, vom Streit eines Telefonierenden am Nachbarsfenster. Ich will einer Frau die frisch rasierten Beine entlangfahren. Ich will in altes Vollkornbrot beißen. Das alles musst du erst aufsagen, damit es dir wahr ist? Muss ich vielleicht, muss ich anscheinend. Ich will den lesend auf der Couch verbrachten Nachmittag. Ich will die heiße Scham, die plötzlich einschießt beim Denken an Photos im Besitz anderer Leute, die mich in Lächerlichkeit zeigen. Ich will den Schluckauf vom Satzbeginn vorm Absetzen der Flasche. Ich will mich nach einer Kostprobe Selbstgebranntem verhusten, dass mir Tränen in die Augen schießen. Ich will mir beim Altern zusehen. Ich will naiv bleiben, und kindisch, mich nie in Vernunft flüchten oder auf sichere Wege verirren. Ich will Kunstwerke schaffen für die Aufmerksamkeitsspanne des Homo communicans. Ich will das eine Buch schreiben, immer und immer wieder. Ich will die eine Frau lieben, die mich einen Mann liebt. Ich will den Zitteranfall, wenn etwas fehlt. Ich will Raucherinnen küssen, die französisch aussehen. Ich will Namen vergessen und Geburtstage durcheinanderbringen. Ich will in Fettnäpfchen treten, darin knietief versinken. Ist das nicht ein bisschen üppig auf einmal, vor allem für einen missgestalteten Krüppel wie dich? Ich will wollen. Mutest du dir nicht zu viel zu, wenn du sagst, du willst die Gesamtheit der Aspekte? Ich will es. Ich will die Verlorenheit spüren. Ich will den Anblick der von mir Begehrten neben einem anderen, was auf die Toilette oder in die Menge flüchten lässt, durch die Straßen, in die Stadt, immer an bedrohlich nach einem greifenden U-Bahn-Schienen vorbei. Ich will eingedenk des Todes überlebensgroß leben. Ich will durch die Bezirke streunen, mich verirren, Spiralen gehen. Ich will mir am Sonntag alle Zeitungen holen und die Zahlenrätselfelder mit Bleistift ausfüllen, um nach Einsatz des Radiergummis Ausbesserungen vornehmen zu können. Ich will die zweite Chance, den nächsten Versuch. Ich will das enthemmende Dunkel der lauten Clubatmosphäre, in dem das Ungeschehliche geschieht. Ich will die Umarmung, wenn mich jemand braucht. Ich will verreisen, aber nicht die Welt sehen, sondern die Welt mich sehen lassen. Ich will Angstzustände und Schuldzuweisungen. Ich will das Kartenspiel der anderen mit gut gemeintem Rat und nicht mehr lustigen Kommentaren versehen. Ich will den Schweißfleck am Sportoberteil. Ich will Besitzer eines stinkenden Köters sein, ich möchte dafür sorgen, dass es einem Lebewesen an nichts fehlt. Ich will der Grund für etwas sein. Ich will meine Sorgen mit jemandem teilen. Ich will mit Ambivalenzen experimentieren. Ich will das Kino als letzten Ausweg, als Aufbewahrungsort für aufgeschürfte Seelen. Ich will die Herrschaft der Losigkeiten. Ich will den Zusammenhang zwischen Stoffen im Bauchfett und Depressionen ergründen. Ich will die mitternächtlichen Hamburger horizontal transportieren, damit weder Gewürzgurken noch Salatschnitzel herausgestülpt werden. Ich will das Lesen als wirkungsvolle Überlebensstrategie. Ich will jede nächste Wienwahl als Triumph der Niedertracht. Ich will entfernten Bekannten auf Konzerten durch Zufall begegnen, ein scheues Aufwärmen der früheren Innigkeit. Ich will den Weißwein im Sommer aus den Poren dampfen sehen. Ich will unlogisch sein. Ich will dem Drang, verführt zu werden, nachgeben. Ich will meine Zeit im Kaffeehaus versitzen. Ich will mich auf gutes Essen einladen, es mir zwar nicht leisten können, aber es mir schuldig sein. Nudeln und Dosenmais, dem ewigen Speisengespann, gebührt keine Dauer. Ich will die Höllen. Ich will Begegnungen erfahren, die mich vorübergehend meinen Schutzzynismus verlernen lassen. Ich will Worte aussprechen, die wie Kehlkopfkrebs schmecken. Ich will von Beruf Schwachkopf, Rotznase, Bettelmönch, Waldläufer, Kastratensänger, Handpuppenspieler, Hofnarr, Doppelagent, Heiratsschwindler, Trickbetrüger, Wendehals, Restaurantkritiker, Schriftspieler und Schausteller und Bundeskanzler sein. Ich will mich zum Italiener ausbilden lassen. Ich will Nachkommen zeugen, die im Wald herumtollen. Ich will den amerikanischen Traum mit Familie, Haus, Garten, Hund, Schwimmbad und zwei Autos, mit Kapital auf Pump, der Wildnis einen Flecken Zivilisation abgetrotzt. Ich will den europäischen Traum, besser zu sein, als man ist. Ich will so leben, dass der alte Mann, der ich einmal vorhabe zu sein, sich für den, der er früher einmal war, nicht zu schämen braucht, sogar innig schmunzelt und insgeheim stolz ist. Ich habe noch viel vor. Davon merkt man aber nichts, antwortet Gott, du hast dich in dich selbst zurückgezogen, indem du dich in die Anstalt zurückgezogen hast. Zeit der Regeneration, murmelt Nils. Bekenntnis zum Leben. Für den Schmerz, der einen durchzuckt, wenn man sein Wertvollstes verliert, würde ich alles geben. Du bleibst im Abstrakten? Hier gehöre ich hin, bin zu Hause. Ich bleibe im Werden. Gott denkt nach. Nils, bist du dir sicher? Ich frage dich einmal, dann niemals wieder. Jetzt ist deine Chance, auszusteigen, ein für allemal. Ich garantiere dir einen Abschied im Handumdrehen, kurz und schmerzlos. Eine schwerwiegende Entscheidung, nicht den Freitod zu wählen, eine Dummheit, du gehörst nicht hierher, als hätte dich ein Frachtdienst falsch zugeordnet und dich Radieschen in den Apfelkorb gelegt. Auch Nils denkt sehr. Kurz und schmerzlos, sagst du? Hoch und heilig, flüstert Gott. Das stünde einem nicht zu, wenn schon Ende, dann lang und schmerzhaft, man ist es sich schuldig, dieses Auskosten aller Aspekte. Noch einmal: Sich für ein Leben zu entscheiden, das nicht mehr repariert werden kann, hat Konsequenzen, bedeutet das Unheil. Ich mahne Sorgfalt ein, wenn du mit deinem weiteren Verlauf umspringst. Du bist eine Fehlkonstruktion. Du bist gehemmt und geteilt. Du missglückter Versuch. In aufrechter Haltung überragt Nils den anderen um ein paar Zentimeter. Ich will es. Dann ist das letzte Wort gesprochen. Er kann sich ein Lächeln nicht verkneifen. Gott erlischt.

Fährtenleser, der Blutspur folgend. Roter Saft hat

sich in den Untergrund eingebrannt wie ätzende Säure. Der Pfad zeigt steil nach oben. Bei Gipfelsiegen lässt sich unterscheiden zwischen tatsächlichen und imaginierten. Betrug der Weltrekordler. Ein imaginierter mag körperlich nicht weiter ins Gewicht fallen, doch als Geistesleistung kann er nicht hoch genug eingestuft werden. Man stelle sich vor: Ein im Kopf erreichter Höchstpunkt. Man sollte sich an den betrügerischen Alpinisten ein Beispiel nehmen, sich eine Scheibe abschneiden, von ihnen lernen, was es heißt, Konzentration aufrechtzuerhalten.

Im menschlichen Gehirn ist alles möglich, es lassen sich Kastanien erziehen oder Flugversuche ausborgen, Schubladen hänseln oder Stoffreste parodieren. Der Kreuzworträtselmacher hat die Kontrolle über seine Schöpfung verloren, er ist ihr unterlegen, er kann es selbst nicht mehr lösen, ist dem Rätsel hilflos ausgeliefert, seine Schreie verhallen in den Hecken des Labyrinths. Widerborstigkeit der Teilchen, sich nicht auffinden oder benennen zu lassen, die im Verborgenen ihr Unwesen treiben. Das Gehirn beherbergt auch die Unvereinbarkeit der Welterklärungsmodelle. Wir befinden uns an einem ortlosen Ort in einer zeitlosen Zeit dieser hochgradig fragmentierten Wahrnehmungswelt. Letzte Konstante ist die Ambivalenz. Hierher ziehen sie sich zurück, die einer Versuchsanordnung dienenden Personen. Feststellung eines Istzustands, der Veränderung heißt. Elementarkraft, die alles ermöglicht. Und man könne sich in ihm durchaus, so das Gehirn, zum Italiener ausbilden lassen.

Im Kindergarten. Wie heißt du?, fragt das Kind, den Locken nach ein Engel. Keine Reaktion, wohl aus Schüchternheit. Ein Finger bohrt sich in die Schulter. Du. Wie heißt du? Tobias, nuschelt er. Und mit Nachnamen? Geheimnis. Mundwinkel heben sich. Mir kannst du es verraten, wirklich, ich erzähle es keinem weiter. Nein, mit Vornamen heiße ich Tobias und mit Nachnamen Geheimnis, und mit allem zusammen heiße ich Tobias Geheimnis. Achso. Und du? Georg Neumann, ich bin schon vier. Zufrieden lehnt er sich zurück und verschränkt die Hände hinterm Kopf. Ich auch schon, sagt Tobias. Wie jeder in diesem Alter hat auch Georg mit Stockungen in seinen Bewegungsabläufen zu kämpfen, aus einem Guss ist alles erst irgendwann, das Hochreißen der Gliedmaßen will noch geübt sein. Du siehst aber aus wie drei, finde ich. Der andere glaubt es ihm nicht. Vielleicht war es die Art, wie er es sagte, zu langsam, zu schnell, zu selbstsicher, nicht selbstsicher genug. Er kratzt sich an der Nase. Hast du einen zweiten Vornamen? Ja, Wilhelm. Also insgesamt heißt du Georg Wilhelm Neumann. Ja, und du? Ich habe das nicht, aber ich habe zu Hause einen Anton, den kannst du ruhig Toni nennen, er ist sehr lustig und mein Haustier. Mein Papa heißt anders. Wie denn? Zuerst einmal hinten auch Neumann, wie ich, aber vorher heißt er nicht wie ich. Wie denn? Du musst raten. Nein, mag ich jetzt nicht, sagt Tobias. Der andere schaut in die Luft oder starrt an die Decke, jedenfalls verläuft sich das Gespräch. So, Kinder, wir fangen jetzt an! Der lustige Onkel klatscht in die Hände. Dann holt er seine Gitarre und macht sich zum Affen.

Deine Geburt steht bevor. Du wirst dich mit der dir zuteil werdenden Aufmerksamkeit abfinden, dich damit arrangieren. Und Mädchen, versprich mir, du kostest die Welt, ihre vielen Geschmäcker. Um mich wissen zu lassen, dass man ständig dazulernt, nicht das geistlose Schnabeltier bleibt, als das man den Uterusschächten entkriecht. Kontrollierter Vorgang. Keimfreie Empfängnis. Es besteht nicht die Gefahr einer Frühgeburtlichkeit. Man kann deine Ultraschallbilder abonnieren. Die verwackelten Schnappschüsse druckt man aus und hängt sie sich an Pinnwand oder Kühlschranktür, um täglich einen Blick darauf zu werfen. Sie bedrucken T-Shirts mit dir. Du bist die Hoffnung. Du bist, was Menschen möglich ist. Du bist die erste Geburt im All.

Die internationale Raumstation im Orbit wird bald von deinem Schreien aus ihrem künstlichen Tiefschlaf geweckt. Du, Mädchen, ruhst in doppelter Schwerkraft, Mutterleib und All. Du wirst ins Schweben geboren, ich freue mich für dich. Neun Monate lang beobachtet die Öffentlichkeit deine Entwicklung. Du bist jetzt schon, vor Eintritt ins Leben, Teil der Menschheitsgeschichte. Ich sehe dich deutlich, wie dir, Schwimmhäute aus Gebärmutterschleim an den Winzighänden, die Nabelschnur durchtrennt wird. Erste Entbindung im Weltraum. Wie groß das schon klingt. Man hat versucht, dich zu verhindern. Jahrelanges Bangen. Wenn du wüsstest, wie lange es dauerte, bis man dich vor der Ethikkommission durchgesetzt hat. Die Berufungsverfahren.

Deine Eltern sind Helden. Der Samen des Vaters

deiner Mutter eingepflanzt. Es klappte auf Anhieb. Es wird ein Mädchen, wurde verkündet. Diese Pressekonferenz weltweit ausgestrahlt, in alle toten Winkel der Erde, die höchsten Einschaltquoten seit Erfindung der Bildübertragung. Ein Mädchen, ein Mädchen! Sie tanzten auf der Straße. Die erste Allgeburt, rief man. Der erste im Weltall geborene Mensch. Sie klopften sich auf die Schulter, jeder jedem. Glorreicher Höhepunkt des menschlichen Strebens. Man zählte die Errungenschaften auf: Das Rad, die Schrift, die Allgeburt. Fanartikel in den Startlöchern. Kleidungsstücke, Sportgeräte, Bücher. Konzerte dir zu Ehren. Im Bildschirm jedes Computers ein Countdown eingeblendet, stumm auf dein errechnetes Geburtsdatum hinzählend. Auch die Befruchtung der Eizelle geschah dort oben, im Schwarz. Niemand möchte diesen historischen Augenblick verpassen. Partus eines Menschen, auch eines Zeitalters, glückliche Fügung, dass es sich um ein Mädchen handelt, Epoche der Frauen endgültig angebrochen. Die Distanz zu deinem ersten Klagelaut schmilzt rasant dahin. Das geräuschlose Ticken lullt alle ein. Die Wochen vergehen rascher, wenn man ihnen dabei zusieht. Das Feuerwerk wird Maßstäbe setzen. Ein tröstlicher Anblick für viele, mit denen es das Schicksal nicht allzu gut gemeint hat. Du bist ihre Hoffnung. Die in ihren Kämmerchen hocken, ihren Einzelwohnungen. Sie denken an dich, sind in Gedanken ganz bei dir. Du, Mädchen, stützt sie, du gibst ihnen Halt. Wie sollst du heißen? Es kann über deinen Namen abgestimmt werden. Zur Auswahl stehen: Hope, Epiphany, Leila, Isadora, Maria, Doris, Nomzamo, Valerie, Felice, Masako,

Julia, Libgart, Sophia, Ingeborg, Xanthippe, Veronica, Matroschka und Jennifer. Und Petra. Es wird spannend.

Als würde man in der Wiese liegen, Bauchnabel nach oben zeigend, und die Sterne bewundern, der Mond eine mollige Sichel. Es wird hell, nach wie vor liegt man und schaut, keine Sterne, dafür stark verdünntes Blau, schließlich erhebt man sich, klopft Halme und Tau von der Hose, spaziert den Hafen entlang, jetzt ins Bett, nur noch ruhen. Beim Einschlafen dann versucht man, ein Wort für den Farbton des Himmels zu finden, und scheitert. Diese Farbe ist nicht möglich: Sich verändernd. Das Zyklenhafte, obwohl es uns an allen Ecken begegnet, erscheint seltsam unausgegoren, nicht als der Weisheit letzter Schluss.

Im Kindergarten. Ein aufgeregtes Klappern von Besteck auf Porzellan erfüllt den Raum. Heute setzt man Gemüsesuppe vor. Niemand ist darüber begeistert. Alle akzeptieren es, schaufeln die wässrige Brühe in sich hinein. Schmerzverzerrte Gesichter. Nicht ein Kind verweigert sich der Vorspeise, denn hat man erst einmal den ersten Gang besiegt, darf man sich den zweiten abholen, gebackene Mäuse mit Vanillesauce, und dafür, so viel Erfahrung haben diese kurzen Leben bereits vorzuweisen, können ruhig Opfer gebracht werden. Seid so gut, bitte, esst brav alles auf, wenn dann alle fertig sind, gibt es etwas Süßes, für jeden, wie ihr wisst. Mag ich nicht, beschwert sich ein frecher Georg Neumann. Er klatscht in die Hände. Nein. Tobias erwischt ein Krustenteil vom Topfboden. Bedrohlich schwimmt es in der Löffelsenke. Er sieht die Köchin vor sich, wie sie kurz vorm Servieren mit verbissenem Lechzen die eingebrannten Stellen abschabt, das Verfestigte wird gelöst und Teil des Suppenganzen. Das Kind mustert den Löffel, schließt die Augen, schnappt danach. Tobias überlebt. Der liebe Onkel muss eine Ansprache halten, um die Moral seiner Truppen zu stärken. Könnt ihr das schon riechen, riecht ihr das, aus der Küche, es duftet ja schon so, also, da können wir uns wirklich auf etwas freuen, auf etwas Süßes mit Vanille. Tobias löffelt artig. Er hat die Suppe schon fast überstanden. Eine ordentliche Portion Vanillesauce sollte als Entschädigung ausreichen. Vorfreudige Wärme erfüllt die Brust des dünnen Körpers. Die Haushälterin watschelt aus der Küche, um Geschirr abzuräumen. Wie sagt man, Kinder, danke, Frau Margarete. Die Kinder im Chor: Danke, Frau Margarete. Sie nickt grimmig, verreibt etwas in ihrer Schürze. Ihre Hände sind ein Angstort, den man stets verdächtigt, in etwas gegriffen zu haben, mit dem man nicht in Berührung kommen will.

Lektoren, kreischt der magische Ulk, sind Berater, keine Bestimmer. Sie müssen dem Schreibenden zuarbeiten, ihm beim Experiment assistieren. Mischungsverhältnis zwischen Konvention und Aufbruch. Richtiges Dosieren der Extrakte und Essenzen. Buch niemals als gemeinschaftliches Projekt, sondern Werk des diktatorischen Verfügers, der sich gnädig vom Fliegengewicht Lektor umschwirren lässt. Dessen Hinweis soll fragen: Bist du dir da und da mit dem und dem sicher? Und ein Verlag, so der aufgebrachte Keifzwerg, muss dem Schreibenden weitgehend freie Hand lassen, ihn wissen lassen, was er tut, dies schafft ein Vertrauensverhältnis als Fundament einer langjährigen Arbeitsbeziehung. Ein Buch ist kein Produkt, sondern ein Buch. Zum Glück gibt es leider Lektoren.

Wien und der Boxer betreten das Einkaufszentrum. Eine Glastunnelbrücke verschafft Zutritt, darunter sausen die Autos den Gürtel entlang. Das Treiben heute ist überwältigend. Grotesker Ort, Dominanz der Umgebungsgeräusche. So schrecklich ermüdend, von allen Seiten angeschrien zu werden, visuell und akustisch. Ein mediengeiler Baumeister eröffnete vor vielen Jahren das ruckweise wachsende, stets um neue Trakte erweiterte Zentrum, dieser Tage fungiert er hauptsächlich als wandelnde Werbebroschüre. Er ist besachwaltet und schätzt Gefährtinnen, die seine Urenkelinnen sein könnten. Ihnen bezahlt er Brustvergrößerungen und Fratzen aufgespritzter Lippen. Geschäftsführer ist längst ein anderer, einer seiner ehelichen Söhne, der Baumeister eilt von Eröffnung zu Feier zu Abenden des Sichsehenlassens. Wie bitte?, brüllt Wien, ich kann Sie nicht verstehen. Der Boxer deutet in eine Nische, hier, abseits gelegen, kann man sprechen. Männer in Kapuzenmänteln frequentieren den nicht jugendfreien Videoladen. Das Parlament war eine Sache, verleiht Wien seinem Schmerz Ausdruck, aber müssen wir unbedingt hier sein? Es ist dein banalster und lautester Ort. Ja, das merke ich, brüllt Wien dem anderen zu. Er ist Ausdruck deiner Vielfalt, ein migrantischer Ort, was grundsätzlich nichts Schlechtes verheißt, aber man sollte ins Detail gehen, komm, wir stürzen uns ins Getümmel. Der Boxer zieht Wien aus der Nische in den Flaniersteg der Geschäftemacherei, der Reklamen, der schnellen Restaurants.

Sein Mischlingshund wird unruhig, die überwältigende Anzahl der Gerüche macht ihn orientierungslos. Brav, brav ist er, das Herrchen tätschelt ihm die Seite. Nach etwa einer Viertelstunde des Rolltreppenschwebens und Fahrstuhleinsteigens, des Rempelns und Fluchens sinkt man erschöpft in eine Sitzecke auf der Promenade. Es wird frisch gepresster Orangensaft bestellt. Für das Tier eine Schale Leitungswasser, bitte. Kein Miteinander der Kulturen, resigniert Wien, bestenfalls ein Durcheinander. Ein Nebeneinander der Kulturen.

Drei Mütter mit Kinderwagen, wie Frachtschiffe kurven sie durch die Gänge, steuern einen großen Tisch an, schlagen hier ihr Lager für den Nachmittag auf, vertiefen sich in Gespräche, es bedarf des Mobiltelefons, alle haben ihres ständig im Blick, drücken darauf herum, die mitgebrachten Kinder sollen schauen, wo sie bleiben, die dem Säuglingsalter Entwachsenen tollen umher, bitten um Geld für Automaten, das sie nicht kriegen. In der Hallenmitte ein Sammelplatz mit Sitzgelegenheiten und Ablageflächen, in Kreisanordnung zwei Dutzend Lokale, kulinarische Versuchungen aller Herren Länder, jedes Gruppenmitglied holt sich, worauf es Lust hat, schließlich trifft man sich im Essbereich, und jeder packt sein Mitgebrachtes aus, diese Idee ist importiert. Einkaufszentrum als Freizeitgestaltung, Amerikanisierung des Kauferlebnisses. An den knusprigen Knochen der Zuchthühner stumpfen sich die Kauenden ihre Schneidezähne ab.

Wien und der Boxer trinken hastig. Der Lärmpegel zerrt an den Ohren. Migranten zweiter, dritter Generation, jedes Mal ein Rückschritt hin zum abgelegten Ursprungsland der eingewanderten Großeltern, daneben die proletarischen Einheimischen. Sie alle gehen durch die Enge des Ortes, einer schätzt den anderen nicht, viel Hass ist in den Augen, man streift am Fremden an, Ellbogen klackern und Windjacken zischen, wie nah man aber auch herantritt, es bleibt die Entfernung. Was Ähnlichkeit gibt, ist die Angst voreinander. Weiteres verbindendes Element der Aufenthalt in diesem dröhnenden, schrillen Konsumhaus. Komm jetzt weiter, sagt der Boxer, den Hund an der Leine. Sie geben reichlich Trinkgeld.

Man spuckt Wien vor den knapp noch nicht gesetzten Schritt ziehenden, klebrigen Kaugummispeichel. Frei von jedem Zynismus ist festzustellen, dass sie, die Angreifer, der Amtssprache des Landes, deren Staatsbürger sie wurden, nicht mächtig sind. In Ermangelung falscher Tatsachen sei gesagt, dass sich in ihrer Dummheit alle gleichen, egal, ob hiesig oder von anderswo kommend, es gibt Tiermenschen in allen Gebieten und Zonen, einheimische sind um keinen Deut besser. Missverständnisse der Toleranz, die dazu führen, dass man Eingewanderten nichts Konkretes mehr vorwirft, aus Furcht, dem Vorwurf ausgesetzt zu sein, zu verallgemeinern. Ich selbst, sagt der Boxer, flüchtete mit meiner Familie aus dem

Krieg hierher, wir passten uns an, der Gastfreundschaft entsprechend, also nicht zu sehr, aber ausreichend, um ein solides Leben aufzubauen. Ich lernte die Sprache, für mich. Ich fühle mich wohl, bin als Österreicher echter als viele echte Österreicher, was immer das auch ist. Störend sind die Unkenrufer des Rassismus, die daraus Kapital schlagen wollen, Leuten wie mir durch die Bank kriminelle Energie zu unterstellen. Aber echter Fremdenhass ist das Einverständnis der politisch Korrekten, das Regelwerk bei ach so armen, ach so schwachen Minderheiten auszublenden, bei Verfehlungen nicht mehr auf Konfrontation gehen zu können. Ich hasse die Verallgemeinerer, die mich in Schutz nehmen. Wir hassen es, nicht ernst genommen zu werden. Denn nur den nimmt man ernst, nur dem begegnet man auf Augenhöhe, den man auch kritisiert, auf intelligente, leidenschaftliche, des Diskutierens würdige Weise. Als Staatsbürger habe ich ein Recht darauf, ernst genommen, in die Pflicht genommen zu werden. Ich verlange, dass es möglich ist, Forderungen an mich zu stellen. Feindbild sind die gefährlich Dummen, aber eben auf beiden Seiten. Ich kenne Heimatbrüder meines Geburtslandes, die ich dafür verachte, ihr Ankunftsland zu schmähen, sich bei allem, was misslingt, in die Ausrede der Diskriminierung zu flüchten. Ich kenne welche, deren Eltern sogar hier geboren sind, sie selbst natürlich auch, die sprechen mit Akzent und wundern sich, dass bei anderen Unsicherheit herrscht, woher genau sie stammen. Die Bringschuld der Zuwanderer ist vorhanden, Wien, gesteh es dir ein. Feindbild ist der Hass auf beiden Seiten. Das Grobschlächtige ist international. Feinsinnige weltweit, vereinigt euch. Geschlossenes Auftreten gegen Stumpfsinn, Lüge und Gewalt.

Der Baumeister und seine Lakaien ließen bunte Lichter aufstellen, die kauflustige Meute anzulocken, was vortrefflich gelingt. Erkennst du es wieder?, fragt der Boxer nach Betreten des kürzlich eröffneten Abschnitts. Der Austragungsort des Städtekampfes, nach wie vor sind noch Spuren Berlins auszumachen, ausgeronnene Wasserspeicher, eingedellte Generatorturbinen. Sie haben Recht, sagt Wien, an diesem Ort zu sein bei Tag, jetzt hätte ich ihn fast nicht wiedererkannt, damals ist er ja von eifrigen Helferlein in eine Arena umgewandelt worden. Erinnerungen werden wach. Die Stadt grinst. Diesem eingebildeten Berlin habe ich es so richtig gegeben. Harte Linke ins Brandenburger Tor, dass die Säulen erzittern. Ja, war nicht übel, stimmt der Boxer zu, aber Gott wird es dir nicht so einfach machen. Er ist sehr gut in Form, habe ich mir sagen lassen, weiß ich aus verlässlichen Quellen.

Das Einkaufszentrum als Unterschichtenort. Ihre Sozialhilfe tragen sie ins Elektronikfachgeschäft, geben sie für Gewaltspiele aus, kaufen damit Dickmacher im Billigsupermarkt. Arbeitslose Jugendliche laden Klingeltöne herunter. Frühpensionisten, deren verbrachte Zeit darin besteht, mit einem Bier dazusitzen und den gewagten Posen der Schülerinnen nachzugaffen. Manchmal ihre Digitalkamera dabei, ein beglückendes Sonderangebot letzten Monats, um den Vorbeigehenden unter die Rücke zu photographieren. Später überprüfen sie den Erfolg ihrer

Mühen in der öffentlichen Toilette, masturbieren dazu in einer der verdreckten Kabinen. Wien erkundigt sich nach des Boxers Wohlergehen, diesem ist kotzübel vom Anblick der Bummler. Ganz so schlimm sind meine Bewohner aber auch wieder nicht, Sie dichten ihnen Sachen an, Verwerfliches, das hat keiner verdient. Hier springt man mit guten Leuten sehr schlecht um, finde ich. Der Boxer würgt. Dein Empfinden war ganz richtig, dieser ausufernde Gebäudekomplex ist die Sackgasse nach einer Abzweigung in der Kanalisation. Es führt eine Rolltreppe direkt in die Hölle. Niemand hält es lange aus in diesem Kaufrauschsumpf. Nehmen wir mit, dass Augenhöhe universales Prinzip des Konflikts ist. Unter der Gürtellinie hat man nichts verloren. Vor lauter Abscheu erbricht sich der Boxer in einen Mistkübel. Es ist sein Makel, aus der Unterschicht zu kommen, und die Furcht, einmal dorthin zurückzukehren. Wien schultert freundschaftlich seinen trainierten Arm und schleppt den massigen Körper hinaus. Die frische Luft verarztet die Gemüter. Erleichtert bellt der Hund. Unternehmungslust in seinem Zappeln und Hopsen, der hechelnden Zunge, dem wedelnden Schwanz.

Die Umwälzungen sind, werden sein: Fundamental, global, radikal, banal.

Auch Elisa Slavik besucht das Einkaufszentrum. Sie betritt es durch den Eckeingang, spaziert direkt ins angeschlossene Kino. Eine ausverkaufte Vorstellung, dachte sie, kommt eine halbe Stunde vor Beginn. Schalterleute, meist Nebenverdienstler, Studenten der Finanzkünste und des Bilanzenjonglierens, Hispanistik, Metrik, Drastik, sind immer kauend anzutreffen, oft einen in Knoblauchdampf gehüllten Pizzakarton vor sich, ihnen wird keine Mittagspause gegönnt, die Hand mit den etwas weniger fettigen Fingern reißt die ausgedruckte Karte aus dem Drucker, die aus dem mit Metallzähnen vollendeten Schlund gerattert kommt. Viel Spaß. Danke. Sie freut sich auf den Film. Kinos sind das letzte verbliebene Heil. Es lockt das Abseitige. Elisa wartet auf den Einlass, das Aufblinken ihrer Saalnummer. Sie liest nicht, sondern mustert die Leute, genießt es, bei den Artgenossen zu sein, entledigt sich ihrer mitgeführten Last. Es geht los. Sie begibt sich an ihren Platz, durchgewetzte Bespannung, sie sinkt ein. Für zwei Stunden legt Elisa alles ab, verleugnet ihre Herkunft und vergisst ihren Namen. Frei von Sorgen und Verantwortung für eigenes und fremdes Betragen. Sie lässt sich darauf ein, was ihr vorgegaukelt wird, ist real, ist von Wichtigkeit, aber passiv zu erleben, nur beiwohnen, nicht aufspringen und einschreiten müssen. Anfangstitel. Und alles Gute will ich. Und vom Schlechten nur das Denken daran.

Silvester. Humorist M betritt seinen Asiaten, der sich als Familienunternehmen entpuppt. Flut der lautstarken Masse. Amüsiert beobachtet er, wie einander Wildfremde mit vereinten Kräften über das Vergehen der Zeit triumphieren. Die Bedienung, Tochter des Hauses, versucht sich ihre Nervosität nicht anmerken zu lassen, lächelt freundlich. Stets darauf bedacht, auch ja unterschätzt zu werden. Leichtgewicht und Schwerfälligkeit, was Geistesdinge angeht, dabei ist sie eine Riesin. Seine Finger um die Stäbchen sind verkrampft. Die Bedientochter ist nervös, denn sie will längst hinaus, ins Getümmel, ihr Telefonieren mit Klassenkolleginnen, Humorist M spielt mit dem Gedanken, sich zu beeilen, damit das Lokal für heute den Betrieb einstellen kann. Doch solches Verhalten darf man niemandem zumuten. Wenn ich mich beeile, denkt er, sofort nach Verschlingen der eingeschachtelten Portionen die Rechnung verlange, den Tee nicht ganz leere, wird sie wissen, dass es ihr zuliebe geschieht, wird mit der Schmach leben müssen, dass ihr Zappeln mir Stress beschert hat. Es ist nicht versteckt genug passiert. Sie bringt die Rechnung. Wir wollen endlich schließen. Humorist M wischt sich mit der Serviette über die fettfeuchten Lippen. Ihr Bruder, der Sohn, hantiert draußen mit Feuerwerkskörpern, in die warme Gaststube kommt er nur gelaufen, um euphorisch Bericht zu erstatten. Das Knallen war im Inneren deutlich zu hören, doch lässt er es sich nicht nehmen, die Geräusche gewissenhaft nachzuerzählen. Seine Nase läuft. Er tritt in den durch sein Stapfen plattgetretenen Schnee und zündet eine Rakete, die in hohem Bogen das Nachbarfenster knapp verfehlt, es pfeift mehr, als es knallt, und riecht stärker, als es pfeift. Sofort kommt er ins Hauptquartier des Familienunternehmens gepoltert, hier, wo Humorist M genüsslich Versalzenes schlürft und denkt, das mit der Reihenfolge ist gar nicht wahr, wer hat mir damals und oft und immer wieder versichert, man würde im Osten die Suppe als letzten Gang zu sich nehmen. Der Sohn erzählt, dass es knallt, pfeift und riecht, wenn er Raketen zündet, erzählt es innig und beharrend, wie sich selbst, und hasst die über Taschenrechner und Quittungen gebeugten Eltern dafür, dass sie nicht laut genug mitstaunen. Die beiden streicheln seinen fröstelnden Nacken, schauen einander ernst an. Endlich darf die Tochter sich nachschminken gehen, weil der letzte Gast zahlt, den Minirock anziehen, rechtzeitig, eine Stunde vor Jahreswechsel, um einem in die Arme zu laufen, der in der Sekunde des Zeitsprungs geküsst werden muss. Humorist M, den Mantel angelegt, ist vor ihr am Ausgang, hat ihr Zappeln im Rücken, hält der Kellnerin die Tür auf, tritt zur Seite, die Jugend geht vor, sagt er, sie lächelt ihn an, zum ersten Mal freundlich, nicht professionell. In der Küche werden noch Töpfe geschrubbt, letzte Pfannen, denen er Verursacher war. Draußen feuert der Bruder, schadenfroh kichernd, doch harmlos und sympathisch. Er verbringt Silvester mit den Eltern und Raketen. Die Tochter des Hauses wird mit Freuden erwachsen. Humorist M geht in den Winter. Wer vor sich davonläuft, kommt automatisch einem anderen Ich entgegen, wie im Lachkabinett, durch das man sich großes Kind mit weit aufgerissenen Augen voranschaut. Weiße Flocken. Die Entsprechung eines zarten Aquarells, denkt er, im Flattersatz verfasste Prosa, die beschwingt und leichtfüßig daherkommt, ein den Jahreszeiten dieser schönen Weltgegend gewidmetes Werk. Humorist M verschmilzt mit dem Schnee. Die Jahreszeiten-Trilogie, denkt er.

Die Wolkengebilde wie gescheucht und gezogen, windschnell in die Nachbarstadt, ihr Kurzbesuch zu Ende. Ein Rabenschwarm flammt auf, verflüchtigt sich bald zu vereinzelten Vögeln. Tristes Hausgrau.

Überall Fabriken eingestellten Betriebs und Zimmer verschlossener Tür. Es wintert. Es wird nicht richtig hell, der Sonne misslingt, aus den Federn zu locken. Das Bett ist bewohnt wie ein Spukschlosstrakt. Es wärmt den Eisblock in einem. Wir ziehen um in die Keller der Herzen. Ermattung. Verfall. Wenn nicht gleich etwas geschieht, explodiert der Planet. Und alle vor Dunkelheit leuchtenden Menschen mit ihm.

Es ist so weit. Meine Damen und Herren, der Augenblick, auf den wir alle gewartet haben, rückt in greifbare Nähe, was den Lauf der Geschichte verändern wird, steht unmittelbar bevor. Die Einschaltung der Kreismaschine. Wie fühlen Sie sich? Gut, danke, grummelt ein niederer Bediensteter in Arbeitsmontur, hier ein leichtes Kribbeln, aber sonst. Ähnlich geht es vielen. Auch vor den Bildschirmen, nehme ich an. Herr Geheimnis, Sie als Leiter des Projekts tragen die Verantwortung, was erwarten Sie sich von der Aktivierung dieses Ungetüms, was geht in Ihnen vor? Die Triebfeder des Schicksals ist das Missverständnis. Ich verstehe. Jede gute Maschine hat einen Fehler, dieser sollte reparabel sein und sofort nach Beheben von einem neuen abgelöst werden. Wir Menschen brauchen ihn, um uns daran beweisen zu können. Skepsis im Nicken des anderen, der weiter muss. Sie hören es, meine Damen und Herren, die Stimmung könnte ausgelassener nicht sein in dieser unterirdischen Montagehalle, eine Art Volksfest, ein Freudentaumel der Wissenschaft. Denn, wie Sie wissen, musste die ursprünglich im Freien errichtete Konstruktion hierher verlegt werden, es gab Anrainerbeschwerden, Sammelklage inklusive. Die Kapelle tanzt an. Lautstärke, den Göttern zu gefallen, steil nach oben gerichtet. Man stelle sich vor, meine Damen und Herren, das Urknallexperiment, so lange haben wir darauf gewartet, unfassbar, dass es heute so weit ist. Ich weiß nicht, wie es Ihnen geht, aber ich könnte platzen vor Aufregung. Es reißt die Leute aus ihren Fernsehsesseln. Wir haben es uns zu gemütlich gemacht. Das Ereignis wird uns alle aus der Umklammerung der Willensschwäche befreien, eine Starre in uns lösen. Politiker schütteln Hände, gratulieren. Lucius Bohm nimmt Sektflaschen entgegen. Haben alle ein Glas zum Anstoßen? Meine Damen und Herren, verzeihen Sie mir demnächst die Momente der Sprachlosigkeit, ich glaube nicht, dass ich beim Anblick des bevorstehenden Wunders noch fähig sein werde, die Ereignisse mit Kommentaren zu versehen. Die Abgesandten aus der Schweiz stehen für sich geblieben in der Ecke, ein Nichterscheinen wäre höchst undiplomatisch gewesen, deshalb gute Miene zu bösem Spiel, hat man ihnen doch die Kreismaschine entrissen, die Standortfrage gestellt und mit erheblichem Kapitalaufwand beantwortet. Eigentlich hätten wir ja, sagen sie, ursprünglich sollte das Bahnbrechende von unserem Land aus den Planeten bezaubern. Unruhig streunen die geladenen Gäste im für sie vorgesehenen Bereich auf und ab. Der Bürgermeister trinkt sich einen leichten Schwips an. Alle stehen und schauen in gebannter Erwartung. Meine Damen und Herren, soeben bekomme ich mitgeteilt, dass es sich nur noch um Minuten handeln kann, ja, in wenigen Minuten drückt ein Verantwortlicher diesen Knopf. Er zeigt hin. Rot, natürlich, großer, roter Knopf der unumstößlichen Entscheidung. Justus, ich darf doch Justus sagen, welches Wunder können wir Zuschauer gleich bestaunen, welche Eindringlichkeit wird jeder mit sich auszumachen haben? Es dröhnt in ihm stärker als je, er hält sich kaum auf den Beinen, auch sein Feind Ladislaus sitzt ihm im Nacken. Das Einschalten der Kreismaschine führt zu einer Vervielfachung der Existenzmöglichkeiten. Als würde man den alles umgebenden, alles beinhaltenden Raum hinterrücks in ein Spiegelkabinett stoßen, diesem Durchstolpern beiwohnen. Die Maschine besitzt ihren eigenen Willen, es kann zu Verzerrungen und Vertauschungen kommen, dies wird im Alltag jedes Einzelnen ersichtlich sein. Die Kreismaschine führt zu weitreichenden Veränderungen. Diese Veränderungen gehen von Wien aus. Im Idealfall entsteht ein schwarzes Loch. Davor haben Experten schon gewarnt. Das Alles, das Nichts. Den Urklang erlauschen. Amöben und Sternreisende. Durchmischung der Entstehungsphasen des Todes. Der sich schließende Kreis. Jetzt, jeden Moment, jetzt gleich ist es so weit. Leute fallen in Ohnmacht, niemand kümmert sich. Die Maschine ist ein kreisförmiger Tunnel, eine Leiterbahn der Vorstellungskraft. In diesem Hohlring ist Platz für viele widersprüchliche Theorien. Es forschen Spezialisten, keiner weiß, was er tut. Keiner kann die ganze Versuchsanordnung erklären. Jeder ist Mosaiksteinchen, das Ganze ein Gespenst, das manchmal auftaucht hinter Ecken, es ist von Gerüchten ummunkelt. Lucius Bohm, Mann der Stunde, darf ich Ihnen die Hand schütteln, bitte, Sie sind der größte Menschenfreund, den es je gab, Sie sind Ermöglicher des Staunens. Schwerwiegende Anschuldigungen, die Sie da vorzubringen haben, witzelt er. Es wurden Oden an die Kreismaschine gedichtet, abschließende Verse aus den Mündern der Vortragenden. Meine Damen und Herren, wir sind direkt vor Ort, am Schauplatz der Wahrscheinlichkeiten, dem Schlachtfeld der Erklärungsmodelle. Wir kehren zurück, dorthin, wo es begann. Der Knopf wird gedrückt, die Kreismaschine aktiviert.

Jetzt. Das Universum ist groß. Blitzeinschlag, unsichtbar, lautlos. Ein aus Geschwindigkeit bestehendes Objekt. Prozesse, die ihre Wirkung auf Masse sind. Chemisches Gebet der Verbindungen. Säuren und Basen. Verflüchtigungstrieb. Selbstgeburt der Zeit. Ein Wo greift sich ein Wann. Unzerstörbarkeit der Zerstörung. Macht der Materie. Klumpen in Bahnen. Planeten. Erste Wasser. Karges Zappeln, dann viel. Einzeller, Amöben. Bedürfnis des Lebens nach Leben. Kreiselstoß der Geißelträger. Unsteter Vorwärtsruck. Vermehrung. Zellteilung. Aus den Flachsümpfen ans Land. Bewaldung erkunden. Evolution. Vielfalt der Arten. Flugtiere gegen die Schwerkraft. Bodenkriecher am Laufen. Lust auf Hunger, Jagd nach Fleisch. Begebenheiten, Bewegung. Jahrmillionen, Jahrmilliarden. Sprachlose Sprache des nicht existierenden Erzählers, der beobachtend verklärt. Gliedmaßen, Baumklettern. Hieb des Steins auf die harte Schale einer Frucht, Erfindung der Möglichkeit, Dinge im Kontext zu nutzen. Primatenbalz, Kriege. Mutterbrust umklammernder Nachwuchs. Familie der Säuger. Lebendgebärend. Warmblütige Allesfresser. Erlangung von Organisation. Zusammenschluss in Rudeln. Anerkennung des

Feuers als Gott. Kometen, Erschlagung, Fanfaren oder hordenhaftes Röhren einer verebbenden Primitivität. Menschelnde Tiere. Verstehen. Ich bin.

Alles falsch. Zurück. Jetzt.

Sehr geehrter Herr Bohm, ich weiß, Sie sind ein vielbeschäftigter Mann, dennoch erlaube ich mir, kurz Ihre Zeit in Anspruch zu nehmen. Ich möchte Sie aufklären über die Machenschaften des Justus Geheimnis, eines Ihrer engsten Mitarbeiter. Er hat an den Stellschrauben des Weltgefüges herumgespielt. Ich möchte Sie davon in Kenntnis setzen, dass die Kreismaschine unmittelbar vor ihrer Einschaltung manipuliert worden ist. Das Hochfahren der Systeme war nur vermeintlich ohne Wirkung. Es passierte ein Weltentausch. Dieser blieb von ihren Bewohnern unbemerkt. Mag sein, dass nicht einmal die Traumseismographen ausschlugen. Tatsache jedoch ist, es wurde ein Dimensionswechsel vollführt. Abziehbilder von uns laufen umher. Die Frauen haben Klonschwestern, den Männern ist jeweils ein Klonbruder zugeteilt worden. Justus Geheimnis ist der Unruhestifter. Zu seinen Beweggründen kann ich keinerlei Angaben machen. Fest steht, er muss eine Änderung installiert haben, eine Normabweichung, eine Verrückung. Es könnte eine Winzigkeit sein. Es wäre ratsam, sich auf die Suche nach Fehlerquellen zu begeben. Jedenfalls handelt es sich bei der Welt, in der wir alle leben, in der wir denken und fühlen, nicht mehr um die unsere. Ich gehe davon aus, dass Sie Ihre Konsequenzen ziehen werden. Gezeichnet: Anonym.

Lieber Herr Kampf, was fällt Ihnen ein, Justus Geheimnis anzuschwärzen? Selbstverständlich konnte Ihre Identität bereits ausgeforscht werden. Die Mitarbeiter der Firma beweisen regelmäßig Meisterschaft bei Aufträgen dieser Art. Ihre Kündigung liegt bei. Ich bitte Sie, diese nach aufmerksamer Lektüre zu unterschreiben und umgehend zu retournieren. Mit freundlichen Grüßen, Lucius Bohm.

Geheimnis der Wiederholung. Erkenntnis als Suche nach Sinn.

Zurück. Ssorg tsi Musrevinu sad.

Der Knopf wird gedrückt: Schöpfungsakt.

Steinzeitmenschen, ein Mammut erlegend, sich paarend. Miteinander ringend. Speerfuchteln. Tanzen ums Feuer. Fleisch essen, die durchschmorten Muskelfasern ungesalzen, ungewürzt. Halbrohe Fetzen von den Gelenksknochen reißen. Weiterentwicklung. Grenzen ziehen, Steinbrockenmauern, gekachelte Wände. Scham, die nach Kleidung verlangt. Warme Felle, Deckschicht aus Farnblatt. Getuschel. Der Wortschatz nährt ihr Vorstellungsvermögen. Auf Reisen. Beginnender Handel, Erschließung der Welt als ein Reich. Liebe, den Treueschwur leisten, sich binden. Gesellschaftliche Konvention, Unterwerfung. Erfinden der Freiwilligkeit. Aufschwung und Unsinn. Gebiete und Zonen. Zimt und Zement. Das Rad, die Schrift, die Allgeburt. Aufbruchssituation eines Raumschiffs. Startrampe freigeben. Selbstreinigende Oberflächen, keimfreie Umgebung. Der intel-

ligente Kühlschrank spuckt aus, was der Ernährungsplan vorsieht. Die Sternreisenden. Die Unbegleitbaren. Halt. Zurück.
Jetzt. Verstehen? Versuchen.

Ein Raumschiff unterwegs. Mit Lichtgeschwindigkeit rasen seitlich die Sterne vorüber. Innerhalb der Besatzung eine aufs Minimum reduzierte Kommunikation. Insgesamt nichts Überflüssiges, keine Ausfransungen, weder im Sagen noch im Tun, keine überbordende Phantasie bei der Gestaltung von Räumlichkeiten oder Tagesroben. Keine Behaarung an den Körpern. Vollautomatische Hygienekabinen erledigen das. Es kitzelt ein bisschen, danach ein Jucken, das mit wohltuender Salbe getilgt wird. Die Bewohner der fahrenden Siedlung steigen nackt in die Reinigungszellen, werden sachgemäß abgefertigt.

Die Sternreisenden nehmen Kontakt zu ihrem Mutterschiff auf, übermitteln ein kompaktes Datenpaket. Benutzung der menschlichen Stimme. Beschränken wir uns auf das Wesentliche, keine Gefühlsduselei. Wie ging sich der zurückgelegte Weg? Konnten wesentliche Informationen erhoben werden? Die Expedition ist militärisch organisiert, das strenge Einhalten der Hierarchien hat sich als sinnvoll erwiesen. Schließlich bereist man das Chaos, die Ordnung sollte mitgeführt werden. Frühere Erkundungsfahrten scheiterten am Kollabieren des Mannschaftsgefüges. Kabinenfieber, sich gegenseitig stützende Menschen, die wie ein Kartenhaus in sich zusammenfallen, Purzelzwerge. Diesmal kann das nicht passieren. Wir geben aufeinander Acht. Die Befehlskette ist strikt einzuhalten. Sehr wohl, Herr Major. Der Gefreite salutiert. Bloß das Gehabe schaute man sich von den Soldaten ab, es sind und bleiben Wissenschaftler, denen man das Auskundschaften anvertraut.

Die Reise zum Urort. Schnitzeljagd voller Tücken und Gefahren. An Spiralnebeln vorbei. Der Major betritt sein Quartier. Er benutzt die Sprachsteuerung, um einen Tisch aus dem Boden sprießen und direkt vor der eigenen Position in Stellung gehen zu lassen. Das Möbelstück rastet ein. Die Architektur folgt den Prinzipien einer Ästhetik des Kargen. Raum agiert nach hyperkubistischen Gesichtspunkten. Gegenstände bleiben theoretisch. Das Spazieren tat gut. Er streckt den Rücken durch. Der Kleiderschrank wählt ein der Temperatur entsprechendes Oberteil, über eine leise, leicht gehetzt summende Schiene gelangt es in seine Hände. Er zieht es an. Ein Polsterobjekt zischt aus dem Boden. Er wird sich ausruhen. Er seufzt. Die Glasfront malt wirre Bilder. Er denkt über Schönheit nach. Aus dem Tisch wachsen Lilien. Ein dumpfes Brummen ertönt. Er wagt einen Blick hinaus. Faszinosum der Abfallentsorgung. Die komprimierten Tonnenblöcke werden sich als Lückenfüller zu den Satelliten gesellen. Er winkt dem Schrott nach. Geht und verschwebt all eure Bewegungsenergie. Auf Sonnen zu, verglühen. Der Major denkt die verzahnten Ellipsen von Himmelskörpern. Er denkt Erinnerungen und Dinge. Er lässt sich vom Kühlschrank einen Einheitsapfel geben, steht dann kauend am Fenster, beobachtet das verwischte Rasen der

Route. Die Nahrungsaufnahme ist abgeschlossen. Er beleckt die Fingerkuppen, taucht sie in den Mund. Lange tat er dies nicht mehr. Das ungenießbare Übrige, Stängel, Samenhort, verkümmerte Schrumpfblüte, ruht zwischen Mittelfinger und Daumen. Er denkt, was alles ist und sein könnte. Er holt sich noch einen Apfel. Es schmeckt ihm. Herr Major. Eine Störung. Was gibt es? Wir haben Kontakt. Lang ersehnter Schreck. Das Obst vom Aufprall eingedellt, es kugelt unter den Tisch. Die Reinigungsdrohne erwacht in ihrer Ladestation. Ich komme sofort.

Wann. Man braucht klare Strukturen. Einheitsbrei ist tödlich. Die Stundenlosigkeit des Tages, die Tagelosigkeit der Woche, die Wochenlosigkeit des Monats. So geht es nicht weiter mit dir. Ich verlange von der Jugend das Zurschaustellen ihrer Fähigkeit, ihrer Wut, ihrer Würde, ihrer Unvollkommenheit, ihrer Bildung, ihres Müssens, ihrer Wurzeln, ihrer Findung, ihrer Griffweite, ihrer Zugkraft, ihrer Schwerblütigkeit, ihres Vorpreschens, ihrer amourösen Eroberung, ihrer Weltabgewandtheit, ihrer Tragikomik, ihres Vertrauens in die Selbstaufgabe. Ich will sie mit Herzblut, aber ohne Schuldeingeständnis. Was man alles von der Jugend erwartet, fluchst du. Weniger als zu viel wäre nicht genug.

Und konnte sichergehen, dass er nicht größer oder kleiner war, als jener eines anderen, solange Marke und Anbieter gleich waren. Gerechtigkeit durch Einheitlichkeit. Das Leben war ein rotbackiger Apfel. Ich biss hinein, es knackte. Meine Zahnprothesen schlugen ihre Pflugspur ins Fruchtfleisch, dass saures Zuckerwasser spritzte. Die Tropfen am Küchenboden wurden von den Sensoren registriert, der Prozentsatz an verunreinigter Oberfläche war jedoch noch zu gering, als dass es zum Hochfahren der Systeme gekommen wäre.

Justus Geheimnis steht benommen im Garten: Klee, Zaunwinde, Rosmarin, Zitronenmelisse, Apfelbaum, Springkraut, Margeriten, Tamariske, Korkenzieherhasel, Disteln, Löwenzahn, Schnittlauch, Birnbaum, Efeu, Weinreben, Liebstöckel, Holunder, Flieder, Basilikum, Vergissmeinnicht, Misteln, Trauerweide, Tanne, Rosenstock, Schwertlilien, Weihrauch, Brennnesseln, Himbeeren, Walderdbeeren, Gänseblümchen, Gras.

Wir entschweben den Sternreisekojen. Wir haben Kontakt. Wer ihn zu wem aufgenommen, wir mit ihnen, sie mit uns? Erreichen des Urorts. Die Raumschiffe haben Verwandlung erfahren, sind organisch geworden. Fügen sich den kosmischen Gesetzen, existieren nicht mehr in den Lücken darin. Asketische Verrichtungen, ein Meditieren über den Zustand der Zeit. Wir tragen erfundene Namen. Kontakt mit fremden Lebensformen steht bevor. Wir haben nach euch gesucht, und ihr habt uns gefunden. Unterrichtet uns wortlos. Entschwindet dann ins Nichts, driftet ab in unbestimmte Sphären. Erklärt uns. Die Sternreisenden verlassen ihre Raumschiffe, sie atmen im All. Ort der Orte, sagen sie, du bist der Ursprung, der uns ankommen lässt. Wir sind die Amöben, die wir waren. Die Menschen, den Mittelpunkt des Universums betretend, verpuffen zu Licht, aus dem ein Blitzedonnern keimt. Geschwindigkeit, Flugbahnen, Evolution. Macht der Materie. Liebe, nie Schmerz.

Sehr geehrter Herr Bohm, Ihre Reaktion kann mich nicht überraschen. Dennoch appelliere ich an die gesunde Skepsis allem und jedem gegenüber, die der moderne Mensch in sich tragen sollte. Einiges im Lebenswandel des Justus Geheimnis wurde mit Verschwiegenheit bedacht. Darauf müssten Sie einmal Ihre Agenten und Spione ansetzen. Sie meinen, Justus zu kennen. Aber kennen Sie ihn tatsächlich? Ist er nicht eher zweckdienliche Figur in einem Schach des Kosmos, hölzern in Szene gesetzt? Ich sehe es als meine Pflicht, Sie darüber in Kenntnis zu setzen, dass er einen erbsengroßen Fremdkörper im Kopf hat, sein Denken weist Verschiebungen auf. Er wird alles in seiner Macht Stehende tun, Normalität vorzugaukeln. Er ist ein Meister im Vorspiegeln falscher Tatsachen. Glauben Sie nichts von dem, was er Ihnen erzählt! Es könnte Ihr Untergang sein. Nehmen Sie jedes Wort aus seinem Mund als dessen Gegenteil! Gewinnen Sie Abstand zu ihm! Wahren Sie Distanz! Glauben Sie ihm kein Wort! Es wäre Ihr Verhängnis. Ich wiederhole, Herr Bohm, glauben Sie nicht, was Justus Geheimnis sagt! In wütender Enttäuschung, Ladislaus Kampf.

Ich liege am Boden. Es ist still. Ich bin laut.

Der Boxer bestimmt, dass sie einen Praterbesuch machen. Man nimmt die Schnellbahn. Die beiden passieren das Backsteingebäude mit dem rauchenden Kamin, es betrifft sie nicht, achtlos daran vorbei. An einem Werbepflock jedoch wird halt gemacht: Schau, der Kampf ist plakatiert. Er sieht ziemlich furchterregend aus, sagt Wien, den Gegner musternd. Gott hat die Stirn in weise Falten gelegt. Er neigt zur Selbstpenetration, er ist eine jämmerliche Vogelscheuche, sagt der Trainer, er kann mit sich selbst Nachkommen zeugen, eine Fähigkeit, von der er regelmäßig Gebrauch macht, wer weiß, vielleicht begegnen wir einigen seiner Kinder in der Stadthalle. Der Pratervorplatz hat Kitsch und Preisfallen zu bieten, überdimensionale Pappaufsteller, zunächst mit Sprühdosen entsachlicht, dann mit Pinseln und anderem Malerwerkzeug garstig befuchtelt. Aufgebrezelte Oberhure, nennen die Wiener ihren Pratervorplatz, die macht es auch ohne, die trägt nichts drunter, die kommt gleich zur Sache. Die zuständige Stadträtin trat, ganz Sozialdemokratin, bald nach Auffliegen der Sache aus familiären Gründen zurück. Souvenirautomaten, prall gefüllt mit in Asien hergestellten Andenken. Dort sollten wir hinein, bettelt Wien, ergriffen vor einem die Sense schwingenden Riesenskelett in Deckung gegangen. Zwar nicht das *Haus der Sieben Gefahren*, aber immerhin ein Gruselkabinett.

Es schleudert die Angegurteten wild durch die Gegend. Das ist fetzig, damit müssen wir fahren. Warte, gib mir eine Sekunde. Ein pinkfarbenes Hydraulikmonstrum bäumt sich vor ihnen auf, dessen Wirbelfahrt verläuft nicht automatisiert, es ist handgesteuert, ein Mann sitzt in seiner Kabine, routinierter Ablauf, es werden minimale Anpassungen vorgenommen, was Dauer und Intensität der Fahrt betrifft, besonders draufgängerischen Touristen erteilt man gern eine Lehre, ihr wollt eure mitgebrachten Mädels beeindrucken, ihr wollt harte Kerle sein, dann zeigt, was ihr könnt, Umlegen des Geheimschalters, innerliches Lachen, werdet ihr das überleben, zeigt mir einen, dem der Magenheber nicht den Rest gibt. So, und wir gehen in die nächste Runde, verlautbart der Kabinensitzer. Leg dich nicht mit dem Prater an, sagt das Erwachsenenkarussell, indem es die anfangs noch siegessicher witzelnden, später ehrfürchtig schlotternden Helden ein Astronautentraining absolvieren lässt. Du hättest dich nicht mit dem Prater anlegen sollen, diese Einsicht leuchtet auf in den grünen Gesichtern. Vorher wurden deftige Speisen konsumiert, das traditionelle Wiener Schnitzel, das appetitlich sich drehende Brathuhn, die obligatorische Stelze. Der Boxer und sein Schüler wandern durch ein Meer der Attraktionen. Prozedur des Einsteigens, Anschnallverfahren. Kopfüber kreischende Jugendliche, ihr Hilferufen vermischt sich mit dem Aufjaulen einer unablässigen Geräuschproduktion. Derber Humor der Pateransager, um die Eintönigkeit des Berufs nicht gewinnen zu lassen. Man notiert sich die Namen der Mitfahrenden, in der Hitze des Gefechts können dann Sprüche beigesteuert werden. Unser lieber Joe ist heute wieder für jeden Spaß zu haben. Susi und Magdi, unsere Nesthäkchen heute, mit denen geht es jetzt wieder bergab. Festhalten, bitte.

Vor einem Ringelspiel ist ein Filmteam in Stellung

gegangen. Mehrere Verleihkameras rückt man in Position. Beschichtete Quadrate, Reflektoren des Sonnenlichts, während der Einstellung hochzuhalten, ihr doppelt gesäumter Rand liegt grob in den angewetzten Fingern. Jetzt gerade ist Rauchpause, um Kaffee zu trinken. Das Abdrehen der Folge einer beliebigen Krimiserie, hier verschwenden sich die Theatertalente, machen schnelles Geld, mit dem sie sich Eigentumswohnung und Zweitauto finanzieren, ihren Scheidungskindern Alimente nachzahlen. Verbrauchte Gesichter, in die man hier blickt, das Flimmern über Mattscheiben im Hauptabendprogramm schabt alles Eigentliche millimeterweise ab. Bis ihr einem zum Hals heraushängt! Österreichische Eigenproduktionen sind mit Vorsicht zu genießen, mahnt der Boxer, halbgare Drehbücher, unglaubwürdige Charaktere, dargestellt von drittklassigen Schauspielern, die durch wenig stringente Handlungsverläufe stolpern. So, wir würden dann jetzt weitermachen, die Regieassistentin klatscht mehrmals in die Hände. Man setzt ein Kind auf ein dem Kreisen unterworfenes Propellerflugzeug. Und hier hältst du dich gut fest, damit du nicht hinunterpurzelst, und wenn der böse Mann kommt, dann schaust du ihn an, und wenn er dich packt, machst du kurz den Mund auf, um zu schreien, aber er legt dir ein Tuch auf den Mund, und dann machst du die Augen zu, weil du einschläfst, also hörst du auch zu strampeln auf. Letzte Anweisungen an die Darsteller. Wir können. So. Wien spaziert an einem Pavillon vorbei, in dem Wurstvariationen angepriesen werden, es geht als Komparse durch. Und danke. Die Szene ist im Kasten. Das hätte wohl niemand erwartet, Wien persönlich stattet einen Besuch ab, um eine Prise Feenstaub in die Geräteritzen zu streuen.

Todesangst in den Gesichtern der Hochschaubahnopfer, es drückt die Eingeweide hart auf eine Seite, das Atmen wird mühsam, selten. Brechreiz und Schwindelgefühl, Taubheit der Zehen. Die Mutigen blühen auf, zeigen ihr Talent zur Gefahr. Der jeweils stolze Preis all dieser Attraktionen ist eine Hemmschwelle, doch wer sich einmal entschieden hat, sich das Erlebnis zu leisten, der wird nicht enttäuscht. Bei mir hat noch keiner sein Geld zurückverlangt, sagt ein Ansager, und ich mache den Beruf schon über dreißig Jahre, im starken Dialekt, der spitzbübisch und harmlos klingt, bei mir hat sich noch keiner beschwert, sich betrogen gefühlt. Kinder, wenn nicht gerade für die Unterhaltungsindustrie als Nebendarsteller verbraten, dürfen sich amüsieren. Kind auf Ponyrücken, Kind in luftigen Höhen, Kind am Schminkaltar, Kind, sich im Spiegelkabinett belustigt verirrend. Das altmodische Karussell. Geruch von Pferdemist, aufgewirbelter Sand. Riemen aus Leder, Halterungsketten. Arme Scheuklappenträger, ihr, zieht eure eintönigen Spuren. Ob Striegeln und Hafer als Entschädigung durchgehen? Versuch, den Vergnügungspark zu umblicken, was siehst du? Genießerische Heiterkeit im Augenglanz. Was die Kinder nicht wissen können: Sie sind die eigentliche Attraktion des Praters. Um den Anblick der von etwas eingenommenen Kinder geht es den Besuchern, was auch diese nicht wissen. Doch aus keinem anderen Grund ist man hier: Einer Begeisterungsfähigkeit zusehen. Es muss Verlorengeglaubtes zurückerlangt werden im Entdecken der es noch Besitzenden. Sie können es nicht wissen. Wer, fragt der Boxer, soll es ihnen verraten? Ich nicht, wir nicht. Sieh das Kämpfen als Auftritt, Wien, und denk an die Kinder, und denk nicht, sie wären leicht zu unterhalten, ganz im Gegenteil, sie lassen bitten, mach den Kindern einen Abend, nicht den Massen oder Kennern oder Meinern, bereite den Kindern Genuss, sie sind die nächsten Bestimmer der Länder und werden, was sie sehen, gesehen haben. So, und wir beenden diese Runde, absteigen, bitte, kommt es aus einem der Lautsprecher. Liebende Väter, die unentwegt photographieren, um in Jahrzehnten am Familientisch sitzen zu können, in Alben blätternd wie in Schatzkarten zur geglückten Erinnerung, das bist du, als du damals aus dem Sattel gehoben wurdest, wie du gestrahlt hast, und wie du gelebt hast. Ja, stimmt.

Ich schaue mir die Welt schön, bis sie es ist.

Sehr geehrter Herr Bohm, da Sie auf meinen letzten Brief leider nicht reagiert haben, sah ich mich gezwungen, Sie telefonisch zu kontaktieren. Fassen Sie sich kurz. Die Geschichte muss lauten: Jemand ist nicht zufrieden mit der Welt, wie sie ist. Jemand nutzt seine berufliche Position aus, um fingerfertig den Schaltkreisen eines elektronischen Organismus neue Abfolgen der Operationen beizubringen. Jemand begibt sich in die Kabelinnereien der Kreismaschine, um sein Unwesen zu treiben. Justus Geheimnis ist ein Manipulator. Ist der Boxkampf längst entschieden, oder ertönt jeden Moment der Gong zur ersten

Runde? Sind die Sitzreihen geleert, die Toiletten verwahrlost und deren Fliesenböden mit schlecht gezielten Einweghandtüchern aus Papier übersät? Entsteht ein Tumult am Kartenschalter, macht die Enge an den Schleusen das Luftschnappen und Vorwärtskommen unmöglich? Gott und Wien, die Wette gilt. Sind Sie ein denkender Mensch oder denken Sie bloß hin und wieder nach? Dass eine Stadt wie lebendig unter uns wandelt, in Kleidung und Schuhwerk. Dass sie ganz ihren Klischees entspricht. Dass eine Stadt den Arm ausstrecken, die Hand aufhalten kann. Dass Wien Hunger hat, und Misstrauen. Dass Wien schwarz U-Bahn fährt. Wie könnten derartige Hirngespinste mit einem normal funktionierenden Verstand vereinbar sein? Ich bin davon überzeugt, dass wir uns in einer konstruierten Umgebung befinden. Die Kreismaschine, Bohm, hat Unheil gebracht. Reichtum, Ruhm und Unheil. Es sollen Zerstörungen in Wien sichtbar sein, nach dem Kampf.

Dass Wien unter uns wandelt, ich kann es mir nicht vorstellen, es ist jenseits meiner Vorstellungskraft. Aber ich nehme es wahr, versichert Lucius Bohm. Es gibt Praktisches, das keinerlei Anspruch auf Theorie erhebt. Es kann in Formeln nicht wiedergegeben, sondern einzig und allein beobachtet werden. Dort geht Wien. Es ist draußen vor der Tür, weicht dem Hundekot aus. Vielleicht war es immer schon so. Ich sehe diese Angelegenheit äußerst entspannt. Die Kreismaschine ist Fortschritt, nichts weiter. Jeder Orkan ist ein Flügelschlag der Gestirne, ich blicke ihm mit Gelassenheit ins finstere Maul. Weniger hochtrabend: Monster, komm und hol mich, wenn du kannst. Mögen wir in einer Zweitwelt leben. Und wenn, kläfft er belustigt, es betrifft mich nicht.

Mir scheint, Herr Bohm, seit die Kreismaschine aktiviert worden ist, habe ich vollständig den Boden unter den Füßen verloren, nichts ergibt mehr Sinn, überall Verdopplungen und Spiegelungen, Labyrinthe und Rätsel, neuerdings raschelt es mir unterm Gewand, als bestünde ich aus Papier. Beruhigen Sie sich, junger Mann. Sinn ergibt nichts mehr, Hasen erschießen ihre Jäger, Leitplanken brechen durch Autos, die Nierengegend prügelt auf Fäuste ein, ein Apfel beißt in die vorderen Schneidezähne, Frau und Mann umgarnen, umtänzeln einander, in verspieltem Ernst, als gehe es, wenn nicht gar um alles, um mehr. Was Sie da aufzählen, lacht Bohm, es war doch immer schon so, kein Grund zur Besorgniserregung. Sehr geehrter Herr, merken Sie es denn nicht, wir betreten ein Traumland Sie sahen es nicht kommen *Luzidin* wird eingeführt und dann ist es um uns geschehen wir verbringen unsere Zeit in virtuellen Räumen virtueller Häuser virtueller Städte virtueller Länder virtueller Welten virtueller Universen uns rettet nichts mehr kein Abrisskommando keine Maschinengewehrsalve keine Geisteswissenschaften die schon gar nicht wir sind mit ihnen zahnlos geworden wie sie lernen um zu wissen wie sie sammeln um zu lernen mit ihren Professorengehältern und willigen Studentinnen die in Verehrung mit vom eigenen freien Willen ferngesteuertem Kopf den Bewunderten sorgsam in den Mund nehmen und so weiter vermutlich rahmen sie die Schamhaare ihrer selbsternannten Großen ein die während der Übungsstunden in der

Zahnspange hängenbleiben, Bohm, sind wir leergeträumt, weshalb wir meinen, uns in den künstlich herbeigeführten luziden Traum verabschieden zu müssen, mir ist Justus der Feind, wenn er ausgeschaltet ist, naht die Rettung, gottlos glücklich, Heil ohne Heiland, sehr geehrter Bohm, Heilung ohne Heiligkeit Sie haben Recht es war immer schon so Wien ging und der Allvater spazierte, aber anders, geheim, seit der Kreismaschine sehnt sich etwas nach mir nicht mehr umgekehrt wie damit umgehen wie dem seinen Verstand nicht kampflos überlassen.

Es gab eine Zäsur. Jetzt scheint alles aus den Fugen geraten.

Hickhack der Völker. Im Schützengraben hochgeschleuderter Dreck. Granate, ruft ein Nebenmann, hechtet auf eine Erdwölbung zu. Explosionen. Schlammspritzer im überraschten Gesicht. Wer den Urknall auslöst, muss den Krieg in Kauf nehmen. Es gibt ihn. Jetzt und immer. Irgendwo. Er lässt sich bedauern und beschreiben, nicht verhindern. Er gräbt Furchen in ebenmäßige Landschaften oder der Zivilbevölkerung ein drittes Auge in die Stirn. Krieg wuchert wie Krebs. Flugverkehr zerschneidet einen Himmel. Staatliche Forschungsgelder, die sich in der Effizienzsteigerung der Bomben ausdrücken. Die zurückgelegte Distanz der Abwurftransporter. Man muss kein Pazifist sein, um sich zu wünschen, dass es mehr Pazifisten geben möge. Die Wasserkriege sind in vollem Gange. Seit wann? Ruinen Wiens, horchend durchschritten. Seit der Zerstörungsorgie vor mehreren Jahren steht es ermattet und geschändet den Frühlingsbrisen und notlandenden Vogelschwärmen im Weg. Die Stadt beheimatet nicht mehr. Ihre höchste Lebensqualität auf irgendeiner Liste kann sie sich sonstwohin stecken. Das war damals. Heute sind die Innenbezirke zerfledderte Schatten, nur Kerbweg und Peststraße und Wundgasse stehen prächtig saniert, gediegen und erhalten für Nachkommenschaft, und in Freiluft ausgestellte Schuttskulpturen. Wien ist ein Nebenschauplatz der Kriege dieser Welt.

Nach offizieller Sperrstunde in den Prater, wenn die starren Regeln aufgeweicht sind, um das gleiche Geld erhält man plötzlich sieben Ringe mehr, dreiundzwanzig statt wie bisher bloß sechzehn, um auf Zwergenköpfe aus Plastik zu werfen. Eine Vierergruppe, zwei Halbstarke, zwei Schönheiten, sie wollen mit Geschenken weiterziehen, also versucht man sein Glück. Der Standler macht das Geschäft seines Lebens. Das Treffen mit den Ringen ist doch nicht so einfach. Danke, sagt der Zahlende zum Abschied. Ich bedanke mich, sagt der Schießbudenbesitzer, herzlich und ehrlich, die Hand soeben aus der Geldlade gezogen, in der er die Münzen und Scheine verstaute. An den großen Attraktionen gibt es Stammpublikum, vor allem Jugendliche aus der näheren Umgebung, die in den Gemeindebauten und Wohnsiedlungen hausen. Mietverträge werden vererbt. Ein Stand mit Scharfschützengewehren, Luftdruck. Der hat es einem angetan, immer wieder kehrt man hierher zurück, um sein Ergebnis zu verbessern. Es kommt nicht auf die läppischen Geschenklein an, die ergattert werden können, man steht im Wettstreit mit sich selbst. Ziel ist die übergebene Kartonscheibe, auf der sich alle geschossenen Löcher im Zentrum befinden. Dann schafft man es, ist zufrieden, geht erleichtert des Weges. In der Praterlandschaft lässt sich Wien nirgends entdecken. Alle Passanten stehen im Verdacht, einem an den Kragen oder an die Geldbörse zu wollen, was so unrichtig nicht ist.

Fragen: Telefonierte Lucius Bohm damals, mitgenommen von einer ehelichen Krise, mit einem zuständigen Weißkittel? Erkundigte er sich nach dem Prototyp des Klartraummedikaments? Gab der andere bereitwillig Auskunft? War eine Probeschachtel abholbereit? Sagte Bohm, dass er jemanden schicken werde, einen seiner Mitarbeiter, dem man das Teufelszeug aushändigen solle? Wie war der Name dieses Mitarbeiters? Handelte es sich um Justus Geheimnis? Ist diese Person als vertrauenswürdig einzustufen? Kam Justus vorbei, um die erste Schachtel *Luzidin* an sich zu nehmen, welche jemals das Labor verlassen durfte? War es Justus Geheimnis, der den Auftrag bekam, Bohm die Pillen zu bringen? Wie viele Briefchen befanden sich in der Schachtel? Wie viele befinden sich üblicherweise in derartigen Schachteln? Wie viele Briefchen wurden Justus Geheimnis vom Weißkittel mitgegeben? Waren es zwei? Wie viele kamen bei Lucius Bohm an? Eines? Gab es einen kurzen Moment der Verwunderung, als der Firmenchef den Inhalt der Lieferung begutachtete? Geschah das Lösen des Siegels seltsam leicht? Hat der Bote sich bedient? Nahm Herr Geheimnis, in gemeinster Niedertracht, das zweite Briefchen und damit die Hälfte der Tabletten an sich? Hat er *Luzidin* für private Zwecke missbraucht? Wie wäre er, im Falle solcher Verfehlung, zur Rechenschaft zu ziehen? Ist die sehr direkte Frage erlaubt, ob Justus, der das *Luzidin* hätte abliefern sollen, es selbst eingenommen hat? Hätte man nicht einen anderen Mitarbeiter ins Schlaflabor schicken können? Hat Justus Geheimnis wirklich alle vierundzwanzig Stück auf einmal geschluckt? Waren es vierundzwanzig Tabletten? Was geschieht nach einer Überdosis *Luzidin*? Kommt es zu einer Verschränkung der unterschiedlichen Realitätsebenen? Ist man dann noch zu retten? Gibt es Gegenfeuer? Werden Prozesse eingeleitet, die aufhaltbar sind? Wird einem der Magen ausgepumpt? Welche Sofortmaßnahmen sind bei Justus Geheimnis ergriffen worden? Keine? Ist er zwischen den Zustandsebenen stecken geblieben? Was geschieht bei einer Überdosis? Vierundzwanzig Stück? Kommt es zu einem endlosen Traumzustand? Geht das Subjekt in den Träumen verloren? Sind die Mitmenschen zwar in der Einbildung vorhanden, der Träumende jedoch bleibt ewig für sich? Ist Justus Geheimnis süchtig nach *Luzidin*? Wird die ganze Gesellschaft es sein? Nimmt er es, um ein Allheilmittel gegen das Dröhnen zu finden?

Die Krankheit nagt an ihm. Das Dröhnen ist ja auch ein armer Tropf. Es sitzt den ganzen Tag zu Hause, denn es kennt niemanden, ist hier fremd. Kann nicht fortgehen, weil es sich auf offener Straße und an öffentlichen Plätzen immer Probleme einhandelt. Da ist der Griff zur Flasche nicht weit. Es wird ein Alkoholproblem haben, wenn nicht gar ein waschechter

Alkoholiker sein. So alleine mit seiner Selbstreflexion rutscht es sich leicht in Routinen, denen man nicht mehr entkommt. Da hat sich das Dröhnen einen Schwächeren erwählt, um ihn zu drangsalieren.

Ladislaus Kampf muss den Wandel des Feindes mitansehen. Wie er dünner wird, blasser. Ihre Kündigung habe ich übrigens zerrissen, sagte Bohm am Ende des Telefonats, denn ich weiß nun, dass Sie in einem Zustand höchster Verwirrung agieren, jeder hat solche Phasen, machen Sie weiterhin Ihre Arbeit in der Firma, und weiterhin gut. Kampf steht unter kraftraubender Mehrfachbelastung. Die Toilettentests und Waschraumexpertisen einerseits, andererseits verfolgt er seinen Kollegen Justus Geheimnis, der ihm als Gegeninstanz langsam wegzubrechen droht. Du stirbst, habe ich Recht? fragt er den anderen im Stillen. Es geht zu Ende mit dir. Ich werde mich um deine Gesundheit bemühen. Oberstes Gebot der Feindeswissenschaft ist die Unversehrtheit des Opponenten, sonst ist doch alles hinfällig, wenn es dich, mein Zornziel, nicht mehr gibt. Kampf wird panisch, Rascheln im Pullover, es wird Zeit für Maniküre, er hält seine Hand in den Aktenvernichter, um sich Papierschnipsel abschreddern zu lassen. Außerdem die missliche Lage, bestohlen worden zu sein, mein Traktat in fremden Händen, es ist mit der Entführerin ein Treffen vereinbart, immer noch eine Geschichte ohne Endgültigkeiten. Alles in Schwebe. Ladislaus muss sich setzen. Er weiß nicht, was zuerst.

Lieber Gott, Sie sind ein vielbeschäftigtes Wesen,

darüber bin ich mir im Klaren. Da mein Anliegen jedoch von höchster Dringlichkeit ist, lassen Sie mich kurz Ihre Zeit in Anspruch nehmen. Mein Name ist Ladislaus Kampf. Er wird Ihnen nichts sagen, wir hatten noch nicht das Vergnügen. So nebenbei frage ich mich, ob Sie diese Zeilen jemals zu Gesicht bekommen werden, ob sich nicht längst eine verlässliche Pressestelle um Bittschriften und derlei mehr kümmert, sodass Sie sich auf das Wesentliche konzentrieren können, was immer das sein mag. Nun, ich hoffe sehr, dass findige Helfer Ihnen diesen Brief vorlegen. Ich wende mich an Sie in bitterster Verzweiflung. Es geht jemandem schlecht, er braucht dringend Ihre Unterstützung. Sein Name ist Justus Geheimnis. Bitte kümmern Sie sich um ihn. Ich weiß nicht, was er hat. Ich verfolge seinen Niedergang. Wie lange geht das schon, Monate, Jahre? Ich habe jedes Zeitgefühl verloren. Meinem Justus geht es schlecht. Er ist mein Feind, ich brauche ihn. Sein Dahinsiechen ist reine Strategie, mich zur Tatenlosigkeit zu verdammen, denn wie könnte man ohne Verlust der Würde auf den am Boden Liegenden einprügeln? Nein. Er muss gesund sein, in Topform. Ich war nie gläubig, doch Sie erscheinen mir, ich lasse es wissen, als größte geistige Errungenschaft. Gott als Idee leuchtet mir ein. Sich eine Überinstanz zu schaffen, von der man Befehle entgegennimmt, der man widerspruchslos gehorcht. Kein Gedankenexperiment erscheint mir vollkommener als der freie Mensch, der in der Lage ist, aus sich heraus eine Gewalt zu installieren, die ihn seiner Freiheit beraubt. Hinwendung zur Religion, dachte ich. Von einem Moment auf den anderen konnte ich verstehen. Ich verstand die Priester, diese Menschenähnlichen, oftmals gebildet, höchst gefährlich. Ich verstand das Geschäft mit den Engeln und Wundern, das Kerzeanzünden, das stille Gebet, die Umarmung des Eintönigen, in das versunken man Reisen ins Selbst tut. Redundanz der Liturgie, Horchwerk uns Betern dargebracht, ein erleichtertes Betreten der Kirche, die dem Schnelllebigen eine eifrige Trägheit entgegensetzt. Ich liebte den Papst, beneidete ihn um sein heiliges Amt, wollte ihn beerben. Es musste Eingottglaube sein. Agnostizismus ist Selbstbeweihräucherung, beschloss ich, wir sind die mutlosen Atheisten, nichts weiter, wir legen uns nicht fest und verherrlichen das Unvermögen, erleuchtet zu werden. Wir prahlen. Ich verlange, weiterdenken zu dürfen, wo das Wissen aufhört, mit neuen, glaubenden Organen. Es ist die letzte Möglichkeit. Rückbesinnung auf Spiritualität. Vom Elternhaus aufgepfropft, ein engagierter Großvater war um meine psychische Versehrtheit bemüht, meine Niedergeschlagenheit. Er berichtete von an Folterholz gebundenen Männern, in blutender Nacktheit, woran ich Schaden nahm. Heute verstehe ich das Blut. Von dornengekrönten Stirnen rinnend, blau geprügelte Leiber entlang, bis es trostlosen Wüstensand düngt. Damals verstand ich es nicht. Durchbohrte Hand, durchbohrter Fuß, links und rechts, vier Wunden, wieso singen diese Pathosgestalten in den Himmel hinauf derart festliche Lieder, dachte ein Kind, das ich war, wieso nehmen sie nicht einfach ihre Nächstenliebe, von der sie ach so viel zu haben scheinen, bestellen einen Tischler oder einen handwerklich begabten Nachbarn, der im Geräteschuppen eine Bohrmaschine hat, und kümmern sich um das Entfernen der Nägel aus dem hölzernen Fleisch? Nehmt die Puppe vom Kreuz, verbindet ihr die Wunden, schreit das Kind. Lieber Vater, kommen Sie herab aus Wolkensphären, berühren Sie den Mitbruder Justus an seinen inneren Wunden, und sie werden sich schließen. Ich bitte. Ich bete. In Ehrfurcht, Ladislaus Kampf.

Die Adresse der Selbstversorgerhütte lautet Fluchtgasse neunzehn.

Liebes Tagebuch, sein Zustand verschlechtert sich. Aber mir kratzt du nicht ab, mein Feind! Ich habe eine Petition ins Leben gerufen, ich sammle Unterschriften gegen die Krankheit. Wäre doch gelacht, wenn man diesen Unhold nicht kurieren und in neuem Glanz erstrahlen lassen könnte! Ich habe an Gott geschrieben. Den richtigen Ton zu treffen, fiel leichter als erwartet. Unsachlich, festlich, in Weihrauchdunst. Er soll nicht denken, dass der hinterste Niemand sich ihm quengelig ans Bein hängt. Ich habe daran gefeilt, gab dem Brief den letzten Schliff, warf ihn in den Postkasten, wartete. Alles für den Feind. Alles für und gegen dich, bis zur Aufopferung. Ich habe keine Antwort bekommen. Ich versuche es weiter. Ich torpediere ihn mit meinem Wunsch nach des anderen Errettung.

Tobias übt sich im Balanceakt zwischen Asphaltstreifen und Gras. Vater und Sohn sind sich ganz nah, bloße Steinwürfe voneinander entfernt, aber trotzdem auf Distanz. Noch gelingt es Justus, dem inneren Zwang zu laufen nicht nachzugeben, bis er entscheidet, dass sein Kopf nicht platzen darf. Er läuft vorm Kind davon, läuft immer weiter. Das Zirpen blinder Ampelkästchen am Gehsteig, sein Trommelfell wird eingedrückt. Eine Mutter knetet die Hände ihres voluminösen Kindes, dieser Anblick überdehnt die Pupille. Betreten der Innenstadt. Das Museum als ein wunderbarer Klotz, in dem man die Bilder zu längst vergessenen Träumen wiederfindet. Was soll das, Justus, was ist das gewesen, faucht Michaela, wie konntest du unseren Tobias im Stich lassen, es hätte tödlich ausgehen können, was, wenn er in ein Auto gerannt wäre, oder in die Straßenbahn, wenn ihn ein polizeibekannter Pädophiler verschleppt hätte, es wäre beinahe zur Katastrophe gekommen, so geht es nicht weiter mit dir und mit uns. Michaela, warte. Nicht.

Familie, Kind und Frau. Der Park scheint zu glühen. Wie in der Sauna sitzen sie, die Sonnenanbeter, lassen ihre Bäuche heraushängen, Hosensäume überlappen. Starren die lesenden Frauen an. Lüsterne alte Impotenzler. Ringanordnung der Parkbank, das Dampfbad der Besitzlosen, im Dezember in der Sommerhitze schmoren, das Wetter spielt verrückt. Justus begegnet der Jugendmafia, deren Mitglieder auf ihren Fahrrädern umherflitzen, um Kaugummi und anderes zu verticken, Hehlerware, Geld ist Geld. Die Schlinge um seinen Hals wird fester und fester. Keine Schweißbildung, aber ein brennendes Gesicht. Die meisten Menschen sind ein bisschen faul und ziemlich dumm. Da sitzen sie, aufgereiht, man sieht es ihnen an. Er hätte längst einen Haarschnitt vertragen, überfällige Rasur.

Verfälschter Blick auf die Dinge, er macht Kratzer und Schabrillen auf jede schöne Oberfläche. Der Abend begann vielversprechend, entpuppte sich als Katastrophe unbestimmbaren Ursprungs. Musik löst Unbehagen aus. U-Bahn, entführ mich. Umrundung des Flusses, Umrundung der Nacht. Für immer beleidigtes Kind sein. Die völlige Abwesenheit jeglichen Lösungsansatzes. Die Katastrophe.

Zur Welt bringen wäre ein falscher Ausdruck, meine Namenlose, hier wird keineswegs zur Welt gebracht, sondern dem Universum anvertraut. Nicht mehr lange musst du dich gedulden. Dein großer Tag ist festgelegt. Die Mutter befindet sich in ausgezeichnetem Zustand, ihr Wohl flimmert in wendigen Punkten und hüpfenden Wellen über den Bildschirm. Du verläufst nach Plan.

Meine Kleine, wenn du später, als junge Frau, langsam zu Granit wirst, dir die Sorgen in Nacken und Schultern gekrochen sind, wenn Flüssigkeiten deinen Durst nicht mehr stillen, dein Dasein auf Sand fußt, wenn implantierte Mausgrabsteine aus Asbest deine Lungenflügel umstellen, du auf Abwegen schleichst, wenn es sich bei dir um ein kompaktes Paket chaotischer Zellanordnung handelt, um einen Fall für Experten, dann wird es Zeit, dich in die Behandlung eines Geliebten zu begeben, denn nur er kann dir sein Körpergewicht entgegenhalten, das Freudlose in dir ersticken. Ihr werdet auf Gegenseitigkeit beruhen. Dem Gefühl nach für immer, jedenfalls eine Zeitlang.

Es kursieren unzählige Videos aus dem Inneren der Gebärmutter. Deiner Entbindung ist ein Ortsname hinzugefügt, der die Geschichtsbücher aufjubeln macht: Das All. Ob du wohl weißt, dachte ich, dass darüber abgestimmt werden kann, wie du heißen sollst? Und ginge es dir gut, wenn du es wüsstest? Epiphany, Libgart, Matroschka.

Du bist der Eine die Allmacht der Lichtriss im Vorhang wenn ich atme dann atme ich dir wenn ich Schlaf brauche schläfst du mich ein du bist meine Eltern deiner Zufallsgeburt der Weltenerschaffer und Wunderausstreuer dir stehe ich Tag für Tag auf manchmal fällt es so unendlich schwer aber dann denkt man dich wie du alles erdacht hast und wärmende Ruhe verdrängt mein Zulaut allein dir zum Gruß habe ich Hände kannst du mich sehen wie ich winke dir zu Füßen stehe ich am höchsten Punkt der Erde kannst du mir winken wie ich stehe du bist dem Wanderer Gastlicht am Fenster des Hauses dir wache ich dir weiße ich die Wände um mein Zimmer mit Leere und Atmung zu füllen dich gebührend zu empfangen dir gehe ich den spät getrauten Gang auf Menschenmitten zu dir tanze ich Nichttänzer ein Fest dir will ich Hoffensgrund und Wunscherfüllung sein dir mache ich mich nackt vor aller Augen dir erhabenem Herrscher der verwundend bewundert der lächelnd erträgt Gott ich bin Tobsucht bin müde du hast mich verlassen mir Zweifel gestreut wieso hasst du mich lassen die Süchte nicht los doch du wirst niederfahren dich erstrecken über deinen Besitz du bist die Allmacht der Eine ich träume den Traumgott der mich träumt dir bleibe und bin ich dir will ich sinnen und sein.

Das Familienglück ist komplett, es gibt Nachwuchs, es gibt Tobias. Jeder möchte Zeit mit ihm verbringen, möchte Onkelschaft erwerben, Post oder Lokführer spielen. Erfahrung weitergeben. Angeeignetes feierlich der nächsten Generation überreichen. So nimmt man Bachforellen aus, so versinkt man nicht abseits der Piste im Tiefschnee, so frankiert man einen Brief. Jeder möchte Vorbildwirkung haben, sich auf das Kind auswirken. Manche beaufsichtigen ihn, Bekannte und Verwandte, der liebende Kuss allerdings soll den Nächsten vorbehalten sein und bleiben, Mutterschmusen als Belohnung für Entdeckergeist und Forscherdrang, Vaterkuscheln als Rast nach Dickichtexpeditionen.

Man hat für Isadora gestimmt. Freust du dich?

Sie erinnern sich, wie ich annehme, an unser Gespräch, sagt Lucius Bohm. Ja, selbstverständlich, Justus sitzt ihm gegenüber, in der nicht mehr neuen Lederpolsterung. Als ich Ihnen mein vollstes Vertrauen aussprach und Sie dazu ermahnte, ein mögliches Scheitern nicht auf die eigene Person zu beziehen, es ist lange her, Sie brachten mir in einer Glasflasche Sirup, selbstgemacht, ich habe davon gekostet, schmeckt ausgezeichnet. Das freut mich. Sie sehen gar nicht gut aus, richtig käsig und schlaff, Haut und Knochen, ich glaube, dass der Misserfolg an Ihnen nagt, mit großem Aufwand und Tamtam ist die Kreismaschine in Betrieb gegangen, man richtete den Blick darauf, erwartete, einem Ereignis beizuwohnen, und dann, er macht eine wirkungsvolle Pause, nichts geschieht, kein Effekt, kein Spektakel, alle Mühe umsonst. Es ist am Anspruch der Leute gescheitert, sagt Justus. Was glauben die Leute nur, was erwarten sie denn?, schimpft Justus, dass die Kreismaschine etwas versinnbildlicht, das wir verloren haben? Dass die Wissenschaft ihnen die Fragen der Kunst beantwortet? Sie haben die Enttäuschung in den Blicken gesehen. Ja, und ich hatte kein Mitleid, und nein, ich beziehe nichts auf mich. Die Kreismaschine wird aktiviert, murmelt Bohm, die Aktivierung der Kreismaschine bleibt ohne Wirkung, Geladene ziehen ab, Reporter, Prominente, wie begossene Pudel. Wie Schmalspurmenschen in zu engen Leben. Herr Geheimnis, erinnern Sie sich an unser allererstes Gespräch? Selbstverständlich, Herr Bohm, wie könnte ich es jemals vergessen.

Damals. Justus als Neuankömmling in der Firma. Das ist Ihr Schreibtisch, und das Ihre Wand, machen Sie es sich bequem.

Justus steht auf. Warten Sie! Bohm hält ihn zurück. Kennen Sie einen gewissen Ladislaus Kampf? Sie meinen den Toilettentester und Waschraumexperten hier im Haus? Genau den. Uns als Freunde zu bezeichnen, wäre übertrieben, aber ja, ich kenne ihn, wir sind Arbeitsbekannte, würde ich sagen, jedenfalls grüßen wir einander, wir tauschen Blicke aus, er nickt mir oft zu, ich glaube, er mag mich, wir begegnen uns auf der Ebene distanzierter Sympathie. Interessant, Ihr Kollege sieht die Dinge etwas anders. Bohm öffnet eine Schublade, kramt die Briefe hervor. Ich kann Ihnen versichern, dass diese Verleumdungen für mich nicht von Belang sind, dennoch halte ich es für sinnvoll, Sie mit den Anschuldigungen zu konfrontieren. Justus liest aufmerksam, seine Ohrläppchen werden dabei dunkelrot. Ich fand, Sie sollten wissen, was er von Ihnen denkt. Justus ist fertig, er schiebt alles über die Ablagefläche. Dazu möchte ich mich gar nicht äußern, kein Kommentar. Ja, ich halte diese Behauptungen auch für nicht sehr glaubwürdig. Dennoch, räuspert sich Bohm. Sie bluten ja!, ruft der andere aus. Lenken Sie bitte nicht ab. Justus nähert sich der Tür. Ich frage Sie lediglich der Vollständigkeit halber, obwohl ich die Antwort ja bereits kenne, aber: Ist es wahr? Haben Sie die Maschine, aus welchen Gründen auch immer, manipuliert? Fragen Sie mich das wirklich?

Luzidin wird ohne Beipackzettel ausgeliefert, dafür mit aufwendig gestaltetem und wohl durchdachtem Manifest. Sie haben eine unscheinbare Schachtel erworben, steht da, wir beglückwünschen Sie. Erster Schritt zum Eingeständnis, dass es mit Ihnen so nicht weitergehen kann. *Luzidin* war einmal Barriere gegen die überhandnehmende Unmenschlichkeit, es handelte sich ursprünglich um ein Medikament, geeignet zum Therapieren von Persönlichkeitsstörungen, es brachte Weltflucht vorsichtiger Dosis. Es ist zur Modedroge verkommen. *Luzidin* war einmal rezeptpflichtig, ein in der Suizidprävention eingesetztes Mittel. Letzteres ist es doch nach wie vor, muss man sagen, und aus guten Gründen jetzt allgemein zugänglich. Alle nehmen es, alle süchtig. Sind Sie ernsthaft der Meinung, die Bewohner der westlichen Welt könnten ohne ihren ständigen Traumzustand auch nur einen einzigen Tag ihrer kümmerlichen Existenz ertragen? Selbstbestimmtheit lautet die Devise. Alles geschieht nach meinen Wünschen, jeder entspricht meinen Vorstellungen. Im Klartraum ist man endlich der Held seiner Geschichte, der Fokus auf einen gerichtet. Die Männer sind schweigsam und hart, die Frauen gefügig, wenn man will, oder umgekehrt, oder anders. Der Klartraum ist die Lösung. Man wechselt über in die künstlichen Begebenheiten der Werbefachleute. Wir gratulieren. Sie sind im Begriff, sich den Wirkungen von *Luzidin* hinzugeben. Wir raten, die Beine in die Hand zu nehmen und vor der eigenen Courage davonzulaufen. Sie sind im Begriff, in die Welt des Klartraums einzutauchen. Dieses Erlebnis wird erschütternd und universell sein. Sie werden *Luzidin* bejahen, nicht mehr die Realität, nie mehr.

Durch einen Zeitreiseunfall gelangt man in die Epoche der Wasserkriege. Knappheit lässt Durstige ihre Heugabeln und Schürhaken als Skalpiergeräte zweckentfremden. Die Reisenden flüstern verhalten, es darf kein Einfluss genommen werden, um das Kontinuum nicht zu beschädigen. Wien wird gesteinigt. Ein Selbstmordkommando legt die Verkehrsbetriebe lahm. In einem Moment kollektiver Entschlossenheit stürzen sich hunderte Personen gleichzeitig vor Fahrzeuge der Wiener Linien. Jede Straßenbahn kracht in einen Leib, jeder Bus überfährt einen Suizidalen, jede U-Bahn-Garnitur begräbt ein Leben unter sich. Gleichzeitiger Vielfachselbstmord, blitzt es in den Nachrichtenbildschirmen auf. Der Betrieb wird eingestellt. Zwar sind die Reparaturen schnell erledigt, jedoch müssen die U-Bahnen und Busse und Straßenbahnen weiterhin stillstehen, ganz einfach, weil niemand ausschließen kann, dass sich jeden Moment ein ähnlicher Vorfall ereignet. Der offiziellen Stellungnahme des Vorstandsvorsitzenden ist zu entnehmen: Aus Pietätsgründen wird der öffentliche Nahverkehr bis auf weiteres ausgesetzt. Eingeweihte jedoch kennen die wahren Hintergründe dieser Maßnahme, niemand möchte die Verantwortung für Tode übernehmen, es muss zunächst geprüft werden, ob sich nicht umgehend der Nächste vors Transportmittel wirft. Der logistische Aufwand dieser Aktion lässt auf eine weitverzweigte Gruppierung schließen. Experten greifen sich überfordert an den Kopf, die Statistik lügt nicht, vor jedem einzelnen in Betrieb befindlichen Objekt hat sich eine vormals unversehrte Person zu Schaden gebracht. Manche mussten schwer verletzt ins Allgemeine Krankenhaus eingeliefert werden. Die Leute sind erbost, weil sie Termine versäumen. Taxiunternehmer beobachten freudig die Entgegennahme zahlloser Telefonate. Das Massaker wird von mehreren Stellen als extrem ausgeklügelt und perfide bezeichnet. Dann, endlich, öffnet sich die Zeitschleuse wieder, und der Spähtrupp setzt die Reise fort.

Fragen: Hat jemand, der Justus heißt, sein Kind verloren an den Krebs? Es muss etwas auf sich haben mit jemandem, der den Nachnamen Geheimnis trägt. Ein Kind stirbt. Der Rest ist Denkaufgabe, Rechenbeispiel, zwei und zwei zusammenzählen. Laut Chronikteil der Tageszeitung hat sich ein bisher unbekannter Täter Zutritt zur Schweiz verschafft, um der Kreismaschine seinen Willen aufzuzwingen. Ein Mann, räuspert sich kundig der Nachrichtensprecher, ist ins Urknallexperiment gesprungen. Bricht man die Abstraktionen herunter auf ihre Erstinstanz, so verbleibt ein Teilchenphysiker, der, nachdem sein Kind an Krebs starb und die Frau ihn verließ, seinen Körper der Versuchsanordnung hinzufügt. Er löst sich auf in beschleunigte Teilchen. Alles war gut, wir hatten einen Sohn, besprachen ein Brüderlein für ihn, eine unter Fittiche zu nehmende Schwester, griffen uns nach wie vor noch gerne an, wir führten eine unperfekte, schwankende, zufriedene Ehe, ich war Abteilungsleiter, betreute einen mir überantworteten Forschungszweig, sie aushilfsweise in einer Patisserie, immer aufs Wohl des Tobias bedacht. Er wird krank, er verendet. Sie braucht Abstand, Freiheit, sie braucht dringend mich nicht mehr um sich. Obwohl der Kontrollraum videoüberwacht und das Sicherheitspersonal in Stellung gegangen war, konnte der Unhold nicht davon abgehalten werden, die Schleuse zu öffnen und direkt in den Kulminationspunkt der Energien zu hechten. Das Sicherheitskonzept wies schwere Mängel auf, sagt man. Für den Bruchteil einer Sekunde war er unerforschter Strahlung ausgesetzt, niemand erlaubt sich eine seriöse Einschätzung über auftretende Folgeschäden. Tobias ist tot. Es entbrennt ein Sorgerechtsstreit um sein Haustier, Anton, den fünffüßigen Jambus. Die Hinterbliebenen beschließen, ihn ins freie Versmaß zu entlassen. Unser Sohn hätte es so gewollt. Damit könntest du Recht haben. Seien wir vernünftig. Kein böses Blut mehr zwischen uns. An einem trüben Jännerdonnerstag öffnen sie die mit Luftlöchern versehene Schuhschachtel des Toni gerufenen Kameraden und scheuchen ihn in den stadtnahen Mischwald. Du wirst es gut haben, dort, sagen sie. Er streift Takt ab, ihm wachsen unzähmbare Flügel, deren Hebungen und Senkungen ihn in verwunschene Bereiche tragen, bar der Vermessung, ohne Kartographie.

Traum: Versammelt vor einem schneebedeckten Abhang Wurzeln an denen sich Stürzende festhalten können das ist unser Treffen unsere Aktion in einer Reihe aufgefädelt und schauen. Einer nach dem anderen zeigen wir, was wir können, was wir gelernt haben jeder muss es hinauf schaffen oben wartet Ende Erlösung wir gehen an die Grenzen und darüber hinweg durch mehrmaliges Angreifen befreie ich eine Wurzel vom Schnee klammere mich fest sie gibt nach, reißt Erdreich mit ins Verderben bloß noch transparente Fäden an denen mein eingekrümmter Zeigefinger in Hakenform die Kuhle an mich bindet meine glatten Schuhsohlen verlieren ihren Halt ich rutsche weg eine Mitschwimmerin hat mich zu einem Wettrennen herausgefordert ich gab mich erst überlegend, dann ablehnend ich wollte dich nicht vorführen ich hätte haushoch gewonnen keine Schmach dir keinen nassen Untergang der Durst die Mundhöhle ist trocken wo man denn hier etwas Ordentliches zu trinken bekommt, aber überteuerte Preise hinter der Bartheke ein Schönling der die Flaschen und das Mixgefäß bedient, der im echten Leben Friseur ist er erlaubt uns, drei eigene Getränke mitzubringen von außerhalb glücklicherweise wohnt er ganz in der Nähe und kann jederzeit kündigen nach Hause laufen, wenn ihm aller Abend alles Gesocks hier zu viel wird. Wir bestellen große Biere mit üppiger Schaumkrone jeweils ich erkläre mich bereit, mitzugehen um tragen zu helfen es findet sich noch ein zweiter von unserem Tisch der Kellner wäre alleine mit unserer Bestellung heillos überfordert wir gehen zu dritt kommen wieder mit Glaskrügen in denen ein sättigender Gärsaft auf und nieder schwappt. Wir diskutieren ich muss einem Missverständnis auf den Leim gegangen sein nicht insgesamt achtzehn, sondern achtzehn für jeden um uns ausgiebig zu betrinken uns schon heute das Morgen vergessen zu machen so starren wir nüchtern in die geleerten Krüge wir sind beladen mit Intellekt noch denken wir es schmälert unseren Aktionsradius stark ein wir werden uns nicht trauen, unser Geschick an scheuen Mädchen zu erproben die glorreiche Idee dort in der Wohnung des Barmanns denn er ist Teil unserer Gruppe wie sich herausstellt, die Idee, dort ein Gläschen zu heben bevor der Abend auszuklingen droht damit wir nicht umsonst aufgebrochen sind aus unseren Einzimmerstätten. Man wird gerecht verteilen müssen geht es mir durch den Kopf, der Inhalt unserer Flaschen ist begrenzt, es wird Verteilungsgerechtigkeit hergestellt werden müssen, anders lassen sich die drei Flaschen für achtzehn Personen nicht erklären. Der Wecktraum endet damit dass man hochschreckt und weiß ich bin zu spät ich habe verschlafen er beginnt mit einem fiependen Läuten und dass man es wahrnimmt, reagiert, die vom Körper angewärmte Decke schroff zur Seite und dem faulen Bett entstiegen in einer fließenden Bewegung, die Fußsohlen schmatzen aufs

Parkett, dann zehn Kniebeugen, um die Gelenke zu entrosten, das Licht an. Nach flüchtigem Blick in den Spiegel aus dem Zimmer und ins Bad. Duschen, Haare waschen, abtrocknen, bereitgelegte Kleider überstreifen. Unwillig, wie sich erkennen lässt. Zahnhygiene. Den Rucksack packen, was mit einem gewissen Abwägen verbunden ist, das sich an Schieflagen und Belastungszonen nach verbrachten Rucksacktagen erinnert. Beim Zurechtziehen des Schals freut man sich auf die nächsten paar Stunden. Wieder ist die Sonne aufgegangen, wieder gibt es draußen, innerhalb der Stadt, von Bezirk zu Bezirk, keine Grenzen. Es wimmelt vor unbekanntem Terrain, das ergangen werden will. Man kann gehen und fahren und sich elektrisch kutschieren lassen, wie es einem eben in den Zehen steckt. Beim Schließen der Haustür beginnt ein Herzklopfen, das in die Endlosschleifen der Zeit katapultiert. Man ist zurück im Bett, unter der hüllenden Schicht. Es ist warm. Beim Abwerfen der Decke freut man sich darauf, das Licht einzuschalten. Es gibt einen flüchtigen Blick aus dem Zimmer ins Bad. Der Wecktraum endet nicht. Er endet damit, dass man sich ein Läuten einbildet, das gar nicht eingebildet, sondern hörbar und echt war. Es wurden Möglichkeiten verschlafen. Welche und wie viele, man wird es nie erfahren.

Schwedenplatz. Nächtliches Treiben im Schmelztiegel der Fortgehkultur. Stimmenpoltern, Sprachgewirr. Mit Sicherheit, sagt der Boxer, der Mittelpunkt der Welt. Sich dem Taumel hingeben. Im Vorbeigehen wird Nachtschwärmern Gras angeboten. Unsere letzte, die finale Station. Hast du mitgezählt? Sieben. Welcher Tag ist heute? Samstag. Wann ist der Kampf? Sehr bald. Wann bald? Heute. Jetzt? Nein, jetzt ist Schwedenplatz, Gott zu vermöbeln hat noch Zeit. Unzählige Lokale. Harte Getränke, obwohl übermorgen Lateinschularbeit. Du brauchst einen klaren Kopf, bellt der mitgeschleppte Anstandswauwau, wird aber überhört. Zehn Portionen Agavenbranntwein, mit Salz, Orange, Willenskraft hinuntergekippt, Zischlaute und Husten machen die Runde. Morgen wird es in den Seitengassen nach Erbrochenem riechen, was die Bezirksvorsteherin zur Weißglut treibt, immerhin die letzte verbliebene Methode, einer erkalteten Greisin noch so etwas wie Temperament zu entlocken. Morgen dann vereinzelt in den Büschen Präservative, versickernde Spuren einer minderjährigen, ostländischen Prostitution. Die macht es auch ohne, sagen sie von leicht zu überredenden Mädchen, die macht es auch von hinten, empfehlen sie die Professionellen nach deren Benutzung weiter.

Eine Schlägerei. Er liegt am Boden. Ihm wird mit Füßen in die Seite getreten. Die Freundin des Handgreiflichen kreischt, zerrt ihn an der Kapuze einen Torkelschritt zurück. Man tritt dem Wehrlosen ins Gesicht, er zuckt schon gar nicht mehr auf, als wäre er bewusstlos. Einem Reflex folgend, bewegt sich der Boxer auf das Schauspiel zu, um schlichtend einzuschreiten. Eben erst hat der Kerl sich die Arme vor den Kopf gehalten, jetzt liegen sie schlaff an den Seiten wie ausgenommene Aale. Einer verausgabt sich an ihm, Blutfleck auf den nagelneuen Fußballschuhen. Die betroffene Gruppe ist uneins, ihre

Fronten sind fließend. Die Männer sieht man ausweichen und zuschlagen, die Frauen aufhelfen. Mampfend schaut man von den Würstelständen aus zu, genießt die Mitternachtseinlage. Blaulicht. Der Boxer erstarrt. Der Verprügelte wird von einem, der sich als Freund herausstellt, hochgezogen und weggezerrt, man will keine Probleme. Mehrmals muss ihm auf die Beine geholfen werden, weil sie wie Zahnstocher einknicken. Die Umstehenden kehren zu ihren trostlosen Papptellern und Nudelkörbchen zurück. Wien schluckt. Das also wird heute Nacht noch meine Aufgabe sein, grübelt es. Ja. Man glaubt es nicht. Es lässt sich darüber sprechen, lang philosophieren, aber, siebte Lehre der Innenreise, Gewalt bedeutet Unmittelbarkeit, sie lässt sich ausschließlich erleben, in keiner Form aber wiedergeben, nacherzählen. Die Polizeistreife erreicht den Tatort. Opfer und Täter sind verflogen, in alle Winde zerstreut. Der Boxer und Wien sind von einer magischen Brise umflirrt, wie ein Zurückspulen fühlt sich an, was mit ihnen geschieht. Da stehen wir abermals, wie vor wenigen Minuten, sagt der Lehrer. Als teilnahmsloses Publikum. Andere machen einen Ruck auf das Ereignis zu, sind kurz davor, einzuschreiten, Hilfe zu leisten, was immer das heißt, im Zweifelsfall, die nicht mehr ganz nüchternen Streitbolde zu trennen. Er prallt ab. Sein Hinterkopf donnert gegen eine Plexiglasscheibe. Das Schaufenster des Reisebüros ist geschmackvoll mit Sand und aufblasbaren Palmen dekoriert. Die Feierlaune des Platzes ist übertönt vom anfallartigen Schluchzen der Mädchen. Es sind ihre Begleiter, die kämpfen. Vielleicht wollen sie imponieren. Vielleicht ist Eifersucht mit im Spiel.

Jene Mädchen, die zu schlichten versuchen, sind womöglich ein Streitgrund. Er rutscht wie ein Mehlsack hinab aufs feuchte Pflaster. Sieh ihn dir gut an, sagt der Boxer, sieh die Unmittelbarkeit der Gewalt. Spür die Gänsehaut, wenn du sie miterlebst. Sag, Wien, hast du Grund zur Gewalt? Weshalb steigt man gegen den Schöpfer in den Ring? Wenn du eine Antwort hast, genügt es, sie für dich zu haben, mir muss sie nicht ins Ohr geflüstert werden. Der Einsatzwagen naht. Sieh, was im jungen Mann vorgeht, der ausholt wie zum Elfmeterschuss und dem am Boden Liegenden die Schuhspitze gegen das Nasenbein donnert. Sieh den Wolf in seinem Blick. Nein, Wien, schau nicht weg. Erinnere dich an Samstagabende des Hasses. Dein Grund? Es gibt einen, versichert Wien. Dann sieh dich im Kämpfer, erkenne dich wieder in ihm, in seinen Kinnhaken und Nierentretern, denn du wirst er sein, ja, einmal auf Beute losgelassen, wird selbst der lammfrommste Beter zum unbarmherzigsten Jäger. Was ist hier los?, fragen die Polizisten. Der Unglückliche verliert ein bis zwei Zähne, die Versicherung wird sich außerstande sehen, für die benötigten Prothesen aufzukommen, er wird später Tarek, der Lispler genannt werden. Was bleibt, sind ein paar Tropfen, ein Handabdruck am Plexiglas vom Abfangen der Wucht, und dutzende Passanten, die sagen: Wir haben nichts gesehen. Wirklich, Herr Inspektor, Sie werden doch nicht glauben, dass wir lügen. Ein Kampf ist keine Kleinigkeit. Schrammen, Prellungen, Ausgekugeltes, all dies will verinnerlicht sein. Von den Opponenten fordert der Kampf, dass sie Gewissheit mitbringen, dass sie tun, was zu tun ist, nicht weniger, nicht mehr, dass du bereits jetzt deinen Frieden gemacht hast mit nicht auszuschließenden Konsequenzen. Die Szene verläuft sich.

Sei wie der Schmerz, um zu gewinnen, weil du weißt, wofür du kämpfst, mach entgegen allen Widerspruchs weiter, selbst wenn der Kampf nicht gewonnen werden kann, musst du ihn führen, solange du deinem Kontrahenten auf Augenhöhe begegnest, biete den dich bestaunenden Kindern eine unvergessliche Erfahrung, und erkenne die Unmittelbarkeit der Gewalt, keine wildesten Träume machen begreiflich, was es heißt, sie tatsächlich auszuüben.

Der Boxer beendet die Formulierung dieses siebenteiligen Lehrsatzes, lässt nachdenkliches Schweigen folgen. Dort sind die Endstationen der Nachtbusse. Wir könnten einsteigen. Geh in dich. Prüfe das Vorhandensein aller Abschnitte dieses versprachlichten Geheimnisses in dir. Bist du bereit? Wenn du nicht willst, dann steigen wir nicht ein. Atmen, Denken, Zeitvergehen. Doch, ich will es, sagt Wien, ich bin bereit.

Man streunt auf ruhende Kolosse zu, die vor dem zugehörigen Fahrplanaushang warten. Unentwegt stellen sich Leute in die offene Doppelklapptür, um vom Fahrer Auskunft zu erhalten. Geduldig liest er Abfahrtszeiten und Routen ab. Er startet den Motor, ruckelt los. Sein Fußballen am Gaspedal dosiert die Geschwindigkeit. Er stellt sich als Meister der Gangschaltung heraus, die Übergänge sind angenehm fließend. Viele tragen Stöpsel im Ohr, geben sich ihren Phantasien hin, denken an bessere Tage, an Erwiderung ihrer romantischen Sehnsüchte. Es geht rasant dahin. Ein Angetrunkener mit Rucksack richtet das Wort an den verlässlichen Lenker: Danke, dass du das machst. Der Angesprochene nickt: Ja, ist schon in Ordnung. Nein, wirklich, lallt er, vielen, vielen Dank, dass du das machst, du bringst uns alle nach Hause. Er schaut ihn groß und klar an, eindeutig, geradeheraus, gibt ihm schließlich die Hand und steigt aus. Deshalb hat der eben eingeschulte Fahrer nichts gegen Nachtschichten, sie bedeuten ein einzigartiges Funkeln, eine Ungewissheit und lichtlose Schwere, eine Brechung des Alltags, das Elegische hinterlässt sich in den Menschen, sie sind aufgekratzt und unverstellt, erleichtert, hoheitsvoll, geisterhaft, schön.

Es werden Kurznachrichten verschickt. Das Mobilfunknetz bricht zusammen. Kommst du noch vorbei? Treffpunkt an der Ecke. Freue mich schon auf dich. Wo bist du? Ich unterhalte mich mit einem überzeugten Marxisten. Ich habe mich bodenlos und unglücklich verliebt. Es wird der Nacht zuarbeiten. Wir alle, glaube ich, haben Vergangenheit auf uns geladen, der wir nicht mehr abhandenkommen werden. Alles lebt. Ich liebe uns. Es lebe das Leben und sein dunkles Danach. Erst nach einigen Bieren oder einer Handvoll kleineren Alkoholeinheiten, wenn man schummrig und wach ist, ergreift die Unmittelbarkeit von einem Besitz. Und man sagt, was man denkt, und man tut, was man sagt. Ich vermisse dich. Ich bin froh, dass es dich gibt. Ich wünschte, die Dinge wären anders. Das bisher Unaussprechliche, seit jeher an einem nagend, entpuppt sich als unter Umständen durchaus vermittelbar. Mich gibt es ja auch nicht, vergiss mich, ich bin nur ein Hauch. Was trinkst du denn dort für lustige Sachen durcheinander, das will ich bitte. Bisher nur Bier, gespritzten Apfelsaft und Gespräche. Die Ofen gebe ich unberührt weiter. Vielleicht bin ich nur betrunken und unterhalte mich mit lebensweisen Engländern, aber vielleicht ist das Leben mehr als die eigenen vier Wände. Kommst du noch? Ich komme später. Wobei es sich bei uns Menschen um Wesen beständiger Trostlosigkeit handelt, textet eine frühreife Jugendliche, aber wissen wir, wie uns geschieht? Du bist viel zu alt für dein Alter, aber ich bin es auch. Schwer bepackt mit undefinierbaren Niederlagen nach Hause. Scheiß Leben. Gut, dass man es hat. Überall Weissagungen, alles wird vorausgesehen und bewahrheitet sich. Die Nacht ist getaucht in mein Lied, das du, nur du in mir singst. Wir gehen spazieren, reden und spazieren, ins Kaffeehaus und reden, spazierend verstreichen die Tage dieser studentischen Zeit ohne Einmischung der Gremien, oder Universität, im Kaffeehaus einander die Herzen ausschütten, oder einfach irgendwo. Dort oben braut sich etwas zusammen. Gesprächshülsen vereinen sich zu einem dröhnenden Wolkengebilde. Alles Kommunizierte, die verfehlenden und treffenden Sätze, schwingen sich hoch in den niedrigen Himmel. Wie Naturgewalten sein, am Hagel sich ein Beispiel nehmen, der, den Parametern für Hagelbildung entsprechend, sich bildet und fällt, um zu zerstören, einzudellen, Versicherungspolicen einzulösen. Wie Wetterphänomene immer nur auftreten, niemals aber gefragt werden nach dem Warum ihres Erscheinens, der Wahl des Zeitpunkts. Was sich zusammenbraut, sind Wortfetzen, ist übermittelte Aussage, das Grundrauschen der Abermillionen Mobiltelefone. Die Wolkenformation, von der unser Dröhnen ausgeht, besteht ausschließlich aus in konkrete Lautbildung umgewandeltem Mitteilungsbedürfnis. Wir betraten längst das Reich der subversiven Abstraktion.

Ladislaus erreicht den vereinbarten Treffpunkt. Elisa wartet schon. Sie haben mein Traktat? Setzen Sie sich. Er ist nervös. Was für eine Unverfrorenheit braucht es eigentlich, etwas derart Persönliches, Intimes zu entwenden, murrt er, in jemandes Büro einzudringen, sich Zutritt zu verschaffen, ich stehe nach wie vor unter Schock. Jetzt halten Sie doch bitte einmal die Luft an, maßregelt ihn die Frau. Sie trinken. Ich musste mich von Ihren Fähigkeiten überzeugen, von der Qualität Ihrer Arbeit, vom Grad der Unvorsichtigkeit, ob Bemerkenswertes stattfindet, Ihre Toilettentests und Waschraumexpertisen waren uns einfach zu wenig. Ladislaus starrt sie verdutzt an. Ich möchte jetzt bitte mein Traktat, auf der Stelle. Das gibt es nicht mehr, ich habe es weggeschmissen. Er wird starrbleich. Sie haben was? Vor dem Entsorgen habe ich es angezündet, verbrannt, in einem Blecheimer in Asche verwandelt. Sie haben mich belogen. Er ist pure Aggression, kurz vorm alles und jeden mit sich reißenden Explodieren. Nein, sagt Elisa gelassen, ich habe gesagt, ich weiß, wo das Traktat ist, wünschen Sie, im Mitschnitt unseres Telefonats die entsprechende Stelle zu überprüfen?, fragt sie, es ist lange her, das gebe ich zu. Was für ein scheinheiliges

Biest, faucht er. Ich habe nicht gelogen, darauf lege ich wert, meiner Aussage nach wusste ich, wo es sich befindet, und das wusste ich genau, neben mir stieg der Rauch davon auf. Es ist verschwunden, jammert der Mann. Es lebt in mir weiter, beschließt er. Das Traktat war noch nicht fertig, manche Abschnitte sind unwiederbringlich verloren. Umso besser, sagt Elisa, reine Zeitverschwendung, was für ein elendiges Machwerk. Aber gut, dass Sie einen Schritt voraus gewagt, sich endlich eingebracht haben. Wir, die *Gruppe der Sieben Gefahren*, für die ich auserwählt wurde, das an Sie gerichtete Wort zu ergreifen, wären an einer Kollaboration äußerst interessiert. Wir wünschen uns Sie, Ladislaus Kampf, als neues Mitglied. Er ist ziemlich baff. Ich bin ziemlich baff, sagt er. Was ist das für ein seltsamer Verein? Die *Gruppe der Sieben Gefahren*, lächelt sie, ist die bestimmende Kraft des anbrechenden Jahrtausends.

Vollständige Offenlegung der Akten.

Aus den abgefangenen Depeschen, den Erfolgen umstrittener Verhörmethoden geht hervor, dass die *Gruppe der Sieben Gefahren* die Essenz alles Geheimbündlerischen darstellt. Sie ist derart geheim, dass manche der Mitglieder von ihrer Mitgliedschaft noch überhaupt nichts wissen. So ergeht es Ihnen zum Beispiel. In Wahrheit gibt es längst einen Rückzugsraum in unserem Hauptquartier, auf dessen Schild Ihr Name prangt, Fluchtgasse neunzehn, übrigens, falls ein Taxichauffeur in dringlicher Angelegenheit über Abkürzungen dorthin gelotst werden will. Ihr Potential als Wortmeister ist uns zuerkannt. Ladislaus verschränkt abwehrend die Arme vor der Brust. Wir brauchen Sie als siebtes Mitglied, bitte verwehren Sie sich nicht der Teilhabe am utopischen Heilungsprojekt. Wenn ich der Siebte bin, wer sind dann die anderen sechs? Nun, dann fange ich an mit mir, ich große Redenschwingerin, oft und gerne verlautbare ich, was mich entsetzt oder aufhellt, was ich ablehne, dann stelle ich mich, um zu stehen, hole aus, schlage zu. Da hatten wir bis vor wenigen Monaten noch einen, der sich kein Blatt vor den Mund nahm, meine ich, sie blickt betreten zu Boden. Wo ist er denn jetzt? Ach, darauf komme ich später zu sprechen, es ist genau das uns beschäftigende Thema. Wie heißt dieses ehemalige Gruppenmitglied? Kilian Matt. Er lebt nicht mehr. Er ist gestorben? Nein, er ist tot. Aber dann. Nein, er ist tot, ohne gestorben zu sein. Paradox. Allem gleichend, was die Gruppe betrifft.

Es gibt ein traditionelles Aufnahmeritual. Zur Geisterstunde versammeln wir uns. Du wirst ins Buchbecken steigen, beschreibt mit sonorer Stimme ein Erzähler das Bevorstehende. Ja, das werde ich tun, antwortet der Neuzugang. Er steigt ins Buchbecken, was dazu führt, dass man alle jemals geschriebenen Bücher gelesen hat, die relevanten und verzichtbaren, auf einen Schlag ist die Summe des Veröffentlichten absorbiert, der totale Überblick, unvorstellbar, eigentlich, man trägt es von jetzt an in sich, kann es als Ausgangspunkt nutzen, von dem aus es sich weiterarbeiten lässt, die riskanten Stollen des poetischen Wirkens entlang, immer tiefer auf neue Eindrücke zu. Um dem Urstrom, den man anzapft, etwas beisteuern zu können. Um dessen Stetigkeit aufrechtzuerhalten, die Strudel ankurbeln, durch gefahrenvolle Suche nach sich selbst wird angeheizt, was als ewiges Feuer den Menschen lichterloh brennen macht. Sie werden ins Buchbecken steigen. Ja, das werde ich tun.

Wir befolgen strikt die Regeln. Wir sind mit den Schwachen verbunden, untrennbar und ewig. In unserer Berufung fühlen wir uns zur Freiheit verpflichtet. Das Elektron gilt uns als erstrebenswerter Zustand, wie es Beobachtung erlaubt, aber nie gänzlich ertappt ist, dass es sich nicht festnageln lässt. Wir sind uns der *Sieben Gefahren* bewusst, erinnern an sie, wissen sie durch uns im kollektiven Bewusstsein verankert. Halten wir sie am Leben? Erschaffen wir sie? Ermöglichen wir sie mit jedem Tag, an dem wir sie aufs Neue nicht vergessen? Ja, vielleicht. Damit wir sie nicht wahrhaben wollen, muss es sie erst geben.

Den Mitgliedern der Gruppe ist jede Form der Gewalt untersagt. Man hat uneinschüchternde Autorität auszustrahlen. Flora und Fauna dienend, Respekt vor dem, was Schöpfung meint. Seine Einbettung in die große Idee spüren. Du wirst das humanistische Ideal zu leben versuchen. Ja, das werde ich tun. Alle schwerwiegenden Konflikte haben im Inneren ausgefochten zu werden und nicht nach außen zu dringen, das gebietet allein die Höflichkeit. Anderer Ausdruck: Gehörigkeit. Wissen müssen, was sich gehört. Die *Gruppe der Sieben Gefahren* agiert verdeckt und bleibt geheim.

Wir schreiben. Wir schreiben ohne Unterlass. In abgrundtiefer Selbstvergessenheit.

Es handelt sich um jene Gefahren, die der Zeit entsprechen. Jede Gefahr, verkörpert durch eine Person, bäumt sich auf, bis sie Endgültigkeit erlangt. Bis die Gefahr in Passiertes umschlägt. Bis der Hinweis auf Gefahr also Richtigkeit bewiesen hat, der Gefahr zu ihrem Recht verholfen wurde. Manche müssen umgehend nachbesetzt werden, andere sollen ausklingen. Früher oder später also klingt damit auch jedes Gruppenmitglied aus. Wir sind wandelnde Gefahren. Und was uns verbindet: Wir schreiben.

Wir schreiben unweigerlich. Forsch und geächtet.

Manche sagen, wir treiben die Handlung voran. Wir lassen entstehen. Wenn wir auch Verachtung auf uns laden, Spott und Hohn, so herrschen wir doch über jedes Geschehnis. Für uns ist der nächste logische Schritt ein Unterfangen, das die Bezeichnung größenwahnsinnig verdient. Der Planet schreit um Hilfe. Und wir sind zur Stelle. Versammeln uns in einer Selbstversorgerhütte im zweiten Bezirk, als ertrinkende Retter in der Not.

Wie es sich doch bei allem Lesen in Wahrheit um ein Schreiben handelt, ein konjunktivisches, das herausfinden soll, wie es sich anfühlen könnte, all das Gelesene selbst verfasst zu haben, es also wie etwas potentiell Eigenes aufzunehmen, Lektüre mit gehemmtem, kontrollierendem Blick. Ermutigung und Kontrolle: Wie fühlt sich dieser Ton, diese Bildsprache an. Und kann ich mich darin entdecken, oder wandle ich weiter. Vorwärts, voran. Die zerzausten Haare wie einen Unfall über die vor Schweiß triefende Halbglatze drapiert.

Und immer sagen wir, es hat sich so ergeben, womit wir den Dummgesichtern mitten zwischen die Augen lügen, dorthin, wo der Scharfschütze mit seinem flackernden Laserpunkt ansetzt, dabei vermelden wir lediglich die uns mögliche Wahrheit, nämlich, dass es sich so ergeben hat, dass wir eine Geschichte erzählen, die sich von uns nicht erzählen lassen will, weil sie uns nicht zusteht, aber es hat sich so ergeben, ohne unser Zutun, wir haben sie gepackt und niedergestreckt und ausgequetscht und zerstückelt und die Stücke neu zusammengesetzt, in Form gebracht, unseren Vorstellungen entsprechend. Einfach nur eine Geschichte erzählen, für die man nicht vorgesehen ist, die man unter normalen Umständen meidet, aber nichts ist mehr normal, denn das Schreiben hat von uns Besitz ergriffen. Darauf sind wir dann stolz, erschaffen, erfunden zu haben. Immer denkt man, etwas soll aus den Fugen geraten, etwas nicht stimmen. Wir aber wollen einfach, dass es ruhig ist, die Breitmäuler endlich ihre vorlauten Klappen zu halten lernen.

Unsere Logik sieht das Eingeständnis einer Sachlage vor. Solange die Gefahr besteht, über die Klippe zu fallen, ist man noch nicht über die Klippe gefallen, befindet man sich noch auf der Klippe. Wir also leben die Gefahr, um uns zu vergewissern, von ihrem Unheil noch nicht verschlungen zu sein.

Die sieben Todsünden: Damit einhergehende religiöse Richtlinien oder Gesetze, die es in verschiedensten Formen in allen Gottesvereinen gibt, schreiben vor allem vor, wie man sich anderen gegenüber zu verhalten hat, um ein funktionierendes Zusammenleben zu gewährleisten, wie man sich Artgenossen, der Tierwelt und seinem Heiland gegenüber benimmt, um ihm eine Freude zu sein. Die Regeln sind universell, mit Hausverstand aufzustellen, es braucht dafür keinerlei Gelehrtentum. Die Ausformulierung jedoch verlangt Spitzfindigkeit. Die Todsünden sind als Beispiel für moralisches Fehlverhalten nicht mehr zeitgemäß, wirken wie vorvorgestriges Geschwafel, passend zum operettenhaften Getue der honorigen Priesterkaste. Verstehen Sie mich nicht falsch, wir, die *Gruppe der Sieben Gefahren*, leben Werte. Uns stößt sauer auf, dass an allen Straßenecken gegen die Friedfertigkeit im Umgang verstoßen wird. Es sei jedoch die Moral von der Gottgefälligkeit entkoppelt. Die Heerscharen von Atheisten, die Generationen überzeugter Agnostiker, die Fundamentalisten unter den Wissenschaftsgläubigen, sie alle benötigen eine Heimat des moralischen Empfindens in sich. Andernfalls wird es sich bei der uns bevorstehenden gottlosen Welt um eine kriegsfreudige handeln. Planet Erde, Gegenwart. Es herrscht Ichbezogenheit. Die Richtlinien des Zusammenlebens umgemünzt auf einen selbst. Ich darf dich nicht töten, hieß es früher, nicht meinen Gott durch gegen dich gerichtete Widerwärtigkeit verstimmen, du und alle um mich, ihr müsst ungetötet bleiben, und so weiter in der Aufzählung der Laster. Es besteht für mich die Gefahr, dir Leid anzutun, heißt es jetzt, ich trete gefährlich nahe heran an den Tötungsimpuls, hat es jetzt zu heißen. Die Dinge sind mit sich selbst auszumachen, jedes andere Regulativ entfällt zugunsten des schwelenden Eigensinns. Wir propagieren die Gefahren, in die man sich begibt, um nicht verlorenzugehen, zu verlieren, die Bewahrheitung zu erleiden, begibt man sich zur Klippe und balanciert da umher, um sich zu vergewissern, nicht leblos dort unten zu liegen. Nicht oft genug kann dieser Denkanstoß wiederholt werden: Solange man gefährlich nah am Abgrund operieren kann, hat er einen noch nicht geholt. Wir, die Gruppe, meinen, für uns entdeckt zu haben, dass die allem immanenten Menschheitsgesetze einer Generalüberholung bedürfen, die darin besteht, sie nicht mehr von Gottheiten abhängig zu machen, sondern die Epoche der jeder für sich mit eigenen Dämonen ringenden Gottmenschen anbrechen zu lassen. Wie eine Superheldentruppe verabreden wir uns hinterm Vorhang der Nacht, jeder eine Gefahr verkörpernd als Fähigkeit und einstudiertes Kunststück, die unserer sich rasant verzweigenden Zeit entspricht. Alles mit dem Ziel, sich Freiraum zu erobern, der künstlerisches Schaffen ermöglicht, versteht sich.

Du hast nach den derzeitigen Mitgliedern gefragt. Verzeih mein Abschweifen ins annähernd Metaphysische. Ich, selbsternannte Rednerin, ich, Elisa Slavik, verkörpere die Einsamkeit, kurz gefasst, die Gefahr, sich abzukapseln, einzuigeln, die Gefahr, einen Schutzwall der Traurigkeit um sich herum zu errichten, der kaum durchbrochen werden kann, ganz besondere Begegnung muss dann her, um da noch ein Luftloch einzukratzen, um das Versuchen mit Glücken zu beenden. Ich, Elisa Slavik, seit Jahren schon Mitglied der Gruppe, verkörpere die Gefahr, totale Einzelkämpferin zu sein, die sich von nichts und niemandem mehr etwas sagen, geschweige denn dreinfunken lässt, absolute Abstandswahrung. Völlige Kontaktlosigkeit. Wie sehr bin ich davon entfernt?, wirst du dich fragen. Und du fragst es zu Recht. Denn ich bin näher am schadhaften Ziel, als gesund. Sinn und Zweck der Gruppe, wohlgemerkt. Ich, Elisa Slavik, lebe die Gefahr, auf keinen mehr zuzugehen, weder den einen noch den anderen mir entgegenkommen zu lassen, selbst den vorsichtigsten Handschlag zu verschmähen, mich in den eigenen vier Wänden an unsichtbaren Fesseldraht zu hängen, mich an meiner Eigenbrötlerei ersticken, mich vor lauter Menschenentzug verhungern zu lassen.

Kilian Matt, der nicht mehr unter uns weilt, verkörperte bis vor Kurzem die Gefahr, Schuld auf sich zu laden, sich schuldig zu machen. Nun, wie sich herausstellt, konnte er, sie zittert mulmig, den Kampf nicht lange führen, bereits in jungen Jahren tappte er in die Falle, ging vollkommen auf in der Gefahr, sie vereinnahmte ihn. Er machte sich schuldig, er lud Schuld auf sich. Kilian musste ausgemerzt werden. Man erledigte das mit sachlicher Konsequenz. Details will ich dir lieber ersparen. Worin bestand seine Schuld?, fragt Ladislaus. Davon später mehr, sagt die Vereinsamende. Es ist weniger ein Verbrechen gemeint, als vielmehr eine ungemeine Verfehlung, nach welcher man unter keinen Umständen mehr vor den Spiegel treten kann. Todesursache Gewissensbiss, sozusagen.

Nils Clanga, der Anstaltler, der sich zurückgezogen hat an einen fragwürdigen Ort, ins Sanatorium, nämlich, was in Wien eher eine Verschärfung als eine Abschwächung der Symptome bedeutet, er jedenfalls verkörpert die Gefahr zu verwahrlosen. Ich spreche nicht ausschließlich, aber zuallererst von der Einhaltung hygienischer Standards. Man sollte sich duschen und rasieren, die Zähne putzen, gerade Kaffeetrinker und Raucher, man sollte sich nach den Fäkalvorgängen gewissenhaft den Hintern auswischen, notfalls sollen schmerzhafte Arschhaare mitgehen, wenn man eingetrocknete Kotlinsen wegreißt. Man darf nicht von Fliegen umsurrt sein. In unserer Gruppe steht Nils für die Verwahrlosung, er ist wandelndes Mahnmal. Die zerschlissenen Unterhosen sind zu entsorgen, der löchrige Pullover ebenso. Ein Mindestmaß an Erscheinungsbild ist auszustrahlen. Mitfahrer in der Straßenbahn haben keine Geruchsbelästigung verdient. Ihn endlich nicht mehr dabeizuhaben ist eine Verminderung von Stress während des Einkaufens im Supermarkt. Schrecklich, meinst du nicht. Dabei mag ich ihn so. Er ist in mir verstaut, sicher verwahrt, in meinen Zuneigung verteilenden Wesensregionen. Ich besuche ihn, mache ihm Vorhaltungen, wie du heute wieder aussiehst, schimpfe ich, da sind Verfilzungen im Haar. Jetzt übertreibst du aber, Elisa, doch das tue ich ihm gegenüber nie, in keinem Fall, von Angesicht zu Angesicht könntest du dich davon überzeugen. Er räumt die Wohnung nicht auf. Das Doppelbett im Schlafzimmer ist mit teilweise noch brauchbarem Unrat übersät. Er selbst schläft am Ausziehsessel. Im Moment ja in den frisch gemachten Einheitsbetten einer Institution. Die Sterilität als Kontrast zu seinem ungepflegten Äußeren. Nils Clanga, merk dir, lässt sich gehen, er macht uns die Gefahren der Verwahrlosung begreiflich. Im Sommer schwitzt man, das Hemd ist zu wechseln. Männliche Ausdünstungen. Friseurtermine nicht verschlafen. Und so ewig, ewig weiter. Sein Balancieren ist schon an der Grenze zur Todessehnsucht. Bald ist er vollständig verwahrlost, ein unförmiger Haufen Verklumpung. Essensreste, Staubkristalle, Wuselinsekten.

Ich zähle auf: Elisa Slavik, Einsamkeit. Kilian Matt, Schuld. Nils Clanga, Verwahrlosung. Gefahren unserer Zeit. Ich setze fort.

Lucius Bohm, ganz recht, dein Chef, was dir große Augen macht, der Überwacher deines Tuns, Papiertiger obersten Stockwerks, verkörpert die Gefahr, sich zu verpflichten, etwas oder jemandem, in den meisten Fällen, wie auch in seinem, einem Beruf, der vereinnahmt, in dem man aufgeht. Schonungslose, selbstausbeuterische Pflicht, was den Freiheitsverlust bedeutet, denn Lucius ist unfrei, wie selbst dir Fußsoldat in seiner Angestelltenarmee nicht entgangen sein wird. Was seine Position abverlangt, ist menschenunwürdig. Er ist reich, dadurch an seinen Reichtum gekettet mit vergoldetem Bleizeug, dem Imperium, das er aufbaute, verpflichtet. Die Mitgliedschaft in der Gruppe ist davon ausdrücklich nicht ausgenommen, es besteht durchaus die Gefahr, sich mit der einem zugewiesenen Rolle übermäßig zu identifizieren. Bohm hat nur Arbeit im Schädel, Fortschritt und Wachstum. Alles muss er selber machen, nichts kann delegiert, keine Verantwortung übertragen werden. Er empfindet es als heilige Pflicht, alleiniger Hantierer der bei ihm zusammenlaufenden Fäden zu sein.

Nächste in meiner Siebenschaft ist Martha Habemus, ehemals Bohm, seit der Trennung wieder selbstbewusst den Mädchennamen tragend. Sie verkörpert die Gefahr, anzukommen. Intern scheiden sich die Geister, wie hoch diese einzustufen ist. Kaum vorstellbar, ihr in die Falle zu gehen, spotten manche, wegen der Angst vor Stillstand, die doch in jedem von uns halbwegs behütet aufgewachsenen, halbwegs gebildeten Staatsbürgern schlummert. Doch sie beinhaltet auch, sich einer Sache allzu sicher zu sein, was in den besten Familien vorkommt. Doppelgefahr, behaupte ich, das Kreuz mit der Zufriedenheit. Es ist ein schmaler Grat, das diffizile Spannungsfeld zwischen einerseits den unternommenen Anstrengungen, nicht dem Nörglertum anheimzufallen, alles bemäkeln und bekritteln, jede eigene Entscheidung, sich jedoch andererseits nie im sicheren Hafen zu wissen, damit die Neugier auf unbekannte Weiten bestehen bleibt. Eine sehr anstrengende Gefahr, findest du nicht, eine Dauerbelastung, die keinen Moment der Ruhe gönnt, immer soll das Gute den Kürzeren ziehen gegen das, was besser sein könnte. Nein, nicht einmal ansatzweise Stillstand, aber, Elisa stöhnt eingedenk der Zugeständnisse, welche die Freundin an ihr selbst gewähltes Schicksal machen musste, aber diese Rastlosigkeit! Dafür beneide ich sie nicht. Martha wirkt, wann immer man sie antrifft, gefasst, sich dennoch der Tragweite ihrer damaligen Beitrittsentscheidung im Klaren seiend. Nie ankommen zu dürfen, ging nicht spurlos an ihr vorüber. An wem tut es das schon. Beim Einzug in den Glückshort, beim Lösen der jeden Zeitpunkt bestimmenden Spannung, wäre es aus mit dieser stark gebliebenen Frau, wäre eingetreten, was die Gefahr andeutet, würde eine seismische Woge Martha unter sich begraben. Genau dies zu verkörpern, die Unmöglichkeit des Glücks, verdient größten Respekt und glorifizierendste Ehrenbezeugung. Man sollte ihr, wäre man militärisch, salutieren.

Humorist M, um ausgleichsweise in die Gefilde des Lustigen zu wechseln, verkörpert die Gefahr, zu verzichten. Er musste sein Leben lang zwangsbeglückt werden, er nimmt nicht, was ihm zusteht, dabei sollten Wertvolles und Perspektiven auf ihn mehr als auf andere abzielen, diesen erfindungsreichen Wortverdreher und freizeitlichen Zeichner. Der Humorist schrammt sehr knapp vorbei am Verzicht, es könnte aber sein, sagt Elisa, ja, die Zeichen stehen gut, dass er doch noch mit der fetten Dame Geld ins Bett steigt. Schau mehr auf dich, möchte man sagen, wenn man ihm begegnet, es folgt aufmunterndes Schulterklopfen. Wer sich einer Religionszugehörigkeit verschreibt, der verzichtet auf geistige Gesundheit, bekanntlich, es bleibt ihm also nichts anderes übrig, als dem Agnostizismus anzuhängen, auf lange Sicht jedenfalls. Einen netteren, behutsameren Kerl hat man selten getroffen. Ein unverzichtbarer Mitmensch und echter Freund, der auch einmal aufs eigene Wohl anstoßen sollte, was gerade für die Umgänglichsten der Gesellschaft eine verlernte Kunst darstellt.

Letzter im Bunde ist das Mischwesen Silen, er verkörpert die Gefahr der Amputation. Der Zuhörer erschrickt. Amputation zu erfahren, wiederholt Elisa Slavik. Dem Körper, ob als Hülle oder Hälfte des Ganzen, stößt Irreversibles zu. Die ständige Angst vor Verletzung oder Beeinträchtigung. Stell dir vor, ein Arm fehlt, ein Bein geht ab, deine Entmännlichung geschieht, durch Sichel, Beil, Machete. Die uns bestimmenden unergründlichen Wege haben bekanntlich einen ausgeprägten Sinn für Ironie, würde mich nicht wundern, wenn es gerade ihm, als einem unter Milliarden, gelänge, sich die ganze Hand an einer Kühlschranktür abzureißen. Den Fuß durch einen am Skilift eingeklemmten Anzugzipfel verlieren. Stell dir vor. Amputation ist die jeden betreffende Hauptgefahr. Das Physische muss einwandfrei funktionieren, wie geschmiert laufen, andernfalls kann der dauernde Belastungszustand, in dem wir uns befinden, nicht mehr aufrechterhalten werden. Amputation, und bloßgestellt sein. Humpelfried, brüllen die Dorfkinder einem nach, einarmiger Bandit, Krüppel, Unwuchs, die streunenden Bezirksbanden weichen einem aus, man ist wandelnde Gespenstergeschichte, ein zu Albträumen verführender Mythos, Überhöhung des eigenen Daseins. Diese die Amputation verkörpernde Person ist die Hauptfigur, es ist die einzige Gefahr, die sofort nach Ableben nachbesetzt werden muss. Die ultimative Gefahr. Wer einen schweren Unfall erleidet und in

Frühpension geschickt wird, der ist zwangsläufig in die Einsamkeit getrieben, Arbeitskollegen fallen weg, man geht verloren im Desaster des Selbst, der hat in den meisten Fällen auch Schuld auf sich geladen, etwas verschuldet, es gab eine Unvorsichtigkeit, es trifft immer auch die anderen, die in eine Rollstuhlexistenz getriebenen Kollegen, der wird verwahrlosen, aufhören, noch Waschlappen oder Rasierpinsel zu bemühen, wozu denn, ich Missgeburt, mich schaut ohnehin keiner mehr an, geschweige denn wird es noch Verabredungen geben, der erledigt das tägliche Aufstehen und Verbringen des Tages als leidige Pflicht, der es wie einer demütigenden Aufgabe nachzukommen gilt, der ist endgültig angekommen in seiner Selbstaufgabe, aus der es keine Rettung geben kann, der verzichtet auf zweite Chancen oder Zukunft, wer armlos und beinlos und geschlechtslos in seiner Unterschichtenbude verkümmert, wer sich gehen lässt, sich der Wehmut, dem betrunkenen Rückblick hingibt, der verkörpert mit einem Mal alle Gefahren. Auch jene, zu hassen, die stark wird, ans Fensterbrett gelehnt, dem einen Springreim erfindenden Kind nachgestarrt, mit Argwohn das einträchtig in Zeitlupe dahinschreitende Liebespaar beäugt, den Gehtauglichen angestiert, Hass auf alle, die es besser haben als ich. Womit wir bei dir angelangt wären, Ladislaus Kampf. Was, bei mir?

Ich erzähle: Elisa Slavik, Einsamkeit. Kilian Matt, Schuld. Nils Clanga, Verwahrlosung. Lucius Bohm, Pflicht. Martha Habemus, Ankommen. Humorist M, Verzicht. Silen, Amputation. Das waren noch Zeiten.

Wir als die einzigen nennenswerten Vertreter einer Zunft. Wir Schreibenden. Sieben. Einer für jede Milliarde Menschen auf der Welt. Beauftragt, berufen, zu hinterlassen, zu dokumentieren. Eingespielte, aufeinander abgestimmte Veteranen. Nichts konnte sich uns in den Weg stellen. Dann doch.

Die Schuld ist zu streichen, Kilian ist seiner Gefahr erlegen. Er sabbert jetzt, schreibt nicht mehr. Mir geht ein Licht auf, meldet sich der Neuling zu Wort, ihr braucht mich als Ersatz. Wir sind der Meinung, dass du den freigewordenen Platz einnehmen sollst. Die Schuld ist subtrahiert, wir sind zu sechst. Du bist der Hass. Dich heißen wir willkommen. Ladislaus Kampf verkörpert die Gefahr, zu hassen, was schlimmstmögliche Auswüchse annehmen kann. Anfangs verachtete man noch jemanden auf gut Glück, mittlerweile aber meint man gute Gründe dafür zu kennen, so weit ist es schon gekommen. Du beginnst, dich damit zu identifizieren. Sich aufopfernd um die Unbill des anderen bemühen. Eine regelrechte Feindeswissenschaft betreiben. Wie kannst du es wagen?, geht er sie an, Verleumdung. Ich habe dein Traktat gelesen. Ein Entwurf, sagt er. Mir machst du nichts vor. Du verkörperst den Hass, an dir ist vom Rest der Menschheit der Wesenszug abzuleiten, jemanden dermaßen zu verachten, dass man sich selbst vergisst. Es darf auf keinen Fall passieren. An dir ist eine Verwandlung mitzuverfolgen. Ist ein Vergeistigungsprozess, Versteinerungsprozess beobachtbar. Du gehst den Hassern als schlechtes Beispiel voran, was den einen oder anderen zur Umkehr zwingen wird. Ich weiß nicht, ob ich das will, jammert Ladislaus. Schreibst du? Ja. Ist es ein nach außen, kein ausschließlich nach innen gerichtetes Schreiben? Ja. Willst du die Firma aufgeben und dich ganz auf die flüsternden Nächte einlassen? Ja. Sprich mir nach: Gewalt ist verabscheuungswürdig, wenn sie aber jemandem angedroht wird, der mir nah ist, dann stelle ich mich, ohne mit der Wimper zu zucken, wie ein Mammutbaum dazwischen. Ich glaube an Leistung, doch was ich erreiche, das muss ohne Verhinderung anderer erreicht sein, ohne unterdrückende Maßnahmen, Diebstahl und Sonstiges. Ich verweigere mich den Netzwerken, den Provisionen, dem auf Kosten anderer mir zum Vorteil Durchgesetzten. Der Bereicherungswirtschaft. Ich werde Leuchtfeuer sein, gewissenhaft entscheiden, moralische Instanz, außenstehende Person halböffentlichen Interesses, zu der man als beispielgebend für Wahrung der Sitten aufblicken kann. Du wirst hassen, bis zuletzt, aber immer, solange es in deiner Macht steht, über den Klippensturz triumphieren. Du wirst dich von auf dich einredenden Besserwissern und anderen Stimmen nicht verunsichern lassen oder verformen. Er nickt. Du wirst ins Buchbecken steigen. Ja, das werde ich tun. Willkommen in der *Gruppe der Sieben Gefahren*, Ladislaus Kampf. Sie berührt ihn an der Stirn. Jedes jemals geschriebene Buch ist gelesen. Wer jetzt nicht dem Wahnsinn verfällt, erreicht das weiterführende Ziel.

Fortgesetzte Offenlegung der Akten, Zuordnung der Bücher: Elisa Slavik, *Gebäudelosigkeit*. Kilian Matt, *Das Liebesversäumnis*. Nils Clanga, auch bekannt als Anstaltler, *Die Höllen*. Lucius Bohm, *Die Rückerlan-*

gung des Selbst. Martha Habemus, *Poksodielak*, eine Esoterikerfibel. Humorist M, *Autobiographie des Geldes*, wohlgemerkt in Form einer illustrierten Anekdotensammlung. Silen, Drehbuch zu *Hodenstadel* sowie weiterführende pornographische Schriften theoretischer Natur. Ladislaus Kampf, *Die Meister des Trostes*, bekanntlich mutiert zur *Einführung in die Feindeswissenschaft.* Offenlegung beendet.

Komm mit. Wohin? Eine letzte Etappe noch hält das Imaginarium für uns bereit. Sie betreten ein Gebäude. English-Hof. Hier finden Zusammenkünfte statt, die einzig und allein einem Zweck dienen. Wieso, was machen wir hier? Wir bringen den Verleger zur Verzweiflung. Der Stammtisch von *Siebengefahren.* Monatlich, höchstens, eher quartalsweise, er wird gerne vergessen, niemand fühlt sich für dessen Zustandekommen zuständig, ist auch, zugegebenermaßen, eine zweitrangige Angelegenheit. Robuste Eichentische, moderne Rustikalität. Hinter der Halbkreistheke reiht der Barmann das Klingklang diverser einschenkender Flaschen zu kakophonischen Akkordfolgen aneinander. Ladislaus folgt ihr still ins Hinterzimmer. Das waren noch Zeiten, wiederholt sie, als wir saßen und tranken und lachten und aßen, es ist heute nicht mehr. Verewigung dieser geselligen Runden. Wir heckten aus, was kurz darauf zu groß angelegten Diskussionen führte. Wir erdreisteten uns. Wir ereiferten uns. Da sind wir sitzend anzutreffen. Elisa selbst ist als eines der Schattenbilder in die Kulissen gedoppelt, alle zuvor Genannten sind um den Holztisch versammelt. Unsere Zusammenkünfte hatten etwas Geheimbündlerisches. Niemand hält den Vorsitz, aber Martha, damals noch mit Nachnamen Bohm, hat eine Sonderposition inne, am Ende der Tafel. Sie ist die Besonnene, regelmäßig blickt man sie fragend an, wenn der Austausch ins Stocken gerät, seine Richtung verliert. Es hat sich herumgesprochen: Martha weiß Rat. Silen ist starker Raucher, mehrere Zigaretten gleichzeitig ragen ihm aus dem fellumrandeten Mund, manchmal findet sich eine kubanische Zigarre darunter. Glücklicherweise sitzt er direkt unterm Deckenventilator. Diese Verlegertreffen hatten es in sich, was den Alkoholpegel anging, aber auch den Gehalt des Verbalisierten betrifft, keine Dampfplauderei.

Wuchtige Diskutiertische fanden sich hier, gehen nicht gleich zu Bruch, wenn ein ebenso wuchtiger Herr dagegenläuft, beschwipst auf dem Weg zur Toilette, um den Hosenstall zu öffnen, Wasser lassen, eine Minute verschnaufen, den Gürtel um zwei Löcher lockerer schnallen. Es dürfen Fäuste niederfahren, dass der Gastraum erbebt, wenn eine Meinung untermauert oder ein Unrecht benannt werden will. Schauplatz English-Hof, kann ich nur sagen. Dramen spielen sich ab. Die Einrichtung zweckmäßig, aber nie den Ausschau haltenden Blicken im Weg. Es wird Zeitung gelesen. Es qualmt aus der Küche, verführerischer Duft. Es ist einer zu beobachten, wie er Vorarbeit leistet für einen Roman, den er bald in Angriff nehmen wird, er sortiert im Notizbuch Niederschriften von Sinneswahrnehmungen. Der Stadtteil ist bekannt für seine hohe Dichte an kreativ Tätigen, nicht selten trifft man sich hier für Journalistengespräche, die einem diese Berufsentscheidung abverlangen. *Siebengefahren* und English-Hof, eine eigene Geschichte, erzählt Elisa Slavik.

Der Verleger ist da, er wird herzlich begrüßt. Er, ein Mann in den besten Jahren, die bei ihm anzudauern scheinen, womöglich nie auslaufen können, trägt eine seiner Gesichtsform schmeichelnde Brille. Die seriöse Glatze ist gepflegt. Er, der Verleger, ist ein sehr sympathischer Mensch. Hochgewachsen, gut gebaut. Leicht gestresst wirkt er heute, wie er erschöpft aufs Sitzkissen der Eckbank plumpst. Er spricht mit den Händen, mit einer Hand eigentlich, mal anklagend erhoben, dann wieder besänftigend flatternd, eine Hand, die im Kaffeezittern geübt ist, die andere jedoch verweilt in der Tasche des gediegenen Sakkos, an einer Murmel drehend, einen Wecker aufziehend, wer weiß. Der Verleger vereint in sich eine Fülle an positiven Eigenschaften, an Liebenswürdigem, das für zwei Leben reicht. Man achtet ihn. Alle sind eingetroffen. Seine Brille, sei erwähnt, ist modisch wechselnd, dem Anlass und der restlichen Bekleidung entsprechend. Seit einem Kieferbruch vor vielen Jahren, doch Elisa wird unterbrochen: Wie kam es dazu?, fragt Ladislaus erregt. Wie es dazu kam, grübelt Elisa, Zivilcourage. Ja, Tod durch Einschreiten, Todesursache Zivilcourage, wie wahrheitsgemäß in den Artikeln stehen müsste. Aber lass mich ausreden, sagt sie, seit einem Kieferbruch vor vielen Jahren ist er der beste Küsser der Stadt, wenn nicht gar Europas. Das, was er anstellt, womit er verwöhnt, macht ihm keiner so schnell nach. Der Verleger würde mit dieser und jeder anderen seiner unzähligen Fähigkeiten allerdings niemals prahlen, das wäre nicht sein Stil, diese Tatsache einer niemals abgehaltenen, aber insgeheim für sich entschiedenen Kussweltmeisterschaft wäre ihm nicht zu entlocken gewesen. Du hast mich, die ich dich mit Hintergrundinformationen versorge. Er ist zurückhaltend, sympathisch, gebildet, belesen. Manchmal, wenn das Gespräch in Gang gekommen ist, Fahrt angenommen hat, kippt er in beinah unmerklichen Dialekt, der ihn als einen unweit der Großstadt Aufgewachsenen ausweist. Es handelt sich beim Verleger um eine hochkomplexe Persönlichkeit, mit der es sich intensiv und einfühlend auseinanderzusetzen gilt, um Einblick zu erhalten. Streckenweise, da geht es allen Gruppenmitgliedern gleich, schreibt man alleine für ihn, auf den Verleger zu, möchte ihn mit seinem Tun erfreuen. Motivierendes Vorausahnen des Übergabemoments seines neuen Manuskripts. Voller Erwartung, insgeheim das ehrliche Urteil halbwegs einschätzen könnend. Trompeten und Fanfaren, Siegeschoral. Feierliche Überreichung des Dezimeterstapels. Mit warmem Glühen in der Brust, als würde da ein guter Freund beschenkt, was ja auch der Fall sein kann.

Verlag allgemein: Gründungsdatum unbekannt.

Manchmal umschwirren Engel oder anonyme Helferlein die gemeinschaftlichen Atelierräume, in denen man untergebracht ist, um unentgeltlich reibungslose Abläufe zu garantieren. Bücher, die bei *Siebengefahren* erscheinen, tragen das Verlagslogo wie einen Orden, ein Qualitätszertifikat, es muss sich ausnahmslos um Bahnbrechendes, um Epochales,

Epochemachendes handeln. Da sind Gerüchte in Umlauf über die *Gruppe der Sieben Gefahren*, jedoch keine Details, alles bleibt vage Vermutung, abgesondert wie in fortgeschrittener Höhenkrankheit. Nett habt ihr es hier, bestätigt Ladislaus, so hat er also ausgesehen, dieser Ehemalige, dieser Kilian Matt. Hatten wir es, verbessert ihn Elisa. Sie, die Gespiegelte, bestellt. Und öfters sieht man Leute mit freudigem Kopfschütteln den English-Hof verlassen, mit satter Zufriedenheit hört man sie murmeln: Dieser Zwiebelrostbraten, nein, also wirklich, der Zwiebelrostbraten, den sie dort machen. Es geht reihum, jedes Mitglied trägt sein Anliegen vor. Ich sagte doch, wir treffen uns bloß, um den Verleger zur Verzweiflung zu bringen. Beobachte und staune, sagt sie.

Wenn es dir auch unlogisch erscheinen mag, ich hätte Änderungsvorschläge für die potentielle zweite Auflage meines demnächst erscheinenden Buches zu besprechen. Aber es ist doch noch gar nicht fertig, geschweige denn gedruckt, moniert der Verleger, wieso setzt du nicht all diese Dinge gleich jetzt um, für die erste Auflage? Siehst du, ich wusste ja, dass du mich nicht verstehst.

Ich möchte, sagt ein anderer, wieder in meinen Zyklus eintreten, ich will Frühlingsbücher machen, wie ich es immer gemacht habe, ich möchte, dass nach diesem jetzigen Herbstbuch, das eben nur hier eingeschoben werden konnte, gleich im nächsten Frühjahr das nächste erscheint. Moment, sagt der Verleger, langsam. Aber ich will, dass ein Buch sein Licht der Welt erblickt, wenn die Pflanzen am Aufknospen sind, wenn die Vierzehnjährigen sich unsicher küssen im Park, wenn die Strumpfhosen an Mädchenbeinen auströpfeln, wenn. Sie handeln etwas aus. Abgemacht, wenn fünfundzwanzigtausend Stück verkauft werden, sagen wir, innerhalb der ersten drei Monate, dann kommt im darauffolgenden Frühjahrsprogramm wieder ein Machwerk meiner Autorenschaft. Der Verleger wirkt erschöpft. Aber mehr als zweitausend Stück haben wir noch von keinem verkauft, wie dir nicht entgangen sein wird, von keinem, jemals, in der Verlagsgeschichte gibt es kein einziges Beispiel. Ja, ich weiß, man muss größer denken, als man ist, nur so gibt es Entwicklung. Resigniert legt der Verleger den Kopf in die Hände.

Ich erspare dir den Rest. Du bist jetzt amüsiert, sagt Elisa, aber versetz dich in die Lage dieses armen Mannes, ich habe es mit lauter Verrückten zu tun, denkt er manchmal laut, was nicht unrichtig ist, der Abend dauert noch Stunden, und jede einzelne davon wird gespickt sein mit unmoralischen Angeboten, mit Feilscherei und falscher Logik. Eine Kindergartenhorde muss er betreuen, und ihren Lausbuben dann und wann ein Manuskript herauskitzeln. Überlassen wir die Beteiligten ihren Bieren und überbackenen Spinatpalatschinken und gemischten Salaten, überlassen wir ihn, einen vielfach preisgekrönten König von *Siebengefahren*, den Wünschen und Ängsten begabter Neurotiker. Der langsame Kellner soll schalten und walten. Wir ziehen uns zurück. Vielleicht sitzt du einmal dort, wo jetzt im Traum ein Toter sitzt. Die Szene wird unscharf, verblasst. Das Imaginarium wird heruntergefahren, der English-

Hof schwindet. Wie wir sitzen und trinken und lachen und essen. Und über den Köpfen brummt mahnend der Luftschacht.

Übelriecher, ruft die Gemeinschaft den Amputierten entgegen, weil ihr eiternder Beinstumpf zu nässen beginnt.

Wienistik: Die als Kunst beschriebene Wissenschaft, das Klischee des sich in Wien unwohl fühlenden, weil empfindsamen Menschen, glaubwürdig weiterzuführen.

Die *Gruppe der Sieben Gefahren* wird sich im Backsteinhaus, Fluchtgasse neunzehn, einfinden. Listige Meute, sich hochschreibend, hinauf. Die Praterverwaltung wird behaupten, alles sei erstunken und erlogen. Sie wird Verschwörer decken.

Silen wiehert. Er entschlüpft ihrer künstlich angefeuchteten Öffnung. Melinda zieht sich an, packt die Sachen. Nachher, nach dem aufgezeichneten Akt, ist die Frage verpönt, zumeist gestellt von den männlichen Darstellern, ob man Derartiges nicht bei Gelegenheit im Privaten wiederholen könne, wärst du also bereit, fragen sie, auch abseits der Kameras ohne Entgelt mit mir zu schlafen. Nichtsdestotrotz wollte ich dich, Melinda, herzlich einladen, falls du Interesse hättest, doch sie winkt bereits ab, läuft Richtung Ausgang. Wir melden uns bei dir, ich lasse wissen, was von deiner heutigen Darbietung zu halten ist, ruft er ihr nach. Die Putzfrau kommt, um Spuren zu beseitigen, sie als Motor erinnerter Schmach oder schlechten Gewissens ein für alle Mal unschädlich zu machen.

Der Himmel, ein Himmel. Er hat sich verdüstert.

Lehrausgang in die Wahnsinnsfabrik. Tobias ist tot, wenn er aber noch den Kindergarten besucht hätte, die Volksschule, das Gymnasium und die Universität. Wenn wenn wenn. Im mit Phantomstrahlung verseuchten menschlichen Gehirn öffnet sich eine Falltür, die Spielgruppe kullert hindurch, Georg Neumann und Valentin Kobalt, ein lieber Onkel, Frau Margarete, es geht die Steigung einer Wasserrutsche bergab, an deren Ende ein Fangnetz aufgespannt ist, die Figuren purzeln weiter ins gischtende Becken, kommen schließlich am Fabrikgelände zum Liegen. Was macht ihr denn hier? Wir recherchieren für unsere Schülerzeitung. Aber ihr seid dafür doch viel zu jung. Unsere Zeitung heißt Stadtschulratte, als Abwandlung von Stadtschulrat, verstehen Sie? Ich verstehe. Sie recherchieren mit Diktaphon, Kriminalistenblock und Bleistift, auch Kameras baumeln wie gelockerte Galgenschlingen um Hälse. Maskottchen unserer Zeitung ist, passend zum Titel, eine Kreuzung aus Frechdachs und Kanalratte. Das ist sehr kreativ von euch. Wie heißen Sie? Claudio Schild. Man notiert eifrig. Eine übermäßig angespitzte Bleistiftmine bricht ab. Georg flucht. Vielleicht kann ich behilflich sein, möchtest du?, der nette Mann hält dem Kindergartenschüler einen aus der Hosentasche gekramten Filzschreiber hin, du brauchst ihn mir nicht mehr zurückzugeben, sagt er, du kannst ihn behalten. Danke, artig nickend nimmt Georg das

Angebot an. Welche Position haben Sie inne? Ich bin Claudio Schild, Freitodbeauftragter der Firma, ich mache, wenn ihr so wollt, auch Recherchearbeit, genauso wie ihr, ich halte Ausschau nach Methoden. Kritzelscharren, Tonbandsummen. Bisher war sie ein Mythos, die humane postnatale Abtreibung, welche aus freien Stücken geschieht, dabei handelt es sich um Unwissenheit, um gezielte Fehlinformation, um Desinteresse seitens der Ordnungshüter unserer Gesellschaft. Die Kinder rücken ängstlich zusammen. An mich kann man sich wenden, jeder Angestellte der Firma, der Schluss machen will, meine Sprechstundenzeiten sind Broschüren zu entnehmen, ich forsche nach der geeigneten Todesart, die Prozedur wird individuell zugeschnitten, eine nicht immer angenehme, aber höchst befriedigende Tätigkeit, einer muss es ja machen, sage ich immer, eine unabdingbare Dienstleistung, wie die Firma, ihr Gründer und Guru Lucius Bohm, richtig erkannt hat. Dem lieben Onkel schlottern die Knie. Also, Kinder, lasst euch nichts einreden, Suizid als Glücksfall ist möglich, Claudio ballt die Faust, gewinnbringend für alle Beteiligten, Helfer sind nötig, ich bin einer davon, Kompetenzen, ich vereine in mir, was es bei Revolver, Zyankali und Aussichtsplattform zu beachten gilt. Er grinst. Ihr könnt mir vertrauen.

Ich bin die Freundschaftsanfrage, ich bin die unbeantwortete Freundschaftsanfrage, das Halbseidene, die Geschworenen, die gebrochene Bitte, das Qualmimitat, das Meer, die Stufe, das Meer, der Schritt und Schnitt, Gänsehaut, Süßigkeit, die Verlustangst, die Verlustanzeige, das Bürgerkomplott, bist du mir mein Gedicht. Hört ihr das Schreien? Es ist der sechste Proband. Er macht weiter: Geprügelte Scherben, geköpftes Getier. Alles tritt in Schwärmen auf, mit Grübelfalten überall. Das nicht. Das meiste nicht. Aber die Welt. Aber das andere. In dieser Nacht, in diesem geschönten Moment ferner Sterne. Fremdaneignung der Metapher. Ein Singsang. Zwillinge geben sich auf. Wir werden trinken heute, viel. Du, Claudio, wieso trägt der Mann da eine komische Jacke, die hinten zu ist? Wundert euch nicht Kinder, es ist zu seiner eigenen Sicherheit.

Eine Art Erduldungsspezialist, sein Spezialistentum in Erduldensfragen in mühsamster Kleinarbeit angeeignet. Er wurde aus dem Schlaflabor hierher verfrachtet mit dem dreifach gepanzerten Giftmülltransporter. Er ist jetzt zusammen und verheiratet mit Doktor Karin Hollenbach, der Akademikerin mit schöner Stimme. Claudio, was machen die beiden da?, fragt ratlos ein Kind. Sie paaren sich, antwortet dieser, eheliche Pflichten, was bringt man euch eigentlich bei im fröhlichen Zwinger, er steckt ihr den Schlauch ins Loch, sie zeugen jene Behinderungen ohne beigefügten Körper, die später beim Nachwuchs anderer Leute zum Tragen kommen werden. Mann und Frau erfüllen ihren Zweck. Hier hausen sie gemeinsam im alle Oberflächen verfinsternden Unrat. Der sechste Proband schwängert seine Karin, sie jedoch bringt keinen Tobias oder Georg oder Valentin zur Welt, sondern Genmutationen, Kurzsichtigkeit, Heuschnupfen, Asthma, diverse Gelenksfehlstellungen, Progerie, das Siamesische der Zwillinge, Laktoseunverträglichkeit, Lernbehinderungen wie Aufmüpfigkeit oder Legasthenie. Das Geborene schwirrt umher, bis ein Wirt gefunden ist, dann wird der Makel unbemerkt in den Kindskörper schlüpfen, sehr zum Missfallen frisch gebackener Mütter und Väter. Sie stupsen ihn an wie ein Zootier. Aber füttern sollt ihr ihn bitte nicht, ermahnt Herr Schild, es ist von beiden eine strenge Diät einzuhalten.

Die Wahnsinnsfabrik als ultimativer Zielort, als Endlagerstätte seiner Zustände, wenn man ins Urknallexperiment springt. Ein Notfall erreicht uns: Am Neurotikerball ist der Schweiß ausgegangen, bitte dringend um Schickung zusätzlicher Tanklastwagen. Tut mir leid, es gibt Lieferschwierigkeiten, ich bin untröstlich, der Grossist, in Graz haben sie ihn, den Schweiß, bereits, seltsamerweise, wird ja aus Deutschland importiert, auf dem Weg hierher nach Wien sind ihnen die Motoren abgekratzt, oder die Schneeketten haben sich im schroffen Profil des Reifengummis verheddert, was weiß ich, der Grossist ist schuld, nicht wir. Anders als beim Kaffeesiederball, Bonbonball, Opernball, wird der Neurotikerball von Debütanten, nicht von Dilettanten, eröffnet.

Du, Claudio, was sagt der komische Mann da? Ach, nicht der Rede wert, irgendeine mühsame Gesellschaftskritik oder etwas dieser Art, keine Ahnung, bald drehen wir ihm ohnehin den Sauerstoff ab, dann hat es sich endgültig auskritisiert. Du, aber wovon wird da erzählt? Von den Herkömmlichen. Und der Proband, den man in Zwangsjacke antrifft, setzt fort: Freundin, flucht er, die sich ihm quengelnd an die Schulter legt, eine Zweckgemeinschaft, was ich nicht aushalten kann, diese Zweckgemeinschaften, die modern geworden sind, sie beflegeln sich ständig, ertragen einander, genießen einander nicht mehr, warten bloß darauf, jemandem zu begegnen, der als Ersatz dienen kann, es muss ein fließender Übergang sein, von einer Beziehung zur nächsten. Die Pragmatik ist endgültig angekommen in den Liebesdingen. Verlogene Generation, der ich angehören muss, die Spießigkeit der Eltern verachtend, aber selbst ermattet von Kriechtum und Siechtum, ihren großen Schaden auslebend, der darin besteht, nicht allein sein zu können, sie halten es nicht mehr aus, das Alleinsein eine Krankheit, und alles, was im Verdacht steht, infiziert zu sein, hat ausgemerzt zu werden, jeden möchten sie bekehren, der sich für einen Tag zurückzieht, ihn heilen, gleich stecken sie so einem Visitenkarten von Berufsberatern und Persönlichkeitstrainern zu, ich kenne da einen, sagen sie, ein Profi, hat auch mir geholfen. Damals. Der sich am Fliesenboden windende Proband zieht Schleim hoch, spuckt aus. Die Herkömmlichen sind unter uns, überall, ich selbst drohe einer zu werden. Alles, was ihre Gefühle auch nur ansatzweise überfordert, wollen sie weghaben, um ihre Diktatur der Zerstreuung errichten zu können. Nicht mit mir. Ausstiegsszenario wählen. Ich werde die erstbeste Abzweigung nehmen. Wenn es sein muss, dann auch jene aus dem Fenster. Großes Kind mit Freundin, ein selbstbezogener Wicht, er kann sie so sehr betrügen, wie er möchte, sie weiß es natürlich, sie schmeckt es, wenn sie ihn küsst, dass seine Zunge den Gegebenheiten einer anderen, erinnerten Zahnreihe folgt, fremde Bewegungsmuster des Küssens, so haben sich unsere

Münder noch nie aufgefressen. Wenn er die gemeinsame Wohnung betritt, dann ist wieder jemand gegen das Alleinsein vorhanden, aber Liebespaar sagt man dem nicht, was sie vorgeben zu sein. Die Herkömmlichen verrichten Bereitschaftsdienst aneinander.

Sechster Proband und Doktor Karin Hollenbach, wie sie sich paaren und gegenseitig begrapschen und einkoten wie alle Wahnsinnserzeuger in der Fabrik. Geruchshalluzination. Plastizität der Geräusche. Sie betreten nun das Reich der sequenziellen Obduktion. Fabrik und Anstalt sind eins. Die Leichenbestatter schleifen ihre Tranchiermesser, richten alles fürs Festmahl her. Die Urknallwelt ist eine Welt der unnötigen Operationen, der bei lebendigem Leib und ohne Narkose entfernten Bauchspeicheldrüse, der Einkerkerung, der Gefahr im Verzug. Der hergestellte Wahnsinn reicht von der kleinen Manie bis zum Genozid. Mag sein, im zwanzigsten Jahrhundert haben wir es leicht übertrieben. Die Auftragslage war phantastisch, wir konnten nicht widerstehen. Vom kleinen, harmlosen Größenwahn bis zum verkrusteten Herz, dass jeder es erweichende Stich bloß noch als dumpfes Klopfen wahrgenommen wird.

Der Vorhof des Gebäudes ist menschenleer. Das Eisentor quietscht. Die Heizer gehen einen Asphaltweg entlang, direkt auf den Haupteingang zu. Das Gelände ist von einer meterhohen Steinmauer umgeben, an deren Oberseite Stacheldraht angebracht worden ist. Durch und durch bedrohlicher Anblick, man erzielt abschreckende Wirkung. Eine Handvoll trauriger Bäume ziert den Platz. Er ist schütter besprenkelt mit dem verwaschenen Fahlgrün kranker Wiesen. So, da wären wir, sagt der Oberheizer, lässt seinen Fingerabdruck überprüfen. Summend dreht sich die Panzerglasfläche nach innen.

Doktor Karin Hollenbach geht mit maskulinen Schritten voran, der Kindergarten schlafwandelt hinterdrein. Von außen wirkt sie nicht so groß, sagen Besucher, aber die Fabrik ist wirklich riesig. Claudio Schild nickt bekräftigend. Ist es eigentlich wahr, dass es diesen Ort schon immer gab, seit Anbeginn der Zeit?, fragen Besucher. Ein Gründungsjahr oder auch nur ein Gründungsjahrhundert lässt sich tatsächlich nicht bestimmen, geschweige denn ein Gründungstag. Man durchschreitet eine Montagehalle, von deren Decke zuckende Körperbündel hängen. Die Ursprünge der Fabrik lassen sich kaum zurückverfolgen. Seit Anbeginn der Zeit, grübelt Doktor Hollenbach, das ist gar kein schlechter Ausdruck, ziemlich passend, wenn schon nicht als Bauwerk, so doch als schwebende Idee im Raum. Und ist es wahr, dass in alle Länder des Planeten exportiert wird?, fragen Besucher. Ja, in alle. Ausnahmslos. Hört gut zu, was die gescheiten Leute sagen, empfiehlt der liebe Onkel. Eine Brillenträgerin macht sich eifrig Notizen, dünner Mädchenschweiß überzieht die Fingerkuppen. Wir, übernimmt der Freitodbeauftragte Claudio Schild, und ich traue mich durchaus von uns zu sprechen, wenn ich die Wahnsinnsmanufaktur meine, es ist alles mit allem verbunden, jedenfalls sind wir die einzige Einrichtung dieser Art, niemand produziert auch nur annähernd in ähnlicher Qualität und Quantität. Wir wollen die einzelnen Abteilungen erkunden, aus denen Schmerzensschreie unterschiedlicher Intensität, Dauer und Tonhöhe dringen. Doktor Karin Hollenbach öffnet ein Sicherheitsschloss.

Der Proband wippt auf und ab. Hier produzieren wir den kleinen, alltäglichen Wahnsinn. In dieser Abteilung entstehen die zwischenmenschlichen Erschütterungen sowie verwandte Erscheinungen. Und Sie investieren laufend in Entwicklung und Forschung? Ja. Jede Epoche hat ihren eigenen Wahnsinn, ihren Kult um Defizite, der sich meistens aus den Ursprungsformen ableiten lässt. Fließender Übergang von Produktionsstätte zu Forschungsabteilung. Doktor Karin Hollenbach und Claudio Schild wechseln sich mit erklärenden Informationen ab. Derzeit beschäftigen wir uns sehr intensiv mit den modernen Kommunikationsmitteln und den dadurch stattfindenden neuronalen Veränderungen. Wir entwickeln diverse Neurosen und Süchte für den Homo communicans, den kommunizierenden Menschen. Äußerst zufrieden sind wir mit der von uns bereits als präzise Konstellation patentierten Angst, etwas zu verpassen. Angst ist die Lieblingskategorie der meisten hier Beschäftigten, sie bietet unvergleichlichen kreativen Spielraum. Wobei man sich in diesem Metier ohnehin nicht beschweren kann, wo der Wahnsinn ins Spiel kommt, sind der Phantasie kaum noch Grenzen gesetzt. Klonen wird das nächste große Ding, prophezeie ich euch, sagt Claudio, homosexuelle Beziehungen mit dem eigenen Ebenbild als enormer Tabubruch, der Identitätsverlust, das Aufgehen in seinen Avataren, die mit radikalen

Mitteln abzuwendende Überbevölkerung, das lang herbeigesehnte Abschütteln der Postmoderne, das Ende des Zitats. Die Katastrophenagentur wird auch ein Wörtchen mitzureden haben. Koprophilie, Verzehr von Kot zur sexuellen Stimulierung. Stufenweise Einführung der direkten Demokratie, völlige Überforderung der unmündigen Staatsbürger. Vollidioten aller Länder, vereinigt euch. Einsamkeit, Missmut, Trotz. Insgesamt Demütigung. Wahnsinn der Migration, Wahnsinn ihrer Ablehnung. Waffen, Gewehre. Kommunistische Tendenz in den Reihen der Studenten, weltfremd verfilzte Haare. Das Globale, Radikale, Banale. Abgefangene Depeschen. Zersetzung des moralischen Gefüges. Verlassenheitslyrik. Weite Bereiche der psychischen Störungen sind gänzlich unerforscht. Der Liebesentzug. Die Berührung an sich. Eine halbe Katze, die mit radioaktivem Nuklid in eine Stahlbox gesperrt ist. Weiterentwicklung einer vorgetäuschten Räumlichkeit zweidimensionaler Bilder. Künstliche Intelligenz. Streichelroboter für Geriatriepatienten. Meuchelmorde nach Prophetenbeleidigung. Krieg durch Religion. Wir legen Sonderschichten ein. Langeweile kommt nicht auf. Man stelle sich vor: In der Fabrik wird Wahnsinn hergestellt. Was kann es Schöneres geben?

Man überfliegt ein achtlos am Schreibtisch abgelegtes Papier: Worum handelt es sich hierbei? Neugierige Kinderfinger reißen es an sich. Um die Auflistung aller jemals durchgeführten und aller in gegebenem Zeitraum noch durchzuführenden Experimente. Interessant. Ihr traft bereits den Mann, der vornehmlich als unsere Testperson herhält. Sie stellen es als so schlimm dar, Frau Kollegin, sagt Claudio Schild, Sie machen den Kindern ja Angst, Kinder, fürchtet ihr euch? Einhellige Unentschlossenheit. Es wird nie so heiß gegessen wie gekocht. Der Proband ist ein spezieller Fall. Moment, das ist immerhin mein Ehegatte, von dem Sie da sprechen. Schon gut, schon gut, ich halte mich zurück.

Versuchsanordnung: Licht, immer an. Schlaf? Niederschreiben, dann erschießen.

Über dem Gebäude kreisen Tauben, bisher sind mir diese Vögel bloß als Ungeziefer, nie als Herren der Lüfte aufgefallen. Sie jagen unendliche Achter in den septemberlichen Dezemberhimmel, der keine Jahreszeit sein will, vage Andeutungen macht. In der Mitte des Fabriksgeländes ein stattlicher Betonklotz. Seine abblätternde Außenschicht erinnert an die Bemühungen, ihn im Zuge eines Verschönerungsprojekts durch vom nahen Jugendzentrum organisierte Malaktionen von seiner tieftristen Wirkung zu befreien. Farbenfrohe Portraits, erfundene Landschaften. Mitten im Verzieren schienen die Jugendlichen die Lächerlichkeit ihrer Bemühungen eingesehen zu haben, frustriert ließen sie alles Werkzeug fallen, die Pinsel und Paletten, suchten das Weite. Von einer Sekunde auf die andere, denn da ist eine unvollendete Frisur nach etwa zwei Dritteln auf Kinnhöhe versandend, da blieben schwarz umrandete Flächen ungefüllt, da streunen halbe Katzen umher. Viel Skizziertes, wenig Vollendetes.

Nichts darf bei den Herkömmlichen unausgesprochen im metaphysischen Raum stehen, es erbost mich, sagt der sechste Proband, es traumatisiert, und ihr wisst, was ich meine, die bestehende Gruppe, das Naheverhältnis auf Zeit, große Kinder nehmen ihre attraktiven, lieblichen Eroberungen mit, um sie vorzuführen wie Frühjahrskollektionen, zu gemeinsamen Essen, gemeinsamer Aktivität, ich war genauso, ich bin keinen Deut besser, dieses Beisein einer Fremden hat angekündigt zu werden, wir sind zusammen, muss man sagen, wird von einem erwartet. Hält sich die Ohren zu. Doch eine Feindeshand zerrt die seinen beiseite. Was macht der Mann da? Er blutet. Offensichtlich blutet er. Bis es nur noch darum ging, ob das Kopfhörerkabel im tragbaren oder im stationären Musikabspielgerät steckt, damit die Nachbarn es nicht stört, beim Spazieren Ablenkung, dummes Geschwätz der Leute in der U-Bahn ausgeblendet, in Stricksocken zu Hause über den Fußboden eislaufen oder nachts ins Zimmer angekrochen kommen, je nachdem, wie gut es derzeit um mich steht, wie man mit dem Alleinsein zurechtkommt. Was machst du da?, fragt Karin ihren Mann. Er presst die Antwort aus seinem Strichmund hervor, stottert: Ich. Ich. Ja? Ich. Ja? Alle, die tatsächlich in der Lage sind, zu wissen, was sie wollen, weil sie Überblick haben, möchten teilnehmen, dabei sein, in der Wahnsinnsfabrik, am Versepos Menschheit mitdichten, mitkomponieren, miterfinden. Letzten Endes miterzählen. Aber wem ist das vergönnt?, fragen die Kinder, wie viele werden das sein? Diese acht pro Jahrhundert, diese null pro Jahrzehnt. Frau Margarete wischt im Blut.

Kommt. Unsere vielversprechendste Abteilung. Die Heizer treffen ein. Kommt Kinder, geht euch duschen, eure Betreuer nehmt ihr mit. Fernes Winken von Claudio Schild. Betretet diese versiegelte Kammer, Relikt aus dem bereits erwähnten zwanzigsten Jahrhundert, in dem wir es, mag sein, leicht übertrieben haben. Entkleidet euch. Die Kinder tun es, zwanzig an der Zahl. Der liebe Onkel ebenso. Konzentriert euch, Kinder, schlagt euer Lager auf. Eine Art Sozialnationalismus schwebt uns vor. Das Gebäude, verwinkelt bis zum Exzess, scheinbar lebendig, von selbst expandierend, bedeutet angeblich den sieben Milliarden Erdenbürger umfassenden Planeten, in dem jeder verrückt ist, zum Versuchskaninchen taugt. Diffuseren Gerüchten zufolge sei die Fabrik gar kein Gebäude, sondern ein zum Italiener ausgebildetes Gehirn. Die nackten Kinder weinen. Das Lager konzentriert sich. Die Heizer tragen Schutzwesten, Gasmasken, zücken Flammenwerfer. Größter Horror, der ersonnen werden kann. Abgemagert die ins Verderben Geschickten, eine stolze Brust nach der anderen auf Seiten der Täter. Einige Kinder müssen sich übergeben. Was geschieht hier mit uns? Der Freitodbeauftragte ergreift das Wort: Verabschiedet euch vom Gedanken an eure Existenz, den ein anderer für euch hegt. Wir schicken euch ins Gas, anschließend werden eure Leichen verbrannt. Die Kinderschar geht duschen. Davor erzählen wir von der Unvorstellbarkeit Konzentrationslager, von Rassenhatz als fatalem Unsinn, dem wir aufgesessen sind, danach erst wirst du aufwachen dürfen, wenn Georg, Valentin und Tobias entlebt sind. Dann wach auf und vergiss.

Justus schreckt hoch. Da bist du ja wieder, sagt Ladislaus Kampf. Jetzt sind wir soweit, diese Autofahrt findet statt. Ich weiß, wer du bist, ächzt Justus. Das will ich doch hoffen. Der Fahrer lächelt in den Rückspiegel. Wir sind Kollegen, du hast Lucius Bohm erzählt, dass ich, dass ich. Die Wahrheit, beendet Ladislaus für ihn den Satz. Nein, die Unwahrheit, die Teilwahrheit, protestiert Justus, der sich an den schmerzenden Kopf greifen möchte. Du hast mich gefesselt! Es musste sein, ich durfte kein Risiko eingehen, zwar bist du kraftlos, das Dröhnen hat dich geschwächt, aber wir müssen unser Ziel erreichen. Welches Ziel denn, wohin fahren wir? Weißt du, er reagiert nicht auf die Briefe, also bleibt uns nichts anderes übrig, als ihm einen Besuch abzustatten. Wem? Gott. Ich dachte, der kämpft heute gegen Wien. Tut er auch. Wie soll es dann möglich sein, ihn in seinem Haus anzutreffen? Der Kampf ist in vollem Gange, ich habe ihn im Radio mitverfolgt, leider hast du die ersten paar Runden verschlafen, eine Schande, den absoluten Höhepunkt einer großen, uns erzählenden Geschichte, also, es stimmt, Gott befindet sich in der Stadthalle, um Prügel zu kassieren und harte Rechte auszuteilen, gleichzeitig jedoch sitzt er in seinem Exilpalast des hohen Eremiten und erwartet unsere Ankunft. Wie ja auch ich woanders bin, mit sechs Kollegen neben mir, und wie auch du woanders bist, dem Dröhnen hinterher. Wie hast du mich auf deinen Rücksitz bekommen? Ich habe deine Familie besucht, packte dich und zerrte dich nach draußen, deine Frau Michaela schrie panisch um Hilfe, konnte mich aber nicht mehr einholen. Dein Sohn und sein Kamerad blieben versteckt. Aussichtslos, bemerkt Ladislaus trocken, deine Fluchtversuche sind vergebens, du bist todkrank, genau jetzt streunt dein Ebenbild müde durch Innenstadtgassen, deinem Schicksal auf den Fersen.

Eine Unterabteilung der Firma kümmert sich um die Erfassung aller Daten weltweit, um die Verwaltung des Elektrosmogs. Alles Kommunizierte. Bald wird es zum Klumpen, dann zur Rahmen sprengenden Installation, entkommt den Speichermedien, verdampft himmelwärts, bis es als Wolke sichtbar wird und alles verdunkelt. Die Leute schauen, fahren Zeigefinger aus. Was ist das?, fragt Justus, der das Phänomen durchs Seitenfenster erblickt. Es ist das Abbild unserer Zeit. Davon geht mein Dröhnen aus. Richtig erkannt. Diese Wolke ist das Dröhnen.

Wie spät es wohl sein mag? Die Digitaluhr am Armaturenbrett ist keine rechte Hilfe, verschwommene Ziffern. Dieses stückweise Herantasten an endgültige Blindheit. Spielt ja keine Rolle. Ob ein Uhr Früh, zwei Uhr Früh, drei Uhr Früh, vier Uhr Früh. Es ist dunkel, es gibt zwei streuende Kegel, die einen leiten, an die man seinen Blick heften kann. Von weit her schnappt ein Aufblendlicht nach seinen Augen, also sind auch gegnerische Fahrer unterwegs. Die Wege kreuzen sich nicht. Schemenhaft nimmt er ein bescheidenes Bauwerk, eine Art Heuschober wahr, ein Ferienhaus der Einsamkeit, vielleicht. Ortsschild ist ihm noch keines untergekommen, seit er durch diese niederösterreichische Landschaft brettert. Der am Rücksitz verschnürte Geheimnis ist weggedöst. Ihm wird schwindlig. Die Straße eine einzige, sich nicht entscheiden könnende Kurve. Jetzt ein Unfall, denkt er, jetzt von der Fahrbahn abkommen und aus. Jetzt das Lenkrad herumreißen und die Verkehrsnachrichten füllen. Dieses Lenkrad, diesen Kunststoffring, den er mit warmem Angstschweiß überzieht. Man erreicht eine Häuseransammlung. Abgeschrägte Winkel, gesicherte Kellereingänge, dort unten spielen sich jeweils halbe Leben ab.

Der grobe Bezug juckt am Gesäß, spitz treten die Knie hervor, behindern seine lenkenden Arme. Das Blut staut sich, ihm wird heiß. Er mag das Auto nicht. Bis jetzt konnte man den Platzmangel noch ignorieren, mittlerweile aber ist die Enge lästig geworden. Ladislaus machen seine Gliedmaßen nervös. Nase verstopft. Gleich wird sie mit elefantenartigem Schnaufstoß die Atemwege befreien. Gleich muss er niesen. Jeden Moment. Etwas wirklich Schlimmes, denkt er, ein Unfall. Warum nicht. Man schließt die Augen. Ganz automatisch. Sekundenbruchteil. Wenn man niest. Der Fahrbahn schenkst du keine Beachtung. Man rutscht weg, gleitet beschleunigt dahin, segelt direkt auf ein Hindernis zu, einen Baum. Über den Abgrund. Hundert, zweihundert Meter. Über die Klippe. Klippen gibt es hier keine. Der Niesreiz vergeht. Was, wenn wir zwei, denkt er, der Feind und ich, in blendendem Feuerknall explodieren? Ein alkoholisierter Heimkehrer, der sich aus Erfahrung überschätzt, die letzten vierzehn Male ist doch auch nichts passiert. Warum also ausgerechnet heute? Die Wochenenden funktionieren, ist sich der blaue Held sicher. Beide Autolenker tot, der verschnürte Kranke ebenso, die drei weiteren

Insassen des anderen Fahrzeugs überleben die Rückkehr aus der Dorfdiskothek schwer verletzt, denkt Ladislaus. Blutüberströmt, aber glücklich, laufen sie den erleichterten Eltern in die wie Scherwerkzeug schnappenden Arme. Macht man auch selbst keinen Fehler, erlaubt sich nicht die kleinste Unvorsichtigkeit, so gibt es immer die anderen. Menschen, wandelnde Gefahren. Gleich zeigt sich das Haus.

Einzugsbereiche, Zuständigkeiten und Ortsgebiete, denkt er, überall wimmelt es vor Grenzziehung und Zonen, wovon man, Nacht sei Dank, gerade weniger als sonst mitbekommt. Etwas hört auf, um anderes beginnen zu lassen. Ladislaus hat es eilig. Er verwandelt Fläche in Strecke. Leise surrt das Plastik, der Tachometer frisst den vor ihm liegenden Weg in den Motor hinein. Mit dümmlichem Blick glotzt der Mann durch die Windschutzscheibe auf sich abwechselnde Eintönigkeiten, den Kopf leicht geschrägt. Wenn man sich konzentriert, ist, was der Innenraum von sich gibt, ein gemächliches Surren. Einlullend bis zur Paratrance.

Traum: Die Vereinbarung mit einem rumänischen Zuhälter Hochstapler Geschäftsmann, dass sich entscheiden muss, wer von uns die Führungsrolle übernimmt wir drei er mein bester Freund und ich einer wird den anderen ausschalten müssen. Ich steige mit einer Schlitzwaffe ins Bett deren Form nicht erinnerbar ist ungefähre Miniatur eines Krummsäbels ich gebe Angstschweiß ab, die Bettdecke durchtränkt. Wer sagt eigentlich, dass unser Spiel nicht schon in der Nacht beginnen könnte ich wache auf die

Gedanken an den bedrohlichen Gegner sind ein Traum im Traum ich liege im Bett mir ist kalt ich habe so große Angst. Ich nehme die Waffe in die andere Hand die rechte keine gute Wahl um sie benutzen zu können müsste ich mich erst umständlich erheben jeden Moment könnte der grobe Mann das Zimmer betreten und mich ermorden es würde auf brutale Weise geschehen. Ich liege am Bauch. Blauer Taschenlampenschein. Die Chronologie des Traums sieht vor, dass ich abgestochen werde wie ein quiekendes Schwein Bewahrung der Würde denke ich ist möglich ich erlange Kontrolle über die Szene ich warte dass er kommt, um mich zu holen es ist so weit jetzt die Tür öffnet sich ein zwielichtiger Ostmann betritt mein Schlafzimmer Teil des Spiels wer kann wen zuerst töten die Angst ist panisch und physisch er geht in Stellung direkt vor meinem Bett ich schlage die Decke zurück er hat es nicht kommen sehen seine Schrecksekunde dauert eine Ewigkeit. Genug Zeit für mich umständlich den rechten Arm zu heben, auszuholen und ihn zu erwischen er geht zu Boden ich stehe über ihm ich schneide ihm die Kehle durch, gezielt, es muss enden. Er hat ein Messer fest im Griff, von der Waffe geht Gefahr für mich aus er liegt da ich ziehe durch über seinen Hals verläuft ein satter roter Strich ich weiß, dass ich erst gewonnen habe wenn eine Blutfontäne aus ihm schießt ich möchte sie herbeiführen, es gelingt nicht. Meine Mutter betritt das Zimmer ohne Gruß. Zu ihrem Erschrecken ramme ich ihm jetzt meine Klinge in die Brust mitten ins Herz, um sicherzugehen, sage ich. Wie Butter. Es ist ganz leicht. Weil ich es nicht schaffe das Messer aus seiner Leichenstarre zu lösen sehe ich mich gezwungen, ihm die haltende Hand abzuhacken, auch wie Butter noch viele Stiche führe ich aus um ganz sicherzugehen. Erhabenheit weil der Traum geschlagen ist, ich konnte ihm meine Konsequenz überstülpen laut Vorsehung hätte ich umgebracht werden sollen sein Körper verliert kein Blut was mich verstört es bildet sich keine Lacke unter ihm breitet sich nicht aus nur an den Einstichstellen blubbert Wundsaft hervor es ist eine brutale Aktion die ich ausgeführt habe wo ist eigentlich mein bester Freund wie geht es ihm geht es ihm gut zum Glück ist mir die Regelverletzung Regeldehnung, dass unser Spiel bereits vor Tagesanbruch startet naheliegend erschienen sonst läge ich jetzt statt ihm in gekrümmter Opferhaltung am Schlafzimmerboden. Angst so große Angst, vor Gewalt erlitten und erduldet mein unbedingter Wille aufzuwachen schnell.

Steinzeitmenschen. Als zum ersten Mal ein Mann die Schönheit einer Pflanze erkennt, sie an sich nehmen will, abreißt, um das, was er als schön empfindet, mit jemandem zu teilen, unnötige Handlung, nicht direkt den lebenserhaltenden Maßnahmen zuzuschreiben, aber selbstverständlich, sagen Zweifler, der Arterhaltung dienend, Bindung festigen, ein Mann schenkt einer Frau diese Blume, damit sie brav seine Nachkommen großzieht, Unfälle verhindert, während er auf der Jagd ist. Wir sind diese zwei, kommt mir vor, sagt einer der Zeitreisenden, die hinter einem Steppengewächs kauern. Man beobachtet, wie sich am Lagerfeuer die Körper annähern. Wir sind archaische Urmenschen, in moderne Kleidung gehüllt, mit entwickelter Sprache ausgestattet, aber geändert hat sich nicht viel. Komm, wir sehen uns zu, könnte man vor Aufbruch in vergangene Jahrtausende sagen. Wir schauen, wie wir abseits der anderen sitzen, er streichelt sie, damit sie einschlafen kann, schlaf ein, flüstert er in undefinierten Grunzlauten, die zart sind, wer es nicht gehört hat, wird behaupten, dies stelle einen Widerspruch dar. Er hat die Frau fest umschlossen, sie igelt sich ein, schmiegt sich an ihn. Es ist der ewige Unterschied, der alles im Gleichgewicht hält. Man schickt Erkunder durch die Zeitschleuse, um Kriege zu verhindern, Dinge ungeschehen zu machen, vielleicht auch, um Beweise zu finden für die Existenz der romantischen Liebe, bei der es sich, laut Experten, um einen Mythos handelt, eine Erfindung schmachtender Literaten, dabei gibt es sie, gab es sie immer. Auch im einundzwanzigsten Jahrhundert, in dem man sich von ihr verabschiedet wie von einem Gedanken, obwohl sie doch mehr ist als das. Ach, anstatt zu glauben, was du siehst, Kollege, siehst du, was du glaubst, belehrt ihn eine der Mitreisenden. Aber auch du kannst doch sehen, wie sie damals ums Feuer hocken und zwischen sich mehr sein lassen, als nötig wäre fürs Aufrechterhalten der Gruppendynamik. Schau, wie er sie berührt und wie sie sich berühren lässt. Diesen Anblick lässt du in dir nicht zu. Dafür könnte man jemanden hassen. Es wäre absoluter Wahnsinn, nicht der bedingungslosen Liebe verfallen zu sein.

Das Wettbüro ist heute gut besucht, gerammelt voll, könnte man sagen, schließlich begeht man den Kampf aller Kämpfe. Der eine oder andere erhofft sich, mit dem Platzieren seiner Wette ausgesorgt zu haben. Abseits vom eigentlichen Geschehen produzieren sich manche siegessicher vor den Automaten, die eben erst entleert werden mussten, weil jeweils in den Münzschlitz nichts mehr passte. Der Besitzer verständigte die Zentrale. Wir schicken jemanden vorbei, sagt die Telefonistin. Mit einem konzertierenden Schlüsselbund gelang das Eindringen in die mannshohen Schränke, zwei gierige Hände schaufelten Leere in die anfangs übervollen Behälter. Das Geld wird gezählt und in Plastikbechern gesammelt. Der Angestellte greift sich ans Ohr und aktiviert die Freisprecheinrichtung, um Rücksprache zu halten, für die Übrigen ist bloß sein Erwidern zu vernehmen, der Angerufene wird direkt in die Gehörknöchelchen weitergeleitet, des Italieners, der ein Schwede russischer Abstammung zu sein scheint, dem Akzent nach zu urteilen. Er nickt oder schüttelt den Kopf, beides mit großer Gewissheit, unpraktisch am Telefon, wie sich herausstellt. Der Automatenentleerer lässt sich von nebenan eine Pizza kommen. Er benutzt jene ungewaschenen Hände, an denen noch die Spielsucht der Arbeitslosen klebt, reißt den ovalen Kreis in mundgerechte Kuchenachtel. Das vom Filialleiter gereichte Besteck lässt er unberührt liegen, die Serviette klemmt zwischen Teller und Tisch. Er schlingt die triefende Mahlzeit hinunter, schlürft das Knoblauchfett auf. Und, was glaubst du, wer geht aus dieser Begegnung als Sieger hervor? Woher soll ich das wissen, bin ich ein Hellseher. Auf wen hast du gesetzt? Auf keinen, ich bin schließlich nicht verrückt, und wenn ich gewettet hätte, würde ich mit dir ganz sicher nicht darüber reden. Oh, da hat aber heute jemand einen Brief vom Finanzamt bekommen. Verschwinde. Miesepetriger geht es ja wohl nicht. Er packt seine Sachen und verabschiedet sich in die Zentrale.

Angeheiterte Massen entströmen den öffentlichen Verkehrsmitteln und erstrecken sich bald über den Eingangsbereich. In der Stadthalle findet ein Schaukämpfen statt, aus dem Ernst werden muss. Der große Vater nimmt den kleinen Sohn an der Hand, der große Vater ist ein guter Vater, weil er den Sohn zur unterhaltenden Gewalt mitkommen lässt. Gegen einundzwanzig Uhr verlassen die beiden das Haus, werden von Michaela mit Besorgnis und Kuss aus der herzlichen Umarmung entlassen, viel Vergnügen!, ruft sie ihnen hinterher, habt Spaß!, und der Vater sieht dem Sohn dabei zu, wie dieser eifrig winkt. Die Tür rastet ein. Es geht wortlos ins Auto, schweigsame Fahrt, und schließlich wird in Stadthallennähe ein Parkplatz gefunden. Die Kinderhand ist von der Aufregung feucht geworden. Vater und Sohn begeben sich in ein mexikanisches Restaurant, um vor Beginn der Veranstaltung etwas Deftiges zu sich zu nehmen. Sie bestellen, sehr scharf für den Erwachsenen, eher mild für Tobias, dazu Zitroneneistee, am Bierschaum wird zögerlich genippt, höchstens ein Milchbart auf der Oberlippe. Das Essen kommt, es schmeckt. Was das Kind übriglässt, verputzt der Vater, dem die erkalteten Reste nicht scharf genug sind, er würzt nach, pfeffert tüchtig hinein, schwärzt den Matsch aus Kartoffeln und frittiertem Fisch und Tomaten und Zwiebeln und Mais. Beide genehmigen sich noch ein Getränk. Vibrationen des

Zappelns durchdringen den Boden. Ich halte es nicht mehr aus, wimmert Tobias, wie lange denn noch, Papa, wann geht es endlich los? Er lächelt. Schön langsam machen wir uns auf den Weg. Zahlen, bitte! Sie legen ihre Mäntel an, verlassen Kleinmexiko, treten ins Freie hinaus. Helikopter kreisen überm Geschehen. Flutlichtanlage. Als wäre das Auge der Welt auf den Wienkampf gerichtet.

Immerwährender Winterschlaf, nichts ist vorhanden und jeder vermisst. Die Stupsnasige, die Sommersprossige. Ampeln werden nicht grün. Abendessen liegen schwer im Magen. Es krankt an allem. Alles lahmt.

Gleichzeitig wird Justus Geheimnis durch Niederösterreich kutschiert. Das Schenken als höchste Kunst der Feindeswissenschaft, als schärfste Klinge in diesem Gefecht. Wichtigstes Instrument, denkt der Fahrer, Beherrschen der Nuancen. Wir statten Gott einen kleinen Besuch ab, sagt er. Was sein Feind in ihm auslöst, scheinen andere nur als Verliebtheit zu kennen. Die Feindschaft, mit deren Narben seine Innenseite übersät ist, bedeutet die gleiche Energie anderer Herkunft. Ein Jucken, wenn der Gegner sich nähert, sodass man sich die Milz kratzen will, die Leber, den Blinddarm, mit den Fingern seine Lungenflügel erreichen, dass der Kitzel vorbeigeht. Ständiges Salz auf der Zunge. Es ist dem Körper ein zusätzlicher Sinn beschert worden. Tatsächlich spürt man die Nähe des anderen lange bevor sie erkannt wird, vom Nebenraum her strahlt die Anwesenheit meterweit aus, durch tragende Wände hindurch.

Ladislaus schreckt hoch. Intuitiv reißt er das Lenkrad herum und kehrt auf die ungefähre Ideallinie zurück. Jetzt ist es beinahe passiert. Etwas Schlimmes. Er sammelt sich. Der Fuß am Gaspedal zittert. Die Umstände wollen einem ohnehin an den Kragen, man darf ihnen nicht auch noch leichtes Spiel machen. Das Schlimme, denkt er, geschieht ganz von allein. Er verlangsamt die Fahrt. Dämmert es? Ist das, dort hinten, ein Dämmern? Nein, der Mond. Bloß eine etwas weniger drückende Nacht, auch die Dunkelheit versteht sich auf Nuancen. Der Autositz bohrt sich ihm in den Rücken, er konzentriert sich auf dieses Unangenehme an der Wirbelsäule.

Ladislaus Kampf möchte gerne während der kilometerlangen Vorstufen des Unfalls an etwas anderes denken, nicht an Vergangenes, nicht an den Feind. Ladislaus zupft sich eine Wimper aus dem Augenlid, betrachtet sie kurz, aufgebahrt am Daumen, bläst sie fort. Wunsch ist ihm keiner eingefallen. Das Wetter, denkt er, kennt sich eben auch nicht mehr aus, es bräuchte seinen ureigenen Klimarat, um Bestimmungen durchzusetzen. Er erneuert seine Sitzposition.

Die Straße gehört mir, denkt er, meine Straße, heute Nacht nimmt sie mir keiner mehr weg. Im Rückspiegel mustert er den Feind, ihn als Aufgabe betrachtend, dann sich selbst. Das Deckenlicht spendiert ihm einen dezenten Heiligenschein. Beobachter hätten gelacht über dieses winzige Auto, das jeden Insassen automatisch in einen stattlichen Riesen verwandelt. Jetzt auch noch dieses Licht überm Kopf, das in die Luft einen Kreis stanzt. Köstlich. Er braust dahin. Er hat Angst. Dutzende Leuchtdioden glitzern am Armaturenbrett. Für jede Fehlerquelle gibt es einen Warnton. Er spürt, dass gleich etwas Schlimmes passiert. Jeden Moment. Sofort würde es piepsen und blinken, durch ein Signal an einem rütteln. Ein wohliger Anblick, diese automatische Vernunft. Wiesen, Zahlen, Körper, alles schön und gut, aber wen interessiert das schon? Ob freiwillig oder nicht, die Bilder verblassen neben dem Feind, den es weiterhin geben muss. Es gibt uns, denkt Ladislaus, und wir hassen einander.

Die Gefahr ist das Gegenteil ihrer Bestätigung.

Es tut einen Knall. Dort hinten blitzt etwas auf. Ladislaus hält an, öffnet die Tür. Weit entfernt. Es hat einen Knall getan, als wäre der Motor der Welt stehengeblieben. Es ist jemand verunfallt, ein heimkehrendes Moped frontal in die Kühlerhaube eines Geländewagens gekracht. Ein neuer Riss geht durch die uns erzählende Zeit. Ein Fehler. Nein, ruft Ladislaus, das hätte ich sein müssen, wir, in unserem Zwergenmobil, mich hätte der Unfall erwischen sollen, uns schreckliche Exemplare, uns, nicht den dort hinten, dem noch so viel bevorstand, der alle Früchte pflücken soll, der mit dem Geschenk des Daseins mehr anzufangen weiß als wir lächerliche Figuren, die es nicht und nicht schaffen, auf die Beine zu kommen, das ist ein Missverständnis, er hämmert mit beiden Fäusten gegen den Straßenasphalt, es ist alles ein großes Missverständnis. Es rasten Teile ein, Bilder nehmen Form an. Jemand fehlt, mit einer Abruptheit und Vehemenz, dass es Kriege auslöst.

Bohm spaziert durchs bereits stark in Mitleidenschaft gezogene Wien. Du bist es, sagt Martha. Weshalb rufst du an? Ich bin in ein Freibad eingebrochen. Du, auf deine alten Tage, sagt sie resigniert. Ja, es ist die Wahrheit, ich tische keine Lügen auf. Wo bist du? Im Prater, es ging an Ruinen vorbei, dieses Gebiet ist noch relativ intakt, fraglich bleibt, ob dieser Zustand von Dauer sein wird. Wir sitzen vor dem Fernseher, wir schauen uns den Kampf an. Lentia und du. Sie fragt sich, wo ich bleibe. Du musst ein wichtiges Gespräch führen. Er tropft ins nachtfeuchte Gras. Du wirst es mir nicht glauben, aber wie ein Jungspund bin ich über den Zaun geklettert, ich bin eingestiegen, unerlaubterweise, ich kenne die Routinen der Nachtwächter, ihre Abläufe und Schichten, sie werden ausgetrickst. Du bist im Stadionbad. Ja. Er beschreibt ihr übers Telefon alle Details seines Hausfriedensbruchs. Ich rufe dich an, weil es mir gut geht, weil es schön ist, dass es mich gibt, ich rufe dich an, weil ich dich mag.

Die Kontrahenten sind in Stellung gegangen. Sind Sie bereit zu grollen?, fragt der Moderator, die Vokale in die Länge ziehend. Die knapp hunderttausend Besucher antworten mit euphorischem Begeisterungstoben. Der Ringrichter gibt sein Zeichen. Ein Gong ertönt. Der Kampf beginnt.

An einer Tankstelle machen sie Halt. Er sucht die Vitrine mit Speiseunrat nach Essbarem ab, trifft seine Wahl, deutet auf ein vermodertes Sandwich, in dem kümmerliche Käsescheiben liegen, Kondenstropfen an den vertrockneten Rändern. Er kramt nach Kleingeld. Moment, gleich habe ich es, entschuldigt er sich. Nicht hetzen, ich bin noch die ganze Nacht hier, sagt die Verkäuferin. Im Wärmebehälter sind schlaffe Dickmacher übereinandergestapelt, Fleischlaibchen und Leberkäse, Fliegen hausen hier wie Maden im Speck. Er zahlt, besucht die Toilette, macht sich, einer alten Gewohnheit folgend, Notizen. Trockentücher oder Föhn. Er steht vor dem brummenden Kasten, spürt die Verdunstung, wohin wird all die Flüssigkeit geweht? fragt er sich. Er steigt ins Auto mit dem frisch gefüllten Tank, wirft das Sandwich und eine Dose Limonade auf den Beifahrersitz. Ladislaus ist übermüdet. Taubheit, Bilder drohen zu übersteuern. Visuelle Rückkopplung. Nein, bitte nicht mehr. Müdigkeit als Droge, vermischt mit grenzüberschreitender Dauer ergibt sie ein Aufputschmittel erster Güte.

Eine Zeit, wie in Pastellfarben getaucht, die ein Höchstmaß an Konzentration abverlangt, in der man Geldtaschen nicht bloß im Traum, sondern wirklich verliert, werden einem im Pub aus der Jacke gezogen, von einem unscheinbaren Pärchen, das sich am Nebentisch niederlässt, was im Nachhinein der Kellnerin zu denken gab, sagt sie, weil doch viele Plätze frei waren, warum also sollte man, noch dazu traute Zweisamkeit ausstrahlend, die Nähe unbekannter Gruppen vorziehen. Sie verlassen das Lokal ohne Konsumation. Der Rest lässt sich vermuten. Es sind Alina und Lem, mit kleinen Diebstählen halten sie sich über Wasser, ihre Reisetätigkeit lässt sich auf diese Weise allerdings nicht finanzieren. *Gebäudelosigkeit*, eine wirre, verquere, verfluchte Geschichte.

Steil bergauf. Dann erreichen sie die Einfahrt zu Gottes Behausung. Ich habe euch erwartet. Gott lächelt, als wäre er restlos glücklich. Werden Sie nicht gerade verdroschen? Ach, mit einer Handbewegung tut er es ab, man muss einstecken können. Schallendes Gelächter. Sie faszinieren mich, sagt Kampf. Ladislaus befördert Justus durch die geöffnete Hintertür. Bist du ein Bewunderer meiner Arbeit?, fragt Gott. Nein, ich bin kein Bewunderer Ihrer Arbeit, eher im Gegenteil muss ich leider sagen. Aber du hast durchaus zum Glauben gefunden. Ja. Was ist denn mit dem Verschnürten? Das ist, er schleppt sich ab, dieser Mensch, es soll mit ihm zu Ende gehen, und ich bin dagegen. Es ist also dein Freund. Nein!, Ladislaus ist außer sich, ganz im Gegenteil!, ich beharre auf unserer Feindschaft. Kommt erst einmal mit, immer herein in die gute Stube. Gott reibt sich die Hände. Ein Kachelofen verströmt seine ehrliche Wärme.

Gott ist interessant. Männliche und weibliche Geschlechtsmerkmale, was sofort ins Auge sticht. Ich könnte, berichtet das Wesen, mich selbst durch Stillen ernähren, Perpetuum mobile, meinen Unrat verspeisen, aus dem die Drüsen Milch und Honig produzieren. Gott ist von seinen Brüsten sichtlich fasziniert, er spielt an ihnen herum. Und die Faszination reißt nie ab?, fragt Ladislaus. Nein, reißt nie ab, antwortet er, mit den Sinnen woanders. Bin ich ein Er oder eine Sie, ich weiß es nicht. Gott lässt den ausgestreckten Zeigefinger um die Brustwarzen kreisen. Ladislaus Kampf steht wie angewurzelt da. Ein alter, geiler Zwitter, denkt er, was habe ich mir da bloß eingebrockt. Falls du dich jemals gefragt hast, wie der Mensch entstanden ist, sagt Gott, so, genau so, ich treibe es mit mir selbst, angestrengt verbiegt man seinen Penis, eine Kurve, hundertachtzig Grad, geisterfahrender Lurch, anfangs drückt man in Fäusten zusammen, was nicht zusammengehören darf, dann lässt man die Organe operieren, hebt die Arme, um sie hinterm Kopf zu verschränken, ganz einfach. Gott hat Wahnsinn in den Augen, wodurch also unterscheidet er sich von jedem beliebigen anderen, dem man in den Weiten der Hauptstadt begegnet?, fragt sich Kampf. Gott ist ein zerstreuter greiser Sack, dem regelmäßig die Windeln gewechselt werden müssen. Speichelfäden vom Kinn abgeseilt, wie der Netzbau fleißiger Arachniden. Er hockt in seinen stinkenden Ausscheidungen. Essen auf Rädern anfordern, denkt Kampf, eine Heimhilfe einstellen. Gott liest seine Gedanken. Ich hatte früher eine Art Besorgerin, Zugehfrau. Du Dreckshure!, habe ich sie beschimpft, weil sie an meine Zeitungen ging, die da lagen, stapelweise, ungeordnet, wie es Archive von Genies eben sind. Ladislaus steht unsicher im Wohnzimmer, Justus liegt mehr oder weniger benommen in der Ecke. Beim Anblick Gottes, krebskrank im Endstadium, wie dieser behauptet, kommt einem ein bischöfliches Mahnen in den Sinn, Zurechtweisungen, die man in seinen Jahren als meist unfreiwilliger Zuhörer aufgeschnappt hat. Dass man sich über den Allvater nicht lustigmachen dürfe, sinngemäß, man weiß den exakten Wortlaut nicht mehr. Hurenschlampe!, jault er, das habe ich ihr gesagt, lass die Finger von meinen Zeitungen, ich habe meine eigene Ordnung, mein eigenes System, das niemand versteht außer mir. Weshalb schickt er seine fleischgewordene Entsprechung auf die Erde? Um uns zu zeigen, wie perfekt er ist, und dass die anderen es nicht sind, nie sein werden, bisher galt dieser Grund, mittlerweile sind Verschiebungen, Entgleisungen aufgetreten.

Worum geht es denn jetzt? Es geht um meinen Bekannten. Justus stöhnt auf. Ein guter Freund? Nein!, Ladislaus ballt die Faust, wie oft denn noch, verdammt! Also kein Freund im eigentlichen Sinne. In gar keinem Sinne! Wieso kümmert es dich dann, was mit ihm geschieht? Er ist mein Feind. Ich befürchte, da sind jetzt die Grenzen meines Allwissens erreicht. Es darf ihm nicht so leicht gemacht werden, finde ich, es ist noch einiges unausgesprochen zwischen uns, es gilt, Konflikte geregelt weiterzuführen. Du willst dich aussöhnen mit ihm? Nein!, brüllt Ladislaus, du zerstreuter Tattergreis! Im verwilderten Garten sind die Füchse zu hören.

Einen Mann hierher zu bringen, sich Heilung für ihn zu erhoffen, sagt Gott, Akt der Liebe. Abermals widerspricht Ladislaus. Sie werden feststellen, dass ich zu einem Gutteil aus Papierenem bestehe. Es handelt sich bei mir um ein Traktat. Ein Gegenleben führen. Erkennen, dass man am besten funktioniert, wenn sich das eigene gegen ein anderes richtet. Was sich angebahnt hat, bricht hervor, sprich dich aus, verlangt Gott, während ich in der Stadthalle einstecken muss. Alles löst sich, ein Schwall. Welche Verletzungen kann diese kümmerliche Randfigur dort in der Ecke dir zugefügt haben, frage ich mich.

Der Besucher nimmt Platz. Erzähl mir, bittet er, diese Geschichte einer Demütigung. Was macht diesen Mann dir zum Feind? Und was folgt, ist das kleinkindhafte Aufzählen aller vermeintlichen Verfehlungen des Justus Geheimnis.

Harter Schnitt: Stadthalle.

Ssorg tsi Musrevinu sad.
Hcanad selknud nies dnu Nebel sad ebel se.
Tbeilrev hcilkcülgnu dnu solnedob hcim ebah hci.
Netiebrauz Thcan red driw se.
Esuah hcan Negalredein nerabreinifednu tim tkcapeb rewhcs.
Snu ebeil hci! Tbel sella!

Blutergüsse bilden sich auf Gottes Oberfläche, während er artig zuhört. Die Schmerzmittelpumpe nimmt ihren Dienst auf. Kindergarten, Volksschule, Gymnasium, dann seine Autodidaktik und mein Studium, Endpunkt dieser Suche nach uns selbst war in beiden Fällen die Firma. Ich übernahm den Posten des Toilettentesters und Waschraumexperten, er stand weit über mir, heute noch, Justus gilt als Erfinder, er leitet Projekte, steht in direktem Kontakt zu Lucius Bohm. Sagen Sie mir, welches Ergebnis Sie haben wollen, und ich mache Ihnen die passende Studie dazu: So darf man sich dieses Arbeitsverhältnis wohl vorstellen. Er ist ein Schoßhund, die Zähne gut gepflegt, dass einen bei deren Anblick die eigenen schmerzen. Mein Einstiegsgehalt war miserabel, doch ich versah bereitwillig meinen Dienst, auf allen Vieren krabbelte ich über den Fliesenboden und schnüffelte den Reinigungsmitteln hinterher, denn oft versucht das Putzpersonal, den Uringeruch des Waschraums lediglich mit parfumartigen Mischungen zu überdecken, anstatt eine tatsächliche Säuberung durchzuführen, die porentief zu sein hätte. Unsere Firma ist führend im Bereich der Sanitäranlagenausstattung, müssen Sie wissen. Gott brummt anerkennend. Mein Verhältnis zu Justus wurde nicht gerade einfacher. Er der große Erfinder, ich der Kloprüfer. Ihm lässt man freie Hand, er verpulvert aberwitzige Budgets, ich muss die Spesenabrechnungen nach dem Außendienst durchboxen, alles verkommt zu einer einzigen immerwährenden Rechtfertigung, werde regelmäßig zum Abteilungsleiter zitiert, der mich nicht mag. Ich mag Sie nicht, sagte er, so begann unser erstes Gespräch, Sie sind ein Freigeist, wir finden keinen Zugang zu Ihnen, Herr Kampf, was machen wir? Da bin ich jetzt überfragt, antwortete ich. Wir verstehen Sie nicht, und wir können es uns nicht leisten, etwas nicht zu verstehen. In seinen Gesichtszügen waren überstandene Krisen abzulesen, Felswanderer, jahrzehntelang durch Einöden gestreift, an Büffelgras kauend, Mund, Nase, Augenpartie, eine karstige Landschaft. Die Wirtschaftlichkeit des Unternehmens muss gewährleistet bleiben. Vertiefen wir uns in die Bilanzen, er rollte vor mir eine Papierwalze aus, Kriegsberichterstatter, an den Finanzschauplätzen der Welt, früher hatten sie eine euphorische Sprache, jetzt brauchen sie immer öfter eine schonende, allen Geschäftsleuten geht es ja gleich, wir stecken in der Krise. Das ist deine Kündigung, dachte ich. Das ist Ihre Kündigung, sagte er, wenn es nach mir ginge. Ich verstehe Ihre Funktion nicht, Sie leuchten mir nicht ein, hätte ich etwas zu sagen, wären Sie gar nicht erst eingestellt worden, und jetzt, in diesem Moment, würde ich Sie hochkant hinauswerfen, Ihnen hinterherrufen, dass Sie Ihre Abfindung schon beim Arbeitsgericht erstreiten müssen, denn von mir sehen Sie keinen müden Groschen. Aber, er steht auf, die Order kommt von oben, er zeigt an die Decke, von ganz oben. Ich mag Sie nicht, Herr Kampf, mir fällt nichts Unnötigeres ein als Toilettentester und Waschraumexperten, mit Ihrem Hochschulabschluss wären so schöne Dinge möglich gewesen, aber nein, Sie wählen den einen verzichtbaren Beruf, ob Ihre Zurechnungsfähigkeit einer Überprüfung bedarf, sei dahingestellt, Fakt ist, Bohm hat Sie angefordert, Sie werden bleiben und Ihrer seltsamen Tätigkeit nachgehen, aber lassen Sie sich gesagt sein, dass wir Ihnen das Leben schwermachen werden, ich werde alles in meiner Macht Stehende tun, Sie meinen Unmut spüren zu lassen, der restlichen Abteilung geht es ähnlich, und jetzt verschwinden Sie aus meinem Büro, bevor ich den Sicherheitsdienst rufe, und er winkte mich davon. Das ließ ich mir nicht zweimal sagen. Anders erging es Justus, der hofiert und gehätschelt wurde, soweit ich aus der Ferne mitbekam. Worin seine Aufgabe besteht, ist mir bis heute nicht klar. Mir sagt man Freigeist, aber meine Ungebundenheit ist ein Klacks gegen seine, im Vergleich zu seinen geheimniskrämerischen Entwicklungen sind die Toilettentests und Waschraumexpertisen ja geradezu nachvollziehbar. Und ich frage Sie: Ist das gerecht?

Vielleicht warst immer du dein größter Feind, sagt

Gott zu Ladislaus Kampf, bist dir selbst im Weg gestanden, hattest an anderen auszusetzen, was im Grunde dir zuzuschreiben war. Nein, Gott, Sie verstehen mich einfach nicht! Du hast über Umwege zur Liebe gefunden, dich in die Feindeswissenschaft verrannt, bist Vordenker des Nachgedachten, also Nachdenker geworden, doch deine Ankunft hier bei mir schleust dich ein in die universelle Schule der Tröstung. Trost?, fragt Ladislaus. Du hilfst ohne Hintergedanken. Nein, Sie verstehen das falsch, ich hasse ihn und habe ihn immer gehasst! Gott, mit sanfter Stimme: Und fandest den Weg zu mir. Ich hasse Justus Geheimnis! Du hilfst dem größten Feind und ermöglichst ihm Heilung, du wirst nicht umsonst gekommen sein. Was mich antreibt, ist der Hass. Ich werde Justus retten, ihn heilen, wenn du dir eingestehst, vor ihm, vor mir, vor dir, dass du ihn liebst. Der Feind am Boden erträgt stumm die Pein. Lange macht er es nicht mehr, du solltest dich beeilen, sagt Gott.

Schlag in die Leistengegend, der ihn zusammensacken lässt. Wien, meine Damen und Herren, hat eine meisterhafte Attacke ausgeführt, der Kontrahent wird eindeutig am falschen Fuß erwischt, das sah er nicht kommen, und da tanzen schon die Sternlein vor den Augen, aber er steht wieder auf und leistet Widerstand, so haben wir es gern, das Publikum kommt voll auf seine Kosten. Justus und Tobias beobachten das aggressive Tänzeln aus sicherer Entfernung, auf den billigen Plätzen, hinterletzte Reihe. Das Pochen in den Schläfen nimmt bedrohliche Ausmaße an. Schubumkehr, denkt Justus, nicht vom

Dröhnen weg, sondern zum Dröhnen hin, sich dem aussetzen, was in Abgründe stößt. Da erhascht er es wieder. Es keucht um eine Ecke, er folgt ihm. Papa, wohin gehst du, lass mich nicht allein. Er läuft davon vor dem elektrisch geladenen Kind, wofür er bald von Michaela zur Rede gestellt wird. Aus der Halle geht es in die nach allen Richtungen eilige Stadt. Justus schwitzt durch ihre Viertel und Bezirke. Diesmal entkommst du mir nicht! Er holt das Dröhnen ein. Er packt es am Mantelzipfel. Es bleibt stehen. Keine Luft mehr. Justus kollabiert.

Sag, Wien, hast du einen Grund? Weshalb steigt man gegen den Schöpfer in den Ring? Wien holt aus zum finalen Schlag. Du hast Leben auf dem Gewissen, sagt die Stadt, so kommst du uns nicht davon. Was am Schwedenplatz gesagt wurde, ist wahr, es bedarf eines Grundes, um Gewalt anzuwenden. Du beendest Leben. Das Ausholen dauert, spitz ragt der Stephansdom hervor, bedrohlich schlingert das Riesenrad. Es gab einen Unfall. Es tut einen Knall. Jemand stirbt. Erinnerst du dich?, fragt Wien. Gott blinzelt mit geschwollener Augenpartie den Kontrahenten fragend an. Wien holt immer aus. Ein Toter schickt dir Grüße, faucht es. Siebzehnjährig mit dem Moped verunglückt. Auf der Landstraße. Knall. Er das unschuldige Opfer deiner Willkür. Er als Beispiel für jeden. Wien hat seinen Grund. Diesen nächsten Schlag wirst du nicht überstehen. In einer lauen Frühlingsnacht. Siebzehnjährig mit dem Moped nach Hause. Und nie dort angekommen. Die Stadt bäumt sich auf. Alles rebelliert wie ein weltverschlingender Magen. Zeitlupeneffekt des Ausholens. Rückkehrpunkte, Verbindungen, aufblitzende Momentaufnahmen. Für den Toten, sagt Wien, den ich nicht kenne. Für jeden. Für das, was du treibst mit den Menschen. Für das Glatteis, das du streust. Für das Leben und gegen den Tod, sagt Wien, spannt Bauchmuskeln und Kärntnerstraße an.

Justus kommt zu sich. Nein, das Leben ist nicht immer angenehm, sagt das Dröhnen, es kann beißen und kratzen, es flucht und es spuckt, es drückt dich unter Wasser oder jagt dir eine Kugel durch den Kopf. Und, wie du weißt, wie vielleicht keiner besser weiß als du, das Leben dröhnt. Es streichelt ihm sanft den Haaransatz. Das die Szene umgebende Wien verliert an Substanz, Ziegel rieseln ab, Teile brechen heraus. Ich offenbare mich dir langsam, etwas bis zum Zwiebelkern entschält. So manche hält die virtuelle Welt bereits gefangen, fest im Griff. Kommunizieren, von zu Hause aus, eigene Einsatzzentrale. Signale aussenden. Kodierung des Seemannsnotrufs. Justus blickt dem Dröhnen ins Gesicht. Du suchst Antwort, du willst sicher verstehen. Nein. Justus richtet sich auf. Nein, ich möchte nicht verstehen und ich suche keine Antwort, ich will dir nur etwas sagen. Das Dröhnen hebt verwundert die Braue. Was möchtest du mir sagen? Justus spricht sicher, als ganzer, freier Mensch: Ich gebe auf. Du hast mich jetzt dort, wo du mich haben wolltest. Ich werde mich nicht wehren. Ich bin am Ende. Ich gebe mich geschlagen. Ich gebe mich dir preis, ich lege mich dir dar. Justus steht auf, um anschließend den Oberkörper zu senken und vor dem Dröhnen auf die Knie gehen zu können. Er berührt mit der Stirn den Gehsteig, mit den Händen stützt er sich ab. Wir spielen seit Jahren dieses Spiel. Ich vor dir auf der Flucht, du mit knappem Abstand hinterher. Es ist genug. Es ist Zeit. Das Dröhnen lächelt. Ach, komm. Steh wieder auf. Hier herrscht ein Missverständnis. Ich habe doch gar nichts gegen dich. Es hilft ihm hoch. Das kann ich dir nicht glauben, du schmerzt mir die Glieder, du steckst in den Genen, als Schwermut nistest du dich bei mir ein. Brauchst du ein Taschentuch? Danke. Justus greift zu. Ich bin auch in der Welt, sagt das Dröhnen. Und du bist in der Welt, und wir müssen lernen, dass zwischen uns noch Zeit vergehen muss, bis wir einander finden. Aber ich habe gedacht, er putzt sich ausführlich die Nase, ich war der Meinung, du jagst mich, du bist der Fuchs, ich dein Hase. Das Dröhnen nickt. Du hast dir mich nicht ausgesucht. Nein, es war Zufall! Dann lass den Zufall Zufall sein, sagt es. Ich habe Angst. Wir sollten uns einmal in Ruhe unterhalten, sagt es. Ja, gerne, das wäre schön. Wollen wir einen kleinen Spaziergang machen? Er schließt sich dem Dröhnen an. Sie gehen. Das ungleiche Paar kommt an einstürzenden Hochhäusern vorbei. Der Kampf zeigt seine Spuren. In der Stadthalle bringen sie es zu Ende. Mein Sohn ist dort. Hoffentlich. Justus, sagt es ernst, nach unserem Gespräch wirst du einschlafen, irgendwo, unter einer Brücke oder in einem Hauseingang, jemand wird kommen und dich finden. Du wirst geschlafen haben, und geträumt. Du wirst Veränderungen an dir bemerken: Das Salz ist dir saurer, und der Zucker doppelt süß. Jemand wird dich holen. Du gehst zurück zu deiner Familie, als wäre nichts geschehen. Ich freue mich schon. Das Dröhnen bleibt stehen.

Nein, Justus, wenn du aufwachst, dann. Was dann? Ich werde nicht verschwunden sein. Nicht? Im Gesicht die grenzenlose Enttäuschung. Ich werde alleine sein und verbluten und um Hilfe schreien und niemand wird mich hören, es gibt kein Entkommen. Nein, jetzt sei kein Übertreiber, ich werde da sein, ich kann nicht verschwinden, aber du wirst mich verstehen. Sind wir doch ehrlich miteinander, sagt Justus, reden wir nicht mehr um den heißen Brei herum. Bringen wir es zwischen uns zu Ende wie die beiden dort im Ring, wie Gott und Wien. Ja, das sollten wir tun. Mir redest du nichts ein, irgendwann bringe ich dich hinter mich, endgültig, und dann lässt du von mir ab, Dröhnen, ein für alle Mal, ich kann es sehen in heller Zukunft, erzählt Justus, das Gehen fortsetzend, eine Anrufung der Freunde, Glück als etwas, das erkämpft werden muss, jeden Tag neu, sie stellen sich als schützende Mauer um mich, nehmen Kreisaufstellung ein, um mich schwächliches Ding als Mittelpunkt, ich Wurm, ich Gnom, ich Zwerg, aber du kommst nicht heran, jemand will mich am Leben, niemand schweigt über mich. Das Dröhnen lächelt. Wir unterhalten uns jetzt. Dann kommt ein Schlaf, den du noch nie geschlafen hast, und ein heilsamer Traum. Du erwachst, ja, du wirst wachgeküsst. Alles ist dann wie zuvor, und doch anders. Sie spazieren durchs in Mitleidenschaft gezogene Wien, Hauptstadt der Zwietracht und der guten Raserei. Wo soll ich anfangen?, fragt sich das Dröhnen laut, und die Aussprache beginnt.

Ich liebe ihn, sagt Ladislaus Kampf. Ich würde mein Leben geben für das Wohl des Feindes. Ich bekenne mich zur Liebe, nicht zum Hass. Habe ich es doch geahnt, sagt der Schöpfer.

Die Kritikerin kommt noch einmal. Der Besuch bei der Mutter ist ihr zur Routine geworden. Oben sabbert der Bettlägerige. Das Filmarchiv wird durchforstet. Knabberzeug, Erfrischungen. Heute ist etwas anders. Kaum ist die Mutter weggedöst, stiehlt die Kritikerin sich davon. Nahezu geräuschlos. Aufbruchsmeisterschaft. Dieser Moment hat sich langsam angepirscht. Das Treppensteigen knarzt. Kilians Zimmertür ist unversperrt. Durchs Kaleidoskop ist zu sehen, wie eine zarte Frauenhand die Klinke niederdrückt. Ein Lichtspalt. Selbst die müden, faden Todesaugen der Menschen erkennen deutlich, wie sich eine Unbefugte Zutritt verschafft. Auf der Couch träumt die Mutter. Ihr hilfloser Sohn kann nicht kreischen.

Beim Hinausgehen findet Ladislaus Kampf einen Stapel Briefe. Er schmunzelt. Der Absender ist ihm nur allzu vertraut. Und dieser hier nicht zu vergessen, sagt Gott beiläufig, einer deiner ersten, ein ziemlich alter Brief, als man noch Briefe zu schreiben gewohnt war. Tatsächlich, zeigen Sie her. Leider verknüpfe ich damit eine recht unliebsame Erinnerung. Und zwar? An dem Tag, da er eintraf, hatte ich einen mittelschweren Unfall, ich kullerte den Wohnberg herab. Das tut mir leid. Halb so schlimm, beim nächsten Sonnenaufgang war alles wieder eingerenkt, der Zwitter seufzt, meine Ungeschicklichkeit, ein gebrechliches Wesen ist aus mir geworden. Letzte Energien, die aus mir herauszupressen sind, bis eine andere Macht meinen Thron innehat. Kopf hoch, sagt Ladislaus, Erhabenheit, setzt er mutig hinzu. Ja, Erhabenheit ausstrahlen, was auch geschehen mag, was sich auch anbahnt. Du hast Recht. Also, ich muss dann los, auf mich warten sechs Freunde. Gleichzeitig sitzt er bereits dort in der Arbeitsgemeinschaft, Fluchtgasse neunzehn. Eine brandende Säule stößt in den endzeitlichen Himmel. Vierzehn Hände, siebzig Finger. Alles Gute, sagt Gott. Ladislaus dreht sich nicht um. Er geht aufs Zwergenauto zu. Ein Flatter-Ich, er ist Zellulose geworden, jetzt auch sein Gesicht, das ihn mit fettgedrucktem Strichpunkt eine Art Nase haben lässt. Er ist kein Mensch mehr. Ladislaus ist wandelnde Schriften, ins Buchbecken steigen, das werde ich tun, er ist Märchen, Geschichten. Ladislaus ist eine Klausel in einem Vertrag, Kleingedrucktes. Er ist nicht wasserfest, weint keine Tränen mehr. Den geliebten Feind weiß er gut aufgehoben. Er strauchelt, stürzt. Knickschäden an den Seiten, Eselsohren. Er geht auf in der unumstößlichen Wahrhaftigkeit des geschriebenen Worts. Er blättert wie wild nach einer Erwiderung auf diese Verwandlung. Ladislaus ist seiner Gefahr nicht in die Falle gegangen. Er sagt den Namen Helena. Dann kommt ein Windstoß und reißt ihn davon.

Man erblickt den Boxer, gehetzt. Die Wirkung der Ursache kommt auf ihn zu, und er sieht es nicht kommen. *Luzidin* wird eingeführt. Der Boxer ist süchtig, auch er. Wie es riecht, wie es schmeckt, wie es alles verwirbelt. Er wird von seinem Mischlingshund an der Leine gezogen. Ich kenne dich. Wer hat das gesagt?, fragt er. Wir wohnen in derselben Gegend, sagt das lyrische Ich seinem lyrischen Du. Er ist hässlich, aber stark. Er wirft sich für mich in den Fausthieb, er rettet mich, obwohl er mich doch gar nicht kennt, ich bin ihm ein Fremder, für den er ohne zu zögern seine Gesundheit aufs Spiel setzen würde. Sie waren zu viert. Ich sah es nicht kommen. Einkauf beim Automaten, Nachtsupermarkt, bedient von einem Roboterarm, sie möchten nicht anstehen und drängeln sich vor, sie wollen Geld, eine Stänkerei beginnt, die Dinge nehmen ihren Lauf, ich werde zusammengeschlagen. Der Boxer kommt des Weges, mit seinem Hund. Es tut weh, es knackt im Handgelenk, einer der vier Nichtsnutze hat mir den Handwurzelknochen zerstört, ein komplizierter Bruch, lauter Splitter, Knorpelmasse. Ob ich je wieder Gitarre spielen kann? Der Hund beginnt zu bellen. Der Boxer hilft mir, ohne eine Schrecksekunde verstreichen zu lassen, er wirft sich für mich in den Kampf. Er jagt sie davon. Wie Hyänen sind sie gekommen und feige verschwunden. Alles in Ordnung mit dir?, fragt er. Ich nicke mit schmerzverzerrter verbeulter Visage. Er hilft mir hoch. Ich murmle einen Dank. Meine Lippe ist aufgeplatzt. So viele Fragen hätte ich ihm stellen wollen, bezüglich seines Werdegangs und seiner Lebensumstände, doch nie kam es dazu. Dich bringen wir in ein Krankenhaus. Er hält ein Taxi an, gibt dem Fahrer Anweisungen, drückt ihm einen Schein in die Hand. Mich hat er sicher am Rücksitz verstaut. Alles Gute, sagt er. Wir fahren los. Der Boxer ist weitergezogen. Schläge ausgeteilt und einstecken müssen. Ich bin ihm sehr dankbar und nie wieder begegnet. Wer hat das gesagt?, fragt er, wer hat diese Geschichte erzählt?, und blickt nach oben, hinauf, von dort kommt doch so ziemlich alles, was einem Rätsel aufgibt. Pockennarben, Schuppen, Muskeln, gutes Herz. Bestes Herz, wortkarg, da.

Der Raum als Idee, eine Erfindung, sich als Requisitenkammer entpuppend, in der magische Artefakte gelagert werden. Eine Flasche aus Glas mit hausgemachtem Sirup. Ein Automatenphoto, regenbenetzte verliebte Gesichter. Ein Prosaband des Weltkärntners, seine sanfte Sprache ist brutal, schneidet tiefer in die Einsamkeit, als jedes Messer es je könnte. Der Anwärter besieht seine Instrumente. Er legt Operationshandschuhe an. Die Einsamkeit sitzt gefesselt und geknebelt am Stuhl. Ich werde dir wehtun, sagt er und zieht dem Opfer das nassgeschnaufte Tuch aus dem Mund. Ich mache das wirklich nicht gerne. Es ist für mich kein Spaß, das darfst du mir glauben. Lass mich gehen! Nein, ich kann nicht. Es ist Teil der Aufnahmeprozedur, wenn es denn überhaupt jemals klappt. Du darfst mich nicht falsch einschätzen. In meinen Gesten und meiner Mimik liegt weniger Verbissenheit, als du vielleicht denkst. Ich bin einfach nur ein Mensch, der selten weiß, wohin mit sich. Eine hohle Wachshand, ein Kaleidoskop. Nichts lenkt vom Eigentlichen ab.

Versuchsanordnung: Ein Raum, verschlossen. Ein Mann, jung. Ein Tisch, magische Artefakte. Ein Stuhl, Holz. Die Einsamkeit, reglos. Vor Intention schwere Luft.

Einmal, er räuspert sich, wie jeder überlebenswillige Mensch, habe auch ich einmal versucht, mir dich mit einem Steakmesser herauszulösen, bis zum Öffnen der Schädeldecke hat es noch gereicht, dann aber bin ich in Ohnmacht gefallen, in diesen Gewaltakten gegen mich selbst war ich immer ein Weichei. Muss ich zu meiner Schande gestehen. Es ist aber eine Befriedigung für mich, heute in dieser Weise aufeinanderzutreffen. Endlich bist du wehrlos mir gegenüber, nicht umgekehrt wie sonst. Bitte nicht! Er ignoriert das Zappeln und Zerren. Ich möchte, dass wir uns beide noch einmal die Situation vor Augen führen: Ich bin ein Gruppenanwärter, in erster Linie jedoch, wie gesagt, ein Mensch. Ich bin, wenn du möchtest, der Stellvertretermensch. Draußen tobt ein Kampf. Alles gerät aus den Fugen. Die Schrauben winden sich aus den Scharnieren, die graublauen Tauben der schmutzigen Stadt prallen gegen Hindernisse. Orientierungslosigkeit. Es hat sich etwas zusammengebraut. Es geht etwas zu Ende und Neues beginnt. Mir kommt vor, jeder einzelne handelt jetzt wie der Urmensch. Unterscheidung aufgehoben. Wir sind also im Raum. Ich gebe dir zurück, was du mir gabst. Was du jedem Menschen gibst. Er atmet. Ich weiß nicht, bin ich bei Bewusstsein, träume ich, sind wir wach, sind wir Traum. Die Verkörperung der Einsamkeit sitzt vor mir auf dem Folterstuhl, du. Es wird physisch zwischen uns. Darauf habe ich lange gewartet. Zu lange. Dich zu malträtieren, wird in mir etwas heilen, in uns allen, davon gehe ich aus. Du wirst bemerkt haben, dass ich Schlachthauskleidung trage. Lass mich gehen!, bettelt die Einsamkeit. Es gibt kein Zurück, sagt der Anwärter traurig. Es gibt nur ein Vorwärts erhobener Fäuste. Es gibt Rasanz und Vehemenz. Es gibt auch dich, Einsamkeit, allerdings bloß in gefoltertem Zustand. Es gibt Angst, es gibt Sinn, es gibt Macht, es gibt Trost. Gehen wir die Artefakte durch: Eine Flasche Holundersirup, die könnte ich zum Beispiel an der Stuhllehne halbieren, wie vor unfairen Schlägereien im Saloon, und mit dem gezackten Kranz deine Augen verletzen. Der Schnappschuss des Paares ließe sich zu einem spitzen Kegel zusammenrollen und dir unsanft in den Gehörgang einführen. Oder sollst du besser daran würgen? Mir fallen schon Möglichkeiten ein. Wenn meine Phantasie durch den begonnenen Vorgang des Folterns erst einmal in Gang gesetzt ist, wird es kein Halten mehr geben. Mit dem schmalen Büchlein des Weltkärntners kann bloß eines geschehen, ich lese es vor, mit klarer, fester Stimme, laut, ihn hebe ich mir für den Schluss auf, als Hommage an alle einsamen Leser, die wissen Bescheid, nichts fügt dir, Einsamkeit, solch große Schmerzen zu, keiner vertreibt dich so wie er, der unbekannte Freund. Dann ist da diese Jacke, er hebt sie prüfend auf, ein absichtlich vergessenes Kleidungsstück, siehe *Liebesversäumnis*, das ist leicht, die wickle ich dir um den Hals, ihre Ärmelenden pfadfinderisch zum Weberknoten vertäut, und dann wird mit deinem Ersticken gespielt. Ich mache das nicht gern, es ist kein Spaß. Es ist eine Überlebensmaßnahme, es ist ein Gleichgewicht herzustellen. Ein Kaleidoskop, durch das Martha Habemus von ihrem Fenster aus blickt, mit dem sie alles besieht, was getrieben wird in und um Wien. Das ramme ich dir brutal in den Anus, unbeschreibliche Schmerzen.

Deine Schleimhäute zerfetzt. Eine Visitenkarte, *Gruppe der Sieben Gefahren*, dann der Name eines Mitglieds, keine Nummer, die muss gegebenenfalls persönlich hinzugefügt werden. Mit ihr lassen sich deine Lippen einritzen. Eine Wachshand, sag, was ist mit der anzustellen? Womöglich schlüpfe ich hinein und greife dir in den Schritt, bringe deine Hoden zum Platzen, was dich winseln und Blut spucken lässt, ohne mir die Hände schmutzig zu machen. Und hier, ein Schuhkarton. Was befindet sich darin? Ich erzähle es dir. Es gilt, die Chronologie unseres Urknallexperiments mit Vorsicht zu stören.

Beischlafprofi Silen steht an der Bar. Melinda erscheint. Da bist du ja, freut mich, sagt er und fletscht lüstern die Zähne. Wir sollten unbedingt deine Rolle durchgehen. Die Szene besprechen. Probeaufnahmen machen. Die Kamera läuft. Er reibt sich die Hände vor dem erotischen Stelldichein. Er schlägt die Hufe zusammen. Die Fellhaare vibrieren. Er öffnet seine Hose, die Praktikantin rutscht auf die Knie. Sie nimmt ihn in den Mund. Gut machst du das. Der Kanzler kann sich glücklich schätzen, eine wie dich aufgegabelt zu haben. Wir werden *Hodenstadel* drehen, sagt er seufzend, ich mache einen Star aus dir. Ich nehme dich von hinten, du bist reifer geworden, kantiger, weniger mädchenhaft, fraulich. Komm. Er platziert sie rücklings am Tresen, schiebt den kurzen Rock beiseite, reißt das Höschen entzwei, dringt in sie ein. Du bist feucht, zischt er, du enges feuchtes Gör. Sie erträgt es anfangs stumm, entwindet sich dann dieser Stellung, geht wieder zu Boden. Das gefällt dir, habe ich Recht. Sie wendet sich ihm lächelnd zu. Ein unschuldiges Lächeln. Sie hebt die Brüste an, drückt sie seinem Geschlechtsteil entgegen, nimmt es in die Hand, führt Pumpbewegungen aus. Dann benützt Melinda wieder ihre Zunge. Sie lutscht ihn. Er verschränkt die Arme im Nacken. Sie beschleunigt. Als er beinahe kommt, durchzuckt ihn ein Schmerz. Melinda beißt zu. Silen schreit auf. Er zerrt an ihrem Hinterkopf, kriegt sie jedoch nicht weg. Mehrmals schließt sie ihre Kiefer in sein Fleisch. Er nennt sie eine dreckige Hure. Er schreit auf. Sie entmannt ihn, beißt ihm das Glied vollständig ab. Melinda wird zurückgestoßen. Sie spuckt aus. Ein schlaffes Etwas landet am Boden. Letzte Zuckungen des glitschigen Organs. Silen versteht den Anblick nicht. Heißes Blut sprudelt aus ihm hervor. Es tränkt sein Fell. Er gerät ins Stottern: Du, du hast mir, du dreckige Hure hast mir, du hast mir meinen. Ihm wird schwarz vor Augen. Melinda hat ein rotes Grinsen um den Mund. Als hätte sie sich falsch geschminkt, als wäre ihr der Lippenstift ausgekommen. Silen strauchelt. Er nimmt wahr. Er steht unter Schock, spürt nur dumpf, was seinem Körper angetan wurde. Die Entmannung ist vollständig und irreversibel. Melinda würgt Hautfetzen hervor. Sie rückt ihre Kleider zurecht. Der Blutschwall hält an. Silen klammert sich am Barhocker fest. Hilfe, wimmert er. Blut aus der Wunde abgebissener Schwellkörper. Hilfe, krächzt er. Melinda ist ohne Mitleid. Sie geht fort, um das Land zu verlassen. Silen rutscht vom Hocker. Es läuft warm seine Unterseite entlang, über befellte Dämonenbeine in ein Rinnsal. Ein sattes, träges Rot. Er spürt sich nicht mehr. Die Gefahr hat sich bewahrheitet. Amputation.

Gleichzeitig hat auch er Platz genommen, um Sätze der Wahrheit zu versuchen.

Umkehrpunkt der Faust. Schlachtrufe der Menge ohrenbetäubend, sirenenartiges Warnen. Das Ausholen ist beendet, Wiens kompakter Zorn segelt auf Gott zu. Dieser macht keinerlei Anstalten, in Deckung zu gehen oder Verteidigungshaltung einzunehmen. Der finale Schlag ist eingeleitet. Sekundenbruchteile.

Die Momenthaftigkeit der Ewigkeit.

Warum, kreischt der magische Ulk, musste kommen, was kam. Du bist mit den Regeln der Gruppe vertraut. Unter keinen Umständen dürfen Außenstehende oder gar Menschen etwas über die Inhalte unserer monatlichen Treffen erfahren. Unter keinen Umständen. Ohne Ausnahme. Wieso, Kilian, musstest du dem Rest von uns erzählen? Er versucht seinem Mentor zu antworten, was nicht gelingt. Den einberufenen Kriegsrat kannst du dir vorstellen. English-Hof. Alle sind sie gekommen, um über dich zu richten. Er hat uns verraten. Es gibt keine Lösung, außer der einen unmöglichen Lösung. Das Todesurteil. Ich beantrage daher, über das potentiell ehemalige Mitglied Kilian Matt die härteste aller Strafen zu verhängen. Härteste, dass ich nicht lache, kreischt der magische Ulk, die einzige, die man hier kennt. Den Tod, die Sprachlosigkeit. Gespräche, Diskussion, im Paragraphenwald verloren. Geheime Abstimmung. Urteil gefällt. Es herrscht Einstimmigkeit. Wer wird es vollstrecken? Nils Clanga und Silen. Der eine grinst, der andere stürmt aus dem Lokal. Es sind Richtlinien einzuhalten. Es gibt ein Protokoll, dem zu folgen man sich mit Gruppenbeitritt verpflichtet hat. Ulk, hörst du mich? Kilian!, kreischt er. Ich bin es. Du sprichst? Innerlich, kurz, mit dir. Warum? Du kennst die Regeln. Warum?

Er verzichtet nicht mehr. Humorist M ist mit der fetten Dame Geld im Bett gelandet. Ja!, stöhnt sie auf. Unter ihren Fettpolstern wird der hagere Mann fast begraben. Endlich kann ich dich vernaschen, keucht sie, wieso haben wir bloß so lange gewartet, mein Lieber? Er kommt nicht zu Wort, ihm hängt eine ihrer kiloschweren Brüste an den Lippen. Endlich fallen wir übereinander her! Sie reitet ihn. Ja!, stöhnt er zurück, doch im Fleischwulst geht es beinah unter. Die *Autobiographie des Geldes* ist auf dem Weg. Die fette Dame entpuppt sich als Opernsängerin: Orgiastisches Jaulen. Sie erdrückt ihn fast. Aus dem erregten Fleischberg ragen lediglich dürre Gliedmaßen und eine schwarze Rahmenbrille hervor.

Wie es mit den Mandels zu Ende gehen soll: Mit Gewalt. Bitte mit Gewalt. Ein Vorfall kurz nach Silvester. Dass sie eine Familie aus der Umgebung beschimpfen. Eine Mutter und ihre zwei Söhne kommen des Weges. Böllerschießen, was vom Jahreswechsel übrigblieb. Frau Mandel reißt das Fenster auf, brüllt: Seid ihr wahnsinnig, geht es euch noch gut, ihr bekommt gleich eine Polizeianzeige! Die Kinder kauern sich eingeschüchtert hinter den Mistkübel bei der U-Bahn-Station. Die Mutter aber lässt sich nicht behandeln, ruft ihrerseits die Funkstreife.

Den Mandels widerfährt, was sie so vielen schon an den Kopf gewünscht haben, die Polizei steht vor der Tür. Das Inzestpaar wird abgeführt. Erregung öffentlichen Ärgernisses. Wie bitte? Was denn? Wie denn? Bitte? Die Handschellen klicken. Ihre Existenz. Ihr bloßes Vorhandensein erregt öffentliches Ärgernis. Sie werden in den Panzerwagen verfrachtet. Eine kümmerliche Sensation in dieser Welt der fettleibigen Sozialhilfeempfänger mit ihren dioxinverseuchten Fertiggerichten und an den eigenen Kindern ausgelebten Perversionen. Herr Mandel wehrt sich, grunzt wie ein Walross. Gerötete Schwabbelfresse. Er passt nicht hinein. Weil der reguläre Gefangenentransporter nicht ausreicht, ordert man den Spezialbus, mit dem normalerweise tollwütige Elefanten in den Tiergarten Schönbrunn gebracht werden. Stallburschen kommen und zerren die Mandels an Ketten ins Gehege. Man beschimpft sie. Endlich wird ihnen jene Demütigung zuteil, der Menschen ihres Einzugsbereichs permanent ausgesetzt waren. Gehbehinderte. Alkoholiker. Analphabeten. Ein letztes Mal winken. Die Mandels sind fort.

Der Wunschtraum, die mitangehörte Frau zusammenzuschlagen. Damit sie endlich still ist, Ruhe gibt. Sie mit der Schuhspitze treten wie eine Straßenkatze, wie die Hündin, die sie vorgibt nicht zu sein. Warum lungerst du herum vor unseren Fenstern schönen Ausblicks. Sie ist alles, was wir hassen. Sie hat keinen Beruf und kein Geld, sie ist arm. Sie liest keine Bücher, sie hat keine Sprache. Sie hat keine Freunde und keine Familie. Keine Aufgabe, kein Ziel im Leben. Sie trägt, was die Altkleidersammlung verschenkt. Sie ist Schmarotzerin, der Blutegel, der sich am Bauch der Wohlstandserhalter festgesaugt hat. Und wenn sie am Boden liegt, wird sie bespuckt. Erniedrigung der Schwächsten. Sie ist das naheliegende Opfer einer abrupten Entladung negativer Energie. Die mitangehörte Frau muss sterben. Sie ist die Verkörperung aller Gefahren.

Erstens ist sie einsam. Die Gefahr, sich schuldig zu machen, ist nicht mehr vorhanden. Zweitens ist sie verwahrlost. Drittens hat sie sich etwas verpflichtet, nämlich dem Genossenschaftshaus in der kleinen Gasse. Dem Herumstreunen. Sie ist besessen von dieser Adresse, weil sich manchmal ein Gespräch mit Herrn Kemal ergibt, der einzigen Person, die sie kennt. Viertens ist sie angekommen, und zwar in der glücklosen Freiheit, nach den Kriegserlebnissen hier auf Asylrecht gepocht. Fünftens muss sie verzichten, jeder Supermarktbesuch ist ein einziger Verzicht, jeder Gang durch die Innenstadt, dekorierte Schaufenster entlang, ihr ganzes Leben ist Verzicht. Sechstens wurde ihr die Zunge amputiert, im Zuge eines Verhörs, der Frager erhielt äußerst unbefriedigende Antworten, den Aufenthaltsort des Partisanencousins betreffend. Man entfernte den Schmeckmuskel Zunge. Es blutete stark. Siebtens hasst sie, sich selbst am allermeisten, und manchmal nichts sonst. Man warf ihr ein Geschirrtuch hin, mit dem sie notdürftig die Blutung stillen konnte. Und weil sie die Verkörperung aller Gefahren darstellt, muss sie unbedingt zusammengeschlagen werden und den inneren Verletzungen erliegen.

Und wie es zu geschehen hat: Mit kranker Lust. Auch die Enden der übrigen Mitspieler.

Gleichzeitig der Gegentraum, dass eine Stadt das Klartraummedikament *Luzidin* einnimmt, um in die eigene Kanalisation abzutauchen. Die sieben Protokollierer des Schlaflabors rattern. Wien geht in den Untergrund. Guten Tag!, ruft eine Silhouette, sie ist eingewoben in den nebligen Dunst der Luftschächte. Erst nach und nach kristallisieren sich die Umrisse einer auf zwei Beinen wandelnden Lebensform heraus. Diesen Auftritt muss sie sich aus einem Agentenfilm abgeschaut haben. Es ist ein zackiger Mann, er trägt einen schwarzen Hut, dem Schädelumfang angepasst, an den Rändern des geöffneten Jacketts kommen Hosenträger zum Vorschein, das Hemd ordentlich unter den Saum gesteckt. Gehen Sie hier spazieren?, fragt er. Wieso, ist das verboten?, fragt Wien abweisend zurück. Nein, mir gefällt das, wenn jemand ein bisschen verrückt ist! Durchs Labyrinth des Kanals zu spazieren. Sie machen es sich gemütlich an den unwirtlichen Orten, schmunzelt der andere, noch dazu bei dem Wetter. Blick nach oben: Alles ist Aufhebung der Grenzen und Verfall. Machen Sie sich nicht über mich lustig, bittet Wien. Aber nein!, ganz im Gegenteil, sagt der Mann überfreundlich, verstehen Sie mich nicht falsch, es freut mich, hier unten jemandem zu begegnen, in meinem Reich, sozusagen, viele trauen sich ja nicht mehr ins Freie, sobald es draußen auch nur angenehm kühl ist. Er macht einen Schritt in einen Lichtkegel flirrender Teilchen. Der Mann ist keine Schönheit. Zwischen Nasenlöchern und Luftröhrenschnitt herrscht reges

Treiben, Maden und Vielfüßer schieben Material für den Nestbau vor sich her, an den Hinterteilen lehmige Erde, manche in milchiges Sekret getunkt. Engerlinge tropfen aus den Anzugärmeln auf den Boden. Orientierungslos winden sie sich der Helle entgegen. Im Hintergrund die Ruinen, beinahe eine Idylle. Es ist spät, die Uhren müssen zurückgedreht werden.

Mit wem habe ich denn das Vergnügen?, fragt er. Wien heiße ich. Ach, da können Sie doch nichts dafür! Nein, ich weiß, murmelt die Hauptstadt verlegen. Und Sie, wer sind Sie? Ich? Der Mann scheint ernsthaft nachdenken zu müssen. Über mich gibt es viel zu sagen, Wahrheiten und Unwahrheiten, aber wer ich bin, das hat mich schon lange keiner mehr zu fragen gewagt. Ich rupfe gerne Unkraut, aber nur mit Handschuhen, um mich nicht an Disteln zu verbrennen. Ich wage mich ins Wasser erst ab vierundzwanzig Grad, Celsius, wohlgemerkt, Celsius. Mir schmecken Haifischflossensuppe und die Tränen enterbter Neffen. Mit Gürteln fange ich wenig an, Hosenträger sind mir lieber. Er lässt sie schnalzen, was einen beachtlichen Schub Maden freisetzt. Die Säulen meiner Welt sind von Rissen durchzogen, ihre Bewohner vor Goldstaub benebelt. Anstatt zu weinen sondern wir traurige Salzsäure ab. Mit Quecksilber getränkt ist mein Schnäuztuch, das sich nie einer ausborgen will. Ich bin Mystiker und neige zu Wortmeldungen. Ich bin ein Jünger des technologischen Fortschritts, dem ich mich als Schamane unterstützend zur Seite gestellt fühle. Aber gut bin ich nicht, oder groß, sagt der Mann. Ich bin der Kommandeur des Nachtlagers. Meine Männer sind faul, aber zahlreich. Sie lagern direkt unterm beackerten Schlachtfeld. Wir geben dir den Krieg, wenn du willst. Ich bin ein siegreiches Heer.

Sie kommen von unten, sagt Wien, habe ich Recht? Haben Sie, haben Sie, von ganz unten komme ich, aus des Kellers Keller. Meine Arschbacken vom Erdkern versengt, raucht es denn vom Hosenboden noch? Er dreht sich einmal im Kreis, um seine Erscheinung bewundert zu wissen. Ich bin ein Ersatzling, ein Klon, das ewigelfte Zehntel, mich braucht keiner, uns alle nicht, aber es gibt uns, mich und die anderen, unterhalb des Unten begann unser Spaziergang. Wien. Es gibt an diesem auserwählten Ort mittlerweile eine Rolltreppe, müssen Sie wissen. Der Zuhörer staunt nicht schlecht. Die führt direkt vom Thron unseres behörnten Chefs in eure schöne Innenstadt. Sie sind also ein Schoßhund? Mehr oder weniger, ja. Am Hemdkragen hat sich eine unförmige verkehrte Pyramide aus Insekten und Verwesungsgetier angesammelt, die wie lebendiges Erbrochenes die Knöpfe abwärts krabbelt.

Wo Müll und Unrat übereinandergestapelt werden, da entsteht zwangsläufig ein Haufen. Damenbinden, Windelkot, Teebutter mit Pelz. Und dieser Haufen brodelt irgendwann. Er wird heiß und sendet Dampfwolken aus. Wenn seine Innereien faulen, dann sind wir die Fliegen, die sich darauf stürzen. So etwas spricht sich herum. Wollen wir aber nun die Metapher verlassen. Ein Land, dem die Xenophobie förmlich aus den Poren quillt, das bleibt nicht Geheimnis, höchstens anfangs Geheimtipp, bevor es zum gesuchten Ort der Niederträchtler wird, stille Post macht die Runde. Viele übertriebene Berichte sind zu uns in den Keller gelangt, von Erzählern, die gerne die Hände benutzen, da muss man also kürzen und die Fülle an Ausschreitungen stark reduzieren, haben wir uns gedacht, um ein halbwegs der Wahrheit entsprechendes Bild zu erhalten, doch der Schatz dieses Landes ist derart reichhaltig, dass selbst nach diesen Kürzungen sehr viel bleibt, dachten wir. Da ist man selbstverständlich gleich los. Wien blickt skeptisch drein, als würde es nicht ganz verstehen. Aber, sagt der Mann, all die vermeintlich übertriebenen Schilderungen waren noch untertrieben.

Wir sind zu beglückwünschen. Bei euch lässt sich gar nicht mehr von fremdenfeindlichen Tendenzen sprechen. Die ins Blaue gerichtete Verachtung, der dem Unbekannten entgegengebrachte Hass, der Feldzug tausender Fäuste gegen vereinzelte kleine Finger wird offen ausgetragen. Die Berichterstattung eurer Medien ist eine Wucht. Ohne Umwege kommt man zur Sache, darf sich deklarieren. Da besitzen sogenannte Fremde Farbfernseher, was als Unverhältnismäßigkeit eingestuft wird. Da ist es möglich, politisch Verfolgte bloßzustellen, indem man sie vor einem Kleiderschrank mit mehr als einem Pullover ablichtet, um aufzuzeigen, wie zwielichtige Asylwerber, Scheinflüchtlinge, in Saus und Braus leben. Da ist es ungerecht, dass dritte Generationen von Zuwanderern das selbst erwirtschaftete Kapital aufbringen, Einfamilienhäuser und Limousinen zu erwerben. Da kann der Volksmund jeder noch so ehrlichen Dienstleistung eines Akzentsprechenden

Illegalität unterstellen. Da schlägt man gern die Zeitung auf. Er reibt sich die Hände. Wir sind die Fliegen.

Wenn einer einen Turban trägt, dann kauft man seine Zigaretten lieber beim alteingesessenen Glatzkopf. Man lässt die Dinge beiläufig und unterschwellig sein. Auch bleiben die zu befürchtenden Gegenmaßnahmen virtuell. Der durchschnittliche Täter ist ein von sich selbst abgerichteter Kampfhund, ein Wiederkäuer fertiger Meinung. Doch er bellt unablässig. Davon sind Leute schon um mehr als ihren Schlaf gebracht worden. Was wollen Sie da unterstellen? Er zeigt auf im Kanalwasser schwimmenden Objekte. Und? Schauen Sie genauer hin. Nichts, mir fällt nichts auf. Allesamt Leichen. Jetzt, wo Sie es sagen. Was muss an denen auffallen? Wien schüttelt den Kopf. Dann gehen Sie näher heran und schauen Sie noch genauer hin. Wien verengt die Augen zu Schlitzen. Hauptsächlich Menschen mit. Mit? Vielleicht etwas dunklerer Hautfarbe als der Durchschnittsösterreicher. Vielleicht der Haaransatz leicht versetzt. Vielleicht die Zungenmuskulatur dort stärker ausgeprägt, wo sie im Deutschen Schwäche zeigen kann, dank der Benutzung verschiedener Sprachen. Lautbildung. Wir bewegen uns innerhalb der Fasern und Zellen, sagt der Mann, mit meinem Röntgenblick ein Kinderspiel, aber für Sie. Vielleicht, sagt Wien, nicht die typischen Einheimischen, sozusagen, wie sie allgemein propagiert werden. Migrationshintergrund? Womöglich. Die Stadt nickt betreten. Und da sehen Sie, welche Entscheidung man trifft, nach einem längeren Aufenthalt: Man geht ins Wasser. Man springt angezogen, ziegelbeschwert in die Donau, wird nicht mit Stangen aus den Auffanggittern gefischt, sondern treibt weiter in die Kanalisation. Wir ernähren uns von ihnen. Drastisch, wie Sie das schildern, wohl nur ein Hirngespinst, sagt Wien. Die Mehrheit dieser aufgeblähten Figuren sind Reisende, mit Ihnen als Zwischenstation, als Tankstelle, unterwegs als fliegende Händler der neuen Perspektiven, Rezepte und Impulse im Gepäck, manche Angekommene, natürlich auch Piraten darunter, und Schläger, sicher, die meisten aber Grübler und freie Erdenbewohner. Sie wurden nicht gestoßen. Um aber dies zu erkennen, muss man schon sehr genau hinsehen. Wien drückt den Bauch in die Zaunmaschen der Reling und sucht fieberhaft an den Leichen nach Antwort, ihm wird vom verwesenden Mann auf die Schulter geklopft. Für jedes Opfer, das von Ihnen nicht über die Kante geschubst worden ist, aber trotzdem den Tod fand, wird man Sie dann eines Tages schubsen. Wien schluckt. Um seinen freien Willen zu behalten, muss man selten, aber doch freiwillig das tun, was einem bereits als Fremdverschulden nahegelegt wurde. Man geht ins Wasser. Für Sie als Laie natürlich die einfachste Lösung, wenn Sie die Körper so treiben sehen, friedlich, hinterm Vorhang der Szene aber ist der Pfad zur Donau lang und mit Stacheldrahtranken gesäumt. Beide drehen sich weg.

Im Hintergrund ziehen verblasste Wolken vorüber, neue, vor frischer Dunkelheit triefend, sind bereits im Anmarsch, grollen heran. Es schnattern die Sandalen frecher Kinder. Sie werden in einem Klima der Freiheit aufwachsen. Frei, anzupöbeln, wen immer sie möchten, solange ihn seine Essgewohnheiten, seine Kleidung, seine Physiognomie als Angehörigen einer Minderheit ausweisen. Unser Nährboden. Von den Absonderungen, dem Unrat, dem Müll ernähren wir uns prächtig. Neuerdings wird sogar manches erkannt, werden Maßnahmen diskutiert. Eben, sagt Wien. Und manche Parteien gehen gestärkt aus den Konflikten hervor, die entstehen, weil sich die Lösungsbeauftragten nicht darüber einig werden können, welche Richtung einzuschlagen ist. Zu vermitteln, dass das Problem doch längst gelöst ist, oder dass es gar keines gibt oder nie eines gab, anstatt einen Ansatz zum Teilfrieden zu suchen. Gestatten, der Mann streckt die Hand aus, ich bin der Anführer der Rassismen, die unter der Hauptstadt kampieren. Erstrebenswert ist immer Ebbe und Flut, das Spiel ist ein Spiel, hat aber Regeln. Der Mann klopft sich stolz auf die Brust. Gewaltwellen und Phasen, die Situation eskaliert, man bringt einander um, verheiratet sich irgendwann eine Art Waffenstillstand herbei. Wir, die Fliegen, sind Archivare des Graubereichs, wir brauchen diesen Rost an Unterseiten. Uns mundet der Boykott, beim Napalmbeschuss stürzen wir hinaus und fangen die Brandschlieren mit Kübeln auf. Österreich, vor allem Wien, ist ein formidables Pflaster für Wesen, deren Lebensgrundlage die Niedertracht ist. Wir sind Parasiten. Den Truppen platzen die Uniformen. Unser Aufenthalt hier ist eine einzige, entgrenzte Völlerei.

Asche macht den Boden fruchtbar. Die Ruinen machen sich auch ganz gut. Wir kriechen aus den Winkeln hervor, wenn es dröhnt und die ferngesteuerten Panzer anrücken. Ein Krieg. Die letzte verbliebene Kommunikationsform des Menschen, bei der Maßgebliches ausgetauscht wird. Spezialisten unter sich. Den Waffenschein machen. Den Führerschein nachholen. Für Krieg. Stellen Sie sich einen vollen Topf köstlichen Bratensafts vor, da stecken wir den Kopf hinein, wir Gourmets und Liebhaber der Kinderportionen, trotzdem keine Kostverächter. Alles mit Genuss. Wir sind Genießer der Xenophobie. Wenn es in Problemvierteln brodelt, dann halten wir den Saucenspritzern unsere ausgestreckten Zungen entgegen. Wir sind Vampire und ergötzen uns am Blut. Jeder Strebsame braucht seinen Treibstoff.

Wir zertrampeln Vorstadtbeete, stehlen Tulpen und Obst, hinterlassen Fußspuren wie Fingerabdrücke fürs Stadtgartenamt, das uns nachstellt. Unglaubliche Erotik liegt in diesem Annähern, wir umspielen euch und sprühen Parolen an Häuserwände, das schüchtert ein, heizt an. Anfangs trauen wir uns bloß nachts auf die Straße. Mittlerweile aber haben wir an Selbstbewusstsein zugelegt. Wien ist ein glorreiches Pflaster für uns. Die Stimmung wandelt sich. Unsere Technik appelliert an den Urinstinkt Angst. So ist es für Zeitalter geschehen. Androhen, andeuten, Vorratslager auffüllen. Das Herbeiführen des Konkreten ist unser Geschäft, doch wir zeigen uns nicht, sind Voyeure, keine Exhibitionisten. Es gedeihen die Untiefen der Pornographie, wo ist der Liebestaumel, fragt man sich, in den Gassen beginnt es nach Vergewaltigung zu riechen. Der Duft geschändeter Jungfrauen. Es wird schwerfallen, die Konflikte zu benennen. Die Wiener sind unsere Patienten. Wir heilen euch von euch. Weil ihr immun seid gegen unsere Behandlung. Es liegt eine Ausdauer im Minderwertigkeitskomplex. Ihr seid verloren. Wien, deine Bewohner. Vor lauter Unberührtheit schmerzt der Menschen Haut. Dämmerzustand.

Eine Frage noch. Wie ist die Arbeit mit ihm? Mit Ihrem Chef, meine ich. Der Höllenkönig Luzifer ist ein belesener Unhold, wenn es so etwas gibt. Und nein, er lebt nicht ewig, da könnte man sich doch zu keiner großen Leistung motivieren. Das Existieren muss zu kurz ausfallen, ein Gefühl des Gehetztseins. Niemand weiß darüber mehr als die Menschen. Die durchschnittliche Jahrzehntanzahl der Erdenbewohner ist genau auf die nötigen Spannungsbögen hin komponiert, in Relation zum Wachstumskoeffizienten der Farne und zur Halbwertszeit radioaktiver Unfälle gesetzt. Die theoretischen Möglichkeiten des Einzelnen. Länge des Äquators, größter Breitenkreis der Erdkugel, knapp vierzigtausend Kilometer. Luftlinie. Durchschnittsgeschwindigkeit des menschlichen Universalkörpers, die mit fünf Kilometern pro Stunde wohl nicht zu niedrig eingeschätzt ist. Trinkpausen, Gegend bestaunen, Photos schießen, über Schnürsenkel stolpern, sich verirren, bestohlen werden, notwendige Liebschaften während einer jeden Odyssee. Angefachte Glut absondern, Platz für neue schaffen. Die Umwege. Das Verkehrthalten der Karte. Daumen mal Pi. Sie schweifen ab, ermahnt Wien. Unser derzeitiger Luzifer organisiert Feste, kann ich Ihnen sagen, die dulden keine Widerrede. Er ist stilsicherer, becheidener, höflicher, als Sie denken, aber, Stirnrunzeln, von seiner intellektuellen

Überlegenheit jedem gegenüber in allen Belangen würde ich eher nicht ausgehen, vorsichtig ausgedrückt. Er ist Verwalter des Ungehörigen, des Unanständigen, des Unnützen, mein und unser aller Auftraggeber, dem ich willens bin, Pflichterfüller, er hält mich auf Trab, dafür bin ich ihm dankbar. Ich verhalte mich zu ihm wie die Eintagsfliege zum Lebenszyklus des Sonnensystems. Alle Zahlen stimmen, in Beziehung gesetzt. Was wie eine Unstimmigkeit aussieht, entpuppt sich als Gleichung ohne Rest. Man kann der Zukunft vertrauen. Wie groß wir jetzt auch daherreden, es ist immer Teil und immer winzig im Vergleich, darauf wollte ich nur hinweisen. Es soll nichts ungesagt bleiben.

Wien sucht vergeblich nach erwidernden Sätzen. Des Teufels Bettgeschichten und Affären sind ein Kapitel für sich, dort unten hat er Lustdienerinnen mit zutiefst masochistischem Willen zum Vergewaltigtwerden. Wie jede durch Dauer zur Hure unter vielen wird. Er gibt derbe Kommentare ab und schnürt die Fetzen ihrer Kleider behelfsmäßig mit einer Vorhangkordel um ihre Leiber. Es ist alles auf Band. Er verfügt über Rhythmusgefühl. Seine Penetration. Wenn man das Aufprallen seiner Knöchel neben dem Ticken der Wanduhr hört, dann sind das einander überlappende Geräusche, jeder Stoß exakt auf Punkt. Dumpfes Stechen. Choreographie, als wären Tanzmeister am Werk. Er braucht seine Zerstreuung. Der Mann erzählt. Er möchte bespaßt werden von den eintreffenden Toten. Herzinfarkt, Flugzeugabsturz, Bauchspeicheldrüsenkrebs, Ertrinken, Lebensmittelvergiftung, Unterkühlung, Lungenentzündung und Hepatitis. Selbstmord. Aus einem Loch in der Hose tropfen weiterhin Maden. Sie waren mir ein geduldiger Zuhörer, danke. Der Kommandeur verschwindet. Es geht bergab. Den Steilwinkelweg im Stechschritt voran.

Kilian!, kreischt der magische Ulk, versteck dich, sie führt etwas im Schilde! Die Kritikerin betritt das Zimmer. Unten schnarcht die Mutter. Ein gelungener Aufbruch, wenn man es nicht für möglich hält, wenn man es am wenigsten erwartet. Sie nimmt vor deinem Bett Haltung an. Wach auf. Sie hat dein Zimmer betreten. Wie eine Geheimagentin mit Tricks und Mehrzweckmesser. Versteckte Kameralinse in der Brosche. Sie möchte Bilder schießen, entpuppt sich als Boulevardjournalistin. Nein. Keine Photos. Was tut sie. Die Kritikerin ist sichtlich entsetzt, von dem Abbild des Grauens, das sich ihr bietet. Ein vitaler, fescher Mann. Früher einmal. Ein geistreicher Diskutierer. Heute stumm. Sie fährt die Buchrücken entlang, kann nicht sofort eine Ordnung erkennen. Dabei hast du dich fürs einzig Richtige entschieden, für die Universalkategorie Qualität, vom besten Stück deiner Sammlung ausgehend, dann absteigend. Die eigenen Werke ganz unten postiert, Bescheidenheit, Kilian. Was hat die Kritikerin hier zu suchen? Ist sie in dich verliebt? Ist es Kritikern erlaubt, sich nach dem Objekt ihrer sadistischen Begierde zu verzehren? Ihr ständiger Wille, durch den Fleischwolf zu drehen. Kein gutes Haar ließ sie an dir. Doch gesteht sie sich ein, wer du bist, singuläre Begabung? Nein, romantisch, Träumerei. Nichts dergleichen. In ihren Augen blitzt Gier auf. Die Kritikerin hat auf ihre

Chance gewartet, den unbeobachteten Moment. Sie rüttelt am Schubladenknauf, lässt sich nicht öffnen, verflixt. Kilian, sie durchforstet deine Schränke nach der Antwort. Sie will das Manuskript. Rücksichtslos. Wie geht es aus, das *Liebesversäumnis*? fragt sich die Leserschaft. Eine unvollendete Geschichte steht im Raum, die losen Enden malträtieren. Es darf nicht in Schwebe bleiben. Wie kannst du uns das antun? jammert sie, und schüttelt dich leblosen Körper. Bitte, gib mir doch einfach ein Zeichen. Der Zimmerboden mit Papieren übersät. Schlösser werden geknackt. Nichts. Chaos wird bleiben. Weißt du eigentlich, wie viele Menschen auf den Ausgang der Geschichte warten? fragt sie dich, hörst du, wir haben es zu unserer gemacht, ja, es ist meine Geschichte, die du zu erzählen begonnen hast, ohne sie würdig zu Ende zu bringen. Verzweiflung. Sie schüttelt dich. Du Dreckskerl! Keine Notizen, bloß Leere. Kein Hinweis auf den zwingenden letzten Band der Saga. Ich habe gewartet, so lange, du strafst mich mit Schweigen, als wäre nie etwas gewesen zwischen uns, als hätte keine Verbindung bestanden. Sie spricht zu dir, aber mit sich. Du, Kilian, liegst sprachlos im Bett. Sie deckt dich ab, legt sich dazu. Die Kritikerin hält sich an dir fest. Sie versteht. Sie wird deine Füße küssen, wie damals von dir im Lokal prophezeit.

An seinen Vater denkend, der alles andere als ein Kostverächter ist, die Rotweinkaraffe als verlässlichster Freund, steht Nils Clanga vor dem Spiegel. Das vibrierende Läuten nimmt er gar nicht mehr wahr.

Das Kaleidoskop hat die volle Umdrehung geschafft. Dreihundertsechzig Grad. Es ist am Urort angekommen, rastet am Ausgangspunkt ein. Wir laufen durch die vom Startschuss begleitete Ziellinie.

Gott kurz vorm Krepieren. Sieht auf sich die Faust zudonnern. Jeden Moment purzelt er aus dem Ring, streift schwer verwundet durch die Stadt. Keuchend, erschöpft. Altes Schlachtross. Von Krebsgeschwüren durchsetzt hinkt der Zwitter den Ring entlang. Ein letztes Mal zückt er das Mobiltelefon. Er hebt nicht ab, er hebt einfach nicht ab. Gott lauscht ins Zeichen. Dabei will ich dir doch sagen, was du hören musst, um weiterzukönnen. Gib mir die Chance, dir eine Chance zu geben. Dabei würde Aussprache sein. Der Sohn hebt nicht ab. Mich besänftigt kein anderer, nur du. Deine Stimme. Welch distanzierte Nähe zwischen uns. Er hebt ab. Versöhnungsszene? Sie sprechen, dann legt er auf. Die Faust ist bloß noch Millimeter entfernt.

Dass es sich bei den dreihundertsechzig Grad des beobachtenden Kaleidoskops um eine Friedhofsumrundung handelt. Gleichsetzungsmethode der Synapsen. Zielgerichtetes Verirren, verwitterte Gräber, teils vornüber gekippte Marmorgrabsteine, auch Kreuze. Sich schnaufend bückende Witwen, mit ihrer zweiten Garnitur Schaufeln und Harken, Gießkannen, Rechen, die nach des Mannes Tod angeschafft werden musste. Einsetzen frischer Blütenpflanzen in die Erdschicht des Verstorbenen. Zum Brunnen. Achtung, kein Trinkwasser. Martha steht am Balkon und genießt den Verkehr, denn er kann ein Genuss sein. Sie trinkt Tee oder Kaffee, durcheinander, abwechselnd. Sie legt das Kaleidoskop aus der Hand und verlässt die Altbauwohnung. Lentia Kuhn ruft ihr nach, es verhallt ungehört im Stiegenhaus. Am Balkongeländer wird sie eine Zettelnachricht finden: Wir waren perfekt. Ich werde zum Mann gehen, um nicht angekommen zu sein. Dies ist eine Gefahr, die besteht. Der Geisterbus wartet. Er öffnet seine Türen. Der Fahrer lächelt. Steigen Sie ein. Martha ist skeptisch. Ich wollte mir ein Taxi rufen. Das brauchen Sie nicht. Wie ist Ihre Route? Das lassen Sie ruhig meine Sorge sein, die Route ist der schnellstmögliche Weg. Sonderfahrt, bitte nicht zusteigen, steht auf der Digitalanzeige an der Busfront, doch nun gerät Bewegung in die Zeichen, Lichtpunkte flirren umher, finden Neuanordnung. Nach Hause, steht jetzt dort. Soll das ein Witz sein? Nein, sagt der Fahrer. Sie wissen ja gar nicht, wie lange ich schon auf Sie warte, ich bin so froh, dass Sie hier sind. Wenn ich Ihnen sagen würde, wie lange ich schon herumkurve durchs vermaledeite, scheinheilige Wien, immer zwischen den Adressen hin und her, meine drei Kollegen und ich, das glaubt mir ja keiner. Ich bin so froh! Bitte steigen Sie ein. Wissen Sie überhaupt, wer ich bin?, fragt Martha. Ja! Sie sind der eine Fahrgast, um den sich immer alles gedreht hat. Sie sind der Grund, weshalb wir beauftragt wurden, eine Verkehrsbrücke zwischen den Wohnsitzen zu installieren. Ich wusste, dass ich es sein würde, der Dienst hat, wenn das Unwahrscheinliche eintritt. Mein Bauch rumort schon den ganzen Tag. Ich habe es gewusst. Sie sind mein Gast, und ich werde Sie fahren. Das genügt. Martha Habemus steigt ein. Türen geschlossen, die Busseite hebt sich. Es geht los.

Der Anstaltler steht vor dem Spiegel im nahenden Erkenntnismoment. Er beschimpft sich. Er ist nackt. Gegen Ende seiner Tirade fängt er an, sich zu rasieren. Nils macht sich frisch. Katharsis. Nils macht sich hübsch. Dann rasiert er sich den Kopf, Stoppelglatze. Hinfort mit dem Ballast der Jahre. Er duscht sich. Es reicht nicht. Er nimmt ein heißes Bad. Nils entsteigt der Wanne. Er nimmt seinen Anzug aus dem Schrank. Die Anstaltskleidung wirft er in den Müll. Es ist jener Anzug, in dem steckend er eingeliefert wurde. Wann? Er packt seine Sachen, lässt das Zimmer zurück. Nils kommt am Portier vorbei, unterschreibt die Entlassungspapiere. Der Anstaltler tritt aus dem Sanatorium. Er spaziert durch den Garten und winkt den Pavillons. Auf Wiedersehen, Höllen. Greise Patienten nicken ihm zu. Im Vorbeigehen berührt er die knospenden Lilien. Er tänzelt beschwingt dahin. Nils steigt ins Taxi, das er sich vom Portier rufen ließ. Er prüft die Geldbörse, sollte sich ausgehen. Er sagt die Adresse.

Das Dröhnen, die geballte Information, alles Kommunizierte, das Dampfgeplauder der Massen. Es sind die Gespräche der Schwarzgekleideten in öffentlichen Verkehrsmitteln. Es sind die wahnsinnigen Vorträge zur Verwissenschaftlichung aller Lebensbereiche. Es ist das Fernsehen, das Radio, das Telefonieren. Es wird nicht mehr geschlafen, sondern ausschließlich kommuniziert. Immerwährendes Dröhnen. Dem kommunizierenden Menschen fällt jetzt endlich alles auf den Kopf. Es ist zu träumen, dass dem kommunizierenden Menschen endlich alles auf den Kopf fällt. Das Platzen der Blase, wie auch die Finanzblase platzt. Am Eingang zum Weltgedächtnis baumelt nagelfixiert ein Schild: Wegen Überfüllung geschlossen. Der eine Moment, in dem die Informationsblase platzt. Das Dröhnen torpedieren. Alles steuert darauf zu. Der denkende Mensch ist verschwunden, alles Gedachte muss vermittelt, muss kommuniziert werden, dadurch wird es real. Jede Handlung verbreitet, jede Regung ausgeplaudert. Jede Lebensrealität. Herbeisehnen der Stille. Wien setzt den fatalen Treffer, Gott stirbt. Dann geht alles sehr schnell. Das Patent aufs Universum läuft aus. Wir sind die Schöpfer im Experiment. Wir beschießen das Toben in und um uns. Wir spenden dem Binärcode schwachen Trost.

Die *Gruppe der Sieben Gefahren* hat sich versammelt. Man schreibt gegen das Dröhnen an. Zum ersten Mal in der Geschichte tun sie sich zusammen, um gemeinsam an der Welt zu erzählen. Ein siebenköpfiges Schreibungeheuer. Sieben Denker, sieben menschliche Prozessoren, gebündelt zu einem Gedankenfluss, der steil nach oben weist. Sie schreiben in den Himmel, ins Weltall hinein. Ein Überbuch aufrechterhaltend, das die allgemeingültige Gegenwart abbildet, das in einem ist, niemals gedruckt in Regalen, das gefühlt und nicht gelesen werden kann. Elisa Slavik schreibt. Nils Clanga schreibt. Er wirft ihr manchmal zärtlich Blicke zu. Lucius Bohm schreibt. Martha Habemus schreibt. Humorist M schreibt, daneben wird gepinselt und schraffiert.

Silen schreibt, aus dem Haferbeutel naschend. Ladislaus Kampf schreibt gefährlich knapp am Hass vorbei.

Justus streift durchs zerstörte Wien. Blaue Flecken an der Hofburg. Umgeknickte Straßenlaternen, aufgewölbte Parks. Aus den Rissen blutet Klärschlamm hervor. In den Abflussbecken der Schlachthöfe tummeln sich Innereien. Die Schrammen auf den Prachtbauten der Walzerstadt. Verletzte Sehenswürdigkeiten. Prunkplätze mit Gehirnerschütterung. Der Turm des Rathauses umgeknickt. Entgleiste Straßenbahnen. Justus schleppt sich zur Wartekuppel einer Station.

Die *Gruppe der Sieben Gefahren* attackiert die Wortblase des Homo communicans, bedrohlich hängt sie über Wien. Totgeburten des Kommunizierens. Das wuchernde Gebilde wird vom Wortstrom beschossen. Der Verleger klopft sich die Schuhsohlen ab. Hereinspaziert, sagt Martha, ohne von ihrem Bildschirm aufzublicken. Ist es so weit?, fragt er. *Siebengefahren* hat im English-Hof reservieren lassen, um die Rettung des Planeten im Anschluss gebührend feiern zu können. Dem Backsteinhaus entfährt ein gleißender Lichtstrahl aus Wort, der das Dröhnen beackert. Es verliert. Jetzt. Der Moment.

Gott wehrt sich nicht. Er nimmt sein Schicksal hin. Normalzeit. Der Schlag. Wien zieht voll durch. Die Knochen zerbersten. Blitzgewitter setzt ein. Der Katheter läuft aus, Uringestank verbreitet sich in der Halle. Menschen springen auf. Gott wird angezählt.

Wien hat ihm den Todesstoß versetzt. Jetzt geht alles sehr schnell. Der Schiedsrichter erklärt den Kampf für beendet. Meine Damen und Herren, wir verabschieden uns.

Der Moment.

Die *Gruppe der Sieben Gefahren* hat die Blase zum Platzen gebracht.

Elisa, bereits im Schlafgewand, öffnet. Nils Clanga steht vor ihr im Anzug. Sie küssen sich heftig. Sein Schutzschild der Ungerührtheit fällt von ihm ab.

Gleichzeitig kommt Isadora zur Welt. Die erste Allgeburt. Wir sind sieben Milliarden. Zerschlagung des Patriarchats, Zeitalter der Frau? Des Menschen?

Justus blickt nach oben. Ein L trifft seine Nase. Er hebt es auf. Er mustert es. Verwundert wirft er es auf den Gehsteig. Was kitzelt mich? Justus greift sich ins Haar, ein U liegt auf der Ringfingerkuppe. Was passiert hier? Ein K flirrt herab, landet direkt vor ihm. Dann gibt eine Windschutzscheibe Ritzlaute von sich. Aus der Ferne ist Klirren zu hören. Etwas zertrümmert Scheiben. Justus achtet darauf, kein leichtes Opfer abzugeben, er rückt in einen Winkel des Warteplatzes.

Der Buchstabenregen. Es hagelt Sätze und Phrasen und schiefe Metaphern. Es prasselt auf die Menschen herab. Wien ist zur Urstadt geworden, zur Übermutter der Weltstädte. Die Funknetze brechen zusammen. Komm zum Fenster, schau, das musst du sehen! Als die Buchstaben vom Himmel fallen, geschehen keine Verbrechen. Alles hält inne. Keiner schlägt nieder und niemand fällt hin. Ursuppe über Wien ausgeschüttet. Die Buchstabennudeln gleichmäßig verteilt, in alle erdenklichen Ritzen gespült.

Todesstoß im Ring und Bersten der Kommunikationswolke sind eins.

Gleichzeitig trifft ein Mann einen Hund, den er bei sich aufnimmt, der für immer bei ihm bleibt.

Sie findet ihn. Justus? Michaela! Die Frau legt sich schützend über ihn, gemeinsam stehen sie es durch. Wir verstecken uns. Wir sitzen das Gewitter aus. Die ganze Nacht. Blitz und Donner. Er schläft fast ein, sie küsst ihn wach. Die Erde im Bann dieses Schauspiels, dieser Wetterkapriolen. Ausgehend von Wien, der Hauptstadt Österreichs, sagt der Nachrichtensprecher, breitet sich der Regen immer weiter aus. Vieles geht zu Bruch. Die Buchstaben vermengen sich zu Lacken, strömen durch die Gitter in die Kanalisation. Es wird still sein, es ist endlich, endlich still. Du hast mich gefunden. Michaela schultert ihren Freund mit letzter Kraft, sie zerrt ihn weg, kurz bevor die Kuppel nachgibt. Unter einem Lieferwagen finden sie Schutz. Es kracht. Dort wäre ich gesessen und erschlagen worden, sagt er. Du hast mich gerettet. Ich liebe dich, sagt Michaela, ich habe dich immer geliebt. Ein langer Kuss. Vom Himmel regnen die Klischees. Aber stimmen dürfen sie in dieser Nacht. Es sind Buchstaben unterschiedlicher

Größe, Form und Konsistenz, auch Sonderzeichen haben sich daruntergemischt. Und Tobias?, fragt er ängstlich. Ach, dem geht es gut, Justus, mach dir keine Sorgen, er ist nach Hause gekommen. Er lebt. Stille.

Ich bin groß. Ein Ungetüm purer Energie, ein Zuviel an Materie, Kubikmeter Zeit und zig Jahre Raum. Ich dehne mich aus, unaufhaltsam, die gedachten Entfernungen vergrößern sich während des Denkprozesses, der Kopf dem Unvorstellbaren zungehechelnd hinterher, das verzwickte Konstrukt All dem menschlichen Geist um Längen voraus. In einem variierend großen Teil der Weltbevölkerung weckt dieses Dilemma religiöse Gefühle.

Ich, Universum, möchte dir, Isadora, eine Geschichte erzählen, damit du weißt, was dir im Menschsein bevorsteht.

Martha ruft an. Wo bist du? Bekommst du mit, was geschieht? Apokalypse. Oder das Gegenteil. Eine Reinwaschung durch den Buchstabenregen. Denn die Kirchen schaffen es nicht mehr. Wegfall der Religion als Kontrollinstanz. Oder unsere dürftige Wissenschaftskunst. Nein. Ein Sprachgott übergibt sich auf sie. Lucius, geht es dir gut? Nach deinem Ausflug ins Freibad. Ja, ich bin zu Hause. Ich auch gleich. Sie legt auf. Er ist betrübt. Bohm knickt ein. Jetzt bin ich zu Hause, sagt Martha. Sie spricht weiter, er kann sie hören, obwohl sie aufgelegt hat. Draußen geht die Welt unter, bei uns ist es gemütlich. Sie legt ihm die Hand auf die Schulter. Martha steht bei ihm. Sie fällt ihm um den Hals, wie vorausgesagt, wie damals als Zukunft erzählt: Du steigst in ein Fahrzeug, kommst an, du erblickst mich, ich warte, du fällst mir um den Hals, und ich dir. Und er ihr.

Über abgeschrägte Gehsteige schwimmt die Buchstabensuppe in den Kanal, Konstruktion, um den Abfließvorgang zu beschleunigen, nur selten kam es bisher zu Sturzbächen innerhalb der Stadt, und dann meist in Verbindung mit einem Wasserrohrbruch. Betontrenner werden überwunden, alle Auffangbecken geflutet. Man hört es rumoren. Die Rassismen werden ertränkt. Soldaten der im Untergrund kampierenden Armee im Schlaf überrascht. Gehen qualvoll zugrunde, mitsamt ihrem Kommandeur. Für eine Zeit wird die Stadt befreit sein. Es wird dauern, bis sich neue Truppen sammeln. Es ist abzusehen, dass dies geschieht, aber nicht allzu rasch. Der Buchstabensee schwappt über Absperrungen, die Rolltreppe entlang, es werden am Fundament einige Höllenfeuer gelöscht.

Friedhof der Namenlosen, Alberner Hafen. Ein Freilichtkonzert. Erst leichter Niederschlag, dann scheint es aufzuklaren, doch kann die Sonne nicht halten, was sie verspricht. Der Cheftechniker gibt dem Sänger ein Zeichen, es muss abgebrochen werden. Ringsherum Wetterleuchten. Dutzende Blitze in jeder Minute. Schöner Anblick, interessant, plötzlich beginnen alle zu laufen. Es reißt Äste von den Bäumen, armdick und darüber hinaus. Man geht vor Holzschuppen in Deckung. Es hat keinen Sinn, abzuwarten. Man verliert seine Begleiter aus den

Augen. Sprint durch den Sturm. Überall verwehter Baumbruch. Man kann nichts mehr erkennen, es verwirbelt einem die Kapuze. Alles triefend nass, Mobiltelefone außer Betrieb. Eine perfide Vorrichtung muss die Besucher des Konzerts in einen Katastrophenfilm gesaugt haben. Man erblickt zwei bereitstehende Busse, entscheidet sich spontan für den linken. Der Fahrer ist ein Original. In Heldenmut stürmt er nach draußen ins Tosen zurück, um ein am Boden liegendes Metallgitter aus dem Weg zu räumen, radiert es förmlich über den Asphalt. Immer mehr Leute steigen zu, hämmern mit der Handfläche gegen die Scheibe. Der Busfahrer spricht davon, ins Katastrophengebiet vordringen zu müssen, den Verbliebenen entgegenkommend. Er sagt: Ich hole die Leute da heraus. Und nimmt die schmale Zufahrtsstraße in Angriff, die Bussen eigentlich verboten ist. Man rollt umher. Zunächst ausparken. Einer springt aus dem Fahrzeug, um die Entfernung zum dahinterstehenden Auto anzuzeigen. Ein riesiger Plastikaufsteller muss aus dem Weg geräumt werden. Dann holt der Fahrer die Leute heraus. Heimweg. Er kutschiert seine zwei Dutzend durch die Sintflut. Eine durchgehende Fließschicht an den Fenstern. Ganze Bezirke der Stadt sind Überschwemmungsgebiet. Liegengebliebene Autos. Drei Frauen, die unterm Vordach eines Supermarktes Schutz gefunden haben. Abwasser sprudelt die Kanaldeckel beiseite. Der Bus kehrt um, mehrere gestrandete Fahrzeuge vor ihm, an ein Weiterkommen ist nicht zu denken. Pfosten und Gitter werden Opfer der Fluten, mitgerissen. Ereignis, das die Leute zusammenschweißt. Man kommt mit Fremden ins Gespräch. Galgenhumor macht sich breit. Einer möchte aussteigen, direkt ins Wasser, bleibt in der Tür stecken, wird eingezwickt. Erheiterung steigert sich in einen Lachkrampf. Aufnahmen mit videotauglichen Mobiltelefonen. Pärchen rücken dicht zusammen. Umweg, andere Route. Restaurantbesitzer stehen ungläubig an den überfluteten Eingängen. Wasserschaden. Sie hoffen darauf, dass die Versicherung auszahlt. Irgendwann findet die Odyssee ein Ende. Man erreicht die U-Bahn-Sstation. Begeisterter Applaus für den Buschauffeur. Ankommen im Schienenwagen. Sehr geehrte Fahrgäste, wegen des starken Unwetters ist derzeit eine Weiterfahrt nicht möglich, wir ersuchen Sie um etwas Geduld. Bald tut sich etwas. Der Zug stockt häppchenweise voran.

Es ist der eine Moment, in dem niemand mehr kommuniziert, kein Wort gesagt wird, in dem absolute Stille herrscht. Dann bricht alles hervor.

Und nun zum Wetter: Der Buchstabenregen.

Während des Kusses erhascht er einen Blick in die Zukunft.

Zeitzonen im fliegenden Wechsel, Jahrzehnte rasen vorbei.

Justus Geheimnis in der Eingangshalle, an der Stirnstätte der Firma. Hinrichtungsort, der für Ansprachen taugt. Hier wurden schon öffentlich Karrieren beendet, Überraschte zu Siegern eines unsichtbar ausgetragenen Wettstreits erkoren. Man hat sich versammelt. Man trägt offizielles Schwarz. Lucius Bohm, Chef und Mentor, wird im Glassarg bestattet, zwei Mitarbeiter, vor dem Aufgebahrten stehend, plaudern. Eine Schnapsidee. Das kann man wohl sagen. Da fault er jetzt vor sich hin. Wie er es wollte. Damit sein Verfall miterlebt werden kann. Bohm hat es verfügt: Des Weiteren soll mein ausgebluteter Körper in der Aula der Firma beigesetzt werden. Ich will es so. Justus streift den Quader. Beginnende Verwesung. Er wollte es ganz natürlich, ohne Einbalsamierung. Man begleitet ihn durch alle Stadien. Als Vorgeschmack der eigenen. Es wurde gemunkelt und mit Halbwissen geprahlt, doch damit ist nun Schluss. Besehene Verrottung. Jeden Tag nach Betreten der Halle zeigt sich die Leiche verändert. Jemand hält eine Grabrede, die zum Essay taugt. Das Thema ist die Vergänglichkeit am Beispiel des menschlichen Organismus.

Justus Geheimnis auf einer Buchpräsentation. *Autobiographie des Geldes*, die im Rahmen der Wiener Literaturtage vorgestellt wird. Die Veranstaltungsreihe eher spärlich besucht. Michaela klimpert mit den Fingern auf seiner Hand. Ein schlaksiger Brillenträger liest vor. Es interessiert nicht wirklich. Die Leute wollen dort sein, wo das Geld ist, es zieht sie magisch an, doch es lässt sich nicht blicken neben Humorist M. Seine Gefahr ist der Verzicht. Nein, denkt Justus, die Hand von seinem Liebesmenschen bespielt, nein, besser Dinge zu Ende denken, die mit erschütternder Wucht aufs Individuum eindonnernden, sehr subjektiven Wahrheiten des Daseins poetisieren, konservieren, bevor man es anderen gleichtut, zu einem weiteren Meister des Vermeintlichen wird. Humorist M bedankt sich artig bei den wenigen Zuhörern für die Aufmerksamkeit. Er darf ein paar Exemplare signieren. Der Verleger von *Siebengefahren* wirkt enttäuscht. Wir könnten Anton welche mitbringen, scherzt Michaela, als Nachtisch.

Justus Geheimnis, der eine Flugreise macht. Passagiere werden in künstlichen Tiefschlaf versetzt. Das ist sicherer für alle Beteiligten, ein Akt des Terrorismus kann ausgeschlossen werden. Er liegt nackt in seiner Reisekapsel. Die Flugbegleiter kontrollieren die Beatmungsgeräte der Ruhenden. Es hagelt Albträume. Wie der Kabinendruck fällt, die Sauerstoffmasken springen heraus. Wir stürzen ab, kein Entkommen, auch über die Notrutsche nicht. Heutzutage ist man lediglich noch bei Billigfluglinien als Passagier bei Bewusstsein. Der Autopilot übernimmt die Kontrolle. Zeitweise gibt es Flugphasen, während derer nicht ein Mitglied der Mannschaft im Wachzustand ist. Justus wird von minzigem Duft geweckt, kurz nach Erreichen der endgültigen Landeposition speist man belebende Extrakte ein. Er gähnt, reckt die Glieder. Man ist geschäftlich sehr viel unterwegs. Das Konzept der Zeit erschließt sich ihm nicht mehr. Man sitzt am Flughafen fest, im Niemandsland. Zeit ist nichts Chronologisches, sondern folgt einer kugelförmigen Dramaturgie.

Justus Geheimnis, Zeuge der totalen Abschaffung des Schlafs. Sogenannte Bettverbrennerfeste kommen in Mode. Es werden Feste gefeiert und Betten verbrannt, man hat keinerlei Verwendung mehr für sie. Stattdessen werden nun funktionale Beischlafmöbel hergestellt und sorgsam in die bestehende Einrichtung integriert. Gestelle zur bequemen Verrichtung des Geschlechtsakts. Polsterwannen. Sie stöhnen und zittern und lechzen nach mehr. Darauf stellt sich zwar Erschöpfung ein, Müdigkeit jedoch ist Vergangenheit. Auch das gemeinsame Einschlummern gibt es nicht mehr. Er steht mit einer Bierflasche neben dem Brennhaufen. Michaela ruft ihn hinein. Zur Belustigung vieler hat einer der Besucher in den aufgestellten Wachstopf gegriffen.

Justus Geheimnis, den Beginn der Wasserkriege miterlebend. Miniaturhaftes Völkerwandern, den fruchtbaren Feldern entgegen. Verdurstende Männer und Frauen lehnen sich auf gegen Verteilungspolitik, nehmen die Umstände nicht hin. Die Kinder! Was ist mit den Kindern?, fragen sie. Und was ist mit der Liebe? Eine Episode der Menschheitsgeschichte, der man sich näher zuwenden könnte, doch da gibt es so viel. Unerzähltes noch und noch. Erzählenswertes. Justus steht in der Wüste. Er beobachtet, wie ein Zeitreisender durchs Portal tritt. Ein hergeholter Vorzeitmensch wurde hier abgestellt, gekleidet in Häute des Säbelzahntigers. Der Urahne schnaubt verächtlich, wird von den Weißkitteln überwältigt und anästhesiert.

Justus Geheimnis, der stirbt, als alter Mann von sechsundvierzig Jahren. Die Leute ums Sterbebett imaginiert? Sie gehen kurz hinaus, um Kaffee zu holen, Tränen zu vergießen. Seine Eltern sind da. Michaela ist da. Ihre Eltern und Geschwister. Tobias ist da, seine Freundin, deren gemeinsames Kind. Justus schaut sich um, verweilt bei jedem Gegenstand, macht im Schauen seinen Frieden mit allem und jedem. Er verliert letzte Worte, sagt sie in den Raum hinein, er tut den letzten Atemzug. Die Verwandtschaft stürzt ins Zimmer, doch man rüttelt nicht an ihm. Die Krankenschwester nickt erklärend.

Justus Geheimnis, als dann, lange nach seinem Tod, die geheimen Aufzeichnungen veröffentlicht werden, er seinen mittleren Platz in der Geschichte einnimmt. Sein Projekt war stets die *Abschaffung der Einsamkeit*, mit allen Mitteln, bis in den Wahnsinn und darüber hinaus. Lucius Bohm, der die Forschungsergebnisse lange zurückhielt, wird als Unterteufel in den Historien vorkommen. Weltformel, in jahrelanger, verspielter Selbstversunkenheit war es ihm möglich, die betreffenden Gleichungen zu lösen, sagen Lexikoneinträge. Justus sieht es kommen. In der verwissenschaftlichten Welt kann erst der mathematische Beweis aufzeigen, dass alles gut ist, nur Formelsprache zielt mitten ins Herz. Die Heilung währt Jahrzehnte, bis eine neue Sache ihren Gipfelpunkt erreicht. Weshalb, fragt er sich, denken sich nicht alle sieben Milliarden ohne Unterbrechung am Rätsel des Daseins die Synapsen wund? Zu beschäftigt, mit Nahrungsbeschaffung und Fortpflanzung, mit dem Planen von Wochenenden und Urlaub. Auf einer Insel, sanftes Meeresblau, am Strand, paradiesische Palmen. Dann lassen Kuss und Zukunft von ihm ab.

Es hat aufgehört zu regnen. Wir gehen nach Hause. Komm.

Die Buchstaben versickern in der Stadt und machen Wien zu einem fruchtbaren Boden. Das Erzählbare ist überall. Es wartet auf Schatzsucher, die mit Bleistiften ihre Nuggets aus dem Untergrund hebeln.

Der Staub hat sich gelegt. Wir wussten ja schon immer, dass der Staub sich gelegt haben würde. Manche stehen am Hügel, das Morgenlicht beschauend. Ja, sagt der eine nur und braucht nicht mehr zu sagen. Ja, so ist das, man wird geboren. Dann alles Weitere.

Elisa und Nils, wie sie im Bett liegen, rauchend.

Postkoitale Ermattung.

Humorist M, alleingelassen nach einer skurrilen Liebesnacht mit der fetten Dame, die ihm eine Nachricht hinterließ: Es wartet Wichtiges auf mich. Er macht sich phlegmatisch eine Tasse Kaffee.

Das Geld hat einen Termin mit dem Makler, lässt sich ein Waldgrundstück zeigen. Vortreffliche Lage, sagt dieser. Und der Ausblick! Es stampft ins Wohnzimmer, durchs Bad. Das nehme ich, sagt das Geld und plumpst auf den Stuhl. Und der Vorbesitzer? Boxkampf mit Todesfolge, brummt des Maklers Stimme. Fühlt sich richtig an hier, sagt die stolze Eigentümerin, das Holz ächzt unter ihren Tonnen. Gottes Thron ist neu besetzt.

Kilian erhebt sich aus dem Bett, der magische Ulk in ihm ist endlich verstummt. Nichts ist gefährlich oder schlimm. Alles steuert auf nächste Ebenen der Herrlichkeit zu. Unbegrenzter Optimismus. Die Kritikerin schreckt hoch. Sein Zustand ist unverändert. Über die Treppe ins Erdgeschoss. Sie lässt die eingenickte Mutter sich ausruhen. Am Fernsehschirm das Auswahlmenü, zu dem der Apparat längst zurückgesprungen ist. Kein Wecker gestellt. Sie erledigt Küchendinge, geht wieder hinauf. Die Kritikerin wischt dem Schlafenden mit einem lauwarmen Waschlappen über die Stirn. Er scheint es wahrzunehmen.

Der Boxer, der mit seiner Tochter ein Eis essen geht, nach gewonnener Schlacht. Ein harter, gestählter Mann, dem man nicht zugetraut hätte, eine Tochter zu haben. Auch er darf Katharsis erfahren, den sich schließenden Kreis. Er trägt dem Mädchen die Kindergartentasche, auf der eine Prinzessin abgebildet ist. Schatz, den er liebevoll umsorgt. Sie erreichen den Spielplatz. Die Tochter muss aufs Karussell. Ein Bär von einem Vater sieht ihr zu.

Martha, gefasst, als Lucius Bohm in den Glassarg gehoben wird. Ausgeblutet, bleich, leer. An der Stirnstätte aufgebahrt, wie er es wollte.

Melinda, die es gibt.

Helena.

Als wir uns, weißt du noch, das erste Mal sahen, flüstert Michaela ihrem Justus ins Ohr, in einer ruhigen Minute des rauschenden Fests. Die Bildung einer

Konstante. Ich betrete den Raum, in dem du bist. Du stehst im Raum, den ich betrete. Wir kommen ins Reden. Wenig spektakulär. Es hat alles verändert. Schwerwiegendes ist immer unfilmisch, nicht erzählbar. Wie eine Impfung, bloß ein kleiner Stich, und schon vorbei. Aber lebensbedeutend. Es ist ein Raum, den man betritt.

Jemand schleift die Einsamkeit durch halb Wien, ich lasse mir dich patentieren, ich schnalle mir dich um, und dann Sturz vom höchsten Punkt, robustes Klebeband, du kommst von mir nicht los, und dann falle ich uns über die Klippe ins alternative Ende einer Geschichte, das doch bloß eine alternative Todesart ist.

Geschichten besitzen und nehmen, in dieser Reihenfolge, nicht umgekehrt, erst gehören sie einem, dann nimmt man sie sich, Besitzanspruch geltend machen. Empfänglich dafür sein, ein Organ sich wachsen lassen. Inspirierendes Pflaster. Es liegt alles am Boden. Nur sich bücken und aufklauben, was ehrlichen Finder sucht. Das zu Erzählende wartet, ist dort draußen und bereit. Lokalpatriotisches Gossengeschwätz. Versickerte Buchstaben in den Einbahnstraßen Wiens. All die Geschichten, erfundene echte Momente, wahre Lügen aufgetischt. Die Zufälle und Muster. Einander kreuzende Wege. Verzwicktheiten. Das Aufgeregte. Das Gesetzte. Die Scheinwerferkegel sind in Stellung gegangen. Im Zimmer ist die Welt nur manchmal, und wenn, dann höchstens ein bisschen, dort draußen ist sie immer, überall und schöngeschaut. Die Gehsteige Wiens sind in Glanz.

Es hält vor. Einfach hinaus und die Geschichten aufheben, daran riechen, sie in die Jacke stecken, das Geschichtenartige, daran herumkneten, bis es in eine der Schubladen passt. Oder man lässt es in Ruhe, schenkt anderen das Vertrauen, damit etwas anzufangen. Wien erfüllt seinen Zweck wie jede andere Stadt auch, alles trächtig vor Stoffen, es fungiert als Sammelbecken für die Sätze und Figuren. Wien ist Hauptstadt Europas und Hauptstadt der Welt, ein fruchtbarer Boden für noch viele Geschichten.

Elisa geht zum Supermarkt. Sie wird alles bringen, was zum späten Frühstück fehlt. Nils knotet den Bademantel auf. Er steht wieder vor dem Spiegel, lässt Wasser einlaufen. Selbstvergessen prüft er mit den Fingerspitzen die Temperatur. Das Kleidungsstück gleitet zu Boden. Ein Mann, nackt. Er steigt in die Wanne. Er betrinkt sich mit selbstgebranntem Obstler, den er in einem der Küchenschränke fand. Weniger scharf als erwartet. Direkt aus der ausgewaschenen Ginflasche. Eigentlich ölig, rutscht gut die Kehle hinunter. Nils ist ruhig. Er liegt entspannt in der Wanne, spürt das Ausklingen der Wärme. Er nimmt große Schlucke. Jetzt greift er neben sich, hat ein Messer in der Hand. Er setzt an.

Er führt an beiden Unterarmen Schnitte aus. Kurz lässt ihn der Schmerz das Gesicht verziehen. Neugierig beobachtet er die roten Wolken. Nils legt das Messer auf den Badewannenrand. Die Arme gleiten schlaff zurück ins Meer, aus dem die Sonne kommt. Seine Atmung verlangsamt sich. Er wird immer weniger. Das Wasser färbt sich rot. Nils macht die Augen zu. Er schläft.

Rumoren eines Schlüssels. Sandalen werden abgestreift. Tapsende Fußballen. Die Tür geht auf.

Stille.

MELINDA NADJ ABONJI

Tauben fliegen auf

Roman, 268 Seiten, 978-3-902497-78-9

»Das ist sie also: die zeitgemäße Form, über Emigration, entschwindende Heimat und das Leben im Dazwischen zu schreiben.«

Sibylle Birrer, *Neue Zürcher Zeitung*

»Eine wundersam weiche und poetische Sprache, die leuchtet wie Weniges, was es im deutschsprachigen Roman zu lesen gibt.«

Astrid Kaminski, *Berliner Zeitung*

MARTIN R. DEAN

Ein Koffer voller Wünsche

Roman, 288 Seiten, 978-3-902497-92-5

»›Ein Koffer voller Wünsche‹ ist ein leichter, gelegentlich auch kolportagehafter Roman mit Tendenz zur skurrilen Begebenheit. Im zweiten Teil des Romans schwingt sich das altbekannte Motiv der Schweizflucht zur wahren und verrückten Komödie auf. Die Stärke des neuen Romans von Martin R. Dean ist seine intelligente Unterhaltsamkeit.«

Ursula März, *Deutschlandradio*

»Eines der erstaunlichsten Bücher dieses Herbstes.«

Pia Reinacher, *Deutschlandfunk*

KATHARINA GEISER

Diese Gezeiten

Roman, 364 Seiten, 978-3-902497-89-5

»Katharina Geiser gelingt ein subtiles, stets differenziertes Porträt der beiden Protagonistinnen, sie lässt ihre Figuren – und damit uns Lesende – nie entkommen in bequeme Unterscheidungen zwischen Gut und Böse. Auch dadurch wird dieses Buch zu einer Hommage an zwei Frauen, die sich auf eindrückliche Weise zu wehren wussten.«

Martin Zingg, *Neue Zürcher Zeitung*

»Mit der Geschichte von Lucy Schwob und Suzanne Malherbe erzählt Katharina Geiser in ihrem neuen Roman vom Widerstand gegen die Deutschen, den zwei Künstlerinnen im Zweiten Weltkrieg auf der Kanalinsel Jersey leisteten. Der Roman berücksich tigt sorgfältig recherchierte Details, öffnet den Blick aber weit über die konkreten Vorkommnisse hinaus, indem er nach Möglichkeiten eines gewaltfreien und künstlerischen Widerstands gegen eine Übermacht fragt.«

Bettina Spoerri, *Die Wochenzeitung*